m

Christopher G. Moore
Der Untreue-Index

*metro* wurde
begründet von
Thomas Wörtche

## Zu diesem Buch

Bangkok wird von Demonstrationen erschüttert. Chaos und Angst herrschen in der Thaigesellschaft wie unter den Expats. Privatdetektiv Calvino begibt sich mitten hinein in den politischen Feuersturm, als er einen Fall von Medikamenten-Piraterie untersucht. Dabei stößt er auf ein einflussreiches politisches Netz, das mit aller Macht seine wirtschaftlichen Interessen gewahrt wissen will.

Ein 19-jähriges Thaimädchen und ein prominenter Rechtsanwalt werden am selben Abend tot aufgefunden. Beide stehen im Zusammenhang mit Calvinos Ermittlungen. Aufgerüttelt vom Untreue-Index, bei dem Bangkok weltweit an oberster Stelle steht, beauftragt ihn eine Gruppe von Ehefrauen, die eheliche Treue ihrer Gatten zu untersuchen. Calvino sieht sich mit Kräften konfrontiert, die ihn an die Grenzen seiner Ermittlungskunst führen.

»Vielschichtig, wendungsreich, zynisch und auf faszinierende Weise brutal. Fantastisches ›hard boiled‹-Abenteuer.« *Jan Drees, 1Live Magazin*

»In seinem rasanten Stil gelingt es Moore, die schwindelerregenden Widersprüche in Bangkoks schillernder Landschaft einzufangen.« *The New York Times Book Review*

## Der Autor

Christopher G. Moore, der sein Alter mit 83,5 Reisejahren angibt, war in seinem früheren Leben Juraprofessor, dann Theaterautor. Spater wurde er, was er bis heute geblieben ist, Romancier. Der gebürtige Kanadier, der in Oxford studiert hat, etablierte sich bald als »Kultautor«. Er lebt in Bangkok.

Im Unionsverlag sind außerdem lieferbar: *Haus der Geister; Nana Plaza* und *Stunde null in Phnom Penh*.

Mehr über Buch und Autor im Anhang
und auf *www.unionsverlag.com*

# 1

Es gibt ein thailändisches Sprichwort von einem Frosch, der in einer Kokosschale lebt. Der Frosch glaubt, das Innere seiner Schale wäre das gesamte Universum. Als Privatdetektiv bekam Vincent Calvino es immer wieder mit Klienten zu tun, die diesem Frosch ähnelten. Sie konnten nicht über den Rand ihrer Schale hinausblicken, und das machte sie unfähig, ihre Probleme zu lösen. Also heuerten sie Calvino an. Er wusste Bescheid. So ein Gehäuse wie das ihre war bequem und sicher. Wenn man es verließ, konnte es gefährlich werden. Calvinos froschartige Kunden bezahlten ihn dafür, dass er sich an ihrer Stelle in ein größeres Universum hinauswagte und Bericht darüber erstattete, wie dort Beziehungen, Orte und Ereignisse miteinander verknüpft waren, wie sie zusammenpassten und sich zu Netzwerken fügten.

Aber wenn man zwei Alpha-Spinnen in einer Kokosschale zusammensperrte, dann wurde es interessant. Schale bleibt Schale, doch das Spiel der Kräfte verändert sich. Aus Sicherheit und Bequemlichkeit werden Furcht und Misstrauen. Die Schale mag von außen aussehen wie immer, aber es ist nicht mehr derselbe Ort. Die Landschaft trübt sich ein mit einer anderen Art von Emotionen. Seidige Netze markieren Grenzen, und Spinnen bewachen ihre Reviere. Calvino hatte schon im Auftrag von Spinnen ermittelt und Beute zu ihrer Schale zurückgeschleift. Spinnen zahlten gut. Soweit er wusste, existierte kein thailändisches Sprichwort über zwei große, haarige Spinnen, die in einer Kokosschale Gift und Galle aufeinander spuckten, aber wenn er es Thais gegenüber erwähnte, lachten sie und meinten, er kenne das Land einfach zu gut. Wenn ein Thai so etwas sagte, bedeutete das nichts Gutes für einen Farang*. Es war kein Kompliment, sondern eine Warnung.

---

* *Worterklärungen auf Seite 377*

Wenn ein potenzieller Klient sein Büro betrat, suchte Calvino in seinem Gesicht und seiner Körpersprache nach verräterischen Anzeichen: Frosch oder Spinne? Manchmal wusste er die Antwort auf den ersten Blick. Bei anderen Gelegenheiten war er sich nicht so sicher. Danielson war so ein Fall. Für diesen Klienten, einen amerikanischen Anwalt, Partner in einer Kanzlei in Bangkok, sammelte Calvino Beweise in einer Affäre um gefälschte Arzneimittel. Jemand hatte heftig an Danielsons Kokosschale geklopft, worauf er zwei furchtsame Augen über den Rand hob und hinausspähte. Das Leben außerhalb der Schale war unsicher, gefährlich und von düsteren Mächten beherrscht. Andrew Danielson war ein Frosch, ein ziemlich gewöhnlicher, langweiliger und vorhersehbarer Frosch, der allerdings in einem Spinnennest arbeitete. Das war es, was Calvino verwirrt hatte. Aber Danielson zahlte ein exzellentes Honorar. Und noch etwas anderes bewog Calvino dazu, den Job anzunehmen: Danielson konnte hilfreich sein bei einer Bewerbung, an der er gerade arbeitete. Seine Mutter hatte ihm die Stellenanzeige der Weltgesundheitsorganisation geschickt. Die WHO suchte nach einem erfahrenen Ermittler. Calvino hatte zwar noch nie davon gehört, dass die Vereinten Nationen Privatdetektive anheuerten, aber Sinn ergab das schon. Jemand musste schließlich nachforschen, wo die nächste Pandemie ausgebrütet wurde, wer gefälschte Medikamente herstellte – das Zeug aus Kreide oder Milchpulver, aber auch das Zeug, das den Menschen schadete – oder wer in den regionalen Hauptquartieren gerade wieder mal pennte. Es würde ein regelmäßiges Einkommen bedeuten, geregelte Arbeit und natürlich ein Büro in New York, näher bei seiner Mutter und der Familie.

Der Brief seiner Mutter war aus dem Altenheim gekommen. Er verfluchte in deutlichen Worten jenen lange toten italienischen Maler namens Galileo Chini, der in dem damals vierzehnjährigen Calvino einen so unauslöschlichen Eindruck hinterlassen hatte. Calvino hatte bei der WHO nachgefragt. Das Stellenangebot war echt. Wenn er jetzt einen großen Fall von Medikamentenpiraterie auffliegen ließ, konnte die WHO ihn schlecht ignorieren, oder?

Wie es schien, hieß Vincent Calvinos Kokosschale Bangkok. Er war nicht allein, viele Ausländer wollten weg.

An der Wand hing eine gerahmte Reproduktion von Galileo Chinis *Das chinesische Neujahrsfest in Bangkok, 1912.* Das riesige Original, ein Ölgemälde, war im Palazzo Pitti in Florenz ausgestellt. Colonel Pratt hatte Calvino die Reproduktion im vergangenen Jahr zum Geburtstag geschenkt. Noch viele Jahre früher, in New York, hatten sie sich bei einer Vorlesung über Galileo Chini und seine siamesischen Bilder kennengelernt. Calvino blickte vom Brief seiner Mutter auf und betrachtete das Bild. Die Menschen, die Straße und der Drache glühten in einem leuchtenden Rot-Ton, schimmernd wie im Schein von Fackeln, brennend von der Tropenhitze. Der Drache tanzte, und bezopfte Chinesen standen vor seinem riesigen Kopf, als warteten sie schicksalsergeben darauf, von ihm verschlungen zu werden. Man meinte, den Klang der Gongs und Trommeln zu hören, und mit jeder Bewegung des Drachen das Klingeln von Hunderten von Glöckchen.

Auf den Straßen von Bangkok ging ein neuer Drache um. Es war eine Zeit der Unruhe und Konflikte. Eine Zeit für Tyrannen, eine Zeit für Visionäre und Narren, für Heuchler, Wichtigtuer. Zarte Seelen ließen sich davon leicht verwirren und isolieren – Leben, die in ihren jeweiligen Kokosschalen herumkollerten. Calvino hatte gerade einen kleinen Sieg errungen, einen, der Andrew Danielson gefallen würde. Aber es war auch eine Feder, die er sich an den Hut stecken konnte, wenn er sich mit den Offiziellen der WHO zusammensetzte und sie wissen wollten, was er in letzter Zeit für die Weltgesundheit getan hätte. Als er die schmale Sackgasse betrat, in der sein Büro lag, vollführte er einen kleinen Freudentanz wie ein Footballspieler nach dem Touchdown. Ein Blick auf die Uhr zeigte ihm, dass es kurz nach fünf Uhr nachmittags war. Er dachte an das Geld, das Danielson ihm schuldete. Es war mehr als ein gutes Geschäft. Sicher, die Videokassette, die die Medikamentenpiraterie dokumentierte, würde er gegen zehn Riesen eintauschen. Aber gleichzeitig auch gegen Empfehlungsschreiben von Andrew Danielson und dem geschädigten Pharmahersteller, die der WHO sagen würden: Diesen Knaben braucht ihr unbedingt als Ermittler.

Allerdings hatte er seine geschäftliche Grundregel bezüglich Honoraren verletzt. Calvinos Gesetz: erst das Geld. Normalerweise hielt er eine kleine Ansprache für seine Klienten bereit:

»Ich bekomme vorab eine Anzahlung. Ich bin bereit, darauf zu verzichten, wenn Sie sich im Gegenzug vorab tätowieren lassen. Mit meinem Namen auf Ihrem rechten Arm und einem Haufen schwarzmagischer chinesischer Symbole gegen Betrügerei darunter. Ein *›hei mo fa‹* unter meinem Namen reicht völlig. Dann können Sie das mit der Kohle im Voraus vergessen.«

Danielson war diese Ansprache erspart geblieben. Er war ja Anwalt. Zehn Riesen bedeuteten gar nichts für einen Partner in einer Kanzlei in Bangkok. Danielson wollte eine Erfolgsgarantie. Und da Calvinos Mutter wollte, dass er sich bei der WHO bewarb, vergaß er alle Bedenken und ließ seine Ansprache sein. Kein Problem. Und alles war genau nach Plan gelaufen. Er hatte die Beweise.

Calvino hörte die Stimme einer Frau und versuchte, das Geräusch einzuordnen. Warum weinte die Frau? Er blieb stehen und ließ den Blick über die Gebäude zu beiden Seiten schweifen; er konnte nicht bestimmen, wo das Weinen herkam. Das Jammern ging plötzlich in ersticktes Schluchzen über. Die zitternde Stimme einer Frau, deren Lungen sich für einen neuen Anfall lautstarker, tiefer Traurigkeit mit Luft füllten. Diese schwermütige weibliche Klage der Verzweiflung verstörte Calvino. Er rieb sich die schmerzende Schulter. Mit Schmerzen kannte er sich aus.

Ich werde alt, dachte er, zu alt, um unauffällig mit einer Kameraausrüstung in fremden Gegenden herumzuschleichen. Ein Schreibtischjob bei der WHO, das war es, was der Doktor ihm verschrieben hatte. Es leichter zu nehmen, mal alle fünfe gerade sein zu lassen, Ermittlungsarbeit per Computer, örtliche Arbeitskräfte für die Drecksarbeit. Trotz der stechenden Schmerzen war Calvino guter Dinge. Ein Hochgefühl, so, wie es ein Jäger empfindet, nachdem er große Beute gemacht und sie nach Hause geschleift hat, um dem Stamm zu beweisen, dass er zwar vielleicht alt wird, es aber immer noch draufhat.

Er verlagerte das Gewicht der Kameratasche von einer Schulter auf die andere. In seiner Familie gab es eine lange Krankengeschichte der Arthritis; es war wie eine dieser eingebauten Sollbruchstellen, eine tickende Zeitbombe, die nur auf das richtige Alter und den falschen Zeitpunkt wartete, um einem eine nette Überraschung zu bescheren. Klick, rumms, selten so gelacht: ein Elektroschock nach dem anderen, der einem durch die Schulter schoss.

Eine Überraschung wie die mit der weinenden Frau. Ihr Schluchzen, halb überlagert vom Verkehrslärm, nagte sich in sein Bewusstsein. Er ging weiter. Das Geräusch klang, als käme es aus der Richtung seines Büros. Nichts kann einen Mann so verstören wie die aus tiefster Kehle kommende Trauer einer Frau. Ein Stöhnen der Verdammnis, das sich in einer universellen Sprache des Kummers und der Verlorenheit mitteilte. Der Soundtrack der nächtlichen Nachrichten aus aller Welt. Aber die Realität war eben doch etwas anderes als eine Fernsehkonserve. Calvino verlagerte abermals die Kameratasche von einer Schulter auf die andere. Zwei Schultern wie die Athleten einer Behindertenstaffel, die mit letzter Kraft versuchten, die Ziellinie zu überqueren, bevor sie zusammenbrachen. Die Videokamera, Ersatzakkus und andere Utensilien wollten ihn zu Boden ziehen.

Eine junge Ying im Polohemd und weiten Hosen stürzte aus dem Schatten auf ihn zu. Ihr Gesicht war eine tränenüberströmte, vor Entsetzen verzerrte Maske. Sie packte Calvino am Arm und zog ihn hinter sich her, während ein brennender Schmerz durch die mit ebendiesem Arm verbundene Schulter tobte. Er schrie auf, aber davon ließ sie sich nicht abhalten. Ihre langen roten Fingernägel gruben sich in seinen Arm, während sie ihn zum Massagesalon zerrte. Sie drängte ihn durch die Tür in den sumpfgrün gekachelten Eingangsbereich, dann durch einen Korridor mit Orchideentapete und ewig blinkender Christbaumbeleuchtung, schließlich die Treppe hinauf. Das Dekor hätte aus dem Zimmer von Calvinos

Freund McPhail stammen können, mit dem Faible eines Gangstas für Weihnachten übers ganze Jahr.

Calvinos Büro lag im zweiten Stock des Gebäudes. Die Räume darunter standen seit einem Jahr leer. Der One-Hand-Clapping-Massagesalon – »Klatschen mit einer Hand«, eine Art Zen-Koan – lockte im Erdgeschoss Kunden an, denen dann im ersten Stock ihre Massage zuteilwurde. Nach Einbruch der Dunkelheit leuchtete der Firmenname rot-blau in kursiver Neonschrift über der Tür. Beinahe künstlerisch. Das aus Leuchtstoffröhren geformte Abbild einer gespreizten weiblichen Hand; einer nach dem anderen leuchteten die Finger auf, die Fingernägel rot umrandet, bis die ganze Hand in der Dunkelheit glühte. Schlanke, sinnliche Finger, die den Besucher zum Eintreten einluden.

War das Schild ausgeschaltet, bewegte sich die Hand nicht. Aber selbst wenn das Neonlicht leuchtete, sah sie nicht so aus, als würde sie klatschen; dazu bedurfte es schon einer besonders lebhaften Fantasie. Wenn Calvinos Klienten die Treppe zu seinem Büro im zweiten Stock betraten, bemerkten sie immer als Erstes den Schriftzug mit der Hand. Der Massagesalon war eines dieser vielen kleinen Geschäfte, bei denen sich die Nachbarn wie bei einem Garten mit immergrünen Pflanzen fragten, welches Gewächs wohl die Trockenzeit überleben würde. Dasselbe galt natürlich auch für Calvinos Büro. Ratana, seine Sekretärin, betete darum, dass der Massagesalon, als jüngster Trieb an einer uralten Ranke, keine Früchte tragen würde.

Manche Klienten reagierten eher amüsiert auf das »Klatschen mit einer Hand« unter dem Büro ihres Privatdetektivs. Andere machten auf dem Absatz kehrt und riefen später an, um ihren Termin abzusagen, weil sich ihre Probleme erledigt hätten. Der Massagesalon war schlechte PR. Am Dienstag wurden es drei Monate seit seiner Eröffnung. Die Geschäfte liefen schleppend. Die Yings lungerten draußen herum und verteilten Rabattcoupons an potenzielle Kunden. Mancher Klient legte Calvino einen davon auf den Tisch und fragte, ob das auch für seine Dienste gelte. Das Leben war eine ewige Reihe kleiner Erniedrigungen.

Vor dem Massagesalon wimmelte es normalerweise von Yings, die ihre Dienste anpriesen. Aber gerade eben war alles verlassen gewesen, bis auf die Ying, die seinen Arm wie in einem Schraubstock gepackt hielt und mit wilden Augen und fliegendem Haar um Hilfe flehte, während sie sich an ihn drängte. Sie zitterte, und ihre Zähne klapperten, als käme sie gerade aus der Tiefkühltruhe.

Im Korridor wartete die Mamasan, eine brennende Zigarette zwischen den bebenden Fingern. Ihre Nägel waren frisch lackiert, eidechsengrün. Sie ignorierte die Ying, die Calvino angeschleift hatte, und trat vor eine Tür. Sie klopfte und brüllte, aber von drinnen kam keine Antwort.

»Es ist abgesperrt«, sagte sie.

»Und Sie haben keinen Schlüssel? Kommen Sie! Es muss doch einen Ersatzschlüssel geben.« Er blickte sich um und sah nur leere Gesichter. Der Massagesalon mochte nicht besonders erfolgreich sein, aber heute sah es nach absoluter Rezession aus. Kein einziger Kunde in Sicht. Ein verlassener Massagesalon, das war ein Omen, sagte sich Calvino. Ein Zeichen des Himmels, und bis jetzt hatte er es jedes Mal bereuen müssen, wenn er ein solches ignorierte.

Die Mamasan konnte nicht älter als fünfunddreißig sein. Sie zeigte die grimmige Entschlossenheit eines Kommandeurs auf dem Schlachtfeld, der den feindlichen Angriff erwartet. »Tür von innen abgeschlossen«, beharrte sie. »Helfen Sie aufmachen.«

»Womit denn? Sie brauchen einen Schlosser.« Er stellte seine Kameratasche ab und rieb sich die Schulter, durch die es immer noch ab und zu wie ein elektrischer Schlag fuhr.

Sie warf die brennende Zigarette in einen Aschenbecher. »Kein Schlüssel. Keine Zeit. Ich glaube, großes Problem da drin. Wir müssen aufbrechen«, sagte sie.

Die Verwendung des »Pluralis Majestatis« bezog sich in Wirklichkeit auf sein sehr singuläres Farang-Ich. Lahme Schulter oder nicht: Er war ein Mann, oder? Mamasans hatten so eine derbe Art an sich, den Mut eines Mannes auf die Probe zu stellen.

Calvino starrte erst sie an, dann die anderen Yings. Sie warteten alle, dass er etwas unternahm. Das Weinen hinter der Tür erreichte eine schrille Note. Jetzt reichte es ihm. Er schob die Kameratasche zur Seite, warf sich mit der Schulter gegen die Tür und brach sie auf. Holz splitterte. Er war als Erster drinnen. Auf einem Stuhl am Fenster saß eine Ying in einem rot-blauen kurzen Kimono. Die Farben entsprachen denen der Neonreklame. Der Name des Massagesalons und eine stilisierte, schlanke Hand waren über der rechten Brust säuberlich aufgestickt. Auch diese Hand sah nicht so aus, als würde sie klatschen. Die Mamasan beschimpfte die Ying am Fenster als dämlichen Wasserbüffel, weil sie die Tür nicht aufgemacht hatte. Sie begutachtete kopfschüttelnd den Schaden und drohte, die Ying zu entlassen und ihr die Reparaturkosten vom Gehalt abzuziehen. Calvino ignorierte das Scharmützel. Auf dem Einzelbett lag reglos eine nackte Gestalt, Arme und Beine in seltsamen Winkeln abgespreizt. Er kauerte sich neben das Bett und war dabei bemüht, nicht in das viele Blut zu treten.

Ihre Augen standen weit offen, reglos und glasig. Die Venen an den Handgelenken waren aufgeschnitten, und das Bett feucht von ihrem Blut. Es war schwer zu glauben, dass ein so kleiner Körper so viel Blut enthalten konnte. Sie schien gute Arbeit geleistet zu haben. Nur wenig Blut war hochgespritzt und klebte ihr an Kinn und Mund. Die zweite Frau saß ein, zwei Meter entfernt auf der Kante eines Stuhls und wiegte sich vor und zurück. Sie ignorierte die Drohungen der Mamasan, tief in einer ureigenen Welt der Trauer gefangen.

Aus der Körpertemperatur der Ying schloss Calvino, dass sie seit mehr als einer Stunde tot war. Im Hintergrund summte leise die Klimaanlage. Die Yings sahen zu, während er eine schwere Kette untersuchte, dick wie ein Tau, die sie um den Hals trug. Sie konnte aus Gold sein oder auch nur vergoldet. Im Unterschied zur Halskette war das nackte Mädchen noch warm. Calvino umrundete das Fußende des Betts. Die Kleider der Frau lagen säuberlich zusammengefaltet auf einem Beistelltisch. Die Blutlache vermeidend, kauerte er sich dicht neben der Leiche nieder. Angefangen beim Gesicht, untersuchte er den Körper, ohne ihn zu berühren oder zu bewegen. Keine Prellungen oder Abschürfungen. Keine Anzeichen eines Kampfes. Wenn sie um ihr Leben gekämpft hätte, würde das Spuren hinterlassen haben. Hautpartikel unter den Fingernägeln und blauschwarze Blutergüsse, die untrüglichen Anzeichen für Gewaltanwendung. Er untersuchte Arme, Hals, Gesicht und Beine, achtete auf die kaum sichtbaren Druckstellen, die Finger auf der Haut hinterlassen. Alles, was er fand, war die glatte, seidige Haut einer toten Ying ohne einen einzigen Makel oder Kratzer. Bis vor Kurzem schien sie sich erstklassiger Gesundheit erfreut zu haben; sie war eine junge, gesunde, schöne Frau, die man ohne das viele Blut um sie herum mit jemandem verwechseln hätte können, der in tiefem Schlaf lag. Und ihre Kleider lagen sorgfältig zusammengelegt da, als warteten sie auf ihr Erwachen.

Die Mamasan berichtete, dass die tote Ying den ganzen Tag über keine Kunden gehabt habe. Sie hätte sich im Zimmer eingesperrt und sich geweigert, herauszukommen. Zwar besaß die Mamasan einen Zweitschlüssel, aber die Ying hatte von innen den Riegel vorgelegt. Natürlich war das nicht mehr wichtig. Das Mädchen war tot.

Als Calvino sich wieder aufrichtete, schossen die Schmerzen wie Schnellfeuersalven durch seine Schulter. Er rieb sich die Stelle. Eine Ying, die von der Tür aus zugesehen hatte, trat stumm zu ihm und massierte ihm – auf ein Zeichen der Mamasan – die Schulter. Eine andere Ying bot ihm ein Glas Wasser an. Er wandte sich zu der toten Frau auf dem schmalen Bett um. Doch er interessierte sich mehr für die Ying, die schluchzend am Fenster saß und deren Gesicht von Trauer tief gefurcht war. Inzwischen hatte sich der Raum mit Massagemädchen gefüllt.

»Mamasan, schaffen Sie die Mädchen hier raus. Rufen Sie die Polizei.«

Sein Blick glitt durch den Raum. Keine rührte sich. Er brüllte sie an, das winzige Zimmer zu verlassen. Es roch nach saurem *Som Tam,* einem Gericht aus Isan, zubereitet aus scharfen Chilis, roher Papaya, Kirschtomaten und vergorenem Fisch oder Krabben. Der überwältigende Gestank nach Knoblauch hing in der Luft.

»Haben Sie die Polizei schon verständigt?«, fragte er die Mamasan. Calvinos Augen tränten vom Knoblauch und Zigarettenrauch. Er wischte sich mit dem Handrücken darüber.

»Polizei nicht gut«, sagte sie.

Manchmal konnte eine Mamasan gleichzeitig recht und unrecht haben.

Aber es war unvermeidlich, die Polizei einzuschalten. Wenn jemand in Bangkok eines gewaltsamen Todes starb, wurden Polizei und »Leichenräuber« zum Schauplatz entsandt. Dann folgte ein als »Teamwork« bezeichnetes Ritual, bei dem die Cops die Leiche inspizierten, Beweismittel sicherstellten und den Tatort fotografierten, während die »Leichenräuber« auf ihr Stichwort warteten, die Leiche fortschaffen zu dürfen. War die tote Person eine prominente Figur, mussten alle möglichen Formalitäten beachtet werden, eilfertig koordinierten Beamte den Informationsfluss an die Presse. Davon konnte hier natürlich keine Rede sein. Eine tote Massage-Ying, ein Niemand von Nirgendwo, das bedeutete nur Unmengen überflüssigen Papierkram.

Aber die Vorschriften erforderten nun mal eine Untersuchung. Eine Ermittlung, die behindert wurde durch ein Dutzend unbeschäftigter, weinender Masseusen, die durchs Zimmer wuselten und sich mit allem bedienten, was nicht niet- und nagelfest war. Essen, Goldkettchen, Kreditkarten, Bargeld. Der Grundgedanke dahinter lautete: Das Opfer brauchte das alles nicht mehr. Je fremder einem die tote Ying gewesen war, desto mehr trat das Gefühl in den Hintergrund, dass es Unglück brachte, die Toten zu bestehlen. Je eher die irdischen Besitztümer der toten Ying ein neues Zuhause fanden, desto besser. Die Furcht vor den Geistern würde erst später kommen.

Calvino scheuchte zwei der Mädchen hinaus und wandte sich der Ying zu, die, sich vor- und zurückwiegend, neben dem Fenster saß, als wäre es die Klagemauer. Der Stuhl stand links vom offenen Fenster, das mit weißen Baumwollstores verhängt war. Calvino fragte die Ying, warum sie das Fenster geöffnet hätte, wo doch die Klimaanlage lief. Sie antwortete nicht. Er wollte wissen, warum sie die Tür nicht aufgemacht habe und ihre Freundin tot auf dem Bett liege. Er griff nach ihren Händen und hielt sie kurz fest, während er die Fingernägel untersuchte, ließ sie dann in ihren Schoß zurückfallen. Es waren die Hände einer Ying, die kürzlich noch auf den Feldern gewesen war oder eine andere harte Arbeit getan hatte. Nach ein paar Monaten in einem Massagesalon wurden die Hände weich. Er hielt sie für eine Anfängerin.

Eine Liste von »Warums« stellte sich. Das Mädchen am Fenster war nicht in der Verfassung, sie zu beantworten, aber Calvino fragte trotzdem. Sie antwortete stereotyp mit: »Weiß nicht.«

Wusste sie nichts, oder wollte sie nur nichts sagen? Er war ein Farang, und das hier führte zu nichts. Es war Angelegenheit der Polizei, nicht seine. Die Polizei wusste, wie man Antworten bekam, und die Ying würde sich hüten, ihre Fragen mit einem Achselzucken abzutun. Die Mamasan stand in der Tür und kaute auf einem abgebrochenen Fingernagel.

»Wie heißt sie?«, fragte Calvino die Mamasan.

»Ihr Name ist Metta.«

Calvino wandte den Blick zu Metta, die mit übergeschlagenen Beinen dasaß, während einer ihrer breiten Füße mit den auseinanderstehenden Zehen im Rhythmus einer Musik wippte, die nur sie zu hören schien.

»Und das tote Mädchen?«

»Alle sagen Jazz zu ihr.«

Die Mamasan steckte sich eine weitere Zigarette an. Was mochte ihr durch den Kopf gehen? Eines gewiss: dass ein Selbstmord in einem Massagesalon nicht gut war. Das Gerücht, dass ein Geist, ein bleicher, aber schöner weiblicher Geist, in dem Gebäude spukte, würde monatelang die Runde machen. Selbstmorde machten dem Personal Angst und beunruhigten die Kundschaft. Die Mamasan kalkulierte, wie viele Mönche sie wohl bezahlen musste, um den Salon von einem übellaunigen Geist zu befreien. So war das Leben, die Toten mussten von singenden Mönchen mit Räucherstäbchen zur Ruhe gebettet werden, damit die Lebenden sich ihrer nächsten Massage widmen konnten.

Aus irgendeinem Grund hatte Jazz den Willen zum Leben verloren. Sie hatte einen Ausweg aus ihrem Elend gefunden und es anderen überlassen, das Durcheinander, das sie hinterließ, aufzuräumen. Niemand beeilte sich, die Behörden zu verständigen. Wenn sie auftauchten, brachten sie jene Horde mit, die an jedem Schauplatz eines unnatürlichen Todes auftaucht. Unbeteiligte Zuschauer, gelähmt, verwirrt, verängstigt und durcheinander, die es trotz allem wie Motten zum Licht zog. Calvino bemerkte, dass auf dem Som-Tam-Teller zwei Gabeln lagen. Anscheinend hatten Jazz und Metta sich das Essen geteilt. Calvino spürte tief in der Magengrube, dass hier etwas nicht stimmte. Das hier bringt Unglück, dachte er. Es erleichterte ihn, dass die Polizei bald kommen würde und er wegkam von dem Klagelaut des Weinens und dem Gestank nach Tod.

Er hatte sich in die Probleme des Massagesalons hineinziehen lassen, bevor er die Situation überblicken konnte. Es war, wie es so schön hieß, seine Entscheidung gewesen. Hätte er gewusst, dass ihn eine tote Ying erwartete, er würde augenblicklich die Polizei gerufen haben. Er lehnte sich gegen die Wand, betrachtete Jazz' Leiche und bereitete sich auf das vor, was ihn erwartete.

Die Polizei würde wissen wollen, warum er die Tür aufgebrochen hatte. Wer hätte das unter den gegebenen Umständen nicht getan?, fragte er sich selbst. Aber dadurch war er kein unbeteiligter Zuschauer mehr, sondern jemand – ein Ausländer mit einem Büro weiter oben im Haus noch dazu –, der vor körperlicher Gewalt nicht zurückschreckte. Wie würden die Beamten das beim Verhör interpretieren?, fragte sich Calvino. Wäre er der Polizist, was würde ihm durch den Kopf gehen? Würde er sich selbst verdächtigen? Der Schmerz in seiner Schulter drängte sich in seine Überlegungen. Er erinnerte sich, dass Ratana ein paar seiner Schmerztabletten für ihn in ihrer Handtasche aufbewahrte. Er hatte sie darum gebeten, sonst wäre die Versuchung zu groß gewesen, sie wie M&Ms zu verdrücken. Es waren noch vier der blauen Kapseln übrig. Er hatte sie gezählt. Er kannte sie sehr gut und sehnte sich nach dem Moment, den Deckel aufzuschrauben. Der Gedanke an ein paar Schmerzpillen zauberte ein Lächeln auf seine Lippen.

Die Mamasan räusperte sich. Er sah auf und merkte, dass die Yings ihn anstarrten. Sie sahen, wie sein Gesicht sich vor Schmerz verzerrte und sein Mund einen zornigen, verzweifelten Ausdruck annahm. Den kannten sie, wenn sie auf dem Rücken von Kunden herumspazierten. Calvino hatte einen Fehler gemacht. Er war der einzige Farang im One-Hand-Clapping-Massagesalon am Abend eines Todesfalls. Schon jetzt bereute er, sich in diese peinliche Situation gebracht zu haben. Eigentlich sollte er in diesem Moment mit Andrew Danielson telefonieren und ihm von den Videoaufnahmen berichten. Oder seinen Lebenslauf für die WHO aufpolieren. Stattdessen haftete der saure Gestank nach Som Tam in seiner Nase, und der Geruch des Todes hängte sich in seine Kleider.

# 2

Es dauerte nicht lange, bis vier uniformierte Polizisten den Massagesalon betraten. Sie hatten vor dem Hotel gegenüber geparkt, damit in der schmalen Neben-Soi Platz genug für den Van der »Leichenräuber« blieb. Aus dem Van kletterten mehrere Männer und schafften eine Bahre heran. Dahinter stoppte ein weiterer Polizeiwagen, dessen Blaulicht über das Neonschild flackerte, das jemand wieder eingeschaltet hatte. In diesem Licht sah die einsame Neonhand tatsächlich so aus, als versuchte sie zu klatschen.

Um 18:30 Uhr erreichten die Teams der örtlichen Fernsehsender den Schauplatz. Kameramänner drängelten sich im Flur, filmten die Neonreklame, den Eingang und das Schild an der Wand gegenüber, auf dem stand: »Vincent Calvino, Privatdetektiv, 3. Stock«. Calvino hatte nicht daran gedacht, sein Schild abzudecken. Ein verdächtiger Todesfall mochte schlecht für das Massagegeschäft sein, aber gute Reklame für einen Privatermittler war er auch nicht.

Calvino steckte ein langer Observierungstag in den Knochen. Er hatte eine große Operation mit gefälschten Medikamenten filmisch dokumentiert und seinem Auftraggeber, Andrew Danielson, versprochen, ihn am späten Nachmittag anzurufen. Er sah auf die Uhr. Inzwischen war es 18:40 Uhr. Er ging in sein Büro und bat Ratana um das Fläschchen mit den Pillen. Zwei davon spülte er mit Wasser hinunter. Mit verzogenem Gesicht ging er hinter die Trennwand an seinen Schreibtisch und rief in Danielsons Anwaltskanzlei an. Man teilte ihm mit, dass Mr Danielson bereits gegangen sei.

Ratana schob sich mit verschränkten Armen in sein Büro, als wäre ihr plötzlich kalt. Sie stand auf diese typische Art da, wie sie Frauen an sich haben, wenn sie übermüdet sind oder sich über etwas ärgern, das einem eigentlich selbst klar sein sollte. »Mr Danielson hat die ganze letzte Stunde ununterbrochen angerufen«, sagte sie. Sie trug einen gelben Schal wie eine Bandana um die Stirn geschlungen und ein gelbes Plastikarmband am rechten Arm. Sie hatte Calvino rechtzeitig Bescheid gesagt, dass sie heute um 17:30 Uhr gehen musste, aber er hatte entgegnet, es sei wichtig, dass sie auf seine Rückkehr wartete. Im Lumpini-Park fand wieder einmal eine Demonstration statt. Für Ratana war das ein neuer Lebensstil, Versammlungen und Demonstrationen. In letzter Zeit wurde sie immer entschlossener und diskussionsfreudiger. Calvino hatte geglaubt, ihr politisches Interesse sei nur eine vorübergehende Laune, die sich wieder geben würde. Aber er hatte Ratanas Engagement unterschätzt.

Er hatte jemanden gebraucht, der im Büro war, wenn Danielson anrief. Es war unprofessionell, einen Klienten anrufen zu lassen, ohne dass jemand an den Apparat ging, hatte er gemeint. Ratana war geblieben.

»Du kommst spät«, sagte sie. Um ihre Augen lagen Sorgenfalten. Ein Anflug von Angst, gepaart mit Zorn.

»Es gab ein Problem unten im Erdgeschoss.«

»Ich hörte ein lautes Geräusch. Es klang, als würde jemand die Wand einreißen. Ich ging raus und hörte eine Frau weinen.«

Das Weinen drang immer noch gedämpft nach oben und breitete sich in dem Schweigen aus, das zwischen ihnen entstand.

»Was ist los, Vinny? Was will die Polizei?«

Sie hatte den Van gesehen. Die »Leichenräuber« zeigten wie kreisende Geier an, dass der Tod in der Nähe lauerte. Ratana hatte eigentlich hinuntergehen und selbst nachsehen wollen, was passiert war, sich dann aber zurückgehalten.

»Eines der Massagemädchen hat sich umgebracht.«

Ratana schloss die Augen, holte tief Luft. »Das ist schrecklich.«

»Hat sich die Pulsadern aufgeschnitten«, sagte Calvino. »So was kommt vor.«

Sie war bleich geworden und griff sich an den Hals.

»Was hast du zu Danielson gesagt?«

»Dass du ihn zurückrufst, sobald du wieder da bist.« Sie mied seinen Blick. Sie wünschte sich sehnlichst, so weit wie möglich von diesem Büro entfernt zu sein. Der Geist der toten Frau würde in der Nähe lauern, wütend und auf Rache sinnend.

»Was hat er gesagt?«

»Willst du es wirklich wissen?«

Calvino nickte.

»Er sagte: Wo zum Henker ist der Kerl?«

»Ruf bei ihm im Büro an. Ich lasse nicht zu, dass der Mistkerl so mit dir redet.« Er begann sich zu fragen, ob Danielson vielleicht auch nur ein stinknormaler Frosch in einer Kokosnuss war.

Ratana stellte das Gespräch zu Calvino durch. Er erfuhr, dass Danielson auf dem Weg zu seinem jährlichen Oxford-Cambridge-Dinner sei und ganz bewusst kein Handy mitgenommen hatte. Die Sekretärin schien sehr gut über seine Gepflogenheiten Bescheid zu wissen. Sie nahm eine Nachricht entgegen. Calvino diktierte: »Ich habe alles, was Sie wollten, und noch mehr. Tut mir leid, dass ich heute aufgehalten wurde. Ich rufe Sie gleich morgen früh an.« Er bat sie, die Nachricht zu wiederholen, dann legte er auf.

Durchs Bürofenster beobachtete Calvino die kleine Gruppe von Gaffern auf der Straße. Er sah, wie Ratana sich zwischen ihnen hindurchdrängte. Sie hatte sich nicht verabschiedet. Er musterte die Passanten, während er darauf wartete, dass die Cops kamen, um ihm Fragen zu stellen. Die ersten Freier tauchten auf, unterwegs zu der Gruppe von Bars, die nach toten impressionistischen Malern benannt waren: Renoir, Degas, Monet. Zwischen Straßenverkäufern, Motorradtaxis und Yings auf dem Weg zur Arbeit glotzten sie die »Leichenräuber« an, die eine Rollbahre in ihren Wagen luden. Die Freier durchstreiften die Nacht auf der Suche nach Gesellschaft, Alkohol, Essen und vor allem nach Nervenkitzel, denn darum waren sie nach Bangkok gekommen. Sie waren neugierig. Die Polizei winkte sie weiter. Reporter ließen ihre Kameramänner einen kurzen Schwenk über die Neugierigen drehen. Das machte sich immer gut.

Nur ein rosiger Lichtstreifen hinter den Wolken war noch vom Tag übrig. Das Neonschild über dem One-Hand-Clapping-Massagesalon leuchtete hell, die Finger glühten einer nach dem anderen auf und blinkten dann wie zum Applaus. Einer der »Leichenräuber« schloss die hintere Tür des Vans und stieg vorne ein. Der Fahrer blickte über die Schulter zurück und schaltete das Licht ein. Die Bremsleuchten gingen immer wieder an und aus, während er in der schmalen Straße wendete. Einer der Polizisten nahm ein Megafon und brüllte die Schaulustigen an, Platz zu machen.

Etliche Polizeibeamte waren noch im Massagesalon, als Colonel Pratt die Treppen zu Calvinos Büro emporstieg. Unten wurde der Mamasan nach einer Stunde Verhör schlecht, und sie rannte zum Waschbecken, um sich zu übergeben. Sie würgte trocken. Es mochte an dem ranzigen Som Tam liegen. Die Mamasan gab sich hart, aber auch die Härteste bekommt bei zu viel Blut mal einen schwachen Magen.

»Der leitende Polizeibeamte bat mich, deine Aussage aufzunehmen«, sagte Colonel Pratt. In seiner Polizeiuniform sah er förmlich aus und hielt sich militärisch aufrecht, als er in dem Stuhl Calvino gegenüber Platz nahm. Er holte Kugelschreiber und Notizblock aus seiner Aktentasche und schloss sie wieder, um sie als provisorischen Schreibtisch auf seinen Schoß zu legen.

»Bist du bereit?«, fragte Calvino.

Pratt nickte. »Gut, Vincent. Erzähl mir, was passiert ist.«

Wo beginnen? Er dachte an das klagende Weinen der Frau, als er die Soi betrat. Calvino schloss die Augen, als brauchte er Ruhe. Pratt wartete, beobachtete und fragte sich, warum sein Freund so abwesend aussah, als wäre er weit entfernt. An diesem Abend, an jenem dunklen stillen Ort sah Calvino im Geiste die Neonröhren der Finger der einzelnen klatschenden Hand aufleuchten und eine soeben verstorbene Leiche im Zimmer liegen. Ein, zwei Meter entfernt quoll das Neonlicht durchs Fenster und tauchte den Raum in Rot. Und ein Ausdruck abgrundtiefen Entsetzens glitt über das Gesicht der Ying am Fenster, während sie neben der Leiche ihrer Freundin saß.

# 3

John Lovell hielt die Hände unter den Wasserstrahl und schrubbte sie sich wie ein Chirurg. Er achtete darauf, dass sein weißes Sakko und das weiße Frackhemd nicht nass wurden. Er hatte die Ärmel bis zum Ellbogen hochgeschoben. Die meisten Viren und Bakterieninfektionen, wie er sehr wohl wusste, waren ein Akt der Selbstverstümmelung. Die eigene Hand berührt eine fremde Hand, ein Treppengeländer oder das Trinkglas einer anderen Person. Die so infizierte Hand reibt die Nase, weil jene ein winziges bisschen juckt. Dieses winzige Jucken und die unsaubere Hand sind die besten Freunde des Krankheitskeims. Wenn ich ein Keim wäre, dachte Lovell, würde ich eine Armee von winzigen Juckreizen Tag und Nacht durch die Bevölkerung schicken. Neben ihm quoll ein Bambuskorb über von frisch aufgestapelten weißen Handtüchern. Nicht die schrecklichen Papierhandtücher oder Lufttrockner, die vielleicht nicht die besten Freunde des Keims waren, aber durchaus fähig, ihn zu verbreiten. Oder sollte man besser sagen, verkuppeln?

Während er sich die Hände abtrocknete, betrachtete Lovell sich im Spiegel. Obwohl bereits einunddreißig, konnte er noch für Mitte zwanzig durchgehen. Er schob sein Gesicht näher an den Spiegel heran, und seine blauen Augen verengten sich, als er eine winzige Falte an seiner Fliege entdeckte. Warum war ihm das nicht vorher aufgefallen? Hoffentlich hatte niemand im Speisesaal diesen armseligen Abklatsch einer schlecht gebundenen Fliege bemerkt. Was hatte er sich nur dabei gedacht? Mit inzwischen knochentrockenen Händen knotete er die Fliege auf. In amerikanischen Krankenhäusern sterben jedes Jahr fünfzigtausend Menschen an Keimen, rief er sich ins Gedächtnis. Und die größten Brutstätten für Keime? Die Krawatten der Ärzte! Sie entließen eine wahre Armee tödlicher Bakterien in der Krankenstation, sodass die Patienten links, rechts und zur Mitte wie die Fliegen starben.

Einen Augenblick später kam ein junger Thai herein, der sich ein hellblaues Cambridge-Band ans Sakko gesteckt hatte, und fing Lovells Blick im Spiegel auf. Ein breites Grinsen glitt über das Gesicht des Thai.

»Sie können tatsächlich so ein Ding binden?«, fragte er.

Lovell schlang den Knoten wie ein Meisterdesigner und richtete gekonnt die Enden der Schleife. Er musterte das Gesicht des Fragenden im Spiegel. »So schwer ist das gar nicht.«

Der Thai nahm in Sekundenschnelle seine eigene Fliege ab und zeigte das Gummiband an der Rückseite. »So ist es einfacher. Es geht schneller. Zeit ist Geld.«

Lovell wusste, dass diese Einstellung weitverbreitet war. Aber sie war der Feind der kleinen Gesten und Rituale aus einer Zeit, als die Uhren noch langsamer gingen. Und an deren Werten orientierte sich Lovell. Er beurteilte andere nach dem Eifer, mit dem sie sich den kleinen traditionellen Fertigkeiten widmeten, wie zum Beispiel eine Fliege zu binden, Geige zu spielen oder Passagen aus Camus' *Der Fremde* zu zitieren. Er besaß ein eidetisches Gedächtnis, jene seltene Fähigkeit, sich an Zahlen, Ereignisse oder Bilder bis ins letzte unwichtige Detail zu erinnern. Sein Gehirn war nicht eingeengt von den üblichen Grenzen der Wahrnehmung; seine Erinnerungsfähigkeit schien unbeschränkt zu sein. So ein Gedächtnis kam einem natürlich beim Jurastudium zupass. Während der Prüfungen konnte Lovell sich (als wäre sein Kopf eine Google-Suchmaschine) Textpassagen seitenweise vor Augen rufen. Er konnte im Kopf zum Index weiterblättern, die entsprechende Stelle nachschlagen und in ihrer Gänze zitieren.

In seinem Gehirn war auch das Bild einer perfekt gebundenen Fliege abgespeichert. Die Struktur dieser Fliege gelangte über eine visuelle Schnittstelle direkt bis hinab zu seinen Fingerspitzen. Sein Gedächtnis war eine seltene Gabe, doch die Fertigkeit, eine Fliege zu binden, war in seiner Familie bewusst von Generation zu Generation weitergegeben worden. Eine Art Bindungsritual zwischen Vater und Sohn. Die perfekte Fliege zu knoten erforderte Höflichkeit, Selbstdisziplin und das Gespür für eine Kultur, in der der

Gentleman das Maß aller Dinge war. Die meisten Leute in Lovells Umfeld hielten diese Kultur für nicht mehr zeitgemäß, und der Mann, der gerade neben ihm stand, repräsentierte alles, wovon Lovell eine große Kluft trennte. Er wusste, dass die Welt nicht untergehen würde, wenn niemand mehr eine Fliege zu knoten verstand. Nichts würde sich dadurch verändern, und nur wenigen Menschen würde es überhaupt auffallen. Aber aus seinem Blickwinkel hieße das, dass es mit der Welt wieder einen kleinen Schritt abwärtsging in Richtung Plumpheit, Vulgarität und, jawohl, der bloßen Jagd nach dem schnöden Mammon.

»Mein Name ist Apisak«, sagte der Thai.

»Lovell. John Lovell.«

»Oxford?«

Durch das blaue, an sein Sakko geheftete Band war das unschwer zu erkennen. Die ganze Stadt oder die ganze Universität bin ich nicht, wollte er schon präzisieren. Aber er hielt sich zurück. Stattdessen nickte er dem Spiegel zu und verlieh seiner Fliege den letzten Schliff, überprüfte den Faltenwurf. Jetzt war es, auch wenn es nach Eigenlob klang, eine perfekte Fliege. Apisak sah der Vorstellung lächelnd zu, eine Hand auf die marmorne Waschtischplatte gestützt. Er fand Lovell amüsant, ein Relikt aus einer anderen Zeit.

»Ich habe am King's College Jura studiert«, sagte Apisak. Lovell nickte. »Und ich am St. John's.«

»Zweifellos *summa cum laude*«, meinte Apisak.

Lovell lächelte, diesmal war sein Nicken eher ein minimales Wippen des Kinns. »Arbeiten Sie für eine Kanzlei?«

»Jackson und Gleason.«

Das war eine der besten Kanzleien von Bangkok und zählte Großbanken, Autohersteller, Immobilien- und Landerschließungsmogule zu ihren Klienten. Sie stand in direkter Konkurrenz zu Lovells Anwaltskanzlei.

»Und Sie? Wo arbeiten Sie?« Apisak sprach mit leichtem englischen Akzent.

»Peron und James.«

Apisak bot ihm mit beiden Händen seine Visitenkarte an. Lovell akzeptierte sie, öffnete ein Silberetui und holte seine eigene heraus. Wie zwei japanische Geschäftsleute studierten sie gegenseitig ihre Karten, prüften die Papierqualität, die Prägung, die Größe der Schriftzeichen, jedes Kennzeichen von Rang und Status.

»Wie lange sind Sie schon in Bangkok?«

»Fünf Monate«, antwortete Lovell. »Fast sechs.«

»Und mittlerweile wissen Sie alles über Thailand?«

»Halt dich fern von Straßendemonstrationen. Streich niemandem über den Kopf oder zeige mit dem Fuß auf ihn.«

»Das ist so ziemlich alles, was man wissen muss«, sagte Apisak.

»Verzeihen Sie. Ich hatte vergessen, dass die meisten Thais in Ironie nicht sehr bewandert sind.«

»Tut mir leid, ich bin ein wenig nervös. Ich muss nachher eine Rede halten.« Apisak räusperte sich. »Ich spreche für Oxford. Ich bin noch nicht sicher, was ich sagen soll.«

»Haben Sie die Rede nicht vorbereitet?« Lovell hätte seine Ansprache schon vor Wochen geschrieben und seitdem tagelang geprobt.

»Ich mache es aus dem Stegreif.« Apisak holte ein Fläschchen mit verschreibungspflichtigen Pillen hervor und stellte sie auf die Marmorplatte. »Die da helfen gegen die Nervosität.« Er schraubte den Deckel ab und tippte mit dem Finger gegen das Fläschchen. Eine rote Kapsel fiel ihm in die Handfläche. »Das sollte reichen.«

In Lovells fotografischem Gehirn machte es Klick: das Fläschchen, der Deckel, die rote Kapsel, von der Hand zum Mund geführt. Er konnte die Szene vorwärts und rückwärts abspielen, im Zeitraffer, in Zeitlupe, oder er konnte das Bild an jedem beliebigen Punkt einfrieren.

Andrew Danielson, mit silbergrauem Haar und einem dunkelblauen Band am Sakko, kam gerade herein, als Apisak die Kapsel schluckte. Er wirkte sehr distinguiert, selbst beim Händewaschen, aber Lovell sah, dass etwas mit ihm nicht stimmte. Danielsons Gesicht war aschgrau und fahl. Es wirkte, als hätte ihm jemand in den Bauch getreten. Er schwankte und musste sich festhalten.

Lovell dachte, Danielson würde gleich umfallen oder sich übergeben, vielleicht beides. Schwer atmend stützte er sich mit geschlossenen Augen auf den Waschtisch, Schweiß rann ihm übers Gesicht und tropfte ins Becken. Er war ein physisches Wrack. Lovell hatte seinen Chef noch nie in einem solchen Zustand erlebt.

»Alles in Ordnung mit Ihnen, Andrew?«, fragte er besorgt.

Danielson hyperventilierte, und Rotz tropfte ihm aus der Nase. Es war ein eigenartiger Anblick, wie er so tat, als wäre gar nichts. Ein akuter Fall von Verdrängung, während in seinem Körper der Ausnahmezustand eintrat.

»Morgen kommt Khun Weerawat ins Büro.« Danielson machte eine Pause, als warte er auf den zweiten Wind. »Ich will Sie bei der Besprechung dabeihaben.« Danielsons Stimme klang dünn und zittrig, schien sich im freien Fall zu befinden.

»Ja, Sir«, sagte Lovell. »Stimmt etwas nicht, Andrew?«

Danielson seufzte, ließ sich etwas Wasser in die hohlen Hände laufen und spritzte es sich ins Gesicht. »Ich habe beunruhigende Nachrichten erhalten.« Danielsons Stimme bebte, und er musste sich wieder mit beiden Händen auf den Waschtisch stützen. Sein Blick fiel auf Apisaks schlankes braunes Fläschchen mit rezeptpflichtiger Arznei, und er erkannte den Namen Zoloft auf dem Etikett.

»Ich habe manchmal Panikattacken«, erklärte Apisak. »Die Pillen schwächen sie ab.«

»Darf ich?« Danielsons Augen wichen nicht von dem kleinen Fläschchen auf dem Waschtisch.

Apisak schüttelte zwei Pillen aus der Plastikflasche in Danielsons ausgestreckte Hand. Die roten Kapseln waren in der Mitte geriffelt. Danielson legte den Kopf in den Nacken und schluckte beide Tabletten auf einmal. Beinahe augenblicklich schien sich sein Zustand zu bessern. Es gab jede Menge Literatur über den Placeboeffekt von Arzneien. Die Schnelligkeit, mit der Danielson sich erholte, war wie ein Lehrbuchbeispiel dafür. Lovell arbeitete jetzt seit sechs Monaten mit ihm zusammen, oft in schwierigen Situationen und unter beachtlichem Druck. Manchmal hatten sie ganze Nächte lang durchgearbeitet, aber nie hatte sein Boss den Eindruck erweckt, als wäre er anfällig für Panikattacken.

»Ausgezeichnete Fliege«, meinte Danielson. Er trocknete sich die

Hände, bevor er in eine der Kabinen ging und die Tür hinter sich verriegelte. Lovell unterzog sich im Spiegel einer letzten Inspektion. Die Fliege saß tatsächlich ausgezeichnet. Der Kommentar hatte wie eine schwache Annäherung Danielsons an sein altes Selbst geklungen.

Apisak hielt Lovell die Flasche hin. »Brauchen Sie auch eine? Diese Fliege scheint Ihnen ja keine Ruhe zu lassen.«

Lovell schüttelte den Kopf. »Die Fliege sitzt einwandfrei. Danke, ich passe.«

Einen Augenblick lang erwog er, auf seinen Chef zu warten. Was konnte ihn derartig beunruhigt haben, dass er eine Panikattacke erlitt? Er kannte ihn nicht gut genug. Ein einziges Mal hatte Danielson etwas gesagt, das einer persönlichen Bemerkung nahekam, und das, nachdem sie viele Stunden ununterbrochen an einem Vertrag gearbeitet hatten. »Man merkt genau, wenn man alt wird«, hatte er gesagt. »In den Träumen wimmelt es plötzlich von toten Menschen. Eltern, Schulfreunde, Leute, mit denen man geschäftlich zu tun hatte. Ich begegne ihnen in einer Abflughalle, aber es ist kein Flughafen. In meinen Träumen wartet dahinter ein gewaltiges Riesenrad, kilometerhoch, jede Gondel voller Menschen, die ich von früher kannte. Und keiner von ihnen ist noch am Leben.« Am nächsten Tag bereute er es, von seinem Traum über das Altwerden gesprochen zu haben, und er bat Lovell, seine Worte zu vergessen. Das war natürlich der sicherste Weg, dafür zu sorgen, dass jemand etwas nicht vergaß.

Apisak war bereits in den Speisesaal zurückgekehrt. Lovell warf einen allerletzten Blick in den Spiegel, dann kniete er sich hin und spähte durch den Spalt unter der Kabinentür durch. Er sah Danielsons Hose um seine Knöchel hängen. Lovell stand wieder auf. »Wir sehen uns dann drinnen«, sagte er.

Danielson antwortete nicht. Lovell kehrte an seinen Platz zurück.

Nachdem die Kellner abgeräumt und Wein nachgeschenkt hatten, erhob sich Apisak, um den traditionellen Toast auf Oxford auszubringen. »Gerade im Waschraum kam mir der Gedanke, dass Oxford in der Vergangenheit stecken geblieben ist. Die Oxford-Leute lieben die Vergangenheit nicht nur, sie leben sie. Ich sah einem Oxfordabsolventen dabei zu, wie er seine Fliege band. Das war es, was

Oxford ihm mitgegeben hatte: eine Fertigkeit. Aber eine Fertigkeit mit sehr begrenztem Marktwert, denn ich bezweifle, dass jemand Bill Gates schief ansehen würde, weil er keine perfekte Fliege binden kann. Sehen Sie, das ist das Problem mit Oxford: Sie bringen den Absolventen bei, zu reiten, Modell-Dampfschiffe zu bauen, Sattelzeug und Steigbügel zu nähen und im Morsealphabet SOS zu senden, wenn ihr Segelboot am Sinken ist. Alles sehr wichtige Talente. Aber, wenn ich so sagen darf, doch eher etwas altertümlich. Wenn ich an Oxford denke, dann denke ich an Prä-Computer, Prä-Mobiltelefon, Prä-Automobil, an ernsthafte und relativ harmlose Fliegen-Fetischisten. In Cambridge handhaben wir die Dinge anders. Eine fertig gebundene Ansteckfliege lässt uns die Hände frei zum Telefonieren oder Abrufen von E-Mails. Wir lieben Multitasking, hören unsere iPods und surfen im Internet nach coolen Downloads. Während unsere Brüder in Oxford mit beiden Händen beschäftigt sind. Und womit? Sich die Fliege zu binden. Eine noble Geste, sicher zurückgehend auf eine Tradition mittelalterlicher Bogenschützen, die sich zwischen zwei Pfeilschüssen auf den angreifenden Feind mal eben die Fliege neu banden. Daher fordere ich alle Cambridgeabsolventen auf, das Glas auf Oxford zu erheben, jene letzte Bastion der handgeknoteten Fliege und der Gartenpartys mit dünn geschnittenen Gurkensandwiches.«

Lovells Gesicht brannte, als Apisak sein Glas erhob und ihn direkt ansah. Jetzt hätte er das Zoloft brauchen können. Zoloft, das klang eher nach einem russischen Satelliten als nach einer Arznei gegen Angst- und Panikanfälle. Er hätte in den Boden versinken mögen, als Apisak mit dem Glas in seine Richtung wies und alle Blicke sich amüsiert auf ihn richteten. Apisak hatte sich alle Mühe gegeben, ihn öffentlich zu demütigen. Dabei galt es als ausgemacht, dass Thais Auseinandersetzungen mieden und alles daransetzten zu vermeiden, dass eine andere Person ihr Gesicht verlor. Lovell blickte mit hochrotem Gesicht den Tisch entlang und fragte sich, ob seine Haut vor Hitze gleich Blasen werfen würde.

# 4

Nachdem die letzten Reden gehalten waren, zog ein harter Kern von »Old Boys« ihre Dinner-Jacketts aus, lockerte die Krawatten und rückte zusammen, um Zigarren zu rauchen und Brandy zu trinken. Lovell spürte plötzlich jemanden hinter sich stehen. Die Unterhaltungen verstummten. Er wandte sich halb um. Ein uniformierter Polizist fragte ihn höflich, ob er etwas dagegen hätte, ein paar Fragen zu beantworten. Er erhob sich verblüfft und folgte dem Cop zu einem verlassenen Tisch im Hintergrund. Der Beamte bedeutete ihm, sich zu setzen. Er erklärte, dass man Danielson tot in einer Toilettenkabine gefunden habe. Seine schwarze Anzughose hing ihm noch um die Knöchel.

Das Hotel hatte einen privaten Notdienst alarmiert, der Danielsons Leiche diskret und ohne Aufsehen aus der Toilette entfernte. Nachdem die Polizei ihre Arbeit beendet hatte, verschwand der Notdienst mit dem Toten durch einen Personaleingang. Niemand hatte das Geringste mitbekommen, obwohl sich die Neuigkeit jetzt natürlich wie ein Lauffeuer unter den letzten Gästen an den fast leeren Tischen verbreitete.

Später ergab die Autopsie, dass Danielson nichts zu Abend gegessen hatte. In seinem Blut fand sich Alkohol von drei oder vier Gläsern Wein. Man erwartete, bei genauerer Analyse auch Spuren von Medikamenten zu finden.

Ein Detective mutmaßte mit erhobener Stimme, dass Lovell der Letzte gewesen sei, der Danielson lebend gesehen hatte. Es war eine bewährte Technik, die manchmal zu einem Geständnis führte. Ein Kellner hatte ausgesagt, dass er Danielson die Toilette betreten sah. Kurz darauf kam Apisak heraus und ein paar Minuten später Lovell.

»Wirkte Danielson krank?«

Lovell bestätigte, dass etwas mit ihm nicht gestimmt habe. Dass

Danielson schwitzte und nicht sicher auf den Beinen stand. »Er sagte, er habe eine beunruhigende Nachricht erhalten.«

»Beunruhigend?«

»So hat er sich ausgedrückt.«

»Und von wem stammte die Nachricht?«

»Das weiß ich nicht. Das hat er nicht erwähnt.«

»Sie haben nicht danach gefragt?«

»Das ging mich nichts an. Er ist mein Chef. Ich stelle ihm keine persönlichen Fragen.«

»Worüber haben Sie gesprochen?«

»Einen Termin morgen früh, mit einem Klienten.«

»Ausgezeichnete Fliege.« Waren das die letzten Worte seines Chefs gewesen? Ja, aber das sagte er dem Polizeibeamten nicht. Was sollte das bringen?

»Haben Sie sonst noch jemanden im Waschraum bemerkt?«

»Khun Apisak. Er gab Andrew zwei rote Pillen.«

Der Beamte blickte von seinem Notizblock auf. »Wissen Sie, was für Pillen das waren?«

»Zoloft. Danielson nahm zwei davon.«

Der Ermittlungsbeamte legte seinen Stift hin. Er hatte Apisaks Aussage bereits aufgenommen und so von der Arznei erfahren. Lovell hatte lediglich bestätigt, was er schon wusste. »Und Sie beobachteten, wie Danielson die Pillen schluckte?«

Lovell sah den Beamten etwas auf seinen Block kritzeln. Aber es war Thailändisch, und da er die Schrift kopfstehend (oder seitenverkehrt, wie auch immer) sah, konnte er nicht lesen, was da stand.

»Danielson kam herein, unmittelbar nachdem Apisak die Pillen hervorgezogen hatte. Er sah sie. Er wusste, worum es sich handelte. Meiner Ansicht nach hatte er eine Art Panikattacke.«

»Sind Sie Arzt?«

»Ich bin Anwalt«, sagte Lovell. »Und Doktor jur.«

Als ob das einen Unterschied machte. Der Beamte schrieb auf, was Lovell gesagt hatte.

»Ein Doktor jur., der sich mit Zoloft auskennt?«

»Ich weiß nur, was ich gesehen habe und was Khun Apisak mir sagte.«

Er erwähnte nicht, was er beim Anblick der Pillen spontan gedacht hatte, nämlich dass sie wie der Prototyp eines russischen Raumschiffs aussahen. »Der Autopsiebericht wird das bestätigen«, fügte er hinzu. »Ich gehe davon aus, dass es eine Autopsie geben wird?«

Der Detective ließ Lovells Frage kommentarlos im Raum stehen. Er notierte sich stattdessen den Namen des Medikaments. Lovell wusste, dass der Beamte Apisak bereits vernommen hatte. Er tat nur seine Arbeit und klopfte die Geschichte von zwei jungen Anwälten ab, die vor einem Waschtischspiegel gestanden hatten, als Danielson hereinkam. Pillen gingen herum wie Süßigkeiten. Ein Farang mittleren Alters, nur Minuten von einem schweren Herzanfall entfernt, schluckte ein paar rote, bevor er die Tür einer Kabine hinter sich verriegelte und starb. Der Detective tippte sich mit dem Ende des Stifts gegen die Oberlippe. Er fragte sich, ob Danielson vielleicht Zeuge von etwas geworden war, das er nicht hätte sehen sollen.

»Gibt es irgendwelche Anhaltspunkte dafür, dass es kein Herzinfarkt war?«, fragte Lovell. »Er war schon alt, oder?«

»Dreiundfünfzig«, meinte der Cop.

»Das ist nicht direkt jung.« Lovell ließ auch Danielsons Albtraum mit den toten Menschen unerwähnt.

Wenn man fünfunddreißig ist, erscheint einem dreiundfünfzig eine ganze Welt weit entfernt, wenn nicht sogar eine Ewigkeit, ein Ziel, das man vielleicht nie erreichen wird. Er überlegte, ob er Danielsons Traum mit dem kilometerhohen Riesenrad mit Gondeln voller toter Menschen nicht doch erwähnen sollte. Aber an der Universität hatte er gelernt, einem Ermittlungsbeamten niemals freiwillig Informationen zu geben, und einfach nicht anzubeißen, wenn er Fangfragen stellte.

»Wie lange sind Sie und Khun Apisak schon befreundet?« Lovell sah auf die Uhr. »Weniger als drei Stunden.«

»Sie sind zusammen mit Danielson zu der Veranstaltung gekommen?«

Lovell schüttelte den Kopf. »Wir wohnen in verschiedenen Stadtteilen. Wir kamen getrennt.«

»Sie arbeiten zusammen, aber Sie saßen nicht am selben Tisch. Gab es Unstimmigkeiten zwischen Ihnen?«

Lovell gefiel die Richtung nicht, in die die Fragen des Detectives sich entwickelten. Als wäre er irgendwie verdächtig. Glaubte der Kerl, er hätte etwas mit Danielsons Tod zu tun? War der Cop übergeschnappt? Warum sonst sollte er diese Fragen stellen? Es war ein Herzanfall gewesen, oder nicht?

»Nein, wir saßen nicht am selben Tisch. Wir kamen nicht gemeinsam. Wir hatten auch nicht vor, zusammen wegzugehen. Danielson ist mein Chef. Oder war es. Aber er war nicht mein Herr und Meister. Das ist ein wichtiger Unterschied. Ich weiß nicht, wie er gestorben ist oder warum. Es tut mir sehr leid, dass er tot ist. Aber ich wüsste nicht, was ich Ihnen noch mehr sagen könnte.«

Während er sich erhob, fühlte Lovell, dass das noch nicht das Ende war. Der Cop tippte sich wieder mit dem Kugelschreiber gegen die Lippe und beobachtete ihn unverwandt.

Lovell fürchtete, dass sie ihm auch in der Kanzlei als offiziellen Zeugen von Danielsons letzten Minuten Löcher in den Bauch fragen würden. Es klang alles so banal, die Erwähnung einer Besprechung am nächsten Morgen, ein Kommentar über Lovells ausgezeichnet gebundene Fliege, spärliche letzte Worte. Irgendwie war es unfair. Die Polizei hatte sich mehr versprochen. Der Detective machte den Eindruck, als würde er glauben, dass Lovell etwas verschwieg. Aber wie sollte man jemandem begreiflich machen, dass einfach nicht mehr passiert war?

# 5

Ratana betete mit gebeugtem Kopf vor einem Geisterhaus. Nur ihre Lippen bewegten sich. Das Geisterhaus, ähnlich einem Puppenhaus, nur etwas größer, mit winzigen Fenstern und Eingangstür, thronte auf einem breiten weißen Marmorpiedestal. Das Gebilde war massiv; seine Solidität verlieh ihm etwas Zeitloses. Jemand hatte eine Menge Geld darin investiert. Die Rückseite schmiegte sich an einen Zaun, ganz am Ende der kleinen Sackgasse. Der Besitzer des abgelegenen, dreigeschossigen Hauses hinter dem Zaun hatte das Geisterhaus vor einigen Jahren errichtet. Ein Motorradfahrer, der zur Feier eines Weltmeisterschaftssiegs seiner Mannschaft eine halbe Flasche Mekong-Whisky konsumiert hatte, war mit seiner Maschine gegen das ursprüngliche Geisterhaus gerast. Bei dem Aufprall flogen die Trümmer zwanzig Meter weit, und das Dach des alten Geisterhauses wurde auf einen Balkon im zweiten Stock des Gebäudes hinter dem Zaun katapultiert. Wäre das Dach ein Fußball gewesen, der Schuss hätte als Tor gegolten.

Die Wucht der Kollision hatte das alte Geisterhaus völlig zertrümmert und die Einzelteile über die ganze Straße verstreut. Der Motorradfahrer war bewusstlos, hatte sich aber nur ein Bein gebrochen. Andere Fahrer, die mit ihm einen Korso gebildet hatten, luden ihn in ein Tuk-tuk und brachten ihn ins Krankenhaus. Viele Anwohner der Seitenstraße befürchteten nach dem Unfall, dass weiteres Unglück auf dem Fuß folgen würde. Der heimatlose Geist, der das zerstörte Haus bewohnt hatte, würde nach Rache dürsten. So ein Geist konnte ausgesprochen gefährlich und nachtragend sein.

Das dreigeschossige Gebäude hinter dem Zaun, in dem eine alte Frau lebte, hatte den größten Teil des zerstörten Geisterhauses abbekommen. Die Alte wusste, was in der Nachbarschaft getuschelt wurde, vielleicht hatte sie einige Gerüchte auch selbst in Umlauf gesetzt – das wusste keiner so genau. Aber sie spürte den kalten Hauch der Bedrohung in der Nachbarschaft, und sie selbst hatte auch Angst. Jedenfalls spendierte sie ein neues, besseres und stabileres Geisterhaus. Wenn man dem Klatsch glauben durfte, hatte es sie sehr viel Geld gekostet. Manche sagten, dass in das neue Geisterhaus das Dach des alten eingesetzt worden sei und der Erbauer der alten Frau eine persönliche Garantie gegeben hätte. Niemand wusste so recht, worauf sich diese Garantie erstreckte. Aber in der Nebenstraße stellte sich bald wieder ein Gefühl der Harmonie ein. Alle waren der alten Frau dankbar. Aber es war natürlich auch klar, dass es für einen alten Menschen, der hinter einem Zaun lebte, wirklich einen kleinen Preis bedeutete, im Dienste des kollektiven Seelenfriedens die Dinge mit der Welt der Geister wieder ins Reine zu bringen.

Blumen, Räucherstäbchen und Teller mit Früchten stapelten sich vor dem Schrein. Kleine Plastikfiguren, stehend oder sitzend, manche hingestreckt wie erstarrte Betrunkene, bevölkerten den Hintergrund. Die modernen Thais hier gingen meistens ihren Geschäften nach, ohne viel an das Geisterhaus zu denken. Und Ratana war eine moderne Frau. Sie hatte den Schrein bisher selten besucht und Gaben dargebracht. Einmal, als ihre Mutter krank war, und ein andermal, als ein Klient sich weigerte, seine Rechnung zu bezahlen.

Am Morgen nach dem Selbstmord im Massagesalon stand sie allein vor dem Geisterhaus. Andere Anwohner hatten bereits ihre Gaben dagelassen. Fliegen summten hungrig über den Gläsern mit Fruchtsaft, den Bananen, Orangen und Mangos. Niemand hätte offen zugegeben, dass der Tod des Massagemädchens Jazz plötzlich bei allen den Wunsch erweckt hatte, den Geist des Ortes zu besänftigen, damit der Jazz-Geist an einem anderen, möglichst weit entfernten Ort Ruhe fand, wo der warme Klang des Tenorsaxofons ihn einhüllte.

Ratana klickte ein Plastikfeuerzeug an und hielt es an drei Räucherstäbchen, bis sie brannten. Sie blies die Flammen aus, sah zu, wie der Rauch sich nach oben kräuselte, und steckte die Stäbchen eins nach dem anderen in den Sand in einer kleinen Aluminiumschale. Sie bat darum, der Geist des Hauses möge Jazz' Geist von der Soi wegführen – aber natürlich konnte der Geist auch eine Sie sein. Welcher Gott oder Geist auch immer, er oder sie würde sie erhören. Dann zündete Ratana eine einzelne, dicke gelbe Kerze an und stellte sie in eine Schüssel neben die glimmenden Räucherstäbchen. Sie stand völlig reglos mit dem Rücken zu Calvinos Büro. So merkte sie nicht, dass ihr Chef sie aus der Ferne beobachtete. Nur ihre Lippen bewegten sich, die Finger berührten sich zu einem Wai. Wie Rauchzeichen am Vorabend eines Indianeraufstands enthielt Ratanas Anwesenheit vor dem Geisterhaus eine Botschaft, die Calvino gern verstanden hätte.

Er stand am Fuß der Treppe, wo ein halbes Dutzend Massage-Yings in ihren One-Hand-Clapping-Uniformen rauchend und plaudernd herumlungerten. Ihre Augen waren vom Weinen gerötet. Die meisten hatten zum ersten Mal eine tote Ying in ihrem eigenen Alter gesehen. Das konnte auch die Robusteste unter ihnen erschüttern.

Calvino wartete, bis Ratana ihre Meditation beendet hatte. Er dachte, dass sie ihn bemerkt hätte. Oben im Büro ertönte gedämpft das Klingeln des Telefons. Er ignorierte es, setzte sich in Bewegung und blieb unweit des Geisterhauses stehen. Ratana nahm ihn nicht zur Kenntnis. Aber schließlich drang er hier in ihre Privatsphäre ein, ihren ganz persönlichen Moment des Schacherns mit der Geisterwelt. Ein dünner weißer Rauchstreifen von den brennenden Räucherstäbchen und der Wachskerze stieg über dem Geisterhaus auf. Calvino setzte mehrmals dazu an, etwas zu sagen, fand aber nicht die richtigen Worte.

»Ich will dich nicht stören«, sagte er schließlich. »Aber gibt es etwas, das ich für dich tun kann?«

Sie wandte den Kopf und musterte ihn eindringlich.

»Es tut mir leid, was gestern geschehen ist«, fuhr er fort. »Es war für uns alle schrecklich.«

»Ich bin nicht deswegen hier«, sagte Ratana.

Beide vermieden es, Jazz' Namen auszusprechen oder die Tatsache, dass sie sich anscheinend selbst umgebracht hatte. Calvino war im Zimmer der toten Ying gewesen. Der Tod klebte an ihm. Von dem Moment an, als er das Spinnennetz des Todes zerriss, das den Raum erfüllte, hatte sich etwas verändert. Calvino war schon oft Zeuge gewaltsamer Todesfälle geworden. Aber keiner davon hatte sich so nah an seinem Büro ereignet. Ratana betrachtete das als ein böses Omen.

Er war nicht sicher, was er davon halten sollte. Das blumengeschmückte Geisterhaus prangte mit den reichen Gaben der frühmorgendlichen Besucher. Da war eine Menge Geld in Blumen, Früchte, Kerzen und Räucherstäbchen investiert worden. Der Tod der jungen Ying hatte eine Kettenreaktion ausgelöst. Die Thais dachten anscheinend an nichts anderes, als ihren Geist zu besänftigen. Doch Calvinos Sekretärin machte dem Schrein aus anderen Gründen ihre Aufwartung.

»Ich bin verwirrt«, meinte Calvino.

»Du hast keine Zeitung gelesen«, meinte sie. Es war keine Frage; sie stellte eine Tatsache fest.

»Wieder Demonstrationen?«, fragte er. »Ich hab's satt, die Zeitung zu lesen.«

»Danielson ist tot.«

Calvino sah sie an, als hätte er nicht richtig gehört.

»Dein Klient. Der, den du gestern telefonisch nicht mehr erreichen konntest, weil du unbedingt die Tür des toten Mädchens aufbrechen musstest. Dieser Danielson. Die Geschichte und sein Foto stehen auf Seite vier. Diese Opfergabe ist für ihn.«

»Tot?«

»Sein Herz blieb stehen.«

»Das ist Zeitungsgeschwätz. Natürlich blieb sein Herz stehen. Aber warum?«, fragte Calvino. Er holte tief Luft, und als er ausatmete, hätte er beinahe laut aufgeschrien, so sehr schoss ihm ein Schmerz durch die Schulter.

»Er war deine große Hoffnung.« Was sie meinte, war »unsere große Hoffnung«. Die Situation mit einem Massagesalon direkt unter ihrem Büro war untragbar geworden. Da war Danielson erschienen wie der Retter in der Not. Sie hatten gehofft, sein Honorar würde die Kosten decken, um den Mietvertrag des Massagesalons abzulösen. Denn das Geschäft lief miserabel, und sie waren schon fast bereit gewesen aufzugeben.

Was Ratana nicht wusste, war, dass Danielsons Tod für Calvino noch einen zusätzlichen Schlag bedeutete; er hatte sich von ihm ein Empfehlungsschreiben für den Job als Chefermittler der WHO erhofft. Diesen Plan hatte er ihr verschwiegen, weil er die Erfolgschancen gering einschätzte. Aber wenn er durch irgendein Wunder die Stelle doch bekam, brauchte er eine Sekretärin. Sie würde mit ihm gehen. So hatte er sich das vorgestellt.

»Betest du für Danielson oder um einen neuen Klienten, der ihn ersetzt?«, fragte Calvino. Er fühlte sich wie betäubt, als ihm die ganze Katastrophe von Danielsons Tod nach und nach aufging.

Er steckte ein paar Räucherstäbchen und Kerzen an.

»Du glaubst ja doch nicht daran«, sagte Ratana.

»Schaden kann es nicht«, protestierte Calvino.

Mit gesenktem Kopf schloss er die Augen, und seine Lippen formten einen Pali-Gesang. Als er die Augen wieder aufschlug, war Ratana verschwunden. Er wandte sich um und sah sie am *One Hand Clapping* entlanglaufen und das Treppenhaus zum Büro hinaufhasten. Calvino hatte noch nie erlebt, dass sie sich emotional so verschloss, als ob ihr Nervensystem dichtmachte und die Tür und jedes einzelne Fenster zu ihrem Inneren zuknallte. Es war kein gutes Zeichen. Es gab düstere Tage, und es gab Tage, die waren so pechschwarz, dass selbst die Düsternis einen Schatten der Hoffnung zu werfen schien.

Calvino sagte sich, dass er einen Ausweg finden würde. Seit er nach Bangkok gekommen war, hatte er gelernt, dass man sich, um zu überleben, an eine andere Art des Denkens, Handelns und Betens anpassen musste.

# 6

Die Headhunterin aus Bangkok beschwerte sich, dass sie Ratana seit einer Stunde vergeblich zu erreichen versuchte. Ratana hörte sich ihre sanften und weniger sanften Überredungsversuche an. »Es ist eine große Chance, Ihre Karriere voranzubringen.« Dann eine Pause. »Sie werden auch nicht jünger, und andere würden sich um die Stelle reißen.«

Ratana dachte daran, wie hilflos, besiegt und einsam Vincent Calvino ausgesehen hatte, als sie ihn vor dem Geisterhaus hatte stehen lassen, unbeholfen, nach Worten ringend, immer wieder neu beginnend, damit er es richtig herausbrachte. Er gab sich immer große Mühe, auf ihre Gefühle Rücksicht zu nehmen. Aber das war nichts, was man einer Headhunterin begreiflich machen konnte.

Vom ersten Tag an, als der Massagesalon eröffnete, hatte sie gespürt, wie eine Abwärtsspirale in Gang kam. Das Geschäft, die politische Lage, ihr Privatleben – all die schmutzige Wäsche im Sack des Lebens – war auf einem Müllwagen gelandet, und sie versuchte verzweifelt, den Sack wieder herunterzuzerren. Jedes Mal, wenn sie am *One Hand Clapping* vorbeiging, war sie sich schmerzhaft der Blicke und des Geflüsters bewusst. Allein die Existenz des Salons war wie eine tiefe Beleidigung, eine Wunde, die nicht heilen wollte. Sie hastete daran vorbei, ignorierte die Yings auf den Hockern vor der Tür, aber es half nichts. Ihr Magen krampfte sich zusammen, ein bedrohlicher Sturm, gemischt aus Verbitterung, Sorge und Zorn, braute sich in ihr zusammen.

Was, wenn ihre Mutter sie einmal im Büro besuchen kam und sich durch eine Gruppe von Massagemädchen durchzwängen musste, die vor der Tür herumlungerten? Sie würde einen Herzanfall bekommen bei dem Gedanken, dass ihre Tochter direkt über dem *One Hand Clapping* arbeitete. Was sollte sie der Familie erzählen? Oder ihren Freunden und Nachbarn? Es war zu unvorstellbar, um auch nur darüber nachzudenken. Sie würde sie anlügen müssen. Die Reaktion ihres Vaters war vorhersehbar. Er würde einen Wutanfall bekommen, Ratana im Haus der Familie einsperren und den Schlüssel wegwerfen. Und sie hätte ihm nicht einmal einen Vorwurf daraus machen können. An seiner Stelle würde sie genauso handeln. Es gab nur zwei Alternativen: Entweder machte der Massagesalon zu, oder sie musste sich einen neuen Job suchen.

Die Headhunterin war frustriert, weil sie sich nicht äußerte. »Hallo, sind Sie noch dran? Haben Sie mir zugehört? Sie werden in einer hoch professionellen internationalen Umgebung arbeiten. Sie werden die Chance zum beruflichen Aufstieg und zur Weiterbildung in Übersee haben. Wie können Sie überhaupt zweimal darüber nachdenken?«

Die Frage donnerte wie ein Glockenschlag in einer tiefen Schlucht. Aber sie dachte immer zwei-, dreimal oder öfter nach, bevor sie eine Entscheidung fällte. Für Vincent Calvino zu arbeiten, war nicht einfach ein beliebiger Job. Doch selbst zu besten Zeiten konnte man hier nicht von »hoch professioneller Umgebung« reden. Aufstiegschancen? Wie sollte es die in einer Ein-Mann-Firma geben? Jetzt, nach Danielsons Tod, waren die Aussichten düsterer denn je. Wie sollte sie der Headhunterin begreiflich machen, dass ihr gegenwärtiger Job mehr war als nur eine Arbeit? Es war eine Beziehung, die sich über Jahre hinweg entwickelt hatte. Eine Stelle zu kündigen, das war leicht, aber aus einer Beziehung wegzulaufen, war etwas ganz anderes.

Als sie aufgelegt hatte, saß Calvino bereits an seinem Schreibtisch auf der anderen Seite der Trennwand. Sie hatte sich nicht bemüht, leise zu sprechen. Das war die thailändische Methode, eine ambivalente Botschaft zu übermitteln. Calvino las den Zeitungsartikel über Danielsons Tod noch einmal gründlich durch. Ratana hatte mit gelbem Textmarker Artikel und Foto angestrichen. In den Kleinanzeigen gab es zwei Stellenangebote für erfahrene Verwaltungsangestellte, und die waren ebenfalls umkringelt. Seine Sekretärin ging aktiv auf Jobsuche und hinterließ Botschaften über ihre

Absichten in der Zeitung. Sie will gehen. Der Gedanke rollte wie eine glatt polierte Murmel in seinem Kopf herum.

Er hörte, wie Ratana auf ihrer Seite der Trennwand Papiere durchblätterte. Sie las seinen Bericht, in dem er die Observierung für Danielson detailliert beschrieb. Die Dokumente enthielten den Zeitraum der Observierung, die Nummernschilder der beteiligten Fahrzeuge, Beschreibungen aller Personen, die kamen und gingen. Danielson wäre vollauf zufrieden gewesen. Aber in der Welt der Lebenden zählte ein »wäre zufrieden gewesen« nicht viel. Ratanas Stuhl scharrte über den Boden. Sie tauchte mit Danielsons Akte in der Hand auf.

»Du verlässt mich?«, fragte er.

»Ich habe ein Angebot«, sagte sie. »Ein sehr gutes Angebot.«

»Mehr Geld.« Im Krieg um Angestellte hieß das für ihn bedingungslose Kapitulation. Calvino hatte keine Chance, mit dem Gehalt zu konkurrieren, das eine große Firma mit stetigem Umsatz zahlen konnte. In seinem Teil des Flusses war der Wasserstand nur selten tief genug, dass zwei Fische gleichzeitig darin schwimmen konnten.

Ratana schüttelte den Kopf. »Es geht nicht ums Geld.«

»Es geht um die Mädchen unten im Treppenhaus?« Calvino wünschte, er hätte sich gestern Abend nicht ablenken lassen; wer weiß, hätte sein Anruf Danielson noch erreicht, würde der sich vielleicht in dem Wissen entspannt haben, dass er jetzt über eine solide Beweisgrundlage für seinen Fall von Markenpiraterie verfügte. Vielleicht, nur vielleicht, hätte das den entscheidenden Unterschied gemacht. Vielleicht hätte Danielson dann keinen Herzanfall gehabt. Aber das war reine Spekulation.

»Es ist nicht wegen der Mädchen.«

Es hatte ihr missfallen, dass er sich in den Selbstmord verstricken ließ. Es war eine Dummheit gewesen, das wusste er selbst. Allein bei dem Gedanken, wie er die Tür aufgebrochen, sich mit seiner gesunden Schulter dagegen geworfen hatte, zuckte er zusammen. In dem Moment hatte er das Gefühl gehabt, keine andere Wahl zu haben. Aber natürlich hatte eine Alternative existiert. Metta, das Mädchen am Fenster, hätte die Tür aufschließen können. Nur wusste er das zu diesem Zeitpunkt noch nicht.

Ratana saß geduldig da, die Akte in der Hand. Stumm.

Frauen erwarteten, dass Männer errieten, was ihnen auf der Seele lag. Die beiden sahen sich an. Wenn *ihr* alles so klar war, dann folgerte daraus, dass *er* es eigentlich auch wissen musste. So weit kam Calvino mit. Er hatte zu erraten versucht, warum sie gehen wollte, aber sie gab ihm nicht den kleinsten Hinweis. Hatte sie von seinem Plan erfahren, sich bei der WHO zu bewerben, und das war ihre Art, ihm zu sagen, was sie davon hielt? Das war zu einfach. Es gibt eine lange Liste von Gründen, warum sie das Angebot in Erwägung ziehen könnte, und ich sollte sie eigentlich alle kennen, dachte er. Endlich legte sie die Danielson-Akte auf seinen Schreibtisch. Sie lehnte sich zurück, schlug die Beine übereinander und schlang die Arme um die Knie, während sie darauf wartete, dass er erriet, was in ihr vorging.

»Also noch mal von vorne. Es geht nicht ums Geld. Es geht nicht um den Massagesalon. Es geht nicht um … Kannst du mir nicht ein bisschen auf die Sprünge helfen?«

Sie sah ihn an wie eine Mutter ihr Kind, das in seinem Zimmer ein absolutes Chaos veranstaltet hat, aber die auf Boden und Möbeln verstreuten Kleider, Socken, Bücher, Teller und Papiere einfach nicht zu sehen scheint. Ratana saß fast nie in diesem Stuhl, der normalerweise für Klienten reserviert war. Die ungewöhnlichen Ereignisse häuften sich. Ratana hatte bisher auch sehr selten Opfergaben zum Geisterhaus gebracht. Die letzten vierundzwanzig Stunden steckten voller seltsamer Vorkommnisse und Vorfälle und Verknüpfungen. Was Calvino an sein Videomaterial erinnerte, das Arbeiter bei der Herstellung von gefälschten Arzneimitteln zeigte. Er hätte es an Danielson übergeben sollen. Aber tote Klienten zahlen nicht.

»Danielsons Firma wird bezahlen«, sagte Calvino. »Ich werde mein Geld bekommen.«

Ratana zuckte die Achseln. »Hoffentlich.« Sie klang nicht überzeugt.

Was immer der Grund für ihre Kündigungspläne war, sie behielt sie für sich. Wenn er es bis jetzt nicht erraten hatte, musste er sie unwissentlich verletzt haben. »Ist es die Midlife-Crisis?«, riet er schwach.

»Du kommst jeden Tag daran vorbei. Aber du siehst es nicht.«

Calvino blickte sich im Büro um. »Etwas auf meinem Schreibtisch?«

»Nein, nicht auf deinem Schreibtisch. Unten.«

»Also doch der Massagesalon.« Seine Miene erhellte sich.

»Ich finde es nicht komisch«, sagte sie.

Sein Lächeln erlosch. »Ich weiß. Ich dachte auch nicht, dass ich je darüber lachen würde. Ich habe nur gelächelt, weil ich jetzt endlich weiß, warum du die Stellenanzeigen in der Zeitung eingekringelt hast.«

Mit einem Lächeln überdeckte sie das Gefühl, das sich seit Wochen aufgestaut hatte. »Ich fühle mich dabei ...« Sie verstummte, wählte ihre Worte sorgfältig. »Schmutzig. Nicht wohl in meiner Haut. Jeden Tag sehe ich etwas, das mir ein schlechtes Gefühl gibt. Kannst du das verstehen?«

Sie stand auf und kehrte an ihren Schreibtisch zurück. Er folgte ihr ein paar Minuten später. »Ich werde den Mietvertrag ablösen.«

Sie seufzte immer noch lächelnd. »Das wäre schön. Aber ich glaube, das wird teuer.«

»Ich leihe mir das Geld.«

Sie wussten beide, dass das nicht ging. Es war einfacher, einen Bombenangriff durchzuführen, als sich in Bangkok Geld zu borgen.

»Für einen Farang ist es nicht einfach, einen Kredit zu bekommen, Vinny.«

Er sah, wie sie sich um Verständnis bemühte, aber ihre wahren Gefühle lagen dicht unter der Oberfläche. Wenn er nur kein Farang wäre. Dann würde er verstehen. Dann könnte er sich auch Geld leihen. Sie litt darunter.

Es stimmt, dass Thais bis zum Äußersten gehen, um Konflikte zu vermeiden, aber es wäre gelogen zu behaupten, dass sie nicht voller Konflikte stecken. Der Konflikt in Ratana tobte so heiß, dass er einen ganzen Raum voll schaler Reue und abgestandenen Ärgers in ein tobendes Flammenmeer verwandeln konnte. Sie kochte innerlich, während äußerlich eine Mauer der Ruhe ihren Aufruhr verbarg. Dass Calvino versuchen wollte, eine so große Summe Geld aufzutreiben, machte die Sache noch schlimmer. Sie hasste es, ihn in seiner Verzweiflung so erniedrigt zu sehen. Wenn doch der Geist des Ortes ihre Gebete erhörte! Wenn es doch nur jenseitige Mächte gäbe, die auf Räucherstäbchen, Kerzen, Blumen und Gebete reagierten – und einem Farang-Privatschnüffler, der tiefrote Zahlen schrieb, Kredit gewährten.

Hatten die Götter überhaupt die Zeit, eine solche Firma zu retten? Sie nahm sich vor, morgen und übermorgen weitere Opfergaben darzubringen und Verdienste zu erwerben.

»Selbst wenn ich nicht in der Lage sein sollte, das Geld aufzutreiben, gibt es vielleicht eine andere Möglichkeit«, sagte er und strich sich mit dem Handrücken über die Wange. »Was würdest du davon halten, zur UN umzuziehen?«

Sie blinzelte, als glaubte sie, nicht richtig gehört zu haben. »Fehlt dir auch nichts, Vinny?«

»Es ist mein Ernst. Die WHO sucht nach einem Chefermittler. Ich erwäge, mich für die Stelle zu bewerben. Du würdest natürlich mitkommen.«

»Wohin?«

»New York.«

Sie brach in Gelächter aus.

»Und meine Freunde und Familie? Thailand verlassen?«

Calvino gab nicht nach. »Ich sagte, es wäre eine Option. Ich habe nicht gesagt, dass ich sie annehmen würde.« Einen Augenblick später hatte er sich auf der WHO-Website eingeloggt und las die Stellenbeschreibung noch einmal durch, ob er vielleicht etwas übersehen hatte.

# 7

Lovell war erst seit ein paar Minuten im Büro und sah gerade seine E-Mails durch, als Cameron, der Seniorpartner der Kanzlei, seine Sekretärin schickte, um ihn ins Konferenzzimmer zu bitten. Das kam nicht unerwartet. Das Büro war in Aufruhr. Sein Bildschirm war gepflastert mit Haftnotizen über Anrufe in Abwesenheit. Er löste ein paar davon ab, war aber noch mit den E-Mails beschäftigt, als der Oberguru ihn rufen ließ. Man erwartete von ihm, dass er auf der Stelle alles stehen und liegen ließ.

Lovell legte das Gesicht in die Hände, als Siri, seine Freundin, hereinkam. »John, alles in Ordnung?«, fragte sie.

Er hob den Kopf. »Cameron will mich sehen. Sofort«, erwiderte er.

Sie lächelte, als wäre es ein ganz normaler Tag. Sie trug die Haare lang auf den Rücken fallend, und jedes lag genau an seinem Platz. Man hätte meinen können, ein Porträtmaler hätte ihr Make-up mit seinem feinsten Pinsel aufgetragen und auch den letzen winzigen Makel eliminiert. Siri sah aus wie ein Model oder ein Filmstar. Sie fragte, ob sie ihm irgendwie helfen könne. Er schüttelte langsam den Kopf. Was konnte sie schon tun? Was konnte überhaupt jemand tun? Sie meinte es gut, und das war das Entscheidende. Camerons Sekretärin, die draußen gewartet hatte, kam wieder herein und machte deutlich, dass sie keinen Schritt weggehen würde, bis er endlich mitkam.

Siri sah, dass sie ihm keine Ruhe lassen würde, und seufzte: »Ruf mich an, wenn du fertig bist.«

»Mache ich.«

»Du wirkst beunruhigt. Das wäre ich auch. Aber alles renkt sich wieder ein«, sagte sie.

»Klar«, antwortete er und schlüpfte in sein Jackett.

Er hatte das Gefühl, dass ihm die Dinge aus der Hand glitten.

Doch er hatte sich noch unter Kontrolle, und bis jetzt war es ihm immer gelungen, schwierige Situationen zu seinen Gunsten zu wenden. Das war es, was ihn zu einem guten Anwalt machte. Im letzten Moment sprang ihm noch eine Nachricht ins Auge: eine Bitte um Rückruf von dem Detective, der ihn nach Danielsons Tod vernommen hatte. Dringend. Resigniert dachte Lovell, dass im Moment anscheinend jeder dringend mit ihm sprechen wollte. Drei Nachrichten allein von der Polizei, da würde seine juristische Arbeit wohl erst einmal in den Hintergrund treten müssen. Sein Gedächtnis zeichnete auch kleinste Details wie die Linse einer Kamera auf, deshalb war er zuversichtlich, jedes Einzelbild wiedergeben zu können, das er gestern Abend im Waschraum gesehen hatte.

In jedem Polizeilehrbuch steht die Faustregel, dass die Person, die einen Toten zuletzt lebend gesehen hat, zumindest ein wichtiger Zeuge ist. Sie könnte entscheidende Kleinigkeiten wahrgenommen haben, die, in Verbindung zueinander gebracht, wie die Teile eines Puzzles den Ablauf der Ereignisse klären. Im Fall eines Mordes war der letzte Mensch, der die tote Person lebend gesehen hatte, auch gleichzeitig der Hauptverdächtige. Bei einem Herzanfall konnte dieser letzte Mensch zumindest einen medizinischen Notfall bestätigen. Das Opfer schwitzte, griff sich an die Brust, bekam keine Luft mehr. Herzanfall, Panikattacke: eineiige Zwillinge, die identische Fußspuren hinterließen.

Eine weitere Nachricht starrte Lovell vom Bildschirm entgegen, von einem Privatdetektiv namens Vincent Calvino. Hinter der Haftnotiz klebte eine zweite, dritte und vierte Mitteilung von demselben Mann. Außerdem hatten vier Klienten und zwei andere Anwälte angerufen. Aber das war alles zweitrangig, solange Cameron im Konferenzzimmer wartete. Camerons Sekretärin trat ungeduldig von einem Fuß auf den andern. Lovells Zukunft in der Kanzlei lag nicht in den Händen der Polizei, sondern des Seniorpartners.

Als er das Konferenzzimmer betrat, kehrte Cameron der Tür den Rücken zu. Die lange Mähne buschiger weißer Haare ließ seinen Schädel überdimensional erscheinen. Er stand vor den großen Panoramafenstern. Siebenunddreißig Stockwerke weiter unten war der Verkehr zum Erliegen gekommen. Es passte kein Kugelschreiber mehr zwischen die Stoßstangen. Motorradfahrer wichen auf die Bürgersteige aus, bis sie auch dort von der Menschenmenge zum Anhalten gezwungen wurden. Hunderte von Demonstranten mit Transparenten marschierten die Straße entlang und ergossen sich über den Gehsteig. *Die beste aller Zeiten, die schlechteste aller Zeiten,* dachte Cameron. Charles Dickens hätte sich wie zu Hause gefühlt.

Lovell betrat den Konferenzraum so leise, dass er sich räuspern musste, damit Cameron seine Anwesenheit bemerkte. Dem Mann mit dem großen Haarschopf und dem noch größeren Ego gehörten die Kanzlei und jeder, der darin arbeitete. Er trug einen maßgeschneiderten grauen Zweireiher und konnte ebenso gut fünfzig wie siebzig Jahre alt sein. Niemand wusste es. Er war ungewöhnlich groß, mindestens eins fünfundneunzig. Er wirkte sehr distinguiert, und niemand hätte ihn mit einem ehemaligen Basketballspieler verwechseln können, eher mit einem Physik-Nobelpreisträger, der der Quantenwelt ihre Geheimnisse entlockte. Klienten vertrauten Cameron, wie man einem Guru vertraut – ohne Fragen zu stellen –, und er nutzte unbarmherzig seine Macht, um jeden in die Schranken zu weisen, der seine Autorität infrage stellte.

»Die Gerichtsmedizin sagt, dass Danielson möglicherweise ermordet wurde«, verkündete er. Er erhob die Stimme selten über ein Murmeln. Diesen Flüsterton pflegte er, weil er die Leute dazu zwang, den Kopf vor ihm zu beugen, um kein Wort zu verpassen. Kontrolliert, gleichmütig und von unbeirrbarer Selbstsicherheit, wirkte er selbst dann, als würde er die Zehn Gebote verkünden, wenn er nur einen Kaffee bestellte.

»Die Sanitäter gestern Abend meinten, es wäre ein Herzanfall«, erwiderte Lovell. Er setzte sich schwerfällig an den Konferenztisch.

»In Thailand gibt es keine Sanitäter. Das sind Freiwillige, die Leichen einsammeln.«

»Dann die Polizei.«

»Sie sind nicht sicher?« Cameron blickte hinab auf die ameisengleichen Kreaturen, die mit ihren Transparenten und handgemalten Schildern über die Straße wimmelten.

Er verfügte über die begnadete Technik, andere dazu zu bringen, an sich selbst zu zweifeln, um dann eine Lösung anzubieten, die diese Zweifel ausräumte.

»Niemand erwähnte die Möglichkeit, Andrew könnte an etwas anderem als einer Herzattacke gestorben sein.«

»Das war gestern Nacht. Heute bezweifeln sie einen akuten myokardischen Infarkt.« Camerons Stimme sank zu einem bloßen Wispern.

»Woran ist er dann gestorben?«

»Sie haben Spuren von verschiedenen Drogen in seinem Blut gefunden.«

Lovell lächelte. »Er hat zwei Zoloft-Pillen gegen einen Angstanfall genommen. Ich sah, wie er sie schluckte.«

Cameron zog eine Augenbraue hoch. »Er schluckte Pillen in einem Ballsaal voller Menschen?«

»Er war zu dem Zeitpunkt im Waschraum. Er fühlte sich nicht gut. Es stand noch ein anderer Anwalt am Waschbecken. Sein Name ist Apisak.«

»Der von Jackson & Gleason?«, fragte Cameron.

Gab es irgendetwas, das Cameron nicht wusste?, fragte sich Lovell. »Allerdings, ja.« Er starrte Cameron an. Vielleicht war er doch Gott höchstpersönlich.

»Reden Sie weiter.«

Lovell holte tief Luft. »Apisak hatte die Pillen schon in der Hand. Andrew zitterte regelrecht. Er hatte irgendetwas erfahren, das ihn erschütterte. Er bat um die Pillen.«

»Und wenn ich Ihnen sage, dass Andrew nicht an Zoloft gestorben ist«, fragte Cameron, »sondern an etwas anderem?«

»Was sagen Sie da?« Lovell setzte sich aufrecht hin, die Hände auf dem Konferenztisch gefaltet wie ein Schuljunge am Tag des Jüngsten Gerichts.

Cameron wandte sich vom Fenster ab und stützte sich mit ausgebreiteten Fingern auf den Tisch. »Gäbe es einen besseren Ort für einen Mord? Mit zweihundert der einflussreichsten Menschen der thailändischen Gesellschaft gleich nebenan? Wenn Sie jemand umbringen wollten, wäre das nicht der perfekte Tatort? Wo soll die Polizei beginnen? Soll sie anfangen, Leute aus einflussreichen Familien zu vernehmen, Leute mit Titeln, Leute, die an den höchsten Stellen der Regierung, von Banken und Handel arbeiten? Wo würden Sie anfangen?«

»Mit der letzten Person, die ihn lebend gesehen hat.«

Cameron lächelte, und seine Augen blinzelten nicht, als er Lovell anstarrte. »Unsere Klienten bezahlen uns dafür, dass wir ihnen aus schwierigen Situationen heraushelfen. Situationen, in denen sie sich bedrängt fühlen, die schmutzig, kostspielig oder peinlich werden könnten. Sie sind Anwalt in dieser Firma, und Sie befinden sich in einer schwierigen Situation. Die Firma ist für ihre Klienten da. Sie machen es mir schwer. Ich muss eine Entscheidung fällen.« Cameron blickte Lovell über den Tisch hinweg an. Wie Moses die Gesetzestafeln verkündete er: »Ich muss entscheiden, ob Sie weiterhin als Anwalt in diesem Büro tätig sein können.«

»Ich habe mir nichts zuschulden kommen lassen.«

»Was hat das damit zu tun?«, fragte Cameron mit einer Stimme wie Donnerhall. »Interessiert es unsere Klienten, was Sie getan haben? Nein, ihnen geht es nur darum, dass ihre Anwaltskanzlei Anwälte beschäftigt, die ihre abrechnungsfähige Zeit nicht damit verbringen, sich selbst aus irgendwelchen Anklagen herauszuwinden.« Seine Stimme wurde wieder leiser, wie die Stimme eines unzufriedenen Gottes vielleicht, die in stummer Enttäuschung verklang.

Lovell erwiderte nichts, sondern wartete darauf, dass die ganze Wucht von Camerons Flüstern ihn vom Stuhl fegte und durchs Fenster des siebenunddreißigsten Stocks schmetterte, wo er nicht wie ein Blatt hinabschweben, sondern wie ein Stein fallen würde. Ein schwaches Lächeln glitt über Camerons Züge, als würde er sich über einen privaten Witz amüsieren. Er schüttelte den Kopf. »Man wird Danielson vermissen. Aber wir haben eine Anwaltspraxis zu führen. Die Klienten erwarten, dass wir uns um *ihre* Angelegenheiten kümmern. Unsere Probleme sind ihnen egal. Die Frage lautet, ob Sie trotz Ihrer eigenen erheblichen persönlichen Probleme sich angemessen um unsere Klienten kümmern können.«

»Das kann ich, Sir. Und das werde ich.«

»Versuchen wir's mal, einen Tag nach dem anderen.« Cameron setzte sich auf den Stuhl Lovell gegenüber. »Ich will eine vollständige Liste aller Fälle, die Danielson in den letzten zwei Monaten bearbeitet hat. Wir müssen die Akten unter den anderen Anwälten aufteilen. Und ich möchte auch eine Liste Ihrer eigenen Fälle. Kein Klient darf im Ungewissen gelassen oder verunsichert werden, ist das klar? Wir müssen den Schaden begrenzen, der der Firma durch seinen Tod entstanden ist. Und zwar schnell.«

»Sie sagten, man hätte Drogen in Danielsons Körper gefunden. Was war es?«

»Zoloft und Spuren anderer Substanzen.«

»Welche anderen Substanzen?«

Cameron ignorierte die Frage und stellte sich wieder ans Fenster, starrte hinaus. »Die Leute, die da auf der Straße marschieren, wollen an Gerechtigkeit glauben. Das ist ihr Hoffen und Sehnen. Aber Gerechtigkeit ist wie ein Anzug, es gibt sie in vielen Größen und Stilen. Da ist keiner, der für alle gleichermaßen passt. Die Klientenliste von Danielson darf nur dann der Polizei übergeben werden, wenn ich persönlich es autorisiere. Habe ich mich klar ausgedrückt?«

Der hochgewachsene Mann verließ den Raum, ohne eine Antwort abzuwarten.

# 8

Als er endlich im Konferenzzimmer allein war, verließen Lovell die Kräfte, und er legte die Stirn auf den Tisch. Die geflüsterten Worte Camerons hingen frisch in seinem Gedächtnis. Die Erinnerung an seine Stimme – zuweilen fast tonlos, drohend, lockend, beruhigend, distanziert und verschwörerisch – lähmte ihn. Danielson hatte immer als Puffer zwischen Cameron und Lovell fungiert. Vor diesem Tag hatten sie kaum ein Wort miteinander gewechselt. Auf Lovell wirkte Cameron einschüchternd und arrogant. Andrew hatte gemeint, die Anwaltsfirma sei Camerons privates Spielzeug, und wer mitspielen wolle, der zöge besser den Schwanz ein. Wie anonyme Schriftgelehrte konzentrierten sie sich auf den jeweils aktuellen Fall und nichts anderes. Danielson war der Einzige, der nie Furcht vor Cameron gezeigt hatte und ihm bei Besprechungen oder Konferenzen sogar Kontra gab. Cameron hatte Danielson aus einer Reihe von Gründen toleriert: Erstens ließ er Cameron in Gegenwart von Klienten nie schlecht dastehen, und außerdem lockte sein Ruf viele Geschäftskunden an.

Als Lovell in sein Büro zurückkehrte, vermüllten neue Mitteilungen seinen Bildschirm. Es machte ihn krank, sie auch nur anzusehen. Cameron hatte seine Prioritäten klargestellt, und Lovell gehorchte: Er organisierte Danielsons Liste von Fällen. Die meisten waren bereits in seinem Gedächtnis gespeichert. Er überprüfte die Computerdateien, verifizierte Klienten, Status und offene Rechnungen. Lovell war ein Anfänger und hatte in seiner kurzen Zeit bei der Firma noch keine eigenen Klienten akquiriert. Das wusste Cameron. Es war sein Job, zu wissen, wer der Firma Geld einbrachte und wer nur kostete.

Status: keine neuen Klienten. Er hatte an Danielsons Fällen mitgearbeitet. Sie waren fein säuberlich in seinem Gehirn ordiniert. Das erleichterte den Abgleich mit der Computerdatenbank und das

Erstellen der Liste. Lovell öffnete eine neue Datei und kopierte die Namen der Klienten und Aktenzeichen in einen Bericht, den er an Cameron adressierte.

Bald, nachdem er den ersten Entwurf fertig hatte, verbreitete sich per Buschtelegraf die Neuigkeit, dass Lovell zurück war und sich in seinem Büro verbarrikadiert hatte. Siri rief mehrmals an. Seine Sekretärin blockte sie ab. Als Lovell endlich zurückrief, war seine Freundin erbost. Eine gewisse Kälte und Distanziertheit lag in ihrer Stimme. Er bat sie, in sein Büro zu kommen, um ihr zu erzählen, wie es ihm mit Cameron ergangen war.

Ihr Ärger schlug in Mitgefühl um, als sie eintrat. »Was ist denn? Du siehst ja furchtbar aus«, sagte sie.

»Cameron will eine Liste von Danielsons Klienten.«

»Das kann doch seine Sekretärin erledigen. Das ist nicht deine Aufgabe.«

Lovell unterdrückte das Bedürfnis, laut zu schreien. »Er hat mich darum gebeten.« In diesem schrecklichen Flüsterton, dachte er. Bei den Thais musste immer jeder Auftrag in die Hierarchie passen. Wie in einem Bienenstock, wo jede Biene ihre bestimmten Aufgaben und Pflichten hatte. Wenn man die falsche Biene beauftragte, summte der ganze Stock vor Unzufriedenheit.

»Es gibt eine Datenbank mit all unseren Klienten«, sagte er. »Ich frage mich, warum er nicht einfach da nachsieht?«

»Vielleicht denkt er, dass Danielson Klienten hatte, die nicht in der Datenbank stehen?«

»Ja, sicher, weil er zum Beispiel die schwarzen Konten für Bill Gates verwaltet hat!« Er ahmte Camerons Wispern nach.

»Das ist nicht komisch. Und versuch nicht, wie Cameron zu klingen.« Sie umrundete seinen Schreibtisch und sah zum Fenster hinaus. Sich halb umwendend, sagte sie: »Sei einfach du selbst, John.«

»Ich will mich nicht mit dir streiten, und ich habe eine Menge zu tun. Können wir uns beim Abendessen weiter unterhalten?«, fragte er.

»Er hat dir keine Vorwürfe gemacht?«

»Weswegen denn?«

Sie musterte seinen verwirrten Gesichtsausdruck, lächelte und nahm seine Hand. »Er macht sich Sorgen, dass wir Klienten verlieren.«

»Alte Leute sterben eben. Die Klienten werden das verstehen.«

»Hoffentlich.«

Sie spielte mit einem goldenen Armreif an ihrem Handgelenk und drehte daran, als wäre es eine Art von Radiogerät. Die Frequenz, die sie einstellte, schien sie kälter und distanzierter zu machen. Die Zeitung mit Danielsons Foto lag auf Lovells Schreibtisch. »Er war gar nicht so alt, John.«

»Er war dreiundfünfzig. Mein Dad ist zweiundfünfzig.«

Das Telefon klingelte, und er nahm ab. Siri ging hinaus und schloss die Tür hinter sich.

»Vincent Calvino?«, wiederholte Lovell fragend ins Telefon.

»Danielson hat mich beauftragt, für einen Klienten in einem Fall von Arzneimittelpiraterie zu ermitteln. Ich würde mich gerne wegen der Beweise, die ich gesammelt habe, mit Ihnen treffen. Ich habe ein Video der ganzen Observation.«

Da Calvino Noah Goulds Namen nicht erwähnte, vermutete Lovell, dass er nicht wusste, um wen es sich bei Danielsons Klienten handelte. »Hat Danielson Ihnen gesagt, warum er an dem Fall interessiert war?«

»Er meinte, diese Information wäre vertraulich.«

Lovell war nur zufällig über den Fall gestolpert, und Danielson hatte gesagt, es sei eine persönliche Angelegenheit. Gould war Geschäftsführer einer ortsansässigen Vertriebsfirma für mehrere große Arzneimittelhersteller. Die Verkaufszahlen für einige der profitabelsten Medikamente gegen Bluthochdruck und Diabetes waren in den Keller gefallen, und zwar genau zu dem Zeitpunkt, als medizinische Statistiken zeigten, dass zunehmend mehr Thais unter diesen Krankheiten litten. Eine Stichprobe in den Krankenhäusern hatte ergeben, dass die Anzahl der Verschreibungen tatsächlich um zweiunddreißig Prozent gestiegen war. Im gleichen Zeitraum gingen die Verkäufe der importierten Markenmedikamente um vierzehn Prozent zurück.

Danielson war sehr einsilbig gewesen und hatte Lovell gebeten, Stillschweigen über den Fall zu bewahren. Lovell wusste jedenfalls nicht, dass Danielson einen Privatdetektiv angeheuert hatte.

»Sie müssen verstehen, mein Chef ist gerade gestorben. Hier geht alles drunter und drüber. Diese Woche kann ich es einfach nicht mehr einrichten.«

»Das Material, das ich gesammelt habe, wird Ihren Klienten glücklich machen«, drängte Calvino. »Es ist alles auf Video festgehalten. Die Fälschungen werden per Lastwagen angeliefert. Ich habe die Nummernschilder überprüft und herausgefunden, dass sie aus Chiang Rai stammen. Es ist genau, wie Danielson vermutete. Das Zeug kommt als Schiffsfracht aus China. Ich habe sie dabei gefilmt, wie sie das Zeug tonnenweise verladen. Es ist alles da, was Danielson wollte.«

»Ich kümmere mich darum. Aber im Moment spiele ich Feuerwehr. Danielsons Tod hat viele Klienten alles andere als glücklich gemacht.« Er merkte, dass er aus Camerons Text zitierte.

Am anderen Ende trat Stille ein. »Rufen Sie mich an, sobald Sie Zeit haben. Wir müssen schnell handeln.«

»Aber natürlich«, sagte Lovell, weil er wusste, dass es das war, was Calvino hören wollte, und er sich damit etwas Zeit verschaffte.

Anschließend bat Lovell seine Sekretärin, ihm die Avenant-Pharma-Akte zu bringen. Bei der Durchsicht stellte er fest, dass bisher Rechnungen in Höhe von zehntausend Dollar aufgelaufen waren, meistens ausgestellt von seinem Kollegen Stiles. Aber keine Rede von einem Fall von Markenpiraterie. Auch der Name Vincent Calvino tauchte nicht auf. Das war allerdings nicht überraschend. Gould stand als persönlicher Klient von Danielson nicht im Computersystem der Firma; es gab keine Möglichkeit, etwas über ihre finanziellen Vereinbarungen zu erfahren. Lovell streckte sich, blickte vom Bildschirm hoch, drehte seinen Stuhl zur Seite und betrachtete das Foto seiner Eltern im Regal. Sein Vater sah gut aus darauf. Stark, schlank, gute Zähne und dunkles Haar. Seine Mutter hatte tiefe Linien um den Mund, und, vor allem weil sie in die Sonne sah, Fältchen um beide Augen, die fast wie Krater aussahen.

Beim Durchblättern von Danielsons Fallakte entdeckte er die Kopie eines Briefs, geschrieben auf privatem Briefpapier, in dem Danielson Gould um zusätzliche Mittel bat. Keine Erklärung, wofür das Geld gedacht war. Außerdem fand sich der Ausdruck einer E-Mail von Gould, die unterstrich, wie wichtig ihm der Fall war. Die Bitte um mehr Geld und Goulds E-Mail lagen eine Woche zurück. Danielson hatte anscheinend weiter an der Sache gearbeitet, obwohl es ausgemachte Firmenpolitik war, die Arbeit sofort einzustellen, wenn ein Klient mit Zahlungen in Rückstand geriet.

Aber das war nur eine unbedeutende Kleinigkeit. Von ganz anderem Kaliber war es, einen Fall anzunehmen und nicht Buch darüber zu führen. Danielson hatte mehr als eine Regel verletzt. Das Telefon unterbrach Lovells Gedankengang. Seine Sekretärin war dran, um ihn an einen Termin mit einem Klienten zu erinnern. Sie war eine unverheiratete Frau mittleren Alters mit breiten Hüften und auffälligem Schmuck, die bei der Arbeit ständig Snacks futterte und eine Spur von Krümeln hinterließ, die alle paar Wochen ihre Tastatur blockierte. Ihr Spitzname lautete »Wan«, was so viel wie »süß« bedeutet.

Lovell hatte anfangs den leisen Verdacht gehegt, dass es ihre Hauptaufgabe war, ihn für Danielson im Auge zu behalten. Inzwischen fragte er sich, wer eigentlich wen im Auge behalten sollte. Als er Siri gegenüber einmal meinte, Wans Spitzname könne wohl nur von ihrer Sucht nach Süßigkeiten kommen, da ihre Persönlichkeit eher düster und brütend sei, war Siri ihm über den Mund gefahren. Wan war schon in der Firma, seit Cameron sie vor zweiundzwanzig Jahren gegründet hatte. Sie war direkt von der Universität aus eingetreten.

Als er an ihrem Schreibtisch vorbeikam, teilte sie ihm mit, dass Cameron an der Besprechung teilnehmen würde. Ihr Tonfall enthielt einen Hauch von Drohung, eine subtile Botschaft. Lovell zog sich in sich selbst zurück und suchte nach einem stillen Ort in seinem Geist, wo er darüber nachdenken konnte, was die mysteriöse Korrespondenz in der Akte bedeutete.

# 9

Cameron saß am Ende des langen Konferenztisches aus poliertem Teak und sah aus wie Gott – der, wenn er sich wider besseres Wissen entschieden hätte, sich als Anwalt auf Erden zu manifestieren, nichts Besseres hätte tun können, als dazu Camerons Körper auszuwählen. Neben ihm am Tisch saß der Klient, ein Thai-Chinese namens Weerawat mit teurem italienischen Anzug, Liberty-Krawatte und einem dreikarätigen Rubinring. Sein gegeltes Haar stand in zwei Reihen glänzender Stacheln ab, was nicht ganz darüber hinwegtäuschen konnte, dass ihr Träger die vierzig schon überschritten hatte. Weerawat legte die Finger seiner rubingeschmückten Hand um eine Kaffeetasse aus chinesischem Porzellan und klickte mit dem Ring dagegen. Mit der anderen Hand berührte er seine Oberlippe, während er sein Spiegelbild in der auf Hochglanz polierten Tischplatte betrachtete. Neben dem Untersetzer der Kaffeetasse lagen zwei schlanke schwarze Handys, darüber breitete eine Hightech-Sonnenbrille schützend ihre Flügel aus – silbern, superdünn, mit Gläsern in der Farbe einer geheimnisvollen mondlosen Nacht – wie ein Ultraleichtflugzeug kurz vor dem Abheben.

Jedes Mal, wenn eines der Handys klingelte, sah Weerawat auf die Nummer, lächelte und drückte die Besetzt-Taste. Er bekam eine Menge Anrufe, diagnostizierte Lovell. Das Teakholz der Tischplatte reflektierte zwar, aber die Bilder wirkten wie die verzerrten Gesichter in einem Spiegelkabinett auf dem Rummelplatz. Die Köpfe von Cameron und Weerawat, die sich gleichzeitig oberhalb und auf der Tischplatte unterhielten, erzeugten eine seltsame optische Illusion. Cameron warf den Kopf zurück, dass seine weiße Mähne nur so flog, und setzte ein tiefes Lachen frei, das im Raum widerhallte. Es verklang, während Lovell am Tisch Platz nahm. Er wusste, dass der Mann mit dem walnussgroßen Rubin Weerawat hieß. Sein Name tauchte oft genug im Wirtschaftsteil der *Bangkok Post* oder *The Na-*

*tion* auf. Und sein jungenhaftes, gut aussehendes Gesicht füllte die Klatschspalten und blickte einem von den Titelblättern der Hochglanzmagazine entgegen. Weerawat war ein Star der örtlichen Szene und bekannt für seine guten Beziehungen zur Regierung. Danielson hatte ihn oft als »Klient mit Verbindungen« bezeichnet, den man mit Samthandschuhen anfassen musste. »Er ist ein Amazonas unter den Geldquellen«, hatte er einmal gesagt. Eigenartig, dachte Lovell. Er ist kaum tot, und schon denke ich an ihn, als wäre er Geschichte.

Ein schwacher moschusartiger Geruch hing in der Luft. Lovell brauchte eine Weile, um ihn als den Duft von Weerawats Gesichtswasser zu identifizieren, der sich mit den Aromen von Geld, Zimt und feuchten Büchern mischte. Er wusste genau, dass es der Duft des Geldes war, der Frauen anzog, nicht sein Parfüm. Danielson hatte Weerawats Netzwerk aus Querverbindungen zwischen Familien, Freunden und Kollegen mit einem Korallenriff verglichen – ein Gebilde aus zahllosen sich überlappenden Kammern, zwischen denen immer neue Gänge entstanden. Das Korallenriff erstreckte sich in die Tiefen des Meeres der Vergangenheit, jede neue Schicht war wie eine Treppenstufe, und ganz oben auf der Treppe standen Leute wie Weerawat oder sein Onkel Suvit, ein ehemaliger Kabinettsminister, der gleichzeitig Ehrenmitglied der Anwaltsfirma war. Onkel Suvit war der Hüter des Familienimperiums und besaß hier in der Firma ein eigenes Büro mit Sekretärin.

Danielson hatte gesagt: »Zeichnen Sie Diagramme der Familien. Genauso, wie Sie als Kind beim Englischunterricht Sätze zerlegt haben. Und aus demselben Grund: So versteht man die grammatikalische Struktur einer Kultur. In dieser Kultur gibt es nur ein Gebot: die wichtigen Korallenriffe zu nähren. Sie sind lebende Gebilde. Werden sie beschädigt, so sterben sie. Das wissen die Thais. Khun Suvit weiß es, und Cameron auch.«

Weerawats persönliche Anwesenheit bei dieser Besprechung war trotzdem ungewöhnlich, noch seltsamer als die Abwesenheit seines Onkels Suvit. Er hätte eigentlich an der Seite seines berühmten Neffen sitzen müssen, obwohl das Gerücht umging, dass es mit der

Gesundheit des alten Mannes nicht mehr zum Besten stand. Seit Wochen hatte ihn niemand mehr im Büro gesehen. Weerawats Imperium brachte der Anwaltsfirma gute Umsätze. Sogar Gott lacht über die Scherze eines Regenmachers, dachte Lovell, während er die Hände auf dem Teakholztisch faltete.

»Khun Weerawat hat sich anerboten, uns behilflich zu sein«, sagte Cameron.

Weerawat nickte lächelnd, als wäre Lovell ein unentschlossener Wähler, den er für sich gewinnen musste.

Die Feststellung war typisch Cameron: hoffnungslos vage, undurchsichtig und mit versteckten Andeutungen auf eine harte und gefährliche Mission gespickt, für die noch Freiwillige gesucht wurden. Im Kino stapften dann die tapferen Helden durch schlangenverseuchte Sümpfe, stets darauf gefasst, dass ein giftiges Reptil sich von einem niedrig hängenden Ast auf sie fallen ließ, während überall am Ufer unsichtbare Feinde lauerten. Lovells Vater war in der Armee gewesen und hatte ihn schon als Kind davor gewarnt, dass es in der englischen Sprache kein übleres Schimpfwort gab als »Freiwilliger« und er es um jeden Preis meiden sollte. Die beiden Männer am Tisch musterten ihn abschätzend. Lovell war nicht sicher, was er erwidern sollte. »Das ist gut. Wir können jede Hilfe gebrauchen.«

Camerons Augenbrauen legten sich in die Form von geöffneten Handschellen. Er schlug einen Aktenordner auf, nahm ein Papier heraus und ließ es über den Tisch zu Lovell gleiten. »Das ist ein vertraulicher Bericht. Nur für unsere Augen bestimmt. Anscheinend hat jemand im gerichtsmedizinischen Labor zunächst einen Fehler gemacht. Sie haben Zoloft gefunden. Aber auch etwas sehr Seltsames. Mehrere Medikamente zur HIV-Behandlung. Und eine tödliche Dosis Wespengift.«

Lovell blickte verwirrt auf den Bericht. »Er nahm zwei Zoloft. Ich habe es selbst gesehen.«

Cameron räusperte sich und verdrehte den Hals – eine charakteristische Geste, die Unzufriedenheit ausdrückte. »Der Bericht wurde dahin gehend korrigiert, dass man Spuren von Zoloft in Danielsons Blut fand. Ihre Aussage war dafür natürlich sehr wichtig. Morgen ergeht der endgültige Bescheid. Andrew starb an einem Herzinfarkt. Er war viel zu jung dafür. Das macht einen schon nachdenklich. Aber es kann jeden treffen. Obwohl es so überraschend auch nicht kam. Er nahm seit Jahren Medikamente gegen Bluthochdruck. Das war es auch, was die Laborergebnisse verfälschte. Einer der Ärzte interpretierte sie falsch. Khun Suvit rief Khun Weerawat an und bat ihn um seine Meinung. Sagen wir einfach, er hat das Problem erfolgreich ausgebügelt.«

»Das ist gut«, sagte Lovell. Er sah nacheinander Weerawat und Cameron an und fragte sich, ob er das Richtige gesagt hatte.

»Er ist ein Teamspieler, wie ich es Ihnen gesagt habe«, meinte Cameron zu Weerawat, bei dem gerade wieder eines der Handys klingelte. Nicht das normale Klingeln, sondern wie eine Schar zeternder Gänse. Er hatte sich die Mühe gemacht, einzelnen Anrufern eigene Klingeltöne zuzuordnen. Er hob den Finger, um Cameron Schweigen zu bedeuten. Weerawat wandte sich ab, wölbte die Hand vor dem Mund und sprach in rasantem Thai. Als er auflegte, wirkte er angewidert, als hätte er in einem Laib Brot eine tote Ratte entdeckt.

»Khun Weerawat benötigt seinerseits unsere Hilfe.«

Lovell stellte fest, dass Weerawat das Lächeln vergangen war. Er wirkte wie jemand, der dazu geboren ist, unter einer orangefarbenen Sonne auf einer Luxusjacht Champagnerfeste zu feiern. Ein formvollendeter, charmanter Gastgeber mit einem Netzwerk aus Hunderten von »besten Freunden«. Man konnte sich kaum vorstellen, dass er einmal laut wurde.

»Was können wir tun, um Khun Weerawat behilflich zu sein?«

»Mein guter Freund – ich kenne ihn seit der Schule – hat ein Problem. Ein Amerikaner macht ihm Schwierigkeiten. Es ist keine große Sache. Ziemlich einfach sogar. Sie lassen Danielsons Fälle erst einmal ruhen. Diese Angelegenheit ist zwar nicht von großer Bedeutung, aber sie bereitet meinem Freund dennoch Kopfschmerzen.« Camerons Lächeln leuchtete auf wie von einem Timer gesteuert und verwandelte sich dann in eine Maske, die wohl den Schmerz ausdrücken sollte, den sein Freund empfand. Er hatte Lovells Frage nicht beantwortet, sondern umkreiste sie, ohne sich festzulegen. Weerawat, der zehn Jahre älter war als Lovell, prüfte die Reaktion des jungen Anwalts mit der traditionellen chinesischen Kunst des Gesichtslesens. Das Gesicht eines Mannes, seine Augen und Nase enthüllten alles Wesentliche über seine wahren Absichten. Richtig gelesen, konnte ein Gesicht die Wahrheit nicht verbergen.

»Der Gould-Fall«, brummte Cameron. »Ich bin nicht sicher, wie wir dazu gekommen sind, ihn anzunehmen. Ich habe Khun Weerawat bereits dargelegt, dass es nie ein offizieller Fall der Firma war. Können Sie das bestätigen, Mr Lovell?«

»Mr Danielson ...«

»Schuldzuweisungen machen jetzt keinen Sinn mehr. Aber soweit ich weiß, war er ein persönlicher Klient von Andrew. Mr Gould hatte Andrew sogar gebeten, aus welchem Grund auch immer, den Fall nicht über die Bücher laufen zu lassen. Entspricht das den Tatsachen?«

Lovell nickte, wohl wissend, dass er damit das Schicksal des Klienten besiegelte.

»Teilen Sie Mr Gould mit, dass die Firma sich nicht in der Lage sieht, in Andrews private Vereinbarungen einzutreten. Ich will noch heute eine Kopie dieses Briefes auf meinem Schreibtisch liegen haben. Und sorgen Sie dafür, dass eine weitere Kopie an Khun Weerawats Büro geschickt wird.«

Cameron hatte den Deckel einer magischen Spieluhr geöffnet, und Weerawat gefiel der Klang der Musik. Er lächelte, stand auf, vollführte einen Wai vor Cameron und dann eine degenerierte Version davon vor Lovell – jenen unwilligen Wai, den man gegenüber Dienern, Hotelpagen oder Schuhputzerjungen macht.

Nachdem Lovell das Konferenzzimmer verlassen hatte, lehnte er sich an die Wand und holte tief Luft. Sein Herz pochte wild. Er fragte sich, ob man mit einunddreißig einen Herzinfarkt haben konnte. Großer Gott im Himmel, Andrew schluckte HIV-Medikamente, dachte er. Ich hatte ja keine Ahnung. Aber die Hauptsache war, dass Cameron in letzter Minute seine eigene Exekution noch einmal aufgeschoben hatte, so kam es ihm jedenfalls vor. Die

Polizei würde nicht mehr Lovells Büro belagern, um bohrende Fragen zu stellen. Seine Karriere ging weiter, und er konnte mit Siri zusammen die Zukunft planen. Er fühlte sich wie neugeboren, während Büroangestellte und andere Anwälte ihm im Vorbeigehen verwunderte Blicke zuwarfen. Und das Beste daran war der geringe Preis, den es ihn kostete: Gould abzuservieren dürfte nicht allzu schwierig sein. Er war kein offizieller Klient der Firma mehr. In dem Augenblick, als er eine private Vereinbarung mit Danielson traf, wurde Gould für die Firma zu einem x-beliebigen Ex-Klienten.

Doch Lovell spürte, dass man Goulds wegen besorgt war. Ex-Klient oder nicht, er musste im Auge und unter Kontrolle gehalten werden. Dann fiel Lovell wieder der Privatdetektiv ein, der mehrmals angerufen hatte. Na und?, dachte er. Er musste sich auch überlegen, was er bezüglich Vincent Calvino unternehmen sollte.

Weerawat hatte offenbar sanften Druck auf Cameron ausgeübt. Die Hand, die den eleganten Wai vollführt hatte, war auch die Hand, die Cameron bei den Eiern packen würde, wenn etwas schiefging. Aber was war neu daran? Das lag in der Natur des von Geschäftsleuten und Juristen geschaffenen Ökosystems.

Es war ein bisschen wie bei der Herstellung von Orangensaft: Man muss gerade ausreichend Druck ausüben, um den Saft aus der Frucht zu pressen, ohne ihn über Tisch und Boden zu verspritzen. Niemand will die Orange zerstören; es geht nur darum, den Saft zu gewinnen.

Die Anwaltsfirma würde überleben; er würde überleben. Lovell zog das Jackett aus, hängte es über die Stuhllehne, setzte sich an seinen Schreibtisch und sah seine E-Mails durch. Löschen, löschen, lesen und beantworten.

Er saß immer noch dabei, als Graham Stiles, der sein Büro zwei Türen weiter hatte, ohne anzuklopfen hereinkam und sich in einen Stuhl fläzte. Stiles, ein Veteran der Firma (immerhin war er schon fünf Jahre dabei), legte die Füße auf Lovells Schreibtisch und zeigte mit den Schuhspitzen auf ihn.

»In Thailand soll man nicht mit den Füßen auf Leute zeigen«, sagte Lovell. »Das steht alles in den Büchern über Austausch der Kulturen.«

»Dann lesen Sie mal das Kleingedruckte. Das gilt nur für Thais.«

Nachdem er seine Pointe angebracht hatte, schwang Stiles die Beine vom Tisch. Sein männlich kahl werdender Kopf ließ ihn älter erscheinen, als er war. Im Kontrast dazu verlieh ihm sein athletischer Körperbau eine eigentümliche Jugendlichkeit. Der modische Anzug, der kahle Schädel – das sendete eine ambivalente Botschaft. Frauen hielten ihn für zu alt; Klienten dachten, er sei zu jung. Stiles war von kämpferischem Naturell. Nach drei Monaten hatte man ihn von Gerichtsverfahren ausgeschlossen, weil er die thailändischen Anwälte, mehrere Richter und drei Klienten beleidigt hatte. Cameron tolerierte ihn trotzdem, aus Gründen, die Gott und Cameron für sich behielten. Für Stiles war ein Tag, an dem er keinen Streit anzetteln konnte, ein verlorener Tag.

»Sie waren im Hotel, als Danielson ausgecheckt hat.«

Lovell versuchte, die Bemerkung zu ignorieren. Aber Stiles ließ nicht locker. Er lachte über seinen eigenen geschmacklosen Scherz. »Ausgecheckt? Hotel? Verstehen Sie?«

»Er war auf der Toilette«, sagte Lovell.

»Wollte ein Ei legen, und das Herz machte nicht mehr mit.«

»Ich bin beschäftigt, Stiles«, meinte Lovell.

»Denken Sie mal drüber nach. Ihre letzten Worte lauten: ›Grunz, Grunz.‹«

»Ich finde das nicht besonders komisch.«

Stiles hatte die Art von Humor, von der sogar ein Rasiermesser stumpf wurde.

»Sie kapieren es noch nicht, oder? Um hier zu arbeiten, sollten Sie besser ein paar Witze lernen, sonst halten Sie nicht durch. Cameron meint, er erkennt Originalität daran, wenn ihn jemand zum Lachen bringt. Das liegt daran, dass er so ziemlich alle Witze schon mal gehört hat.«

»Wie steht es diesen Monat mit Ihrem Konto?«, fügte Stiles im gleichen halb scherzhaften Tonfall hinzu. Es war wie die Frage nach dem Handicap beim Golf, oder wie viele Kilo jemand beim Bankdrücken schaffte. Wettbewerb verlangte das Führen von Ranglisten.

»Es war ein guter Monat«, antwortete Lovell. »Und Ihrer?«

»Einfach super.«

Ungefähr einmal im Monat ermahnte Cameron als Seniorpartner alle Anwälte, ihre Abrechnungen zu aktualisieren. Was Lovell wieder zu der Frage zurückbrachte, warum Andrew Danielson Goulds Honorare an den Büchern vorbeilaufen lassen hatte? Er war ehrlich und auch nicht geldgierig; es war nicht seine Art, die Firma zu betrügen. Wie auch immer: Gould musste Andrew bar bezahlt haben. Es konnte nur äußerst diskret geschehen sein, auf eine Art, die garantierte, dass Cameron nie davon erfuhr.

Einmal hatte Lovell Stiles nach dem Verhältnis zwischen Cameron und Suvit gefragt. Da wusste er bereits, dass Suvit der greise Patron des Familienimperiums war, welches nach außen von Weerawat repräsentiert wurde. Aber es war ihm auch klar, dass man in der Firma über viele Aspekte dieses Imperiums ungern sprach.

Wenn man Stiles glauben durfte, hatte Suvit Cameron alles beigebracht, was er wusste. Wie man das Spiel am Laufen hielt, indem man dem Klienten Fortschritte vorgaukelte, während man gleichzeitig – denn es galt, praktisch zu denken – nach Möglichkeiten suchte, auch der Gegenpartei dienlich zu sein. Und wenn man der Gegenseite einen vernichtenden Schlag versetzen wollte, zog man alle Register. Man machte keine Gefangenen. Man tat, was getan werden musste, nur verlieren durfte man nicht. Halt die Klienten bei Laune, halt die Polizei bei Laune, dann sind die Leute, die in Politik und Wirtschaft das Sagen haben, rundum zufrieden. So hat man immer Klienten. Man wird stets Erfolg haben. »Und ist das nicht das lohnendste Ziel im Leben?«, hatte Stiles gefragt.

»Bei dem Bonus, den ich in diesem Monat kriege, kann ich Sie nach der Arbeit zu einem Drink einladen«, meinte er jetzt. »Wie wär's?«

»Ich bin schon zum Abendessen verabredet.«

»Dann eben danach. Sie müssen mal abschalten, nach dem, was Sie gerade durchgemacht haben.«

Lovell dachte nach, wie er Siri beibringen sollte, dass er nach dem Abendessen noch mit Stiles auf einen Drink fortwollte. Er hatte ihr gegenüber mehr oder weniger mit Herzblut die Verpflichtung unterschrieben, sich von Bars fernzuhalten.

»Woher wissen Sie eigentlich das mit Cameron?«

»War das denn ein Geheimnis?«

Der älteste Anwaltstrick der Welt: eine Frage mit einer Gegenfrage zu beantworten. Es war schwer, in der Firma etwas geheim zu halten. Mehr als einmal die Woche erwischte er Stiles dabei, wie er seiner Sekretärin eine Tüte Süßigkeiten vorbeibrachte. Offensichtlich mochte sie Stiles. Lovell hatte den Verdacht, dass sie ihm auch vertrauliche Informationen zuflüsterte. Ihn selbst hatte die alte Schreckschraube vom ersten Tag an nicht leiden können. Nachdem er Danielson gebeten hatte, sie auszutauschen, hatte Wan – die »Süße« – kein Hehl aus ihrer Abneigung gegen den Farang-Anwalt aus Amerika gemacht, der noch nicht trocken hinter den Ohren war.

Lovell tröstete sich damit, dass es unwichtig war, wie Stiles von der Besprechung mit Cameron und Weerawat erfahren hatte. In einem kleinen Büro – oder auch in einem großen – spricht es sich herum, wenn eine lokale Berühmtheit auftaucht und vom Oberguru ins Konferenzzimmer komplimentiert wird. Natürlich, es gab noch eine andere Möglichkeit. Es hieß, dass Stiles als Camerons Führer durchs Nachtleben von Bangkok fungierte, wo auch die bizarrsten sexuellen Gelüste befriedigt werden konnten. Angeblich verband er dieses Insiderwissen über Camerons sexuelle Vorlieben mit der Fähigkeit, seinen Chef diskret zu nachmittäglichen Schäferstündchen zu irgendeiner Hintertür zu kutschieren. Diese Talente waren seine Eintrittskarte zu Informationen, und Wissen hieß Macht.

Stiles erhob sich, als Lovells Telefon klingelte. »Wir treffen uns um elf. Ich rufe noch an, wo.«

»Eines noch«, sagte Lovell. »Bearbeiten Sie noch das Avenant-Pharma-Konto?«

Stiles starrte ihn an. »Das ist eine interessante Frage.«
»Und das war eine interessante Antwort.«
»Bis später, Lovell.« Stiles war verschwunden, bevor Lovell noch etwas hinzufügen konnte. Wan sah ihm in der offenen Tür stehend nach und tat etwas, zu dem Lovell sie für unfähig gehalten hätte: Ihre Lippen teilten sich zu einem mütterlichen Lächeln.

Als Lovell endlich das Telefon abnahm, hörte er Vincent Calvinos Stimme. »Wir haben bereits miteinander gesprochen. Aber ich habe mich wohl nicht klar genug ausgedrückt. Ich habe Beweise dafür, dass die Markenmedikamente, die Ihr Klient vertreibt, gefälscht werden.«
»Der Fall ist abgeschlossen.«
»Was soll das heißen?«
»Die fragliche Person ist nicht mehr Klient unserer Firma. Er hatte eine Sondervereinbarung mit Danielson. Ich habe keine Ahnung, worum es ging, und ich will es auch nicht wissen. Das ist Firmenpolitik bei uns – ein Anwalt darf keine privaten Klienten haben. Ich muss Ihnen sicher nicht erst erklären, warum das nicht gestattet ist.«
»Was ist mit meiner offenen Rechnung? Danielson sagte, er würde sie begleichen.«
»Tut mir leid, Mr Calvino. Aber das ist eine Sache zwischen Danielson und Ihnen.«
Calvino verstummte und überlegte. Plötzlich schien ihm seine Krawatte zu eng zu werden. Mit der freien Hand lockerte er den Kragen. Auf dem Computerbildschirm vor ihm stand der ausstehende Betrag. Es war eine große Summe.
»Geben Sie mir den Namen von Danielsons Klienten. Ich werde mich direkt mit ihm in Verbindung setzen.«
»Das darf ich nicht tun. Tut mir leid, aber ich kann Ihnen wirklich nicht helfen.«
Mit Lovell zu reden, war ungefähr so Erfolg versprechend, wie einem Blinden einen Spiegel vorzuhalten und ihn beschreiben zu lassen, was er sah. Calvino steckte in einer Sackgasse. Er blinzelte

angesichts der Summe von vierhunderttausend Baht auf dem Bildschirm. Sein Magen krampfte sich zusammen, und Schweiß trat ihm auf die Stirn. »Das soll wohl ein Scherz sein?«

»Warum sollte ich mit Ihnen Scherze treiben, Mr Calvino?«

»Danielson hat mich von Ihrer Firma aus angerufen.«

»Das war Andrews Fehler.«

»Ich will haben, was mir zusteht«, sagte Calvino.

»Ich dachte, ich hätte mich klar ausgedrückt. Lassen Sie es mich wiederholen: Was Andrew in diesem Fall unternommen hat, verstieß gegen alle Regeln der Firma.«

»Vielleicht haben Sie *mich* nicht verstanden. Ich will mein Geld.«

»Sie wollen, dass die Firma Sie bezahlt?«

»Ich will für das bezahlt werden, wozu Danielson mich beauftragt hat. Das habe ich erledigt. Ich habe das Video. Ich habe meine Arbeit getan.«

Noch lange, nachdem Calvino aufgelegt hatte, klangen ihm Lovells abschließende Worte im Ohr. »Da kann ich Ihnen wirklich nicht helfen.« Kalte, endgültige, unmissverständliche Worte, die wie ein Pistolenschuss in der Nacht hallten.

Danielson war tot, und wie sein Kollege gerade klargestellt hatte, hatte der Fall von Markenpiraterie, soweit es Danielsons Firma betraf, nie existiert. Es war keine Akte angelegt worden, also musste auch keine geschlossen werden. Außer Spesen nichts gewesen. Er überlegte, ob er Lovell noch einmal anrufen und ihm sagen sollte, dass es Mittel und Wege gab, Danielsons Klienten ausfindig zu machen. Die Wirklichkeit sah leider anders aus. Wäre es eine völlig legale Transaktion gewesen, hätte Danielson sie nicht an den Büchern vorbeilaufen lassen. Wen anrufen? Was sagen: Ich bin der Schmock, der nicht mal weiß, für wen er gearbeitet hat? Dann lauf doch zu Mama!

Als Kind hatte Calvino einmal gehört, wie seine Mutter seinen Vater einen *Schlemihl* nannte, weil er auf eine Vorauszahlung verzichtete. Mit erhobener Stimme hatte sie gesagt: »Deshalb sind in deiner Familie alle Gangster. Sie müssen dem Geld nachjagen, das schon längst auf der Bank liegen sollte. Was denkst du dir eigentlich? Lass dich im Voraus bezahlen, dann schläfst du nachts besser. Und wenn du nicht schläfst, dann kann ich auch nicht schlafen.«

Es gab keinen sauberen Weg, um an die zehn Riesen zu kommen, die Danielson Calvino schuldete. Und das Empfehlungsschreiben, das er ihm versprochen hatte, um seine Bewerbung bei der WHO zu unterstützen? Das konnte er sich auch an den Hut stecken. Calvino war zornig. Er würde nicht aufgeben, bis er einen Weg fand, zu seinem Geld zu kommen, egal ob sauber oder nicht. Wenn jemand einem Geld schuldete, dann holte man es sich. Den Verlust abzuschreiben kam nicht infrage. Er brauchte das Geld. Es hatte einen Zweck. Für den Fall, dass es mit dem WHO-Job nicht klappte, wollte Calvino den Mietvertrag der Mamasan vom *One Hand Clapping* ablösen. Das Geschäft lief nicht, die Yings wurden unruhig, launisch, brachten sich um. Die Ablöse für den Mietvertrag befand sich im freien Fall. Die Mamasan hatte bereits vorsichtig angefragt, ob es ihm wirklich ernst sei damit. Er hatte behauptet, das Geld zu haben. Bar auf die Hand. Das machte sie glücklich, als hätte sie gerade trockenen Fußes einen Tsunami überstanden. Und jetzt musste er zugeben, dass er das Geld doch nicht hatte. Es konnte dauern, bis er es bekam. Er musste um Aufschub bitten. Aber sie lief ihm ja nicht davon, solange ihr Geschäft im Koma lag und auf den großen Schlaf wartete. Calvino zog seinen .38 Police Special aus dem Schulterhalfter und überprüfte die Sicherung. In Ordnung. Der kalte Stahl in seiner Hand entfesselte Gewaltfantasien. Die unbezahlte Rechnung würde eine große Enttäuschung für Ratana bedeuten. Er schob den 38er zurück, zog das Jackett über das Halfter und ging zum Mittagessen.

# 10

Wie üblich thronte der alte George unter dem riesigen ausgestopften Schädel eines Wasserbüffels und nuckelte an einer Flasche Singha-Bier. Er trank einen Schluck, verzog das Gesicht und schmatzte dann mit den Lippen. »Ich weiß ja nicht, was du dahinten machst, aber was immer es ist, hör ja nicht auf damit.«

Oy, eines der Barmädchen des Lonesome Hawk, kämmte George die langen schwarzen Haare und band sie ihm zu einem Pferdeschwanz. Mit vierundachtzig noch über genügend Haare für einen Pferdeschwanz zu verfügen, war allein schon ein medizinisches Wunder, aber dazu noch eine Bar voller persönlicher Dienstboten zu besitzen, die einem jeden Wunsch von den Augen ablasen, das zeigte, dass es doch noch einen Gott gab.

Während Oy seine Haare bürstete, sagte der alte George: »Mein erstes Haus kaufte ich in Berlin. Das war 1945. Für zweihundert Stangen Zigaretten. Es gehört mir immer noch. Verdammt, würde mal jemand andere Musik auflegen? Ich will Country & Western. Schmeißt diese CD auf den Müll. Ich will den Scheiß nie wieder hier hören.« George hasste Elton John. Die Mamasan des Lonesome Hawk dagegen liebte ihn, und ihre Musik-Kriege gehörten zum Alltag. Der DJ war der arme Hund, der ständig ins Kreuzfeuer geriet.

Am hinteren Ende der Bar lag die Toilette. Drinnen pisste McPhail in ein Urinal voller großer Eisklumpen. Als nichts mehr kam, blieb er stehen, um sein Werk zu begutachten. Es sah so aus, als hätte er einen kleinen Sattel in einen Brocken in Pferdeform gepinkelt. Die Eisskulptur im Urinal gab ihm das befriedigende Gefühl, etwas geschaffen zu haben. Er kehrte zurück in die Bar und sah Calvino, der inzwischen zwei Nischen entfernt Platz genommen hatte.

»George, wo kriegen Sie eigentlich Eis in dieser Größe her?«

»Antarktis«, meinte der alte George. »Hab's extra einfliegen lassen, damit Sie draufpissen können.«

»Jaja.«

Calvino sagte der Serviererin, dass er keinen Hunger habe. Mit finsterer Miene nahm sie sein Platzdeckchen weg. Er bestellte ein kaltes Bier und rieb sich die Schulter. Ob das Bier gegen den Schmerz half? An der Bar saßen einige Stammgäste mit einem Fremden zusammen, einem betrunkenen Engländer Ende dreißig, der damit prahlte, noch nie im Leben ein Kondom benutzt zu haben. Er witzelte mit Jack, einem der Stammgäste. Sie wirkten wie Freunde. Anscheinend hatten sie den größten Teil des Morgens gemeinsam versoffen. Es sei denn, ihre undeutliche Sprechweise kam von einem plötzlichen Schlaganfall. Der Engländer starrte Calvino an. Er tuschelte mit Jack, dann hob er seine Bierflasche und klickte damit gegen den Hals von Jacks Flasche. Der Engländer war so einer, der nicht still sitzen kann, wenn er betrunken ist. Er glitt in einer Tour vom Hocker und schwang sich wieder drauf; dann haute er auf den Tresen und brüllte: »Die Steuereintreiber, die Steuereintreiber! Scheiß auf die Steuereintreiber!« Sein Geplärre ergab keinen Sinn. Dann schwankte er auf Calvino zu und beugte sich über seinen Tisch.

»Calvino, sind Sie der Privatschnüffler, der sein Büro über einem Massagesalon hat? Eine Hand immer am Klatschen, und das Adlerauge am Schlüsselloch?« Calvino ignorierte ihn. Betrunkene und bellende Hunde ließ man besser in Ruhe. Der Mann wandte sich ab und ging zu seinem Hocker zurück, griff nach seinem Bier und trank. Über die Schulter starrte er Calvino an. Dann kam er wieder zurück.

»Es heißt, Sie sind so ein Scheiß-Privatschnüffler.«

Calvino blickte auf und sah, dass der Engländer sich angestrengt bemühte, ihn zu fixieren.

»Es heißt auch, dass Sie nicht mal Schweinekacke auf 'nem Bauernhof finden könnten.«

Es war der falsche Tag, um es zu weit zu treiben.

Calvino schwang die Beine aus der Nische. Der Engländer

schnaubte und lachte über seinen eigenen Witz. Er blickte sich zur Bar um, als erwarte er Applaus, aber Jack hatte ihm den Rücken zugekehrt und trank aus seiner Flasche. Der Engländer hatte sich schon halb abgewandt und gab immer noch schnaubende Geräusche von sich, als Calvino ihm die Faust unters Schulterblatt rammte und wartete, bis er den Kopf drehte. Dann versetzte Calvino ihm einen harten Kopfstoß ins Gesicht, dass das Blut nur so spritzte, den Rücken von Jacks T-Shirt rot sprenkelte und über den Tresen rann. Der Engländer riss den Mund auf, aber für drei Sekunden – wenn's langte – kam kein Ton heraus. Die Barbesucher warteten auf das Ende der tödlichen Stille. Kein schnaubendes Gelächter mehr. Der Engländer verdrehte die Augen, sackte zusammen und knallte mit dem blutigen Kopf gegen die Kante des Tresens. Jack packte ihn, bevor er zu Boden gleiten konnte.

»Verdammt noch mal, Calvino, Sie können in meiner Bar keine Leute zusammenschlagen«, sagte der alte George.

»Ich habe keine Leute zusammengeschlagen. Ich habe einem Engländer eine verpasst. Das ist was anderes.«

Barbesitzer waren auf Trinker wie den Engländer und Jack angewiesen. Morgendliche Säufer waren die Butter auf dem Brot. Es tat weh, ein Gesicht so zerschlagen zu sehen, dass man sich kaum noch vorstellen konnte, wie eine Bierflasche in den Mund passen sollte.

»Ich glaube, ich möchte jetzt doch das Tagesgericht«, sagte Calvino.

Der alte George seufzte und schüttelte den Kopf. »Bringt ihm sein Tagesgericht und holt dem Typ da einen Eisbeutel, wie immer er heißen mag.«

Die Barmädchen versammelten sich in einer Mischung aus Erregung, Entsetzen und Mitleid um den Engländer und zogen ihn hoch. Er wirkte jetzt kleiner, zerbrechlicher, wie ein Bantamgewichtler, der irgendwie nicht mitgekriegt hatte, wie eine rechte Gerade kraftvoll und schnell an seinem Kopf landete.

Jack schrie dem Engländer ständig ins Ohr: »Eric, kannst du mich hören?« Die Schlägerei hatte eine Menschentraube angezogen, und Jack ergriff die Rolle des offiziellen Sprechers. Die Köchin kam, sich die Hände an der Schürze abwischend, aus der Küche. Der alte George gestikulierte in ihre Richtung. »Ich sagte, holt Eis, gottverdammich! Ich will Eis sehen.«

Dieses Ansinnen brachte ein kleines Problem mit sich. Das ganze Eis war im Urinal auf dem Männerklo gelandet. McPhail sah zu, wie die Köchin mit einem Eimer hineinging. Erst wollte er etwas sagen, aber dann dachte er: Scheiß doch drauf. Die Köchin brachte den Eimer mit Eis gefüllt zurück und stellte ihn auf die Bar. Sie wickelte einen Klumpen in ein Handtuch und drückte es dem Engländer aufs Gesicht.

»Ich hab doch gleich gesagt, dass der Engländer ein Pisskopf ist«, meinte McPhail. Die Köchin warf ihm stirnrunzelnd einen Blick zu.

»Mund-zu-Mund-Beatmung kriegst du aber nicht von mir, Eric«, sagte Jack.

Der Engländer stöhnte und tropfte Blut auf den Tresen. Das Bargirl auf der anderen Seite versuchte, ihm ein Tuch unter den Kopf zu schieben, aber er stöhnte nur noch lauter.

»Das hätten Sie nicht tun dürfen, Calvino«, sagte Jack. »Sie haben ihm wehgetan.«

Calvino antwortete nicht. Er wandte sich ab und setzte sich wieder. In seiner Abwesenheit war ein Teller Spaghetti aufgetaucht. Er schob ihn von sich und bestellte noch ein Bier. Dann steckte er dem Serviermädchen zwanzig Baht zu, damit sie die Glocke schlug. Das machte den alten George halbwegs glücklich, sodass er Calvino verzieh. Die beiden Barmädchen servierten eine Lokalrunde und stopften die Rechnung dafür in Calvinos Quittungsbecher.

McPhail schwang sich in Calvinos Nische und ließ die Beine in den Gang baumeln, das Gesicht zur Bar gewandt. Er ignorierte das Stöhnen des Engländers, das langsam wie das unterdrückte, tiefe Heulen eines getretenen Hundes klang. Kopfschüttelnd sah McPhail zu, wie das Eis auf dem Gesicht des Engländers schmolz.

»Sie haben ihn ganz schön hart getroffen«, meinte McPhail. »Ich glaube, seine Nase ist gebrochen.«

»Ein Vögelchen wie Eric muss lernen, wann man besser die Fliege baut«, sagte einer der Stammgäste am anderen Ende der Bar.

Als die Barmädchen ausschwärmten und die Freibiere verteilten, einschließlich eines für den alten George, rief dieser: »Seien Sie beim nächsten Mal nicht so verdammt empfindlich, Calvino. Sie gewinnen keine neuen Kunden, indem Sie meine Gäste fertigmachen.«

»Ich werd dran denken, George«, sagte Calvino.

»Tun Sie das.«

Jack half dem Engländer in eine leere Nische, wo er sich auf dem Rücken ausstreckte und die gesamte Bank auf einer Seite belegte. Er drückte den Beutel mit vollgepinkeltem Eis gegen seine Nase.

Eine Nische weiter saß Howard über sein Laptop gekauert und brachte seine Website auf den neuesten Stand. Er nahm die Zigarette aus dem Mund, ließ Rauch aus der Nase kringeln und betrachtete über den Bildschirm hinweg den Engländer. Dann trank er einen großen Schluck von seinem Whisky-Soda. »Ich wette, Sie haben eine gebrochene Nase. Ich mache schnell ein Foto davon und stelle es auf meine Website.«

Jack setzte sich wieder an die Bar und trank das Bier, das Calvino spendiert hatte. Der Engländer hielt das eingewickelte Eis fest. Er stöhnte nicht mehr. McPhail fragte sich, ob er die Pisse riechen konnte, die durch das Handtuch sickerte. Wahrscheinlich nicht, dachte er.

Howard machte zwei Schnappschüsse mit seiner Digitalkamera. Er zeigte sie einem der Serviermädchen, die mit dem Daumen nach oben zeigte.

»Sie sollten die Nase mal ansehen lassen«, sagte Howard und schoss noch ein Foto, als der Engländer das Handtuch kurz wegnahm, mit Schmerzfalten um die Augen und bläulich verfärbter Haut. Die Nase war nach einer Seite geplättet. »Ein Freund von mir hat sich mal die Nase gebrochen. Versuchte sie selbst zu richten und hat sich die Visage total ruiniert. Jedes Mal, wenn er einen anschaut, denkt man, er setzt gerade den Winker nach rechts.«

McPhails Jameson kam, zwei Eiswürfel schwammen in der bernsteinfarbenen Flüssigkeit. Er stieß sie mit den Fingern an und leckte sich über die Fingerkuppen. Das Blut von der Bar, dem Hocker und vom Boden war inzwischen aufgewischt. Die Mamasan stieß den DJ beiseite und legte Johnny Cashs *A Boy Named Sue* auf. Dieses Lied schien die Gäste zu beruhigen. McPhail winkte einer Servierin, Calvino noch ein Bier zu bringen. Er selbst nippte an seinem Jameson. Calvino sah nicht so aus, als wäre er in Stimmung für Konversation, also steckte McPhail sich eine Zigarette an, machte es sich bequem und lauschte Johnny Cashs Aufnahme aus dem »Folsom Prison«. Er selbst hatte einmal sieben Jahre gesessen – bewaffneter Raubüberfall.

Calvino sah starr geradeaus und sagte nichts, als ein Barmädchen eine frische Flasche Bier vor ihn hinstellte, von der kalte Kondenstropfen auf die Tischplatte rollten. Er nahm nichts wahr. Stattdessen spielte Ratanas Stimme in einer Endlosschleife in seinem Kopf: Danielson war deine große Hoffnung. Jetzt ist er tot. Was bleibt jetzt noch? Ratana hatte recht gehabt. Dann hatte er ihr von dem WHO-Posten erzählt, für den er sich bewerben wollte. Sie schüttelte nur den Kopf. Ich meine, welche echte Hoffnung bleibt noch?

Er besaß alle nötigen Beweise in der Sache mit den gefälschten Medikamenten. Genau wie er vermutet hatte, war die Reihe von Geschäftshäusern nicht nur eine Durchgangsstation für billige Kopien aus China. Dort wurden auch eigene Fälschungen hergestellt. Niemals in all den Jahren, seit er in Thailand lebte, war es ihm gelungen, eine illegale Operation mit solcher Präzision zu dokumentieren. Wie die Überwachungskamera einer Bank, die den Räuber ohne Maske am Schalter erwischt, ohne Hut – ohne gar nichts –, wie er der Linse sein nacktes Gesicht präsentiert.

Was er da in Händen hielt, war explosives und wertvolles Material. Seine zehn Riesen waren ein Klacks gegen die Verluste, die den Pharmakonzernen durch Raubkopien entstanden. Calvino hatte ein Telefonat abgehört, in dem einer der Herstellungsleiter dringend Bargeld anforderte, um neue Chemikalien zu kaufen.

Die Jungs waren dick im Geschäft. Tonbandaufzeichnungen, Transkripte, Videos – er hatte ein absolut vollständiges Paket geschnürt. Das waren nicht bloß irgendwelche Hinweise, das war handfestes Material, mit dem man eine kleine kriminelle Welt aus den Angeln heben konnte.

Während Johnny Cash die Gefängnisinsassen zum Toben brachte, stellte sich Calvino immer wieder die Frage, warum Danielson ihm nicht gesagt hatte, dass er außerhalb der normalen Kanäle operierte? Calvino hätte wissen müssen, dass er in einer Schattenzone operierte. Dann wäre er vorbereitet gewesen, wenn etwas aus dem Ruder lief. Er dachte an den Anwalt – Lovell? –, mit dem er telefoniert hatte, und ging wieder und wieder das Gespräch mit ihm durch. Ein Bauchgefühl sagte ihm, dass wesentlich mehr hinter der Sache steckte, als er zugab. Warum hielt er den Namen von Danielsons Klienten zurück? Calvino kannte die Hauptfiguren aus der Pharmabranche. Ihm fiel bloß nicht ein, wie er die richtige herausfinden sollte. Aufs Geratewohl ein Dutzend Leute anzurufen, war nicht der richtige Weg, an sein Geld zu kommen, aber möglicherweise der beste Weg, alle Trümpfe aus der Hand zu geben und umgebracht zu werden.

Es war eine Zeit der Geheimnisse und Halbwahrheiten, der Intrigen und Furcht, der Täuschung und des Zorns. Legale Geschäfte waren, wie fast die ganze Wirtschaft des Landes, zum Erliegen gekommen. Alle gingen in Wartestellung, bis der sich anbahnende politische Sturm vorübergezogen war. Furcht lag wie ein Hitzeschleier in der Luft, die Furcht davor, nicht zu wissen, was als Nächstes geschehen würde.

Die Überreste der Nase des Engländers zuckten unter dem Handtuch. »Das stinkt entsetzlich«, stöhnte er. Die Köchin errötete schuldbewusst und flüchtete sich in die Küche. Keines der Barmädchen verriet sie. Sie überlegten, ob man sich eine derartige Information irgendwie zunutze machen konnte; jedenfalls wäre es eine Verschwendung, unnötig damit herauszuplatzen.

McPhail stieß mit dem Rand seines Glases Jameson mit Calvinos Bierflasche an. »Vinny, Ihr Bier wird kalt.«

Calvino blickte auf und lächelte. Er trank direkt aus der Flasche.

»Sauberer Kopfstoß für das Arschloch«, sagte McPhail. »Die Barmädchen erzählen ihm schon, wo er sich für fünftausend Baht eine neue Nase machen lassen kann. Warum geht es eigentlich immer nur ums Geld?«

»Ich brauche vierhunderttausend Baht, um den Mietvertrag vom Parterre abzulösen«, meinte Calvino.

»Ich dachte, Ihr neuer Fall würde genügend einbringen?«

»Der Klient ist tot.«

»Wie das?«

»Herzinfarkt gestern Nacht.«

»Scheiße, Mann.«

Calvino trank abermals aus der Flasche.

Ein Bargirl ließ seine klauenartigen Fingernägel über McPhails Bauch wandern, der wie der eines lächelnden Buddha aus seinem Hawaiihemd quoll. Sie starrte ihre feuchten Fingerkuppen an – die Nägel waren in einem kräftigen Elfenbeingrün lackiert – und wischte sie an einem Tuch ab. »Du zu heiß«, sagte sie. »Schwitzt zu viel.«

»Und du, Furzschnecke, du redest zu viel.«

George kam langsam zu ihrer Nische geschnauft und klopfte Calvino auf die Schulter. »Das ist ein Haufen Geld, von dem Sie da reden, Calvino.«

»Wem sagen Sie das.«

»Außer, man zerlegt es in vier Einzelteile«, meinte McPhail.

Viermal hunderttausend Baht, das erweckte Calvinos Aufmerksamkeit. Er blickte von seinem Bier auf und rieb sich den Schädel, fühlte eine eiförmige Beule am Haaransatz über der Stirn. Der Kopfstoß hatte ihm ein Horn eingetragen. »Was meinen Sie damit?«

»Ich nehme Kochunterricht.« McPhail beugte sich über den Tisch.

»Kochen?«

McPhail nickte. »Und in meiner Klasse sind vier Mem-Farangs.«

»Und wie sollte ich von denen je zweitausend Dollar bekommen?« Kopf und Schulter spielten ein Duett des Schmerzes.

McPhail stützte sich auf die Ellbogen und wippte vor und zurück. »Sie haben reiche Ehemänner. Ich sage Ihnen, Vinny, diese Frauen schwimmen im Geld. Die zucken nicht mit der Wimper, wenn Sie ihnen ein paar Riesen in Rechnung stellen. Ist ein Kinderspiel, wenn man weiß, wie man sie anpacken muss.«

»Und das wissen Sie?« Calvino trank noch einen Schluck Bier und überlegte, zwei Schmerztabletten zu nehmen.

»Vinny, ich will Ihnen bloß helfen, verdammt. Während ich lerne, Pasta zu kochen, reden sie über die üblichen Frauengeschichten. Das ewige blöde Tamtam ums Älterwerden, Wellness, Schönheitsprodukte, Verkehrsstaus, Schwierigkeiten mit dem Dienstmädchen, aber letztlich kommt das Gespräch immer wieder auf dasselbe Thema zurück: Sie haben eine Heidenangst, dass ihre Ehemänner mit jungen Thaimädchen rumbumsen. Wenn man diese Ängste auf Flaschen ziehen könnte, bekäme man so viel erneuerbare Energie, dass Erdöl über Nacht bloß noch klebrige schwarze Scheiße wäre, die die Mühe nicht lohnt.«

Eines von Calvinos Gesetzen lautete: »Lieber eine saubere Niederlage als ein schmutziger Sieg.« Aber er lebte in einer Welt, in der sich dieses Gesetz gerade geringfügig verändert hatte. Die neue Version lautete: »Ein schmutziger Sieg ist besser als eine saubere Niederlage.«

# 11

Calvino blieb in der Tür stehen. McPhail, der »Stayin' Alive« von den Bee Gees summte, ging voraus in die Küche. Er nahm eine Schürze vom Haken und schlang sie sich um die Taille, ohne den Schritt zu verlangsamen, passierte eine Reihe von Spülen und Öfen. Über die Schulter zurückblickend, deutete er auf Calvino, während er sich zum Chef beugte und ihm etwas zuflüsterte. Der Chef war ein grobknochiger Mann, das kantige Kinn mit Eintagesstoppeln bedeckt, der Kopf unter der Kochmütze kahl rasiert wie der eines Mönchs. Er starrte Calvino an, versuchte sich ein Bild zu machen und nickte dann. Was immer McPhail sich für Lügen ausgedacht hatte, am Ende zwinkerte der Chef Calvino zu und bedeutete ihm einzutreten. Calvino stieß sich vom Türrahmen ab. Der Geruch nach Tomaten, Knoblauch und schwarzem Pfeffer mischte sich mit den schwächeren Düften von Parfüm und Schweiß.

McPhail stellte Chef Elmo Valerio vor.

»Freut mich sehr, Sie kennenzulernen«, sagte Elmo und schüttelte Calvino die Hand. »Ihr berühmter Großvater muss Sie viele interessante Dinge gelehrt haben.«

Calvino erstarrte. Er schoss McPhail einen giftigen Blick zu.

»Mein Großvater hat mir vieles beigebracht. Zum Beispiel, die Wahrheit zu sagen.«

McPhail hatte dem Chef weisgemacht, Calvinos Großvater sei ein berühmter Maler aus Florenz gewesen und habe das Bühnenbild für Puccinis Oper *Turandot* entworfen. Und dass er später in New York ein berühmter Chef geworden sei. Die Stadt hätte sogar am Union Square eine Bronzetafel mit seinem Namen anbringen lassen. Warum sie einem italienischen Chef eine solche Ehre angedeihen lassen sollte, oder wo auf dem Platz die Tafel sich befand, das ließ er offen.

Elmo hatte McPhails Erklärung aufs Wort geglaubt.

Er selbst stammte aus Detroit. Sein falscher italienischer Akzent war, zusammen mit der Kochmütze und der gestärkten weißen Uniform, sozusagen ein Requisit. Er sah tatsächlich aus wie der typische Chef de Cuisine, jemand, der diese Rolle in einem Film hätte spielen können.

Im Raum befanden sich außerdem noch drei Frauen, zwei Blondinen und ein Rotschopf, Ende dreißig bis Anfang vierzig – aber das war nur eine grobe Schätzung. Sie hatten das Alter erreicht, in dem die Jahre sich in die universelle Bandbreite des mittleren Alters ergossen, abhängig von Botoxgaben und Schönheitsoperationen. Sie hätten Schwestern sein können – von verschiedenen Vätern. Offen, freundlich, attraktiv, in jeder anderen Stadt wären sie äußerst begehrt gewesen. Die Männer hätten sich um sie gerissen, sie mit Geld, Geschenken und Zuwendung überhäuft, sie hätten Versprechungen gemacht und wären Bindungen eingegangen. Aber das hier war nicht jede andere Stadt; hier war Bangkok. Hier galten andere Regeln. Das System, in dem sie aufgewachsen waren, funktionierte nicht mehr. Sie hatten McPhail den Eindruck vermittelt, es wäre seine eigene Idee gewesen, ihnen seinen Freund vorzustellen, den Privatdetektiv. Sie hatten ihm gesagt, das sei eine brillante Idee. Sie hatten verschwiegen, dass die Idee keineswegs neu war.

McPhail sog lang und tief die Luft ein, hielt die toxischen Dämpfe eines Schlucks Jameson in der Lunge zurück und sagte mit großer Geste: »Und das sind die *Fabelhaften Vier*.«

»Das waren die Beatles«, sagte Janet. »So alt sind wir nicht.« Insgeheim war sie geschmeichelt von McPhails Vergleich. Von den dreien war sie die Attraktivste und hatte diese Art von ehrlichem, natürlichem Gesicht, das Männer anzog.

»Na gut, dann die neuen Fab Four.«

»Fab Four klingt gut«, meinte Debra. »Das lasse ich mir gefallen.« Sie hatte ein Puddinggesicht, lächelte gerne, und ihre blonden Haare wuchsen nicht aus braunen Wurzeln; sie waren echt.

McPhail stellte die Frauen schnell vor wie ein Schullehrer, der die Namen verliest: Janet, Debra und Ruth. Er blickte sich um. »Wo ist Millie?«

Ruth zerdrückte ein paar Tränen, dann wischte sie sich mit der Hand über die feuchten Wangen. »Ihr Mann ist gestorben. Sie wird eine Weile nicht zum Unterricht kommen.« Sie hatte ein eckiges Gesicht, schmale Lippen, einen langen Hals und kleine blaue Augen, die im Moment voller Tränen standen. Tief in die Stirn gezogen trug sie einen breitkrempigen rosa Hut, der ihr zusammen mit der weißen Schürze etwas Mütterliches, Heimeliges verlieh.

Die anderen nickten. »Vielleicht kommt sie auch gar nicht mehr. Wir wissen es nicht. Es gibt so viel zu erledigen für Andrews Beerdigung«, meinte Ruth. Es lag etwas in ihren Augen, das einen jedes ihrer Worte glauben ließ.

Calvino räusperte sich. »Andrew Danielson?«

Ruth schniefte und nickte. Das war kein Getue; sie war ehrlich betroffen. Debra legte ihr tröstend den Arm um die Schulter. Ruth brauchte jemanden, der sie bemutterte.

»Sie kannten Andrew?«, fragte Janet.

»Er war ein Klient von mir.«

Janet streckte Calvino die Hand hin. »Es ist sehr traurig, den Mann zu verlieren.«

Calvino schüttelte ihr die Hand, obwohl die Art, wie sie sie ihm hinhielt, vermuten ließ, dass sie einen Handkuss erwartete. Fast so traurig, wie einen Klienten zu verlieren, der einem eine Menge Geld schuldet, dachte er. Sie hatte die Art von Lächeln, bei dem alle Muskeln darum wetteifern, die Lippen so weit zurückzuziehen, dass auch noch die Weisheitszähne hervorblitzen. Janets Gesicht wies nicht die Spur eines Fältchens auf. Es war unnatürlich glatt. Ihre Finger waren streichholzdünn, die Nägel glänzten von farblosem Lack. Sie konnten sich leicht in Krallen verwandeln, die Striemen auf einem nackten Rücken hinterließen. Gäbe es einen Wettbewerb für das typisch amerikanische Schätzchen von nebenan, sie wäre ins Finale gekommen.

McPhail tauchte neben Calvino auf und flüsterte: »Sie kannten Millies Mann? Warum haben Sie mir das nicht gesagt, hey?«

»Das habe ich. Er ist der tote Klient.«

»Tut mir leid, mein Freund, Sie wissen ja: ich und Namen. Kann sie mir einfach nicht merken.«

Chef Elmo klatschte in die Hände. »Sie sind in meiner Küche, um italienisch kochen zu lernen. Zurück an die Arbeit«, sagte er. Die Frauen spritzten auseinander und verteilten sich zwischen den Schneidbrettern, Ablagen voller Töpfe und Pfannen, Edelstahlspülen, importierten Herden und Gaskochern. Sie gehorchten wie Stewardessen, wenn die Stimme des Flugkapitäns ertönt. Und McPhail folgte Janet wie ein Steward, der vergessen hat, ob er in die Touristen- oder Business-Klasse gehört.

Chef Elmo richtete seine Kochmütze, während er die Formation abschritt. Seinen Gang musste er sich von einem Gebrauchtwagenhändler abgeschaut haben. Die weiße Jacke und Hose waren frisch gebügelt und fleckenlos. Er ging zwischen seinen Schülern hin und her und überwachte ihr Tun mit militärischer Präzision. Das hieß, er stellte sich dicht neben sie, berührte ihre Hände, zeigte ihnen die richtigen Bewegungsabläufe beim Hacken, Schneiden und Würfeln. Zwiebeln, Karotten, Stangensellerie und weißer Spargel wurden zu Opfern schauderhafter Verbrechen. Der Schauplatz: Schneidbretter. Jede der Frauen hatte eine bestimmte Aufgabe, ein Messer, eine Kampfstation und eine Schürze zugewiesen bekommen. Die Klingen blitzten im Licht. Janet knabberte Pinienkerne aus einer Schüssel. Das Ganze schien den Frauen das Gefühl zu vermitteln, gebraucht zu werden, und machte sie glücklich.

Chef Elmo hantierte mit drei Pfannen gleichzeitig. Schweißperlen rannen ihm in Zickzacklinien in den Nacken. Unter seinem Kragen und den Achseln entstanden feuchte Flecken. Er hatte die Gestik und das Aussehen des Profis perfekt verinnerlicht und verstand es zu kommandieren und zu unterhalten. Detroit lag weit hinter ihm. McPhail wusste, wie Chef Elmo sich heimlich neu erschaffen hatte, und er kannte auch seine Vergangenheit als Gebrauchtwagenhändler.

Calvino fiel auf, dass die Frauen eine Kollektivpersönlichkeit angenommen hatten. Janet, das Rückgrat der Gruppe, sah zu, wie Chef Elmo – überall zugleich – mit einer Hand den Hühnerfond rührte, während er mit der anderen Debra beim Karottenschneiden anleitete.

»Sie haben Glück«, sagte Chef Elmo. »Heute kochen wir Ossobucco. Mögen Sie Ossobucco?«

*»Vorrei un piatto di manzo«,* erwiderte Calvino.

Chef Elmos Lächeln erstarb. »Wie meinen?«

Debra griff sich an den Hals. »Sie sprechen Italienisch. Das ist ja sooo romantisch.«

»Ich sagte, ein guter Ossobucco hängt von der Qualität der Brühe ab«, sagte Calvino. Tatsächlich hatte er auf Italienisch ein Fleischgericht bestellt, und Elmo sprach offenbar kein Wort Italienisch. Da dieser Punkt geklärt war, konnte Calvino sich darauf konzentrieren, welche Lügen man ihm sonst noch auftischen würde. Von Chef Elmos erfundener italienischer Herkunft wanderten seine Gedanken zu der erstaunlichen Tatsache, dass Andrew Danielsons Witwe zu dieser Gruppe ausländischer Frauen gehörte. Sie kannten sich, und wenn er seine Karten richtig ausspielte, würde sich ihm möglicherweise die einzigartige Chance bieten, den Betrag doch noch zu kassieren, den ihm der verstorbene Ehemann schuldete.

*»Posso avere una bottiglia di succo?«* Calvino bat den Chef um eine Flasche Saft. Aber er erntete nur ein ausdrucksloses Starren.

Elmo störte es gewaltig, dass die Frauen plötzlich Calvino anhimmelten.

Der Chef quietschte: »Sie haben ja so recht. Das hat Ihnen sicher Ihr Großvater beigebracht.«

Calvino reagierte nicht; er wusste, dass der Chef sich gerade auf einer linguistischen Achterbahnfahrt befand, die hauptsächlich abwärtsführte. Wahrscheinlich war es besser, nicht zu deutlich zu demonstrieren, dass Chef Elmo Schwierigkeiten mit der italienischen Sprache hatte. Sonst bekam sein Gastgeber schlechte Laune und würde einen erneuten Besuch zu verhindern wissen. In der Welt der Kochkurse ging es darum, dass alle glücklich waren – besonders die Frauen, und vor allem im Licht der Möglichkeit, dass ihre Ehemänner potenzielle Ausforschungsobjekte darstellten. Was Chef Elmo Calvino mitzuteilen versuchte, war: Lass mir meinen Frieden, dann sorge ich dafür, dass die Pastasauce gelingt. Und nach dem Unterricht kannst du meinetwegen mit den Frauen machen, was du willst. Calvino verstand die Botschaft, eine stumme Nachricht, die auf einem trüben Strom aus Geldgier und Eigennutz daherschwamm.

Chef Elmo trat an Debras Arbeitsplatz. Sie strich sich den Pferdeschwanz zurück, während sie über den Zwiebeln schwitzte. Tränen stiegen ihr in die babyblauen Augen. Sie wollte sie mit dem Handrücken fortwischen, aber es half nichts. Sie liefen ihr über die Wangen, fielen auf die metallene Oberfläche und glitzerten dort wie Perlen im Licht. »Debra, schneiden und würfeln Sie die Zwiebeln. Schauen Sie, so.« Der Chef nahm eine der Zwiebeln, und seine Hand bewegte sich so schnell, dass sie vor den Augen verschwamm. Die Zwiebel zerfiel in eine Million kleine Stücke.

Debra nahm ein Papiertaschentuch aus der Schachtel und schnäuzte sich. »Sie sind ja sooo talentiert«, sagte sie.

Chef Elmo zuckte bescheiden die Achseln. »Das macht die Übung. Sie können das auch lernen.«

»Ich versuche es ja«, schluchzte sie mit zitternder Unterlippe.

Sie waren alle nahe am Wasser gebaut, seit sie das von Millies Mann erfahren hatten.

Die Restaurantküche war zu ihrer persönlichen Zuflucht geworden, eine Oase inmitten der kalten Fremdartigkeit und billigen Bedrohung, die Bangkok für sie darstellte. Ihre Kinder gingen auf die internationale Schule, ihre Ehemänner verbrachten die meiste Zeit im Büro, und ihre Dienstmädchen wuselten herum und taten so, als würden sie die von der Firma zur Verfügung gestellten Häuser putzen. Das summierte sich zu einem Leben mit beachtlichem Leerlauf, vom frühen Morgen bis zum Abend, wenn die Kinder aus der Schule kamen und der Ehemann anrief, um zu sagen, dass er später komme.

Oder bis, wie in Millies Fall (ungewöhnlich, aber es kam vor), ein Anruf mit der Mitteilung kam, dass ihr Ehemann tot sei.

Die Frauen waren Komparsinnen im Drehbuch des Alltags, während ihre Männer die Hauptrollen spielten. Die Frauen hatten kaum Text. Die Kameras fingen vielleicht mal einen morgendlichen, schnellen Spaziergang ein und einen weiteren spätnachts. Wenn man einmal kurz die Augen schloss, registrierte man vielleicht nicht einmal mehr, dass sie überhaupt im Film mitspielten. Die Fabelhaften Vier führten ein Leben in komfortabler Isolation, umgeben von Luxus und Bequemlichkeit. Aber statt mit Glück und Zufriedenheit erfüllt zu sein, waren ihre Tage und Nächte voller nagender Zweifel an der Treue ihrer Männer. Während Chef Elmo ihre Fortschritte begutachtete, summte der Name Millie in Calvinos Hirn herum und suchte nach einer Gelegenheit, ins Gespräch gebracht zu werden.

Debra, Ruth und Janet hätten, wenn nicht als Schwestern, so doch als Cheerleader eines Spiels durchgehen können, das vor zwanzig Jahren geendet hatte. Inzwischen war das Spielfeld leer, ihr Team hatte sich umgezogen, war in die Autos gestiegen und schon lange heimgefahren, während der Hausmeister nur noch die Stadionbeleuchtung ausschalten musste. Nur die drei Cheerleader waren auf dem Spielfeld zurückgeblieben und warteten.

Sie trugen die Haare immer noch zu Pferdeschwänzen gebunden. Schicke Kleider. Halsketten mit kieselsteingroßen Klunkern aus Indien, China oder Nepal. Leicht füllig um Taille und Hüften, die Zeichen eines guten Lebens, unverkennbar wie die Tätowierungen eines Seemanns.

In Chef Elmos Küche waren sie wieder zu Hause. Sie mixten, hackten, rührten, probierten und kontrollierten die Temperatur des Backofens. Unter Chef Elmos Fittichen fanden sie einen Ort, wo sie gemeinsam dem Trubel und den erstickenden Menschenmengen entgehen konnten. In Chef Elmos Küche waren sie produktiv. Hier galten sie noch etwas. Was sie hier trieben, ließ sich mit etwas Mühe als sinn- und bedeutungsvolle Tätigkeit interpretieren.

Calvino hatte schon öfter für Frauen dieses Typus gearbeitet. Es ging meistens darum, ihre Ehemänner dabei zu erwischen, wie sie sich zu albernen Sechzehnjährigen zurückentwickelten und mit Yings herummachten, bei denen sie sich wieder wie die Footballstars auf der Highschool fühlen konnten. Aber die Ähnlichkeiten zwischen ihnen waren oberflächlich. Darunter verbarg sich immer eine ganz eigene Mischung aus Elend, Konflikten, Drohungen und Missbrauch. Niemand, weder Cops noch Privatdetektive, hatte viel Interesse an Fällen häuslicher Gewalt.

Nach dem Kochkurs setzten sich die Frauen gemeinsam zu Tisch. Ossobucco, Salat, Brot und Wein taten ihre Schuldigkeit. Sie entspannten sich und redeten, als wären McPhail und Calvino gar nicht da. Das ist gut so, dachte Calvino. Der Chef war verschwunden, vermutlich hatte er Angst, dass Calvino wieder eine Unterhaltung auf Italienisch anzettelte.

Diese Frauen waren einmal Sexgöttinnen gewesen. Sie hatten ein Monopol besessen, mit dem sie hantieren konnten – als Brechstange, Schraubenschlüssel und Vorschlaghammer zugleich. Aber ein paar Wochen nach der Ankunft in Bangkok war der ganze Werkzeugkasten nichts mehr wert. Es ging ihnen wie einem reichen Großgrundbesitzer, der eines Morgens aufwacht und feststellt, dass er plötzlich nur noch Erntehelfer ist. Danach dauerte es meistens bloß ein paar weitere Wochen, bis der unterschwellige Ärger der Frauen zu voll entwickelter Wut heranreifte.

McPhail hat diese Gruppe psychologisch ganz richtig beurteilt, dachte Calvino. Der Schlüssel war Janet. Wenn er sie vom Ehemann-Überwachungsprogramm überzeugen konnte, würden die beiden anderen ihr folgen wie Entenküken, die der Mutter hinterherwatschelten. Sie war so etwas wie die Chef-Cheerleaderin, die Vorturnerin, sie bestimmte den Ablauf.

»Vincent ist Privatdetektiv«, ließ McPhail einfließen. »Er ist auf häusliche Überwachung spezialisiert. Hauptsächlich für ausländische Ehefrauen. Er kennt ihren Schmerz.«

Janet Herron schwenkte den Wein in ihrem Glas herum.

»Ach ja?«

»Ich habe einige solche Fälle bearbeitet.« Aber normalerweise versuchte er, sie sich vom Hals zu halten. Das Gesetz der *Omertà* galt auch in den Kreisen der ausländischen Einwohner. Eine Verletzung des Schweigegebots über sexuelle Angelegenheiten konnte das Ende für den Schnüffler bedeuten. Es konnte seinen Tod bedeuten.

»Er ist der beste Privatdetektiv in Bangkok.«

Calvino zuckte jedes Mal zusammen, wenn McPhail so übertrieb. Der beste Privatdetektiv war unsichtbar, ehrenhaft, stapfte ohne Murren durch den Schmutz der Straße und trug ihn nicht ins Wohnzimmer der Klienten. Ausländische Ehemänner in Stundenhotels zu beschatten, das bedeutete, hüfttief im Dreck zu waten. Calvino tat es ungern.

»Wo habe ich das nur schon einmal gehört?«, meinte Debra. »Behauptet nicht jeder, er wäre der Beste der Besten. Ist es nicht so, Mr Calvino?«

»Ich weiß nicht, ob ich den Fall überhaupt übernehmen will, Debra.« Die Klienten in Eheangelegenheiten waren meist konfliktbeladen, emotional und irrational. Sie hatten zu viel von sich selbst investiert, und egal, wie solche Fälle ausgingen, die Grenze zwischen Recht und Unrecht verwischte sich.

»Sie sind so überlastet, dass Sie Zeit haben, unseren Kochkurs zu besuchen«, meinte Debra, während sie ihr Make-up auffrischte. Sie machte sich nicht die Mühe, von ihrem Klappspiegel aufzusehen.

»Er ist unseretwegen hier?«, fragte Janet.

»Ich habe ihn gebeten zu kommen, meine Damen. Er hat alle Nachmittagstermine abgesagt, um mit Ihnen sprechen zu können. Ich versuche lediglich zu helfen. Jedes Mal, wenn ich zum Unterricht komme, reden Sie über irgendeine Bar-Ying oder Sekretärin oder wen immer, die sich Ihren Männern an den Hals werfen. Debra hat selbst gesagt, das Schlimmste ist das Nicht-Wissen«, meinte McPhail. »Sie hat recht. Ich würde Bescheid wissen wollen. Sie nicht?«

Janet nippte an ihrem Weinglas. »Er hat recht.«

»Noah würde mich niemals betrügen«, sagte Ruth. Ihre grauen Augen verliehen ihr ein abwesendes, trauriges Aussehen. Eine Körbchengröße, die nach D aussah, verlieh ihr einen gewissen eingebauten Vorteil vor den Einheimischen.

Debra verdrehte die Augen. Sie waren noch vom Zwiebelschneiden gerötet.

»Wie viel verlangen Sie?«, fragte Debra.

»Zweitausend«, erwiderte Calvino. »US-Dollar.« Das war so viel

Geld, dass er überzeugt war, sie würde auf der Stelle ablehnen, und er könnte weiter hinter dem Geld herlaufen, das ihm ein toter Anwalt schuldete.

»Und was bekomme ich dafür?« Sie nestelte an ihrer Halskette herum.

»Für zwei Riesen? Einen Profi. Ich liefere Ihnen Fotos, Videos und einen vollständigen Observierungsbericht. Normalerweise dauert es etwa zwei bis drei Wochen. Manchmal läuft ein Fall auch über ein paar Monate. Aber ich bin gründlich. Wenn er Seitensprünge macht, finde ich das Wo, Wann und die Namen der Frauen heraus.«

Ruth prustete Wein aus der Nase. »Sie meinen, mehr als eine Frau?«

Es war Zeit, ein paar wilde Geschichten auszustreuen. »Ein Typ, den ich beschattete, schlief sogar mit fünf Frauen. Nicht mit allen gleichzeitig. Nur mit zwei oder drei. Aber nie mit allen fünf zur gleichen Zeit. Jedenfalls habe ich ihn nie dabei ertappt. Es war ein mühseliger Fall.«

In der Küche blieb es still, bis auf das Brodeln des Wassers auf dem Herd. Keine der Frauen wusste, was sie dazu sagen sollte.

»Das muss ja furchtbar anstrengend gewesen sein«, sagte Ruth. Sie war die Stille mit dem rosa Hut.

»Er war ziemlich fit«, gab Calvino zu. Er fragte sich, ob sie den Hut auch beim Liebesspiel aufbehielt. Eine innere Stimme riet ihm, aufzustehen und zu gehen. Wollte er wirklich Geld auf der schmutzigen Seite der Branche verdienen? Aber auf das Wollen kam es nicht an. Er stand mit dem Rücken zur Wand.

»Nein, ich meinte, ihm zu folgen, alle diese Prostituierten auf Video aufzuzeichnen. Das muss anstrengend gewesen sein«, erklärte Ruth.

»Er hat doch schon gesagt, dass es mühsam war, Ruth«, meinte Debra.

»Über Zahlen möchte ich lieber nicht nachdenken«, sagte Janet.

Die Frauen schwiegen. Meinte sie die Schuhgröße des Mannes, das Honorar oder die Anzahl der Frauen in der Geschichte?

McPhail warf Calvino einen Seitenblick zu und nickte. Frauen und Delfine hatten die Fähigkeit, ohne Worte miteinander zu kommunizieren, während sie nachdachten. Welches Sonarsystem sie auch verwendeten, sie kamen in diesen wenigen Augenblicken des Schweigens zu einer vorläufigen Verständigung.

»Wer zuerst?«, fragte Debra.

Ruth schob ihr Weinglas zurück. »Ich glaube, wir sollten Streichhölzer ziehen.«

»Das ist fair«, sagte Debra.

»Bekommen wir eine Art Mengenrabatt?«, fragte Ruth.

Ihr Mann durchlief bereits seine zweite Dienstzeit hier. Sie war eine Veteranin, daher war ihr das Feilschen wie den Einheimischen zur zweiten Natur geworden.

McPhail grinste süffisant und schnitt eine komische Grimasse. »Er gibt euch schon einen Rabatt«, sagte er.

»Es gibt auch noch andere Privatdetektive. Manche sind billiger«, meinte Calvino. »Ich kann Ihnen ein paar Namen nennen.« Einen Augenblick schien es, als wollten sie ihn beim Wort nehmen. Er fing an, sich zu entspannen, und lächelte unwillkürlich. Er würde ins Büro zurückkehren und sich etwas einfallen lassen, wie er Danielsons Klienten im Fall der gefälschten Medikamente aufspüren konnte. Jawohl, wie seine Mutter gesagt hatte: »Sieh zu, dass du das Geld in die Hand kriegst. Und dann nichts wie weg.« Er glaubte immer noch daran, dass die Dinge sich zum Guten wenden würden.

Janet zeigte auf die leere Weinflasche. »Das wird nicht nötig sein, Mr Calvino«, sagte sie. »Wir wissen alles über die anderen Privatdetektive in Bangkok. Und wir waren nicht besonders beeindruckt von ihnen.«

Die anderen beiden Frauen nickten zustimmend. »Machen wir noch eine Flasche Wein auf.«

»Noch eine, Janet? Bist du sicher?«, fragte Debra.

»Wir haben ein neues Projekt. Sollten wir das nicht feiern?«

Calvinos Gesetz: Wenn ein Mann eine Frau in ein Stundenhotel mitnimmt, dann bleibt das, was in dem Zimmer passiert, in diesem

Zimmer. Es war eine Privatangelegenheit zwischen den beiden. Von den Bettgeschichten eines anderen Mannes zu profitieren, war nicht viel besser, als Zuhälter zu sein. Eine miese Art, Geschäfte zu machen. Aber in der Stadt wimmelte es inzwischen von Privatschnüfflern, und die alten Sitten weichten auf. Die *Omertà* bewahrte keine Geheimnisse mehr zwischen Männern. Calvino redete sich ein, dass die Ausländergemeinde sich verändert hatte, sich in Fraktionen und zerbrochene Loyalitäten aufspaltete. Die von ihren Firmen hierhergeschickten Farangs taten nur so, als ob sie dazugehörten. Tatsächlich kamen sie nie richtig ins Spiel. Sie waren Unbeteiligte, Amateure oder auf sich selbst gestellte Karrieristen. Calvino fragte sich, was er ihnen eigentlich schuldig war. Sie waren Zugvögel mit bequemen All-inclusive-Nestern. Es konnte nicht schaden, wenn ihnen einmal die tiefere Wahrheit aufging, dass sie mit all ihren Spesenkonten und hohen Gehältern nur Außenseiter waren. Calvino suchte krampfhaft nach Argumenten. Aber eine kleine Stimme in seinem Hinterkopf sagte ihm, dass es trotzdem nicht recht war.

Soweit es die Frauen hier anging, waren zweitausend Dollar ein kleiner Preis, um zu verhindern, dass sie unsichtbar wurden, ein bloßer Schemen im Leben ihrer Ehemänner. Konnte man das überhaupt in Geld aufwiegen, die Chance auf einen Neubeginn, das Aufkeimen eines Hoffnungsschimmers, dass Bangkok vielleicht doch überlebbar war? Mit Ruth in der Mitte, deren rosa Hut den Blickfang bildete, sich die Arme gegenseitig um die Hüften gelegt, lächelten die drei Frauen Calvino an. »Gut, wir sind einverstanden. Zweitausend Dollar«, sagten sie unisono.

Calvino saß in seiner eigenen Falle. »Ich muss erst noch ein paar Fälle abschließen«, meinte er lahm.

Es ging um viel Geld. Vor seinem geistigen Auge sah Calvino sich bereits das Schild des *One Hand Clapping* abmontieren.

»Die hier werden Sie brauchen.« Janet legte blitzschnell vier Fotos auf den Tisch, als würde sie Karten austeilen. Es schien sich um Passbilder zu handeln. Alle Männer trugen Anzug und Krawatte und durchlöcherten die Kameralinse mit herausfordernden Blicken. Andrew Danielsons Gesicht war auf einem der Bilder.

»Da ist noch etwas«, sagte er, während er die Fotos der vier Farangs betrachtete. Es wäre schwierig gewesen, sie bei einer polizeilichen Gegenüberstellung auseinanderzuhalten oder auf Barhockern in einer dunklen Bar. Calvino zog mit der Fingerspitze Danielsons Foto aus der Gruppe heraus und zu sich hin. »Ist das nicht Andrew Danielson?«

McPhail blickte ihm über die Schulter. »Das ist er.«

Calvino nickte. In Janets Gesicht stieg Röte auf. »Ja, das ist Andrew. Ich habe vergessen, sein Foto herauszunehmen.«

»Er sieht aus wie Alec Baldwin«, kommentierte McPhail. »Wie kann jemand, der so jung aussieht, an einem Herzinfarkt sterben?«

»Er war dreiundfünfzig«, sagte Ruth.

»Mann, ich hoffe, ich sehe mit dreiundfünfzig auch noch so aus«, meinte McPhail.

»Sie haben mit fünfunddreißig schon nicht mehr so gut ausgesehen«, sagte Calvino. Er konnte den Blick nicht von Danielsons Bild abwenden. »Waren Ihre Männer und Danielson oft zusammen?«

Die drei Frauen wechselten Blicke, sahen dann auf den grau gekachelten Fußboden, als wünschten sie sich, durch die metallenen Abflüsse in der Ecke entkommen zu können. Janet griff nach Danielsons Foto.

»Mein Fehler. Ich habe Andrews Foto mit den anderen durcheinandergebracht«, sagte sie. Als ob das erklärte, warum sie die Fotos überhaupt bei sich hatte.

»Wir Ehepaare treffen uns öfter«, sagte Ruth.

»Dann kannte Ihr Mann ihn auch?«, fragte Calvino.

»Natürlich. Warum wollen Sie das wissen?«

Calvino lächelte. Die Ehemänner dieser Damen konnten ihn vielleicht, nur ganz vielleicht, zu seinem Geld führen. »Es ist mein Beruf, Fragen zu stellen. Zum Beispiel, warum die Damen Fotos der Ehemänner der anderen bei sich tragen? Nur für den Fall, dass sie zufällig auf einen Privatdetektiv stoßen? Damit sie ihn unverzüglich ins Bild setzen können? Folgen Sie diesem, folgen Sie jenem. Oh, der hier ist tot. Den müssen Sie nicht mehr beschatten.«

»Seien Sie bitte nicht grausam«, sagte Janet.

Die Fabelhaften Vier wirkten niedergeschlagen, verlegen. »Regen Sie sich nicht auf. Das hätte nicht passieren dürfen. Ist es aber nun einmal. Vergesst es«, sagte Debra. Sie entriss Janet das Foto von Danielson und schob es in ihre Handtasche. Calvino regte sich nicht auf. Calvino lächelte in der Gewissheit, dass sich ein Weg aufgetan hatte, der Spur des Geldes zu folgen, das Danielson ihm schuldete. Einer der drei Ehemänner, deren Fotos vor ihm lagen, kannte vielleicht den Namen des Klienten, für den Danielson außerhalb der üblichen Kanäle operiert hatte. Aber es war zu früh, die Korken knallen zu lassen, er musste behutsam vorgehen.

»Andrews Foto ist ganz zufällig dazwischengeraten«, wiederholte Janet, als ob das erklärte, warum die Frauen sich gegenseitig die Fotografie eines Toten entrissen.

»Gibt es noch weitere Fotos, die Sie wie Pizzaecken verteilen möchten?«, fragte Calvino.

»Nein«, erwiderten sie. Sie waren in der Defensive.

»Wenn Sie mir Millie Danielsons Telefonnummer geben, bringe ich ihr das Foto zurück.« Er hatte sie in die Ecke gedrängt.

»Ich glaube, wir sollten sie zuerst fragen«, meinte Janet. Es war eine löchrige Verteidigungslinie. »Sie hat so viel durchgemacht.«

»Weshalb wollen Sie das tun?«, fragte Ruth dazwischen.

»Ich kannte Andrew. Ich möchte ihr persönlich sagen, wie sehr ich ihren Verlust bedaure.« *Und er schuldet mir Geld.*

Debra legte den Kopf schief wie eine Mutter, wenn ihr Kind genau die richtigen Antworten gibt. »Ich gebe Ihnen die Nummer.« Sie kramte in ihrer Handtasche und zog eine abgegriffene Broschüre heraus, von deren Titel Calvino nur »Index« lesen konnte, bevor sie sie umdrehte und die Nummer auf die Rückseite schrieb.

Auf dem Rückweg ins Büro warf er einen Blick auf das Heft. Es war fünf Millimeter dick. Auf dem gelben Umschlag standen die Worte »Untreue-Index«. Er blätterte die Broschüre durch und fand seitenweise Tabellen und Diagramme, die Länder, Städte und geografische Regionen auflisteten. Das Büchlein war von selbst an einer offenbar oft aufgeschlagenen Seite über die Massagesalonkultur aufgeklappt. Hundertdreiundzwanzig zerlesene Seiten, die unter anderem Geschichte, Kultur und Rituale Thailands dokumentierten. Schon auf den ersten Blick war zu erkennen, dass da jemand Ängste und Unsicherheiten und Ressentiments schürte. Calvino faltete die zerknitterte Broschüre zusammen und schob sie in die Jacke. Seine Hand stieß gegen den .38 Police Special.

Mehr als ein Millionär verdankte sein Vermögen dem, was man in Thailand *ruan tai sadue* nannte: Geschichten, Erzählungen, Gerüchte, Witze und Klatsch über alles, was südlich des Bauchnabels passiert. Der *Index,* teils Anleitung zur Selbsthilfe, teils Almanach und teils Rezeptbuch, empfahl Frauen zum Beispiel, über das Kochen ihre sexsüchtigen Ehemänner an die Leine zu legen: »Sie müssen ihn über die emotionale Schiene packen – über seinen Magen. Lassen Sie Vorträge über Moral, Appelle an die Vernunft, Logik oder Pflichtgefühl bleiben. Solche kühlen, sachlichen Argumente verfangen nicht, wenn Dutzende junger, verfügbarer Frauen um ihn herumtanzen. Wenn er nach Hause kommt, halten Sie das Abendessen für ihn bereit. Servieren Sie ihm etwas Besonderes, auf das er sich freuen kann – wie wär's zum Beispiel mal mit Gelbflossenthunfisch? Warum es nicht mit Guacamole probieren? Der Sinnlichkeit sanft gegrillter Tomaten, lockerer Omeletts mit Zitronenscheiben und saftiger Röstkürbisse kann kaum ein Mann widerstehen. Stellen Sie eine Flasche Dom Pérignon kalt. Präsentieren Sie sich durch immer raffiniertere Kochkünste, und Ihre übrigen Vorzüge werden ihm in einem viel besseren Licht erscheinen.«

Calvino vermutete, dass der *Untreue-Index* ein neueres Produkt aus der Gelddruckmaschine unterhalb des Bauchnabels war. Ein weiteres von Calvinos Gesetzen lautete: Wer Unfrieden wegen Aktivitäten südlich des Bauchnabels sät, verdient ein Vermögen, während der Privatschnüffler, der die Schmutzarbeit erledigt, Rabatt gewähren muss. Wie bei allen Märkten war es das Beste, auf Gerüchte hin zu kaufen und aufgrund harter Fakten zu verkaufen.

# 12

Siri zog mit dem Finger eine unsichtbare Linie über das Weinregal. Sie wirkte gelangweilt, abwesend. Jedes Mal, wenn sie Lovell ansah, kochte es in ihr hoch, und sie musste den Blick abwenden. Es war die Art, wie eine Frau einen Mann ansah, den sie missbilligte. Lovell merkte es im gedämpften Licht des Kellers nicht. Die Wände des Raums waren vom Fußboden bis zur Decke mit Weinregalen gepflastert. Hervorragende Jahrgänge aus Frankreich, Australien, Italien, Spanien und Kalifornien. Lovell zog eine Flasche Château de Vialle aus dem Regal und studierte eingehend das Etikett. Siri war schon oft Zeugin dieses Rituals gewesen; früher hatte sie es charmant gefunden, ein Zeichen für sein hohes Maß an Kultur und Bildung. Jetzt störte es sie.

Sie sah zu, wie er das Etikett las, als suchte er nach dem versteckten Haken in einer Schadenersatzklausel. Lovell blies die Backen auf, seufzte und schürzte die Lippen, bevor er die Flasche umdrehte und das Etikett auf der Rückseite studierte. Bei seinem Gedächtnis, das wusste Siri, war jedes Detail jedes Etiketts in diesem Keller schon lange in seinem Hirn abgespeichert. Warum las er sie immer wieder? Versuchte er, sie zu beeindrucken? Sie widerstand dem plötzlichen Impuls, ihn zu schlagen. Seine selbstgefällige Wichtigtuerei machte sie aggressiv, blutrünstig. Sie hasste sich selbst dafür.

Lovell griff mit gesenktem Kopf in seiner Jacke nach einem Spickzettel mit Robert Parkers Weinbewertungen. Das war noch so eines seiner Rituale, das sie gar nicht mehr liebenswert fand. Parker merkte an, dieser Wein sei »ledrig« und nicht einfach nur komplex, außerdem habe er ein Bukett von getrockneten Feigen. Im schwachen Licht sah Lovell nochmals auf die Liste und überprüfte das Etikett, bevor er die Flasche ins Regal zurückstellte. Sie überstieg sein Budget. Er plante, in nicht allzu ferner Zukunft Château de Vialle für eine besondere Feier zu bestellen. Aber heute Abend noch nicht. Er ging weiter zur italienischen Abteilung und wählte eine Flasche Merlot. Einen Merlot, an dem Robert Parker bestimmt noch nie geschnüffelt hatte.

Siri hatte bemerkt, dass er nach verbranntem Toast und Oliven duftete. Es war derselbe Wein, den sie letzen Monat schon getrunken hatten. Da hatte er ihm geschmeckt.

Er wandte sich um, sah, dass Siri ihn beobachtete, und hielt ihr lächelnd den Merlot hin. »Der passt bestimmt.«

»Den will ich nicht. Er riecht und schmeckt nach Krankenhaus«, sagte sie. Sie lehnte sich gegen den Tisch in der Mitte des Raums. Der Chef hatte ihnen erlaubt, sich allein im Weinkeller umzusehen.

Lovell blinzelte, als könne er nicht glauben, was sie gesagt hatte. »Krankenhaus?« Parker hatte noch nie einen Wein mit Krankenhausgerüchen verglichen. Wie genau schmeckte ein Krankenhaus eigentlich? Aber noch bevor er die Frage stellen konnte, nahm Siri ihm die Flasche weg und stellt sie zurück.

»Können wir nicht mal einen anderen probieren? Warum nimmst du immer denselben Wein, wenn wir hierher zum Essen kommen? Du schaust auf deine Liste, aber du wählst nie einen Wein, der draufsteht. Das ist doch nicht normal.«

»Du hast schlechte Laune.«

»Ich bin überhaupt nicht schlecht gelaunt!«

»Du bist verärgert.«

Sie verschränkte die Arme vor der Brust. »Bitte such endlich einen Wein aus. Mir ist kalt.«

»Ich dachte, das hätte ich schon.«

»Den will ich aber nicht. Er sagt mir nicht zu.«

»Siri, hier geht es doch nicht um Wein, oder?«

Siri sah zu Boden und seufzte tief.

»Was ist los?«

»Vergiss es. Ich trinke lieber Wasser. Außerdem ziehst du nach dem Abendessen mit Stiles um die Häuser.«

Er zog eine andere Weinflasche aus dem Regal und griff nach Siris Hand, aber sie entzog sie ihm. »Wir gehen doch nicht in eine Bar.«

»Du gehst mit Stiles. Das sagt alles.«

»Ich sagte ihm, dass eine Bar nicht infrage kommt.«

Sie schnalzte mit der Zunge. »Und was hast du ihm sonst noch gesagt?«

»Dass du nicht möchtest, dass ich mitkomme.«

»Das liegt bei dir«, sagte sie, die Hände in die Hüften gestemmt. Sie starrte ihm gerade in die Augen. »Du hast es auf mich geschoben, was?«

Er schrumpfte zusammen und drückte die Flasche an die Brust. »Das habe ich nicht.«

»Warum konntest du nicht einfach sagen: ›Das ist nicht mein Stil. Ich gehe nicht gern in Bars?‹ Das hättest du tun können. Aber nein, du drückst dich vor der Verantwortung.«

»Ich will etwas über die Avenant-Pharma-Akte herausfinden. Dazu muss ich mit ihm ausgehen. Mit ihm reden, wenn er entspannt ist. Er muss das Gefühl haben, das mit dem Ausgehen wäre seine Idee gewesen. Sonst weiß er gleich, dass ich etwas von ihm will.«

»Was ja auch stimmt. Warum fragst du ihn nicht einfach im Büro danach? Es geht ums Geschäft, ich begreife nicht, warum du vertrauliche Klientenangelegenheiten in einer Bar besprechen musst.«

Lovell biss sich auf die Unterlippe und schüttelte den Kopf. »Lass uns nicht streiten. Es geht einfach nicht anders. Außerdem dauert es nicht länger als einen Drink. Streiten bringt doch nichts.«

Siris Augen weiteten sich. »Bringt nichts? Was soll das? Machst du dich über mich lustig?«

»Bringt nichts« war einer ihrer Standardausdrücke, wenn sie ein Thema beenden oder einen eigenen Fehler vertuschen wollte. Ihr Zorn hatte sie erschöpft, und ihre emotionalen Reserven gingen zur Neige. Sie hatte jenen Punkt erreicht, wo es kein Zurück mehr gab, wo das limbische System das Vokabular reduzierte und auf vollen Angriff schaltete. Lovell fragte sich, was sie so irritierte.

*»Mai wai jai.«* Ihre zischende Stimme zog den thailändischen Ausdruck für »Hurenbock« in die Länge wie ein ellenlanges Banner.

»Ich verstehe nicht …«

»Ich … ich kann dir nicht mehr vertrauen.«

»Wenn es nicht um den Wein geht, warum sagst du mir nicht die Wahrheit?«

Ihr Bild von ihm hatte sich verändert. Sie begann langsam, ihre eigene Urteilsfähigkeit infrage zu stellen. »Warum legst du es darauf an, dass ich an dir zweifle?«

»Das will ich nicht.«

Er konnte den Anblick ihres verzerrten Lächelns nicht ertragen. »Dein Handeln spricht eine andere Sprache.«

»Willst du behaupten, dass ich lüge?«

Trotz aller Beherrschung wurde er wütend.

»Manchmal belügen die Menschen sich selbst.«

»Das tue ich nicht.«

»Weil du das absolute Gedächtnis hast, stimmt's?«

Danielsons Tod hatte Lovell mehr erschüttert, als er zugeben wollte, und er war nicht einmal zum Wat gegangen, um sein Beileid auszudrücken. Beerdigungen und tote Menschen machten ihm Angst. Er wollte nicht an die Möglichkeit des Sterbens denken. Seit den Verhören durch die Polizei und der Besprechung mit Cameron und Weerawat hatte er sich isoliert gefühlt, allein, als würde er sich selbst von außen durch ein Teleobjektiv betrachten. Und was er sah, gefiel ihm nicht. Er hatte sich von allem abzuschotten versucht, vom Tod, den polizeilichen Ermittlungen und den Vorgängen in der Kanzlei. Mittels einer Flasche Wein und seiner Freundin hatte er versucht – und das war die reine Wahrheit –, die Zeit anzuhalten, sie zum Stillstand zu bringen, sich außerhalb von ihr zu bewegen. Und sei es nur für ein paar Stunden. Danach war er bereit, Stiles einige unangenehme Fragen zu stellen.

»Wollen wir die ganze Nacht im Weinkeller verbringen?«, fragte Siri.

Lovell blickte auf und wollte die Hand nach ihr ausstrecken, aber sie war schon an der Treppe. »Ich komme«, rief er ihr nach. »Nur noch eine Sekunde.«

Es kam ihm vor, als hätte er Siri zum ersten Mal richtig gesehen, und das war nicht die Frau, die er liebte, mit der er verlobt war und die er heiraten wollte, sondern eine Fremde. Eine Fremde, die im düsteren Licht des Weinkellers aus den Halbschatten materialisiert war. Die beiden Pole seiner Existenz – die Achse, um die sein Vierundzwanzigstundentag sich drehte – waren seine Arbeit und Siri. Er schloss die Augen, konnte noch ihr Parfüm riechen und musste sich plötzlich gegen eines der Weinregale lehnen. Alles lief falsch. Als wäre er um eine Hausecke gebogen und hätte sich plötzlich in einer völlig fremden Welt wiedergefunden. Die Dinge hatten sich mit unbegreiflicher Schnelligkeit ereignet. Sicher, er hatte Siri wegen der vielen Arbeit vernachlässigt. Sicher, es war auch seine Schuld. Aber sie waren seit mehr als vier Monaten zusammen, und dies war ihr erster ernsthafter Streit gewesen. Diese andere Seite von Siri zu sehen, weckte eine leise Stimme des Zweifels in ihm.

Es war natürlich unmöglich, einen Menschen jemals vollständig zu kennen, aber ihm wurde klar, wie wenig er eigentlich von ihr wusste, und sie von ihm. Sie teilten eine gewisse oberflächliche Verbundenheit, die sich hauptsächlich aus zwanglosem Umgang in einer sicheren Umgebung speiste.

Er stellte die Flasche zurück, die er noch in der Hand hielt, griff wieder nach dem Merlot, von dem sie gesagt hatte, er rieche verbrannt und nach Krankenhaus, und stieg die Treppe zum Restaurant hinauf. Vielleicht hätte er ihr nachlaufen sollen. Aber irgendwie war das hier zu einer Frage des Prinzips geworden. Gib nicht nach, dachte er. Denk alles durch. Genau das hätte Danielson getan: sich beraten, ein Memo geschrieben, gemailt und dann die harten Fakten bewertet. Mal sehen, was sich ergab. Die Wahrheit? Sicher, die war wichtig. Aber Wahrheiten wetteiferten miteinander wie Rennpferde um den Sieg. Die Frage war nur, welche als Erste durchs Ziel gehen würde. Fand sich die Wahrheit in den eigenen Träumen? Auf dem Konto? Im Lebenslauf? In der Erinnerung an Freunde und Familie? Viele Wahrheiten. Er würde es Siri beim Essen erklären. Sie würden sich versöhnen, dann zu ihm nach Hause gehen und sich lieben. Das war die eine Wahrheit, an die er sich klammerte, als er das obere Ende der Treppe erreichte.

Siri war verschwunden. Der Kellner kam auf ihn zu und sagte: »Ihre Freundin, sie ist gegangen.«

Er setzte sich an den Tisch, während der Kellner Siris Gedeck abräumte. Nach wenigen Sekunden deutete nichts mehr darauf hin, dass sie jemals da gewesen war, an diesem Tisch oder in seinem Leben. Der Kellner drehte den Korkenzieher ein, öffnete die Flasche und hielt ihm den Korken hin. Er schnupperte. Keine Spur von Asche oder Krankenhaus. Er kostete den Wein, und dann füllte der Kellner sein Glas. Er trank es aus und schenkte sich selbst nach, bevor der Kellner zurückkam. Ein einsamer Trinker. »Auf die Wahrheit. Auf Andrew Danielson.«

# 13

Lovell war immer noch ein wenig unbehaglich zumute wegen der Verabredung mit Graham Stiles. Er überlegte, sich unter einem Vorwand zu entschuldigen, und rief ihn an, um abzusagen. Stiles ließ ihn jedoch gar nicht erst zu Wort kommen, sondern gab ihm eine Adresse durch und sagte, er solle kommen, sobald er mit dem Essen fertig sei. Lovell trank den Rest seines Weins aus und zahlte. Draußen wartete ein Taxi. Er stieg ein und gab dem Fahrer die Adresse des Privatclubs im Herzen der grünen Zone der Sukhumvit Road.

Stiles war dort eingeschriebenes Mitglied. Genau genommen handelte es sich nicht um eine Bar. Dort wanden sich keine nackten Körper um verchromte Stangen, und Farangs in Shorts, T-Shirts und Sandalen hatten keinen Zutritt. Die Kleiderordnung war sportlich elegant, vorzugsweise mit Hemd und Krawatte. Die Hostessen trugen Abendkleider und silberne Schuhe mit hohen Absätzen. Als das Taxi vorfuhr, öffnete ein Türsteher die Wagentür und wartete, bis Lovell den Fahrer bezahlt hatte. Beim Aussteigen erkannte Lovell, dass dies etwas war, das er sich schon lange gewünscht hatte. Der Club bildete eine elegante, eigene Welt, weitab von Verkehr, Bettlern, löchrigem Pflaster und Hitze.

Er konnte ein wenig Eleganz vertragen. Seine Gedanken glitten zu Siri zurück, wie angewidert sie ihn angestarrt hatte. Was weißt du schon von der Wahrheit?, hatte sie gefragt. Das hatte ihm die Augen geöffnet. Hatte er nicht alles getan, um sie zufriedenzustellen, ihre Beziehung auf der Ebene zu halten, die für sie beide am angenehmsten war? Es genügte ihr nicht, dass etwas bereits perfekt war. Soweit es ihn betraf, war ihr wütender Abgang nur eine kindische Art, ihn für die Verabredung mit Stiles zu bestrafen. Sie hatte ihn an das Abkommen erinnert, das er mit ihr eingegangen war, aber Stiles auf einen Drink in einem Nachtclub zu treffen, war kein Barbesuch, also verletzte er rein juristisch gesehen das Abkommen nicht. Das war eine spitzfindige Interpretation, die sie nicht hatte besänftigen können. Es ging nicht um Logik. Sie wollte, sie brauchte etwas, das er ihr nicht gab. Das war eine Erleuchtung gewesen.

Stiles kam ihm entgegen, die Hände lässig an den Seiten herabhängend. In seinem Gang lagen Selbstsicherheit und Zielstrebigkeit. Er streckte die Hand aus. »Ich war nicht sicher, ob Sie es einrichten können, wissen Sie?«, meinte er. Sie schüttelten sich die Hand. Irgendwie war es seltsam, einem Mann förmlich die Hand zu schütteln, der keine Probleme damit hatte, seine Füße auf Lovells Schreibtisch zu legen.

»Keine Bars. Das ist die einzige Bedingung.«

»Ethische Grundsätze müssen ja für irgendetwas gut sein«, meinte Stiles. »Aber erklären Sie mir, warum es ethisch ist, nicht in eine Bar zu gehen? Nur ein verdammter Trottel nennt Ethik und Frauen in einem Atemzug.«

»Ich habe ihr versprochen, dass ich nicht in Bars gehe. Und ich halte meine Versprechen. Vermutlich bin ich deshalb ein verdammter Trottel.« Er sprach Siris Namen nicht aus.

»Auch für einen Trottel besteht noch Hoffnung, wenn er eine Festplatte wie Sie im Hirn hat.«

Instinktiv streckte Lovell die Hände aus und richtete Stiles' Krawatte. »Spielen Sie nicht *Brokeback Mountain* mit mir«, meinte der.

»Sie saß nicht ganz gerade.«

»Darum geht's nicht. Sitzt bei Ihnen alles richtig?«

»Ich bin nicht schwul, wenn Sie das meinen.«

Stiles hatte jetzt Oberwasser. Seine Augenbrauen schoben sich zusammen, wenn er ernsthaft wurde. Er hatte einen starken, männlichen Unterkiefer. Die Frauen im Büro fanden Stiles attraktiv. Er flirtete gern mit ihnen. Und Lovells Sekretärin Wan bezirzte er mit Süßigkeiten.

»Aber Sie leben nicht *in Bangkok*.«

Lovell schwieg. Stiles' Augenbrauen wuchsen zu einer einzigen geraden Linie über den Augen zusammen. Das hieß, es war ihm sehr ernst. Aber es hörte sich an wie eine Scherzfrage.

»Na schön, wo lebe ich dann?«, fragte Lovell nach einer längeren Pause.

»In einem Büro, das sich in Bangkok befindet. Aber Sie leben nicht in Bangkok. Darauf will ich hinaus.«

»Das bedeutet nur, dass ich mein Ziel nicht aus den Augen verliere.«

Stiles zog eine der Hostessen auf seinen Schoß. Halb erschrocken kicherte sie und wand sich, als er die Arme um ihre Taille legte. Sie unternahm keine echten Anstrengungen, sich ihm zu entziehen. Mitglieder genossen gewisse Privilegien. Die Yings kannten die Regeln, und wenn die Gäste unzufrieden waren, traten die Kräfte des Marktes in Aktion, und sie wurden durch andere, weniger zimperliche Yings mit lächelnden Gesichtern ersetzt. Die Alternative waren Massagesalons wie *One Hand Clapping*, und das Leben an so einem Ort war schlimmer als hier.

»Ich hätte vor zweihundert Jahren als Troubadour geboren werden sollen. Nicht wahr, mein Liebling?«

»Du bist komischer Mann«, sagte sie und kniff Stiles in die Wange.

»Yings auf meinem Knie reiten zu lassen, ihnen Ständchen zu bringen, epische Gedichte zu rezitieren und sie zu lehren, wie man singt und tanzt, das wäre mein Ding gewesen.«

»Wie heißt du?«, fragte sie.

»Khun Phaen«, antwortete Stiles. »Der berühmteste thailändische Liebhaber aller Zeiten. Jetzt bin ich wiedergeboren worden, und du bist meine Nang Phim.« Er drückte ihre Wange und küsste sie. Seine Hand erforschte ihr Gesicht, ihren Hals und arbeitete sich an ihrem Kleid herunter, bis sie ihre Brüste fand.

»Ich glaube nicht, dass ihr das gefällt«, sagte Lovell.

Stiles brach in Gelächter aus. »Gefallen?« Er ballte seine Hand unter ihrem Kleid zur Faust und ließ einen Knöchel vorstehen wie eine aufgerichtete Brustwarze. »Es macht sie glücklich. Stimmt's, Süße?«

»Nang Phim«, sagte sie lachend. »Mein Khun Phaen.« Sie beugte sich vor und küsste Stiles auf die Stirn. Er bedeutete ihr, dass sie gehen konnte, und sie erhob sich mit einer fließenden, graziösen Bewegung von seinem Schoß. Mit einem Wai verabschiedete sie sich.

Lovell rückte wütend auf die Stuhlkante vor. Er kochte vor Zorn.

»In besagtem epischen Gedicht«, meinte Stiles, »teilten sich zwei Männer Nang Phim. Khun Phaen, der, den sie liebte, und Khun Chang, ein hässlicher fetter Arsch. Aber er hatte Geld. Er sorgte für sie, überschüttete sie mit Gold und Silber. Verstehen Sie? Das haben die Yings verinnerlicht. Er ist ein guter Mann, er sorgt für mich. Das bringt man ihnen seit zweihundert Jahren bei. Khun Phaen schleicht sich in Nang Phims Schlafzimmer und fickt sie, dann steigt er ins Bett ihrer Stiefschwester und fickt sie auch. Sie nennen es nicht ›ficken‹. Es ist alles in so einer komischen, blumigen Sprache geschildert, von Schiffen, die von Wind und Wellen gepeitscht werden, aber jeder weiß, dass sie eigentlich ficken. Und jeder akzeptiert die Situation als völlig normal. Hunderte von Jahren zogen die Troubadoure durchs Land und erzählten die Geschichte von Khun Chang und Khun Phaen. Die Tradition stirbt nicht aus; sie verlagert sich lediglich auf Film und Fernsehen und Bücher. Männer tragen Khun-Phaen-Amulette. Kinder lernen das Gedicht in der Schule auswendig. Siri bestimmt auch. Fragen Sie sie mal nach Khun Chang und Khun Phaen. Es ist *ihre* Kultur. Untreue wird nicht nur gelehrt, sie wird zelebriert. Das ist doch äußerst liebenswert. Denken Sie daran: Was Siri von Ihnen verlangt, dem mangelt es nicht nur an Poesie, es steht im Widerspruch zum berühmtesten Gedicht Thailands. Und als Kind hasste ich Poesie, können Sie sich das vorstellen? Allerdings kriegten wir in New Jersey nie solche Gedichte wie dieses zu hören.«

Lovell wusste nicht so recht, was er davon halten sollte. »Bockmist«, sagte er.

»Fragen Sie Siri nach Khun Chang und Khun Phaen. Nang Phim hopste zwischen ihnen hin und her wie ein Pingpongball, erst machte sie's mit dem einen, dann dem anderen, und wieder zurück. Wissen Sie, was aus Nang Phim wurde?«

Lovell schüttelte den Kopf. »Keine Ahnung.«

»Man hat sie gevierteilt. Das heißt, von Pferden zerreißen lassen.«

»Ich weiß, was das bedeutet.«

»Tatsächlich? Es heißt, dass die Yings schon immer entbehrlich waren. Wenn sie sich nicht entscheiden können, entledigt man sich ihrer und fängt von vorne an. Und jetzt fragen Sie sich mal, was Sie noch alles nicht wissen über den Ort, an dem Sie leben. Lovell, wachen Sie endlich auf. Schnuppern Sie am Duft der Orchideen. Das hätte Ihnen Danielson auch geraten.«

»Er hätte ›Rosen‹ gesagt.« Lovell sah sich um. »Ich kann mir Danielson hier nicht vorstellen.«

Stiles zündete sich eine Zigarette an und inhalierte. Lovell wedelte den Rauch weg. »Dann mangelt es Ihnen an Fantasie. Er war Mitglied«, sagte Stiles.

Lovell starrte in sein Glas und bewegte die Hand darüber wie ein Magier über seinem Zylinder. »Ich hätte heute zum Wat gehen sollen. Aber ich konnte den Gedanken nicht ertragen.«

»Ich war dort«, meinte Stiles. »Wie fast die ganze Kanzlei. Ihre Abwesenheit ist aufgefallen.«

Eine Kellnerin brachte ein angewärmtes Handtuch und wischte Stiles damit das Gesicht ab. Eine zweite versuchte dasselbe bei Lovell, aber er hielt sie am Arm zurück.

»Ich hatte nicht den Eindruck, dass Sie und Danielson gut miteinander auskamen«, sagte er.

»Das war im Büro. Nach der Arbeit verstanden wir uns prächtig. Wir hatten eine gemeinsame Vorliebe für unseren täglichen Dopaminstoß«, meinte Stiles. Er schüttelte sich bei den Worten. »Die Neugier auf neue Erfahrungen.«

Lovell hörte nicht mehr zu. Er musste ständig an Cameron denken, der beim Wat über seine Brille schielte und Lovell nicht unter den Trauernden entdecken konnte.

»Was meinen Sie damit, meine Abwesenheit ist aufgefallen?«

Stiles lächelte und zog eine der Kellnerinnen auf seinen Schoß. Anscheinend machte er sich bereit für den zweiten Akt seines epischen Gedichts.

»Cameron hat nach Ihnen gefragt. Andrew war schließlich Ihr Chef. Ich nehme an, er hat erwartet, Sie würden kommen. Ihr Gesicht zeigen. Ihre Anteilnahme erweisen. Die Trauergemeinde anführen.«

»Was hat er gesagt?«

Er war zu schnell wieder aus den Seilen gekommen, und Stiles stand schon bereit für den nächsten Schlag.

»Nur, dass er überrascht sei, Sie nicht zu sehen.«

»Wissen Sie, was ich mich frage, Stiles?« Der Wein machte ihn leichtsinnig.

»Sie werden es mir gleich erzählen. Also reden Sie.«

»Warum Noah Gould mit seinem Problem wegen der gefälschten Medikamente nicht zu Ihnen gekommen ist. Sie führen sein Firmenkonto. Stattdessen wandte er sich an Andrew. Das ist eigenartig.«

»Noah kam sehr wohl zu mir«, sagte Stiles. »Wir arbeiteten daran. Klienten sind manchmal zu ungeduldig.«

»Aber Sie kamen nicht weiter?«

»Woher wollen Sie das wissen?«

Lovell zuckte die Achseln und verdrehte den Hals erst nach der einen, dann der anderen Seite. »Wenn Sie etwas herausgefunden hätten, hätte Gould nicht Andrew gebraucht.«

»Ich würde sagen, das müssten Sie eigentlich Andrew fragen.« Ein Lächeln glitt über sein Gesicht. »Aber das dürfte schwierig sein. Oder Sie könnten sich an Noah wenden. Obwohl ich nicht sicher bin, dass das gut wäre. Sie stecken schon tief genug im Schlamassel. Ihr Nichterscheinen bei Danielsons Leichenbegängnis heute gibt ein dickes Minus, John. Er war verdammt noch mal Ihr Boss. Sie hätten da sein müssen.«

Lovell hatte um acht Uhr abends noch gearbeitet, als Cameron kurz den Kopf ins Büro steckte und ihm das Okay-Zeichen gab. »Immer der Letzte, der geht«, hatte Cameron gesagt. »Sie haben Zukunft in dieser Firma.« Kein Wort davon, dass er gerade auf dem Weg zur Beerdigung war.

Und Stiles, dieser scheinheilige Hund, der die Brüste der Kellnerin massierte, deutete jetzt an, dass er in Schwierigkeiten steckte. Seine Abwesenheit war aufgefallen.

»Sie haben den Ball verloren, Lovell.« Stiles lächelte und schenkte sich nach. »Das ist kein Beinbruch. Man holt ihn sich zurück und rennt erneut aufs Tor zu. Aber man schleicht nicht mit hängendem Kopf vom Platz wie ein schlechter Verlierer.«

Und so etwas ging in der Kanzlei als moralische Unterstützung durch. Stiles weidete sich nicht gerade offen an seinem Unglück, aber Mitleid zeigte er auch nicht.

»Ich gehe morgen zum Wat.« Lovell nippte an seinem Whisky Soda.

»Das große Ereignis fand heute statt, die Zeremonie des Wasseropfers. Alle standen Schlange und gossen Wasser über Danielsons Hand. Seine rechte Hand. Die war schon giftgrün wie Hustensaft. Leichen halten sich nicht besonders gut in diesem Klima. Sie fangen sofort an zu faulen.«

Er verstummte und hob sein Glas. »Ich habe gesehen, was Danielson zu Lebzeiten mit dieser Hand anstellte. Und er hat sie nicht bloß in die Tasche gesteckt. Da kommt man schon ins Grübeln. Das hier könnte mein letztes Gefummel sein. Die letzten Brüste, die ich je anfasse. Licht aus, und dann gießt eine Schlange von Leuten, die ich nie leiden konnte, geweihtes Wasser über genau diese Hand.«

Bittere Galle stieg in Lovells Kehle hoch. Er beugte sich vor und spuckte in das inzwischen abgekühlte Handtuch, mit dem ihm die Hostess übers Gesicht hatte wischen wollen. Sie saß neben ihm auf dem Sofa, die Hände gefaltet, lächelnd und betont fröhlich. Aber sie fühlte sich unwohl neben ihm, und er bemerkte, dass es ihr nur schlecht gelang, ihren Widerwillen zu verbergen.

»Sie heute Abend einzuladen, war Camerons Idee«, sagte Stiles.

Stiles war an Danielsons Leiche vorbeidefiliert und hatte ihm Wasser auf die Hand geschüttet. Alle aus dem Büro hatten Wasser vergossen. Und ich habe mich betrunken und mit Siri gestritten, dachte Lovell.

»Hallo, sind Sie noch da?« Stiles bemerkte, dass Lovells Augen glasig wurden, als befände er sich in Trance. Er grinste und dachte, das Mädchen auf dem Sofa wäre der Anlass dafür.

»Cameron ist es aufgefallen, dass ich nicht bei der Reinigungszeremonie am Wat war.«

Stiles seufzte. Der Typ ist ein ziemlich hoffnungsloser Fall, dachte er. »Es war seine Idee, dass ich Sie herumführe. Ihnen die Stadt zeige, in der Sie arbeiten.«

»Was hat er noch gesagt?«

Stiles räusperte sich und sagte dann in einer Imitation von Camerons Flüstern: »Lovell ist ein guter Mann. Aber er kennt nur seine Arbeit. Ich mache mir Sorgen um den Jungen. Es ist unmenschlich, so hart zu arbeiten. Er soll sich auch mal amüsieren. Wir wollen keine Maschinen in dieser Firma. Wir brauchen Anwälte, die verstehen, wie Thailänder denken und fühlen. Das ist es, was wir unseren Klienten verkaufen.«

»Das hat Cameron gesagt?« Aber wenn er die Augen schloss, konnte er ihn beinahe reden hören.

Stiles schmiegte sein Gesicht zwischen die üppigen Brüste der Hostess, die ihm zuvor entkommen war und jetzt an den Tisch zurückkehrte, ein Indiz dafür, dass sie eigentlich gar nicht hatte entkommen wollen. Stiles prustete zwischen den Lippen wie ein Kind, das einen Helikopter nachahmt. Sie kicherte, schob seinen Kopf zurück und steckte ihm eine Cashewnuss in den Mund, als belohne sie ihn für ein Kunststück.

»Zeig dem Jungen die Straße«, sagte Stiles in seinem Cameron-Flüstern. Die Hostess legte ihm einen Finger auf die Lippen, und er küsste ihn. »Ihr Taxameter läuft den ganzen Tag über, Lovell. Der dieser Ying die ganze Nacht. Deshalb kommt sie so gut mit Anwälten klar.« Er küsste sie auf die Wange, zog sie an sich und steckte ihr die Zunge in den Mund. Lovell wandte den Blick ab. Ihm war übel. »›Zeig ihm, wie man sich amüsiert‹, das hat Cameron gesagt. Und er hat mir zugezwinkert und mich geknufft.«

Das mit dem Zwinkern und dem Knuff hinterließ einen Kratzer in Stiles' Glaubwürdigkeit. Lovell konnte sich beim besten Willen nicht vorstellen, dass Cameron so etwas tat. Das war Stiles pur und nicht Cameron.

»Sie glauben mir nicht?«, fragte Stiles.

Lovell sah weg. Stiles hatte gemauert, was Avenant Pharma, Noah Gould und den Fall von Medikamentenpiraterie betraf. Es fiel schwer, ihm irgendetwas zu glauben. Stumm versuchte er, sich Danielson vorzustellen, wie er in diesem Club an seiner Stelle saß, mit denselben Frauen, während Stiles mit geöffneter Krawatte sein Gesicht zwischen den Brüsten einer jungen Hostess rieb.

»Und wissen Sie, was ich Cameron gesagt habe?« Lovell wartete darauf, dass Stiles es ihm mitteilte.

»Ich sagte: ›Ich bin sicher, dass Lovell für gute Beziehungen zwischen den Geschlechtern eintritt.‹ Und Cameron gab mir einen Klaps auf die Schulter und sagte: ›Zeigen Sie ihm, wo's langgeht. Erklären Sie ihm die Poesie dieses Landes. Er ist ein heller Kopf, er wird es verstehen.‹ Wir trafen eine unausgesprochene Übereinkunft. Und jetzt sitzen Sie hier.«

»Und Sie zeigen mir, wo's langgeht. Erklären die Poesie.« Und du schiebst deine raue Zunge einer Hostess in den Hals, dachte er.

Stiles zog seine Zunge wieder aus dem Mund der Ying, warf den Kopf in den Nacken und lachte, als hätte er einen guten Witz gehört.

»Wissen Sie, warum ich lache?«

Es war ein Mysterium, wie der ganze Abend. Warum erzählte ihm Stiles das alles und lachte ihn jetzt aus? Cameron, wenn überhaupt, hätte nur vertraulich etwas gesagt. Danielson hatte immer betont, dass Cameron Wert auf Loyalität, Stillschweigen und an Furcht grenzenden Respekt legte. Dass er mit unsichtbaren Mächten flirtete: Entschlossenheit und Ehrgeiz. Sein übergroßes Ego trieb ihn immer voran.

»Was ist so komisch?«, fragte Lovell.

»Ich habe der Kleinen hier gesagt, dass Sie Khun Chang sind. Sie weiß, dass ich Khun Phaen bin. Und ich habe ihr gesagt, sie muss sich entscheiden. Wissen Sie, was sie geantwortet hat?« Er kitzelte sie unter der Achsel. »Sag's ihm, Liebling.«

»Kann nicht entscheiden.«

»Das ist der Kern der ganzen zweiundzwanzigtausend Verse eines epischen Gedichts, zusammengefasst in drei Worten.«

»Hat Cameron Sie deshalb ausgewählt?«, fragte Lovell. »Weil Sie thailändische Poesie kennen?«

»Er hat mich ausgesucht, weil ich diese Poesie lebe.« Die Hostess lächelte immer weiter, während sie sich vorbeugte und grazil ein paar Eiswürfel in Lovells Glas gleiten ließ. Stiles löste sich von ihr, warf sich breit zurück, lächelte und tätschelte einer vorbeigehenden Kellnerin den Hintern. Sie kreischte schrill auf und gab ihm einen spielerischen Klaps auf die Hand.

»Dann werde ich mal bezahlen«, sagte Stiles. Er zog ein Bündel Geldscheine hervor und verlangte die Rechnung.

»Was ist mein Anteil?« Lovell griff nach seiner Brieftasche.

Stiles hob die Hand wie ein Verkehrspolizist. Lovell gefiel es nicht, ihm etwas schuldig zu sein. Leuten wie Stiles war man nicht gern verpflichtet. »Ich kann's mir leisten«, sagte Lovell und griff nach der Rechnung, als die Kellnerin sie auf einem Silbertablett brachte. »Es geht auf Spesen.«

»Avenant Pharma?«, fragte Stiles.

»Warum nicht? Schließlich haben wir geschäftliche Dinge besprochen.« Stiles zuckte die Achseln, lehnte sich zurück und zog die Hostess mit sich. Lovell sah auf die Rechnung und kniff im Zwielicht des Raums die Augen zusammen. Er suchte in seiner Brieftasche nach mehr Bargeld und schluckte schwer. Die Rechnung hatte New Yorker Niveau. Er merkte, wie Stiles ihn über den Tisch hinweg angrinste.

Stiles warf viertausend Baht aufs Tablett. »Lassen Sie stecken«, meinte er.

Lovells Wangen färbten sich tiefrot. Nicht genügend Geld dabeizuhaben, war ungefähr so peinlich, wie versehentlich einen Feueralarm auszulösen. Es roch entfernt nach einer Beleidigung, eine, die ihn traf und ihn Stiles gegenüber noch mehr zu Dank verpflichtete, als wenn er ihn von Anfang an die Rechnung hätte übernehmen lassen.

»Kleiner Tipp. Nehmen Sie immer fünfzehntausend Baht mit, wenn Sie ausgehen. Für alle Fälle. Betrachten Sie es als Khun-Chang-Geld. Wenn Sie nicht zahlen können, kommen die Mädchen auf falsche Gedanken. Mangel an Geld verwirrt sie. Macht ihnen Angst.«

»Ich werd's mir merken.«

»Poesie.«

»Auch daran werde ich denken.«

»Eines noch, Lovell. Vergessen Sie die Avenant-Pharma-Akte. Nur ein freundlicher Ratschlag.«

»Das klingt fast wie eine Drohung.«

Stiles klopfte ihm auf den Rücken. »Immer locker. Versuchen Sie, nicht ans Büro zu denken.«

Lovell fühlte Erleichterung, dass der Abend zu Ende ging. Die Rechnung war bezahlt, aber sie waren kaum aus der Tür, als Stiles einem Taxi winkte, die Tür öffnete, Lovell hineinschob und hinter ihm einstieg.

»Ein Zwischenstopp noch, bevor wir Schicht machen.«

»Keine Bars.«

»Hat Siri Sie einer Art Aversionstherapie unterzogen? Sie klingen wie ein Papagei. ›Keine Bars, keine Bars. Polly will 'n Cracker! Keine Bars.‹ Sie sind dem Käfig entkommen. Flattern Sie mal mit den Flügeln. Sie können fliegen. Ich garantiere, es gibt keine Bruchlandung.«

Der Taxifahrer lachte, als Stiles den Papagei nachahmte. Er war ein geschickter Imitator. Seine Extrovertiertheit machte ihn allseits beliebt. Es war seine soziale Intelligenz, die Stiles einen Platz in Camerons innerem Zirkel verschafft hatte. Kein schlechter Aufenthaltsort. Zum ersten Mal an diesem Abend beneidete Lovell Stiles um seine Position. Lovell hatte Stiles oft genug so erlebt, immer entspannt, witzig, Herr der Lage. Und er hatte Lovells Fragen nach Noah Gould und Avenant Pharma bisher mit einer Leichtigkeit abgeschmettert, wie man eine Fliege klatschte.

Noch ein Zwischenstopp ist vielleicht gar nicht so schlecht, dachte Lovell.

Stiles wandte sich gedankenverloren ab und sah aus dem Fenster. Seine Finger trommelten einen inneren Rhythmus auf die Türkante. Er schien in sich hineinzulauschen. Lovells Gedanken dagegen kreisten um die Frage: Warum ließ Danielsons Tod Stiles so völlig kalt?

# 14

Vincent Calvino saß im Café eines Hotels in der Nähe der Nana Plaza. Von seinem Platz aus hatte er freien Blick auf die Tür und die anderen Nischen, die entlang der Ostwand angeordnet lagen, und auch auf die Tische mit verchromten Beinen im Zentrum des schmalen Raums. Das Personal des Cafés stand plaudernd in kleinen Grüppchen herum, wartete auf den Ansturm, der kommen würde, wenn die Bars schlossen. Mehr als die Hälfte der Tische und Nischen waren noch unbesetzt. Dann strömten zunehmend mehr Gäste herein. Einer der Kellner sah auf die Uhr. Die Stoßzeit hatte begonnen. In den Bars stellten sie die Stühle hoch. Die ersten Barmädchen hatten ihre Metamorphose bereits hinter sich, waren aus den Bikinis in Straßenkleidung geschlüpft, verwandelten sich von einem Schmetterling in den nächsten, zogen von einem Teil des Dschungels zum anderen.

Die männlichen Gäste stammten aus allen Ecken und Winkeln des Lebens – uralte Tattergreise, Büroangestellte, Lehrer, Touristen und Einheimische, von denen man nicht so genau wusste, womit sie ihr Geld verdienten. Es gab solche, die das Gesicht verzogen, als würden ihre Schuhe oder die Unterwäsche kneifen. Und es gab Männer mit schlaffen Gesichtern und Tränensäcken, die beim Verlassen eines Stundenhotels vergessen zu haben schienen, ihre Unterhosen wieder anzuziehen. Dazwischen, im großen Mittelfeld, lagen die Gesichter voller Erwartung und Begehren, die Anschluss suchten.

Calvino erkannte zwei oder drei, konnte sie aber nicht so recht unterbringen. Wenn er Leute außerhalb ihres normalen Umfelds sah, brauchte er oft lang, bis ihm einfiel, wer sie waren. Eine Beschattung erforderte höchste Konzentration. Er saß ganz still und musterte jeden Hereinkommenden ebenso eingehend wie unauffällig, versuchte sich zu erinnern, ob er ihn schon einmal gesehen hatte, und speicherte das Gesicht im Gedächtnis ab. Die drei Fotos der Fabelhaften Vier hatte er sich eingeprägt. Auf dem Tisch neben einer Tasse Kaffee lag das Büchlein *Der Untreue-Index*. Er hatte begonnen, darin zu schmökern, während er sich im Raum umsah, stellte aber fest, dass er dieselben Abschnitte immer wieder las.

Das Buch stellte einige Thesen auf. Es behauptete zum Beispiel, dass der Mensch nicht zwischen Ursache und Wirkung unterscheiden könne. Etwa wie Legehennen, die glaubten, das Krähen des Hahnes ließe die Sonne aufgehen. Seitenweise ging es darum, dass Männern die Jagd beim Sex besser gefiel als der Sex selbst. Dass ein Mann sich eine neue Frau ausguckte, eben weil sie neu war und nicht, weil sie hübscher oder jünger oder besser im Bett war als seine Frau. Sein Interesse richtete sich auf das, was er noch nicht gefickt hatte. Das führte zu erhöhter Endorphinausschüttung, und das war eine Droge, die manche Männer zu Junkies machte. Sie verschafften sich ihren Fix, indem sie Frauen nachliefen.

Calvino legte die Broschüre beiseite und nippte an seinem Kaffee. Er war kalt geworden. Er widerstand dem Drang weiterzulesen. Die Anzahl der Endorphin-Junkies mittleren Alters im Café hatte sich dramatisch erhöht, und ihre Blicke schweiften lauernd durch den Raum.

Bangkok wimmelte von diesen unheimlichen Raubtieren, berauscht von ihrem eigenen Hirnstoffwechsel, Nachtjäger auf der Pirsch. Wenn sie Löwen oder Tiger waren, dann waren das Café und der Parkplatz ihr Wasserloch: Früher oder später musste die Beute zum Trinken kommen. Calvino hatte sich am anderen Ufer auf die Lauer nach Howard Herron gelegt, Janets Mann. Er war groß, bei leichtem Übergewicht. Mit zweiundfünfzig sah er noch aus wie ein Mittdreißiger. Er hatte seine Frau schon als Student kennengelernt. Janet arbeitete damals in der Pfandleihe ihres Vaters in Seattle, und Howard wollte eine Goldkette versetzen. Sie hatten sich zum Kaffee verabredet und seither nicht mehr getrennt. Jetzt wartete Calvino darauf, dass Howard sich mit jemand anderem als seiner Frau auf einen Kaffee traf.

Gleich beim Eintreten sah Colonel Pratt Calvino allein an einem Tisch ganz hinten sitzen, eine halb leere Tasse Kaffee vor sich. Pratt setzte sich zu seinem Freund, und eine Serviererin brachte ihm die Karte. Da er in Zivil war, merkte ihm anscheinend niemand den Cop an. Ohne einen Blick in die Karte zu werfen, bestellte der Colonel Tee für sich und frischen Kaffee für Calvino.

»Willst du nichts essen?«, fragte Calvino. Pratt schob die Speisekarte beiseite. »Ich habe schon gegessen.«

»Die chinesischen Nudeln sind gut.«

Pratt nickte. »Hast du denn schon gegessen?«

Calvino beäugte einen halb leeren Teller kalter Pommes frites. »Ich habe keinen Hunger. Ich kriege bei der Arbeit nichts runter. Einfach kein Appetit.«

»Du hast einen neuen Fall, habe ich gehört?«, fragte Pratt.

»Drei neue Fälle. Im Paket.«

Colonel Pratt lächelte. Er saß mit dem Rücken zur Tür und folgte Calvinos Blick, der die Gesichter hinter ihm musterte. »Dann gehen die Geschäfte gut?«

»Das Leben könnte nicht besser sein.«

»Es freut mich, das zu hören. Du hattest es in letzter Zeit nicht leicht. Wer sind die Klienten?«

Calvino erklärte, dass die drei Klienten ausländische Ehefrauen waren, die sich langweilten und zu wenig zu tun hatten, sodass sie sich für teure Kochkurse einschrieben. Vor Chef Elmo hatten sie schon bei anderen hiesigen Köchen gelernt – Japanern, Franzosen, Thais, Koreanern, Schweden. Alle verlangten horrende Preise dafür, dass sie ihre Kundinnen Sklavendienste verrichten ließen und ihnen das gute Gefühl gaben, etwas Sinnvolles zu tun.

»Hausfrauen die Kunst des Kochens beizubringen, ist ein organisiertes Verbrechen«, sagte Calvino.

»Sagen das deine Klientinnen?«

»Die Opfer des Gemetzels beklagen sich nie, bis es zu spät ist.« Er vermutete, dass die Fabelhaften Vier genügend nutzlose Zeugnisse hatten, um ein kleines Zimmer damit zu tapezieren.

»Eine der Frauen hat mir das hier gegeben«, sagte Calvino. Er schob das Büchlein über den Tisch. Colonel Pratt schlug es auf und las die Titelseite.

»*Der Untreue-Index*. Interessant«, sagte er. »Was soll das heißen?«

»Es liegt irgendwo zwischen einem Formbuch für Rennpferde und einem Hedgefondsbericht an der Warenterminbörse. Die Zielgruppe sind ausländische Ehefrauen. Sie kaufen die Broschüre, weil sie ihnen statistische Daten über die Wahrscheinlichkeit liefert, dass ihre Männer sie betrügen. Es sind dreiundsechzig Städte aufgeführt, geordnet nach dem Risiko eines Seitensprungs. Bangkok liegt auf Platz eins.«

»Höchstens ein Prozent der allergrößten Idiotinnen würde das kaufen.«

»Weltweit ist das ein großer Markt«, meinte Calvino.

»Deine Klientinnen glauben, ihre Ehemänner betrügen sie?«

Calvino zuckte die Achseln und ließ den Blick über die Gesichter der Menschen im Restaurant schweifen. Der Colonel hatte schon recht. Mit etwas Zahlenakrobatik konnte man den Leuten alles weismachen.

»Die Untreue hat sich internationalisiert. Aber die durch die Globalisierung entstandene leichte Erreichbarkeit täuscht darüber hinweg, dass die Mentalitäten verschieden sind. Manche dieser Typen da haben Geld, tragen weiße Hemden und Krawatten. Die Frauen lächeln sie an, als wäre es ihnen ernst. Und plötzlich bilden die Jungs sich ein, es wäre etwas Persönliches. Diese Frauen gehen ihnen unter die Haut, wie sie es seit Jahren nicht mehr erlebt haben. Und ihre Ehefrauen bekommen es natürlich mit. Sie wollen wissen, was sie dagegen tun können.«

»Und das Buch gibt ihnen die Antwort darauf?«, fragte Pratt.

»Es ist der Traum eines Marketingstrategen. Zehn einfache Schritte zur Rettung Ihrer Ehe, wenn Sie nach Übersee ziehen«, sagte Calvino. »Es bringt die Frauen dazu, zu viel über die falschen Dinge nachzudenken.«

»Oder es nimmt ihnen das Denken ab. Immerhin scheint es deine Geschäfte zu beleben«, meinte Pratt.

»Ich kann nicht klagen.«

»So ist das Leben. Egal was passiert, irgendjemand hat immer einen Vorteil davon.«

»Und jemand wie Andrew Danielson hat den Nachteil. Habe ich dir gesagt, dass seine Frau zu dieser Gruppe gehört?«

»Wie bist du auf die Verbindung zu Danielson gekommen?«

»Sie legten mir vier Fotos von Ehemännern vor. Seines war darunter.«

»Seltsam.«

»Ja, aber so war es. Ich rechnete mir aus, einer der Ehemänner könnte mich zu dem Mann führen, für den Danielson arbeitete.«

»Du hoffst, von ihm den Namen von Danielsons Klienten zu erfahren?«

»Schon möglich.« Calvinos Kiefer spannten sich an. »Pratt, ich werde mein Geld nicht kampflos aufgeben.«

Colonel Pratt beugte sich vor und legte die Unterarme auf den Tisch. Die Verbindung zwischen den ausländischen Ehefrauen und Danielson kam überraschend. Er blätterte in der Broschüre, weniger, um darin zu lesen, als über die Möglichkeit nachzudenken, dass eine der Frauen ihm helfen könnte, die offenen Fragen um Danielsons Tod zu beantworten.

Calvino sah, dass Colonel Pratt in das Büchlein starrte.

»Bangkok liegt auf dem Spitzenplatz«, sagte er.

»Eine Brutstätte der Ehezerstörung?«, meinte Colonel Pratt.

»Die Herren Autoren leisten der Öffentlichkeit einen wertvollen Dienst.«

Der *Index* bediente sich geschickt jedes denkbaren Stereotyps, nährte Emotionen mit zufälligen Statistiken und schürte Zorn und Angst. Sicher, das war gut für die Branche der Privatdetektive.

Ein Kellner in langärmligem Hemd mit offenem Kragen und schwarzen Baumwollhosen kam mit einer Kanne Tee und schenkte dem Colonel eine Tasse ein. Pratt fügte Milch und einen halben Teelöffel Zucker hinzu und rührte die Mixtur um, bis sie weiß ausbleichte. Dann hob er die Tasse und sagte: »Die Götter sind gerecht; aus unsern Lüsten erschaffen sie das Werkzeug, uns zu geißeln.«

»Das ist Shakespeare.«

*»König Lear«,* sagte Colonel Pratt.

Das war auch so ein gealterter Farang, der sich tobend die Haare raufte, weil die Frauen ihn betrogen hatten. Pratt blätterte um und las weiter.

Als er wieder aufblickte, entdeckte er einen wachsamen Ausdruck in Calvinos Miene. Dann entspannte er sich wieder.

»Du sagtest, dass eine der Frauen ein Foto von Andrew Danielson bei sich hatte.«

»Ja, und ich glaube nicht, dass es ein Zufall war. Sie wollten, dass ich es sehe.« Als ob er Karten austeilte, klatschte er die drei Fotos der verdächtigen Ehemänner auf den aufgeschlagenen *Untreue-Index.* »Genau so haben sie es gemacht. Und Danielsons Foto war dabei.«

Colonel Pratt studierte die Bilder. »Wo ist es jetzt?«

»Debra, eine der Frauen, hat es sich geschnappt. Sagte, es wäre ein Versehen gewesen.«

Calvino lockerte die Schultermuskulatur und wartete auf den Stich des Schmerzes. Es kam keiner, und er entspannte sich wieder. »Sie wollten mir weismachen, das Foto sei zufällig dazwischengeraten. Aber ich hab's ihnen nicht abgekauft.«

»Findest du es nicht eigenartig, dass eine der Frauen die Fotos aller vier Ehemänner bei sich hatte?«

»Du hast ja den *Index* gesehen. Sie haben auf Alarmstufe Rot geschaltet.«

Colonel Pratt schüttelte den Kopf. »Und wie sah sie aus, als sie Danielsons Bild zurücknahm?«

»Verlegen.«

Calvino deutete auf Howard Herrons Foto. »Das ist der Typ, nach dem ich heute Nacht Ausschau halte. Anscheinend kommt er oft hierher.«

Colonel Pratt nahm das Foto und musterte die Gesichtszüge. Er schenkte sich Tee nach, rührte Zucker hinein und trank ihn diesmal schwarz. Er fragte sich, ob dieser Farang (und die anderen) Andrew Danielson gekannt hatte. Schließlich notierte er sich Howards vollen Namen und auch die der anderen Ehemänner. Sie standen auf den Rückseiten der Fotos, zusammen mit weiteren Details – Größe,

Gewicht, Geburtsort und -datum. Im *Index* gab es einen Abschnitt darüber, wie man Privatdetektive am besten informierte. Eine der Empfehlungen war, die persönlichen Daten auf den Rückseiten von Fotos zu notieren. Pratt schloss sein Notizbuch wieder.

»Es sieht so aus, als ob der Bericht über Danielsons Blutwerte manipuliert wurde«, meinte er.

»Was heißt das?«

»Möglicherweise wollte jemand verhindern, dass Widersprüche zur amtlichen Todesursache Herzinfarkt auftreten.«

»Jemand aus deiner Abteilung?«

Colonel Pratt machte in solchen Angelegenheiten nie konkrete Aussagen. »Ich weiß nicht.«

»Du meinst, Danielson wurde ermordet?«

»Keine Ahnung. Es gibt nicht genügend Anhaltspunkte, um diesen Schluss zu ziehen. Dass der Bericht nachträglich verändert wurde, heißt noch gar nichts. Vielleicht enthielt die erste Fassung einen Fehler, der korrigiert werden musste.«

Der Colonel verhielt sich defensiv. Der Kodex des Polizisten verlangte, dass andere Beamte verteidigt und geschützt werden mussten, vor allem gegenüber Außenstehenden. Und Calvino war nicht nur kein Polizist, er war auch noch ein Farang. Das machte ihn zum doppelten Außenseiter. Pratt war so weit gegangen, wie er nur konnte.

»Nur mal angenommen, jemand hat Andrew Danielson umgelegt und möchte es vertuschen. Was wäre das Motiv? Lass mich raten: entweder private oder geschäftliche Gründe.« Die üblichen offiziellen Verlautbarungen zu Mordfällen unterteilten die Welt der Mörder in diese zwei Kategorien. Meistens wurde diese dualistische Theorie auch von den Zeitungen übernommen. Es war eine Standardphrase, und gleichgültig, was geschehen war oder warum, Journalisten und Polizisten fanden sie früher oder später bestätigt.

»Hm, Danielson schuldete dir eine Menge Geld …«, lächelte Colonel Pratt.

»Komm schon, Pratt! Gib dir ein bisschen Mühe. Die anderen drei Ehemänner könnten genauso enden wie Danielson.«

Colonel Pratts Gesicht nahm einen entrückten Ausdruck an. »Alles ist möglich.«

»Die Fabelhaften Vier legen ihre Ehemänner einen nach dem anderen um, und ich, der ich ganz unschuldig in die Sache hineingestolpert bin, füttere sie mit Informationen. Das würde mich zum Komplizen machen«, meinte Calvino und verdrehte die Augen.

Pratt sah in seine leere Tasse, als wolle er aus den Teeblättern lesen. »Vielleicht wollen die Frauen sicher sein, bevor sie einen Schritt weiter gehen«, sagte er.

Calvino massierte sich mit einer Hand die Knöchel der anderen und streckte die Finger. »Sie sind wie ich. Sie wollen ihr Geld. Das respektiere ich. Ich kann sie verstehen.«

»Geld ist nur *eine* Art der Rache.«

Das war einer der Standardsätze Colonel Pratts und entsprang dem Blickwinkel des Polizisten in einer Welt, in der nichts fest oder vorhersehbar, in der alles im Fluss ist. Eine Welt, wo alle Optionen offen bleiben und Agenden nie geschlossen werden.

»Ein Freund in der Gerichtsmedizin sagte mir das mit dem toxischen Gutachten«, meinte Pratt. Er schien Calvino damit etwas Bestimmtes sagen zu wollen.

»Manipuliert? Ich hoffe, sie finden heraus, wer es getan hat«, erwiderte Calvino. »Aber ich muss jetzt weiterarbeiten.«

»Wäre es möglich, dass Danielsons Tod etwas mit deinem Fall von Arzneimittelpiraterie zu tun hatte?«

Jetzt besaß er Calvinos volle Aufmerksamkeit. Einen Augenblick dachte er daran, dem Colonel davon zu erzählen, dass Danielson den Fall an den Büchern seiner Firma vorbei geführt hatte. Um in seiner Position die Regeln zu brechen, musste Andrew Danielson verdammt gute Gründe gehabt haben.

»Angenommen, es war Danielsons privater Fall?«, meinte er.

Der Colonel rief dem Kellner, noch heißes Wasser für die Teekanne zu bringen. Dann wandte er sich wieder Calvino zu. »Privat? Ich verstehe nicht. Was soll das heißen?«

»Die Kanzlei hat keine Unterlagen über den Fall. Das heißt,

Danielson wollte aus irgendeinem Grund, dass er nicht über die Bücher lief.«

»Warum sollte er so etwas tun?«

»Ein Interessenkonflikt? Oder er bekam sein Geld in bar und wollte nicht mit den Partnern teilen«, meinte Calvino.

»Irgendeine Ahnung, für wen Danielson arbeitete?«

Calvino seufzte und sog die Wangen ein. »Das versuche ich gerade herauszufinden. Ich weiß den Medikamentenhersteller. Aber ich kann nicht einfach anrufen und fragen: ›He Jungs, hat jemand bei euch schwarz einen toten Anwalt namens Danielson angeheuert, um einen Fall von Markenpiraterie auffliegen zu lassen? Könnten Sie mich mal schnell mit jemandem verbinden, der darüber Bescheid weiß?‹ Was glaubst du, wie sie reagieren würden? Nein, Pratt, ich brauche mehr Informationen. Ich habe drei Spuren. Drei Ehemänner von Frauen, die mit Danielsons Witwe befreundet sind. Das ist besser als nichts.«

»Aber du weißt nicht, ob es dich weiterbringt.«

Calvino kratzte sich am Kopf.

»Zugegeben, aber es ist ein Anfang. Ich verstehe einfach nicht, warum ihn jemand umbringen sollte. Er ist Anwalt. Wenn man ihn ausschaltet, sucht sich sein Auftraggeber einfach einen neuen Anwalt. Man muss doch in der Befehlskette höhergehen, um die eigentliche Gefahr zu eliminieren. Den Typ umlegen, der einen Anwalt damit beauftragt hat, mich anzuheuern.«

Pratt schnupperte an seinem Tee und stellte die Tasse vorsichtig auf den Untersetzer zurück. Vincent hat keine Ahnung, wer Danielson beauftragt hat, dachte er. Markenpiraterie war ein Katz-und-Maus-Spiel. Die hiesigen Hinterhoffabriken flogen häufig auf. Die Gangster zahlten eine Geldbuße, zogen eine Straße weiter und fingen wieder von vorn an. Erwischt zu werden, war nur ein Kostenfaktor; kein Grund, jemanden umzubringen.

»Wir haben bereits einen amerikanischen Anwalt namens Lovell vernommen«, sagte Colonel Pratt. »Er war Danielsons Mitarbeiter. Er war auch der Letzte, der ihn lebend gesehen hat. Vielleicht kann er dir Hintergrundinformationen über den Fall liefern.«

»Das habe ich schon versucht. Er sagte, ich soll mich verpissen.«

»Er steht unter großem Druck.«

»Er wird nichts sagen, es sei denn, ich kann ihm einen verdammt guten Grund liefern.«

Jeder Geschäftsmann hat etwas zu verbergen; die Unterschiede zu den Geheimnissen der Betrüger und Markenpiraten sind graduell. Und Anwaltsfirmen werden dafür bezahlt, dass sie Dinge unter dem Deckmantel der Vertraulichkeit und des Anwaltsgeheimnisses erledigen. Calvino war in New York selbst einmal Anwalt gewesen, und er wusste, dass ein Anwalt sozusagen der Atombunker für vertrauliche Informationen war. Das Anwaltsgeheimnis war schusssicherer als eine schusssichere Weste. Aber dieser Fall war nie in den Büchern der Firma aufgetaucht. Es gab also keine Vertraulichkeit zu wahren. Das war ein subtiler Unterschied.

Pratt nippte an seinem heißen Tee.

»Ich sage nicht, dass ich Lovell schon abgeschrieben habe«, meinte Calvino und wollte gerade weitersprechen, als er mitten im Wort verstummte und in seinen Teller mit kalten Pommes frites starrte. Er pickte eine heraus und kaute lustlos darauf herum. Dann überprüfte er sein Handy. Er hatte drei Anrufe von Janet Herron verpasst. Pratt sah ihn geduldig an und wartete auf weitere Informationen über Lovell.

»Kannst du ihm nicht einen guten Grund nennen, mit dir zu sprechen?«

Calvino schüttelte den Kopf. »Doch. Ich habe die ganze Operation lückenlos auf Video. Es ist perfekt, Pratt. Von der Herstellung des Dreckzeugs bis zur Verpackung. Es ist wie ein Einmaleins der Markenpiraterie.«

»Und Lovell ist trotzdem nicht interessiert?«

»Als wäre der Fall radioaktiv verseucht. Er muss verdammt gute Gründe haben, sich zu distanzieren. Ich sagte ihm, dass ich mein Geld will, und er antwortete, das sei nicht sein Problem. Der Klient habe nichts mit der Kanzlei zu tun. Es sei ein Verstoß Danielsons gegen die Firmenpolitik gewesen.« Er hatte so überzeugend gewirkt, dass Calvino schon fast beschlossen hatte, den Fall abzuschreiben. Schließlich gab es da drei neue amerikanische Klientinnen, die ihn dafür bezahlten, ihre Ehemänner zu beschatten. Aber er wusste, dass es an ihm nagen würde, wenn ein toter Klient ihm etwas schuldig blieb.

»Vielleicht sollte *ich* Lovell nach Danielsons Klienten fragen«, schlug Colonel Pratt vor.

Der Gedanke munterte Calvino auf. Aber er versuchte, sich nicht allzu viel davon zu versprechen. »Mir wollte er nichts sagen. Dir vielleicht schon.«

»Ich sage dir Bescheid.«

»Ich hätte auf Vorauszahlung bestehen sollen. Habe ich aber nicht. Ende der Geschichte.«

»Anfang der Geschichte.«

Calvino wippte vor und zurück wie ein Boxer, der zwischen zwei hart umkämpften Runden in seiner Ecke sitzt. »Manche Geschichten haben weder Anfang noch Ende.«

»Das liebe ich an Shakespeare. Er wusste genau, wie Anfang und Ende aussehen müssen. Das ist Kunst.«

»Ich habe keinen blassen Schimmer von Kunst. Aber ich weiß, dass ich einen Job habe. Jetzt. Heute Nacht. Nämlich Howard Herron so festzunageln, dass seine Frau ihn in der Hand hat. Ich werde bezahlt, und Howard muss um alles fürchten, was er besitzt und was er liebt.«

»Das ist ein Anfang und ein mögliches Ende. Ein anderes wäre, dass Howard dir den Namen von Danielsons geheimen Klienten nennt.«

»Ich versuche nie, mir das Ende vorher auszumalen.«

In dem Moment erspähte Calvino sein Opfer, Howard Herron, während er das Café betrat. Er kam allein. Ein paar Schritte hinter der Tür blieb er stehen und ließ den Blick über die Gesichter der anwesenden Frauen gleiten. Auf dem Foto hatte er jünger gewirkt und viel besser in Form. Im wahren Leben war Howard über fünfzig und schleppte einen beachtlichen Rettungsring mit sich herum, genau da, wo einmal ein brettharter Sixpack gesessen hatte. Er blinzelte, fummelte an seiner Brille herum, setzte sie ab und wieder auf – ein nervöser Tick, als könne er nicht entscheiden, ob das, was er sah, von irgendeiner Bedeutung war. Seine auf dem Bild langen dunklen Haare waren inzwischen kurz und grau. Unter den Achseln seines weißen Anzugshemds lagen Schweißflecken, die grün gestreifte Krawatte war gelockert, aber die maßgeschneiderte dunkle Hose bewahrte noch einen Rest von Bügelfalten. Die teuren Schuhe sahen aus wie frisch poliert. Er trat auf wie ein Geschäftsmann, keiner, der hier war, um Ferien zu machen.

Aber er wirkte müde, erregt und gestresst, als hätte der Vierteljahresbericht seiner Firma die angestrebten Zahlen verfehlt und er wäre persönlich für das Defizit verantwortlich. Koffein kann einen Menschen kribbelig machen, selbst wenn er todmüde ist, dachte Calvino. Oder andere, stärkere Drogen. Aber vielleicht leidet Howard auch nur unter einem nervösen Reizmagen.

Schweißperlen glänzten auf Howards Oberlippe, während er durch das Café ging, als suche er jemanden. Sein Blick sprang durch den Raum, blieb an jedem Gesicht hängen. Nichts. Er lief ein paar Schritte weiter und wischte sich den Schweiß von der Lippe. Schließlich malte sich Enttäuschung auf seinem Gesicht. Seine Mission war gescheitert, und er schien das Scheitern nicht leichtzunehmen. Er ging hinaus und verschwand in der Nacht.

Calvino rutschte aus der Nische. »Das war mein Mann«, sagte er. Pratt sah ihm nach, während er zur Tür ging.

»Vincent«, rief er ihm hinterher. Calvino wandte sich um. »Ich würde gern das Video sehen, das du für Danielsons geheimnisvollen Klienten gemacht hast. Und sag mir Bescheid, wie es ausgegangen ist.«

»Kein Problem. Morgen.«

Pratt sah Calvino in der Dunkelheit verschwinden. Seine Bewerbung bei der WHO, die Vincent Calvino zurück nach New York führen würde, war unerwähnt geblieben. Der Colonel lehnte sich zurück und schlürfte genüsslich die letzten Tropfen Tee. Es gab viele Möglichkeiten, wie diese Geschichte ausgehen konnte. Aber sich am Ende Calvino mit einem Job bei der UN vorzustellen, fiel ihm schwer.

# 15

Die Menschenmenge, die um 2:30 Uhr über den Parkplatz des Hotels strömte, schwoll von einem unregelmäßigen Tröpfeln zu einem ausgewachsenen Tsunami an, der Welle über Welle von den Bars heranrollte. Immer mehr Leute, Körper, drängten sich in der Hitze der mondlosen Nacht zusammen. Der Parkplatz war überfüllt, Schulter an Schulter standen die Menschen, lachend, Kontakt suchend, rauchend. Einige Männer in Shorts und Sandalen, mit blutunterlaufenen Augen, hielten Bierflaschen in der Hand. Die Partyatmosphäre breitete sich bis auf die Straße aus, wo die Masse den Verkehr zunehmend blockierte. Die Fleischbeschau nach Feierabend war eröffnet. Ausgesucht saftige Stücke präsentierten sich denen, die Appetit auf einen leckeren nächtlichen Happen verspürten.

»Sehen Sie sich diese Menschenmenge an«, sagte Lovell. »Die Botschaft hat davor gewarnt, sich in Straßendemonstrationen verwickeln zu lassen.«

»Das ist keine Demonstration«, erwiderte Stiles. »Nichts Politisches. Das ist rein sozial.«

Das Taxi setzte Lovell und Stiles vor dem Polizeikiosk auf der Soi Nana ab. Drinnen saßen ein paar gelangweilte Uniformierte. Stiles schob sich eine Weile zwischen den Karren der Straßenverkäufer durch die Menge, bevor er vom Gehsteig auf die Straße trat. Yings und Freier schwärmten in Richtung Parkplatz. Einige mit Aufputschpillen zugedröhnte Yings tanzten herum wie Glühwürmchen um ein Lagerfeuer. Eine dieser chemisch aufgepeppten Yings, die eine Sonnenbrille mit weißem Gestell trug, nahm Kurs auf Lovell und ergriff seinen Arm. Vor Lovells Füßen huschte eine Ratte vorbei, sprang von der Bordsteinkante und rannte im Rinnstein entlang, bevor sie in einem Loch verschwand.

Die Wirkung der Flasche Wein, die er vor ein paar Stunden getrunken hatte, war abgeklungen.

»Du schöner Mann. Ich gehe mit dir. Du gibst mir Geld, ja?«

Lovell starrte die Tätowierung auf ihrer Schulter an, ein Herz. Unter dem Herz stand der Name »Rick« in blauer gotischer Schrift. Eine ihrer Freundinnen mit einer entzündeten Herpesbeule an der Lippe mischte sich ein. »Ich gehe auch mit dir.«

Er fühlte Hände nach seinen Armen greifen und beschleunigte den Schritt, aber es gelang ihm nicht, die Yings abzuschütteln. Sie arbeiteten zusammen wie ein Löwenrudel, das einen schwerfälligen Wasserbüffel zur Strecke bringen will. Stiles flüsterte der Ying mit dem Tattoo etwas ins Ohr, ergriff Lovells Hand und nickte in seiner Richtung. Die Yings verstanden die Geste, und die mit der Rick-Tätowierung riss sich von Lovell los, als hätte er eine ansteckende Krankheit. Sie sagte etwas zu den anderen beiden Yings, und sie brachen eilig den Kontakt ab und schwirrten mit neuem Ziel davon.

»Wie haben Sie das geschafft?«, fragte Lovell.

Stiles ließ seine Hand los. »Ich habe ihnen gesagt, dass wir schwul sind.«

»Und die haben es geglaubt?«

»Die Welt ist nicht perfekt, Lovell. Sie wollen ins Geschäft kommen. Wenn Sie keine Frauen mögen, wäre das verlorene Liebesmüh.«

»Wir müssen uns mal ernsthaft über ein paar Dinge unterhalten.«

Es war schwierig, sich bei all dem Getöse zu verständigen. Stiles hatte nicht mitbekommen, was Lovell sagte, oder gab vor, es nicht zu hören. »Folgen Sie mir«, rief er mit erhobener Stimme.

»Ich habe genug. Ich will irgendwohin, wo es ruhig ist und man sein eigenes Wort verstehen kann.« Hunderte von Leuten wuselten durcheinander, berührten sich, wichen wieder zurück.

Stiles wartete, bis Lovell zu ihm aufgeschlossen hatte. »Wenn Sie sich wieder von einer 45-Kilo-Ying bedroht fühlen, sagen Sie's mir. Betrachten Sie mich als Ihren Leibwächter. Cameron erwartet von mir morgen einen vollständigen Bericht. Ich will nicht sagen müssen, dass John Lovell sich nicht durchsetzen kann.«

Stiles schob sich langsam durch die Menge und warf hier und da jemandem eine Kusshand zu. Lovell folgte ihm, während ihm der Schweiß in den Hemdkragen lief. Er öffnete den obersten Knopf. Die feuchte Luft war zum Ersticken. Garküchen verkauften Schweine- und Hühnerspieße, und auch die Karren mit gerösteten Heuschrecken und Wasserkäfern machten gute Umsätze. Während sich die Menge um ihn schloss, fühlte Lovell sich erpresst, erhitzt, orientierungslos, aus dem Gleichgewicht und ängstlich. Die Umgebung stieß ihn ab. Aber gleichzeitig faszinierte sie ihn auch.

Stiles hatte im Grunde recht: Seine Welt beschränkte sich auf die Kanzlei und seine Wohnung. Er hatte ihre Grenzen gerade so weit ausgedehnt, dass sie Siri mit einschloss. Der Parkplatz des Nana-Hotels nach zwei Uhr morgens dagegen pulsierte von Möglichkeiten und Verheißungen. Die meist blutjungen Frauen standen mit frisch aufgelegter Kriegsbemalung in kleinen Grüppchen herum. Sie hatten gerade eine Zehnstundenschicht voller Gefummel, Getanze, Anmache, Hickhack und Streitereien hinter sich. Jetzt wollten sie einen Mann aufreißen.

»Sehen Sie, Sie müssen nicht in Bars gehen. Die Bars kommen zu Ihnen«, meinte Stiles.

In der Mitte des Parkplatzes blieben sie stehen. Einen Meter entfernt standen ein Farang und eine Ying und lutschten sich gegenseitig die Zungen ab. Er hielt sie mit den Armen umschlungen, eine Hand steckte in ihren Jeans. Wo das Auge hinsah, standen erwartungsvolle Yings, suchten Augenkontakt, lächelten, flirteten. Aus der Nase der Ying, die Stiles am nächsten stand, kräuselte sich Zigarettenrauch. Sie bot ihm eine Zigarette an, und er akzeptierte. Sie zündete sie für ihn an und steckte sie ihm anmutig zwischen die Lippen. »Du magst Dew?«

»Det mag ich«, witzelte Stiles.

Sie versetzte ihm einen spielerischen Knuff gegen die Schulter. »Du mich vergessen?«

Stiles ließ die Zigarette fallen und zerrieb sie mit dem Absatz. »Ich dich nie vergessen.«

»Was soll die Babysprache?«, warf Lovell ein.

Stiles ignorierte ihn. »Heute Nacht geht nicht.« Er schob ihr zwei Hundert-Baht-Scheine in die Hand und schloss ihre Finger darum.

»Sie geben ihr zweihundert Baht für eine Zigarette?«, fragte Lovell.

»Stornogebühr. Sie hat mich vorhin angerufen. Ich sagte, ich komme. Aber ich nehme sie nicht.«

»Sie geben ihr Geld dafür, dass Sie sie *nicht* nehmen?«

»Sie langweilt mich. Ich will nicht, dass sie ihr Gesicht verliert. Also gebe ich ihr Geld, damit sie weggeht. Damit erkaufe ich mir das Recht, sie zu ignorieren. So haben wir beide etwas davon.«

Cameron hat recht gehabt, Lovell lebt in einer Traumwelt, dachte Stiles. Im Büro nannten sie ihn hinter seinem Rücken Traumtänzer.

Lovell drehte sich einmal um sich selbst.

Der Parkplatz wimmelte von hektischen Barmädchen in Miniröcken und hochhackigen Schuhen, manche auch in Jeans und T-Shirts, befeuert von dem Wissen, dass das jetzt ihre letzte Chance auf einen Fang war. Die aktuelle Mode betonte Becken und Hüften. Die Yings bewegten sich sinnlich wie junge Katzen, es gab sie für jeden Geschmack – und sie waren zu allem bereit. Essen, Trinken, Drogen und Sex. Die unterschwellige Botschaft, die in der schwülen Luft lag, lautete: Nimm mich, und lass uns zur Sache kommen. Kleine Hände streckten sich nach Lovell aus, Finger strichen über Haar, Krawatte und Hemd. Sie waren hochgewachsen und jung, und alle zog es sie zu Lovell wie Motten zum Licht. Er war jung, gut aussehend, frisches Fleisch, ganz anders als die sonstigen Farangs, die die Parade beobachteten. Stiles kannte das. Ein eingebautes Radarsystem ermöglichte es den Bar-Yings, junge und unerfahrene Freier zu lokalisieren, bei denen sich möglicherweise groß absahnen ließ.

Immer enger und dichter wurde der Kreis um Stiles und Lovell, sodass sie zu den Letzten gehörten, die die Ursache des plötzlichen Geschreis auf der Straße erkannten. Es verging eine Weile, bevor Stiles die ersten Uniformierten in der Menge entdeckte. Niemand wusste, was los war, aber die aufgestaute Gier nach Sex war mit einem Schlag wie weggewischt.

Sie waren mitten in eine Razzia geraten. Ein Toyota-Pick-up stoppte vor dem Parkplatz. Hinter ihm stellten ein halbes Dutzend Beamte auf Motorrädern ihre Maschinen ab. Die Türen des Pick-ups flogen auf, ein Polizist mit einem Walkie-Talkie sprang heraus und schrie den anderen Beamten Befehle zu, worauf diese sich sofort in die Menge stürzten. Wie Hühner in einem Hühnerstall beim Anblick des Fuchses gerieten die Yings in Panik, kreischten und stoben ziellos auseinander, rannten sich gegenseitig über den Haufen, stürzten, schürften sich die Knie auf und verloren ihre Schuhe. Reporter und TV-Kamerateams schwärmten aus, um die Razzia aufzuzeichnen. Sie hatten einen Tipp bekommen.

Die Kamerateams filmten, wie die Cops die ersten fluchenden, schreienden und sich sträubenden Yings packten. Sie stießen sie auf die Ladefläche des Pick-ups. Wie bei der Bombardierung von Pearl Harbor hatte die Polizei den Vorteil des Überraschungseffekts auf ihrer Seite. Die Kameras zeichneten surrealistische Bilder von Cops auf, die sich die Yings wie Fünfzig-Kilo-Reissäcke über die Schulter warfen und davonschleppten.

»Was nun?«, fragte Lovell mit zitternden Knien. Er wollte wegrennen, wusste aber nicht, wohin.

»Nur die Ruhe, es ist nichts Politisches. Und auch nichts Kriminelles.«

»Sondern?«

»Es geht darum, eine gute Figur zu machen. Sie wollen zeigen, dass sie zu etwas nutze sind«, sagte Stiles. »Deswegen muss man sich nicht in die Hose machen. Genießen Sie einfach die Show. Dann haben Sie beim nächsten Klassentreffen was zu erzählen.«

Der Ring von Yings, der sie umgeben hatte, zerstreute sich. Manche bewiesen bessere Sprintfähigkeiten als ein Quarterback der National Football League.

Ein Dutzend uniformierter Cops verteilte sich und sperrte den Ausgang des Parkplatzes. Andere rannten die Soi 4 hinunter. Die Yings auf dem Parkplatz liefen auf der Suche nach einer Lücke im

Polizeikordon hin und her. Die Cops verfolgten sie. Jeder von ihnen, selbst die Fettwänste, schnappte zwei oder drei der Mädchen. Sie packten ihren Fang wie Sardinen hinten auf den Pick-up.

Im Schleppnetz hatten sich auch ein paar seltsame Vögel gefangen: Katoeys. Eine der Katoeys, die auf hochhackigen Schuhen dahineierte, war fast so groß gewachsen wie Lovell, hatte größere Füße, und ihre Stimme klang einen halben Ton tiefer als seine. Sie schrie in ihrem Bariton auf einen Cop ein, der Mühe hatte, sie am Arm festzuhalten. Sie bestand vehement darauf, wegen ihrer Größe vorn im Pick-up sitzen zu dürfen. Aber ihr Kampf um Sonderbehandlung hatte nicht den Hauch einer Chance. Zwei Cops stießen sie hinten auf die Ladefläche, wo sie sich einen Absatz abbrach. Tränen kullerten ihr über die Wangen, ruinierten ihr Make-up und ließen sie mehr und mehr wie einen Mann aussehen, während sie den Cops »hia« und »Arschficker« zubrüllte, worüber die nur lachten. Dann schlug einer der Cops sie ins Gesicht und brachte sie zum Verstummen. Als der Pick-up mit menschlicher Fracht völlig überladen war, fuhr er endlich ab. Für die überzähligen verhafteten Yings winkten die Cops Taxis heran und stießen sie auf den Rücksitz. Eine ganze Prozession verließ die Soi mit je einem halben Dutzend Prostituierter hinten und einem Polizisten auf dem Beifahrersitz. Die Taxifahrer lachten und rissen Witze. Die gebündelten Yings im Rückspiegel waren ein toller Anblick. Für den Großteil der Menge war die Szene Sanuk, einfach ein Spaß, nur nicht für die Yings, die mit aufs Polizeirevier mussten, um ein Bußgeld von tausend Baht zu berappen. Die Zeitungsreporter und Fernsehteams folgten der Polizei auf dem Fuß, filmten die Verfolgungsjagden, die Verhaftungen, den Widerstand und drehten ein paar Totalen von den Yings, die zu schnell für die außer Form befindlichen Cops gewesen waren. Diese Einstellungen würden später der Schere zum Opfer fallen. Das Drama misslungener Fluchtversuche machte sich viel besser auf Video. Und es war sicherer, den Erfolg zu zeigen als den Misserfolg.

Später stand in der Zeitung, dass die Cops zweiunddreißig Mädchen festgenommen hätten, zwei davon Katoeys. Die meisten der verhafteten Yings trugen Miniröcke und hohe Absätze. Sogar ein fetter Bulle hatte keine Probleme, eine Ying mit engem Minirock und hohen Absätzen zu erwischen. Das Handicap war einfach zu groß. Die Entkommenen hatten Flipflops und Jeans getragen. Die Straße war übersät mit verlorenen Flipflops. Aber hochhackige Schuhe waren teurer, und der Instinkt, sie nicht zu verlieren, besiegelte das Schicksal ihrer Trägerinnen.

Während des Durcheinanders fiel es einer der Yings, die noch auf dem Parkplatz waren, ein, dass es eine gute Idee wäre, Lovells Arm zu nehmen. Sie war eine Katoey mit einer 6000-Baht-Nasenkorrektur und zu viel Lippenstift. Als ein Cop auf sie zusteuerte, zischte sie: »Ich bin mit meinem Mann hier. Wie können Sie es wagen?«

Lovell wollte gerade protestieren, als ein Reporter etliche Bilder von ihm schoss.

»Das stimmt, Officer, sie sind schon seit Jahren zusammen«, bestätigte Stiles.

Der Scheinwerfer einer Fernsehkamera erfasste Lovell, während er sich vorbeugte, einen losen Faden von der Schulter des Polizisten pickte und ihn zwischen Daumen und Zeigefinger zu einem Kügelchen zusammenrollte. Der Cop sah ungläubig zuerst seine Schulter an, dann das Fadenkügelchen, das Lovell in der Hand hielt.

»Das ist ein Tick«, meinte Stiles. »Er kann Unordnung nicht ertragen.«

Der Cop lächelte mühsam, blickte wieder auf seine Schulter. Er erinnerte sich, dass er im Fernsehen war. Dann ermahnte er Stiles auf Thailändisch, dass es mitten in einer Razzia, einem Kommandounternehmen sozusagen, keine gute Idee sei, an den Uniformen der Polizei zu zupfen. Das könnte zu Missverständnissen führen. Und plötzlich klang die Geschichte der Katoey glaubwürdig.

»Das verzeihe ich Ihnen nie«, sagte Lovell, und in seiner Stimme lag ein drohendes Knurren wie von einem wilden Tier.

Der Cop sah Lovell an, dann den Katoey: »Sie und Ihre Frau haben hier nichts verloren.«

»Wir wollten nur etwas essen gehen. Wir hatten ja keine Ahnung«, sagte die Katoey. »Liebling, du weißt doch, wie hungrig ich bin. Lass uns gehen.«

Lovell spürte, wie ihre Nägel sich in seinen Oberarm gruben. Sie war unglaublich stark, und ihre Botschaft war unmissverständlich: Verrate mich an diesen Cop, und deine eigene Mutter wird dich nicht wiedererkennen. Der Polizist schluckte den Bluff. Eine Sekunde später war er schon hinter einer anderen Ying her. Die Razzia war fast vorüber. Stiles trat an die andere Seite der Katoey, und sie lösten sich aus dem Gedränge und gingen auf ein Café zu.

Die Nacht hatte sich für Lovell zu einer einzigen Katastrophe entwickelt. Er spulte das Band mit den Ereignissen zurück. Ein hitziger Wortwechsel mit Siri im Weinkeller. Eine verpasste Beerdigungszeremonie, bei der seine Abwesenheit unangenehm auffiel. Anstatt Wasser auf die Hand des Toten zu gießen, hockte er in einem Nachtclub. Stiles erklärte ihm die Stellung Khun Changs und Khun Phaens in den sich ewig wandelnden sexuellen Traditionen Thailands, während Hostessen um ihn herumscharwenzelten. Und dann musste er dem Kerl auch noch ausgerechnet zur größten Ying-Ansammlung des bekannten Universums unter freiem Himmel folgen.

Im Café ließ die Katoey Lovells Arm los und ging wortlos zu einer Nische, in der Howard Herron saß, mürrisch, nervös die Hände ringend, die Hemdsärmel über die entblößten haarigen Unterarme hochgerollt.

»Wo warst du?«, fragte sie Herron.

Calvino war seiner Zielperson nach draußen gefolgt und genau wie diese ins Café zurückgekehrt, als die Razzia losging. Dies war also die »andere Frau«, mit der er Howard Herron im Auftrag seiner Ehefrau erwischen sollte. Er zückte die Digitalkamera und machte mehrere Schnappschüsse von dem Paar in der Nische.

# 16

Pratt fand Calvino an seinem Schreibtisch vor, wo er das Kreuzworträtsel der *Bangkok Times* löste. Er tippte sich mit dem Stift ans Kinn, die Lippen geschürzt, die Stirn gerunzelt. Ohne aufzusehen, fragte er: »Wort mit vier Buchstaben für ›literarische Wut‹?«

»Lear.« Pratt setzte sich.

Calvino trug das Wort ein. Er schien mit sich zufrieden.

»Ja, Lear. Du hast gestern Nacht daraus zitiert.«

Colonel Pratt betrachtete Gewalt, Sex, Verrat, Loyalität und Vertrauen mit den Augen Shakespeares, und das unterschied ihn von den meisten anderen Thais.

Er schlug die *Thai Rath* auf, ein täglich erscheinendes Massenblatt in thailändischer Sprache, blätterte ein paar Seiten weiter, bis er gefunden hatte, wonach er suchte, faltete die Zeitung auf halbe Größe zusammen und legte sie auf Calvinos Schreibtisch. »Das ist kein Kreuzworträtsel. Aber ein Rätsel. Sieh dir mal das Foto an.«

Calvino betrachtete es. Lovell wirkte überrascht, mit weit aufgerissenen Augen, und die Katoey an seinem Arm blickte ihn verträumt an. »Lovell.«

»Mit einer Freundin. Glaubst du, dass Danielson das wusste?«

»Was wusste?«

Pratt lächelte und lehnte sich mit verschränkten Armen zurück. »Bescheid wusste über sein geheimes Leben. Mit Katoeys einen draufmachen, sich auf den nächtlichen Kontaktbörsen auf der Sukhumvit herumtreiben. Lovell war der Letzte, der Danielson lebend gesehen hat. Und er weigert sich, dir zu helfen. Er hat etwas zu verbergen.«

»Ich bin gestern Nacht Howard wieder zurück in das Café gefolgt, als die Razzia losging. Und dann kam auch Lovell mit der Katoey herein, die da an seinem Arm hängt. Volltreffer«, sagte Calvino grinsend.

»Ein glückliches Paar«, meinte Colonel Pratt und tippte auf das Zeitungsfoto. Hatte die Geschichte auch eine Pointe?

Calvino schüttelte den Kopf. Die Sehnen in seinem Hals traten hervor, als er sich zurücklehnte. »Nicht direkt. Die Katoey ging schnurstracks zu Howard Herron und setzte sich zu ihm. *Die* haben offenbar etwas miteinander.«

»Und was ist dann die Verbindung zwischen der Katoey und Lovell?«

Calvino dachte nach. Lovell, der Streber, als heimlicher Zuhälter, der Howard mit Frischfleisch versorgte? Er zuckte die Achseln. »Keine Ahnung.«

Eigentlich galt sein berufliches Interesse gegenwärtig ja Howard, nicht Lovell. Dass Lovell in dieser Geschichte irgendwie auch mit drinsteckte, hätte er sich nicht träumen lassen.

»Was hat Lovell getan, nachdem die Katoey sich zu Howard Herron setzte?«

»Er ging weg. Zusammen mit einem anderen Typen. Einem Farang. Ich kenne ihn nicht.«

»Ein Freund? Ein Kollege? Jemand, den er kurz zuvor auf dem Parkplatz getroffen hatte?«

»Das ist alles möglich. Ich habe nicht mit ihm gesprochen. Und ich hatte ihn nie zuvor gesehen.«

»Lovells Chef ist gerade gestorben. Er selbst taucht mitten in einer Polizeirazzia mit einer Katoey auf. Das macht mir nicht den Eindruck, als würde er gerade Trauer tragen«, sagte Pratt.

Ratana kam herein und stellte ein Glas Wasser vor Colonel Pratt hin. Daneben legte sie die Videokassette, die Calvino in der Fabrik gedreht hatte. Nahaufnahmen der Laderampe. Ein halbes Dutzend Männer, die gefälschte Medikamente in einen Fünfachser-Lastwagen mit Clint-Eastwood-Schmutzfängern verluden.

»Ich habe da etwas gehört. Aber ich weiß nicht, ob es weiterhilft«, sagte sie. Calvino lehnte sich in seinen Stuhl zurück und hob die offenen Handflächen.

»Was hast du gehört?«

»Es geht um Danielson.«

»Mit wem hast du gesprochen?«

»Mit der Mamasan drunten.«

Das traf Calvino unvorbereitet. Ratana hatte den Massagesalon bisher gemieden wie die Pest. Sie sah Colonel Pratt an und registrierte nur aus dem Augenwinkel den überraschten Gesichtsausdruck ihres Chefs.

»Du hast tatsächlich mit ihr gesprochen?«

»Ich dachte, es könnte nützlich sein. Mit mir redet sie eher als mit dir oder Colonel Pratt.«

Pratt nippte an seinem Glas. »Bitte erzählen Sie uns, was sie gesagt hat.« Calvino und Pratt wechselten einen Blick. Calvino setzte sich bequemer zurecht und legte das Kreuzworträtsel beiseite.

»Sie hat mir von Jazz erzählt«, sagte sie. Der Name des Massagesalons, *One Hand Clapping,* kam Ratana nie über die Lippen, als würde sie damit seine Existenz verleugnen. »Sie meinte, dass Jazz sich zwar vielleicht die Pulsadern aufgeschnitten hat, aber in Wirklichkeit an gebrochenem Herzen gestorben ist. Danielson war Stammkunde. Er besuchte sie mehrmals die Woche.«

»Wie lange ging das schon so?«, fragte Colonel Pratt.

Ratana überlegte. »Ein paar Monate. Seit dieses *Geschäft* aufgemacht hat. Zwei Tage bevor sie sich umbrachte, schenkte Danielson ihr eine bronzene Halskette. Er sagte, sie hätte seiner Mutter gehört. Er wollte, dass sie ihr gehörte. Nicht seiner Frau. Etwas Besonderes für Jazz. So hat man es mir erzählt.«

»Das verstehe ich nicht. Danielson schenkt ihr etwas von seiner Mutter, und sie bringt sich um?«, sagte Calvino.

Ratana starrte die Fotografie von Lovell und der Katoey in der Zeitung an, die auf Calvinos Schreibtisch ausgebreitet lag. »Die Mamasan sagte, dass Khun Andrew die Halskette aus einem großen Beutel voller Plunder hervorzog. Darin waren viele Armbänder, Halsketten und Ohrringe. Er behauptete, die Halskette sei etwas Besonderes. Tatsächlich war sie nur ein paar Baht wert. Schrott. Ich bezweifle, dass sie überhaupt von seiner Mutter stammte.« Sie zuckte die Achseln. »Immer, wenn er sich mit einem Massage- oder Barmädchen einließ, besiegelte er die Beziehung, indem er ihr angeblich etwas von seiner Mutter gab. Als Farang wusste er vielleicht nicht, dass es etwas sehr Persönliches bedeutet, wenn ein Mann einer Thailänderin etwas von seiner Mutter schenkt. Das heißt, dass er sie in seine Familie aufnehmen will. Es geht nicht um den Geldwert. Es bedeutet, dass er sie als Ehefrau betrachtet. Jazz muss geglaubt haben, dass sie etwas Besonderes für ihn ist. Sie legte die Halskette nicht einmal zum Schlafen ab. Sie war wie ein Amulett für sie. Jazz ging nicht mehr mit anderen Kunden; sie wartete Tag für Tag nur noch auf Danielson. Bis sie herausfand, dass er sie angelogen hatte.«

Ratana verstummte und wartete auf eine Reaktion von Calvino oder Pratt. Keiner der Männer sagte etwas. Die Stille verdichtete sich, bis sie beinahe unerträglich wurde. Danielson ging in diesem Büro schon seit Monaten ein und aus. Aber seine Beziehung zu Jazz hatte er nie erwähnt.

»Er sagte nie etwas davon, dass er unten eine Freundin hat«, meinte Calvino.

Hatte Danielson Calvino nur als Tarnung für seine regelmäßigen Besuche im Massagesalon benutzt? Falls ihm jemand folgte, hatte er ein felsenfestes Alibi – eine Besprechung mit Vincent Calvino in dem Fall von Markenpiraterie. Manchmal war es ja auch so. Aber meistens hatte er anscheinend nicht die geringste Absicht gehabt, Calvinos Büro aufzusuchen; seine Mission endete im Erdgeschoss, im Massagesalon, wo er den angeblichen Schmuck seiner Mutter verteilte.

Calvino hatte ein Gesetz über Typen wie Danielson, die süchtig waren nach Frauen, die auf den Strich gingen. Ihre Ehefrauen mochten ihnen drohen, bis sie versprachen, damit aufzuhören. Aber das Versprechen hielt nie lange vor. Das Gesetz war einfach: Hunde werden immer Autos nachjagen.

»Wie hat die Mamasan das mit dem Schmuck herausgefunden?«, fragte Colonel Pratt.

»Von Jazz' Freundin. Metta heißt sie. Die beiden hatten Streit. Da kam alles heraus. Metta wusste das mit dem Beutel voll unechten Schmucks. Sie sagte es Jazz, nachdem die damit geprahlt hatte, dass dieser Farang nur sie liebte, dass er etwas Besonderes sei und anders als die übrigen. Das war's. Metta erzählte Jazz, dass er schon eine Menge Mädchen mit dem Schmuck seiner Mutter beglückt hatte. Jazz war nichts Außergewöhnliches. Nur eines in einer langen Reihe abgelegter Mädchen. Jazz wollte es nicht glauben. Aber sie hörte sich um. Als sie dann die Wahrheit herausfand, verlor sie das Gesicht. Das brachte sie um. Sie konnte es nicht ertragen, mit der Wahrheit über einen Mann zu leben, von dem sie glaubte, er liebte sie.«

»Warum hat Metta der Polizei nichts davon gesagt? Es stand nicht im Bericht«, sagte Colonel Pratt.

»Vielleicht hat Metta gelogen, oder die Mamasan wollte nur dem Farang die Schuld in die Schuhe schieben«, meinte Calvino.

Pratt und Ratana sahen ihn beide abwartend an. »Ich meine ja nur, dass das alles Klatsch und Hörensagen ist. Wann hat man je davon gehört, dass eine Ying sich umbringt, nur weil ein alter Furz von Kunde sie mit unechtem Schmuck reinlegt?«

»Vielleicht empfand sie wirklich etwas für ihn«, sagte Ratana. »Auch wenn Jazz in einem Massagesalon gearbeitet hat, war sie doch ein Mensch.«

Warum weint die Frau?, hatte Calvino sich an jenem Abend gefragt, als er in die Soi einbog. Ihre Freundin war tot. Weinte sie, weil sie wusste, warum das Mädchen Selbstmord begangen hatte?

»Ich würde gern mit Metta sprechen«, sagte Pratt. Er notierte sich den Namen in seinem Notizbuch und schrieb dazu: »Toter Farang von Mutter zurückgestoßen? Möglicherweise psychisch instabil im Umgang mit Frauen. Alibi der Ehefrau überprüfen und ihre Kenntnisse von Giften.«

»Metta« bedeutete in der Pali-Sprache Mitleid, erinnerte sich Pratt. Der Buddhismus baut auf dem Gedanken des Mitleids auf; es ist der Stoßdämpfer auf dem holprigen Pfad zur Erleuchtung. Aber Mitleid ist nicht immer das, was man erwartet. Ausgaben, Unkosten, Gebühren und Tribute kommen auf einen zu, wenn man Mitgefühl für andere entwickelt.

»War Metta dabei, als ihre Freundin sich die Pulsadern aufschnitt?«, fragte Colonel Pratt.

Ratana wusste nicht so recht, was sie darauf antworten sollte. Die Mamasan hatte nicht direkt gesagt, wie Jazz gestorben war oder warum Metta sich in ihrem Zimmer aufhielt.

Colonel Pratt fuhr fort: »Die Polizei hat sie vernommen. Sie behauptete, Jazz sei schon tot gewesen, als sie das Zimmer betrat. Vielleicht hat sie der Mamasan etwas anderes erzählt.«

Ratana wand sich, presste die Hände zusammen, rieb die Fingerspitzen gegeneinander. Sie bereute es bereits, mit der Mamasan gesprochen zu haben. Sich in eine Polizeiermittlung einzumischen, war nicht ihre Absicht gewesen. Manchmal vergaß sie, dass Pratt nicht bloß der Mann ihrer Freundin Manee und Calvinos bester Freund war; er war auch ein Cop.

»Sie sagt, Jazz war schon tot, als sie ins Zimmer kam.«

»Warum hat sie die Tür versperrt?«

»Ich habe sie danach gefragt. Aber sie erwiderte bloß, sie hätte Angst gehabt.«

»Hat sie auch gesagt, warum?«

»Sie hat sich selbst die Schuld gegeben und befürchtet, in Schwierigkeiten zu geraten.«

Colonel Pratt kritzelte ihre Worte auf seinen Notizblock. Niemand konnte sich erinnern, wann genau Metta das Zimmer betreten hatte. Tatsache war, sie blieb verdächtig; er musste mehr über sie in Erfahrung bringen. War sie raffiniert genug, die Geschichte zu erfinden, dass Jazz bei ihrem Eintreten bereits tot war? Hatte sie der Mamasan die Wahrheit gesagt? Und hatte die Mamasan Ratana die Wahrheit gesagt?

»Wenn Ihnen noch etwas einfällt, sagen Sie mir Bescheid. Es könnte wichtig sein«, sagte Colonel Pratt.

»Möchten Sie noch etwas Wasser?«, fragte Ratana.

»Nein«, antwortete er. Seine Frau Manee hatte in den vergangenen Wochen oft über Ratana gesprochen. Sie gingen gemeinsam zu Demonstrationen und waren dabei recht enge Freundinnen geworden, soweit er es mitbekommen hatte. Sie trugen das gleiche gelbe Band am rechten Handgelenk, und um Ratanas Hals lag ein elegant geschlungener gelber Seidenschal. Ihre Freundschaft zu Manee ließ ihn sich Ratana näher fühlen. Was sie ihm erzählt hatte, sorgsam darauf bedacht, dass auch Calvino zuhörte, war ihre Art, nicht nur ihm, sondern auch Manee Respekt zu erweisen.

Er trank sein Wasser aus, stellte das Glas ab und verlagerte sein Gewicht. Ratana hatte es ihnen beiden überlassen, den Gesprächsfaden wieder aufzunehmen.

»Möchtest du immer noch die Videokassette sehen?«, fragte Calvino. »Ich brenne dir eine DVD.«

»Ich will das Original, Vincent.«

Calvino runzelte die Stirn. »Lass mich eine Sicherheitskopie ziehen.«

»Später. Zeig mir, was du hast.« Er warf einen Blick auf die Uhr.

Colonel Pratt war ursprünglich nur gekommen, um das Videoband zu sehen. Aber Ratanas Bericht hatte ihn abgelenkt. Er musste sich darüber klar werden, was das für die Ermittlungen bedeutete. Andrew Danielson und seine Freundin waren beide innerhalb von wenigen Stunden gestorben. In Pratts Abteilung hatte jemand, der offenbar über beachtlichen Einfluss verfügte, eine Vertuschungsaktion in die Wege geleitet, die Danielsons offizielle Todesursache als Herzinfarkt auswies. Calvino hatte eine Tür eingetreten und Metta weinend neben der tot im Bett liegenden Jazz angetroffen. Die Tote hatte tiefe Schnittwunden an den Handgelenken. Meistens sind die Schnitte an dieser Stelle oberflächlich, gerade tief genug, dass Blut fließt. Frauen fällt es schwer, jenes Maß an Gewalt gegen sich selbst aufzubringen, das dem Selbsthass entspringt. Die Tiefe der Wunden an Jazz' Handgelenken gefiel ihm nicht. Es passte nicht zu dem, was er schon so oft gesehen hatte.

Was blieb also? Eine Frau namens Metta, die möglicherweise aus Rache gehandelt hatte. Ein totes Massagemädchen, das nach einer afroamerikanischen Musikrichtung benannt war. Danielsons Beutel voll billigem Schmuck, den er angeblich von seiner Mutter geerbt hatte. Ein Foto von Danielsons jungem Mitarbeiter in den Armen einer Katoey, das durch alle Lokalblätter gegangen war. Lovell bei einer Polizeirazzia, während die Polizei Prostituierte in der Stärke von zwei Footballteams schnappte.

»Die Kameraeinstellungen sind mittelmäßig. Es war nicht leicht im Dunkeln. Das Licht war zu schlecht. Egal. Man erkennt die Gesichter. Ich habe Nahaufnahmen der Kisten. Die Namen der Medikamente stehen auf den Aufklebern. Die gingen direkt an Drogerien und Krankenhäuser. Darauf kannst du wetten.«

»Lass es uns ansehen.«

Calvino schloss die Videokamera an den Computer an und legte die Kassette ein. Er drehte den Monitor zu Colonel Pratt herum. Dann zog er sich selbst einen Stuhl heran und setzte sich neben ihn. Calvinos Blick wechselte zwischen dem Monitor und dem Colonel, um dessen Reaktionen beobachten zu können. Pratt sah zu, wie mehrere Arbeiter einen Pick-up mit Paketen beluden. Eines fiel von der Transportkarre und platzte auf. Ein echter Thriller, bei dem die Namen der Stars auf den Verpackungen standen, die auf die Straße purzelten. Ohne Ton. Es war wie ein alter Stummfilm mit den Keystone Cops. Der Straßenansicht folgte ein abrupter Umschnitt nach drinnen. Ein Warenhaus, eine Wand, vollgestapelt mit Paletten. Wieder ein Schnitt, mehrere Frauen in Jeans und T-Shirts, die nebeneinander an einem langen Tisch arbeiteten.

Leuchtstoffröhren erhellten den zentralen Bereich. An drei Tischen, die an der gegenüberliegenden Wand, zusammengerückt standen, flackerten Computermonitore. Auf einem der Bildschirme lief ein Film, ein anderer zeigte einen Wasserfall als Bildschirmschoner, und am dritten arbeitete eine Frau an einer Excel-Datei. Die Frauen wirkten gelangweilt. In der Mitte der Halle spuckte eine Fabrikationsstraße mit Fließbändern Pillenschachteln aus, die von Arbeiterinnen in kleine Pakete verpackt und dann in größere Kisten gestapelt wurden.

Er zählte achtzehn Frauen und sieben Männer in dem Lagerhaus, und jeder hatte seine spezielle Aufgabe. Draußen patrouillierten drei Männer und behielten die Straße im Auge. Im Bereich neben der Laderampe stapelten sich große Tonnen mit Chemikalien auf Paletten. Ein Gabelstapler manövrierte auf dem einzigen freien Platz und beförderte die Tonnen in den Mischbereich. Eine der Frauen bediente eine Maschine, die Logos auf Plastikfolien von Pillenverpackungen stempelte, und verschiedene andere Maschinen ließen die Kapseln in ihre kleinen durchsichtigen Fächer fallen und versiegelten sie. Dann liefen sie weiter über ein Fließband zu den Frauen, die sie in Schachteln mit dem aufgedruckten Logo der Pharmafirma packten. Eine weitere Frau hüllte jeweils zehn Stück der fertigen Schachteln in Zellophan und gab sie weiter an das letzte Mädchen am Fließband, das sie in große Frachtkisten steckte. Keine Frage, so, wie es aussah, war es eine höchst professionelle Operation. Colonel Pratt betrachtete die Szene, die ihm nicht neu war, mit ausdrucksloser Miene.

»Wie bist du in das Lagerhaus gekommen?«, fragte Pratt. Das Videoband beeindruckte ihn, und er bat Calvino, es noch einmal abzuspielen.

»Hinter dem Lagerhaus ist eine Reihe von Ladengebäuden. Eines stand leer. Ich habe ein Loch in die Verbindungswand gebohrt.«

»Und sie haben den Bohrer nicht gehört?«

»Es war ziemlich viel Lärm, drinnen und draußen. Das ist eine Fabrik. Von ein paar Monaten Arbeit an so einem Ort wird man taub.«

Sie sahen sich das Video noch einmal an. Die Marke der Diabetespillen rührte etwas in Calvinos Gedächtnis an. Er griff nach einem Stift und trug das letzte Wort – Diabetes – in sein Kreuzworträtsel ein. Es vermittelte ihm wenig Befriedigung, es vervollständigt zu haben. Colonel Pratt machte sich Notizen auf seinem Block, während das Video ein zweites Mal lief. Beide dachten an Jazz. Calvinos Gedanken glitten zurück zu dem Zimmer, in dem er sie gefunden hatte. Der Verdacht auf Selbstmord lag natürlich nahe. Deprimiert wegen einer Liebesbeziehung, hatte sie sich die Pulsadern geöffnet und war verblutet. Um ihren Hals lag wertloser Schmuck, und neben ihr auf dem Bett, klebrig von Blut, ein Rasiermesser, das sie selbst in einem 7/11-Laden gekauft hatte.

Nach dem zweiten Durchlauf des Videos kam Ratana wieder herein. »Ein Anruf. Es ist wichtig, glaube ich«, sagte sie zu Calvino.

Lovell war am Apparat.

»Können wir uns treffen?«, fragte er.

»Bei unserer letzten Unterhaltung meinten Sie, Sie hätten nichts zu sagen«, erwiderte Calvino. »Es hat sich nichts geändert. Ich will immer noch mein Geld haben. Verstehen Sie, was ich sage?«

Colonel Pratt sah nicht mehr auf den Bildschirm.

»Es ist eine persönliche Angelegenheit«, sagte Lovell.

»Wie persönlich?«

»Ich habe Schwierigkeiten mit meiner Firma.«

»Welche Art von Schwierigkeiten?«

Kurzes Schweigen. »Sie haben mich gefeuert.«

Calvino zog einen Strich durch Lovells Foto in der Zeitung. Er war nicht sonderlich überrascht. »Ich habe Ihr Foto in der Zeitung gesehen. Ich habe darauf die Katoey wiedererkannt, mit der Sie ins Café kamen.«

»Der Seniorpartner meiner Firma hat *mich* erkannt.«

Colonel Pratt lauschte Calvinos Seite des Gesprächs und machte sich Notizen. Ratana kehrte mit einem Teller Mangoschnitze zurück und stellte ihn vor den Colonel hin.

»Die Katoey hat Sie ziemlich schnell wieder fallen lassen.«

»Das war das einzig Gute an der Sache. Aber natürlich hat davon niemand ein Foto gemacht.« Vor Panik klang seine Stimme eine Oktave höher. Er hörte sich an wie ein verängstigter Schuljunge. Das Selbstvertrauen, mit dem er Calvino zuvor abgewimmelt hatte, hatte sich in einem Nebel von Furcht aufgelöst.

»Wer war der Freund, der Sie in das Café begleitet hat?« Eine lange Stille. »Er heißt Stiles. Er ist auch Anwalt in der Firma.«

»Er hat es geschafft, nicht aufs Bild zu kommen.«

»Das ist mir auch aufgefallen.«

Wieder folgte eine Phase des Schweigens. Calvino konnte Lovells Verzweiflung beinahe riechen. Er schien den Tränen nahe zu sein und stand kurz davor zu flehen.

Aber dann fasste er sich wieder. »Ich lasse mir das nicht gefallen. Sie wollen Ihr Geld. Ich will meine Karriere. Vielleicht können wir zu einer Übereinkunft gelangen, die uns beiden nützt.«

»Ich sehe gerade in meinen Terminkalender, dass ich Sie noch dazwischenschieben kann.«

# 17

McPhail kippte gierig den letzten Schluck Jameson, ließ das Eis im Glas klimpern und hob es hoch, um der Bar Nachschub zu signalisieren. Im selben Moment betrat Calvino die Lonesome Hawk Bar. Der alte George bewachte wie immer sein Revier von seinem Platz unter dem ausgestopften Wasserbüffelschädel aus. Von dort konnte er jeden sehen, der kam oder ging. Er kannte seine Stammgäste und grüßte sie, und er beäugte misstrauisch die Fremden, die, wenn sie frisch von der Straße kamen, keine Ahnung hatten, wer der alte Knacker unter dem Büffelschädel war und dass er ein lebendes Geschichtsbuch des 20. Jahrhunderts darstellte.

»Calvino, nichts dagegen, wenn Sie Ihr Geld hierlassen, aber wenn Sie noch mal einen Gast zusammenschlagen, schmeiß ich Sie persönlich raus. Verstanden?«

»George, passen Sie besser auf Ihre Besoffenen auf.«

»Wollen Sie mir erzählen, wie ich meine Bar zu führen habe?«

»Ich deute nur an, dass es eine Grenze gibt. Der Engländer hat sie überschritten.«

»Das weiß ich. Deshalb sag ich ja nicht viel. Aber erledigen Sie das nächstes Mal draußen.«

»Ich werde versuchen, daran zu denken, George.«

Der alte George war vierundachtzig. Er war am D-Day an einem Strand in der Normandie gelandet und hatte später in Berlin mit Schwarzmarktzigaretten ein Haus gekauft. Eines der Barmädchen war immer mit seinem Haar beschäftigt.

»Wenn Sie nicht aufpassen, verdanke ich Ihnen noch mein erstes graues Haar, junger Mann.«

Calvino liebte das Lonesome Hawk. Es war einer der wenigen Orte auf der Welt, wo man ihn noch als »junger Mann« ansprach. Aber er verstand schon, was der alte George ihm sagen wollte. Wenn man so lange gelebt hatte, durfte man auch das Sagen haben.

»Und wie geht's Ihrer Mutter?«

So war der Alte. Erst drohte er, Calvino aus der Bar zu werfen, und im nächsten Augenblick erkundigte er sich nach seiner Mutter.

»Wie immer. In ihrem Alter verändert sich nicht mehr viel.«

»Wie alt ist sie jetzt?«

»Zweiundachtzig.«

Der alte George zog die Augenbrauen hoch, und sein Doppelkinn entwickelte zwei neue Falten. »Also noch ein richtiges Kind.«

»Calvino, Sie haben ein Problem«, sagte McPhail. Er spielte nervös mit der Zellophanhülle seiner Zigaretten und blinzelte jedes Mal, wenn er wieder ein fingernagelgroßes Teil abzupfte. Er war wie eine Katze, die ein kleines Tier zerlegt, mit dem Unterschied, dass er gar nicht merkte, was er tat.

Calvino glitt in seine gewohnte Nische. Eine Serviererin, die schon Großmutter war, aber im gedämpften Licht als Enddreißigerin durchgehen konnte, stolperte halb angetrunken durch die Bar. Sie stellte einen Mekong mit Coke vor Calvino hin.

»Lassen Sie mich das erst austrinken«, meinte Calvino. »Und du da, geh nicht weg.«

McPhail sah zu, wie der Mekong mit Coke in Calvinos Kehle verschwand, bevor er der Serviererin das leere Glas hinhielt.

»Noch einen?«, fragte sie.

Er nickte. »Und auch einen für dich.«

Das Letzte, was sie brauchte, war ein Drink von einem Gast.

»Oy ist schon betrunken«, sagte McPhail. »Ich habe ihr drei Mekongs spendiert. Für eine Großmutter kann sie ganz schön was vertragen.« Er nieste, und der Stapel geschredderten Zellophans verteilte sich.

Die Serviererin kicherte und reichte McPhail ein Taschentuch. Er schnäuzte sich. »Ich muss Ihnen etwas von den Fabelhaften Vier erzählen. Nichts Gutes.«

»Ich komme nicht her, um mir etwas über Probleme anzuhören. Ich komme her, um Probleme hinter mir zu lassen. Verstehen Sie, McPhail?«

McPhail bekam ein frisches Glas Jameson. Er klatschte der Großmutter auf den Hintern, legte ihr den Arm um die Hüfte und zog sie spielerisch an sich. Irgendeine schnelle Bewegung musste seinen Jagdinstinkt geweckt haben. Sie entschlüpfte ihm, und er gab sich keine große Mühe, sie festzuhalten. Dann zündete er sich eine Zigarette an. »Wollen Sie hören, was das Problem ist, oder lieber so tun, als wäre mit Ihren ausländischen Ehegattinnen alles in Butter?«

»Ich habe Janet Herrons Mann festgenagelt. Er hielt Händchen mit einer chirurgisch Umgemodelten. Ich hab ihn in aller Öffentlichkeit erwischt. Er ist geliefert. Es gibt keine Ausreden mehr. Sie sollten mich lieben«, sagte Calvino.

»Ich weiß, ich weiß. Aber so läuft das nicht.«

»Was soll das heißen?«

McPhail seufzte. »Betrachten Sie es mal von deren Standpunkt aus. Nicht von Ihrem.«

Calvino zuckte die Achseln. »Okay, schon verstanden. Sie wollen nicht wahrhaben, dass ihnen dasselbe passieren könnte wie Janet. Dass ihre Männer sie betrügen. Das ist normal. Liegt in der menschlichen Natur.«

McPhail stieß kopfschüttelnd eine Lunge voll Rauch aus. »Es ist komplizierter, Mann. Die wären glücklich wie eine einbeinige Tänzerin auf einer Versammlung von Rollstuhlfahrern, wenn Janets Mann sich mit einem jungen hübschen Mädchen eingelassen hätte. Ich wiederhole: Mädchen. Sie haben ihn aber mit einer Katoey erwischt.«

Es gibt Geschichten, die jeder gleich als Geschichten erkennt. Man hört sie, lacht darüber und zieht weiter. Und dann gibt es Geschichten, die einen hineinziehen, die einem das *Gefühl* geben, im Mittelpunkt des Geschehens zu stehen. Wie man sich auch dreht und wendet, man steckt mittendrin. Es ist gar keine Geschichte. Es ist real. Das war den Frauen des Kochclubs »Die Fabelhaften Vier« zugestoßen. Howard Herrons Geschichte brummte in ihren Köpfen herum wie eine Schmeißfliege in einer leeren Milchflasche.

In Gedanken hatte Calvino bereits das komplette Honorar der drei Frauen kassiert und das Geld der Mamasan überreicht, um den Mietvertrag des *One Hand Clapping* zu übernehmen. Das Geschäft war gelaufen, oder? Von wegen, bloß in seinem Hirn. Ein weiterer Mekong kam wortlos an und ersetzte sein leeres Glas.

»Was sagen sie?«, fragte Calvino.

»Sie müssen noch einmal mit ihnen reden.«

»Wollen sie aussteigen?«

McPhail hob eine Augenbraue und zuckte die Achseln. »Frauen wollen die Wahrheit wissen und gleichzeitig auch nicht. Es ist ein ewiges Kuddelmuddel. Aber so funktionieren sie nun mal.«

Nichts in diesem Geschäft funktionierte jemals geradlinig oder einfach. Seit Danielsons Tod – oder Ermordung – stand Calvino im Regen. Er hatte seine Arbeit getan und war nicht bezahlt worden. Die ausländischen Ehefrauen waren ein Hoffnungsschimmer, dass sich die Lage noch retten ließ. Eine Hand wäscht die andere, nur leider lief es im Moment nicht so.

Als Privatdetektiv hatte Calvino genau das getan, womit man ihn beauftragt hatte. Er hatte alle schmutzigen Details des Falls von Arzneimittelpiraterie zusammengetragen. Er besaß Fotos von Howard, der die Finger nicht von seiner Katoey lassen konnte. Aber leider waren Wahrheit und Beweise immer nur ein kleiner Teil der Gleichung, wenn es ans Bezahlen ging.

Es war ihm gar nicht in den Sinn gekommen, dass Janet so ein Aufhebens um das ursprüngliche Geschlecht der Umgemodelten auf dem Foto machen könnte. Vielleicht tat sie das ja auch gar nicht. Möglicherweise hatten einfach die anderen Frauen Angst, herauszufinden, dass ihre Ehegatten irgendwelche perversen dunklen Geheimnisse hatten, die weit über die Grenzen normaler Untreue hinausgingen.

»Wann soll ich sie treffen?«, fragte Calvino.

»Morgen Nachmittag um drei. Ich habe das mit Chef Elmo geregelt. Wir können uns in seiner Küche treffen. Oh, eins noch. Er bittet darum, dass Sie mit dem Italienisch langsam treten. Er meint, er sei ein bisschen eingerostet und möchte vor den Frauen nicht schlecht dastehen.«

»Er ist ein italienischer Prinz«, sagte Calvino. »Berichten Sie ihm, ich hätte das gesagt. Auf Englisch natürlich.«

»Er tut Ihnen einen Gefallen, mein Freund. Wenn man's richtig betrachtet, tue ich Ihnen auch einen.«

»Janet geht nicht ans Telefon. Sie schuldet mir Informationen über Danielson.«

»Sie will mit niemandem reden. Sie ist am Boden zerstört, Freundchen.«

»Und das Geld, McPhail? Ich helfe ihr, und sie ist zu aufgelöst, um auch nur mit mir zu sprechen?«

»Fragen Sie sie morgen nach dem Geld«, meinte McPhail, nuckelte an seiner Zigarette und sog genüsslich den Rauch ein.

»Ich kann ihr nur raten zu kommen«, sagte Calvino, die Hände zu Fäusten geballt.

»Was soll ich denn machen? Ihr eine kleben? ›He, du Schlampe, bezahl meinen Freund, oder für die nächste Pasta brauchst du einen neuen Satz Zähne.‹«

»Holen Sie sie mir ans Telefon. Ihren Anruf wird sie annehmen. Und dann geben Sie mir den Apparat.«

McPhail hustete eine Rauchwolke aus, und sein Gesicht lief flammend rot an. »Mann, dafür wird sie mich hassen.«

»Betrachten Sie das als positives Ergebnis, McPhail.«

Paranoia war der beste Freund des Freiberuflers – ob Privatdetektiv, Arzt, Anwalt oder Buchhalter. Hatte man erst einmal die Saat der Furcht und des Zweifels gesät, blühte und gedieh sie. Der Klient konnte, gefangen in einem Kokon aus Entsetzen und Verwirrung, nur hilflos zusehen, wie das kleine Samenkorn wuchs und wuchs. Im Handumdrehen geriet alles außer Kontrolle. Zu viel Aufregung machte die Leute nervös, irrational und panisch. Wurde die Paranoia zu groß, versteckten sie sich hinter Waffen, Drogen oder gedungenen Killern. Es war ein Drahtseilakt, in das Leben einer verängstigten, gefühlsbeladenen Person einzugreifen und ihr einen Plan zu präsentieren, wie sie das Unkraut jäten konnte, bevor es ihr Leben vollends überwucherte. Calvino war sich bewusst, dass er vielleicht zu spät kam.

McPhail hielt sein Handy ans Ohr, flüsterte etwas hinein und stand auf, während er es Calvino reichte.

»Janet, können Sie Ihrem Mann für mich eine Frage stellen? Tun Sie das für mich?«

Es entstand eine lange Pause. »Was für eine Frage?«

»Bitten Sie ihn, Ihnen die Namen von Andrew Danielsons Bekannten zu nennen, die in irgendeiner Form mit der Arzneimittelbranche zu tun haben«, sagte Calvino.

»Ich weiß nicht, was Sie sich denken, Mr Calvino, aber mein Mann hat nicht die geringste Ahnung von Drogen.«

»Ich spreche von Medikamenten, nicht Opium. Penizillin und Aspirin. Alle großen Hersteller verkaufen ihre Produkte hier. Danielson war unter der Hand jemandem behilflich. Es muss sich um einen Freund gehandelt haben. Finden Sie heraus, ob er jemanden kennt, auf den das zutrifft. Sie können mir helfen, Janet. Ich habe mir für Sie ein Bein ausgerissen. Das bedeutet, Sie sind mir etwas schuldig.«

»Erzählen Sie mir nicht, was ich Ihnen schuldig bin, Sie Mistkerl.«

»Wenn ich ein Mistkerl wäre, hätte ich mich an Howard gewandt und gesagt, geben Sie mir eine Liste von Danielsons Freunden, dann lösche ich die Fotos von Ihnen und Ihrer Freundin. Und erzähle Ihrer Frau, dass Sie ein braver Junge waren.«

Er gab McPhail das Telefon zurück. Der schlüpfte kopfschüttelnd aus der Nische und ging zur Tür hinaus. Calvino sah auf die Uhr. Er hatte noch eine Stunde bis zu seiner Verabredung mit Lovell.

Calvino legte den Kopf zurück und schloss die Augen. Als er sie wieder aufschlug, saß ihm der alte George gegenüber, an McPhails ehemaligem Platz. »Sie klingen wie eine jüdische Mutter. Wenn ich alles zusammenrechne, haben Sie mich schon eine Menge Umsatz gekostet.«

Calvino riss die Augen weit auf und starrte den alten George hart an. »Haben Sie nichts Besseres zu tun, als private Telefonate zu belauschen?«

»Belauschen? Ha. Sie haben ja gebrüllt. Ich hätte mir die Ohren zustopfen müssen, um nichts zu hören.«

»Dann klinge ich eben wie meine Mutter. Worauf wollen Sie hinaus?«

»Wie ist sie da oben beieinander?«, fragte der alte George und tippte sich mit dem Zeigefinger an den Kopf.

»Wollen Sie damit andeuten, dass sie nicht mehr richtig tickt?«, erhitzte sich Calvino.

Der alte George winkte ab. »Kriegen Sie nicht gleich alles in die falsche Kehle. Ich frage nur, ob sie geistig noch voll da ist. Vor einer Woche haben Sie gesagt, es gäbe ein paar Probleme. Wollten Sie sich nicht deshalb für irgendeinen Job bei der UN bewerben?«

Das letzte Mal, als Calvino seine Mutter im Altersheim besucht hatte, saß sie im Morgenmantel auf der Stuhlkante und wiegte sich vor und zurück. Sie beugte sich verschwörerisch vor und sah sich vorsichtig um, bevor sie ihm zuflüsterte: »Siehst du den Mann da drüben?« Calvino bemerkte einen grauen Mann mit einem Kranz weißer Haare und wässrigen Augen in einer entfernten Ecke.

»Er heißt Glenn. Er ist schuld, dass hier alles kaputtgeht.«

Calvino konnte sich nicht vorstellen, dass der harmlose alte Mann für etwas Schlimmeres verantwortlich war, als sich daran zu erinnern, rechtzeitig zur Toilette zu gehen.

»Er isst alles auf, Stück für Stück. Er glaubt, niemand merkt, was er tut. Aber ich hab ihn erwischt. Er hält sich für unglaublich gerissen. Aber ich sehe, dass er die Dinge aufisst.«

»Was aufisst?«

»Die Möbel.«

Ein paar Monate später hatte Calvino eine E-Mail von einem der Ärzte seiner Mutter erhalten, die ihm bestätigte, dass der Mann im gestreiften Schlafanzug, aus dessen Ohren und Nase spinnwebartig wilde Haare wuchsen, dabei ertappt worden war, wie er heimlich die Schrauben aus den Möbeln drehte. Ein Wärter hatte beobachtet, wie er sie verschluckte. Er aß sie. Unzerkaut, im Ganzen, wie Pfefferminzpastillen. Als die Ärzte Glenn operierten, klirrten mehr als zehn Pfund Schrauben in seinem Wanst herum. Er wäre nie durch den Metalldetektor am Flughafen gekommen. Und im Sonnenzimmer, wo die Bewohner des Altenheims (sie nannten sie nie Patienten) Karten spielten, fernsahen oder lasen, waren plötzlich die Möbel auseinandergefallen. Eine dicke Dame von achtundsiebzig Jahren krachte mit ihrem schraubenlosen Stuhl zusammen und brach sich die Hüfte. Mehrere andere Patienten hatten weniger ernste Unfälle, als sie sich auf trügerisch stabile Stühle setzten oder auf Tische stützten. Der Fernsehtisch war plötzlich zusammengebrochen, sodass der Apparat auf dem Fußboden zerschellte. Kammerjäger hatten das gesamte Seniorenheim abgesucht und kein Insekt entdeckt, das in der Lage gewesen wäre, die Möbel aufzufuttern. Nur Calvinos Mutter hatte den Grund erkannt, warum die Schwerkräfte ihre zerstörerische Wirkung entfalteten.

Calvinos Respekt vor seiner Mutter wuchs. Im ersten Moment hatte er gedacht, sie hätte den Verstand verloren. Aber im Gegenteil, sie war die Erste gewesen, die entdeckte, warum das Altersheim plötzlich zu einem gefährlichen Minenfeld wurde. Keiner hatte ihr glauben wollen. Sie taten sie als alte Schrulle ab, bei der eine Schraube locker war. Aber im Kopf seiner Mutter klapperten keine losen Schrauben herum. Wenn da welche gewesen wären, hätte Glenn sie aufgegessen.

Der alte George schmatzte anerkennend mit den Lippen. »Sie ist clever.«

Calvino lächelte. Das war eine gute Beschreibung seiner Mutter.

»Ich hatte einen Freund in Guam; seine Mutter war im Altersheim. Eines Tages besuchte er sie, und sie erstarrte, wurde blass und ganz still. Er glaubte, sie hätte einen Schlaganfall. Sie deutete auf eine Eidechse an er Wand. ›Siehst du das?‹ Er blickte in die Richtung, in die sie zeigte. Die Eidechse hatte scharfe schwarze Augen, und ihre Zunge zuckte in der Luft. Und wissen Sie, was seine Mutter sagte? ›Alligatoren. Sie sind überall. Ich kann nicht mehr schlafen. Ich sehe sie über die Wände krabbeln. Kannst du nicht herausfinden, wie man die Alligatoren loswird?‹ Und er sagte, er würde sein Bestes tun. Das meinte ich mit ›nicht alle Tassen im Schrank‹. Wenn man anfängt, Dinge zu sehen und die Realität mit imaginären Welten durcheinanderzubringen, dann ist es aus.«

Calvino stopfte einen Fünfhundert-Baht-Schein in die Quittungstasse.

»Meine Mutter war eine Heilige«, sagte der alte George.

»Das ist gut«, erwiderte Calvino.

»Nur wenn man gläubig ist.«

# 18

Lovell trug seinen besten Geschäftsanzug, als er zu dem Treffen in Calvinos Büro erschien. Ein paar der Mädchen vor dem *One Hand Clapping* waren beeindruckt genug, um sich von ihren Hockern zu bewegen, ihn zu umringen und zu versuchen, ihn mit sich zu ziehen. Störrisch wie ein Maulesel leistete er Widerstand. Der Parkplatz des Nana-Hotels war eine gute Grundausbildung gewesen. Jetzt war er ein Veteran. Eine der Yings drängte ihm einen Fünfzehn-Prozent-Rabattcoupon auf, falls er nach seiner Verabredung mit Calvino Zeit hätte. Er stopfte ihn in die Außentasche seines Anzugs, ohne einen Blick darauf zu werfen, und stieg die Treppe hinauf. Sie riefen ihm nach: »Vergiss uns nicht! Wir warten.«

Vor der Bürotür richtete Lovell seine Krawatte, schloss den Knopf seines Jacketts wieder und trat ein. Ratana hob den Blick von ihrer Tastatur. Es kam selten vor, dass einer von Calvinos Klienten einen zweiten Blick wert war. Ihre Lippen teilten sich zu einem mädchenhaften Lächeln, einem dieser unwillkürlichen Lächeln, die ein paar Sekunden zu lang dauern.

»Kann ich Ihnen helfen?«

Er reichte Ratana seine Visitenkarte. »Ich habe einen Termin.«

Sie wollte sagen, dass sie ihn erwartet hatte. Aber sie hatte nicht erwartet, dass er so jung, intelligent und gut aussehend war. Das Foto in der *Thai Rath* wurde ihm nicht gerecht; in Fleisch und Blut war er viel attraktiver. Das Bild hatte einen Ausdruck des Erstaunens eingefangen, der ihm nicht stand. Große Rehaugen im Scheinwerferlicht. In den Klauen einer Katoey hatte der selbstbewusste Mann, der da vor ihrem Schreibtisch stand, verunsichert gewirkt. Ausgefranst an den Rändern, zusammengestaucht, verletzlich und fehl am Platz. Sie stand auf und umrundete die Trennwand, um Calvino zu sagen, dass der Klient eingetroffen sei. Er riecht sogar gut, dachte sie, als sie an ihm vorbeiging.

Calvino spielte gerade mit Google Earth herum, tippte Koordinaten ein, und von einem Satelliten weit über der Oberfläche des Planeten aus nahm er das Stundenhotel ins Visier, wo Howard Herron mit seiner Katoey abgestiegen war. Er änderte die Koordinaten in die seines Büros, dann des Seniorenheims seiner Mutter und des Lagerhauses, wo die gefälschten Medikamente hergestellt wurden. Die Erde war übersät mit Orten der Mühe, des Eingesperrtseins und der Kriminalität.

Er lud das Bild in einen Ordner namens Howard_H herunter. Seine Frau Janet Herron war der einzige Mensch, der (abgesehen von Ratana) Zugang dazu hatte. Und Janet Herron hatte keine Zeit verloren, die Digitalfotos von ihrem Mann und der Katoey abzurufen. Als Howard an diesem Tag aufstand und den Computer einschaltete, um seine E-Mails nachzusehen, stellte er fest, dass Janet eine Montage der Fotos als Bildschirmschoner installiert hatte. Sie konnte sein schmerzliches Aufstöhnen bis in die Küche hören. Calvino stellte sich den Moment gerade genüsslich vor und bekam daher kaum mit, wie Lovell das Büro betrat.

»Sie können mir helfen«, sagte Lovell.

Er setzte sich und öffnete seinen Aktenkoffer, holte ein halbes Dutzend Ordner hervor. Lovell wirkte wie ein frischgebackener Studienabsolvent beim ersten Vorstellungsgespräch. Die Hand im Aktenkoffer angelte nach dem großen Fisch, der Trophäe, mit der er angeben konnte.

Calvino wandte den Blick vom Bildschirm ab und sah Lovell zu, der weiter herumkramte, aber anscheinend nicht fündig wurde. Längere Zeit schwieg er, überließ den Jungen sich selbst.

Lovell schien den Faden verloren zu haben und nicht zu wissen, wie er ihn wieder aufnehmen sollte. Wenn er immer so war, dann war das gewöhnungsbedürftig. Calvino ließ das Schweigen sich ausbreiten, bis er das Gefühl hatte, dass Lovell jetzt lange genug verstummt war.

»Sie meinten, ich könne Ihnen helfen?« Calvino wartete, bis Lovells Gesicht sich aus dem Aktenkoffer hob. Nachdem er Blickkontakt hergestellt hatte, fuhr er fort. »Wenn ich mich recht entsinne, sagte ich dasselbe zu Ihnen. Und wie lautete Ihre Antwort?«, fragte er.

Lovell wusste sehr genau, was er am Telefon gesagt hatte. »Dass ich Ihnen nicht helfen könne. Und das stimmte zu dem Zeitpunkt ja auch. Aber jetzt können wir uns gegenseitig unterstützen. Und ich kann Ihnen zu Ihrem Honorar verhelfen.«

Irgendwie hat der Knabe recht, dachte Calvino. Die Wahrheit blieb nie lange wahr; sie bewegte sich im Zickzackkurs voran, die Wände hoch und die Decke entlang, sie krabbelte so lange herum, bis man den Ausgangspunkt gar nicht mehr feststellen konnte.

»Und Ihre Kanzlei?«

Lovell schüttelte den Kopf. »Wie gesagt, ich bin gefeuert.«

»Sie haben Ihren Job verloren. Und jetzt wollen Sie Rache. Ihnen die Hölle heißmachen.« Anwaltsfirmen stellten gewöhnlich keine Zirkusclowns ein (und schon gar keine Jongleure oder Trapezartisten), keine Bohemiens, Freidenker, Dichter und andere, die sie in peinliche Situationen brachten, sich blamierten und als Deppen dastanden. Niemand hätte Vertrauen in eine Kanzlei, die solche Freaks beschäftigte, außer andere Freaks, und die Sorte hatte nie Geld.

Calvino fischte die *Thai-Rath*-Zeitung unter einem Haufen Krempel auf seinem Schreibtisch hervor und warf sie Lovell hin. »So etwas ist schlecht fürs Geschäft.«

»Das hat auch mein Chef gesagt. Aber es war nicht meine Schuld.«

Calvino verdrehte die Augen und lehnte sich zurück. »Und wessen Schuld genau war es?«

»Wenn wir zusammenarbeiten wollen, sollten Sie nicht so feindselig sein, finde ich.«

Calvino sah, wie der junge Anwalt ihn intensiv musterte. »Was starren Sie so?«

»Ihre Krawatte. Sie ist falsch gebunden.«

Bevor Calvino etwas erwidern konnte, langte Lovell über den Tisch, knotete ihm die Krawatte auf und schlang im Handumdrehen einen perfekten Windsorknoten. »So ist es besser, Herr Detektiv.«

Calvino begann sich zu fragen, ob Lovell vielleicht nicht alle Tassen im Schrank hatte. Ein Fremder griff normalerweise nicht über den Schreibtisch eines anderen Mannes und richtete ihm die Krawatte. Und noch niemand hatte ihn »Herr Detektiv« genannt, seit er in dieser Branche war.

»Nennen Sie mich nicht Herr Detektiv.«

»Tut mir leid, Mr Calvino.«

»Sie können mich Vinny nennen.«

Lovell wand sich, ließ die Schultern kreisen, und man sah, dass es in ihm arbeitete. »Ich fühle mich wohler mit Mr Calvino.«

Calvino nickte. »Gut, sagen Sie Herr Detektiv zu mir. Was ist Ihr Problem, abgesehen von der Arbeitslosigkeit?«

»Wo soll ich anfangen?«

»Warum nicht mit dem Fall, für den Danielson mich engagiert hat?«

Lovell schluckte mühsam. »Gut. Andrew war damit einem Freund behilflich.«

Calvino seufzte, und ein breites Lächeln glitt über sein Gesicht. Er hatte sich schon lange nicht mehr so gut gefühlt. »Erzählen Sie mir von diesem Freund, John.«

Wie sich herausstellte, war Danielsons Freund ein amerikanischer Klient namens Noah Gould. Gould leitete einen unabhängigen Medikamentengroßhandel mit dem Namen Avenant Pharma, der die Produkte der großen Firmen vertrieb: Pfizer, Upjohn, Roche. Noah lebte schon seit einer Reihe von Jahren in Bangkok. Er und Danielson hatten sich bei einer Sitzung der Handelskammer kennen- und schätzen gelernt. Auch ihre Frauen verstanden sich sehr gut. Ruth Gould, die in Chef Elmos Kochkurs den breitkrempigen, pinkfarbenen Hut getragen hatte, und Millie Danielson, frisch verwitwet, die Calvino dort nicht angetroffen hatte.

»Ich vermute, Noah bat Andrew um einen Gefallen«, sagte Lovell.

»Warum sollte es ein Gefallen sein? Es ging ums Geschäft. Er wurde betrogen. Ihre Kanzlei befasst sich mit Patentschutz. Was soll das mit einem Gefallen zu tun haben?«

Danielson war ihm nicht vorgekommen wie einer, der sich auf irgendwelche halbseidenen Geschichten einließ. Er war geradlinig, direkt und ließ keine falschen Erwartungen aufkommen.

»Die zuständige Abteilung ließ Gould auflaufen. Sie versprachen, etwas gegen die Medikamentenpiraterie zu unternehmen. Aber nichts geschah. Also ging er zu Danielson und erzählte ihm von seinem Problem.«

Jetzt ergibt es langsam einen Sinn, dachte Calvino. Es hakte irgendwo innerhalb der Kanzlei, und Danielson musste sich außerhalb der normalen Befehlskette begeben. »Wer ließ ihn auflaufen?«

»Stiles, zum Beispiel.«

»Der Anwalt, mit dem Sie gestern Nacht unterwegs waren?«

Lovell verzog das Gesicht. »Ja. Nicht gerade klug, ich weiß. Und dann ist da noch der Seniorpartner, Cameron. Stiles steht dem Oberguru sehr nahe.«

»Warum ging Danielson nicht zu Cameron und machte ihn darauf aufmerksam, dass ein wichtiger Klient nicht die verdiente Aufmerksamkeit erhielt?«

»Wissen Sie, wie es in so einer Kanzlei zugeht?«

»Ich war mal Anwalt in New York. In einem früheren Leben.«

Lovell wirkte verwirrt. Dass ein als Ein-Mann-Firma arbeitender Privatdetektiv einmal Anwalt in New York gewesen war, machte ihn misstrauisch. Calvino sah, wie er sich in sich selbst zurückzog. »Warum hat Danielson Cameron nicht Feuer unter dem Hintern gemacht?«

Lovell schüttelte den Kopf. Seine Augen verengten sich, seine Schultern zogen sich leicht zusammen, als duckte er sich zum Sprung. »Sie kennen Cameron nicht. Ich habe das schon früher erlebt. Es gab wasserdichte Fälle, die Cameron abwürgte.«

»Schön, aber was genau an Goulds Fall bewegte Danielson dazu, mich ins Spiel zu bringen?«, fragte Calvino.

Der junge Anwalt ächzte. »Ich weiß es nicht.«

»Was, glauben Sie, hat sich abgespielt?«

»Er wusste, dass Stiles Noah auf Camerons Wunsch hin abblockte. Andrew traf eine private Abmachung. Um einem Freund zu helfen.

Noahs Geschäft ging immer schlechter. Seine Firma steckte in großen Schwierigkeiten. Die Arzneimittelhersteller drohten damit, aus den Verträgen mit ihm auszusteigen. Das wäre meine Vermutung.«

»Sie haben meine Frage nicht beantwortet. Warum sollte Cameron Danielson behindern wollen?«

»Weil dieser Fall von Arzneimittelfälschung Khun Weerawats Ruf und Geschäfte schädigen könnte. Er ist ein wichtiger Mann. Die Firma vertritt ihn. Sein Onkel ist sogar Ehrenvorstand.«

Calvino notierte sich den Namen. »Inwiefern sollte es diesem Weerawat schaden, wenn Danielson die Leute festnagelte, die Noah Goulds Firma ruinierten?«

Lovell hatte sich über Weerawats geschäftlichen Hintergrund informiert. Er hatte alle möglichen finanziellen Interessen, in Restaurants, Privatschulen, Franchiseunternehmen und Immobilien. Seine verschiedenen Firmen zahlten Camerons Anwaltskanzlei große Vorschüsse und noch größere Honorare. Lovell vermutete, dass nicht alle seiner Unternehmen innerhalb des Gesetzes operierten. Vom ersten Arbeitstag an hatte er Gerüchte über diese dunkle Seite von Weerawats Imperium vernommen, aber nie etwas Konkretes erfahren. Weerawat war in allzu kurzer Zeit zu Reichtum und Einfluss gelangt. Im Klartext bedeutete das, dass er vermutlich zu den Unantastbaren gehörte, jenen Geschäftsleuten, die über dem Gesetz standen. In diesem Fall ergab es Sinn, wenn Danielson sich außerhalb der normalen Kanäle bewegte.

»Wer wusste davon, dass Danielson in diesem Fall den edlen Ritter spielte?« Lovell lief es kalt den Rücken hinunter, während er sich vor seinem geistigen Auge selbst so enden sah wie Calvino, in einem kleinen Büro über einem Massagesalon, ein Exanwalt, der sich mit schäbigen Ermittlungen über Wasser hielt.

»Wer wusste davon, dass Danielson Noah Goulds Fall an sich gezogen hatte?«, wiederholte Calvino. »Seine Sekretärin, vielleicht ein Anwaltsgehilfe, ein Rechercheur, jemand in der Bibliothek?«

»Er war ziemlich vorsichtig. Ich stand ihm am nächsten. Und ich wusste nichts.«

»Aber Sie sind kein Thai.«

»Ich bin da auf eine Firma gestoßen, die in der New Road registriert ist. Ich dachte, das könnte Sie interessieren.«

Calvino erstarrte. Sein Videoband von der Fälscherfirma war genau dort entstanden, nicht mehr als zweihundert Meter entfernt vom Kai des Chao-Phraya-Flusses. Lovell legte einige Papiere auf Calvinos Schreibtisch. Eines davon zeigte eine detaillierte Karte der Soi, und eines der Lagerhäuser war eingekreist. »Haben Sie da das Video gedreht?«

Calvino nickte und blickte hoch von der Karte. Diesen Teil Bangkoks fand man nicht in Reiseführern. In der Gegend gab es keine Hotels, Läden oder Restaurants; nur trostlose und düstere Reihen von Geschäftshäusern, die sich am Flussufer entlangzogen. »Wie haben Sie die Verbindung hergestellt?«

»Danielson bat mich, über diese Firma zu recherchieren. Ich bekam die Liste aller Aktionäre und Direktoren vom Handelsministerium. Dann suchte ich die eingetragene Adresse heraus. Es ist die auf dieser Karte«, sagte Lovell und legte den Finger auf die Stelle. Viele Informationen, die Lovell zusammengetragen hatte, stammten aus öffentlich zugänglichen Quellen, aber man musste schon wissen, wo man zu suchen hatte, und die Dokumente in thailändischer Sprache entziffern können. »Ich verwendete das Computersystem der Firma, um die Liste der Direktoren und Aktionäre zu überprüfen und mit jeder eingetragenen Gesellschaft zu vergleichen, von der wir wussten, dass sie von Weerawat kontrolliert wird. Ich fertigte ein Diagramm an, das die Überschneidungen von Gesellschaftern und Bevollmächtigten darstellte. Sie tauchen gleichzeitig in zahlreichen verschiedenen Firmen auf. Einige dieser Namen von ›Aktionären‹ und ›Direktoren‹ wurden auch für die Firma benutzt, die in dem Lagerhaus registriert ist. Es handelt sich um Dienstmädchen, Fahrer, Gärtner und Hilfsarbeiter, die alle auf Weerawats Lohnliste stehen. Strohmänner.«

»Was hat Danielson Ihnen von dieser Gesellschaft erzählt?«

»Er sagte nur, überprüfen Sie sie. Wir sprachen nicht über die Hintergründe. Oder warum er wollte, dass ich die Suche durchführte. So war er. Mir war es recht. Ich mochte die Arbeit. Aber ich musste wissen, wie ich die Arbeitszeit abrechnen sollte. Er verbuchte sie auf eine von Weerawats Firmen.«

»Fanden Sie das nicht eigenartig?«, fragte Calvino.

»Danielson meinte, es ginge um eine Umorganisierung von Gesellschaften, und wir müssten gerade bei einigen von Weerawats Firmen mit gebührender Sorgfalt herangehen. Einige davon haben große Verträge mit staatlichen Behörden. Immobiliengeschäfte, Wohn- und Straßenbau, und ein großes Projekt beim neuen Flughafen. Es war nicht meine Aufgabe, meinen Chef ins Kreuzverhör zu nehmen.« Seine Stimme wurde unsicher; er rutschte auf dem Stuhl hin und her.

»Was sagte er, als Sie ihm all das hier zeigten?« Calvino wies auf den Stapel von Dokumenten.

»Er wurde bleich wie der Tod. Als wäre ihm das Herz stehen geblieben.«

»Ein Anwalt, der die Geschäftsstrukturen seines Klienten nicht kennt?«

Lovell zuckte die Achseln. »Ich sage nur, wie er reagiert hat. Interpretieren Sie es, wie Sie wollen.«

Ohne irgendwelche Notizen zu konsultieren, führte Lovell Calvino durch ein kompliziertes Geflecht aus Aktionären und Direktoren. Er wusste den Namen, die Adresse, den Beruf und das Alter jedes Einzelnen und auch, wie lange sie in ihrem jeweiligen Amt schon für die Gesellschaft tätig waren. Sogar familiäre Beziehungen, basierend auf den Nachnamen der Handlungsberechtigten, konnte er aus dem Stegreif aufzählen.

Calvino blieb der Mund offen stehen. »Wie machen Sie das?«

»So funktioniert mein Gedächtnis eben.«

»Sie haben eines dieser fotografischen Gedächtnisse?«

»Ich vergesse nie etwas«, sagte Lovell und befürchtete, Calvinos Kiefer würde sich gleich aushängen. »Ich speichere die Dinge im Kopf ab, vergleiche, analysiere und seziere sie wie im Biologieunterricht, wenn man eine Ratte aufschneiden und alle Organe und Muskeln benennen muss. Ich hatte damit nie ein Problem. Ich kann es im Schlaf.«

Er fing an, eine Ratte zu skizzieren. »Sehen Sie, das ist die oberste Muskelschicht.«

»Äh, sicher«, meinte Calvino. »Malen Sie mir keine Ratte. Zeichnen Sie mir lieber ein Bild davon, was Ihre Kanzlei für Weerawat tut.« Es war ziemlich beängstigend, einem echten Genie gegenüberzusitzen. Wenn man Lovells Talent so beschreiben konnte.

Lovell schlug einen Ordner auf, nahm eine Tabelle heraus und reichte sie Calvino. »Das ist eine Liste der offenen Fälle, die mit Weerawats geistigem Eigentum und seiner unternehmerischen Tätigkeit zu tun haben. Wir repräsentieren ihn außerdem in ein paar Rechtsangelegenheiten gegen chinesische Firmen.«

Er hatte vorübergehend vergessen, dass er nicht mehr Teil des »Wir« war. Lovell begann, Calvino zu vertrauen. Er blickte auf die Tabelle. »Ich habe mich immer gefragt, wo jemand wie Weerawat sich wohl die ganze Zeit herumtreibt. Deshalb habe ich eine Art Lokalisierungsspiel geschrieben.«

»Was meinen Sie damit?«, fragte Calvino verständnislos.

»Ich nenne es ›Schlupfwinkel‹. Es ist ein kleines Programm, das es mir ermöglicht, Weerawats Aufenthaltsort mit einer Wahrscheinlichkeit von plus/minus fünf Prozent zu bestimmen. Es funktioniert.«

»Wusste Danielson davon? Oder Cameron?«

Lovell grinste lausbübisch. »Nein, das war mein privates Spielchen.«

Calvino verstummte und fragte sich, aus welchen ineinandergreifenden Räderwerken, Knöpfen, Schalthebeln und Schaltkreisen sich Lovells Verstand wohl zusammensetzte. »Schlupfwinkel« klang gut, jeder brauchte einen, wo er sich vor der Welt verstecken konnte, um seine Wunden zu lecken und für einen weiteren harten Tag Kraft zu tanken.

# 19

Suvit war sehr angetan von seinem Neffen Weerawat, der, seit er in Amerika promoviert hatte, mit einem schier unbegrenzten Energievorrat ausgestattet zu sein schien. Diese Energie wurde kanalisiert, um das Prestige des Familienimperiums zu fördern. Weerawat war das kultivierte, moderne, medienwirksame Aushängeschild. Der alte Mann war stolz auf seinen Neffen. Die Wände seines Büros in der Firma hingen voll von gerahmten Fotos, die Weerawat gemeinsam mit führenden Geschäftsleuten, Politikern, Filmstars und Talkshowmastern zeigten. Eine ebenfalls gerahmte Reproduktion von Galileo Chinis *Der letzte Tag des chinesischen Jahres in Bangkok* zierte einen kleinen chinesischen Schrein. Danielson hatte Weerawat als klassischen Ehrgeizling erkannt. Viele Kulturen brachten diesen Typus des Egozentrikers hervor. Selten planten sie ihr Leben von Anfang an als eine Karriere des Betrugs und der zweifelhaften Geschäfte. Aber manche gerieten in diese Bahnen und verspürten nicht die geringsten Gewissensbisse dabei.

Weerawat hatte eine behütete Kindheit gehabt – Privatschulen, Privatlehrer, Sommerferien in Kanada oder Amerika, Einladungen zu allen wichtigen gesellschaftlichen Ereignissen. Jedes Mal, wenn er die Kanzlei betrat, war es wie der Besuch eines hohen Würdenträgers. Man streute nicht direkt Rosenblätter auf seinen Weg, aber mehr als eine Sekretärin oder Angestellte steckte ihm einen Zettel mit ihrer Handynummer zu.

Weerawat brachte es fertig, immer frisch wie aus dem Ei gepellt zu wirken. Er schwebte auf dem Luftpolster seiner gesellschaftlichen und politischen Verbindungen. Er war der Dreh- und Angelpunkt geschäftlicher Kreise, ein Mann, der die Hebel der Macht mit Feingefühl und Leichtigkeit zu bedienen verstand, auf reibungslose, subtile, unmerkliche Art. Sein Urgroßvater war 1911 aus China eingewandert. Weerawat war der bisherige Endpunkt einer Entwicklung, in der die Familie versuchte, ihre Geschäfte dem neuen Zeitalter anzupassen. Er war Anfang vierzig und lebte in seinem höchsteigenen Hochsicherheitstrakt, umgeben von einer Truppe treuer Vasallen. Es wurde gemunkelt, dass er bei der nächsten Regierungsumbildung für einen Kabinettsposten vorgesehen sei. Er war ein Mann, so hieß es, der keine krummen Wege nötig hatte; er hatte in seinem ganzen Leben keine Abkürzungen gebraucht. Statt Ecken und Kanten fand er überall nur sanfte Kurven vor, durch die er mit Leichtigkeit manövrierte.

»Welche Art von Sachen erledigt Ihre Firma für ihn?«

»Hauptsächlich Immobilien und Joint Ventures.«

»Rechtsberatung bei Geschäften, an denen ausländische Partner beteiligt sind?«

Lovell nickte. »Meistens.«

Cameron gab den Ausländern das Gefühl, bei ihm gut aufgehoben zu sein. Wenn sie ihn gottgleich am Ende des Konferenztisches sitzen sahen, wussten sie, dass der Schutz ihrer Interessen bei ihm in besten Händen lag.

»Wenn Ihre patentrechtliche Abteilung einen ausländischen Klienten vertrat, mischten sich Weerawat oder sein Onkel jemals ein?«

»Nur ganz subtil.«

Ohne Abrissbirne, die Riesenlöcher in fremde Firmen schlug. Eher mit einer kleinen Brechstange, die sie klammheimlich in Einzelteile zerlegte. Calvino musste an seine Mutter denken und an den Typen namens Glenn, der Schrauben aß. Cameron hatte ein System installiert, bei dem er bestimmte Fälle an Suvit weiterleitete, der sie wiederum mit seinem Neffen besprach, worauf Weerawat entschied, welcher Fall im Sand verlaufen sollte. Eine raffinierte Methode, die es den Anwälten ermöglichte, dem Klienten ständig weiter Honorare in Rechnung zu stellen, hoffnungsvolle Berichte zu schreiben, Versprechungen zu machen und Aktionspläne vorzulegen, ohne dass irgendetwas voranging.

»Wann haben Sie Weerawat zum letzten Mal gesehen?«

Lovell seufzte. »Vor Kurzem. Bei einer Besprechung mit Cameron.«

»Das war unmittelbar vor meinem Anruf?«

»Und ich sagte, dass ich Ihnen nicht helfen könne. Das war ein Fehler.«

Lovell erinnerte sich noch gut an Camerons Worte, dass Danielsons privater Fall, soweit es die Firma anging, gar nicht existierte. Dass er Noah Gould weiter seine Rechnungen stellen und die Angelegenheit niemandem außerhalb der Firma gegenüber erwähnen solle. Dass er wissen müsse, wer seine Freunde seien und was Loyalität heiße. Am Ende der Lektion hatte Cameron seine gottgleiche Art, Gebote zu verkünden, etwas zurückgenommen, Lovell zugezwinkert und gesagt: »Sie müssen die richtige Balance in Ihrem Leben finden.«

Lovell gab Camerons Tipps wieder, wie man sich fit machte für das Spiel mit dem Gesetz. Man musste den Klienten bei Laune halten, ihn in dem Glauben lassen, dass Fortschritte erzielt wurden. Es galt, praktisch zu denken. Es gab immer für beide Seiten etwas zu gewinnen. Man musste den rechten Mittelweg finden. Beispielsweise indem man eine Razzia *inszenierte.* Ein paar Mittelsmänner zogen einen kleinen Scheinbetrieb auf. Dann alarmierte man die Polizei und filmte den ganzen Einsatz. Das Video zeigte man dem Klienten. Der Klient war glücklich, die Polizei war glücklich, die mächtigen Leute, die das Geschäft kontrollierten, waren glücklich. War das nicht äußerst befriedigend? Unglücklicherweise hatte Stiles Noah Gould nichts dergleichen geliefert, nichts, was ihn besänftigte, und in seiner Frustration bat er dann Danielson um Hilfe.

Inzwischen starrte Lovell seit einer Weile stumm das Gemälde an Calvinos Wand an.

»Weerawats Onkel, der aus unserer Firma, hat dasselbe Bild in seinem Büro hängen«, meinte er. »Aber seines hängt über einer Art von Schrein.«

Calvino konnte es nicht glauben. »Es gibt eine Menge Gemälde zu diesem Thema.«

»Aber das ist doch Galileo Chinis *Der letzte Tag des chinesischen Jahres in Bangkok?«*

Der junge Anwalt las Calvino die Antwort vom Gesicht ab. »Dachte ich mir's doch«, sagte er. »Gemalt 1912.« Er stand auf, ging zu dem Bild und zeigte auf den jugendlichen Chinesen, der mit langen Schritten an dem Drachen vorbeilief, als hätte er eine wichtige Mission zu erfüllen. »Suvit sagt, das hier wäre sein Vater.«

Als sie gemeinsam hinausgingen, sah Calvino, dass Ratana mehr als das übliche Interesse an diesem Klienten bekundete. Doch Lovell merkte nicht, wie sie sich mit Blicken nach ihm verzehrte. Ihre Augen waren verträumt, als sie sich wieder dem Bildschirm zuwandte. Lovell folgte Calvino zum *One Hand Clapping.* Etwas verwirrt zog er den Rabattcoupon aus der Jacketttasche und gab ihn einer der Yings.

»Sie sind nicht zum ersten Mal hier«, bemerkte Calvino, als er den Coupon den Besitzer wechseln sah.

»Sie hat ihn mir gegeben. Beim Hereinkommen.« Lovell deutete auf eine der Yings, die sich auf ihn gestürzt hatten.

Die Yings strömten heraus und scharten sich um Lovell. Sie wirkten, als hätte man sie aus einem Dornröschenschlaf geweckt. Ansteckender Enthusiasmus breitete sich von Ying zu Ying aus, während sie darauf warteten, dass Lovell eine von ihnen aussuchte.

»Ich will keine Massage«, sagte Lovell und hob die Hände, als würde er sich einer feindlichen Übermacht ergeben.

»Später, später. Wir sind wegen Jazz hier«, meinte Calvino. Die Erwähnung des Namens der toten Ying reichte aus, dass die Mädchen von Lovell abließen. »Ich möchte Ihnen etwas zeigen.«

Sie gingen durch die Diele und blieben vor der aufgebrochenen Tür stehen. Die Mamasan betrat, eine Zigarette im Mundwinkel hängend, die Szene. Calvinos Ansinnen, das Zimmer der toten Ying zu sehen, überraschte sie anscheinend nicht. Sie kaute auf dem Filter ihrer Zigarette herum und winkte ihnen, hineinzugehen. Der Raum war inzwischen gesäubert worden. Das Bett war abgezogen. Die Blutflecken wirkten wie die Schatten schlafender Katzen.

»Danielsons Freundin ist hier gestorben«, sagte Calvino. »Mit aufgeschnittenen Pulsadern.«

Lovell erbleichte und sah aus, als müsse er sich gleich übergeben. Er starrte das nackte Bett an. Kopfschüttelnd stellte er seinen Aktenkoffer ab. Hinter ihm drückte die Mamasan ihre Zigarette aus. Eine der Yings reichte ihr einen Plastikbecher mit Cola und Eis; sie zerknackte das Eis zwischen gelblichen Zähnen und schluckte es hinunter.

»Wir haben das Blut so gut sauber gemacht, wie geht. Niemand will Zimmer benutzen. Sie haben Angst vor Geistern«, sagte die Mamasan. Sie kratzte sich stirnrunzelnd am Arm, als hätte sie selbst das unheimliche Gefühl, eine Rasierklinge würde im Raum herumspuken.

Calvino wollte Lovells Reaktion sehen. »Danielson hatte eine Geliebte, die hier arbeitete. Sie starb in derselben Nacht wie er.«

Lovell ließ sich mit wackligen Knien auf den Stuhl beim Fenster sinken. »Das glaube ich nicht. Ich kenne seine Frau Millie.«

Calvino legte ihm die Hand auf die Schulter. »Ja, er war verheiratet. Aber nebenher hatte er eben Jazz. Als ich sie fand, trug sie lediglich eine Halskette, die Danielson ihr geschenkt hatte. Ich denke, man könnte sie daher als nackt bezeichnen. Danielson machte ihr weis, dass die Kette ein Geschenk seiner Mutter gewesen sei. Solchen sentimentalen Unsinn erzählte er den Frauen gern.«

Lovell war sichtlich erschüttert. Er spielte nervös an seiner Armbanduhr herum. Danielson hatte sie ihm geschenkt und behauptet, sie sei ein Erbstück seines Vaters gewesen.

»Sind Sie sicher?«

»Bei manchen Dingen kann man sich nie ganz sicher sein. Das sagt uns etwas über Danielson. Ich war es, der sie am Abend seines Todes fand. Sehen Sie die Tür? Ich musste sie aufbrechen.« Calvino umrundete das Fußende des Betts. Es wirkte klein und kahl, wie eine Gefängnispritsche. Der leere Raum verbreitete eine Atmosphäre der Trauer, wie eine Gruft, die man ihrer Leiche beraubt hat. Er hatte Jazz nicht gekannt; konnte sich nicht erinnern, sie je mit einer Handvoll Rabattcoupons vor der Tür gesehen zu haben. Wie viel gab es von einer Neunzehnjährigen überhaupt zu wissen? Sie hatte nicht lange genug gelebt, um sich viele Freunde oder Feinde zu machen. Genau wie ihr Name war Jazz ein improvisierter Klang gewesen, der schnell verhallte und vergessen wurde.

»Um welche Zeit haben Sie sie gefunden?«

»Gegen fünf«, erwiderte Calvino. »Warum fragen Sie?«

»Als Andrew im Waschraum auftauchte, war er durcheinander. Er sagte, er hätte eine schlimme Nachricht bekommen.«

»Vielleicht hatte ihn jemand wegen seiner Freundin angerufen.«

Lovell sah aus dem Fenster. Ein paar Taxifahrer spielten Karten an einem wackligen Klapptisch. Er konnte das Blatt eines der Spieler erkennen. Aber er wusste nicht, was sie spielten oder um welchen Einsatz. Das Gedächtnis eines Supercomputers zu haben, machte es nicht leichter, die Bruchstücke des Lebens zusammenzusetzen und die Chancen zu berechnen. »Ich bin mir nicht mehr sicher, was ich weiß und was nicht.«

Calvino gefiel es, dass der Junge auch bescheiden sein konnte. »Das ist ein guter Anfang.«

Lovell wandte sich vom Fenster ab. »Es geht um mehr als gefälschte Arzneimittel. Die haben auch Firmen, die Uhren, Airbags und Autobremsen nachbauen. Alles, womit sich eine große Gewinnspanne erzielen lässt. Ich habe es gesehen. Die Briefe, die Memos und Aktennotizen. Es ist alles hier. Nehmen Sie es.« Lovell packte wieder die Ordner aus seinem Aktenkoffer aus. Calvino sah ihm von der anderen Seite des schmalen Betts aus zu. »Aus dem Gedächtnis. Ich habe alles notiert.«

Dies war nicht mehr der Lovell, der in Calvinos Büro gesessen hatte. Er hatte geschwankt, ob er Calvino lieber die wahre oder eine geschönte Version der Vorgänge in der Anwaltskanzlei geben sollte. Am Schauplatz von Jazz' Tod zu stehen, machte ihm die Entscheidung leicht. Durch die offene Tür wehte ein Jazzriff, Tenorsaxofon und Klavier, aus Michael Lingtons »Two of a Kind«.

Die Mamasan war mit ihrem Eis und ihren Zigaretten verschwunden und hatte die thailändische Musik durch Jazz ersetzt.

Sie dachte, das würde die Farangs dazu verleiten, länger zu bleiben; vielleicht würde einer von ihnen eine der Yings in ein anderes Zimmer mitnehmen.

Calvino betrachtete den Aktenstapel auf dem Bett. Er lehnte sich an die Wand und sah zu, wie Lovells Hände wie die eines Konzertpianisten durch die Ordner klimperten und Dokumente, Tabellen und Diagramme herauszogen. Die Klimaanlage war nicht eingeschaltet. Die Temperatur stieg, und Schweißtropfen rollten von Lovells Nase. Calvino sah interessiert zu, während Lovell nach irgendeinem von seinem Gedächtnis vorgegebenen Rhythmus weiterarbeitete. Der Junge hatte hinter dem Berg gehalten, mit ihm gespielt, ihm Informationen in kleinen Dosen geliefert. Das sollte man nicht mit jemandem versuchen, der aus New York stammt.

»Was soll das?«

Das war nicht die Reaktion, die John Lovell erwartet hatte. Er setzte sich auf dem unbequemen Stuhl zurecht wie ein getadelter Schuljunge, sah auf die Armbanduhr, biss sich auf die Unterlippe. Lovell glaubte zu wissen, wie Jazz sich gefühlt hatte. Die Uhr, die von Danielsons Vater stammte, war vielleicht auch nur eine Lüge gewesen.

»Rache an Ihrer Firma?«, fuhr Calvino fort.

»Stiles und Cameron wollten mich einschüchtern. Ich habe alles im Kopf, was Weerawat betrifft. Aber sie wissen nicht genau, wie viel ich weiß. Dennoch habe ich mich von Stiles herumschubsen lassen. Darauf bin ich nicht gerade stolz«, sagte Lovell, und seine Stimme brach, ein leises Stocken tief in der Kehle, bevor eine Träne über seine Wangen rollte. »Das lasse ich nicht mit mir machen.«

Calvino zog eine Augenbraue hoch. »Den Grund kann ich nachvollziehen.«

»Ich dachte, Ihnen geht es nur ums Geld.«

»Vergessen Sie nicht, wozu Geld eigentlich dient.«

Als sie wieder nach draußen gingen, spielte das Tonband Gerald Albrights »The Night We Fell in Love«. Im Gehen empfahl Calvino der Mamasan, dieses Stück auf Endlosschleife zu schalten. Farangs liebten seine Sentimentalität, und Dauerkunden eines Massagesalons waren meistens Romantiker, die glaubten, Liebe an einem Ort wie dem *One Hand Clapping* zu finden. Die Mamasan hielt ihn am Arm zurück. »Sie übernehmen Kosten von Tür.« Es war weniger eine Bitte als ein Befehl.

Lovell ging weiter, er dachte, Calvino hätte noch etwas Geschäftliches zu regeln.

»Ich warte draußen«, meinte er.

»Bleiben Sie, wo Sie sind«, befahl Calvino.

»Sie geben mir zweitausend Baht«, sagte die Mamasan.

Ihr Blick war hart, drohend, entschlossen. »Reichen Sie einen Antrag bei Khun Ratana ein«, meinte Calvino. »Um diese Seite des Geschäfts kümmert sie sich.«

Die Mamasan ließ seinen Arm los. »Besser jetzt zahlen.«

»Holen Sie sich das Geld bei Khun Ratana.« Sie wussten beide, dass die Mamasan nicht den Nerv hatte, die Treppen hinaufzumarschieren und Ratana um das Geld zu bitten.

»Sie haben die Tür zerbrochen. Warum Sie nicht bezahlen?«

»Gute Frage. Ratana weiß die Antwort. Fragen Sie sie.«

Die Mamasan behielt das letzte Wort, nannte Calvino einen *Ai Hai,* was eine Art großer, hässlicher bengalischer Waran ist. In Thailand konnte man wegen so einer Beleidigung getötet werden. Es gab in anderen Sprachen kein Äquivalent, das so viel Hass in ein einziges Wort packte. Nicht Arschloch, Schwanzlutscher, Hirnamputierter oder Scheißkerl. Die kamen alle unter ferner liefen. Calvino lachte und wandte sich zu Lovell. »Sehen wir zu, dass wir hier rauskommen.«

»Was hat sie zu Ihnen gesagt?«

»Worte der Zuneigung.«

»Das klang nicht besonders liebevoll.«

»Es war so liebevoll, wie eine Mamasan nur sein kann. Wenn sie Geld aus einem herausquetschen will, und man zahlt nicht, wird man für sie zum Reptil.«

# 20

Der nachmittägliche Kochkurs folgte den Klängen von Verdi. Lautsprecher auf den Regalen machten die Küche zum Opernhaus. Chef Elmos Bass schmetterte eine Arie aus *Othello,* traf manche Noten, verfehlte andere. Seine Leidenschaft wog beinahe seinen Mangel an Musikalität auf. Er war kein Plácido Domingo. Aber Elmo amüsierte sich, wirbelte in seiner Kochmontur durch die Küche, schwang die Messer, kontrollierte die Töpfe und regulierte die Flammen der Gasherde. Ein kleiner Diktator mit Tonstörung. Seltsamerweise schien seine Stimme die Teilnehmerinnen des Kochkurses nicht zu irritieren. Die drei Frauen schwenkten die Hüften im Takt der Musik. Der Geruch nach frisch gemahlenem Chili übertönte einen feineren Minzeduft. Der vorgeheizte Ofen glühte innen rot und war bereit für die Kasserolle, die Chef Elmo hineinschob. Er schloss die Ofentür, warf einen prüfenden Blick auf das Inferno drinnen und wischte sich den Schweiß von der Stirn.

»Oper bedeutet ›Werken‹ auf Italienisch«, sagte der Chef. Er hatte sein Italienisch ein wenig aufpoliert, um verlorenen Boden gutzumachen. Die Frauen sagten nichts, aber es war klar, dass sie inzwischen seinen italienischen Wurzeln misstrauten.

»Das wusste ich nicht«, sagte Ruth. Sie bohrte nicht nach.

»Wie in Kunstwerk?«, fragte Janet.

»Wie in echter Arbeit.«

Chef Elmo trällerte wieder los. Dieser Punkt war an ihn gegangen. »Nein, so müssen Sie das machen«, sagte er, nahm ihr das Messer ab und demonstrierte, wie man eine Karotte schnitt. »Und warum werfen Sie das da weg?«

Ruth starrte das Kopfende der Karotte an. »Weil ich das Endstück immer wegschmeiße.«

»In einem Restaurant wirft man kein Essen weg.«

»Was wollen Sie denn damit anfangen?« Sie hielt den grünen Strunk der Karotte herausfordernd in die Höhe.

»Das kommt in die Suppe dort.«

»Natürlich«, sagte Ruth. »Wie dumm von mir.« In ihrer Stimme lag etwas Finsteres, Beunruhigendes.

»Im Schlafzimmer und in der Küche funktioniert keine Demokratie nicht«, meinte McPhail weise.

Janet durchbohrte ihn mit Blicken, hob den großen Löffel, mit dem sie in einem der Töpfe gerührt hatte, und machte Anstalten, ihn nach ihm zu werfen. McPhail hob schützend den Arm. »War doch nur ein Scherz.«

»Sehen Sie vielleicht jemanden lachen?«, fragte Ruth.

Sein Blick glitt durch den Raum. Chef Elmo lachte. Das wollte etwas heißen. Aber McPhail begriff, was Ruth gemeint hatte; keine der Frauen fand es lustig. Und auf sie kam es an. Sie bestimmten, was witzig war.

Die Fabelhafen Vier (sie zählten Millie Danielson immer noch dazu und taten so, als hätte sie lediglich ein Freisemester genommen) verrichteten die Sklavenarbeit an Schneidbrettern und Herd, während Elmos Gesang das *Othello*-Band übertönte. Der Chef der falschen Töne schritt die Reihen ab und ließ die Peitsche knallen. Ruth glättete ihre Schürze, hob die Hände, winkte ihm kurz zu und maß dann zwei Tassen Mehl für die Auberginen-Gnocchi ab.

»Da, es ist wie bei Männern«, sagte Janet. »Man sieht sofort, ob sie etwas taugen.«

Die anderen lachten.

»Die hier sieht gar nicht gut aus«, meinte Debra und deutete auf eine schlappe Aubergine im Stapel der strammen, festen.

»Ein Grenzfall.« Janet nahm sie in die Hand und wedelte damit herum.

»Die ist doch in Ordnung«, meinte McPhail.

»Sieh noch einmal genau hin, Janet. Ich glaube, unser Mr McPhail ist ein Tittenliebhaber. Stimmt's?«, fragte Debra und arrangierte die Auberginen mit ihrem langen Löffel zu einer busenähnlichen Anordnung.

Die anderen kicherten. Lachfältchen entstanden um ihre Augen. Nur echtes, ehrliches Lachen verzieht diese Muskulatur und malt das Vergnügen in Linien.

»Ich finde Italienisch sooo viel sexyer als Thai«, flötete Janet.

Das Feine an Chef Elmo war, dass er einem nicht nur beibrachte, wie man anständige Auberginen-Gnocchi machte, er ließ auch zu, dass die Frauen sich auf eine gemeinsame emotionale Frequenz einstimmten, die sie in die richtige kollektive Stimmung fürs Schneiden, Hacken, Abwaschen und Würzen brachte. Eine Mahlzeit zuzubereiten war etwas Physisches. Die Frauen arbeiteten mit den Händen, rieben sich die blasse Haut wund, bis sich die Röte von den Fingern bis zur Handfläche ausbreitete. Sie inhalierten die Kochdüfte. Sie spürten die Schwere des Messers.

Die Gruppe hatte während der vielen Kochstunden eine Art Steno für Frauencliquen entwickelt. Slang und Grünzonensprech, Fremdensprache. McPhail bekam nur Bruchstücke mit: Männer und Huren und Katoeys.

Es genügte, um ihm eine Ahnung davon zu geben, wo das Gespräch hinsteuerte. Janet lachte und ließ ein Ei fallen. Ruth prustete und blies Debra über den Tisch hinweg mit Mehl voll. Das Gelächter schwoll an. Welche Geheimnisse sie auch teilen mochten, man konnte sich des Eindrucks nicht erwehren, dass sie auf Kosten von anderen gingen. Ihr Lachen war von der Art, die Menschen gegen einen gemeinsamen Feind verbindet.

In schneller Abfolge erloschen die Lichter, bis völlige Finsternis herrschte. Ein Stromausfall. Die Dunkelheit dämpfte das Gelächter, bis es gänzlich erstarb.

»Der Strom kommt gleich wieder«, sagte Chef Elmo, erhellt von der Glut des Ofens hinter ihm. Die Verdi-Oper war zu Ende. Die Küche lag stumm und finster. Das Glühen des Ofens verbreitete ein geheimnisvolles rötliches Leuchten.

In der Dunkelheit der Küche war alles möglich.

McPhail begrapschte einen Schenkel. Er stieß auf keine Gegenwehr, obwohl er keine Ahnung hatte, wem der Schenkel gehörte.

Dann ging das Licht unvermittelt wieder an, und Vincent Calvino stand mitten in der Küche. Es sah so aus, als wäre er aus dem Nichts aufgetaucht, eine Illusion, erzeugt von McPhail, der einen Sekundenbruchteil, bevor die Lichter wieder angingen, seine Hand von dem Schenkel zurückzog.

Debra keuchte unwillkürlich auf und griff sich an den Hals. »Mein Gott, es ist dieser Privatdetektiv.«

»Erschrecken Sie uns doch nicht so«, meinte Janet. »Was schleichen Sie denn hier herum?«

»Es ist sein Beruf, herumzuschleichen«, sagte Ruth. »Das bringen sie ihnen auf der Privatdetektivschule bei. Wie sollte er sonst unbemerkt einem Mann folgen?«

»Oder einer Frau«, sagte McPhail. »Manchmal stellt er auch Frauen nach.« Irgendwie klang es missverständlich.

»Ich wette, die Frauen, denen Sie nachstellen, arbeiten meistens im Dunklen. Stimmt's, Mr Calvino?«, meinte Ruth.

Debra wischte sich die Hände an der Schürze ab. Es war ihr Oberschenkel gewesen, den McPhail während des Stromausfalls betatscht hatte. »Die wirklich schlimmen Dinge passieren immer bei Nacht. Oder im Dunkeln. Wenn Sie im Finsteren nicht zurechtkämen, würde Ihnen die Arbeit wahrscheinlich schwerfallen. Wir hatten da mal einen anderen Privatdetektiv, der war vielleicht hoffnungslos, sage ich Ihnen.«

»Debra, wir müssen noch ein paar Zwiebeln schneiden«, sagte Janet und versetzte ihr einen sanften Stoß. Ruth und Janet verdrehten beide die Augen.

»Sie haben andere Ermittler angeheuert. Sie waren nicht erfolgreich. Aber jetzt haben Sie mich«, sagte Calvino. »Fragen Sie Janet, ob ich meinen Job erledigt habe.«

Janet lief rot an. Es verschlug ihr die Sprache. Sie griff nach einem Messer und schnitt wütend Zwiebeln, bis ihr die Tränen in die Augen traten. Calvino ließ seine Bemerkung im Raum stehen wie einen Ball, der sich zielgenau in den Korb senkt.

»Mit den anderen waren wir unzufrieden«, gab Debra zu. Ihr Messer polterte zu Boden. Sie bückte sich, um es aufzuheben.

»Wie viele andere?«

»Zwei«, sagte Ruth. Sie war es, auf die Calvino sich konzentriert hatte. Zwischen Noah, ihrem Mann, Danielson und ihm selbst gab es eine Verbindung. Er fragte sich, wie viel sie von dem Auftrag wusste, den ihr Mann unter der Hand mit Danielson abgewickelt hatte.

»Drei«, sagte Debra, während sie die Klinge unter fließendem Wasser säuberte.

»Wissen Sie es nicht mehr so genau?«

»Technisch gesehen waren es drei, da war nämlich noch der Typ, der mit mir ins Bett steigen wollte.«

Manche Männer sind scharf auf Frauen mit großen Hüten, dachte McPhail.

»Auf jeden Fall scheinen Sie reichlich Erfahrung im Anheuern von Privatdetektiven zu haben.«

»Bei Ihnen klingt das so, als hätten wir etwas Falsches getan. Haben wir aber nicht«, sagte Janet. Sie wandte sich zu Debra. »Das sind jetzt genug Zwiebeln. Mir kommen gleich die Tränen. Ich will nicht weinen.«

Keiner der Frauen schien aufzufallen, dass Calvino das Thema Andrew Danielson fallengelassen hatte. Er sagte auf Italienisch zu Debra, sie solle doch nicht weinen. Dann musste er es ihr übersetzen. Chef Elmo lauschte aus einem Meter Entfernung und schoss düstere, tödliche Blicke auf Calvino und McPhail ab. Die Oper war zu Ende, Chef Elmo konstatierte, dass er die Kontrolle über seine Küche wieder einmal verloren hatte, und stürmte hinaus, gestikulierend und mit sich selbst sprechend.

Eheliche Untreue war *die* Einnahmequelle der Privatschnüffler-Branche. Die Gefühle lagen blank und tobten. Geld wurde dabei nebensächlich. Das tat jeder Branche gut. Und wie bei jeder guten Sache wollten viele ein Stück vom Kuchen abhaben und bedienten sich freizügig am Büfett. »Privatdetektiv« galt inzwischen als Schimpfwort. Kein Berufsabschluss, keine staatliche Kontrolle, perfekte Voraussetzungen für Herumtreiber, die in Bars herumlungerten, um mit Farangs ins Gespräch zu kommen, die sich in eine

Bar-Ying verliebt hatten und sie heiraten wollten. Oder die eine Ying per Fernbegegnung aus einem Chatroom im Internet oder einer Partnervermittlung kannten. Mancher kam erst im letzten Moment wieder so weit zu Verstand, dass er die Geschichte seiner Ying überprüfen ließ.

Da gab es so nebensächliche Kleinigkeiten, wenn sie zum Beispiel schon verheiratet war und eine Bambushütte voller kleiner Rotznasen hatte, die im Dreck herumwuselten. An der Paranoiaschraube einer Beziehung zu drehen, war das, was diese Art Privatdetektiv am besten konnte. Die Farangs waren eine einträgliche Geldquelle. Aber für den Überbringer schlechter Nachrichten sieht es selten gut aus. Der Klient hasst den Privatschnüffler beinahe ebenso sehr wie die Ying, deren Untreue er aufdeckt.

Calvino war es bisher meistens gelungen, Farangs abzuwimmeln, die ihn anheuern wollten, um die Loyalität ihrer thailändischen Freundinnen zu überprüfen. Diese Klienten, häufig Männer mittleren Alters, vergaßen dabei die Kardinalsregel: Das Objekt ihrer Begierde arbeitete in einem Gewerbe, in dem sexuelle Treue Berufsunfähigkeit bedeutet.

Manche von ihnen brachen weinend zusammen, wenn sie die Wahrheit erfuhren. Sie wollten nicht glauben, dass alle Versprechen und Treueschwüre null und nichtig waren, reine Illusion. Und Calvino konnte nichts anderes tun, als seinen Bericht und die belastenden Fotos zu übergeben. Es war wie ein Röntgenbild, das einen Haarriss in jedem einzelnen Knochen des Körpers enthüllte. Wer die schlimmsten Ängste der Menschen bestätigt, wird nicht zum Helden. Ihnen die Illusionen zu nehmen, macht sie zornig, traurig, verlegen und beschämt. Niemand entdeckt gern, dass die Haifischflosse in der Suppe direkt auf ihn zuschwimmt.

Wenn eine ausländische Frau Calvino anheuerte, um ihren Mann zu beschatten, änderte sich das Bild ein wenig.

»Wenn Sie nicht bekommen haben, was Sie wollten«, sagte Calvino, »dann hätten Sie mir vorher Bescheid sagen sollen.«

Ruth stöhnte. »Es war ja kein Geheimnis.«

»Und jetzt würden Sie es sich lieber zweimal überlegen.« Calvino suchte nach einer Lücke in der Verteidigungslinie der Frauen. Doch sie hatten die Reihen geschlossen.

»Oder drei oder vier Mal«, meinte Debra seufzend.

»Meine Damen, Sie haben nie etwas von den anderen Privatdetektiven erwähnt«, meldete sich McPhail. Er musterte die drei Frauen. Debra lächelte, Ruth überprüfte ihr Make-up in einem Taschenspiegel, und Janet setzte einen abwesenden, entrückten Ausdruck auf. »Das hätten Sie mir sagen sollen. Vincent ist mein Freund.«

»Freund?«, fragte Debra. »Haben Sie uns deshalb nachspioniert, Ed? Ihm von unseren *vertraulichen* Gesprächen erzählt? Sie haben uns belauscht. Wie konnten Sie nur!«

»Warum hätte ich ihm nichts davon sagen sollen?«, meinte McPhail.

Der Köder war ausgelegt. Sie warteten darauf, dass Calvinos Kiefer über dem Haken zuschnappten.

»Ich komme ein andermal wieder«, sagte Calvino und spuckte den Köder aus.

Ruth hatte ihren Spiegel inzwischen zugeklappt und hielt Calvino am Arm zurück. »Bitte bleiben Sie. Debra ist nicht wirklich unzufrieden, nicht wahr, Debra?«

Debra klimperte mit den Lidern und schluckte ein Lachen hinunter, bevor es ihre Lippen erreichen konnte. Sie hatte sich versehentlich Mehl ins Gesicht geschmiert, was ihr ein gespenstisches Aussehen verlieh.

Calvino öffnete seine Aktentasche. »Sprechen wir darüber«, sagte er. »Denn ich bin mir nicht ganz sicher, was Sie eigentlich wollen. Und ich bin verwirrt, dass Debra mir eine falsche Telefonnummer von Millie Danielson gegeben hat. Wie Sie sehen, meine Damen, gibt es einigen Klärungsbedarf.«

»Vielleicht habe ich mich verschrieben«, meinte Debra.

»Dann versuchen Sie es noch einmal.«

Calvino reichte ihr einen Stift und ein Blatt Papier. Sie tippte sich mit dem Kugelschreiber an die Lippe.

»Ich weiß nicht …«

»Wenn ich eine Ermittlung durchführe, ist das persönliche Umfeld eines Mannes sehr wichtig. So erfahre ich, wo er hingeht, mit wem er umgeht. Könnte mir jetzt bitte jemand Millie Danielsons Telefonnummer geben, damit ich mit meiner Arbeit weitermachen kann?«

Er schwieg, damit seine Worte ihre Wirkung entfalten konnten, und wartete darauf, dass Debra die richtige Nummer aufschrieb. Ruth und Janet tuschelten miteinander. Plötzlich tauchte Chef Elmo wieder aus dem Hintergrund auf.

»Geheimnisse, Geheimnisse. Ich kann Geheimnisse nicht ausstehen«, verkündete er. Er steckte die Kasserolle mit Auberginen-Gnocchi in einen Ofen und machte dann, dass er wegkam, so schnell, wie er gekommen war.

# 21

Samuel Thomas war jemand, dem nie die leisesten Zweifel kamen, was Frauen wollten und was sie am meisten fürchteten. Er vermarktete den *Untreue-Index* auf absolut professionelle Art. Thomas hatte mit dem Index in Paris, Texas eher als Hobby angefangen. Er war Milliardär und wiedergeborener Christ und hatte schon mehr als eine Wohltätigkeitsstiftung mit mehreren Millionen ausgestattet, die er dann von der Steuer absetzte. Samuels heilige Überzeugung lautete, dass es seine und die Mission der Bibel war, Monogamie zu verbreiten. Vielleicht glaubte er sogar selbst daran. Aber sein Geniestreich bestand darin, die Ängste der Frauen um ihre Ehe auszubeuten. Samuel Thomas erkannte, dass diese Sorge so alt war wie die menschliche Existenz. Und er schuf ein Produkt, das sich speziell an verheiratete Frauen richtete, die ihre Männer ins Ausland begleiteten, ein kleiner, aber höchst lukrativer Markt. Sein *Index* bestätigte das tief verwurzelte Gefühl der Frauen, dass Männer wenig mehr waren als wandelnde sexuelle Katastrophen, wobei diese Sexualität sie gleichermaßen abstieß wie anzog. Der Titel, der nach Dow-Jones klang, fügte ein Element der Wissenschaftlichkeit und Ratio hinzu, ließ durchschimmern, dass der Text System und Methode hatte, auf Fakten und Objektivität beruhte.

Wenn man seinem Ehemann in ein fremdes Land folgte, so lautete das Credo, kam man nicht ohne den *Untreue-Index* aus. Er steckte randvoll mit jeder Menge trivialer Ratschläge. Nehmen Sie Kochunterricht; denn wenn die Frau ein Gourmetmahl zubereitet, eilt der hungrige Gatte aus dem Büro direkt nach Hause. Akzeptieren Sie keine zweitklassigen Privatdetektive; feuern Sie sie auf der Stelle.

»Was starren Sie mich so an?«, fragte Janet.

»McPhail sagte, Sie wollten mich feuern. Jetzt verstehe ich. Sie haben Routine darin. Anscheinend soll ich als Nächster den Laufpass bekommen.«

Die drei Frauen durchbohrten McPhail mit Blicken wie einen Judas, der den schlimmstmöglichen Verrat begangen hatte. Sie hatten ihn an ihren geheimsten Gedanken teilhaben lassen. Debra hatte ihm sogar gestattet, ihren Schenkel zu betatschen. Was für eine Dreistigkeit! Sie hatten vergessen, dass McPhail ein Mann wie jeder andere war. Seine Teilnahme an ihrem Kochkurs hatte sie in dem falschen Glauben gewiegt, dass er zu ihnen gehörte. Stattdessen hatte er Calvino ihre Privatgespräche hintertragen.

»Ich dachte, wir könnten Ihnen vertrauen«, sagte Janet unterdrückt, aber laut genug, dass jeder es hören konnte.

»Aber genau das waren doch Ihre Worte!« McPhail griff zur vorauseilenden Verteidigung. An die Wahrheit zu appellieren, funktionierte hier jedoch nicht. Die war nebensächlich.

»Niemand meinte damit, dass Mr Calvino gefeuert werden soll«, sagte Janet.

»Aber Sie waren alle total aufgebracht, als Sie herausfanden, dass Howard etwas mit einer Katoey hat! Sie sagten, das wollten Sie gar nicht wissen. Es sei einfach zu viel.«

Das stimmte. Aber das war damals gewesen. Das Problem mit Männern war ihre Unfähigkeit, den Unterschied zwischen zeitlichen Zuständen des Denkens und Seins zu begreifen.

»Aber Debra und ich haben uns entschieden. Wir wollen, dass Sie mit Ihren Ermittlungen weitermachen«, sagte Ruth.

Die anderen nickten. »Bitte, Mr Calvino. Wir bestehen darauf.«

Calvinos Gesetz: Wenn du in einer Ehe herumschnüffelst, sei nicht überrascht, wenn du mindestens drei Mal pro Woche gefeuert und wieder eingestellt wirst.

Irgendetwas musste diesen Sinneswandel ausgelöst haben.

»Aber das ist nicht das, was Sie gestern gesagt haben«, wandte McPhail ein.

»Gestern war gestern«, meinte Ruth.

Debra hatte Millie Danielsons Telefonnummer immer noch

nicht aufgeschrieben. Sie blickte von dem Zettel auf und nickte Ruth ermutigend zu.

Sie überließen es ihr, den Stimmungsumschwung zu erklären.

Zuerst hatte es sie natürlich erbost zu hören, dass Janets Mann mit einem Umgemodelten herummachte. Aber die Tatsache, dass Howards Frau, das Originalprodukt, durch eine Katoey ersetzt worden war, hatte auf perverse Art auch ihr Gutes gehabt: Janets tief sitzende Furcht vor der Konkurrenz einer anderen Frau war plötzlich verschwunden. Sie hatte ihre verloren geglaubte Macht wiedergewonnen. Sie hatte ihren Freundinnen voll Schadenfreude berichtet, wie Howard sie schwören ließ, niemandem, keinem Arbeitskollegen oder Freund, die Fotos zu zeigen, die Calvino geschossen hatte. Er hatte panische Angst davor, dass jemand von seinem speziellen, chirurgisch ummodellierten Freund erfuhr.

Calvino hatte ihr das geheime Leben ihres Gatten ausgeliefert, und der lebte jetzt in ständiger Angst vor der Bloßstellung. Was hatte er sich nur dabei gedacht?

Und was bekam Janet von Howard als Gegenleistung für ihr Schweigen? Wovon jede Frau träumt – alles, was sie wollte. *Alles,* was sie wollte. Wann immer sie es wollte. Sie hatte sich den Hauptlehrsatz von Chef Elmos Kochkurs zu eigen gemacht: Mach die andern zu Sklaven, wirf nichts weg, lass keinen Widerspruch zu, befehle und bestrafe nach Gutdünken. Er war ein exzellenter Lehrmeister.

Ruth und Debra waren begeistert gewesen von Janets Bericht. Sie hatte ihrem Mann die Rote Karte gezeigt. Sie konnten es gar nicht erwarten, selbst entsprechenden Schmuddelkram über ihre eigenen Männer in die Hand zu bekommen. Ihnen war klar, dass es, abgesehen vom Tod, schon einer extremen Maßnahme bedurfte, um einen Ehemann zur Einsicht zu bringen.

»Wir wollen die gleichen Ergebnisse wie Janet«, sagte Debra.

»Es ist großartig, was Sie geleistet haben«, sagte Ruth.

»Mr Calvino, ich bin Ihnen zutiefst verbunden«, verkündete Janet. Die anderen Frauen lächelten und nickten.

»Mann, ich könnte jetzt ein bisschen frische Luft vertragen«, sagte McPhail.

Calvino deutete auf ihn. »Sitzen bleiben. Sie gehen nirgendwo hin.«

»Ich liebe energische Männer«, meinte Debra.

Sie wollten die schmutzigen kleinen Geheimnisse ihrer Männer, echten, unverfälschten Schmuddelkram. Calvino ließ es sich gefallen, wie sie um seine Aufmerksamkeit wetteiferten.

»Da McPhail mir sagte, dass Sie es sich anders überlegt hätten, habe ich bereits einen neuen Auftrag angenommen.«

Ruth keuchte auf. »Sie meinen, Sie haben *uns* gefeuert?«

Er berührte Ruths Hand. »Ich brauche Informationen über die E-Mails, die Ihr Mann und Andrew Danielson während der letzten paar Monate ausgetauscht haben.«

Sie zog ihre Hand weg. »Ich dachte, Sie arbeiten für mich? Und jetzt wollen Sie, dass ich meinen eigenen Mann ausspioniere?«

McPhail verdrehte die Augen und knallte den Deckel auf einen Topf.

»Genau das möchte ich von Ihnen. Laden Sie die E-Mails auf einen USB-Stick, und geben Sie ihn mir.«

Ruth wandte sich ab und verließ wortlos die Küche.

»Jetzt haben Sie sie aber sehr enttäuscht, Mr Calvino«, sagte Janet. »Wir trauen unseren Männern nicht. Aber wir lieben sie. Also bitten Sie uns nicht um so etwas Seltsames.«

Chef Elmo kam zurück und öffnete die Ofentür. Der Raum füllte sich mit dem Duft nach Auberginen. »Gleich können wir essen«, sagte er.

Calvinos Magen knurrte. Er hatte Hunger. Der andere Klient mit dem wichtigen Auftrag war nicht gänzlich erfunden. Das war Lovell. Es *handelte* sich um einen Auftrag. Nur bis zur Frage der Bezahlung waren sie noch nicht vorgedrungen.

»Ist das Ihr Magen, der da knurrt?«, fragte Janet.

Calvino fühlte sich plötzlich, als würden seine Eingeweide ein Eigenleben entwickeln; sie gurgelten wie ein Ertrinkender. Seine Schulter begann zu pochen, als wäre sie das Schlagzeug einer dysfunktionalen Band.

»Sie müssen ja sehr hungrig sein«, sagte Debra. Sie schnitt ein

Stück Aubergine ab, legte es auf einen Teller und stellte ihn vor Calvino hin.

»Wir müssen einen Weg finden, uns gegenseitig zu helfen. Sie wissen, was *ich* will. Und ich kann Ihnen geben, was *Sie* wollen«, meinte er. Er beachtete die Aubergine nicht.

Sie beäugten ihn misstrauisch. Es war eines dieser berühmten Auberginen-Patts von Bangkok, bei denen keiner nachgeben will.

Calvino nahm sich eine Gabel, spießte ein Stück Aubergine auf und schlang es hinunter.

Ruth kehrte schweigend zurück, bediente sich und hielt sich ein wenig abseits mit ihrem Teller.

»Werden Sie uns helfen?«, fragte Debra.

Calvino stopfte sich den Mund voll, dass ihm der Saft aus den Mundwinkeln lief.

»Das wird er«, sagte McPhail.

»Ist der jetzt Ihr Sprachrohr?«, fragte Ruth.

Debra belud Calvinos Teller neu und schnitt ihm zwei große Ecken Champignonpizza ab. Er nahm ein Stück in die Hand und biss ab. »Bringen Sie mir Noahs E-Mails von und an Danielson.«

»Und wenn ich Ihnen helfe, mit Millie Danielson Kontakt aufzunehmen? Sie muss Andrews E-Mails an Noah haben. Er ist tot. Ich glaube, ihr würde das nicht so schwerfallen wie uns«, meinte Ruth.

Calvino wusste, dass er kein besseres Angebot mehr bekommen würde. Er griff zu. Es war wie mit der Aubergine. Wenn ein Mann Hunger hatte, kam es nicht darauf an, dass es ein Stück die Straße entlang besseres Futter gab. Sein Teller war nicht gefüllt, aber auch nicht mehr ganz leer. Mit dem, was er erreicht hatte, glaubte er sich endlich auf dem richtigen Weg.

# 22

Am frühen Nachmittag versammelten sich hundertfünfzig Leute am Wat Thong zu Andrew Danielsons Einäscherung. Hauptsächlich waren es Farangs, unter die sich vereinzelte Thais mischten. Danielsons Sekretärin, Fahrer und Dienstmädchen bildeten in einer Ecke eine eigene kleine Gruppe für sich. Reihen von Plastikstühlen standen vor dem Verbrennungsofen. Nur etwa die Hälfte davon war besetzt. Eine Katze huschte über den freien Platz. Die Organisatoren hatten eine größere Menschenmenge erwartet. Die Trauergäste schlenderten draußen herum und suchten Schatten vor den Salas, die den Haupthof flankierten – kleine Räume, dekoriert mit Urnen, Stühlen und Blumen. Mobile Ventilatoren hielten die Luft in Bewegung.

Grüppchen von Mitarbeitern aus Danielsons Kanzlei standen zusammen, flüsterten, warteten. Die Hitze der Mittagssonne, grell und unerbittlich, gab ihnen das Gefühl, selbst langsam eingeäschert zu werden. Millie Danielson, in einem maßgeschneiderten schwarzen Kleid, stand der erhöhten Plattform mit Danielsons Sarg am nächsten. Sie nahm die Beileidsbekundungen der Leute entgegen, die zu diesem Zweck Schlange standen, entlang der Stuhlreihen und um die Ecke. Jeder der Trauergäste sprach ein paar Worte des Beileids, schüttelte ihr die Hand, küsste sie auf die Wange, wischte sich die Tränen aus den Augen und ging dann erleichtert von dannen, nachdem er ein kleines Stück Sandelholz in Form einer Blume auf den Sarg gelegt hatte. Die Thais nannten das Dok Jan; es war ihre Art, Lebewohl zu sagen. Millie war Anfang fünfzig, aber mit ihren blonden Haaren, der glatten Haut und dem langen, makellosen Hals wirkte sie zehn Jahre jünger.

Ruth, Janet und Debra traten gemeinsam zu ihr. Sie umarmten sich und verschmierten sich gegenseitig Make-up und Lippenstift. Ruth Goulds Hut verrutschte. Millie streckte die Hand aus und rückte ihn zurecht. Sie lachten und weinten zugleich. Janet sagte Millie, wie sehr sie sie vermisst hätten, und dass sie hofften, sie würde bald wieder zum Kochkurs kommen. Debra wollte schon Vincent Calvino erwähnen, aber Ruth hinderte sie daran, es schien ihr weder die richtige Zeit noch der richtige Ort zu sein. Die Fabelhaften Vier beendeten ihre kurze Wiedervereinigung und gingen auseinander. Noah Gould kam als Nächster dran, hielt Millies Hand und schüttelte mit Tränen in den Augen den Kopf.

Als Nächster in der Reihe kam Lovell. Sein Instinkt riet ihm, Noah zu folgen. Aber es war zu spät; Millie hatte bereits seinen Blick aufgefangen und nickte ihm zu, näher zu treten. Lovell trug einen dunklen Anzug mit schwarzer Krawatte. Millie reichte ihm die Hand.

»Andrew war so stolz auf Sie. Sie waren fast wie ein Sohn für ihn«, sagte Mrs Danielson.

Er fand keine Worte der Erwiderung. Endlich sagte er: »Ich vermisse ihn.« Er umarmte sie.

»Das tun wir alle«, meinte sie.

»Wenn es irgendetwas gibt, das ich tun kann …« Er wusste nicht, was er noch sagen sollte, und zweifellos hatte sie diese Phrase schon hundert Mal gehört. Fiel ihm wirklich nichts Besseres ein? »Ich meine, Sie machen gerade Schlimmes durch. Wenn sich irgendetwas ergibt, bei dem Sie juristischen Rat brauchen, rufen Sie mich einfach an.«

»Andrew hat sich nicht in Ihnen getäuscht. Sie sind ein netter Junge. Und ich weiß, dass ihm die Art nicht gefallen hätte, wie Cameron mit Ihnen umgesprungen ist. Er besaß nicht einmal den Anstand, die Trauerfeierlichkeiten abzuwarten, bevor er Sie feuerte. Es ist schrecklich.«

Da stand sie nun und tröstete ihn, während ein Helfer den Verbrennungsofen für ihren Mann in Gang setzte. Zum ersten Mal hatte er sie beim Abendessen in einem teuren französischen Restaurant getroffen. Das war, als Danielson ihn zum Vorstellungsgespräch nach Bangkok gebeten hatte.

Millie war ihm herzlich begegnet und hatte ihm angeboten, bei der Logistik eines internationalen Umzugs behilflich zu sein. Schon bei dieser ersten Begegnung waren Momente des Kummers in ihr aufgeblitzt, die sie schnell und effizient unter Kontrolle brachte. Auch bei der Einäscherung ihres Mannes setzte sie diese Fähigkeit ein, dachte Lovell. Andere in der Schlange hinter ihm wurden unruhig.

»Wir unterhalten uns später«, meinte er. Am liebsten hätte er sie nach der Armbanduhr an seinem Handgelenk gefragt, die Andrew angeblich von seinem Vater geerbt hatte.

»Das wäre nett, John. Danke, dass Sie gekommen sind. Ich weiß, wie schwierig das für Sie sein muss, da die ganze Firma heute hier ist.«

Als er die Stufen hinabstieg, sah er sich nach Noah Gould um. Er fand ihn auf der anderen Seite des offenen Platzes, der unter der sengenden Sonne schmorte.

»Noah, kann ich Sie kurz sprechen?«, fragte Lovell. »Ich war Andrews Mitarbeiter.«

»Ich kann einfach nicht glauben, dass er nicht mehr lebt«, sagte Noah.

»Der Ermittler, den Danielson beauftragt hat, hat alle Beweise, die Sie brauchen.« Sofort tat es ihm leid, dass er so damit herausgeplatzt war. Er hatte sich nicht auf Umwegen an den Kern der Sache herangetastet, wie es üblich war.

Noah Gould wirkte plötzlich zu Tode erschrocken. »Ich weiß nicht, wovon Sie reden.«

Gould wollte sich abwenden, aber Lovell hielt ihn am Arm zurück.

»Was soll das?«, fragte Noah.

»Ich weiß, was passiert ist«, erwiderte Lovell.

»Bitte, sprechen Sie leise.«

»Ich habe Andrews persönliche Klientenliste mit der Datenbank der Firma abgeglichen. Ihr Name war nicht darunter. Er hat seine Karriere riskiert, um Ihnen zu helfen. Weil er wusste, dass Avenant Pharma mit Stiles keinen Schritt weiterkommen würde.«

»Ich weiß wirklich nicht, wovon Sie reden.« Gould riss sich los.

Als er davonging, erschien Apisak wie aus dem Nichts und vertrat Lovell den Weg. Lovell sah Noah zusammen mit seiner Frau durch einen Hinterausgang verschwinden.

»Ist es Ihnen endlich gelungen, Ihre Fliege korrekt zu binden?«, fragte Apisak.

»Sie tauchen immer zu interessanten Zeitpunkten auf«, sagte Lovell. Er drehte sich um und bemerkte, dass eine Gruppe von Anwälten sie beobachtete. »Ich versuchte gerade, ein Gespräch mit einem Klienten zu führen, und da mischen Sie sich ein.«

»Wie ich höre, hat man Sie geschasst.«

Die Nachricht von Niederlagen verbreitete sich mit Lichtgeschwindigkeit; die von Erfolgen durchbrach selten die Schallmauer. »Schlechte Neuigkeiten sprechen sich herum«, fügte Apisak hinzu.

»Rasend schnell.«

Apisak grinste, als hätte Lovell etwas Komisches gesagt. Er rief sich ins Gedächtnis, dass Thais nicht nur grinsten, wenn sie sich amüsierten, sondern auch wenn sie Schmerz empfanden, schüchtern oder verlegen waren oder ihr Gesicht verloren hatten. Das Lächeln war der Standardausdruck für die ganze Bandbreite menschlicher Emotionen. Das machte es so schwierig, in ihren Gesichtern zu lesen. Wie bei einem erstklassigen Pokerspieler wusste man nie, was für ein Blatt er in der Hand hielt. Außer Cameron, dessen Fähigkeit, Gesichtsausdrücke zu interpretieren und die wahren Gefühle einer Person zu lesen, legendär war.

Für Lovell hing Apisak untrennbar mit Danielsons letzten Augenblicken zusammen. *Er* hatte Danielson die zwei Zolofts gegeben, worauf dieser in einer Kabine verschwand und mit heruntergelassener Hose starb.

»Sie freuen sich darüber, dass ich gefeuert worden bin«, stellte Lovell fest.

»Sagen Sie doch so etwas nicht, John. Diese Dinge passieren. In einem Jahr sind Sie wieder in Los Angeles, arbeiten für eine große Firma, und alles, woran Sie sich erinnern werden, ist ein fremdes Land, in dem die Dinge sich für Sie nicht ganz nach Wunsch entwickelt haben. Keine große Sache. Die Welt steht Ihnen offen. Nur das zählt. Also nehmen Sie es nicht so schwer. Sehen Sie sich nach neuen und größeren Aufgaben um. Sich feuern zu lassen, war der beste Schachzug Ihrer bisherigen Karriere.«

Lovell glaubte ihm nicht. Sein Blick blieb an Apisaks Brille kleben. Der Rahmen hing leicht schief, nach rechts geneigt, und brachte das ganze Gesicht ins Ungleichgewicht. Das ließ ihn etwas doof wirken.

»Warum sind Sie hier? Um Noah Gould im Auge zu behalten?«, fragte Lovell. Er griff in die Tasche und förderte ein Universalwerkzeug mit einem kleinen Schraubenzieher zutage. Der Stahl schimmerte im Sonnenlicht.

»Ich bin hier, weil Khun Andrew ein Kollege war. Es ist bei uns üblich, unser Beileid zu bezeugen, wenn ein Kollege stirbt.«

»Sie sagen, Andrew war ein Kollege«, wiederholte Lovell. Nichts in seinem Gedächtnis enthielt einen Hinweis darauf, dass Danielson Apisak jemals als Kollegen betrachtet hatte. Er konnte sich nicht einmal daran erinnern, dass der Name irgendwann gefallen wäre. Nicht ein einziges Mal.

»Ich bin sicher, seine Witwe wird Ihre Geste zu schätzen wissen«, meinte Lovell und schob den kleinen Schraubenzieher wieder in die Tasche. Er wandte sich zum Gehen, aber Apisak folgte ihm.

»Als Zeichen des guten Willens, lassen Sie mich Ihnen einen Vorschlag machen.«

»Sie meinen, einen Rat geben.«

»Ich meine etwas, über das Sie ernsthaft nachdenken sollten. Tun Sie nichts Verrücktes.«

»Was zum Beispiel.«

»Schwierigkeiten machen.«

»Ihnen? Wie sollte ich Ihnen Schwierigkeiten machen?«

»Ich glaube, Sie wissen, wovon ich rede.«

»Nein, das weiß ich nicht. Was meinen Sie?«

Apisak packte Lovell am Arm. Der Mann, der mit seinem Charme das Oxford- und Cambridge-Dinner verzaubert hatte, besaß auch raue Ecken und Kanten. Im Augenblick war er nichts als Zähne und

Klauen. »Ich versuche, Ihnen ein Freund zu sein. Halten Sie sich fern von Noah Gould.«

Er klang nicht im Geringsten freundlich.

»Noah war ein Klient von Danielson. Warum sollte ich nicht mit ihm reden?«

Die Kälte in Apisaks Augen traf Lovell wie ein Schlag, während ihn ein schneidender Schmerz durchzuckte. Apisak drehte ihm den Arm auf den Rücken. Dies war nicht mehr der höfliche, geistreiche Mann, der bei Tisch die Rede gehalten hatte. »Khun Weerawat ist niemand, den Sie zum Feind haben möchten«, zischte er. Er ließ Lovell los, strich ihm die Aufschläge seines Jacketts glatt, und das Lächeln trat wieder auf seine Lippen.

In dem Moment kam Cameron um die Ecke gebogen, rempelte Lovell an und stieß ihn dabei gegen Apisak. Cameron brauchte eine Sekunde, um sich zu fassen und seinen bevorzugten Trick anzuwenden, nämlich aus der Defensive in die Offensive zu gehen.

»Was drücken Sie beide sich hier herum? Sie sehen aus, als hätten Sie nichts Gutes im Sinn. Das hier ist eine Beerdigung. Also benehmen Sie sich entsprechend.« Er versuchte, in Lovells Gesicht zu lesen. Überraschung, Schock, Zorn und ein Hauch von Furcht glitten darüber.

»Er hat mir gerade einen Job angeboten«, sagte Lovell. Cameron prallte zurück.

»Wer hat was?« Camerons Lippen wurden schmal, seine Stimme war nur noch ein heiseres Flüstern. Er wusste, dass Lovell log.

Apisak zog die Schultern hoch und blickte auf die Uhr. »Wir sehen uns später. Ich muss gehen.« Nach ein paar Schritten drehte er sich um und sah Cameron an. »Sorgen Sie dafür, dass er im Flugzeug nach Los Angeles sitzt.«

Camerons Kiefer verkrampften sich, und er starrte seine Schuhspitzen an. Es war das erste Mal, dass Lovell erlebte, wie jemand seinen Boss einschüchterte.

Apisak ging davon. Cameron sah ihm nach, bis er verschwunden war.

»Sieht so aus, als hätte ich die Prüfung nicht bestanden«, meinte Lovell.

»Ich habe einen Fehler gemacht, John.« Camerons Stimme war kaum mehr als ein Flüstern, das in einem Hauch von Bedauern verklang. »Vergessen Sie Andrew. Vergessen Sie uns.«

»Vergessen? Ich dachte, ich wäre gerade wegen meines Gedächtnisses eingestellt worden.«

Cameron wirkte plötzlich abgespannt und müde. »Ich mag Sie, John. Machen Sie die Dinge nicht schwieriger, als es sein muss.«

»Apisak sagte, dass ich nach Los Angeles fliege«, meinte Lovell.

Cameron griff in sein Jackett und zog einen Flugschein hervor. »Hier ist ein Business-Class-Ticket für Sie. Ich sorge dafür, dass jemand Sie zum Flughafen fährt. So ist es am besten.«

Lovell starrte das Ticket in seiner Hand an, und als er wieder aufblickte, war Cameron in der Menge verschwunden. Dafür tauchte Apisak wieder auf, ein falsches Lächeln auf dem Gesicht. Er nickte zu dem Ticket hin. »Sie haben es genommen. Das ist gut, John. Sehr gut.«

Lovell starrte Apisak zornig an. »Haben Sie Noah Gould denselben Vorschlag gemacht?«

Einmal war Lovell bei Andrew Danielson privat zum Abendessen eingeladen gewesen. Andrew war in gesprächiger Stimmung. Nach dem Essen ließ Millie die beiden Männer im Wohnzimmer allein, dessen Fenster auf das nächtliche Bangkok zeigten. Es bot einen atemberaubenden Blick auf die Hochhäuser entlang der Sukhumvit Road und den See neben dem Königin-Sirikit-Konferenzzentrum. Danielson machte eine Flasche Brandy auf, schenkte zwei Gläser ein und reichte Lovell eines davon. »Auf Ihre Zukunft in der Kanzlei.« Er hob sein Glas und berührte damit den Rand von Lovells Brandyglas.

Dann ging er zum Fenster und sah hinaus. Lovell trat neben ihn, blickte in die Nacht.

»Haben Sie sich je gefragt, wie Cameron zu *dem* Cameron geworden ist?«

Lovell war sich zunächst nicht sicher, was Andrew meinte. War Cameron einmal ein anderer gewesen als Cameron? Die Geschichte, die Lovell an jenem Abend zu hören bekam, entsprang Danielsons Brandykonsum.

»Cameron fing in einer sehr bekannten Anwaltskanzlei in New York an, einer, die ihren Namen in Großbuchstaben schreibt. Aber nach ein paar Jahren sah es so aus, als würde er es nicht bis zum Partner schaffen. Einer der höherstehenden Anwälte hatte ihn vorgewarnt, dass das Komitee ihn übergehen würde. Aber die Firma wollte ihn trotzdem behalten. Er besaß gewisse Fähigkeiten. Cameron war in San Francisco zur Universität gegangen, wo er zufällig einen Psychologen kennenlernte, einen Pionier auf dem Gebiet des Lesens von Gesichtsausdrücken. Cameron erkannte sofort, was das für ein Vorteil war. Niemand konnte einem mehr etwas vormachen.

Er lernte ein paar Tausend verschiedene Ausdrücke zu erkennen. Die wichtigsten davon waren die unwillkürlichen. Die niemand wirklich kontrollieren kann. Kurz nachdem er erfahren hatte, dass seine Zauberkunststückchen ihm keine Partnerschaft in der Kanzlei einbringen würden, traf er Khun Suvit, der sich damals in New York aufhielt. Seine Familie wollte ein Gebäude in Brooklyn kaufen, und Camerons Firma wickelte die Transaktion ab. Sie kamen auf das Lesen von Gesichtsausdrücken zu sprechen. Khun Suvit gehört zu der alten chinesischen Schule, die nie ein Geschäft abschließt, ohne einen Meister der Gesichtslesekunst dabeizuhaben, der die Miene des Geschäftspartners interpretiert. War es ein Holzgesicht? Feuer? Oder eher Erde, Metall oder Wasser zuzuordnen?

Suvit zeigte Cameron seine Familienfotos und erklärte an ihrem Beispiel, wie ein chinesischer Meister sie lesen würde. Cameron hörte still zu, dann studierte er selbst die Gesichtsausdrücke. Jedes einzelne Mal war er in der Lage, die Gefühle der betreffenden Personen mit absoluter Sicherheit zu beschreiben. Suvit horchte auf. Am nächsten Tag bestand er darauf, dass Cameron mit ihm nach Brooklyn kam und sich mit seinen Firmenchefs traf, dem Manager und einem Dritten, der in das Projekt investieren wollte. Wieder las

Cameron in ihnen wie in einem offenen Buch und erstellte Persönlichkeitsprofile, die für Suvit wie ein Geschenk der Götter kamen.

Suvit machte ihn schließlich mit Weerawat bekannt, der ein Fotoalbum mitbrachte. Es zeigte Angestellte, Gärtner, Dienstmädchen, Leibwächter, Partner, Schulfreunde und Freundinnen. Sie verbrachten sechs Stunden damit, das Album durchzuarbeiten. Es folgten fristlose Entlassungen, Rückstufungen, Kündigungen, und einige Personen verschwanden spurlos. Das war vor fünfzehn Jahren gewesen. Ein Test. Eine Woche später unterbreitete Suvit Cameron ein Angebot. Zwei Millionen Dollar auf einem Nummernkonto und seine eigene Kanzlei in Bangkok. Er konnte die Firma nach eigenem Gutdünken aufbauen, aber seine Hauptaufgabe bestand darin, für das Familienunternehmen zu arbeiten. Gesichter zu identifizieren, die man besser mied, Gesichter, denen man den Laufpass gab, Gesichter, denen man trauen konnte. Jedes Jahr landeten weitere dreihundert Riesen auf seinem Nummernkonto. Haben Sie gemerkt, dass Cameron sich in der ganzen Zeit nur ein paar Brocken Thai angeeignet hat? Suvit riet ihm davon ab, mehr als das übliche Linksrechts-Thai zu lernen.«

Lovell schnupperte an seinem Brandy.

»Linksrechts-Thai?«, fragte er.

Danielson grinste. »Thailand ist voller Farangs, die genügend Thailändisch können, um einem Taxifahrer zu sagen, er soll links oder rechts abbiegen, und da hört es dann schon auf. Sie probieren ihr Linksrechts-Thai in einem Büro oder Laden, und kein Mensch versteht sie. Im Bett mit einer Nutte tun sie so, als würden sie die Sprache fließend beherrschen. Doch das stimmt nicht. Das ist Linksrechts-Thai, und es beschreibt ziemlich genau Camerons Sprachtalent. Aber egal, er kann jeden Thai besser lesen als einer, der die Sprache wie ein Einheimischer spricht.«

»Warum erzählen Sie mir das?«

»Damit Sie, wann immer Sie mit Cameron sprechen, nicht denken, Sie könnten ihn hinters Licht führen. Sie können Ihre wahren Gedanken nicht verbergen. Das ist unmöglich. Ihr Gesicht verrät Sie.«

Lovell hatte beim Einstellungsgespräch mit Cameron das Gefühl gehabt, dass dieser ähnlichen Wert auf Lovells außergewöhnliches Gedächtnis legte wie Suvit damals auf Camerons Talent des Gesichtslesens. »Warum hat er mich eingestellt?«

Danielson schenkte sich Brandy nach und füllte dann auch Lovells Glas. Er ging vor dem Fenster auf und ab und betrachtete die Aussicht, als zöge ihn irgendetwas in die dunkle Nacht nach draußen. »Wegen Ihres Gedächtnisses. Er bestand auf einem Absolventen mit fotografischem Gedächtnis, der direkt von der Universität kam. Es gab einen ziemlichen Andrang auf den Job. Aber nur Sie hatten das perfekte Gedächtnis. Schauen Sie nicht so überrascht, John. Ihr ganzes Leben lang war das Ihr größter Aktivposten. Es war Ihr Wettbewerbsvorteil an der Universität. Warum sollte das in der Kanzlei anders sein? Cameron hat große Pläne mit Ihnen.«

»Hat er gesagt, welche Art von Plänen?« Seine Hand zitterte, als er das Glas abstellte. Plötzlich fühlte er sich unwohl und sehnte sich nach frischer Luft. Vielleicht lag es am Brandy, redete er sich ein. Aber damit log er sich in die Tasche. Egal, was er sonst zu bieten hatte, am Ende lief es immer auf sein fotografisches Gedächtnis hinaus. Er als Person war dabei völlig unwichtig, dachte er. Plötzlich fühlte er sich schwindlig, machtlos und verloren.

Danielson ließ den Brandy im Glas kreisen, schnupperte daran und trank schließlich. »Sie könnten sich zum Beispiel die hochkomplexe Struktur von ineinander verschachtelten Gesellschaften einprägen. Es müsste keine Dokumente als Erinnerungsstütze geben, keine Computeraufzeichnungen. Der Speicherplatz wären Ihre grauen Zellen. Aber erst muss er Ihnen vollkommen vertrauen können.«

»Cameron plant, mich auf die Probe zu stellen?«

Ein Lächeln glitt über Danielsons Gesicht. Er sah auf die Uhr und wandte sich auf eine Art ab, die klarmachte, dass er nicht vorhatte, die Frage zu beantworten. Er angelte seine Schlüssel aus der Tasche.

»Sie sehen ein wenig blass aus. Kommen Sie, ich begleite Sie nach unten.«

Auf der Straße hielt ein Taxi vor ihnen an. Sie gaben sich die Hand, und Danielson schlug die Tür hinter Lovell zu. Er stand winkend am Rinnstein, während der Wagen losfuhr. Als Lovell noch einmal zurückblickte, sah er, dass sein Chef gerade in ein zweites Taxi einstieg.

An der nächsten Ampel war Lovells Wagen nach rechts abgebogen, und Danielsons Taxi verschwand im Verkehr. Lovell dachte noch, wie seltsam es war, ihn nach unten zu begleiten und nachzuwinken und dann selbst in ein Taxi zu steigen. Während er sich zurücklehnte, fragte Lovell sich, welche Art von Prüfung Cameron im Sinn hatte. Und wann er erfahren würde, ob er bestanden hatte.

Stiles stieß sich von den heruntergelassenen Rollläden eines Gebäudes auf dem Gelände des Wat ab und vertrat Lovell den Weg. »Ich verdiene mehr Geld mit dem, was ich vergesse, als mit dem, an das ich mich erinnere«, flüsterte er ihm zu. »Sie müssen lernen zu vergessen. Ihr immenses Gedächtnis ist ein Sicherheitsrisiko, Lovell.« Er wartete keine Erwiderung ab, sondern trat zur Seite und ließ Lovell vorbei.

Lovell war auf halbem Weg über den Parkplatz, als Siri seinen Namen rief. Er erkannte den schrillen indignierten Ton, den sie immer dann hatte, wenn sie wütend war. Er wartete, bis sie ihn eingeholt hatte. Sie brauchte einen Moment, um wieder zu Atem zu kommen. Er hatte sie vorher flüchtig mit Stiles zusammen gesehen, der aussah wie eine alte Fledermaus, die in einem verrottenden Kirchturm hing. Aber als Stiles dann aus dem Schatten trat, um ihm zu sagen, dass nur das Vergessen ihn wieder auf die Straße des Erfolges bringen konnte, war sie verschwunden gewesen.

»Weißt du eigentlich, was für eine Missgeburt du bist?! Ewig fasst du andere Menschen an. Knotest ihre Krawatten auf und bindest sie neu. Fummelst an ihren Brillen herum. Beäugst ihre Schürsenkel. Und jetzt rennst du weg von der Beerdigung deines Chefs! Wie kann man bloß so bescheuert sein?«

Sie machte es auf die thailändische Art: stellte ihn allein zur Rede, ohne Zeugen. Eine zufällige Diskussion unter vier Augen an einem neutralen Ort, was den potenziellen Gesichtsverlust begrenzte. Der Parkplatz des Wat eignete sich perfekt dafür. Sie konnte ihn ohne direkte Zeugen zur Schnecke machen.

»Hallo, Siri. Ich habe versucht, dich anzurufen. Sicher ein Dutzend Mal. Aber du wolltest nicht mit mir sprechen.«

»Hast du eigentlich die geringste Ahnung, was du mir und meiner Familie angetan hast?«

Das Foto von ihm mit der Katoey am Arm war sicher am Familientisch Thema gewesen.

»Ich dachte, wenn zwei Menschen sich wirklich lieben, dann halten sie auch in schwierigen Zeiten zusammen«, sagte er. »Falls du mich je geliebt hast.«

Sie ballte die Fäuste. Er glaubte, sie würde ihn schlagen. »Du hast keine Ahnung, was ich deinetwegen durchgemacht habe. Als Mutter das Foto sah, hat sie geweint. Und mein Vater konnte kaum noch seinen Kollegen vor die Augen treten. Du hast meine Eltern gedemütigt. Es wäre weniger schlimm, wenn du jemanden umgebracht hättest. Ich will nicht, dass du mich jemals wieder anrufst oder versuchst, mich zu sehen.«

Eine wirklich beeindruckende Darbietung, fand Lovell.

Sie gab ihm den Laufpass, während sich aus dem Schornstein des Krematoriums der schwarze Rauch himmelwärts kräuselte. Einer seiner Exkollegen kam auf sie zu. Er nickte, und Lovell erwiderte den Gruß. Sie warteten, bis er verschwunden war.

»Du willst Schluss machen? Dazu brauchst du meine Erlaubnis nicht«, sagte er.

»Wie könnte ich weiter mit dir zusammenbleiben, nach allem, was geschehen ist?«

»Du kannst tun, was immer du willst. Mir soll es recht sein.«

Sie schlug nach ihm; es war ein weit ausholender Schlag, und Lovell konnte ihm leicht ausweichen. »Wage es nicht, so mit mir zu reden«, schrie sie.

»Cameron sagte, es sei meine Pflicht, zu vergessen. Vielleicht fange ich am besten mit dir an.«

Ihre Wut verleitete sie zu einem weiteren wirkungslosen Angriff.

Diesmal fing er ihre Faust mit der Hand, hielt sie einen Moment lang fest und beugte sich dann vor, um sie auf die Stirn zu küssen. »Ich wünsche dir noch ein schönes Leben«, sagte er.

Tränen stiegen ihr in die Augen. »Gut«, sagte sie. »Ich hab's satt, den Babysitter für dich zu spielen.« Sie wollte sich abwenden, aber er hielt sie zurück.

»Was meinst du, den Babysitter spielen?«

Sie versuchte sich loszureißen, aber sein Griff war zu hart. »Nichts. Lass mich los.«

»Die Firma bezahlt dich, um auf mich aufzupassen. Das ist es, nicht wahr? Um mich unter Kontrolle zu halten. Wem hast du Bericht erstattet? Cameron? Oder gleich allen zusammen, Cameron, Danielson und Stiles? Deine armseligen Notizen voller Rechtschreibfehler müssen eine interessante Lektüre für sie gewesen sein.«

»Es war ein Fehler, dich einzustellen«, sagte sie.

Er ließ ihren Arm los und sah ihr nach, während sie zum Hauptpavillon zurückhastete. Als sie durchs Eingangstor des Wat verschwand, dachte er: Ich habe keinen Job, keine Anwaltskarriere und keine Zukunft mehr in Thailand. Sie hatte dieselbe Formulierung benutzt wie Cameron. Er war ein Fehler gewesen. Jetzt war sie verschwunden, und er hatte sich noch nie zuvor so vollständig zurückgestoßen gefühlt. Wenn er nicht gleich zu Danielson ins Krematoriumsfeuer hüpfen wollte, musste er sich zusammenreißen und etwas unternehmen. Von Anwälten wurde schließlich erwartet, dass sie alle Optionen durchdachten, um ein Problem zu lösen. Apisaks Rat lautete, nach Los Angeles zurückzufliegen. Cameron hatte ihm ein Business-Class-Ticket gegeben und verlangt, alles, was er über die Anwaltsfirma wusste, aus seinem Gedächtnis zu tilgen. Er zog den Umschlag mit dem Flugschein aus der Tasche und blätterte ihn durch. Nur Hinflug. Er lächelte und steckte das Ticket wieder zurück. Der Abflugtermin war in achtundvierzig Stunden. Was hätte Danielson wohl getan?

Er wäre nicht weggelaufen. Das lag nicht in seiner Natur. Er war ein Kämpfer gewesen. Lovell wandte sich um und blickte zurück zum Wat. Rauch stieg über dem Krematorium in den Himmel. Das war alles, was von Danielson übrig blieb: Rauch und Asche. Sollte er alles vergessen? Danielson hatte ihm beigestanden, ihn angeleitet und ihm eine Chance gegeben, sich zu beweisen. Oder war er lediglich eine zweite Siri gewesen, ein weiteres Paar Augen für Cameron? Er war sich in gar nichts mehr sicher.

Lovell ging über das Gelände des Wat bis zur Sukhumvit; dort stieg er die Stufen zum Skytrain hinauf. Als der Zug einfuhr, suchte er sich einen freien Sitzplatz und sah auf die Uhr, die Danielson ihm geschenkt hatte. Überall im Waggon saßen und standen ganz normal aussehende Leute, die ihren ganz normalen Geschäften nachgingen. Er rief sich das Bild seines Flugtickets ins Gedächtnis und konzentrierte sich auf die Abflugzeit, als ob er in dieser Information eine Botschaft finden könnte, die darauf wartete, entschlüsselt zu werden.

Der Zug hielt an, neue Passagiere drängelten herein. Zwei Yings sahen ihn an, flüsterten und lächelten. Er erwiderte ihr Lächeln. Es gibt noch viele andere Frauen, sagte er sich. Warum Siri? Vielleicht war Vergessen gar keine so schlechte Idee. Die Yings lächelten wieder, und eine von ihnen strich sich das Haar zurück, mit leuchtenden, fröhlichen Augen.

Einen Augenblick lang schien es so, als wäre der Skytrain voller verfügbarer und williger Frauen.

Eine der Yings stand auf. »Hi«, sagte sie zu ihm.

»Man hat mich abserviert«, flüsterte Lovell tonlos. Er konnte sich nicht konzentrieren. »Wie bitte?«, fragte sie.

»Ich habe mich gerade von meiner Freundin getrennt«, erwiderte er lauter und dachte an Apisaks Gesicht beim Anblick des Business-Class-Tickets in seiner Hand.

Die Ying seufzte mitfühlend. »Gebrochenes Herz?«, fragte sie.

Er blickte zu ihr hoch. »Darf ich Sie zu einem Kaffee einladen?«

# 23

Calvino stützte sich auf die Ellbogen und beugte sich vor, während er sein Spiegelbild in einem kleinen Taschenspiegel anstarrte, der auf zwei Büchern neben der Computertastatur balancierte. Ein um seinen Hals gelegtes Handtuch trug die gelockten Überreste seiner abgeschnittenen Haare, eine Mischung aus Braun und Grau. Er nahm eine widerspenstige Haarsträhne zwischen die Finger, führte die Schere darüber und schnipselte. Noch mehr Haare fielen auf das Handtuch und glitten auf die Tastatur.

Der Bildschirm flimmerte in UN-Blau und zeigte die Website der WHO mit der Stellenausschreibung für einen Chefermittler. Calvino linste vom Spiegel auf das WHO-Logo mit seiner um einen Stab gewundenen Schlange. Die Stellenbeschreibung verlangte, dass der Chefermittler in der Lage sein musste, korrigierend eingreifende Maßnahmen zu empfehlen und Betrugsrisikoanalysen zu erstellen. Bingo, dachte Calvino. Das ist mein Job. Während er seine Frisur im Spiegel betrachtete, ließ er die Schere klappern, als wollte er sie anwärmen.

Vor zwei Monaten hatte Calvino damit begonnen, seine täglichen Ausgaben zurückzuschrauben. Dabei war er sein eigener Friseur geworden. Sich die Haare am Schreibtisch zu schneiden, sparte Geld. Wenn er auf der Straße oder in den Bars jemanden traf, den er lange nicht gesehen hatte, merkte er gelegentlich, dass dieser mit offenem Mund seinen Haarschopf anstarrte. Oder bildete er sich das nur ein? Als er zum ersten Mal das Handtuch um den Hals schlang und die Schere aus der Schublade zog, hatte er Hemmungen gehabt. Er wartete, bis Ratana das Büro verlassen hatte. Dann schaltete er alle Lampen ein und experimentierte mit dem Spiegel, bis er genau die richtige Stelle auf dem Schreibtisch gefunden hatte. Erst schnitt er hier ein bisschen weg, glich dort ein wenig aus, bis er die nötige Sicherheit gewann. Das Knifflige war, die Haare im

Nacken zu trimmen; es war so ähnlich, wie mit dem Gewehr rückwärts über die Schulter auf ein bewegliches Objekt zu schießen. Ein Schlangenmensch zu sein, wäre hilfreich gewesen.

Einen Monat nach Beginn des Experiments besaß er genügend Selbstbewusstsein, um sich die Haare zu schneiden, während Ratana noch im Büro war, und beim ersten Mal, als sie mitten in der Prozedur hereinplatzte, reagierte sie zu seiner großen Überraschung mit einem sachlichen Nicken. Sie tat so, als hätte er nie etwas anderes gemacht, als den eigenen Friseur zu spielen. Es hatte etwas Tröstliches, wenn eine Frau das merkwürdige Verhalten eines Mannes einfach akzeptierte.

Sie hatte ihn gebeten, sich umzudrehen, und begutachtete den Nacken.

»Du hast hinten ein paar Stellen übersehen«, meinte sie.

Er verrenkte sich den Hals, um besser sehen zu können. »Ich weiß. Im Nacken bin ich noch nicht so gut. Das ist ein blinder Fleck. Wie in dem alten Kinderreim ›Drei blinde Mäuse‹. Obwohl sie die inzwischen vermutlich politisch korrekt auf ›drei sehbehinderte Mäuse‹ umgetauft haben.«

Ein leises Lächeln trat auf ihre Lippen.

»Gib mir die Schere.« Sie umrundete seinen Schreibtisch und trat hinter seinen Stuhl. Drei, vier Scherenschnipser später hatte er eine gerade Haarlinie im Nacken. Sie gab ihm die Schere zurück, nahm eine Akte von seinem Schreibtisch und ging wieder auf ihre Seite des Raumteilers.

Er setzte sich vor den Spiegel, betrachtete sich und fragte sich, ob das eben wirklich passiert war oder ob er geträumt hatte. Er mochte den Klang der Scherenklingen, wie eine Guillotine, wie das Zwitschern eines Paares glatter Schenkel in Nylonstrümpfen.

Lovell tauchte unerwartet im Büro auf. Ratana blickte in sein lächelndes Gesicht und war ebenso hingerissen wie beim ersten Mal.

»Hi«, sagte sie. »Sie sehen aber gar nicht gut aus.«

»Ich komme gerade von einer Beerdigung«, erklärte er. Der Geruch des Krematoriums klebte ihm noch in der Nase.

»Das muss Mr Danielsons Bestattung gewesen sein.« Calvino

hatte ihr gesagt, dass sie für heute angesetzt war. Er selbst war lieber nicht hingegangen. Seine Anwesenheit hätte bestenfalls demonstriert, dass Danielson nicht immer nach den Regeln der Firma gespielt hatte. Es würde dort von Rechtsanwälten nur so wimmeln.

Lovell nickte beeindruckt. Das war ja eine verdammt clevere Sekretärin. »Ich habe mit seiner Frau Millie gesprochen.«

»Das muss eine sehr schwere Zeit für sie sein.« Ratana fragte sich, wie viel Millie Danielson über das tote Massagemädchen im *One Hand Clapping* und ihren Ehemann wusste. Der Grad ihrer Trauer war sicher umgekehrt proportional zu ihrem Wissen um eine Neunzehnjährige namens Jazz.

Lovell ließ den Kopf hängen wie ein Schuljunge und trat mit beschämtem Blick von einem Fuß auf den anderen, diese jungenhafte Geste, der keine Frau widerstehen kann.

»Wollten Sie mir noch etwas sagen?«

Lovells Nase zuckte, und er nickte. »Ich bin abserviert worden.«

Ratana war sich nicht ganz sicher, was er damit sagen wollte. »Abserviert?«

»Es geschah beim Wat. Meine Freundin hat mich auf dem Parkplatz abgepasst. Sie heißt Siri. Wir wollten heiraten. Aber es ist vorbei. Sie hat mich bei Danielsons Beerdigung abserviert. Sein Rauch hing am Himmel. Er rollte direkt über uns hinweg. Das war ihr egal. Sie sagte, es ist aus.«

»Das ist ja schrecklich«, sagte Ratana und dachte, dass das die beste Nachricht seit Langem war.

Er grinste. »Eigentlich nicht. Ich habe schon einen Plan. – Ich weiß, ich habe keinen Termin, aber ich muss unbedingt mit Mr Calvino sprechen.«

Ihr Lächeln erlosch. Sie räusperte sich und seufzte. »Wann würde es Ihnen passen?«

So war das eben. Er war ein Stern am Himmel, außer Reichweite für normale Sterbliche. Ratanas Stimmung kippte. Lovells Freundin hatte die Beziehung beendet. Aber er hatte schon einen Plan, sie zurückzugewinnen. Rums und aus, Baby.

»Könnte ich nicht einfach hineingehen? Jetzt zum Beispiel?«

Ratana überlegte, ob sie ihm seinen Willen lassen sollte. Schließlich gab den Ausschlag, dass Calvino sich gerade die Haare schnitt. Ihr gefiel der Gedanke, dass Lovell Calvino dabei überraschte. Das würde ihnen beiden recht geschehen. Wahrscheinlich konnte nur eine Frau verstehen, warum das so war.

Lovell kam also direkt in Calvinos Büro marschiert. »Mr Calvino«, sagte er, »ich hoffe, ich störe nicht.«

Calvino blickte auf und seufzte. »Natürlich stören Sie.« Er ließ die Schere klappern, als hätte sie Appetit auf Lovells Krawatte. Dann wandte er sich wieder seinen Schnittübungen zu.

»Ich kann auch später wiederkommen.«

»Setzen Sie sich, verdammt noch mal, und halten Sie zwei Minuten den Mund.«

Calvino versuchte sich darüber klar zu werden, ob er Lovell mochte. Der Junge hatte keine Ahnung von den größeren Zusammenhängen. Nach der Papierform hätte einer wie er eigentlich alles im Griff haben sollen. Aber in einem Land, wo das geschriebene Wort so viel Gewicht hatte wie eine Büroklammer bei Schwerelosigkeit, lag zwischen dem, was er tat, und dem, was es bedeutete, ein himmelweiter Unterschied.

»Ich schneide mir jetzt selbst die Haare«, sagte Calvino. »Das ist ein wichtiges Ereignis. Wissen Sie, warum?«

»Ich bin mir nicht sicher«, erwiderte Lovell. Das klang wie eine Fangfrage, so eine, wie sie einem die Juraprofessoren in der Prüfung stellen. »Weil es Ihnen bessere Kontrolle und mehr Freiheiten gibt?«

Was für eine originelle, typisch amerikanische ausweichende Antwort, dachte Calvino.

»Das hat mit Kontrolle oder Freiheit gar nichts zu tun. Sich selbst die Haare zu schneiden, ist das erste Anzeichen dafür, dass einem alles egal ist. Es sagt einem selbst und der Welt da draußen: Ich habe einen Punkt in meinem Leben erreicht, wo mich nichts mehr berühren kann. Niemand und nichts kann mich noch traurig, deprimiert oder hoffnungsfroh machen.«

Lovell starrte Calvinos Koteletten an. »Die sind ungleich.«

Calvino überprüfte sein Gesicht im Spiegel. »Was ist ungleich?«

»Die linke Kotelette ist ein bisschen länger.«

Die Art von Anwalt ist er also, dachte Calvino. Einer von den Burschen, die jeden Tippfehler, jedes fehlende Komma bemerkten und den Unterschied zwischen eckigen und runden Klammern kannten. So eine Art von Persönlichkeit, die, im Übermaß genossen, die meisten Leute in den Wahnsinn treiben konnte.

»Lovell, ich lasse die linke immer etwas länger.« Calvino beugte sich über den Schreibtisch, die Schere mit beiden Händen haltend. »Ich setze damit ein Zeichen. Nennen Sie's einen Code.«

Lovell schluckte mühsam. »Was für eine Art von Zeichen?«

»Dass mir alles wurscht ist.« Er lehnte sich zurück, zog die Schreibtischschublade auf und warf Schere und Spiegel hinein. Dann knotete er das Handtuch auf, faltete es so zusammen, dass die Haarschnipsel nicht herausfallen konnten, und legte es auf den Boden. »So, fertig. Und jetzt, was wollen Sie?«

»Sie waren heute nicht bei Andrews Beisetzung«, sagte Lovell.

»Glauben Sie, er hat mich vermisst?«

»Ich hätte gedacht, Sie würden kommen.«

Calvino zuckte die Achseln. Ein Anflug von Schuldgefühl prallte an ihm ab, flatterte zu Boden und rollte sich dort zusammen. Es hatte ihn nicht erreicht. »Sie sind ein Rhodes-Absolvent«, sagte Calvino.

Lovell nickte zustimmend.

»Nach dem Studium bekamen Sie einen Job bei einer der größeren Firmen in Los Angeles.«

Wieder nickte Lovell. »Bis Danielson mich abgeworben hat.« Er erwähnte nicht, dass Cameron in Bezug auf die Qualifikationen seines neuen Mitarbeiters sehr genaue Vorstellungen gehabt hatte.

Es war anständig von Danielson gewesen, ihm das ohne Umschweife zu sagen.

»Ihre Exfreundin hatte recht.«

Lovells Augen verengten sich. »Sie haben mein Gespräch mit Ihrer Sekretärin belauscht.«

»Lauschen ist mein Beruf. Lauschen, Beobachten, Berichten. Aber darauf wollte ich nicht hinaus.«

»Ich wurde für mein Gedächtnis bezahlt. Na schön, worauf wollen Sie denn nun eigentlich hinaus?«

»Sie haben's vermasselt. Versagt. Es ist wahrscheinlich die erste Niederlage Ihres Lebens. Das erste Mal ist immer am schwersten. Aber da Sie noch nie versagt haben, hatten Sie keinen Schimmer, wie es sich anfühlt. Sie sind fassungslos. Die Wirklichkeit hat Ihr Gehirn noch nicht erreicht. Sie sind wie Humpty Dumpty aus dem Kinderreim, den all die Männer des Königs nicht mehr zusammenleimen konnten. Hören Sie mir zu?«

Lovell sah aus, als wäre er in den Nebel seiner eigenen Gedanken abgedriftet. »Ich höre.«

»Sie kommen ins Büro eines Mannes, der sich keinen Friseur leisten kann. Wie soll ich Ihr Leben wieder auf die Reihe bringen, wenn mein eigenes in mehr Stücke zerbrochen ist, als ich zählen kann?«

»Es gefällt mir nicht, was geschehen ist. Es gefällt mir nicht, wie es geschehen ist.«

»Nur weiter.« Er sah, dass Lovell kurz vor dem Überkochen stand, ihn aber trotzdem noch etwas zurückhielt.

»Die haben mich verarscht. Das missfällt mir.«

Bevor Lovell den üblichen Schluss hinzufügen konnte, dass er schon bald wieder in der Oberliga mitspielen würde, sagte Calvino: »Wem gefällt das schon? Fehlschläge werden nicht besser, wenn sie öfter passieren, genauso wenig wie Motorradunfälle nach und nach weniger schmerzhaft werden. Aber man lernt aus seinen Fehlern.«

»Ich habe keinen Fehler gemacht.« Lovells Replik kam einen Tick zu schnell.

»Ach ja? Und warum sind Sie dann hier?«

»Ich kenne die gesamte Struktur von etwas, das ich nicht kennen dürfte. Cameron glaubt, dass mir entscheidende Teile dazu fehlen. Und ich bin verdammt froh, dass er das denkt.«

»Die gesamte Struktur wovon?«

»Weerawats Geschäftsimperium.« Er hatte mehr als die Struktur im Kopf; er kannte das ganze riesige Korallenriff, das sich unter der Wasseroberfläche verbarg. Lovell überblickte jeden Ein- und Ausgang des organischen, lebenden, atmenden Ganzen, er wusste, wo sich Ungeheuer verbargen und die heimlichen Echos vergangener Verbrechen nachhallten.

Calvino blickte hoch zu ihm. »Was haben Sie mit diesen Informationen vor?«

»Sie zu benutzen, um herauszufinden, warum Noah Gould den Schwanz einkneift. Warum Danielson tot ist. Und warum sie mich von einer thailändischen Anwältin bespitzeln ließen, die so tat, als wäre sie meine Freundin. Ist das nicht genug?«

»Mehr als genug«, meinte Calvino. »Für Ihr Alter hatten Sie einen guten Job, Geld und jede Menge Frauen.«

»Eine Frau.«

Calvino hob die Hand, um ihn zum Schweigen zu bringen. »Lassen Sie mich ausreden. Wenn man älter wird, passieren die Dinge langsamer, aber die Zeit läuft schneller. Es ist eines dieser Paradoxa. Man stolpert und fällt auf die Schnauze. Man schmeckt Schmutz und Staub zwischen den Zähnen. Man steht wieder auf und kämpft weiter, oder man bleibt im Dreck auf den Knien liegen.«

»Ich bin bereit zum Kampf«, sagte Lovell.

Calvino lehnte den Hinterkopf an die Stuhllehne und wippte vor und zurück.

»Das geht nie einfach oder sauber. Manchmal ist es besser, im Dreck liegen zu bleiben und weiterzuleben.«

»Das glauben Sie doch nicht im Ernst. Warum suchen wir nicht einen Weg, uns gegenseitig wieder auf die Beine zu helfen, Mr Calvino?«

»Detektiv. Wir hatten uns darauf geeinigt, dass Sie mich Herr Detektiv nennen.«

»Gut, Herr Detektiv.«

»Wie kommen Sie mit dem ›Schlupfwinkel‹ weiter? Haben Sie alle Aufenthaltsorte Weerawats auf der Karte?«

Lovell öffnete den obersten Hemdknopf, fischte einen USB-Stick heraus, der an einer Kette um seinen Hals baumelte, und legte ihn auf Calvinos Schreibtisch.

»Es läuft noch. Das Programm. Es ist keine Karte. Egal, auf dem Stick sind jedenfalls alle Unterlagen zu den acht anderen Fällen, die Danielson bearbeitete. Die, die ich letztes Mal erwähnt habe.«

»Sie haben sich das alles eingeprägt?«

»Alles«, sagte Lovell, und sein Gesicht leuchtete auf. Er war stolz auf seine Fähigkeit.

»Warum geben Sie es mir?«

»Ich will, dass Sie etwas verstehen. Alle Fälle haben eines gemeinsam. Verschiedene Gesellschaften, aber nur einen Besitzer, und in jedem Fall ging es um den Diebstahl von Copyright oder geistigem Eigentum. Manchmal kopierten sie einfach eine Marke. Das Schema war immer dasselbe – bei den Ermittlungen wurden zwei verschiedene Akten angelegt: der echte Bericht für Weerawat, und ein bereinigter, der an den Klienten ging.«

Calvino steckte den USB-Stick in seinen Computer und lud die Dateien herunter. Als er fertig war, zog er den kleinen Speicher wieder ab und reichte ihn Lovell.

»Sagte ich Ihnen schon, dass mein Großvater eine Fliege binden konnte?«

Lovell wirkte verwirrt. »Ich rede von einem Riesenbetrug, und Sie kommen mir mit der Fliege Ihres Großvaters?«

»Sie müssen lernen, Geduld zu haben. Eine Gerade ist nicht immer die kürzeste Linie, die alle Punkte verbindet. Mein Großvater Vito wanderte von Florenz nach Amerika aus. Es war während der Weltwirtschaftskrise. Er verließ Italien, nachdem Livia, seine Mutter, im Arno ertrunken war. Sie hatte Selbstmord begangen. Ihre Manteltaschen waren vollgestopft mit Kacheln aus Galileo Chinis Werkstatt, als sie über das Geländer der Ponte Vecchio kletterte. Unter der glänzenden, durchscheinenden Oberfläche der Kacheln lagen Chinis siamesische Akte, junge Frauen mit immerwährendem Lächeln. Diese Kacheln zogen Livia auf den Grund des Flusses.

Einen Monat nach der Beerdigung schickte Galileo Chini Vito auf die Kunstakademie. Aber er hielt es dort nur drei Wochen aus, ließ sich die Studiengebühren wieder auszahlen und verwendete das Geld, um nach New York zu gehen und eine Klempnerei zu eröffnen.

Und er tötete einen Mann. Es war spät in der Nacht. Drei Männer drängten ihn an die Wand. Einer von ihnen nannte ihn ›Itaker-Hurensohn‹. Hätten sie einfach gesagt, ›Her mit dem Geld‹, oder vielleicht bloß ›Itaker‹, würde Vito ihnen vermutlich seine Taschen umgedreht haben. Aber sie wollten ihn nicht nur ausrauben, sie wollten ihn demütigen, ihm seine Nase in den Dreck reiben. Da war Vito sehr empfindlich. Der Mann, den Vito tötete, hatte ihm die Hände um den Hals gelegt. Er ließ erst los, als Vito ihm das Genick brach. Die anderen rannten davon. Mein Großvater wanderte für sieben Jahre ins Gefängnis. Erst, als er wieder herauskam, gründete er das Geschäft, von dem ich erzählt habe. Klempner. Er hatte siebzehn Angestellte.«

»Siebzehn Angestellte.«

»Diesen Mann zu töten, war eine Sache der Ehre. Wenn Sie lange genug hier gelebt haben, verstehen Sie, wie es zu so etwas kommt. Nur, dass man das, was Menschen zum Töten bringt, hier in Thailand nicht Ehre nennt, sondern Gesicht. Noch später drängte man meinen Großvater aus dem Geschäft, weil man in New York eine Lizenz brauchte, um Klempner zu sein. Die bekam er nicht, als Exhäftling. Er akzeptierte es als den Preis seiner Ehre. Vito beklagte sich nicht oder wurde zum Säufer; er arbeitete einfach für einen seiner Angestellten. Ich bin mit dieser Geschichte aufgewachsen. Es war einer der Gründe, warum ich Anwalt werden wollte. Die Gerechtigkeit war es wert, dafür zu kämpfen – oder jedenfalls bildet man sich das ein, wenn man jung ist.«

»Heißt das, Sie werden mir helfen?«

Calvino schloss die Website der WHO und öffnete die Dateien, die er gerade herübergeladen hatte. Seite um Seite voller Fotos von gefälschten Produkten rollte über den Bildschirm: Prada-Handtaschen, Babymilchpulver, Bremssysteme, Pillen und noch mehr Pillen, und eine Liste von Film- und Musik-DVD-Titeln. »Das bedeutet, dass ich mir meine Kämpfe aussuche und sie mir nicht von

Leuten aufdrängen lasse, die kämpfen wollen. Das ist es, was ich von meinem Großvater gelernt habe. Man kann nicht jedem Trottel das Genick brechen. Wenn man damit anfängt, kann man nach einer Woche die Leichen nicht mehr zählen.«

Ein harter Ruck am Hals eines Mannes genügte, und er war tot wie ein geschlachtetes Huhn. In seiner Jugend hatte sich Calvino oft vorgestellt, wie der Schläger zu Füßen seines Großvaters zusammengesunken war. Und den Gesichtsausdruck der anderen beiden, die nicht mehr den Nerv zu einem Kampf hatten, als sie ihren Freund sterben sahen. Sie hatten Fersengeld gegeben und die Tat angezeigt.

»Und er hat sich selbst die Fliege gebunden?«

»Jedes Mal perfekt.« Calvino blickte vom Bildschirm auf, der inzwischen aussah wie ein Online-Kaufhaus. »Sagen Sie mir eines. Was genau wollen Sie?«

»Ich will wissen, ob jemand meinen Boss ermordet hat.«

»Warum liegt Ihnen so viel daran?«

»Weil er an mich glaubte.« Er trug das mit solcher Ernsthaftigkeit vor, dass Vincent Calvino dachte, es bestünde eine beachtliche Chance, dass John Lovell am Ende einen guten Grund gefunden hatte, das Richtige zu tun.

»Und Ihr Mädchen zurückzubekommen, wie steht es damit?«

»Ich habe beschlossen, sie zu vergessen.«

»Vielleicht vergisst sie *Sie* nicht.«

Lovell rümpfte die Nase. »Können Sie mit den Informationen etwas anfangen?«

Calvino lächelte, lehnte sich zurück und stieß langsam die Luft aus. »Ich sag Ihnen was, Kleiner. Ich sehe sie mir genauer an und melde mich dann wieder bei Ihnen.«

Das war nicht das, was Lovell hören wollte. Aber es war nicht die erste Enttäuschung an diesem Tag. Er nahm seinen Aktenkoffer, stand auf und ging auf die andere Seite des Raumteilers. Ratana sah auf und lächelte. »Er denkt darüber nach«, flüsterte Lovell ihr zu.

»Das ist normalerweise ein gutes Zeichen«, flüsterte sie zurück.

»Ich hab's verstanden«, meinte er.

# 24

Weerawat parkte seinen silbergrauen Lexus vor dem Gebäude, in dem Calvinos Büro lag. Er stieg aus, streckte sich und beugte sich dann in den Wagen zurück, um eine lederne Aktentasche herauszuholen. Nach zwei Stufen blieb er vor dem Eingang des *One Hand Clapping* stehen. Die Yings saßen auf Plastikstühlen herum, gekleidet in ihre kurzen Hausmäntel mit dem Namen des Massagesalons über der linken Brust. Sie starrten ihn an, versuchten ihn einzuschätzen. Kundschaft, schrillte die Alarmglocke. Aber etwas an Weerawats Erscheinung hielt sie von ihrer üblichen Anmache ab. Er kam ihnen bekannt vor, nicht in dem Sinne, dass sie ihm auf der Straße schon einmal begegnet wären, sondern wie bei einem Prominenten. Eines dieser Gesichter, die man aus dem Fernseher kannte, der im Dauerbetrieb ständig irgendwo in den Randbezirken des Bewusstseins mitlief. Es lag an den kleinen Dingen – den sorgfältig manikürten Fingern und dem modischen Haarschnitt, dem kamerageschulten Lächeln, dem geübten Gesichtsausdruck, der ihm die Herzen zufliegen ließ.

Weerawat stellte die lederne Aktentasche auf einen freien Stuhl. Er war ein Mensch, der gern die Hände frei hatte. Er trug einen hellbraunen Armani-Anzug und italienische Schuhe und lächelte die Yings an, als habe er sich gerade an etwas Amüsantes erinnert. Selbstbewusst, entschlossen und immer noch jugendlich, obwohl man sehen konnte, dass er auf der falschen Seite der Vierziger angelangt war. Er ähnelte keinem Kunden, den die Mädchen je gehabt hatten. Immer noch bemüht, sein Gesicht unterzubringen, belauerten sie jeden seiner Schritte. Stillschweigend kamen die Yings zu dem Schluss, dass dieser Fisch zu groß für ihre Netze war. Er versuchte in ihrem eingefrorenen Lächeln zu lesen.

»Ich suche Vincent Calvino«, sagte er. »Er ist ein Farang.« Sein Thai hatte einen leichten chinesischen Akzent.

Als ob sie nicht wüssten, dass Calvino ein Farang-Name war.

Drei Yings hoben synchron die Hand und deuteten nach links. Weerawat nickte, lächelte, ergriff seine Aktentasche und ging zur Treppe. An der Wand hing ein kleines Schild mit der Aufschrift »Vincent Calvino, Privatdetektiv«. Er hatte den Eindruck, dass der Kontakt der Yings mit dem Farang-Ermittler hier auch schon endete. Sie kannten ihn, kannten ihn aber auch wieder nicht. Etwas blitzte in den Augen einer der Frauen auf. »Sie sind Khun Weerawat«, sagte sie.

Sein Lächeln wurde breiter. Er bedankte sich für ihre Hilfe, und sie grüßten ihn mit einem Wai. Er erwiderte ihn. Der Austausch verlief kurz, knapp und zivilisiert, und jeder wusste dabei genau, wo sein Platz war. Weerawat stieg die Treppe zu Calvinos Büro hinauf.

Ratana erkannte ihn auf den ersten Blick. Sein Gesicht tauchte nicht nur im Fernsehen auf, sondern auch in den Gesellschaftsspalten der thailändischen Zeitungen. Sein Lächeln strahlte von den Titelblättern der High-Society-Magazine, mit Booten, Pferden oder Autos im Hintergrund und einer schönen Schauspielerin oder einem Model an seiner Seite. Es waren nie alle Symbole des Reichtums gleichzeitig auf einem Foto zu sehen; durch kumulative Veröffentlichung wurden sie dem Publikum eher häppchenweise wie Perlen auf einer langen Kette präsentiert. Seine Hobbys und die teuren Accessoires waren Markenzeichen des Reichtums und der Macht.

Weerawat schwänzelte vor ihrem Schreibtisch herum und wartete, dass sie seine Gegenwart zur Kenntnis nahm. Sein Gesicht hatte einen fürsorglichen, hilfsbereiten, unbekümmerten Ausdruck. Ein Männergesicht, das die Hormone einer Frau in Wallung bringt, wie die Alarmsirene einen Soldaten zum Kampfeinsatz weckt. Sie versuchte konzentriert auf ihren Bildschirm zu blicken und tat so, als würde er nicht existieren. Endlich wandte sie sich ihm zu, lächelte und stand auf. Er nahm sich Zeit, sich in ihrem Reich umzusehen wie ein Schätzer, der die Bilder, Pflanzen, Stühle und Büroeinrichtung bewertet.

»Hübsches Büro«, sagte er und lächelte sie auf die freundliche Art an, die sie aus dem Fernsehen kannte.

»Khun Weerawat?«

Er war es gewohnt, dass man ihn erkannte. Sein Lächeln wurde noch breiter und schien zu fragen: Was hat eine attraktive Frau wie Sie hinter diesem Schreibtisch verloren?

»Wenn Mr Calvino Zeit hat, würde ich ihn gern sprechen.«

Ihre erste Reaktion unterschied sich nicht sehr von der der Yings, die auf ihren Plastikstühlen vor dem Massagesalon saßen. Instinktiv fühlte sie eine Mischung aus Verwirrung und Ehrfurcht. Ihre Hände erstarrten über den Tasten. Es war eine Sache, Berühmtheiten im Fernsehen, in Zeitungen oder Magazinen zu sehen, eine ganz andere, wenn sie vor dem eigenen Schreibtisch standen und einem Komplimente machten.

Sie fragte nicht, ob er einen Termin hätte. Männer wie Weerawat brauchten keine Termine. Sie wurden einfach empfangen. Ratana wusste, dass Calvino gerade telefonierte und für eine der Fabelhaften Vier eine Observierung organisierte. Und auch, dass er den Vormittag damit verbracht hatte, die Dokumente durchzusehen, die er von Lovell bekommen hatte. Weerawat war es egal, dass er sie in eine unangenehme Lage brachte. Er war es gewohnt, Macht auszuüben. Das war einfach. Das Heben einer Augenbraue, ein Lächeln oder eine Andeutung von Missbehagen genügten, seinen Willen durchzusetzen.

Auch nur anzudeuten, dass Calvino möglicherweise keine Zeit für ihn hätte, wäre eine Beleidigung gewesen. Weerawat verließ sich darauf, dass sein Status ihn schnellstens durch jede Wartezone schleuste. Vor allem, wenn die Person, die er sehen wollte, nur ein Farang war, ein Farang-Privatdetektiv noch dazu, der sein winziges Büro in einem Haus mit einem Massagesalon im Erdgeschoss hatte. Ratana fühlte sich klein und unbedeutend und stellte plötzlich fest, dass das Büro eng und unaufgeräumt war und einen frischen Anstrich vertragen konnte.

Sie hielt ihr Lächeln in Gang, ein Auge auf das Telefon gerichtet, damit sie sah, wann das rote Licht für Calvinos Telefonat erlosch. Als er endlich auflegte, wählte sie ihn an. »Vinny, Khun Weerawat ist hier. Er möchte dich sprechen.«

»Sag ihm, ich bin beschäftigt.«

Sie schluckte mühsam, blickte auf und lächelte Weerawat zu. »Es ist wichtig.«

»Leute ohne Termin halten sich immer für wichtig.«

»Vertrau mir.«

Er seufzte. Diese Schlacht war nicht zu gewinnen.

Ratana legte auf und erhob sich vom Schreibtisch. Weerawat war größer, als sie erwartet hatte. Sie führte ihn in Calvinos Büro. Dann legte sie Weerawats Visitenkarte auf den Schreibtisch und verschwand auf der anderen Seite des Raumteilers. Calvino starrte die Karte an. Außer dem Namen und einer Handynummer stand nichts drauf. Keine Adresse, keine Firma, kein Titel. Sie war blütenweiß.

»Was sind Sie von Beruf?«

Weerawat sah sich in Calvinos Büro um. Es war klein, der Schreibtisch von Papierstapeln und Aktenmappen übersät, und die Vorhänge schienen seit Jahren nicht mehr gewaschen worden zu sein. Dieses Unternehmen hat nur ein Pferd im Stall, und ein ziemlich altes dazu, dachte Weerawat. Als sein Blick auf die Reproduktion des Ölgemäldes von Galileo Chinis Bangkok fiel, fuhr er zurück. Seine Miene verhärtete sich, die Lippen wurden schmal, unnachgiebig, und seine Hände ballten sich zu Fäusten. Sein Gesicht verwandelte sich in eine abstoßende Maske, als wäre er gerade Zeuge eines Zugunglücks geworden.

»Mögen Sie italienische Malerei? Der Mann, der da durch den Vordergrund geht, sieht Ihnen irgendwie ähnlich«, bemerkte Calvino.

»Ich bin nicht gekommen, um mich über Kunst zu unterhalten«, sagte Weerawat. Sein Gesicht rötete sich, als er den Blick von dem Gemälde löste, und er wirkte wie jemand, der in einen unerwarteten Hinterhalt geraten ist.

»Das tun die wenigsten.«

Weerawat erholte sich schnell. Nachdem er erst einmal über das hinweg war, was immer ihn gestört hatte, kam er direkt zur Sache. Es war sinnlos, bei einem Farang auf gutes Benehmen zu achten.

»Die Amerikaner haben nicht viel übrig fürs Vorspiel«, sagte er. »Also komme ich gleich zum Wesentlichen.«

Calvino kalkulierte, dass der maßgeschneiderte Anzug und die Liberty-Krawatte ihm für drei Monatsmieten reichen würden – nein, eher sechs, berichtigte er sich nach einem Blick auf die italienischen Schuhe. »Vertrau mir«, hatte Ratana ins Telefon gehaucht. Und das hier meinte sie damit. Jemand, der nicht lediglich reich war, sondern in seinem Büro nach einer Million Dollar aussah. Das hier war ein Sahnestück auf dem Büfett der Geschäftswelt. Calvino kannte Weerawats Namen durch John Lovell. Er war ein wichtiger Klient gewesen.

»Was wollen Sie?«, fragte Calvino.

»Ich möchte mich Ihrer Dienste für ein monatliches Salär von 75 000 versichern.«

Die Namen von Weerawats Firmenkonglomerat wirbelten durch Calvinos Kopf. Er lehnte sich zurück und linste auf den Bildschirm. Alles lag nur ein paar Mausklicks weit entfernt in einer der Dateien, die er von Lovell heruntergeladen hatte. Calvino öffnete sie.

»Sie möchten, dass ich für Sie arbeite? Für welche Firma? Und welche Art von Arbeit muss ich mir darunter vorstellen, Mr Weerawat?« Er blickte vom Bildschirm auf.

Weerawat lächelte. »Ihre Tätigkeit wäre die des Sicherheitschefs.«

Das Wort »Chefermittler« blitzte in Calvinos Kopf auf. Das war die Bezeichnung der Stellung bei der UNO. »Sie wollen mich als Leibwächter?« Calvino kratzte sich am Kopf und betrachtete die Visitenkarte. Da will dich ein nervöser Frosch in seine Kokosschale ziehen, dachte er.

Das brachte den mächtigen Mann zum Lachen. »Nein. Ich habe mich ungeschickt ausgedrückt. Lassen Sie mich noch einmal von vorn anfangen. Ich besitze eine Anzahl von Firmen. Da gibt es immer Probleme mit der Sicherheit. Ich brauche einen Fachmann, der ein Auge auf meine Operationen hat, mir Bericht erstattet und für engmaschige Sicherheit sorgt.«

Calvino nickte. Er wusste Bescheid über die Firmen, und Weerawat war gewieft genug, um zu vermuten, dass Calvino ein ziemlich gutes Bild von seinem Imperium hatte. »Ich bin der falsche Mann für einen solchen Job. Gehen Sie zu einem Headhunter. Der besorgt Ihnen einen Profi für Ihre Art von Geschäften.«

Weerawat sah Calvino über den Schreibtisch hinweg an. »Ich bin vielleicht nicht sonderlich klug. Aber ich weiß, wie man die richtigen Leute findet. Ich weiß, wonach ich Ausschau halten muss.« Er musterte Calvinos Gesicht. Dichte, dunkle Augenbrauen, die Augen etwas zu weit auseinanderstehend, langes, schmales Gesicht, starke Kinnlinie.

Weerawat verstummte in der Erwartung, dass Calvino fragen würde, wonach genau er bei den richtigen Leuten Ausschau hielt. Doch Calvino hielt sich nicht ans Drehbuch. Er ließ die Pause sich zu einem anhaltenden Schweigen ausdehnen, das nur Weerawat durchbrechen konnte.

»Ich suche nach zwei Qualitäten. Die Person, die ich anstelle, muss klug und talentiert sein. Beides trifft nicht immer zusammen.«

»Wann müsste ich anfangen?«

»Heute.« Weerawat zog einen Stapel Tausend-Baht-Scheine hervor und legte ihn auf Calvinos Schreibtisch. Eine Bankbanderole, die die Scheine zusammenhielt, belegte, dass das Geld maschinell gezählt worden war.

»Einfach so«, sagte Calvino und schnippte mit den Fingern. »Heute. Ich stehe auf der Lohnliste. Das hier war das Vorstellungsgespräch. Fünfundsiebzigtausend Baht im Monat.«

Weerawat zuckte die Achseln. »Heute oder morgen. Das hier ist für den ersten Monat, plus Spesen.«

»Ich muss darüber nachdenken. Wie Sie sehen, habe ich ein Geschäft zu führen. Das kann ich nicht so einfach zumachen.«

Was Weerawat hier sah, war kein Geschäft, sondern die Hoffnung auf Geschäfte.

»Ich dachte, Sie wären ein Mann, der Geld braucht«, sagte Weerawat.

»Nur das Geld, das man mir schuldet.« Calvino machte keine Anstalten, die Scheine auf dem Tisch anzurühren.

Weerawat interpretierte Calvinos Antwort als Verhandlungstrick. »Ich hatte schon befürchtet, dass Sie zu beschäftigt sein würden. Das sind die guten Leute immer. Zahlen Sie alle Vorschüsse zurück, die Sie von Klienten erhalten haben, und ich werde sie voll kompensieren. Sagen Sie einfach, Sie haben sich beruflich verändert.«

»Ja, das könnte ich wohl tun. Ich sage Ihnen etwas, am besten rufe ich Sie wegen Ihres Angebots zurück.«

Weerawat erhob sich mit dem Aktenkoffer in der Hand. »Sie haben meine Telefonnummer.«

Calvino befingerte die Visitenkarte und blieb sitzen. »Ja, habe ich.«

In der Tür blieb Weerawat stehen und drehte sich um. Er drehte sich so, dass er das Ölgemälde an der Wand nicht ansehen musste. »Ich kenne den Besitzer dieses Gebäudes. Er ist ein alter Freund. Er hat es mir einmal zu einem günstigen Preis angeboten. Es würde mich nicht wundern, wenn das Angebot noch steht. Zwischen dem Massagesalon und Ihrem Büro liegt ein ungenutztes Stockwerk. Sie könnten in Erwägung ziehen, zu expandieren.«

Als Weerawat endlich zur Tür hinaus war, lehnte Calvino sich zurück und dachte nach. Er fragte sich, was wohl Weerawat an dem Galileo-Chini-Gemälde so missfallen hatte, dass er vermied, es anzusehen, wo doch eine Kopie desselben Bildes im Büro seines Onkels über einem Schrein hing? Aber vor allem fragte er sich, ob Weerawats Angebot ernst gemeint war. Das Monatsgehalt reichte aus, um für seine Mutter und seine Sekretärin zu sorgen. Er durchstöberte seine Unterlagen, erinnerte sich an ein Memo in Lovells Word-Dateien über Weerawat und seine Beziehung zu einer ganzen Kette einheimischer Gesellschaften, Immobilienfirmen, Medienbranche, Schifffahrt und Bergbau. Lovell hatte es »die Struktur« genannt, diese riesige Ansammlung miteinander verknüpfter Details, die er sich eingeprägt hatte und jederzeit abrufen konnte.

Calvino stand mitten auf einer Landebahn, und Weerawat hatte beschlossen, dort mit seinem Privatflugzeug aufzusetzen. Ob Calvino zur Seite ging oder nicht, war ihm egal. Er tat so, als würde er ihm die Wahl lassen. Aber sie wussten beide, dass er keine hatte. Das Angebot war eindeutig. Calvino wurde nicht als Sicherheitschef eingestellt; man bezahlte ihn dafür, dass er wegsah. Das machte Weerawat nicht zum Lügner. Aber in einem größeren Kontext waren seine Absichten von tödlichem Ernst. Und es würde weitergehen, dies war nur der Anfang. Weerawats Onkel Suvit hatte bestimmte Farangs wegen ihrer einzigartigen Fähigkeiten angeheuert. In Camerons Fall wegen seines unfehlbaren Talents, in Gesichtern zu lesen und jene winzigen, unwillkürlich aufblitzenden Gesichtsausdrücke zu erkennen, die die wahren Gefühle verrieten.

Was war Calvinos spezielles Talent? Kein eidetisches Gedächtnis wie bei Lovell; kein Lesen in Gesichtern; und nicht einmal die technische Fertigkeit, Weerawats Limousine alle sechstausend Kilometer zu warten.

Die Vergangenheit der Familie Weerawat bewies, dass kein Farang ohne eine bestimmte Art von außergewöhnlicher Fähigkeit eingestellt wurde. Calvino besaß keine, und das beunruhigte ihn.

Weerawat vermutete womöglich, dass Calvino über Informationen verfügte, die ihn vielleicht nicht gerade bedrohten, ihm aber zumindest lästig werden konnten. Also versuchte er, ihn zu kaufen, ein zusätzlicher Schutzschild, der die Familie vor Leuten wie Danielson bewahrte. Zehn Minuten, nachdem Weerawat gegangen war, wünschte sich Calvino, ihm eine einzige Frage gestellt zu haben: Hatte er Danielson jemals ein ähnliches Angebot unterbreitet? Wenn Calvino akzeptierte (er weigerte sich, es als »Stellenangebot« zu betrachten), dann würde er wie Cameron enden, nur ein weiterer Farang auf der Lohnliste, der den Deckel auf verschiedenen Töpfen hielt und dafür sorgte, dass nichts überkochte. Natürlich konnte er auch ablehnen (zumindest redete er sich das ein) und weiter für die Ehefrauen von Ausländern arbeiten, die ihn nicht dafür bezahlten, in den schmutzigen Affären ihrer Männer herumzustochern. Er konnte Noah Gould aufspüren und feststellen, wer ihm Angst eingejagt hatte.

Die Frauen. Debra war exzentrisch und hatte ein gutes Herz. Janet misstrauisch und trübsinnig. Ruth, Noahs Frau, schien am

Rande eines Nervenzusammenbruchs zu stehen. Und dann war da noch die schwer zu fassende Millie Danielson. Er hatte sie angerufen, aber er schien nie den passenden Zeitpunkt für eine Unterhaltung zu erwischen; sie bat ihn um Verständnis dafür. Calvino war klar, dass er in diesem Sumpf aus gescheiterten Menschen, die ihn nur benutzen wollten, zu versinken drohte. Natürlich konnte er auch mit Lovell zusammenarbeiten und sehen, wo dessen Informationen hinführten. Aber die Motive des Jungen machten ihn nervös. Gegen jemanden wie Weerawat anzutreten, hieß, einer Menge Leute auf die Füße zu treten. Und wenn die erst merkten, dass ihnen jemand in die Suppe spucken wollte, dann legten sie den Löffel weg und griffen zur Waffe. Calvinos Gesetz: Mach nur dann deinen Auftritt, wenn du Rückendeckung hast.

Er trat ans Fenster und sah auf die Straße hinunter. Weerawat war inzwischen unten angekommen. Calvino beobachtete, wie alle Yings des *One Hand Clapping* sich in einer Reihe vor Weerawats Nobelschlitten aufstellten. Er jonglierte mit seiner Aktentasche, bis eine der Yings sich erbot, sie zu halten, während er einen Füllhalter herauszog. Er gab Autogramme. Jedes der Mädchen hielt ihm ein Blatt hin.

Die erste Ying in der Reihe war die Mamasan, schüchtern wie ein Schulmädchen, ein seliges Lächeln auf den Lippen. Calvino hatte nichts von diesem Lächeln zu sehen bekommen, als sie versuchte, ihm zweitausend Baht für die eingeschlagene Tür aus der Tasche zu leiern. Er sah zu, wie sie sich mit einem Wai verneigte, Daumen und Finger fest zusammengepresst. Dann trat die nächste Ying vor und reichte Weerawat ihr Blatt. Im Briefkopf konnte man den Namen eines Fünf-Sterne-Hotels erkennen. Lächelnd unterzeichnete er. Alle Yings vom *One Hand Clapping* bekamen ein Autogramm. Was sie wohl für fünfundsiebzigtausend Baht im Monat alles getan hätten? Calvino kannte die Antwort: Alles, absolut alles. So war das System verkabelt, und Kerle wie Weerawat kannten den Schaltplan bis zum letzten Drähtchen.

Ratana aß allein an ihrem Schreibtisch zu Mittag, während sie einen Plan für Calvinos Observierungen für den Rest der Woche ausarbeitete. Sie listete die Namen von Orten, Sois, Mamasans und manchmal auch der Yings auf, denen die Überwachung galt. Es gab zwei Listen für die verbleibenden zwei Ehefrauen. Auf Ratanas Bildschirm waren die JPEGs aller vier Ehemänner zu sehen, aufgereiht wie auf einem Polizeicomputer. Unter Danielsons Foto stand: verstorben. Und unter dem Foto von Janet Herrons Mann war ein zweites Bild, das ihn zusammen mit seiner Katoey zeigte.

»Manche Menschen haben einfach alles«, sagte sie, als Calvino auf ihre Seite des Büros kam. Sie wusste immer, wann Calvino reden wollte. Seine Körpersprache änderte sich, die Haltung seiner Arme, die Neigung seines Kopfes.

»Manche Leute, die einfach alles haben, halten sich für bitterarm. Sie wollen immer noch mehr. Egal wie viel sie besitzen, es ist nie genug.« Für Calvino waren Kerle wie Weerawat wie eine Frau mit Magersucht. Sie blickte in den Spiegel und sah die dicke Frau vom Jahrmarkt zurückstarren. Alle anderen sahen ein ausgemergeltes, halb verhungertes Skelett. Nach der Lektüre von Lovells Dateien war Calvino zu dem Schluss gelangt, dass Weerawat unter einem ähnlichen Syndrom litt. Aber in seinem Fall ging es nicht ums Essen, sondern um Geld.

»Er ist sehr charmant und berühmt.« Ratana aß Klebreis und gegrillte Hühnerfleischstreifen mit den Fingern.

»Du magst Weerawat?«

Sie leckte sich die Fingerspitzen ab und lächelte. Sie sagte nichts, riss ein Stück Fleisch von einem Streifen ab und rollte es mit etwas Reis zu einem kleinen Bällchen zusammen.

»Er hat mir angeboten, für ihn zu arbeiten. Was meinst du dazu?« Er hatte Ratana noch nichts von Weerawats Verbindung zu Danielsons Kanzlei gesagt, und dass Lovell eine lange Liste von Gesellschaften unter Weerawats Kontrolle besaß. Vielleicht lebte der Mann in einer Kokosschale, aber es war eine Luxusschale, und Weerawat hatte die feste Absicht, sie zu behalten.

»Ich würde sagen, nimm an.« Die Pause zwischen seiner Frage

und ihrer Antwort war weniger als ein Herzschlag lang gewesen. Sie kannte die Antwort bereits, bevor er gefragt hatte.

»Und dann? Das Büro zumachen?«

»Wieso zumachen? Er hat angeboten, dir das ganze Haus zu kaufen.«

Ratana starrte die hunderttausend Baht in Calvinos Händen an.

»Du hast unser Gespräch belauscht.«

»Du hast dein Geld bekommen«, meinte sie.

»Es ist Geld, ja. Aber ich bin nicht sicher, ob es *mein* Geld ist.«

»Wessen dann?«

»Ich will das Geld haben, das mir Danielson für meine Nachforschungen schuldet. Aber dieses hier?«

Es war Schweigegeld, das Tatenlosigkeit und Loyalität erkaufen sollte. Während er und Ratana das Bündel von Scheinen betrachteten, hatte er das Gefühl, etwas Schmutziges in den Fingern zu halten. Für die meisten Frösche tief in ihren Kokosschalen existiert so etwas wie schmutziges Geld nicht. Geld ist Geld, und wenn man es in der Hand hält, ist es auf jeden Fall gut. Weerawat hatte die Karten ausgeteilt. Aber wollte Calvino mitspielen? Und wenn nicht, wann würde ihm der Himmel auf den Kopf fallen? Diese Fragen gingen ihm durch den Kopf, während er in sein Büro zurückmarschierte, das Geld in die Schreibtischschublade knallte und zusperrte, bevor er sein Halfter hervorholte und den .38 Police Special überprüfte.

# 25

Im spärlich von der Straße hereinfallenden Licht ging Calvino seine Liste durch. Es waren persönliche Informationen über Ruths Mann. Er studierte Noah Goulds Züge auf dem Foto. Es war das Bild eines Mannes, der sich zu irgendeinem Zeitpunkt seines Lebens anscheinend zu Frauen mit großen Hüten hingezogen gefühlt hatte. Aber sein Geschmack hatte sich geändert. Jetzt war es das Bild eines Mannes, der Calvino Geld schuldete. Es war unmöglich, Klarheit in Noahs Rolle in der Geschichte zu bringen, es sei denn, man rief Danielsons Geist auf einer Séance an oder brachte Gould zum Reden. Nach gründlichem Nachdenken kam Calvino zu dem Schluss, dass die Séance erfolgversprechender wäre. Noah hockte wie eine Ratte in der Falle, hatte Angst. Calvino war sich noch nicht sicher, wie er ihn behandeln sollte.

Er beobachtete die Passanten auf dem Gehsteig.

Calvino saß in seinem Wagen auf der »Dead Artists«-Soi, der Straße der toten Künstler. Er parkte nicht mehr als hundert Meter von seinem Büro entfernt. So nah und doch so fern, eine andere Welt voll hochklassiger Ausländerbars, Clubs, Massagesalons und Restaurants.

Die Bars auf der Dead Artists waren nach Renoir, Picasso, Manet, Dalí und Monet benannt. Laut Goulds Frau ging ihr Mann regelmäßig ins Renoir. Von seinem Beobachtungsposten aus konnte Calvino jeden sehen, der dort kam oder ging. Plötzlich klopfte es ans Seitenfenster. Calvino blickte hoch, erkannte McPhails schiefes Grinsen und kurbelte das Fenster herunter.

»Mann, dachte ich mir's doch, dass Sie das sind. Die Karre kennt doch jeder. Was machen Sie hier?«

»Ich arbeite.«

»Das könnten Sie glatt mit einem Feldstecher vom Bürofenster aus erledigen.«

»McPhail, haben Sie was für mich? Außer guten Ratschlägen?«

McPhail ging zur Beifahrerseite, stieg ein und knallte die Tür ein wenig zu fest zu. »Tut mir leid, tut mir leid, ich weiß, dass ich total verschmuddelt bin.« Ein irres Lachen brach durch seine Lippen. »Nichts Ernstes. Ich befinde mich nur jenseits des Glücks. Und wenn ich mich dort herumtreibe, klappt's nicht mehr so mit der Koordination.«

Er öffnete eine gelbe Plastiktüte und holte einen Styroporbehälter hervor, stellte ihn auf seinen Schoß und klappte ihn auf. Der Dunst nach Knoblauch, Olivenöl, Paprika und Käse breitete sich im Wagen aus. McPhail nahm ein Stück gegrilltes Brot mit einem dicken Belag fein geschnittener Tomaten heraus und reichte es Calvino.

»Wir haben gerade gelernt, wie man Bruschetta macht.«

Calvino schnupperte. Sein Magen knurrte. Nach einem Probebissen schob er sich den Rest des gegrillten Brots in den Mund und kaute. »Nicht schlecht«, meinte er. Er streckte die Hand nach Nachschub aus, und McPhail legte ein weiteres Stück hinein. Italienisches Essen beruhigte Calvino. Jetzt konnte man mit ihm reden. Es ging nichts über zwei Schnitten Bruschetta, um einen Mann menschlich zu machen.

»Nächste Woche ist die letzte Unterrichtsstunde.«

»Gibt es eine Abschlussprüfung?«

»Wir bereiten ein sechsgängiges Menü vor. Sie sind eingeladen.«

»Chef Elmo ist nicht mehr sauer auf mich?«

»Er erzählt nur noch von Ihrem Großvater.«

McPhail drehte sich halb um und kleckerte etwas von den Tomaten auf den Sitz. »He, passen Sie doch auf«, sagte Calvino.

McPhail wies auf eine Ying, die in weißen Hosen, hochhackigen Schuhen und mit perfektem Schmollmund vorbeiging. »Das ist eine GZB. Schon die zwölfte heute.«

Sie sahen der Ying nach. Calvino wandte als Erster den Blick ab und erinnerte sich, dass er jemanden überwachen sollte. »Und was bedeutet GZB?«

McPhail kaute genüsslich. »Mann, Sie wissen nicht, was GZB heißt?«

»Würde ich sonst fragen?«

»Es bedeutet einen Grund Zu Bleiben. In Thailand zu bleiben. Wir leben an einem äußerst eigenartigen Ort. Das Leben ist wie ein Comic. Ohne eine Menge guter Gründe zu bleiben wird man verrückt. Man muss täglich seine GZBs addieren, die GZGs davon abziehen und die Summe betrachten. Verstanden?«

»Wie bei einem Bankkonto? Man ist in den roten oder den schwarzen Zahlen?«

»Neulich gehe ich doch nach dem Kochkurs ganz harmlos die Straße lang, da fährt mich ein Motorrad fast über den Haufen. Das war ein GZG, ein Grund Zu Gehen. Oder vor ein paar Tagen, da rast so ein Arsch in seinem roten BMW direkt auf mich zu. Ich stand gerade mitten auf dem Zebrastreifen. Die weißen Linien sind dazu da, um mich zu beschützen, oder? Falsch. Die Linien bedeuten einen Scheißdreck. Er fuhr direkt auf mich los. Ich konnte im letzten Moment zur Seite springen. Ich sah ihm nach und zeigte ihm den Finger. Da hielt er an. Ich fuchtelte herum wie der Mann mit den Kellen am Flughafen, damit er herkommt. Ich wollte ihm in den Arsch treten. Aber er überlegte es sich anders und fuhr davon. Auch ein GZG. Aber die Ying, die gerade vorbeikam. Haben Sie die gesehen? Mann, schauen Sie bloß. Das ist ein Grund zu bleiben. Sie wiegt alle Arschlöcher mit ihren Motorrädern und BMWs auf. Wollen Sie das letzte Stück Bruschetta?«

Calvino warf einen Blick in den Behälter und schüttelte den Kopf. »Nehmen Sie's, und addieren Sie's zu Ihren GZBs.«

McPhail überlegte, entschied sich dann doch dagegen und schloss den Deckel. Er wischte sich die Hände an der Jeans sauber und zog einen angerauchten Joint aus der Hemdtasche. Nachdem er ihn angezündet hatte, inhalierte er tief. Er bot ihn Calvino an, doch der schüttelte den Kopf und öffnete sein Fenster ganz, für den Fall, dass McPhail irgendwann wieder ausatmete.

»Ich muss Ihnen etwas sagen«, meinte McPhail, nachdem er den Rauch so lange wie möglich in der Lunge gehalten hatte.

Er verstummte, als ein weiterer GZB langsam an Calvinos Wagen vorbeischlenderte. Unter einem kurzen Rock sah man schlanke, glatte, lange Beine, über die die Reflexionen grüner und roter Neonreklamen tanzten. Sie glitt mit einer Anmut und Perfektion dahin, dass McPhail wohlig aufseufzte. Calvino wartete, aber McPhail schien den Faden verloren zu haben.

»Sie wollten mir etwas erzählen«, sagte Calvino.

McPhail nahm noch einen tiefen Zug von seinem Joint, bevor er die Asche am Schuhabsatz abstreifte. »Ich weiß, ich weiß. Keine Sorge, ich mache schon wieder sauber.«

»Um mir das zu sagen, sind Sie gekommen?«

McPhails Gelächter klang wie ein Bellen, das fröhliche Kläffen eines Hundes, der auf sein Futter wartet. »Es geht um die Frauen in meiner Klasse. Ruth und Debra können sich nicht entscheiden«, sagte er. »Sie sind sich nicht mehr sicher, ob sie wirklich die ganzen schmutzigen Details über ihre Ehemänner wissen wollen. Ruths Mann wird nach Denver versetzt. Mann, war die Dame glücklich. Jauchzte und hüpfte herum wie eine Cheerleaderin auf der Highschool, nachdem ihr Team das entscheidende Spiel gewonnen hat. Sie hat sogar dieses Wagenrad von Hut in die Luft geschleudert.«

»Dann steigt sie aus?«

»Sie fragt sich, was es jetzt noch für einen Sinn haben sollte? Nach Denver zurückzukehren, ist genau das, was sie immer wollte. Jetzt hat sie's erreicht. Sie will nicht mehr wissen, ob Noah mit Yings herummacht. Sie sagt, das bringt nur Probleme. Sie will eigentlich nur vergessen, dass Thailand überhaupt existiert.«

»Und?«, fragte Calvino, beide Hände ums Lenkrad gekrallt, dass die Knöchel weiß hervortraten.

»Ruth und Debra werden nicht zahlen. Ach ja, und Janet ist knapp bei Kasse.«

Calvino schloss die Augen und legte die Stirn aufs Lenkrad. Schließlich drehte er den Kopf zur Seite und sah McPhail an, der gerade noch einen Zug einatmete.

»Ich dachte, das hätten wir hinter uns.«

McPhail zuckte die Achseln. »Frauen sind flatterhaft. Da kann man nichts machen. Ich schildere Ihnen nur die gegenwärtige Lage. Morgen, wer weiß? Vielleicht wird Noahs Versetzung rückgängig gemacht, und dann kommt Ruthie auf Knien angerutscht, damit Sie dem Blödarsch eine Falle stellen. Aber ich habe für Sie gekämpft, Mann! Wie ein Tiger. Ich habe ihnen gesagt, dass sie das nicht mit Ihnen machen können. Dass sie bezahlen müssen. Sie wollen sich etwas einfallen lassen. Schätze, ein bisschen von etwas ist besser als hundert Prozent von gar nichts.«

Wie aufs Stichwort tauchte Noah Gould aus dem Renoir auf, an jedem Arm ein GZB. Denver musste ihm eine Million Lichtjahre weit entfernt erscheinen. Sein breites Grinsen strahlte jene Art von pubertärer Glückseligkeit aus, die normalerweise spätestens mit dreißig tot und begraben ist. Er sah nicht aus wie ein Mann, der auf dem Rückweg aus dem thailändischen Exil ist, zusammen mit dem einzigen GZG, der einen rosa Hut trug. War er ein Mann, der gerade die letzten Tage eines Lebens genoss, wie er es sich immer gewünscht hatte und das unwiderruflich zu Ende ging?

Jedenfalls war er der Mann, der Calvino zehntausend Dollar schuldete. Der Mann, der Andrew Danielson beauftragt hatte, gegen die illegale Arzneimittelfabrik vorzugehen, weil sie ihm die Geschäftsgrundlage entzog.

»Das ist Ruths Mann«, sagte Calvino mit einem Blick auf das ausgedruckte Foto. Er beugte sich vor, griff nach dem Styroporbehälter und öffnete seine Tür. Ein Motorradfahrer konnte im letzten Moment ausweichen.

»He, was wollen Sie damit?«, rief McPhail, als Calvino mit dem Behälter ausstieg.

Er knallte die Tür zu und beugte sich durchs Fenster, formte mit den Lippen die Worte: »Passen Sie auf.«

Er überquerte die Straße und folgte Noah Gould mit seinen zwei schönen Begleiterinnen. Sie hatten keinen großen Vorsprung, und Calvino holte sie ein, als Noah gerade einem Taxi winkte. »Mr Gould«, rief Calvino.

Noah Gould wandte sich überrascht um. Er erkannte Calvino nicht. »Noah, nicht wahr?«

Gould nickte. »Kennen wir uns?«

»Wir haben gemeinsame Bekannte. Zum Beispiel Andrew

Danielson. Und Ihre Frau Ruthie. Die kenne ich sogar ziemlich gut. Ich werde ihr Bruschetta ehrlich vermissen, wenn Sie beide nach Denver zurückgehen. Es ist so traurig, Leute zu verlieren, die einem nahestehen. Ach ja, das hier ist das Bruschetta, das wir heute im Kochkurs gemacht haben.« Er reichte Gould den Behälter und zwinkerte ihm zu. »Sie müssen wirklich ein Auge auf sie haben, wenn Sie wieder in Denver sind. Die Thais nennen eine Frau wie Ruthie *kai kae mae pla chawn*.« Die zwei Yings in Noahs Armen kicherten. »Das bedeutet erfahrene Schnepfe. Eine, die weiß, an welchen Fäden sie ziehen muss, die etwas davon versteht, wie man einen Mann zufriedenstellt. Sie weiß Bescheid.«

Noah sah einen Augenblick lang aus, als würde er gleich anfangen zu weinen, aber dann packte ihn der Zorn.

»Sie Mistkerl.« Er ballte die Fäuste.

Calvino trat näher, drang in sein Revier ein. »Darum hat sie auch mich angeheuert. Genau wie Danielson mich beauftragt hat, Material gegen die Leute zu sammeln, die unter Ihrer Nase gefälschte Arzneimittel verkaufen.«

Der Knoblauchdunst in Calvinos Atem zwang Noah, den Kopf abzuwenden.

»Gehen Sie weg von mir.« Er fletschte die Zähne wie ein wildes Tier.

Calvino wich keinen Millimeter zurück. Er beugte sich noch näher und flüsterte: »Genießen Sie das Bruschetta.«

»Wollen Sie mich erpressen?«

»Sie schulden mir zehn Riesen. Ich will mein Geld.«

»Wofür?«

»Ich wurde Ihnen von Danielson für die Ermittlung gegen die Medikamentenpiraten empfohlen. Ich habe meinen Job erledigt. Ich habe herausgefunden, wo die Ware hergestellt wird. Sie glauben mir nicht? Dann bringe ich Sie verdammt noch mal auf der Stelle hin. Wollen wir gehen?«

»Ich gehe nirgendwo mit Ihnen hin.«

»Billige Kopien von Medikamenten, Noah. Fälschungen. Verstehen Sie, was ich sage? Ich habe die Fabrik gefunden, wo der Mist unter den Namen der Firmen hergestellt wird, die Sie vertreten. Sie baten Andrew, herauszufinden, wer dahintersteckt.«

Noah wollte sich verdrücken, aber Calvino drängte ihn gegen den Zaun vor dem Renoir. Mit einer Hand hielt er ihn fest und starrte ihn streng an.

»Sie armseliger Wurm. Verdrücken sich nach Denver!« Er spürte, wie Noah Gould zitterte, und ließ ihn los, trat zurück und massierte sich die Schulter.

Noah richtete sein Hemd und schluckte schwer. »Das ist wirklich nicht mehr mein Problem.«

Calvino zog seine Kamera heraus und machte ein paar Schnappschüsse von Noah mit seinen zwei Schönen vor dem Renoir. »So ist das Leben, Noah. Kaum ist man ein Problem los, hat einen schon das nächste an den Eiern.«

Calvino ging über die Straße zurück und sah zu, wie Noah Gould mit den beiden Yings in ein Taxi stieg. Gould saß auf der Mittelkonsole, den Behälter mit dem letzten Stück Bruschetta auf den Knien. Sein seliges Lächeln war erloschen. An seine Stelle war das getreten, was mit einem Gesicht passiert, wenn Überraschung, Enttäuschung und Schock an einem einzigen Punkt zusammentreffen.

Calvino stand noch eine Weile auf dem Gehsteig, dann betrat er eine Bar ohne toten Künstler, weil der Schnaps dort billiger war und der Umgangston fieser. Er bestellte einen doppelten Mekong mit Coke und dachte daran, wie Noah Gould gewirkt hatte, als hätte er Todesangst – nicht nur ein bisschen erschrocken –, hilflos und schwach. Er lebte schon so lange in seiner heilen Finanzwelt, dass er nicht mehr wusste, wie ein echter Kampf aussah. Es war einfacher und sicherer, sich zu verdrücken und in Denver ein neues Leben aufzubauen.

Als Calvino eine Stunde später zu seinem Auto zurückkam, war McPhail verschwunden. Im Wagen roch es nach schalem Rauch. Er kurbelte das Fenster herunter, setzte den Blinker und fuhr nach Hause. Unterwegs dachte er an Weerawats Angebot. Der luk nong eines mächtigen Mannes zu werden, bedeutete in Thailand einen Schritt nach oben auf der Karriereleiter. Aber Calvino war in New

York aufgewachsen und anders erzogen. Wer einmal selbstständig gewesen war und dann für jemand anderen arbeitete, egal, wie einflussreich derjenige sein mochte, für den bedeutete das nicht nur einen Abstieg, sondern eine völlig andere Leiter. Das hatte ihm schon seine Mutter beigebracht.

Ratana hatte ihm etwas zum Nachdenken gegeben. Dass es einen Unterschied gab zwischen selbstständig und arbeitslos und unberührbar, und dass er sich ernsthaft darüber Gedanken machen musste. Sollte Noah Gould doch nach Denver abhauen. Das würde Vincent Calvino nicht davon abhalten, sich das zu holen, was ihm zustand. Weerawat wollte ihn einstellen? Warum nicht so tun, als wäre er bereit, die Seiten zu wechseln? Alle Welt lebte nach dem Grundsatz, dass man sich nicht auf Dauer gegen das System stellen und überleben kann. Aber das war nicht Vincent Calvinos Regel; es würde nie zu Calvinos Gesetz werden.

Noah Gould musste begriffen haben, dass starke Männer in einem schwachen Rechtssystem im Vorteil waren. Andrew Danielson dagegen nicht. Und was war aus ihm geworden? Ratana hatte Calvino nachdrücklich gebeten, Weerawats Angebot vorurteilsfrei in Erwägung zu ziehen.

Er hatte es ernsthaft erwogen, sich aber von Hintergedanken nicht frei halten können. Dieser Frosch in seiner Kokosschale besaß verdammt scharfe Zähne. Doch irgendwo in der Schale befand sich auch das Geld, das ihm zustand. Er erinnerte sich, was sein Großvater Vito ihn gelehrt hatte: Lauf niemals weg, stell dich der Gefahr, tritt ihr entgegen, egal, wie es ausgeht. Eine ehrenvolle Niederlage ist besser als ein feiger Sieg.

Calvino wendete den Wagen, suchte einen neuen Parkplatz und ging zurück in die Bar mit den billigen Getränken und lachenden Frauen.

# 26

Calvino verließ die Bar gemeinsam mit Noi. Sie hatte hinter dem Tresen bedient und ihn drei doppelte Mekong mit Coke in schneller Folge trinken sehen. Offenbar war er ein unglücklicher Mann, der ein bisschen Liebe brauchte. Sie hielt seine Hand, während sie zum Auto gingen. Er fummelte nach dem Schlüssel, ließ ihn auf die Straße fallen. Im Widerschein des Neonlichts kroch er herum, um ihn zu suchen. Seine Hose zerriss über dem rechten Knie, und er schürfte sich die Haut auf dem rauen Asphalt auf. Noi hockte sich auf die Fersen und sah Calvino eine Weile lang zu. Schließlich zog sie eine kleine Taschenlampe aus der Handtasche und hatte in ihrem Strahl den Schlüssel schnell ausfindig gemacht.

»Nicht gut, wenn du fährst«, sagte sie und reichte ihm den Schlüssel. Er bestritt es nicht. An seinen vergammelten Honda gelehnt, versuchte er, den Blick auf Noi scharf zu stellen. Aber die Bilder in seinem rechten und linken Auge weigerten sich, zu einem einzigen zu verschmelzen. Sie sah aus wie zwei Mädchen. Ein Zweierteam aus eineiigen Zwillingen. Doch Calvino glaubte sich zu erinnern, dass er nur *eine* Bargebühr bezahlt hatte. Er versuchte sich einzureden, dass er lediglich einer optischen Täuschung erlag, ausgelöst von zu viel Alkohol. Sicher war er sich nicht.

Eine der beiden hatte seine Schlüssel gefunden und versuchte ihn davon zu überzeugen, dass es keine besonders gute Idee sei, noch zu fahren. Das gefiel Calvino. Er lehnte sich ans Auto und klimperte mit den Schlüsseln. Mit einem knapp danebengehenden Kuss auf ihre Wange sagte er: »Ich glaub nicht, dass ich noch fahren möchte.«

»Das ist gut«, meinte sie. »Wo wohnst du?«

Er sagte es ihr, zuckte die Achseln und marschierte los. »Ganz in der Nähe.« Sie rannte ihm nach, hielt ihn am Arm zurück und rief nach einem Taxi. Auf der kurzen Fahrt saß er mit geschlossenen Augen und in den Nacken gelegtem Kopf da. Noi musste ihn aufwecken, als das Taxi vor seinem Appartementhaus anhielt. Er bezahlte den Fahrer, und als er ausstieg, kamen acht Hunde – verschiedenen Alters, jung, fett, mager, räudig und aggressiv – in vollem Tempo auf das Tor zugerast. Der Hausmeister hatte sie aus ihrem kleinen Zwinger gelassen, und sie sausten kläffend und knurrend über die Zufahrt. Dann erkannten sie seinen Geruch, und das Gebell verstummte nach und nach.

Noi war vor Angst erstarrt, als die kläffenden Hunde um ihre Beine wuselten. Sie klammerte sich an Calvino, als ginge es um ihr Leben.

»Sie bellen, aber sie beißen nicht«, sagte er. »Meistens. Wenn man sie tritt oder anknurrt, beißen sie manchmal. Also pass auf, was du zu ihnen sagst oder was du tust.«

Noi glaubte ihm nicht. Sie verfügte über genügend Erfahrungen mit den Hunden von Freiern, um zu wissen, dass die Hunde in Bangkok auch ohne Grund zubeißen. Calvino ergriff ihre Hand und stellte sie jedem Einzelnen der Hunde vor, die jetzt aufgeregt schnüffelten und nach Streicheleinheiten Schlange standen.

»Siehst du, die Hunde haben dich gern. Der hier liebt dich. Und sie hier auch. Hab keine Angst.«

»Okay, okay, sie haben mich alle lieb. Können wir jetzt reingehen?«

Calvinos Bemühungen wirkten nicht gerade überzeugend und waren als Vorspiel eher ungeeignet.

Noi zitterte immer noch, als sie Calvinos Appartement betraten. Er schaltete das Licht an. Schmutziges Geschirr stapelte sich in der Spüle, und Zeitungen, Magazine und Werbepost waren vom Kaffeetisch auf den Boden gerutscht. Auf dem Fensterbrett ragten ein paar verschrumpelte schwarze Stängel, die einmal die Blätter einer Reihe von Pflanzen gewesen zu sein schienen, in allen möglichen seltsamen Winkeln in die Höhe. Selbst ein Botaniker hätte seine Mühe gehabt zu entscheiden, ob es einmal Blumen oder Grünpflanzen oder überhaupt Pflanzen gewesen waren. Die Oberflächen der Holzregale und Vorhänge und Wohnzimmermöbel waren von einer Schicht Staub und Hundehaaren bedeckt. Nichts blieb von diesem Staub verschont, der durch die offene Balkontür von der Soi hereinwirbelte und allem einen bräunlichen Schimmer in der Farbe von Wüstenerde verlieh.

Spinnweben schimmerten in dreieckigen Mustern über der Schlafzimmertür. Calvino gab Noi sein letztes sauberes Handtuch. Sie schlang es sich um die Hüfte, während sie voll angekleidet im Bad verschwand. Wenig später schrie sie auf und kam mit nichts als dem Handtuch bekleidet wieder herausgerannt. Sie hatte eine Ratte aufgestöbert, die sich an einem Stück Pizza in der Badewanne gütlich tat. Wie die Pizza in die Badewanne gekommen war, fragte sie nicht. Calvino bewaffnete sich mit einem Besen, doch die Ratte war bereits geflüchtet. Krümel, Tomatenbelag, Käse, Ananas und Schinken waren in der Wanne verschmiert. Das war die Pizza, die er in der Nacht bestellt hatte, als er mit dem Videoband für Danielson nach Hause kam. Die Überreste einer kleinen privaten Feier. Sein Triumph angesichts des beweiskräftigen Videomaterials und der Aussicht auf ein neues, besseres Leben war kurz und schön gewesen.

*»Noo tok thang kao san«,* sagte er auf Thai. Die glückliche Maus fiel in die Reisschale. Pizza oder Reis, egal – worauf es ankam, war, das Glück zu haben, in ein gutes Leben zu fallen, und das war ein Leben ohne Not.

Das brachte sie zum ersten Mal zum Lachen, seit er seine Schlüssel fallen gelassen hatte.

»Bist du eine glückliche Maus?«, fragte sie und berührte seine Wange mit ihren rot lackierten Fingernägeln.

Er wäre es gern gewesen. Die Glücksmaus, die in die Reisschale fiel, das war der Typ, der eine reiche Frau heiratete. »Es würde mir schon reichen, eine glückliche Ratte zu sein.«

Sie begann, sich für Calvino zu erwärmen. Sein Wissen über thailändische Sprichwörter und glückliche Mäuse gab ihr ein Gefühl der Geborgenheit und Sicherheit. Sie beugte sich vor und küsste ihn, dann noch einmal, länger und leidenschaftlicher. Schließlich krabbelte sie in das ungemachte Bett, schlug das Laken zurück und stopfte zwei Kissen gegen die Wand. Sie setzte sich aufrecht in die Kissen.

»Warum macht deine Putzfrau nicht sauber?«

»Ich habe keine Putzfrau.«

»Keine Putzfrau?«

»Und ich schneide mir selbst die Haare.« Er demonstrierte es mit zwei Fingern als Schere und hielt eine Haarlocke hoch.

Noi war wenig amüsiert. Eben war sie zu dem Schluss gekommen, dass er halbwegs normal war, aber jetzt ließ der anscheinend gegen null gehende Füllstand seines Portemonnaies alle Alarmglocken schrillen. Wer so vorausschauend war, eine Taschenlampe in der Handtasche zu haben, der erkannte auch einen Kunden, der vermutlich zu pleite war, um zu bezahlen.

»Tut mir leid«, begann sie. »Ich habe deinen Namen vergessen.«

»Vincent«, sagte er.

Ihr Gesicht verdüsterte sich. Sie versuchte, den Namen auszusprechen. »Es ist zu schwierig.«

»Nenn mich Vinny.«

Das gefiel ihr besser. »Wins.«

»Der eine Typ ist ein Gewinner, und der andere ist ein Wins. Das bin ich: Wins. Der andere, verstehst du?«

Er streckte die Hand nach ihrem Arm aus, aber sie zuckte zurück. Calvino stieg wieder aus dem Bett und schlurfte barfuß in die Küche. Unter ein paar Tellern in der Spüle entdeckte er noch ein Glas und spülte es aus. Er goss sich einen Whisky ein, machte noch ein zweites Glas sauber und schenkte auch für Noi zwei Fingerbreit ein.

Mit den beiden Gläsern in der Hand ging er ins Schlafzimmer zurück, setzte sich auf die Bettkante und reichte Noi eines davon. »Die Ratte ist weg. Ich habe nachgesehen.«

»Mach das Licht aus«, sagte sie, durch die Finger blinzelnd.

Calvino stand auf und schaltete es aus. Es wurde stockfinster, und er konnte sie nicht einmal mehr auf dem Bett sitzen sehen. Er öffnete die Zimmertür, damit Licht aus der Küche hereinfallen konnte. Noi hatte sich das Handtuch inzwischen um den Hals geschlungen und war unter die Zudecke geschlüpft. Calvino zog Hemd und Hose aus und legte sich neben Noi. Er griff nach ihrer Hand und hielt sie fest.

»Khun Wins hat ein gutes Herz«, sagte sie. Es klang mehr wie eine Frage. Aber er tat so, als wäre es als Kompliment gemeint gewesen.

Er nahm ihre Hand und legte sie auf seine Brust. Dann drehte er den Kopf auf dem Kissen zur Seite und sah ihr im Halbdunkel in die Augen. »Nicht mehr«, sagte er. »Genau wie du habe ich beschlossen, dass das Geschäft zuerst kommt. Wie lange arbeitest du schon in der Bar?«

Ohne zu zögern, sagte sie: »Einen Tag.«

Ein Tag, der dreihundertfünfundsechzig Nächte durchlaufen hat, dachte er.

Er erinnerte sich noch, die Unterwäsche ausgezogen zu haben, und als Nächstes spürte er schneidende Kopfschmerzen und sah auf den Wecker. Sieben Uhr früh. Ein lautes Geräusch kreischte durch sein noch schlafendes Hirn. Er schlug ein einzelnes Auge auf. Licht flutete durchs Fenster. Die Vorhänge waren zurückgezogen, um die Morgensonne hereinzulassen. Das wäre Calvino nie in den Sinn gekommen. Noi stand vollständig angekleidet neben dem Bett und blickte auf ihn herunter. Ihre Handtasche landete mit einem Bums auf seiner Kommode. Sie wollte seine Aufmerksamkeit erregen, und abgesehen von einem Vorschlaghammer, war ihr nichts Besseres eingefallen.

Mit dem einen offenen Auge versuchte er, ihre Miene zu lesen, zu entschlüsseln, was sie dachte und was sie wollte.

Er stützte sich auf den Ellbogen, gähnte, sah noch mal auf die Uhr und schauderte. Er ließ sich zurückfallen und zog sich das Laken über den Kopf. Noi zerrte es ihm wieder weg und setzte sich an die Bettkante. Er öffnete die Augen. Sie starrte ihn an, und der Hauch eines Lächelns spielte um ihre Mundwinkel.

»Darf ich dich etwas fragen?«, sagte er.

Noi nickte.

»Haben wir gestern Nacht miteinander geschlafen?«

»Es war wundervoll«, sagte sie. »Du hast mich glücklich gemacht, sehr.«

Calvino konnte sich an nichts erinnern. »Gut, hm?«

»Du bist ein sehr guter Mann.«

Das bedeutete in verschlüsselter Form, dass sie endlich Geld sehen wollte. Jetzt, auf die Hand, bevor sie ging.

Er lehnte sich aus dem Bett und fischte in den Taschen seiner Hose nach der Brieftasche. Dann warf er die Hose nach einem Stuhl und verfehlte ihn. Sie rutschte in einem zerknitterten Häufchen herunter, halb auf dem Bett, halb auf dem Fußboden. Er zog das Geldscheinfach der Brieftasche auseinander und zählte sein Geld, ohne es herauszunehmen. Er hatte wirklich gehofft, es wäre noch mehr. Noi seufzte, als sie sah, wie knapp er bei Kasse war.

»Ich gehe nach Hause. Meine Mutter ist krank. Ich muss für meine Mutter sorgen.«

»Ach ja, deiner Mutter geht es nicht gut? Meine ist auch krank.«

Sie dachte, er mache sich über sie und ihre Geschichte lustig, bis er das Foto einer gebrechlichen alten Dame hervorzog, mit dicht gelockten weißen Haaren, die einen Frotteemorgenmantel trug. Im Hintergrund stand eine schwarze Frau in Schwesternuniform und lächelte mit einem Mund voller weißer Zähne in die Kamera. Seine Mutter lächelte nicht. Das sollte ihn daran erinnern, dass er ihr Schmerz bereitete. Darum hatte sie ihm das Foto geschickt, und darum trug er es bei sich. Er reichte es Noi.

»Deine Mutter?« Ihr Gesicht wurde weich, und sie legte den Kopf von einer Seite auf die andere. »Sie sieht so traurig aus.«

»Wenn man alt wird und erkennt, dass das Leben hinter einem liegt, ja, dann fühlt man wohl Trauer.«

Noi verstand nicht. Calvino vermutete, dass er weder in Thai noch Englisch über das nötige Vokabular verfügte, um es ihr zu erklären.

Er ließ seine letzten fünfzehnhundert Baht in ihre Handtasche gleiten. Geld war ein guter Ersatz für Verständnis und Erklärungen. Wenn Noi mit dem Betrag zufrieden war, so zeigte sie es nicht. Sie schob sich den Riemen der Tasche über die Schulter. Einen Moment lang sah er ihr Gesicht über sich, als wollte sie ihm einen Abschiedskuss geben. Aber sie saß einfach nur neben ihm und strich mit den Fingern über den Riemen der Tasche. Ein letztes Mal betrachtete sie die Fotografie von Calvinos Mutter, dann stand sie auf und ging. Er hörte, wie die Eingangstür sich hinter ihr schloss.

Er hatte Noi fünfzehnhundert GZGs gegeben. Für den, der schon lange hier lebte, waren »Grund zu bleiben« keine drei Worte mehr, sondern nur eines: *Grunzubleim,* ausgesprochen in einer hyperschnellen New Yorker Sekunde. Aber ein Farang musste nicht aus New York stammen, um drei Worte in ein festes kleines Paket zu schnüren. Dieselbe Komprimierung widerfuhr »Grund zu gehen«. Calvino hatte Noi einen *Grunzugehn* geliefert. Sie wusste Bescheid und schloss die Wohnungstür mit sanfter Hand und sagte damit: Danke für das Geschäft.

# 27

Eine Woche, nachdem Calvino in Weerawats Kokosschale geklettert war, kam der erste Auftrag. Die Wartezeit war lang gewesen, und irgendwie überkam Calvino das Gefühl, dass Weerawat ihn mied. Vielleicht hatte er den Verdacht, dass Colonel Pratt ihn bei der nächsten Gelegenheit, wenn Weerawat sich wieder meldete, verkabeln würde. Tagelang saß Calvino im Büro herum, bosselte abwechselnd an seinem Lebenslauf für den Chefermittlerposten bei der WHO und brütete über Lovells Computerdateien mit Hunderten von Dokumenten. Er versuchte einen Sinn aus dem Schema von Weerawats verschiedenen Gesellschaften und Scheinfirmen herauszulesen. Erstaunlich, wie Lovell diese komplizierten Strukturen und Querverbindungen im Kopf behalten und sie jederzeit abrufen konnte, jedes Teil des Puzzles in Sekundenbruchteilen an seinen Platz legte. Und Calvino wartete auf Weerawats Anruf.

Als er endlich kam, notierte sich Calvino Namen und Adresse der Person, die Weerawat überprüft haben wollte. Eine Kleinigkeit, meinte Weerawat. Er hatte den Verdacht, dass ein Angestellter Baumaschinen einer seiner Firmen in der Nähe von Pattaya heimlich vermietete.

Diebstahl durch Firmenangehörige war eines der ältesten Wirtschaftsverbrechen überhaupt. Jeder Sicherheitsberater weiß das: Wenn man einen Angestellten unbeaufsichtigt in die Nähe von Geld lässt oder ihm die Gelegenheit gibt, unter der Hand Geld zu machen, dann wird er oder sie danach greifen. Dieses Verhalten war deshalb so unausrottbar, weil die Angestellten eigentlich nicht das Gefühl hatten, etwas Unrechtes zu tun; gehörte das Firmenvermögen, das zu schaffen sie mitgeholfen hatten, nicht eigentlich genauso ihnen? War diese moralische Klippe erst einmal umschifft, war der Rest wie fröhliches Skifahren auf einer mit Geld gepflasterten Piste.

Weerawat hatte den Anruf sehr knapp gehalten, als rechnete er damit, dass er aufgezeichnet wurde. Später am Nachmittag tauchte ein Kurier mit dreißigtausend Baht in Hundertern im Büro auf. Ratana quittierte den Empfang. Ein mit Maschine getippter, unsignierter Zettel lag dabei: »Geben Sie ihm das Geld.« Calvino ließ den Finger über die Bündel laufen. Sie waren in einer Ecke mit einem blauen Stempel markiert.

»Ich muss dreißigtausend abliefern«, sagte Calvino.

Colonel Pratt, am anderen Ende der Leitung, lauschte.

»Wo?«

»Pattaya.«

»Überprüf das Abhörgerät. Sorge dafür, dass es funktioniert. Ruf mich an, wenn es Probleme gibt«, sagte Pratt. Eine Polizeieskorte kam natürlich nicht infrage. Calvino hatte sich freiwillig angeboten, doch Pratt hatte lange gezögert, ob er seinen Freund in eine Situation bringen sollte, die außer Kontrolle geraten konnte.

»Weißt du, was ich mich frage, Pratt? Warum genügte es Weerawat nicht, Noah Gould einen Schrecken einzujagen? Oder ihn zu kaufen? Denn das scheint ja seine bevorzugte Methode zu sein. Warum musste Danielson sterben?«

Colonel Pratt räusperte sich. »Als Warnung. Jemand wird Noah ersetzen. Und der wird dann begriffen haben, dass es besser ist, Weerawat nicht in die Quere zu kommen. Es war eine geschäftliche Überlegung.«

»Er hat das Plus und Minus zusammengerechnet, und Danielsons Tod ergab unter dem Strich eine positive Bilanz«, meinte Calvino nachdenklich.

»Weerawat führt in Bezug auf dich vermutlich auch Buch, Vincent. Sei auf der Hut.«

Acht Kilometer außerhalb von Pattaya stieß Calvino auf die kleine Straße, die ihn schließlich zu einer weiten, von Reisfeldern umgebenen Fläche führte. Östlich der Reisfelder lag eine große Baustelle. Eine überdimensionale Plakatwand präsentierte Häuser mit drei Schlafzimmern und einem langbeinigen Model auf einem Liegestuhl vor dem Swimmingpool. Der Name der Urbanisation lautete Harmony Village, und unter dem Namen stand der Slogan: »Genießen Sie Ihren Ruhestand in luxuriöser Umgebung.«

Calvino warf einen Blick auf die Karte, die Weerawat ihm gemailt hatte. Er breitete sie auf dem Beifahrersitz aus. Harmony Village war auf dem Plan angekreuzt. Er fuhr auf die Baustelle und parkte neben einer großen Straßenwalze. Dann stieg er aus, lehnte sich gegen die Autotür und betrachtete das weite Areal, an dessen Rändern Planierraupen, Bagger, Traktoren, Anhänger, Zementmischer und Wartungsgeräte aufgereiht standen.

Calvino schloss den Wagen ab und ging auf eine Halle zu. Das offen stehende Tor war groß genug für eine Zugmaschine. Er ging hinein. Die eine Wand war gesäumt von Regalen voller Elektrowerkzeuge. In der heißen Luft roch es nach Öl, Benzin und Schmierfett. Eine andere Wand hing voller Poster von Formel-1-Wagen und grinsenden Fahrern, die aussahen, als wären ihre eng anliegenden Rennanzüge Geschenkverpackungen.

Mehrere Männer arbeiteten am Motor eines Traktors. Ausgebaute Einzelteile lagen säuberlich aufgereiht auf Pappkartons. Die Hände der Männer waren ölgeschwärzt und ihre grimmigen Gesichter von Schweiß und Fett verschmiert. Einer lag auf dem Rücken unter dem Traktor, ein anderer reichte ihm die Werkzeuge. Niemand nahm Notiz von Calvino, während er durch das Gebäude spazierte.

Er ging weiter in einen Bereich mit Werkbänken und noch mehr Werkzeugen, wo ein Mann an einem Auspufftopf arbeitete. Als er ihn fragte, wo er den Vorarbeiter finden könne, verwandelte sich der misstrauische Ausdruck des Mannes in Besorgnis.

»Khun Daeng erwartet mich«, sagte Calvino.

Der Arbeiter wechselte flüsternd ein paar Worte mit einem jungen Mann, der Calvino nach draußen führte. Sie gingen etwa hundert Meter weit. Dann deutete der Mann auf einen Caterpillar D-4, eine Planierraupe mit Ketten wie ein Panzer, schwer, ein mechanischer Sumo-Ringer. Der D-4 war mit Erdbewegungen bei einem kleinen Teich beschäftigt. Das sei der Vorarbeiter, erfuhr

Calvino. Sein Führer wandte sich wortlos ab und ging zurück zum Werkstattgebäude.

Calvino überquerte das staubige Areal, spürte den Wind auf seinem Gesicht. Der Mann im D-4 war Ende dreißig, mit dunkler, honigfarbener Haut und pechschwarzem Haar, was auf eine Spur Khmer-Blut hindeutete. Er wirkte seltsam wachsam, hatte aber Calvino noch nicht bemerkt, während er die große Schaufel des D-4 bediente. Blaue Khmer-Tätowierungen zierten seinen Nacken. Die Tattoos waren wie Amulette, sie sollten ihren Träger vor Kugeln, Messern, Teufeln und wahrscheinlich auch Farangs beschützen, die im Anzug über ein planiertes Feld direkt auf sie zukamen. Im Sonnenlicht traten die Schweißstreifen über den Tätowierungen wie Venen hervor.

Der Vorarbeiter war dabei, den schlammigen Tümpel aufzufüllen. Daeng – das war ein rein thailändischer Name. Calvino hatte sich telefonisch angekündigt und Interesse daran bekundet, einen D-4 zu mieten. Er hatte behauptet, die Maschine zu brauchen, um auf einer Baustelle Baumwurzeln und Felsbrocken zu entfernen und den Boden einzuebnen. Calvino legte die Hände vor den Mund und rief Daengs Namen. Das Dröhnen des Auspuffs übertönte seine Stimme. Er ging noch näher heran, bis Daeng ihn endlich aus dem Augenwinkel bemerkte und den Motor abstellte.

Daeng sprang herunter, rückte seine Kappe zurecht und kam in einer Art krabbenartigem Gang auf Calvino zu, hielt zwischendurch immer wieder mal an, um einen großen Stein aufzuheben und in den Tümpel zu werfen. Er hatte ein schmales Gesicht mit schräg stehenden Augen, die ewig bekümmert wirkten, und seine Hände waren stark und rau vor Schwielen. Er trug ein altes, fleckiges T-Shirt, ausgebeulte grüne Armeehosen und Flipflops. Beim Gehen schwangen seine langen Arme, als habe er doppelte Ellbogengelenke. Er suchte in seinen Taschen nach Zigaretten. Eine dünne Schicht Staub bedeckte Gesicht, Hals und Lippen. Alles an Daeng roch nach Armut und Elend. Bis auf eines: An seinem Gürtel war ein Handy angeklipst.

»Khun Daeng?«

Daeng grüßte ihn mit einem Wai.

Calvino fragte sich, ob jemand wie Cameron Daengs Gesichtsausdruck hätte lesen können. Müde, misstrauisch, furchtsam, oder hungrig nach einer Schale Reisnudeln mit Huhn?

»Ich habe angerufen wegen dem D-4. Sie haben meinem Freund Jim einen vermietet. Können Sie mir helfen?«

Daeng steckte sich eine Zigarette an, legte den Kopf zurück und stieß eine Lunge voll Rauch aus. Er musterte Calvino abschätzend von Kopf bis Fuß. Jim war ein Bauunternehmer aus der Gegend, dem Daeng schon einmal Maschinen vermietet hatte. Aber Calvino sah nicht aus wie ein Bauunternehmer. Eher wie ein Geschäftsmann oder ein Bulle, der Typ von Mensch, der sich die Hände schmutzig macht, ohne sie je in echten Dreck zu tauchen.

»Für wie viele Tage wollen Sie ihn?«

»Fünf.«

»Fünfzigtausend Baht«, sagte Daeng.

Calvino hob eine Augenbraue. »Teuer.«

Daeng lächelte mit nikotingelben Zähnen, kurze, abgenutzte Stummel.

»Gar nicht teuer.«

»Geben Sie mir Rabatt? Mein Freund Jim sagte, Sie hätten ihm einen eingeräumt. Sechstausend Baht pro Tag. Ich zahle bar.«

Daeng spielte mit seiner Zigarette, rollte sie zwischen Daumen und Zeigefinger hin und her. »Gut, gut. Selber Preis wie Jim. Wann wollen Sie ihn?«

»Morgen.«

Daeng rümpfte die Nase. »Morgen geht nicht. Freitag, ja.«

»Bestimmt?«

»Bestimmt.«

Calvino zählte dreißigtausend Baht in markierten Tausend-Baht-Scheinen ab. Es hatte wenig Sinn, nach einer Quittung zu fragen, Calvino wäre nicht einmal auf den Gedanken gekommen. Er hatte die Seriennummern aller Scheine. Als wären die winzigen blauen Zahlen, die in der Ecke jedes einzelnen Scheins aufgestempelt waren, nicht Beleg genug.

»Wohin bringen Sie den D-4? Darf nicht zu weit sein.«

»Nicht weit. Ich schicke meine Männer am Freitag, um ihn abzuholen.«

Daeng überlegte, zählte das Geld, verrechnete sich und fing wieder von vorn an. Endlich zufrieden, dass er den vollen Betrag erhalten hatte, stopfte er die Scheine in die Hosentasche und machte den Knopf darüber zu. Er klopfte sich lächelnd auf die Tasche und steckte sich eine neue Zigarette an, bevor er in den D-4 zurückkletterte und den Gang einlegte. Eine graue Rauchsäule schoss aus dem Auspuff, während er sich wieder an die Arbeit machte.

# 28

Die Demonstrationen in Bangkok kamen zum Stillstand wie ein abgelaufenes Uhrwerk. Die Massen versammelten sich nicht länger im Lumpini-Park oder in Sanam Luang. Nachdem wochenlang Tausende von Menschen auf die Straße gegangen waren, kam die ganze Protestmaschinerie plötzlich ins Stocken. Die Zeitungen nannten es die Ruhe vor dem Sturm. Aber Sturm war nicht die richtige Metapher. Es war eher wie bei zwei halb betäubten Boxern nach einem Schlagabtausch. Die Glocke hatte geläutet, und sie taumelten zurück in ihre Ecken, leckten ihre Wunden und saugten Wasser aus einem Schwamm vor der nächsten Runde.

Die Demonstrationen hatten Ratana und Manee, Pratts Frau, zusammengeführt. Ähnliche Freundschaften waren überall in Bangkok aufgeblüht; gemeinsam auf die Straße zu gehen, schweißte die Menschen zusammen. Als die Proteste abebbten, kehrten die Beziehungen zum Ausgangsstatus zurück. Aber die Demonstrationsflaute hielt Manee nicht davon ab, Ratana im Büro anzurufen und nach ihrem Befinden zu fragen. Während eines dieser Gespräche erzählte ihr Ratana von den Besuchen von Lovell und Weerawat. Beide hatten Calvino ein Angebot gemacht, und er musste sich entscheiden.

»Wäre es möglich, dass sie auch dir Angebote gemacht haben?«

Ratana lächelte in sich hinein. »Das wäre Wunschdenken.«

»Khun Lovell klingt nach *kai oon*«, sagte Manee. Das hieß »unerfahrener Gockel«, ein Frischling also. »Er ist sicher eine bessere Partie als Khun Weerawat, der viel zu viele Damen hat.«

Schließlich konnte Ratana nicht beide haben. Auf diesem Weg erfuhr Manee auch, dass Calvino Weerawats Angebot angenommen hatte, jedenfalls auf Probe. Ratana war besorgt, das könnte Weerawat verärgern. Mächtige Männer stellten gern Bedingungen, aber sie hassten es, wenn es umgekehrt kam. Ein Farang, der um eine Probezeit bat, eine Probezeit für den Arbeitgeber, das war grob. Ein Thai konnte es als unhöflich und verletzend betrachten. Ratana machte sich Sorgen deswegen.

»Ich hoffe, es war die richtige Entscheidung«, sagte sie jetzt zu Manee.

»Mein Mann sagt, dass Vincent auf sich selbst aufpassen kann«, meinte Manee.

»Ich habe ihn ermutigt, das Angebot anzunehmen. Aber jetzt habe ich Zweifel.«

Calvino sagte zwar nichts dazu, aber man konnte sehen, dass das Arrangement ihn nicht glücklich machte. Dennoch spürte Ratana, dass irgendeine Last oder Bürde von ihm abgefallen war. Der Büroalltag war immer gleich. Calvino saß an seinem Schreibtisch, fahrig und grüblerisch, und wartete auf Weerawats Anruf. Er und Colonel Pratt hatten beschlossen, niemandem von der Wanze zu erzählen, mit der Calvino ausgestattet war, und auch nicht von den speziellen Plänen, die sie für Weerawat hatten. Deshalb wusste auch Ratana nichts davon.

»Er zeigt seine Gefühle selten«, fügte Ratana hinzu. Manee riet ihr, sich nicht zu viele Sorgen zu machen. Vincent Calvino war durchaus fähig, auf sich aufzupassen, und wenn er beschlossen hatte, für Weerawat zu arbeiten, hatte er die Angelegenheit zuvor sicher aus jedem denkbaren Blickwinkel betrachtet.

Nach Manees tröstenden Worten fühlte sich Ratana ein wenig besser. In einer perfekten Welt hätte dieses Gefühl länger angehalten. Die Wärme, die sie angesichts einer sich neu auftuenden Zukunft empfand, sollte eigentlich ein längeres Haltbarkeitsdatum haben als eine Schale Mousse in der stechenden Sonne von Bangkok.

Aber sie hielt genau bis zu dem Zeitpunkt, als drei Männer in Jeansjacken, mit kurzen Haaren und Lederriemen um den Hals, an denen Polizeiabzeichen baumelten, ins Büro stampften. Sie fragten Ratana nicht, ob ihr Chef zu sprechen sei. Sie marschierten direkt in Calvinos Büro, wo er an seinem Schreibtisch saß. Zwei der drei sahen aus wie harte Burschen, schlank, durchtrainiert, Anfang dreißig, mit finsterer Miene. Harte Männer mit harten Händen, die aussahen wie Knüppel mit haarigen Knöcheln. Der Dritte war etwas molliger um die Hüften. Keiner von ihnen wirkte, als würde er seine Tage damit verbringen, den Verkehr zu regeln. Sie waren alt genug, um Dinge gesehen und getan zu haben, an die die meisten Leute noch nicht einmal denken wollten.

»Erzählen Sie uns, was Sie mit Daeng zu schaffen haben. Sie haben ihn vor zwei Tagen in Pattaya besucht.« Der Ton war unfreundlich und feindselig. Der Mann hatte breite Schultern und gummiartige Gesichtszüge mit einem Mund, der zu klein war für den Rest seines Gesichts.

»Sind Sie aus Pattaya?«

Sie sagten nichts. Die harten Männer fixierten Calvino mit ihren harten Blicken; sie hatten es nicht nötig, auf seine Fragen zu antworten.

»Drei Cops aus Pattaya. Verlangt das Protokoll nicht, dass Sie die Polizei von Bangkok hinzuziehen?«

Calvino dachte: Wer zum Henker sind diese Kerle, und warum schmeiße ich sie nicht einfach raus? Aber sie hatten drei Waffen und er nur eine; das neigte die Waagschale zu ihren Gunsten.

»Sie haben meine Frage nicht beantwortet. Was hatten Sie mit Daeng in Pattaya zu schaffen?«

Eine lange Pause entstand, ein Patt des Schweigens, während die Männer darauf warteten, wie Calvino das Spiel angehen wollte. Würde er den hartgesottenen Farang hervorkehren oder lieber kooperieren und seinen Colonel zu Hilfe rufen, wenn die Dinge ihm aus der Hand glitten? »Warum zeigen Sie mir nicht Ihre Ausweise?«

»Können Sie Thai lesen?«

»Ich kann in *Ihnen* lesen«, sagte Calvino.

Hartgesotten, dachte der Vierschrötige. Er nahm seinen Dienstausweis ab und reichte ihn Calvino, der das Plastiketui mit Foto betrachtete – es war ein Abzeichen aus Pattaya – und dann zurückgab.

Sie hatten seine Fragen nicht beantwortet, aber das war nebensächlich. Sie waren die guten Jungs, und es war ihr Job, Fragen zu stellen, nicht zu beantworten. Calvino trug sein Abhörgerät nicht.

Pratt würde wütend auf ihn sein, aber lang nicht so sehr, wie er es auf sich selbst war.

»Daeng, der Vorarbeiter, der Erdbewegungsmaschinen vermietet?«, fragte Calvino und sah dabei erst den Mann mit dem Quadratschädel an, der wie ein Koffer aussah, dann seinen Partner, dessen Bauch so wirkte, als hätte er eine langjährige Beziehung zu einem Hotelbüfett. »Diesen Daeng kenne ich. Was ist mit ihm?«

»Er ist tot.« Der Quadratschädel starrte Calvino an, als würde er seine Reaktion auf diese Neuigkeit zu lesen versuchen.

Calvino lehnte den Kopf an die Stuhllehne, kippelte nach hinten, und Übelkeit stieg ihm die Kehle hoch, während er tief Luft holte. Dieses Gespräch entwickelte sich in eine Richtung, die ihm nicht gefiel. Sein erster Gedanke war, Colonel Pratt anzurufen, sein zweiter, mit Weerawat zu telefonieren. Die Männer beobachteten ihn wachsam. Es gab keine Möglichkeit, die Abhöranlage einzuschalten, ohne dass sie es bemerkten. Er vermutete, dass die Männer über seine Verbindungen zur Polizei Bescheid wussten. Aber es hatte sie nicht davon abgehalten, in sein Büro zu stürmen. Sie mussten ziemlich gute Rückendeckung haben, wenn sie keine Angst vor einem thailändischen Polizeicolonel hatten; ganz abgesehen davon, dass Calvino für eine einflussreiche Persönlichkeit arbeitete, der sie mit einem einzigen Anruf auslöschen lassen konnte.

»Was hat das mit mir zu tun?«

»Wir haben sein Mobiltelefon überprüft. Sie haben Khun Daeng mehrmals angerufen. Das letzte Mal nicht mehr als dreißig Stunden vor seinem Tod.«

Calvino überlegte, was die drei Männer sich eigentlich von ihrer Aktion versprachen. Warum fuhren sie von Pattaya hierher, um ihm zu sagen, dass der Vorarbeiter tot war? Sie kamen ohne Vorankündigung, ohne Unterstützung der Polizei von Bangkok. Das war nicht die normale Vorgehensweise. Die Cops, wenn sie denn Cops waren, befanden sich außerhalb ihres Zuständigkeitsbereichs und fischten im Trüben. Die Erklärung schien auf der Hand zu liegen – sie waren gekommen, weil sie Geld wollten.

Calvino beschloss, nicht lang um den heißen Brei herumzureden.

»Wollen Sie damit sagen, ich hätte etwas mit seinem Tod zu tun?«

»Wir gehen allen Hinweisen nach«, sagte der Cop. Er wirkte angepisst, wie ein Mann, der das »Geschlossen«-Schild vor einem Waffengeschäft anstarrt.

»Sie haben nicht gesagt, wie er gestorben ist.«

»Er ist in einem Tümpel ertrunken«, meinte der ältere Polizist, der auf der Kante von Calvinos Schreibtisch hockte. Der dritte Cop ließ sich in den Stuhl gegenüber fallen.

»Es kommt ständig vor, dass Leute ertrinken«, sagte Calvino. »In Badewannen, Klongs, Tümpeln, im Meer, so ziemlich überall, wo es Wasser gibt.«

»Er erhielt einen Schlag auf den Schädel und wurde dann in den Teich geworfen. Leute ertrinken nicht ständig auf diese Art.« Dieser Mann hatte einen eckigen Kopf, ein flaches Gesicht mit tief liegenden Augen, platter Nase und schmalen Lippen. Sogar wenn er lächelte, wirkte er grausam.

»Wurde er beraubt?«

»Er hatte dreißigtausend Baht in der Tasche.« Der Mann, der auf Calvinos Schreibtisch saß, hatte den Ansatz eines Bierbauchs, kurz geschnittene Haare und genügend chinesisches Blut in sich, um seine harten Gesichtszüge abzumildern.

»Wer hätte dann einen Grund gehabt, ihn zu töten?«, fragte Calvino und sah die drei Männer nacheinander an.

»Wir dachten, das könnten Sie uns vielleicht sagen«, sagte der ältere Polizist, ein Mann mit festgefrorenem Stirnrunzeln und nach unten gezogenen Mundwinkeln, faltig wie ein ungemachtes Bett, mit hoher Stirn und Henkelohren. Henkelohr hatte bisher sehr wenig gesagt, hatte es seinen Männern überlassen, Calvino ein paar Runden lang zu zermürben.

Calvino wandte den Blick ab und sah aus dem Fenster. Ein paar Kunden kamen in die Soi und verschwanden im *One Hand Clapping*. »Ich würde sagen, es war entweder etwas Persönliches, oder es ging ums Geschäft.«

Keiner der Cops fand das komisch. Es war nicht besonders klug von einem Farang, ihnen mit demselben nichtssagenden Standardtext zu kommen, mit der die Polizei Reporterfragen nach dem Motiv für einen Mord abwimmelte. Wenn sie so etwas sagten, war das okay, aber ausgesprochen ungehörig aus dem Mund eines Farang, der das Opfer vor seinem Tod angerufen hatte.

»Worüber haben Sie mit ihm gesprochen?«, fragte Henkelohr, der das Verhör an sich zog, während seine zwei Untergebenen die Vorstellung beobachteten.

Er zog ein kleines Notizbuch hervor und begann zu schreiben.

»Ich habe ihn gefragt, ob er mir bei meinen Ermittlungen über den Diebstahl von Maschinen behilflich sein könnte.«

Henkelohr blickte von seinen Notizen auf.

»Was hat er gesagt?«

»Daeng behauptete, nichts davon zu wissen.«

»Haben Sie ihm geglaubt?« Der Cop mit dem Quadratschädel und Henkelohr runzelten die Stirn, als wollten sie andeuten, dass *sie* Calvino *nicht* glaubten.

»Ich gab ihm dreißigtausend Baht, um die Antwort zu finden.«

Henkelohr grinste höhnisch und bewies dabei, dass er die Mundwinkel noch tiefer herunterziehen konnte, als man für möglich gehalten hätte.

»Das ist eine Menge Geld«, sagte der Cop mit dem Bierbauch. Calvino nickte. »Ein D-4 ist auch eine Menge Maschine.«

Die Cops sahen sich an. Der Ranghöchste klappte sein Notizbuch zu und steckte es in die Tasche. Sie zogen sich in eine Ecke des Büros zurück und flüsterten miteinander. Der Ältere löste sich aus der Gruppe und wandte sich zu Calvino. »Wir werden Ihre Geschichte überprüfen. Wenn irgendetwas daran nicht stimmt, stecken Sie in Schwierigkeiten«, sagte er. Wenn ein Bulle sagte, man stecke in Schwierigkeiten, hieß das im Klartext, dass sie einen mit Benzin übergießen, in ein Ölfass stecken und anzünden würden.

»Tun Sie das. Überprüfen Sie es«, sagte Calvino und starrte die Cops an. Sie waren hartgesottene, humorlose Männer, die in ihrer Freizeit vermutlich ausgewählten Personen einen Klaps auf den Hinterkopf gaben und sie dann in einem Tümpel versenkten. Nach diesem kleinen Nebenjob fuhren sie dann nach Bangkok, um den Mann zu verhören, dem der Mord in die Schuhe geschoben werden sollte. Sie hatten nicht nach Geld gefragt. Das war ein schlechtes Zeichen. Der Gedanke, dass es um wesentlich mehr ging als die übliche Erpressung, jagte Calvino kalte Schauer über den Rücken. Die Männer standen einfach in seinem Büro herum und ließen ihn nicht aus den Augen. Er vermutete, dass ihm das Wasser schon ziemlich bis zum Hals stand.

Sie warfen ihm einen letzten vernichtenden Blick zu, eine Mischung aus Verachtung und purem Hass. Er sah in ihren Augen, dass sie ihn kalt lächelnd töten würden. Einen Augenblick später waren sie verschwunden. Er konnte ihre Stiefel auf den metallenen Treppenstufen bis ins Erdgeschoss hören. Er lehnte sich zurück und schloss die Augen. Als er sie wieder öffnete, saß Ratana im Stuhl gegenüber. Sie sah verängstigt und zornig aus. »Ruf Colonel Pratt an«, sagte sie.

Weerawat hat ganz genau gewusst, dass diese Cops in meinem Büro auftauchen würden, dachte Calvino. Die Spinnen krabbelten in der Kokosschale herum, spuckten Gift und schnellten aus ihren Löchern, um ihn in ihr Netz zu zerren.

»Ich sage ihm Bescheid,« sagte Calvino. »Mach dir keine Sorgen. Sie sind weg, und ich bezweifle, dass sie wiederkommen.«

»Sie hätten nicht einfach so in dein Büro eindringen dürfen.«

»Sie wollten eine Nachricht überbringen.«

»Und die wäre?«

»Du glaubst, du hättest mächtige Beschützer. Aber hier sind wir und trampeln mit unseren Stiefeln in deinem eigenen Büro herum. Wir sind bewaffnet. Was meinst du, wie sicher du wirklich bist?«

Ratana ließ ihn allein. Vom Bildschirm starrte ihm Noah Goulds Foto mit den beiden Nutten entgegen.

Noah hatte sich, während er die Zeit nutzte, die ihm vor dem Rückflug nach Denver noch blieb, auf frischer Tat ertappen lassen wie ein Eichhörnchen mit zwei Nüssen. Vielleicht war das letztlich der einzige Ausweg: in ein Flugzeug zu steigen und heimzufliegen. Bei Noah schien es funktioniert zu haben. Der Auftritt dieser Cops hätte nicht stattfinden dürfen. Umso weniger, da er für eine mächtige Persönlichkeit wie Weerawat arbeitete. So weit war es noch nie gekommen.

Er musterte Noahs Gesicht auf dem Monitor, klickte ins Bild und zoomte seine Augen heran, verschwommen und im Schatten liegend, aber mit deutlich spürbaren Anzeichen der Furcht, winzigen, aber unverkennbaren Muskelanspannungen, erzeugt durch das Bewusstsein, ertappt worden zu sein. Hatte Weerawat dieselben drei Männer zu Noah Gould geschickt, um ihm nahezulegen, dass es an der Zeit war, Thailand den Rücken zu kehren?

Calvinos erster Auftrag durch Weerawat hatte mit einer Leiche geendet, deren Taschen voller markierter Geldscheine steckten, die Calvino persönlich abgeliefert hatte. Der letzte Anruf auf seinem Handy stammte ebenfalls von Calvino. Unwillkürlich musste er die sorgfältige Planung des Ganzen bewundern. Die drei Cops aus Pattaya hatten sich alle Mühe gegeben, ihn wissen zu lassen, dass er ein Nichts war. Als Sündenbock ebenso geeignet wie jeder x-beliebige Farang-Idiot von der Straße.

Calvino spähte um den Raumteiler. Ratana saß an ihrem Schreibtisch. »Ich brauche eine Verbindung mit Weerawat«, sagte er. Aber zuerst musste er sich vergewissern, dass das Aufnahmegerät am Telefon funktionierte.

Sie blickte über die Schulter. »Wann?«

»Ungefähr jetzt sofort.«

Der Nachteil einer Filzokratie lag natürlich darin, dass mehr als ein großer Fisch in denselben Gewässern jagte. Hatte Weerawat ihn mit Daeng hereingelegt, um auf bequeme Weise gleich zwei Probleme loszuwerden, zwei Fliegen mit einer meisterhaft geführten Klappe zu schlagen? Oder hatte jemand anders die Gelegenheit genutzt, um Weerawat zu zeigen, dass sein Einfluss nicht grenzenlos war? Nichts war jemals so, wie es schien. In einem Augenblick saß ein Mann noch in seinem Büro im 21. Jahrhundert bei der Arbeit, und eine Stunde später fand er sich im 14. Jahrhundert wieder. Es war schwer zu beurteilen, welche Spielregeln jeweils galten, die heutigen oder die von vor siebenhundert Jahren. So etwas machte die

Menschen vorsichtig und wachsam. Calvino konnte es ihnen nachfühlen. Er war im nächtlichen Äquivalent des 14. Jahrhunderts mit einer Ying ins Bett gegangen und auf der Suche nach seiner Brieftasche in einem spätkapitalistischen Nebel aufgewacht.

Endlich hatte Ratana Weerawat am Apparat.

»Wie geht's Ihnen, Vinny? Alles in Ordnung?«, fragte er.

»Einfach toll«, sagte Calvino.

Als er von den Pattaya-Bullen berichtete, die in seinem Büro aufgekreuzt waren, änderte sich Weerawats Tonfall. Er schaltete in den Chef-Modus. Er wollte von Calvino die Namen der Beamten wissen. Aber die hatten sie nicht genannt, und an Henkelohrs Namen von seinem Dienstausweis konnte er sich nicht erinnern. Er glaubte nicht, dass der Ausweis echt war oder die Männer wirklich Polizisten waren. Kurzhaarschnitte und Revolver unter dem Hemd reichten völlig. Sie wirkten wie Cops. Am Ende fragte Weerawat, was er eigentlich für ein Sicherheitschef sei, wenn er sich unter solchen Umständen nicht die Namen aller drei Polizeibeamten notierte.

»Sie haben recht. Ich bin nicht besonders gut in dem Job. Ich mach's Ihnen leicht. Ich kündige.«

Weerawat explodierte. »Wann Sie kündigen, bestimme ich.«

»Haben Sie eine Idee, warum Daeng genau einen Tag, nachdem ich ihm das gekennzeichnete Geld übergeben hatte, tot aufgefunden wurde?« Stille am anderen Ende der Leitung. »Ich gebe Ihnen meine Version der Ereignisse. Als die Cops Daeng aus dem Tümpel zogen, hatte er das ganze Geld noch bei sich. Kein einziger Schein fehlte. Wer hätte es erfahren, wenn die Cops ein paar Scheine für sich abzweigten? Ein abgelegener Tümpel, niemand sieht zu. Man nimmt fünf- oder zehntausend Baht an sich und steckt sie in die eigene Tasche. Wer würde es je erfahren? Aber das gesamte Bargeld wurde sichergestellt. Finden Sie das nicht ungewöhnlich edelmütig? Dann fragte ich mich, wer wohl davon gewusst haben könnte, dass ich mich mit Daeng treffen wollte. Ich selbst natürlich. Und Sie, denn ich handelte ja in Ihrem Auftrag. Aber wie erfuhren die anderen Typen davon? Von mir bestimmt nicht.« Calvino schwang seinen Stuhl herum und sah Noah Goulds Foto auf dem Bildschirm an. Langsam fühlte er eine brüderliche Verbundenheit mit dem Trottel. »Und Sie wollen mir nicht sagen, wer mich in diese peinliche Lage gebracht hat. Was meinen Sie, wen könnte ich noch danach fragen?«

»Ich bin derjenige, der hier die Fragen stellt«, knurrte Weerawat.

Er stieß die Luft aus wie ein Wal, der nach einem tiefen Tauchgang wieder an die Oberfläche kommt. »Man feuert Leute, die einen bestehlen. Man bringt sie nicht um. Glauben Sie etwa, ich hätte Daengs Tod befohlen? Wollen Sie das damit andeuten?«

Calvino versuchte sich das Gesicht des prominenten Geschäftsmanns vorzustellen, angespannt und zerfurcht. »Genau das glaube ich. Aber ich kann's nicht beweisen.«

Weerawat war klug; er sprach, als ob er wüsste, dass das Gespräch aufgezeichnet wurde.

Unten hatte die Mamasan die Stereoanlage hochgedreht. Es war eines der Jazz-Bänder, und Special EFXs »Accounting« – Abrechnung – dröhnte durch zwei Stockwerke. Das Tenorsaxofon ließ Calvino an Colonel Pratt denken, und wie gern er das Instrument im Garten hinter seinem Haus spielte.

»Daeng war ein kleines Licht«, meinte Calvino. »Ein winziges Rädchen im Antrieb eines herrschaftlichen Wagens, der ihn überrollte. Oder noch besser ausgedrückt, eine Kaulquappe in einer Kokosschale.«

»Ein thailändisches Sprichwort lautet, dass man dem Huhn die Kehle durchschneidet, um den Affen abzuschrecken.«

Calvino lächelte. Diese Sprache war erfüllt von Affen, Fröschen, Kobras und Elefanten, einem ganzen Zoo, aus dem man Stoff für Sprichwörter beziehen konnte; an dieses spezielle hatte er bereits gedacht, und er wünschte, Weerawat hätte ein wenig mehr Fantasie bewiesen. »Die Geschichte mit dem Affen und dem Huhn kenne ich. Und ich kann Ihnen sagen, sie schreckt mich nicht ab.«

»Das ist enttäuschend«, sagte Weerawat. Er hatte die Stimme gesenkt, als blicke er in eine nicht allzu ferne Zukunft.

»Das ganze Leben ist enttäuschend. Man sieht sich.«

Weerawat hatte es geschafft, Calvinos und Pratts Plan ins Gegenteil zu verkehren. Sie hatten gehofft, dass Calvino als Sicherheitschef von Weerawats Imperium vor Ort Informationen sammeln könnte. Es schien die perfekte Tarnung zu sein. Aber dann hatte der Wagen ein Rad verloren. Weerawat musste etwas gerochen haben, einen unterschwelligen Hauch von Verrat. Rädchen, die sich in Rädchen drehten, Agenden innerhalb von Agenden; eine dreitausend Jahre alte chinesische Tradition, vor dem Angriff den schwächsten Punkt des Gegners herauszufinden. Möglicherweise hatte Weerawat von Lovells Besuch bei Calvino erfahren. Erst Danielson, dann Lovell. Das konnte nichts Gutes bedeuten. Und von seinen Kontakten innerhalb der Polizei wusste er bestimmt, dass Colonel Pratt wie eine Bulldogge war. Wenn er sich einmal in einen Fall verbissen hatte, ließ er nicht mehr locker.

Calvino legte auf, lehnte sich zurück, sah aus dem Fenster. Er streckte die Arme über den Kopf und spürte das Lederhalfter mit der Waffe unter seiner Achsel hochrutschen. Er hatte versucht, sich aus der Schlinge zu ziehen, indem er sich selbst feuerte. Doch Weerawat würde das nicht zulassen. Ein strategischer Rückzug kam nicht mehr infrage. Entweder ergriff er die Flucht, oder er musste sich darauf gefasst machen, bald gemeinsam mit Daeng einen dieser großen D-4s im Himmel zu fahren.

# 29

Colonel Pratt saß an einem Tisch im Hintergrund und sah sich das Fußballspiel im Fernseher über der Bar an. Als Calvino hereinkam, musste er zweimal hinsehen, um Pratt zu entdecken. Er hatte das Talent, mit der Umgebung zu verschmelzen. Das war ein unschätzbarer Vorteil bei Observierungen. Pratt machte sich einfach unsichtbar. Calvino hatte schon öfter beobachten können, wie sein Freund in einen dieser tiefen meditativen Zustände glitt, wo er gleichzeitig verschwunden und doch anwesend war, alles sah und gleichzeitig nichts, zum Teil des Hintergrunds wurde, eins mit der Umgebung.

Sie hatten vereinbart, sich in dem Pub um die Ecke von Calvinos Büro zu treffen. Calvino zog einen Stuhl heran und setzte sich.

»Wie steht's?«

»Liverpool führt mit einem Tor«, erwiderte Colonel Pratt.

Calvino griff zur Speisekarte und kehrte dem Fernseher den Rücken zu. Fußball war ein sicheres, neutrales Thema. Colonel Pratt hatte seinen »Ich bin um dein Wohlergehen besorgt«-Blick aufgesetzt. Calvino fröstelte beim Anblick seiner skeptischen, bekümmerten Miene. Diesen Ausdruck hatte er schon einmal gesehen, vor Jahren, in New York. Damals hatte Calvino ihm gesagt, dass er für ihn bis zum Äußersten gehen würde, weil eine chinesische Triade damit drohte, Pratt zu ermorden. Fast wäre es ihnen gelungen. Doch Calvino konnte es verhindern und hatte, wie sein Großvater, einen Preis dafür bezahlt. Nicht mit ein paar Jahren Gefängnis, doch die Anwaltskammer hatte ihm die Zulassung entzogen. Der Klang einer zersplitternden Reisschale, die Scherben fein wie Spinnweben.

Das hatte jedenfalls Colonel Pratt zu seiner Frau gesagt, als sie ihn fragte, auf welche Weise er diesem Farang gegenüber verpflichtet sei. Calvino erwähnte das Thema nie. Nicht ein einziges Mal, obwohl es viele Gelegenheiten gegeben hätte. Für den Colonel als Thailänder bedeutete diese mutige Tat, dass er mit diesem Mann durch dick und dünn gehen und an seiner Seite sterben würde, wenn es sein musste. Wann immer Pratt im Lauf der Jahre versucht hatte, Calvino seine Dankbarkeit zu bezeugen, ging dieser einfach darüber hinweg und wechselte das Thema. Seit Calvino im Alter von vierzehn Jahren an der Seite seines Großvaters Galileo Chinis *Der letzte Tag des chinesischen Jahres in Bangkok* betrachtet hatte, war ihm klar gewesen, dass dort sein Schicksal lag. Vitos Vater war dafür verantwortlich, nicht Pratt. Siam hatte Galileo geprägt, und Calvino wollte sich derselben Flutwelle stellen, die seinen Großvater nach Siam gespült, ihn geängstigt, angerührt und abgestoßen hatte. In Galileo tobten so widersprüchliche Gefühle, dass er 1931 einen Nervenzusammenbruch erlitten hatte. Calvino war nicht Pratts wegen nach Thailand gegangen, sondern aus persönlichen, eher familiären Gründen – um nach etwas zu suchen, das schon sein Großvater in Händen gehalten und das ihn für immer verändert hatte.

Und jetzt begab Calvino sich schon wieder in Gefahr. Colonel Pratt wollte Weerawat in die Finger bekommen. Doch der Kerl hatte seinerseits Vincent Calvino in die Falle gelockt. Ein weiteres Mal hatte Calvino sich ins Auge des Sturms begeben, ohne an die Konsequenzen zu denken. Manchmal fragte der Colonel sich, ob er vielleicht eine Art Todessehnsucht verspürte. Das ging vielen Leuten so, aber die meisten hatten genügend Verstand, um rechtzeitig einen Schritt zurückzutreten. Calvino tanzte einen gefährlichen Tanz mit Weerawat, und er genoss es, dem Arschloch einen halben Schritt voraus zu sein.

Weerawat repräsentierte alles, was Calvino verabscheute. Ein Leben im Überfluss mit protzigen Autos, Models und Schauspielerinnen, Umgang in den besten Kreisen, gespeist von Gier. Colonel Pratt war es schwergefallen zu schweigen, als seine Frau Manee ihm sagte, wie enttäuscht sie davon sei, dass Calvino sich als Weerawats Sicherheitschef verdingt hatte. Ihr kam das so vor, als hätte er die Seiten gewechselt. Colonel Pratt meinte lediglich: »Vincent kann auf sich selbst aufpassen.« Der Vincent Calvino, der der chinesischen Triade in New York die Stirn geboten hatte, existierte noch und würde auch nie verschwinden.

»Wollen wir etwas zu essen bestellen?«, fragte Pratt.

»Weerawat weiß Bescheid.«

»Wie viel?«

»Genug, um zu begreifen, dass ich nie für *ihn* gearbeitet habe.«

»Was hast du ihm erzählt?«

»Dass ich kündige«, sagte er und legte die Speisekarte weg. »Dass ich aufs Land fahren muss, weil mein Wasserbüffel krank geworden ist.«

Colonel Pratt fragte mit einem schwachen Lächeln: »Und er, wie hat er reagiert?« Er versuchte, sich sein Amüsement über Calvinos Formulierung nicht allzu deutlich anmerken zu lassen.

»Er hat's mir nicht so abgekauft.«

»Er wurde wütend?«

»Wie eine leberkranke Klapperschlange. Er brüllte ins Telefon, dass *er* verdammt noch mal bestimmen würde, wann ich kündigen darf. Ich habe es auf Band. Und ich sagte: He, Mann, und was soll aus meinem Wasserbüffel werden. Haben Sie denn gar kein Herz?«

»Da war doch noch etwas, Vincent. Der Mord an einem Vorarbeiter in Pattaya.«

Calvino verdrehte die Augen und klatschte sich auf die Stirn. »Das hätte ich doch fast vergessen.«

»Kam mir auch so vor.«

»Aber jetzt habe ich mein Gesicht verloren und ...«

»Hör auf, herumzuwitzeln und um den heißen Brei herumzureden, und erzähl mir endlich, was in deinem Büro wirklich passiert ist.«

Calvino verstand. Ratana hatte wahrscheinlich Manee angerufen, worauf Pratt natürlich eine Nanosekunde später brühwarm von der ganzen Geschichte erfuhr.

»Drei Cops aus Pattaya haben mich nach Weerawats totem Vorarbeiter befragt. Sie behaupteten jedenfalls, Cops zu sein. Sie hatten Dienstmarken, aber was besagt das schon? Der Haarschnitt stimmte jedenfalls, und sie trugen Waffen. Und ich trug meine verdammte Wanze nicht. Sie haben mich auf dem falschen Fuß erwischt.«

Colonel Pratt achtete nicht mehr auf das Fußballspiel. »Was Menschen Übles tun, das überlebt sie; das Gute wird oft mit ihnen begraben.«

»Von Shakespeare hat keiner etwas gesagt«, meinte Calvino.

Colonel Pratt nippte an seinem Orangensaft. Eine Welle der Begeisterung brandete durch die Bar, als Liverpool angriff.

Pratt nutzte den Tumult, beugte sich vor und sagte unterdrückt zu Calvino: »Wenn Weerawat wirklich Bescheid weiß, könnte er hinter dem Mord stecken.«

»Weerawat weiß Bescheid, Pratt. Und die undichte Stelle könnte in deiner allernächsten Umgebung liegen.«

Colonel Pratt faltete die Hände auf dem Tisch und blickte hoch zum Fernseher. Die Liverpool-Fans brüllten auf, und ein Sturm der Begeisterung tobte durch die Bar, während der Torschütze, verfolgt von seinen jubelnden Mannschaftskameraden, um den Platz kurvte.

»Das ist nicht sicher«, sagte Pratt. »Weerawats Firmen tauchen immer wieder in der Danielson-Ermittlung auf. Danielson wiederum arbeitete für die Anwaltskanzlei, die für Weerawats Familie tätig ist. Danielsons eigenmächtige Ermittlungen könnten Weerawat ruinieren. Danielson stirbt. Noah Gould ist auf der Flucht nach Amerika. Weerawat will dir den Schneid abkaufen. Bei Noah Gould hat es funktioniert.«

Calvino zuckte die Achseln. »Aber ich bin nicht Noah Gould.«

»Manchmal wünschte ich, du wärst es.« Colonel Pratt dachte daran, was Shakespeare über das Böse gesagt hatte: *Der Menschen Tugend schreiben wir in Wasser, ihr böses Treiben lebt in Erz.*

Endlich kam die Kellnerin und nahm ihre Bestellung auf. »Weerawat setzt darauf, dass ich mich aus dem Staub mache.«

»Du hast ihm gesagt, dass du kündigst. Also denkt er vielleicht, es hätte funktioniert. Wie bei Noah Gould, der ja auch gleich gekniffen hat«, meinte der Colonel.

Calvino massierte sich die Schulter. Ein plötzlicher Schmerz war ihm durch Mark und Bein geschossen. Pratt setzte ihm ganz schön zu. »Wir wollten mit Weerawat spielen, aber er spielt mit uns.«

»Fehlt dir etwas?«

»Meine Schulter macht Zicken.«

Colonel Pratt lehnte sich zurück, als das Essen kam. Er sah zu, wie Calvino eine Schmerztablette einwarf, sie mit Bier hinunterspülte und sich im Stuhl vor- und zurückwiegte, als würde die Bewegung den Schmerz lindern.

»Weerawat hat dich nur das sehen lassen, was du sehen solltest. Es ist nicht deine Schuld. Ich hätte es kommen sehen müssen.«

»Wenn ich länger dabeigeblieben wäre, hätte ich die Geschichte mit den gefälschten Arzneimitteln vielleicht Danielsons Kanzlei anhängen können.« Bangkok war eine Welt voller »Wenn« und »Aber« und »Beinahe«, wenn es darum ging, die Großen festzunageln. Und häufig geschah gar nichts.

»Männer wie Weerawat leben nach ihren eigenen Gesetzen«, sagte Colonel Pratt. »Sie haben ihre eigene Art, Probleme aus der Welt zu schaffen.«

»Es gibt eine Menge von diesen Großkotzen«, sagte Calvino. »Sie sind nur so lange groß, bis man kräftig genug an ihrem Stuhl sägt.«

»Alles im Mordfall Danielson deutet auf Weerawat. Wenn wir hieb- und stichfeste Beweise finden, die ihn damit in Verbindung bringen, wird sein Sturz tief sein.«

Calvino sagte nichts dazu. Anscheinend war der Fall für den Colonel inzwischen offiziell zum Mordfall mutiert. Und deshalb war Pratt so frustriert, dass Weerawat immer einen Schritt außerhalb seiner Reichweite blieb.

»Gibt es überhaupt so etwas wie hieb- und stichfeste Beweise, um einen wie Weerawat festzunageln, Pratt?« Calvino war klar, dass die Antwort nur lauten konnte: Ausschließlich dann, wenn jemand von Weerawats Sturz profitierte.

Pratt breitete die Hände aus und inspizierte seine Fingernägel. Dann trank er von seinem Orangensaft. »Ich hatte ein Gespräch mit Mrs Danielson. Und mit ihrem Anwalt.«

»Was hat sie gesagt?«

»Ich fragte sie, ob ihr Mann Allergiker war. Sie bestätigte es. Gegen Staub, Milben, Federn, Katzen etcetera.«

Calvino wusste nicht, worauf Colonel Pratt hinauswollte. Schließlich gab es den Laborbericht und Zeugenaussagen von den Gästen des Oxford-Cambridge-Dinners.

»Und ich fragte nach Insekten«, fügte Pratt hinzu. »Allergien auf Wespen oder Bienen.«

Calvino war verwirrt. »Was hat das mit Danielsons Tod zu tun?«

»Hast du schon einmal von anaphylaktischem Schock gehört?«, fragte der Colonel.

»Anawas?«

»Es ist eine schwere allergische Reaktion, zum Beispiel auf einen Insektenstich. Nicht immer tödlich. Aber möglicherweise. Wenn man Pech hat, kommt es zu einem Herzinfarkt.«

Calvino seufzte und warf einen kurzen Blick auf den Bildschirm. Das Fußballspiel war aus. Liverpool hatte gewonnen, und ein paar Betrunkene hämmerten mit den Fäusten auf die Bar und grölten. »Danielson war ein Pechvogel«, sagte er. »Was hat seine Frau gesagt? Ich habe übrigens versucht, mit ihr zu sprechen.«

»Und?«

»Sie will nicht. Das kann heißen, dass sie im Moment einfach zu viele Dinge am Hals hat. Oder dass sie nicht mit mir reden will. Aus, Punkt.«

»Vincent, der erste forensische Bericht sprach davon, dass Danielson von einer Wespe gestochen wurde. Aber an seinem Körper fand sich kein Einstich. Das machte es einfach, zu behaupten, der ursprüngliche Bericht wäre falsch, und ihn zu ändern.«

»Wir wissen, dass Danielson ein paar Zolofts geschluckt hat. Vielleicht war es eine Überreaktion auf die Pillen. Hast du daran schon gedacht? Der erste Bericht könnte tatsächlich falsch gewesen sein«, sagte Calvino.

»Keiner der aktiven Wirkstoffe von Zoloft ist Wespengift.« Er hatte nach Zoloft gegoogelt. Der Colonel wusste, was die Pillen enthielten. Er wusste auch, dass es mehr als eine Möglichkeit gab, ein Gift zu verabreichen.

»Du denkst, die Pillen waren manipuliert?«

Genau das dachte der Colonel. Er kannte den Mediziner, der den ursprünglichen Bericht geschrieben und Wespengift als mögliche Todesursache genannt hatte.

»Es ist unwichtig, was ich denke. Mein Freund hat Wespengift in Danielsons Blut gefunden.«

Calvino kratzte sich am Kopf und hielt sein leeres Bierglas in die Höhe, um eine Kellnerin auf sich aufmerksam zu machen. »In jener Nacht im Waschraum bot Apisak Danielson zwei Pillen an. Und Apisak arbeitet für Weerawat.« Er sah, wie Colonel Pratts Augen aufleuchteten und ein Lächeln über sein Gesicht glitt. »Der Zeitrahmen passt. Ich gehe jede Wette ein, dass Danielson gerade vom Tod seiner Freundin Jazz erfahren hatte. Er konnte einen kleinen Stimmungsaufheller gebrauchen. Lovell war Zeuge der ganzen Szene.«

»Aber seine Anwesenheit sieht mehr und mehr nach einem Zufall aus. Wer immer Danielson aus dem Weg räumen wollte, hatte nicht eingeplant, dass Lovell die Pillen sieht.« Das war es also, was den Mordverdacht des Colonels begründete. Nicht gerade viel.

Calvinos Gesetz: Die meisten Morde fielen unter die Kategorien übles Pech und böses Blut. »Danielsons Frau war keine große Hilfe.«

Colonel Pratt trank seinen Orangensaft aus. »Rede mit ihr, Vincent.« Ein englisches Pärchen in Liverpool-Trikots kam lachend an ihrem Tisch vorbei. Ihre Mannschaft hatte gewonnen. Ihre Stimmen hätten nicht reiner und unschuldiger klingen können.

»Das hast du doch schon getan. Und sie nimmt meine Anrufe nicht an. Ich hab's versucht.«

Da spielte der Colonel seine letzte Trumpfkarte aus: »Du kennst ihre Freundinnen. Bitte eine von ihnen, dir zu helfen. Das sind sie dir schuldig, Vincent.«

Die Freundschaftskarte, die Verbindungskarte, der Joker, der das ganze Spiel neu mischte. Calvino kannte das Spiel; es war nicht seine erste Partie, und er selbst spielte ja auch immer die Polizeicolonelkarte aus, wenn er seinen .38 Police Special umschnallte und in den Kampf zog.

Dieses Spiel war nie zu Ende; Jahre der wechselseitigen Verpflichtung und Erinnerung verbanden sie beide. Und deshalb war es für Calvino und Colonel Pratt schon lang kein Spiel mehr. Denn ein Spiel ist von begrenzter Dauer, es hat Regeln, Gewinner und Verlierer.

Die Reihen der englischen Fans im Pub begannen sich zu lichten, sie tranken aus und verlangten nach der Rechnung. Wenn Calvino die Rechnung betrachtete, die das Leben im Fall Danielson präsentierte, so belief sie sich inzwischen auf ein totes Massagemädchen namens Jazz, einen toten amerikanischen Anwalt und einen toten Vorarbeiter in Pattaya. Und Weerawat musste bezahlen.

»Du willst doch etwas Bestimmtes von ihr«, sagte er, auf Millie Danielson gemünzt. »Komm schon, raus damit. Erzähl's mir.«

»Ich will herausfinden, ob sie wusste, dass ihr Mann eine Geliebte hatte. Du hast Jazz tot aufgefunden. Es wäre nur normal, dass du sie danach fragst. Die Polizei tritt dir immer noch auf die Zehen, weil du sie gefunden hast. Danielson hat dich angeheuert, und er schuldete dir Geld. Bitte sie darum, dir dabei zu helfen, deinen Namen reinzuwaschen. Frag sie, was mit dem Geld ist, das Danielson dir für die Nachforschungen versprochen hatte.«

Irgendwann würde sie ihm sicher einen entsprechenden Scheck ausstellen – an einem schönen Spätnachmittag in ihrem nächsten Leben.

Wenn man jemanden seit Jahren kennt, entdeckt man die kleinen Schatten in den Augen, die bedeuten, dass er sich Sorgen macht. »Was hat sie dabei zu gewinnen?«

Colonel Pratt dachte eine Sekunde lang nach, kippelte mit seinem Stuhl und drehte das leere Glas Orangensaft hin und her. »Shakespeare hat ein Stück namens *Antonius und Kleopatra* geschrieben, und wenn ich an Danielson denke, fällt mir eine Zeile daraus ein: *Er gab sein Reich an eine Metze.*«

»Und genau deshalb wird sie zu mir sagen, ich soll mich verpissen. Die Hure ist tot. Das Reich gehört der Ehefrau. Die Mutter aller Volltreffer. Direkt ins Schwarze. – Sprichst du noch mit mir?«

»Und wenn du sie davon überzeugst, dass der Volltreffer eigentlich keiner war?«

Wie soll ich denn das anstellen?, fragte sich Calvino. Nach der Lektüre des *Untreue-Index* sahen die Mem-Farangs doch überall nur noch Huren, genau wie der kleine Junge aus *Der sechste Sinn* ständig die Toten sah. Das Reich und die Ehefrau gehörten zusammen. Deshalb hatten die Fabelhaften Vier Calvino angeheuert.

»Ihre Freundinnen vertrauen dir. Du hast ihnen harte Fakten geliefert. Millie Danielson wird dir auch vertrauen. So funktioniert das bei Frauen«, sagte Colonel Pratt.

So funktionierte das bei jedem: Wenn man in einer Welt, in der Pfusch und Betrug die Regel waren, gute Arbeit lieferte, dann war man plötzlich ein Held, nur weil man seine Arbeit tat. Doch Calvino kam sich gar nicht heldenhaft vor.

»Ich werde sehen, was ich tun kann«, meinte er.

»Vincent, jetzt hör mir bitte genau zu.«

»Ich lausche.«

»Halt dich fern von Weerawat.«

Calvino grinste. »Ich habe ein Programm, das Lovell entwickelt hat und das sich ›Schlupfwinkel‹ nennt. Es sagt mir zu jeder Zeit, wo er sich wahrscheinlich gerade aufhält.«

»Und wo ist er jetzt?«

Calvino zuckte die Achseln und gestikulierte mit den Händen. »Im Moment könnte er überall sein. Vielleicht in einer dieser Luxusbuden auf der Soi 20. Oder er macht gerade mit einer Freundin herum. Oder er spielt Karten und verliert Geld.«

»Tolles Programm.«

»Ich hab's auf dem Computer. Man muss alle möglichen Variablen eingeben, um eine Ortsanzeige zu bekommen. Und sogar dann kann man noch falschliegen«, meinte Calvino und fuhr sich mit dem Handrücken über die Stirn. Er schwitzte wie ein Schwein. »Nur eine Frage. Und dafür brauchst du keine Software. Kannst du Weerawat von mir fernhalten?«

»Ich sehe zu, was ich tun kann«, meinte Colonel Pratt und schnupperte in der rauchgeschwängerten Luft. Nichts auf der Sukhumvit Road wirkte noch echt thailändisch, nicht einmal die Probleme.

# 30

Worum Colonel Pratt Calvino gebeten hatte, war nur ein kleiner Gefallen. Nichts Großartiges, sagte er sich. Nur eine Kleinigkeit. Wenn man es eine Kleinigkeit nennen wollte, die Frau eines Mordopfers zu befragen. Aber der Colonel war mit ihr nicht weitergekommen. Calvino wollte es lässig angehen und hoffen, dass Millies Freundinnen für ihn sprachen und sie nicht gleich einen verdammten Anwalt mitbrachte, der sie ständig warnend mit dem Ellbogen in die Rippen stieß und sagte: »Was die Witwe damit sagen möchte, ist, dass sie nichts sagen möchte.«

Sie würden unter sich sein, allein mit der Erinnerung an Danielson, die eine Person, die sie verband. Colonel Pratt hatte Calvino gebeten, sich nicht allzu viele Gedanken wegen der drei Männer zu machen, die ihn in seinem Büro aufgesucht hatten. »Aber wenn sie wiederkommen«, sagte er, »ruf mich sofort an.«

Ein trockenes Lächeln war über Calvinos Gesicht gehuscht. »Klar. Ich sage zu ihnen: Wartet, bevor ihr auf mich losgeht, muss ich mal eben noch meinen Kumpel, den Polizeicolonel, anrufen.« Das System stellte sich blind gegenüber der Entführung und Folterung von Verdächtigen. Folter war Routine. Spurloses Verschwinden alltäglich. Es konnte auch ihm zustoßen; zu jeder Zeit. Sein Freund mochte thailändischer Polizeioffizier sein, aber das machte ihn nicht unantastbar. Es machte die anderen lediglich vorsichtiger.

Man konnte nicht schnell noch mal telefonieren, wenn die harten Jungs gerade dabei waren, einem einen Stromschlag durch die Eier zu jagen, das war ihnen beiden klar. Aber Calvino wusste die gute Absicht hinter Colonel Pratts Angebot zu schätzen.

Im Gehen meinte Pratt: »Das Video, das du in der Fabrik gedreht hast, ist interessant. Das Gelände gehört einem von Weerawats Strohmännern.«

»Ich weiß. Lovell besaß die Listen der Aktionäre und Direktoren.«

»Ich habe ihren Hintergrund überprüft.« Es waren die üblichen Strohmänner: Fahrer, Dienstboten, Sekretäre, Anwälte und Freunde. Dabei hatte sich ein Bild vom Innenleben des Weerawat-Clans und seiner Helfershelfer herausgeschält.

»Wenn Weerawat fällt, reißt er eine Menge andere einflussreiche Leute mit. Es wird also nicht einfach, mit ihm fertig zu werden«, sagte Calvino.

Colonel Pratt ließ den Blick über die Sukhumvit Road schweifen, mit ihren Autos, Taxis und Motorrädern. Die heiße Nachtluft war gesättigt von Feuchtigkeit. Es roch nach Regen. »Ich habe nie gesagt, dass es leicht sein wird. Ich wollte dich da nicht mit hineinziehen.«

»Ich steckte ja schon mittendrin.«

»Aber nicht so tief.«

Der Colonel meinte jene Tiefe, in der das Wasser im Fischteich zu brodeln beginnt, weil alle Fische, Alligatoren, Frösche und Haifische auf ihre Mahlzeit zusteuern. Und Calvino stand ihnen im Weg.

»Ich bleibe dabei.«

»Sobald du dein Geld aus dem Danielson-Fall hast, zieh dich zurück, Vincent.«

»Soll ich mir etwa die Chance entgehen lassen, Weerawat von seinem gemütlichen Feldherrenhügel in eine Kuhle voller Schlamm rutschen zu sehen? Vergiss es!« Inzwischen nahm er es persönlich. Dafür hatten diese Cop-Schwachköpfe in seinem Büro gesorgt, und Calvino hatte keinen Zweifel, dass sie auf Weerawats Befehl handelten.

Ein Lächeln glitt über Colonel Pratts Gesicht. »Halt dir den Rücken frei, Vincent.«

»Ich kann auf mich aufpassen.« Instinktiv presste er den Oberarm gegen die .38 unter seinem Jackett. Wie ein alter Freund wartete sie dort auf den richtigen Moment.

Vor dem Pub staute sich der Verkehr in beide Richtungen. Calvino ging um die Ecke zu Villa Market, um eine Flasche Whisky zu kaufen, außerdem ein paar Bagel, Räucherlachs und Frischkäse. Bagel wie in New York gab es natürlich nicht, aber sie waren ganz passabel, wenn man sie mit einem Mekong hinunterspülte. Er griff nach einem gelben Einkaufskorb. In der Getränkeabteilung nahm er eine Flasche Mekong aus dem Regal und drehte sie um, um das Etikett zu lesen. Er spürte, wie ihm jemand auf die Schulter tippte. Ruth Gould stand hinter ihm und musterte ihn.

»Ach, Sie sind es«, sagte sie. »Vincent Calvino. Erinnern Sie sich an mich?«

Als ob er so viele Klientinnen hätte, dass er eine vergaß, die ihm zweitausend Dollar in bar für seine Dienste angeboten hatte. Jedenfalls so lange, bis ihr Ehemann Noah nach Denver, Colorado, versetzt wurde.

»Ruth, könnten Sie mir das Etikett auf dieser Flasche vorlesen? Ist es ein guter Jahrgang?«

»Ist das nicht eine Flasche Mekong? Die haben keinen Jahrgang, nur einen Strichcode.« Dann brach sie in Gelächter aus. »Fast hätte ich es Ihnen abgekauft. Sehr gut.«

»Und ich hätte Ihnen beinahe vertraut. Und Ihren Freundinnen. Sie sind ebenfalls sehr gut. Wahrscheinlich macht das die Übung. Wie war das? Zwei, drei Privatdetektive arbeiteten vor mir an Ihren Fällen? Ja, sehr gut, wirklich gut. Sie alle«, sagte er und warf die Flasche Mekong in seinen Plastikkorb.

»Hören Sie, Mr Calvino. Ich weiß, dass Sie verärgert sind. Wahrscheinlich hassen Sie mich, und ich könnte es Ihnen nicht einmal verübeln. Aber das macht es gerade so komisch. Wegen dem Mekong und dem guten Jahrgang.« Sie musste wieder lachen. Ein paar Verkäuferinnen steckten flüsternd die Köpfe zusammen und sahen in Richtung der lachenden Mem-Farang. Sie machten den Eindruck, als bekämen sie so etwas nicht oft zu sehen, zumindest nicht in der Wein- und Spirituosenabteilung.

»Was ist so komisch?«

»Als mein Mann neulich Nacht nach Hause kam, ich sage Ihnen, der war vielleicht fertig. Er kam ins Schlafzimmer gestürmt, machte das Licht an und stand einfach nur schlotternd am Fußende des Betts, wie ein Wahnsinniger. Seine Unterlippe zitterte, Sie wissen schon, wie bei kleinen Kindern. Dann würgte er heraus, dass Sie und ich etwas miteinander hätten. Er behauptete tatsächlich, wir hätten eine Affäre, Sie und ich. Und bevor ich noch etwas sagen konnte, brach Noah zusammen, fiel auf die Knie und vergrub den Kopf in den Händen. Es war richtig unheimlich. Ich meine, er kam nicht zum ersten Mal betrunken nach Hause. Aber so hatte ich ihn noch nie erlebt. Ich hoffte bloß, er würde die Kinder nicht aufwecken mit seinem Geplärr. Ich wollte schon sagen: Vincent Calvino und mein Liebhaber? Du machst wohl Witze! Aber er sagte, er würde mich nicht nur verstehen, sondern mir auch verzeihen. Er meinte, er habe nur das bekommen, was er verdiente. Er gestand mir, dass er sich hinter meinem Rücken mit Barmädchen aus den Dead Painters Bars herumtrieb.«

»Dead Artists Bars«, berichtigte Calvino. »Die toten Künstler.«

»Egal, jedenfalls tot«, sagte sie. »Und Noah meinte, es wäre mein gutes Recht gewesen, mich mit Ihnen einzulassen, aber dass jetzt alles anders würde, wo wir nach Hause gingen. Wir würden in unser normales Leben zurückkehren. Ich hoffte, ich würde noch die Möglichkeit haben, Ihnen zu danken.« Sie öffnete ihre Handtasche, zog einen Umschlag heraus und hielt ihn Calvino hin.

»Was ist das?«

»Ein Dankeschön für was immer Sie zu meinem Mann gesagt haben. Dafür, dass Sie die Initiative ergriffen und ihn zur Vernunft gebracht haben. Und ich hoffe wirklich, dass Sie mich nicht allzu sehr hassen.«

Sie marschierte davon zur Kasse. Calvino betrachtete den Umschlag. Die Augen der Verkäuferinnen richteten sich jetzt auf ihn. Sie starben vor Neugier. Er nickte ihnen zu, zuckte die Achseln und riss die Umschlagkante mit den Zähnen auf. Ein Papierstreifen blieb ihm zwischen den Lippen kleben; er spuckte ihn aus. Dann blies er in den Umschlag, schloss das linke Auge, kniff das rechte zusammen und blickte hinein. Er sah hoch, zwinkerte den Verkäuferinnen in ihren schmucken Uniformen zu, mit kurzen Röcken und dunklen Lidschatten. Sie hatten sich näher herangeschoben. Eine bearbeitete mit einem Staubwedel die Weinflaschen. Calvino griff in den Umschlag und förderte fünf Einhundert-Dollar-Scheine zutage.

Der gute alte Ben Franklin starrte ihm in fünffacher Ausführung entgegen, Politiker, Erfinder, Diplomat, Staatsmann und Hurenbock. Man hatte Calvino um weitere fünfzehnhundert Dollar beschissen. Aber er würde das Geld nicht ablehnen. Er konnte den alten Ben gut leiden. Wie hätte man ihn nicht mögen können? Franklin machte keinen Unterschied zwischen französischen, englischen und amerikanischen Hurenhäusern. Er erfand einen Almanach, der Pate hätte stehen können für den *Untreue-Index*. Nur dass zu Bens Zeiten niemand ein Risiko darin sah.

Die beiden Verkäuferinnen grinsten, als Calvino ihnen das Geld zeigte. Er nickte zu Ruth hin, die an der Kasse in der Schlange stand.

»Ich Lustknabe.« Er stieß sich mit dem Zeigefinger gegen die Brust. Dann stellte er den Mekong ins Regal zurück, ging an den Yings vorbei und zog einen 1996er Merlot aus dem Regal. Eins von Calvinos Gesetzen kam ihm in den Sinn: Wasch nie die dreckige Wäsche von einem Sumo-Ringer, selbst wenn seine Mutter dich darum anflehen sollte. Und spioniere nie für eine Ausländerin deren Ehemann aus. Er hatte das Gesetz gebrochen und seine Strafe bekommen. Erniedrigung und Schande waren wie Schwestern, und er kannte die ganze jämmerliche Familie. Vielleicht war er sogar der Adoptivsohn.

# 31

Vor dem Villa Market sah Calvino eine Blumenhändlerin, die gerade einen Strauß roter Rosen und violetter Orchideen band. Er kannte sie schon seit Jahren und erinnerte sich noch daran, wie sie ein junges Mädchen in weißen, kniehohen Stiefeln mit einem frischen Lächeln gewesen war. Die Jahre hatten sie erbarmungslos rechts überholt und ihr Schönheit und Jugend gestohlen. Ähnlich wie bei ihm selbst. Er fragte sich, ob sie wohl dasselbe dachte, wenn sie ihn sah.

Die Tische an der breiten Fensterfront von Starbucks, die auf die Sukhumvit zeigten, waren voll belegt. Die Leute tranken Kaffee, unterhielten sich, lasen oder starrten einfach zum Fenster hinaus. Calvino ließ sich Zeit, während er die Straße entlangging, und zählte dabei vier *Gründe,* um in Thailand *zu bleiben.*

Eine der Yings, in grünem Schlauchoberteil und Minirock, kam auf ihn zu. »Du erinnerst dich an mich?«

Tatsächlich konnte er sich an Mint erinnern. Sie hatte als Serviererin in einer Hotelbar gearbeitet. »Wie geht es, Khun Mint?«

»Ich bin saabai dee«, sagte sie, nach seiner Hand greifend. »Du gehst einkaufen?« Er nickte, während sie die Weinflasche beäugte, deren Form sich durch die Plastiktüte drückte.

»Ich komme mit, okay?«

Er erinnerte sich daran, dass Mint nie irgendwo zu Hause war. Sie schlüpfte bei einem Freund nach dem anderen unter, aber es schien nie zu funktionieren, und so zog sie weiter. Sie ließ sich treiben, zwischen den Jobs, zwischen den Appartements, aber ihr Körper bot ihr genügend kommerzielle Möglichkeiten, um den Kopf über Wasser zu halten.

Er rief sich ein weiteres Calvino-Gesetz ins Gedächtnis: Nimm niemals einen *Grund zu bleiben* mit in dein Appartement, es sei denn, sie hätte eine eigene Wohnung. Mint würde keinen Anlass sehen, wieder zu gehen. Und das wäre ein Problem.

»Ich habe eine Verabredung. Ich kann nicht.«

Ein unwilliger Zug trat auf ihr Gesicht. »Okay, dann eine schnelle Nummer?«

»Geht nicht, Baby. Nächstes Mal.« Er ließ ihr gerade so viel Hoffnung, um sich mit einem letzten Rest von Würde zu trollen.

Mint hätte ihm das gute Gefühl über den unerwarteten Zahltag und die teure Flasche Wein in seiner Tüte beinahe verdorben. Aber als er nach rechts in die Soi 33 abbog, ging es ihm schon wieder besser, und er dachte: Das Leben ist doch schön. Er war ein Kerl mittleren Alters, der es sich leisten konnte, eine dreiundzwanzigjährige Ying abblitzen zu lassen, die in Manhattan einen Verkehrsstau hervorgerufen hätte. Er hatte Geld in der Tasche und fühlte sich frisch und frei, während Weerawat in seinem Gedächtnis bereits zu verblassen begann.

Als er die Seitenstraße zu seinem Büro betrat, sah Calvino eine indische Mittelklassefamilie, die gerade das Pan-Pan-Restaurant betrat. Wenig später fielen ihm zwei weitere Dinge auf.

Das Neonschild über dem *One Hand Clapping* brannte nicht. Der Bereich vor dem Massagesalon war menschenleer. Keine einzige Ying, kein Plastikstuhl zu sehen. Auch drinnen brannte kein Licht. Alles wirkte öde und verlassen, als wäre das Geschäft nicht nur geschlossen, sondern aufgegeben.

Aber vor allem eines erregte Calvinos Aufmerksamkeit – Weerawats Wagen stand mit laufendem Motor vor dem Massagesalon. Er verhielt für einen Moment den Schritt, sein Blick glitt zwischen dem Lexus und dem Haus hin und her. Rote Lichter leuchteten auf. Der Fahrer musste auf die Bremse getreten sein. Die Innenbeleuchtung des Lexus ging an. Er konnte drei Männer darin erkennen.

Calvino fühlte, wie sein Pulsschlag auf Turbo schaltete. Seine Hand suchte den .38 Police Special. Ein Thai saß hinter dem Steuer, eine zweite Gestalt auf dem Beifahrersitz und ein dritter Mann auf der Rückbank. Er beschleunigte seinen Schritt und ging an dem Lexus vorbei. Er war bereits die erste Treppe hinauf, als Weerawat ihm nachrief: »Vincent, wir müssen miteinander reden.«

Weerawats Alltagskleidung war eine geringfügig dezentere Version seiner Nachtclubstaffage. Er trug ein marineblaues Seidenhemd mit weißem Leinenjackett und grauer Hose. Und modische Halbschuhe ohne Socken.

Calvino blieb auf der Treppe stehen, fasste seine Tüte fester und starrte Weerawat an. Die anderen beiden Thais blieben neben ihm stehen. Calvino erkannte zwei der drei Männer, die ihn früher am Tag in seinem Büro aufgesucht hatten. Das Duo, das behauptet hatte, es käme aus Pattaya und untersuche einen Mord. Der eine war der Typ mit dem kantigen Kopf und Augen wie schwarze Löcher, und der andere der chinesisch Aussehende mit dem Bauchansatz. Quadratschädel und Bierbauch. Henkelohr fehlte unentschuldigt.

»Es ist spät, warum reden wir nicht morgen?« Bei Mint hätte das vielleicht gewirkt, aber Weerawat ließ sich nicht abwimmeln.

»Ich will jetzt mit Ihnen sprechen.«

Calvino rechnete sich aus, dass er keine große Wahl hatte. »Gehen wir in mein Büro«, sagte er und zog sein Handy heraus, um auf dem Weg nach oben Colonel Pratt anzurufen.

Aber Weerawat war zu schnell. Er erreichte Calvino, klimperte mit einer Schlüsselkette und schüttelte den Kopf.

»Nein«, sagte er. Er versetzte Calvino einen harten Stoß, der ihn auf die Treppe warf. Beim Sturz entglitt ihm das Handy. Quadratschädel warf sich auf ihn, klemmte ihn unter sich ein. Er griff unter Calvinos Jacke und zog den .38 Police Special aus dem Halfter. Dann langte er nach dem Handy und steckte es ein. Ein irres Grinsen lag auf seinem Gesicht, als würde es ein tiefes persönliches Bedürfnis befriedigen, jemanden fertigzumachen.

»Mein Büro ist geschlossen«, sagte Calvino, warf einen Blick auf seine Waffe und die drei Männer und kalkulierte seine Chancen, Quadratschädel gegen die beiden anderen zu stoßen und sich ins Büro zu retten. Aber wie sollte er schnell genug die Tür aufschließen? Spätestens da hätten sie ihn wieder. Seine besten Chancen lagen draußen, im Freien, in der Öffentlichkeit, wo Nachbarn an den Fenstern klebten und sich nichts entgehen ließen.

»Vorwärts.«

Calvino biss die Zähne zusammen. »Ich weiß. Und tun Sie nichts Unüberlegtes.«

»Halten Sie vor allem den Mund.«

Calvino lag mit verdrehten Gliedern auf den Stufen, als wollte er einen Scherenschlag beim Seitenschwimmen ausführen. Aber er zappelte auf dem Trockenen. Drei gegen einen war nicht gerade vielversprechend. Seine eigene Waffe war auf seine Brust gerichtet, und Quadratschädels Finger lag am Abzug. Und sein eigenes Telefon klingelte gerade in dessen Tasche. Er gab es weiter an Weerawat, der den Anruf entgegennahm. »Vincent ist in einer Besprechung. Er ruft zurück.«

»Auf die Beine!«, befahl Bierbauch. Er sprach mit starkem Akzent, und es klang wie »Lauf!«.

Calvino lachte zum unpassenden Zeitpunkt.

»Ihr habt Daengs Mörder wohl noch nicht gefunden, Jungs«, sagte er, zwischen Quadratschädel und Bierbauch hin- und herblickend. Wenn Bierbauch neben seinem Kumpel stand, war er einen halben Kopf kleiner. Er trat Calvino gegen die Wade. Am Morgen in seinem Büro hatten die beiden noch kleiner gewirkt. Aber da hatte er selbst natürlich nicht auf dem Rücken gelegen. Langsam rappelte er sich hoch.

»Können Sie vielleicht woanders hinzielen? Die Waffe hat einen empfindlichen Druckpunkt.«

Quadratschädel hielt den Lauf unverwandt auf Calvino gerichtet.

»Vincent, wir können diese Angelegenheit doch regeln.« Weerawat bedeutete ihm mit dem Kopf, weiterzugehen. Die beiden anderen Männer hatten in seinem Büro hartgesotten gewirkt; in der Dunkelheit sahen sie aus wie Männer, die wenig oder gar nichts zu sagen hatten, und das war besorgniserregend.

Ich habe zwei Sumo-Ringer mit meiner eigenen Kanone am Hals, dachte Calvino. Sie ließen ihm keine Wahl.

Mit Bierbauch voraus und Weerawat und Quadratschädel als Nachhut stieg Calvino die nächsten Stufen hinauf. Auf dem Treppenabsatz schloss Weerawat die Tür zu den leer stehenden Büros auf.

Dahinter lag ein großer, ungenutzter, offener Raum. Hartholzböden, die Jalousien an den Fenstern geschlossen. Calvinos Büro lag einen Stock höher, der Massagesalon einen tiefer. Wo war die Mamasan des *One Hand Clapping?* Wo waren all die Yings?

Quadratschädel und Bierbauch in ihren Jeansjacken und -hosen verströmten Knoblauch- und Zigarettendünste, während sie sich wachsam an der Tür aufstellten. Calvinos .38 Police Special lag nicht länger in Quadratschädels Hand. Immerhin eine kleine Erleichterung. Weerawat legte einen Schalter um, und eine Batterie von Deckenleuchten tauchte den großen, leeren Raum in Licht.

Calvino hielt immer noch seine gelbe Villa-Market-Plastiktüte in der Hand. Es war ein Wunder, dass die Weinflasche den Sturz überlebt hatte. Er nahm es als gutes Omen.

»Was wollen Sie?«, fragte Calvino.

»Sie enttäuschen mich«, sagte Weerawat. »Ich habe Sie um etwas gebeten. Aber Sie hören nicht zu. Das macht mich zornig.«

»Sie werden darüber hinwegkommen.« Einen mächtigen Mann zu verärgern, war unklug. Das wusste Calvino, und er wusste auch, dass er in eine dieser Raum-Zeitkrümmungen hineingestolpert war, in der das 14. Jahrhundert herrschte.

Weerawat tigerte an der Fensterfront auf und ab, machte kehrt und kam mit angelegten Armen wieder zurück, als würde er nachdenken. Er schüttelte den Kopf und seufzte.

»Sie sind in vieler Hinsicht eine große Enttäuschung für mich.«

»Ich kann auch nicht behaupten, dass bei Ihnen ein großartiges Betriebsklima herrscht.«

Weerawat stieß einen langen Seufzer aus, und Quadratschädel rammte Calvino die Faust in die Niere. Der Schlag war mit einem Geschick ausgeführt, welches man nur durch lange Übung erwirbt. Als Nächster kam Bierbauch dran und rammte Calvino mit der vollen Wucht seines Körpers gegen die Wand. Es trieb ihm die Luft aus den Lungen, und er klappte auf dem Boden zusammen. Die Plastiktüte fiel zu Boden, und die Weinflasche zerplatzte mit einem Knall wie ein Pistolenschuss. Den Angriff auf der Treppe hatte sie noch überlebt, doch nun war sie nicht mehr. Die dunkelrote Flüssigkeit ergoss sich in Pfützen über den Boden. Calvino lag auf den Knien. Der französische Wein durchtränkte seine Hosenbeine.

»Aufstehen«, befahl Weerawat.

Calvino hob eine Hand mit nach oben gestrecktem Finger, er wollte noch etwas länger angezählt werden. Als er die Füße unter sich zog, sah er auf die zerbrochene Flasche hinab und spuckte Blut aus. »Das war ein edler Wein, den Sie da gerade zerbrochen haben. Nicht bloß eine Flasche Strichcodefusel.«

»Es ist nichts Komisches an dieser Angelegenheit. Aber Sie kapieren das nicht, oder, Vincent?«

»Mir wäre es lieber, Sie nennen mich Khun Vincent«, sagte Calvino und sackte in eine Weinpfütze zurück.

Die beiden Männer packten ihn bei den Armen, rissen ihn auf die Beine und knallten ihn gegen die Wand. »Meinen Sie, ich könnte meine Waffe wiederhaben?« Der Quadratschädel verpasste ihm eine. »Das heißt dann wohl nein.«

Quadratschädel und Bierbauch hatten noch weniger Sinn für Humor als ihr Boss. Der Quadratschädel jagte Calvino die Faust in den Magen. Er verdrehte die Augen und glitt wieder zu Boden, erbrach die Fish and Chips und zwei Bier aus dem Pub.

»Liverpool hat heute gewonnen. Ich wette, das wusstet ihr noch nicht, Jungs.«

Weerawat nickte, und Quadratschädel hämmerte Calvino einen weiteren Schlag seitlich an den Kopf. Der Raum und die Männer schienen sich um ihn zu drehen, während er versuchte, seine Augen auf Quadratschädel und Bierbauch einzustellen, die mit geballten Fäusten über ihm lauerten. Er sah gleich vier von ihnen. Mit schierer Willenskraft wehrte er sich gegen eine Ohnmacht. Verschwommen tauchte der abgebrochene Hals der Weinflasche in seinem Blickfeld auf. Quadratschädel musste Gedankenleser sein, denn er stieß ihn mit dem Fuß weg. Calvino dachte: Der Kerl zählt als doppelter *Grund zu gehen.* Er versuchte, an die vier guten *Gründe zu bleiben* zu denken, als einer der Männer ihn in die Rippen trat. Er hätte lieber seinem eigenen Gesetz zuwiderhandeln und mit Mint in ein Stundenhotel gehen sollen. Calvino machte sich im Geiste eine Notiz: Flexibler in der Anwendung von Calvino-Gesetzen werden.

»Finden Sie immer noch alles so komisch, Mr Vincent? Lachen Sie noch?«

Der Untertan aus feudalen Zeiten überlebte mit Demut und Passivität. Aber als New Yorker konnte Calvino mit Demut wenig anfangen, und Passivität sagte ihm nichts. Als er zu Quadratschädel und Bierbauch hochsah, begriff er, dass das 14. Jahrhundert für jemanden wie ihn ein hartes Brot war.

Von seinem eigenen Schmutz umgeben, hockte er auf dem Boden – die Fish and Chips stanken ekelhaft, wie eine Klinik auf dem Land, nachdem das Personal zwei Wochen Urlaub hatte. Er saß mittendrin und saugte die Flüssigkeit, die Dämpfe und den Abscheu in sich auf. Weerawats Füße in ihren teuren italienischen Schuhen waren nur einen Schädelbruch weit entfernt.

Quadratschädel öffnete und schloss die Fäuste, wartete darauf, dass Weerawat das Signal zum nächsten Angriff gab. Doch Calvino hatte genug. Demut und Passivität erschienen ihm plötzlich ausgesprochen attraktiv.

»Was kann ich für Sie tun?«

Weerawat lächelte. »Das wollte ich hören.« Er ging vor Calvino auf und ab, während der sich mit dem Rücken an die Wand gelehnt aufsetzte, die Beine gespreizt zwischen Glasscherben, verschüttetem Wein und Kotze. »Ich will die originale Digitalkassette, die Sie für Danielson aufgenommen haben. Und alle Kopien.«

»Ich habe keinen blassen Schimmer, wovon Sie reden«, sagte Calvino.

Weerawat nickte einem seiner Männer zu, der Calvino daraufhin eine Ohrfeige verpasste.

»Wecken Sie mich auf, wenn Kolumbus Amerika entdeckt hat. Das müsste 1492 so weit sein«, sagte Calvino. Er sah einen Drachen, der sich die Straße entlangschlängelte, fauchend aus Galileo Chinis Gemälde kletterte und direkt auf ihn zukam, während die Glocken läuteten und der Himmel rot wurde und dann zu Schwärze erlosch.

Bierbauch traf Calvino von links mit einer soliden Geraden. Seine Ohren klingelten, als er zu Weerawat hochsah.

»Haben Sie Lernstörungen?«, fragte Weerawat.

Calvino öffnete langsam die Augen, bewegte den Unterkiefer und schüttelte den Kopf. Bis jetzt nichts gebrochen. Nur wenige Leute wussten von der Kassette. Er ging die Liste im Geiste durch. Doch seit Pratt sie mitgenommen hatte, mussten eine Menge Cops davon erfahren haben, und einer hatte es vermutlich Weerawat gesteckt.

»Dieser Fall ist abgeschlossen. Aus und vorbei.«

»Lovell sagte, dass er Ihnen seine Unterlagen gegeben hat. Und er erzählte uns, dass Sie Videoaufnahmen von einer Firma gemacht haben, die Arzneimittel herstellt.«

»Sie meinen den nachgemachten Mist, den Sie in der New Road herstellen?«

Quadratschädel fuhr ihm mit dem Handrücken übers Gesicht. Blut spritzte an die Wand, und Calvino schloss die Augen, seine Ohren dröhnten.

Was hatten sie mit dem Jungen angestellt? Hoffentlich hatte er nicht versucht, Weerawats Hemdkragen zu richten, Henkelohr die Brille gerade zu rücken oder Quadratschädel die Koteletten zu stutzen? Unwahrscheinlich. Eher hatten sie die Scheiße aus ihm herausgeprügelt.

Als er die Augen wieder aufmachte, sah er Weerawats Gesicht direkt vor sich. »Lovell hat uns alles erzählt.«

»Dann müsste er Ihnen auch gesagt haben, dass ich die Kassette nicht habe«, erwiderte Calvino.

Weerawat zuckte die Achseln und zündete sich eine Zigarette an. »Wir sind nicht ins Detail gegangen.«

»Ich habe das Band nicht.«

Weerawat starrte Calvino unverwandt an. Der Quadratschädel zündete sich eine Zigarette an, und Bierbauch schob eine Lamelle der Jalousien zurück, um auf die Soi zu sehen. Der Raum drehte sich um Calvino, und er versuchte, das Schwindelgefühl abzuschütteln. »Ich kann Sie spurlos verschwinden lassen. Das muss Ihnen klar sein. Niemand wird Sie je finden. Man wird denken, Sie wären vor einer Mordanklage davongelaufen und hätten heimlich das Land verlassen. Glauben Sie mir.«

Calvino schauderte. Ihm tat alles weh: Schulter, Bauch, Kopf, Ohren, Rippen. Er versuchte, eine Stelle zu finden, die nicht schmerzte. Menschen verschwanden. Ein bekannter Anwalt, der unten im Süden Moslems vertrat, war kürzlich verschwunden. Dabei hatte sein Gesicht täglich in den Zeitungen gestanden. Eines Tages war er einfach weg, und niemand erfuhr je, was aus ihm geworden war. Aber alle wussten, dass man ihn hatte verschwinden lassen. Umso leichter würde es mit einem Niemand wie Calvino sein. Man steckte ihn einfach in den Kofferraum, brachte ihn aus der Stadt und erschoss ihn. Die Leiche verbrannt, die Asche verstreut.

»Wo ist das Video?« Ein Anflug von Panik schlich sich in Weerawats Stimme, machte sie schrill und eine Oktave zu hoch.

»Ein Freund hat es.«

»Wie heißt er.«

»Ich will ihn nicht mit hineinziehen«, sagte Calvino, und die nächste Faust schlug oberhalb seines linken Ohrs ein. Ein Dröhnen überrollte ihn wie ein Tsunami.

»Warum haben Sie es einem Freund gegeben?«

»Er ist ein Computerfreak. Einiges von dem Material ist zu dunkel. Er sollte es aufbereiten.«

»Sein Name?«

Quadratschädel und Bierbauch rückten zu beiden Seiten näher und machten sich bereit.

»Gut, schon gut. Wartet. Ich habe genug. Sein Name ist Khun Prachai.« Er rasselte Colonel Pratts private Handynummer herunter. *Wenn du je in Schwierigkeiten bist, ruf diese Nummer an,* hatte Pratt gesagt. Die gegenwärtige Situation fiel nach Calvinos Definition in diese Kategorie.

Weerawat wählte die Nummer auf Calvinos Handy. Colonel Pratt nahm beim zweiten Klingeln ab. Weerawat gab Calvino das Telefon und bedeutete ihm zu sprechen.

»Khun Prachai, tut mir leid, Pee, hier ist Khun Vincent, und ich brauche meine Kassette zurück. Es ist wirklich dringend. Es gibt da ein paar Leute, die ich nicht enttäuschen möchte. Könntest du sie in mein Büro bringen? – Wann? Jetzt gleich, wirklich. Es eilt … Ich weiß, ich klinge komisch. Ich bin hingefallen. Aber nichts Schlimmes.«

Nach dem Ende des Gesprächs entriss der Quadratschädel Calvino das Handy. Weerawat ging durchs Zimmer, zog eine Lamelle der Jalousien zurück und sah auf die Soi.

»Bringt er die Kassette?«

»Er ist unterwegs.«

»Ist er ein guter Freund?«, fragte Weerawat.

»Mein bester.«

Zum ersten Mal glaubte Weerawat so etwas wie Wahrheit aus dem Mund dieses Farang zu vernehmen. »Das ist gut, Vincent, sehr gut. Ein Mann braucht Freunde im Leben.«

Calvino lächelte, und das Blut rann ihm zwischen den Zähnen hindurch.

# 32

Colonel Pratt traf dreißig Minuten später in Calvinos Soi ein. Bierbauch trat aus dem Schatten. »Vincent ist oben«, sagte er. »Ich muss Sie erst durchsuchen.«

Als Bierbauch die Hände ausstreckte, um Pratt abzutasten, war er einen Moment lang unaufmerksam, und Pratt konnte ihm einen rechten Haken in seinen überdimensionalen Bauch verpassen. Er ging in die Knie und schnappte nach Luft wie ein Karpfen in einem Eimer voll Wasser. Vier Polizisten in Zivil eilten heran. Zwei von ihnen legten Bierbauch Handschellen an und zerrten ihn zu einem Van, der vor dem Pan-Pan-Restaurant parkte.

Pratt bedeutete den beiden verbliebenen Zivilbeamten zurückzubleiben und ging die Treppe hinauf. Er sah, dass in dem Büro im ersten Stock Licht brannte. Die Räume standen eigentlich leer und sollten nicht erleuchtet sein. Der Quadratschädel hatte die Jalousie an der verglasten Tür hochgezogen, und Colonel Pratt sah Calvino am Boden sitzen. Sie erwarteten ihn. Der Mann hinter der Tür war bewaffnet. Pratt hielt die Kassette hoch, sodass der Quadratschädel sie sehen konnte. Weerawat tauchte auf, sah die Kassette, nickte und winkte Pratt herein. Der Quadratschädel öffnete ihm die Tür und wich beiseite. Colonel Pratt trat ein; die Waffe des Mannes folgte ihm und blieb unverwandt auf seinen Bauch gerichtet.

»Hallo, Khun Prachai«, sagte Calvino.

»Vincent sagte, Sie würden die Kassette bringen. Bitte geben Sie sie mir«, verlangte Weerawat.

Colonel Pratt hielt ihm vorsichtig die Kassette hin, die er ihnen auf der Treppe gezeigt hatte. Er stellte sich so, dass man ihn vom Eingang aus gut sehen konnte, legte den Kopf erst nach rechts und dann langsam nach links. Weerawat nahm ihm die Kassette aus der Hand, lächelte und schob sie unter sein weißes Leinenjackett.

»Jetzt können wir nach Hause gehen«, sagte Weerawat.

Colonel Pratts Nachhut hatte sein Signal gesehen. Die beiden Zivilbeamten stürmten mit gezückten Waffen zur offenen Tür herein.

Weerawat umklammerte die Kassette in seinem Jackett. »Geben Sie mir die Waffe«, sagte Colonel Pratt zu Quadratschädel. Weerawat nickte, und der Mann reichte Pratt seine 9-mm-Pistole. Calvino musste Tränen hinunterschlucken. Es war vorbei.

»Sie sind verhaftet«, sagte Pratt. Er hielt ein Paar Handschellen in die Höhe.

Weerawat grinste. »Ich habe nichts Unrechtes getan. Das ist nur ein Missverständnis.«

»Eher ein Fehler«, meinte Calvino. »Er dachte, unser Arbeitsvertrag gäbe ihm das Recht, mich mit der Pistole zu verprügeln. Ich war anderer Ansicht. Und das wär's.« Er ging durch sein eigenes Erbrochenes auf Quadratschädel zu, lächelte und trat ihm in die Hoden. »Und jetzt gib mir meine Kanone zurück, Arschloch!«

Weerawat missfiel definitiv, was Calvino mit Quadratschädel anstellte.

»Ich möchte General Theparak anrufen.«

Colonel Pratt nahm Weerawat das Mobiltelefon weg. »Sie dürfen jemanden anrufen, sobald wir Sie erkennungsdienstlich behandelt haben.«

»Wissen Sie nicht, wer ich bin?«

»Falls Sie es vergessen haben, finden wir es anhand Ihres Ausweises heraus.«

»Wie lautet die Anklage?«

»Bewaffneter Raub, illegaler Waffenbesitz, Hausfriedensbruch, Freiheitsberaubung. Für den Anfang.«

»Dieser Mann hier und der Mann unten sind Polizeibeamte«, sagte Weerawat.

Calvino filzte Quadratschädels Jeansjacke und förderte Schlagringe, Messer und Schusswaffen zutage. Der Mann lag zusammengekrümmt auf dem Boden, die Hände um seine Hoden gekrallt. Calvino kniete sich neben ihn hin und betrachtete seine Beute. »Scheiße, ihr Jungs seid ja wandelnde Waffenlager.«

Colonel Pratt kauerte sich nieder und griff nach einer der Schusswaffen. »Ist das deine?«

Calvino starrte den .38 Police Special mit zusammengekniffenen Augen an, alles drehte sich in seinem Kopf, während Pratt die Waffe hin und her wandte, als wäre sie heiß. Der Versuch, die Kanone zu fixieren, machte Calvino schwindlig. Endlich hob er die Hand, um Pratt zu bedeuten, halt, es reicht. »Gib sie mir.« Colonel Pratt reichte sie ihm, und Calvino steckte sie ins Halfter.

»Wie seh ich aus?«, fragte er.

»Niedergeschlagen.« Pratt legte dem Quadratschädel Handschellen an.

»Das ist mein Normalzustand.«

Einer der anderen Beamten fesselte Weerawat.

»So groß ist der Unterschied tatsächlich nicht.« Colonel Pratt streckte die Hand aus. »Hier, nimm meine Hand.«

Es war Zeit, die drei Männer aufs Revier zu bringen.

Weerawat und Quadratschädel wurden nach unten in den Van befördert, wo der Fahrer des Wagens Bierbauch mit Zigarettenqualm aus zweiter Hand erfreute. Colonel Pratt wusste natürlich genau, wer Weerawat war; und er wusste auch, dass der General, den er hatte anrufen wollen, für die dunkle Seite arbeitete und viel Einfluss und Macht besaß.

Pratt musterte das Chaos. Er hob die Reste der zerbrochenen Weinflasche auf und las das Etikett.

»Du machst dich, Vincent.«

»Ich dachte, ich hätte eine Glückssträhne.«

»So kann man sich täuschen.«

Als Calvino aufstehen wollte, blieb sein Hosenbein an etwas Scharfem hängen, und der Stoff zerriss. Er fiel hart zurück. Vorsichtig ließ er die Hand über den Boden gleiten, damit er sich nicht an Glassplittern verletzte. Er sah eine gerade Linie, in der der Wein zu versickern schien. »Das ist seltsam.«

Colonel Pratt kniete sich auf eine trockene Stelle neben ihm. Er entdeckte einen in den Boden eingelassenen Griff, zog daran, und eine Falltür öffnete sich. Als sie sich vorbeugten, spähten sie von oben in ein Zimmer des *One Hand Clapping*.

»Was haben wir denn da?«, fragte Calvino.

Sie wechselten einen Blick, dann ließ Calvino sich langsam in den Raum hinuntergleiten und ertastete mit dem Fuß ein einzelnes Bett. Er kletterte ganz hinunter, trat ans Fenster und sah direkt auf Weerawats Lexus. Colonel Pratt ließ sich hinter ihm herunterfallen, blieb aber auf dem Bett stehen. Er blickte hinauf zur Falltür. Wenn sie geschlossen war, konnte man ihre Umrisse unmöglich erkennen. Die Bauleute hatten sie geschickt verborgen.

Calvino trat an die Tür. Er ließ die Hand über die Innenseite und die Angeln wandern. Das Holz war noch immer gesplittert. Es war die Tür, die er selbst aufgebrochen hatte.

»Was hältst du davon?«, fragte er.

Jetzt erkannte er den Raum wieder. Das Zimmer, in dem ein Mädchen gestorben war. Bis auf ein paar Details unterschied es sich in nichts von Tausenden von anderen in der Stadt: eine aufgebrochene Tür, eine verborgene Falltür in der Decke und eine Ying, die sich die Pulsadern aufgeschnitten hatte. Ein Hattrick des Todes.

Colonel Pratt wandte sich vom Fenster ab. »Zeit, aufs Revier zu gehen.«

»Weerawat ist ein großes Tier«, sagte Calvino. Er bewegte sich vorsichtig, blieb alle paar Schritte stehen, ließ Schulter und Kopf kreisen und spürte einen scharfen Schmerz in den Rippen. Etwas war gebrochen.

»Es war eine gute Idee, mich anzurufen.«

Am Klang von Colonel Pratts Stimme erkannte Calvino, wie nahe er daran gewesen war, vom 14. Jahrhundert verschluckt zu werden. Alles tat ihm weh, und einige Körperteile fühlten sich verdreht, zerbrochen und in unmögliche Richtungen verzerrt an. Das war es, warum Noah Gould es mit der Angst zu tun bekommen hatte. Er hatte eine Vorstellung davon bekommen, wozu Weerawats Männer fähig waren. Das ließ ihm Denver auf einen Schlag viel einladender erscheinen, als er sich je hätte träumen lassen.

# 33

Calvino parkte seinen Honda City auf dem Besucherparkplatz vor Lovells Appartementgebäude, das flankiert wurde von im Bau befindlichen Luxuseigentumswohnanlagen. Lovell wohnte im Herzen der wohlhabenden Ausländerenklave, wo diejenigen lebten, die über eigenes Geld verfügten oder denen der Arbeitgeber die Miete zahlte. Eine Wasserfontäne spritzte aus dem Maul eines Löwen, als wäre das zu Stein erstarrte Tier zu immerwährendem Kotzen verdammt.

Calvino fuhr sich über das ramponierte Gesicht, betastete Mund und Lippen, die trocken und aufgeschwollen von den Schlägen waren.

Die indirekte Beleuchtung entlang des Fußwegs erhellte eine säuberlich geschnittene Hecke. Die Gebäudefront war eine Wand aus blauem Glas. Ein Sicherheitsposten hielt Calvino am Eingang an. Er sagte, dass er ein Freund von Lovell sei, und der Mann ließ ihn passieren. Ein Farang, der einen anderen Farang besuchen wollte, das reichte, um durch den Sicherheitsgürtel zu kommen. Die Lobby war übertrieben opulent ausgestattet, mit Goldreliefs auf dunkler Holztäfelung. Silberne Skulpturen aus Draht, Stahl und Bambus ragten an einer Seite in die Höhe. Das muss der unfähige Neffe von irgendeinem hohen Tier unter dem Einfluss einer Dosis Zauberpilze entworfen haben, dachte Calvino. Es gab Klasse, und es gab überkandidelt. Diese Lobby lag irgendwo jenseits von überkandidelt.

Calvino nahm den Aufzug zum zehnten Stock. Es lagen nur zwei Wohneinheiten auf jedem Stock, und der Wachmann sagte ihm, zu Lovells Appartement gehe es nach rechts. Er musste mehrmals klopfen, bevor Lovell öffnete. Er trug sackartige Shorts und ein T-Shirt der Los Angeles Lakers. Er zeigte sich weder überrascht von Calvinos Anwesenheit noch von dessen zerschlagenem Gesicht.

Ebenso wenig, wie Calvino die Abschürfungen und Kratzer auf Lovells rechter Gesichtshälfte wunderten. Er sah aus, als hätte er einen Kampf mit einer großen Katze hinter sich – und verloren.

»Sie sehen nicht besonders gut aus«, meinte Calvino.

»Dann schauen Sie erst mal in den Spiegel!«

»Schöne Grüße von Weerawat. Und von Quadratschädel und Bierbauch. Sie vermissen Sie auch, soll ich ausrichten.«

»Das ist nicht besonders komisch, Mr Calvino.«

»Sie haben Ihnen von den Dateien aus der Firma und der Kassette erzählt.«

Lovell betrachtete einen Stapel perfekt zusammengelegter Hemden. »Wenn Sie meinen, es sollte mir leidtun, vergessen Sie's. Die haben mir die Scheiße aus dem Leib geprügelt.«

Calvino lächelte. »Sie wissen jetzt, was Sie von Cameron zu halten haben.«

»Da liegen Sie allerdings richtig.«

»Zu Ihrem Glück hat Weerawat keine Ahnung von Ihrem fotografischen Gedächtnis.«

»Glauben Sie, das wäre mir nicht klar?«

Lovell ging zu zwei Koffern, die offen und mit Hemden vollgepackt auf dem Tisch im Wohnzimmer standen. Orangene Stofftapeten, pinkfarbene Sofas und Sessel, ein gerahmter, blauer, flauschiger Elefant an der Wand. Alles, was dem Raum noch fehlte, war eine Familie von Hobbits, die aus der Küche hereinspaziert kam und sich den Auenlandstaub von den Hufen schüttelte.

»Ein paar Klapse, und schon ergreifen Sie die Flucht«, sagte Calvino.

Lovell brach in Gelächter aus. »Das ist gut, vor allem, wenn es von Ihnen kommt. Arbeitet für Weerawat! Ich wollte es nicht glauben. Da haben Sie mir diese unglaubliche Geschichte von Ihrem Großvater erzählt, der von drei Männern überfallen wurde und standhielt. Für seine Ehre kämpfte. Sein Mut scheint sich nicht in der Familie weitervererbt zu haben, Herr Detektiv.«

»Wo wollen Sie hin?«

Lovell blickte über die Schulter und wedelte mit einem Flugticket. »Sehen Sie das? Steht L. A. drauf. Aber das ist egal, solange es nur weggeht aus diesem Höllenloch.«

Calvino lehnte sich gegen die Wand und sah dem anderen beim Packen zu. »Es zählt schon, ob man vor einem Problem davonläuft oder nicht. Das Wohin ist allerdings ziemlich egal.«

Lovell schüttelte den Kopf. Er setzte sich neben seinen Koffer und blickte zu Calvino hoch.

»Ich hielt Sie für einen Kämpfer«, sagte Calvino. »Ich dachte, Sie wollten das Rechte tun. Ich dachte, Sie würden bleiben, weil Sie den Mörder Ihres Chefs finden wollen.«

»Ich muss Andrews Mörder nicht finden. Er hat mich gefunden.«

»Dann ergreifen Sie also die Flucht, genau wie Noah Gould.«

»Wie Noah Gould habe ich die Absicht, am Leben zu bleiben. Das ist kein schlechter Plan, Herr Detektiv. Vielleicht sollten Sie mal darüber nachdenken.«

Auf dem Polizeirevier hatte man Weerawat und seinen beiden Kumpanen, Quadratschädel und Bierbauch, die Waffen zurückgegeben und sie entlassen. Sie forderten Vincent Calvinos Verhaftung wegen Einbruchs in das leere Büro im zweiten Stock. Colonel Pratt musste persönlich bei seinem Vorgesetzten intervenieren, dass es keinerlei Beweise für eine Anklage gegen Calvino gebe.

»Sie sagen, er hat in Pattaya einen Mann getötet«, sagte sein Vorgesetzter.

»Es gibt keine Beweise.«

Der Vorgesetzte nickte. Quadratschädel und Bierbauch hatten sich als echte Polizeibeamte aus Pattaya entpuppt.

»Sie sagen, dieser Calvino hätte die Polizisten angegriffen, nachdem sie ihn beim Einbruch in Khun Weerawats Büro erwischten.«

Colonel Pratt saß mit zusammengepressten Fingern da und hörte zu. »Er sagt, sie hätten ihn gezwungen, in das Büro zu gehen, und ihn dort zusammengeschlagen.«

»Es steht Aussage gegen Aussage. Aber Khun Weerawat ist nicht sehr glücklich. Ich schlage vor, wir gehen den Mittelweg«, sagte der Vorgesetzte. »Wir finden einen Kompromiss.«

Es wurde gegen niemanden Anklage erhoben, und nach einer Stunde waren beide Parteien frei. Als Weerawat das Polizeirevier verließ, tauschte er mit den hohen Beamten Wais aus. Calvino folgte ein paar Minuten später. Zwei Beamte ermahnten ihn nachdrücklich, sich künftig aus Schwierigkeiten herauszuhalten. Colonel Pratt stand nahebei und wirkte beschäftigt. Kein Wai, lediglich die eindringliche Warnung, Calvino solle es vermeiden, wichtigen Leuten auf die Füße zu treten, die einem einfachen Cop schweres Kopfzerbrechen bereiten konnten.

Nachdem Calvino mit seiner Schilderung der Ereignisse auf dem Polizeirevier fertig war, fuhr Lovell fort zu packen. »Wie halten Sie es hier nur aus? Die Korrupten und Verbrecher kommen immer davon. Weerawats Schläger können mich verprügeln, sie können Sie verprügeln, und nichts geschieht. Was sollte mich hier halten?«

»Es ändert sich nie etwas, eben *weil* die Leute weglaufen.«

»Ich laufe nicht davon.«

»Von Noah Gould hätte ich erwartet, dass er so etwas behauptet und dann trotzdem den Schwanz einzieht. Aber nicht von Ihnen, Lovell.«

»Ich bin arbeitslos. Ich habe keine Freundin mehr. Wenn ich es recht bedenke, hatte ich nie eine. Sie war nur meine Aufpasserin. Seit ich hier ankam, stand ich vierundzwanzig Stunden am Tag unter Beobachtung. Und jetzt fällt mir kein einziger Grund ein, hierzubleiben. Ich will an einem Ort leben, wo das Gesetz gilt. Wo mich keine Verbrecher zusammenschlagen. Wo ich ein normales Leben führen kann. Ich erwarte nicht, dass Sie mich verstehen. Sie leben schon zu lange hier. Ihnen kommt das alles ganz normal vor. Und jetzt lassen Sie mich bitte fertig packen, sonst verpasse ich noch meinen Flug.«

Calvino ging durchs Wohnzimmer und setzte sich in eines der rosa Sofas.

»Sie haben nicht zufällig etwas zu trinken da?«, fragte er.

»In der Küche, rechter Hängeschrank. Bedienen Sie sich.«

Calvino verschwand in der Küche, die ganz in Chrom und Weiß

gehalten war. Sie sah aus wie die Kombüse eines Luxusliners. Er fand den richtigen Schrank, entschied sich für eine Flasche fünfzehn Jahre alten Johnnie Walker und goss sich zwei Fingerbreit ein. Im Kühlschrank waren Eiswürfel, er warf drei ins Glas, ließ sie klingeln und kehrte ins Wohnzimmer zurück.

»In der Nacht des Oxford-Cambridge-Dinners, wissen Sie noch, wer da an Danielsons Tisch saß?«

Lovell blickte von der Krawatte hoch, die er gerade zusammenfaltete und in den Koffer legte.

»Das habe ich schon der Polizei gesagt. Es müsste im Bericht stehen. Falls die Berichte schreiben. Vielleicht verkaufen sie sie ja an die Leute, deren Namen drinstehen. Was weiß ich.«

»Als Danielson an dem Abend in den Waschraum kam, hat er da erwähnt, dass er von einer Wespe oder Biene gestochen wurde?«

Lovell erhob sich. »Er hat nichts von einem Stich gesagt.«

»Manche Leute reagieren sehr allergisch gegen Bienenstiche. Man nennt es anaphylaktischer Schock. Es kann einen Herzanfall auslösen. Wissen Sie, ob er irgendwelche Allergien hatte?«

Lovell ergriff ein gerahmtes Foto von Siri, das auf einem Beistelltisch zwischen einem sich aufbäumenden Bronzepferd und der Skulptur einer streichholzdürren Tänzerin stand. Er löste das Foto heraus und packte den Rahmen ein. Siris Foto taumelte wie ein welkes Blatt zu Boden. »Allergien sind genetisch«, sagte Lovell.

»Kann sein«, meinte Calvino.

»Er hatte einen Bruder, der daran starb. Er war drei Jahre älter als Danielson. Sie spielten im Freien und traten in ein Hornissennest. Sein Bruder rannte weg, aber nicht schnell genug. Er hatte sechs Hornissenstiche in Rücken und Hals. Ein paar Stunden später war er tot.«

»Wusste Millie vom Tod des Bruders?«

»Es war kein Geheimnis. Klar wusste sie davon.«

»Und glauben Sie, Millie wusste das mit der Ying aus dem *One Hand Clapping* und Danielson?«

Er erwähnte nicht, dass Millie und ihre Freundinnen bereits mehrere Privatschnüffler verschlissen hatten. Es war kaum denkbar, dass selbst der inkompetenteste von ihnen Millie Danielson nicht irgendwelche Informationen geliefert hätte. Sie wusste es. Natürlich hatte sie die ganze Zeit von Jazz gewusst.

Lovell zuckte die Achseln. »Keine Ahnung. Warum fragen Sie sie nicht selbst?«

Calvino stellte seinen Whisky ab und hob das Foto von Siri auf. Sie sah aus wie ein Grund zu Bleiben hoch drei. »Leben Sie allein hier?«

Lovell machte einen der Koffer zu und verdrehte das Zahlenschloss. »*Sie* wohnte einmal hier. Aber das scheint alles schon sehr lang her zu sein.«

Calvino sah sich im Zimmer um. Die Küche kannte er bereits. Die ganze Wohnung war makellos, nicht nur sauber, sondern penibel aufgeräumt, geordnet, rational.

»Sie haben ein Dienstmädchen, nicht wahr?«, fragte Calvino.

Lovell runzelte die Stirn, bis seine Augenbrauen zusammentrafen. »Nein, habe ich nicht. Das wäre ausbeuterisch.«

»Sie machen selbst sauber?«

»Das ist normal. Wir sind eine neue Generation, Sir.«

»Ich habe auch kein Dienstmädchen. Und ich setze noch eins drauf: Ich schneide mir sogar selbst die Haare.«

Er betrachtete die Fotografie und bewunderte Siris Lächeln.

»Seit wann ist sie weg? Etwa eine Woche?«, fragte Calvino. »Gut aussehende Frau.« Insgeheim dachte er: Dieser Typ Frau putzt keine Appartements. Diese Fingernägel lügen nicht, Siri meidet körperliche Arbeit. Und sie ist stolz darauf, dass sie vom Abstauben, Waschen und Kochen keine Ahnung hat. Es ist nicht ihr Stil.

»Ja, eine echte Schönheitskönigin«, sagte Lovell.

»Ich hatte nie eine Aufpasserin, die so aussah.«

Lovell durchwühlte einen Stapel Unterwäsche in dem offenen Koffer, warf einiges davon auf den rosa Stuhl. »Glück für Sie. Sie arbeitet für Cameron. Das hat sie sehr deutlich gemacht.«

»Danielson sah etwas Besonderes in Ihnen. Nicht nur wegen Ihres fotografischen Gedächtnisses. Ich habe es auch gesehen, oder jedenfalls glaubte ich es, beim ersten Mal, als Sie in meinem Büro auftauchten.« Calvino nippte an seinem Whisky und prostete seinem Gastgeber zu. »Wissen Sie, warum Danielson Sie angeworben hat? Er sah in Ihnen eine grundlegende Anständigkeit. Etwas, das er selbst gern besessen hätte. Ich vermute, darum hat er Noah Gould seine Hilfe angeboten. Er kannte das Risiko. Aber er ist es trotzdem eingegangen. Weerawat, oder vielleicht sogar Danielsons Frau, ließen ihn ermorden. Weerawat hat Gould so viel Angst eingejagt, dass er das Land verlässt. Sie sind auch gerade am Verschwinden. Die meisten Männer haben nicht den Schneid, im Spiel zu bleiben. Sie werfen einfach die Karten hin. Laufen fort. Darauf verlassen sich Leute wie Weerawat.«

Calvino trank aus, lutschte an einem Eiswürfel und genoss das Gefühl, wie die Innenseite seines Mundes davon gefühllos wurde. Langsam öffnete er das Auge, das nicht zugeschwollen war. Lovell stand nur eine Spanne weit entfernt und schenkte ihm von dem teuren Whisky nach. Calvino hob das Glas auf Augenhöhe. »Aber wissen Sie was? Danielson hat wohl einen Fehler gemacht. Er sah etwas, das gar nicht da ist.«

Lovells Lippen begannen zu zittern, Tränen stiegen ihm in die Augen, und er machte kehrt, lief aus dem Wohnzimmer, knallte die Schlafzimmertür hinter sich zu. Calvino ging. Vorbei an dem Löwen, dem unaufhörlich ein Ozean von Wasser aus dem Rachen strömte, bis Calvino die Lang Suan erreichte, wo ihn die endlosen Reihen von Hochhäusern der reichen Leute verschluckten, welche sich allesamt so verhalten würden wie Lovell. Wegrennen. Das war es, was Frösche taten. Sie hüpften davon. Wie hatte er auch nur eine Sekunde lang denken können, Lovell wäre anders?

In der Kokosschale wimmelte es von Skorpionen, die Schwänze zum Zuschlagen erhoben, darauf lauernd, den tödlichen Stich anzubringen. Das Ethos Südostasiens hatte immer gelautet, dem Biss der großen Spinne zu entgehen und lebend nach Hause zu kommen. Wenn Skorpione den Einsatz erhöhten und ihr Gift verspritzten, dann sank die Erfolgswahrscheinlichkeit.

# 34

Calvinos Kopfschmerzen hämmerten unerträglich – sein Gesicht war verschwollen, ein Auge halb geschlossen, aufgequollen und schwarz –, als er langsam die Treppe hinaufstieg. Er blieb stehen und warf einen Blick auf das Geisterhaus in der Ferne. Die Erinnerung an Ratana, das Gesicht der frühmorgendlichen Sonne zugewandt, wie sie Blumen und Räucherstäbchen darbrachte, blitzte in ihm auf wie das Echo eines alten Liedes. Sie hatte sich etwas gewünscht – ein Kind, das Ende des Massagesalons, bessere Geschäfte und Glück für Calvinos Mutter in New York. Wenn der *One Hand Clapping* wirklich endgültig geschlossen hatte, dann war sie jetzt sicher drinnen und tanzte auf dem Schreibtisch. Es war schon etwas wert, wenn sich wenigstens ein Punkt auf der Wunschliste erfüllte, dachte er. Langsam schleppte er sich die nächsten zwei Treppen empor, die Hand auf das Geländer gelegt, einen Fuß vor den anderen setzend. Am Morgen danach waren die Schmerzen der vergangenen Nacht immer am schlimmsten. Als er die Bürotür öffnete, tanzte Ratana nicht auf ihrem Schreibtisch. Sie erwartete ihn hinter der Tür.

Ihre ersten Worte, nachdem sie ihn von Kopf bis Fuß gemustert hatte, waren: »Es tut mir so leid, Vinny.« Sie kämpfte mit den Tränen.

»Leid? Sehe ich so schlimm aus?«

Aber sie meinte weniger seine körperliche Erscheinung als den Zustand seines verwüsteten Büros. Alle Schreibtischschubladen waren herausgerissen und durcheinandergeworfen worden. Papiere und Bücher und Akten bedeckten den Fußboden. Der Bildschirm war zerschmettert und die Festplatte des Computers ausgebaut worden. Jemand hatte die Hauptplatine herausgerissen und war darauf herumgetrampelt. Calvino bahnte sich einen Weg durch das Durcheinander, die Glasscherben, die umgestürzten Möbel. Er kauerte nieder und las eine Rechnung über zehntausend Dollar auf, ausgestellt auf Andrew Danielson. Er zerknüllte sie und warf sie an die Wand. Es gab Dutzende von Kopien derselben Rechnung. Die Eindringlinge hatten sich die Mühe gemacht, sie so oft wie möglich auszudrucken und auf dem Boden zu verstreuen. Seine WHO-Bewerbung lag ebenfalls auf dem Fußboden. Er kniete sich hin, hob sie auf, zerriss sie in zwei Hälften, dann noch einmal, und ließ sie durch den Raum flattern. Dann sah er sich gründlicher um. Galileo Chinis *Der letzte Tag des chinesischen Jahres in Bangkok* hing nicht mehr an der Wand. Die Leinwand war ein Dutzend Mal zerschlitzt worden, nur noch ein Haufen roter, gelber und orangefarbener Streifen. Der Drache hatte sich in nichts aufgelöst, und die schlanken Figuren der Chinesen mit ihren Pyjamas und den Zöpfen auf der Straße des Bangkok von 1912 waren nicht mehr erkennbar.

Es konnte das Werk eines einzelnen Eindringlings sein – Henkelohr beispielsweise, der genaue Instruktionen hatte. Alles zerstören, einschließlich des Ölgemäldes. Henkelohr war nicht nach Pattaya zurückgekehrt, sondern hiergeblieben, um auf seine Chance zu warten.

Ratana stand mit verschränkten Armen in der Tür.

»Sie haben die Festplatte mitgenommen«, sagte sie. Calvino sah über die Schulter.

»Gründliche Arbeit.«

»Ich habe Sicherungskopien von meinem Computer, und von deinem auch, Vinny.«

»Hast du die Polizei angerufen?«

Sie schüttelte den Kopf. »Gut«, sagte er. »Ich möchte, dass Pratt das zuerst sieht.« Ratana wusste, dass es nicht unbedingt klug war, die Polizei zu rufen.

Von Manee hatte Ratana bereits von den Ereignissen der letzten Nacht erfahren. Wie Calvino zusammengeschlagen worden war und sich danach weigerte, ins Krankenhaus zu gehen. Wie Weerawat versucht hatte, ihn festnehmen zu lassen, und wie Colonel Pratt zu seinem Vorgesetzten gehen musste, der schließlich einen Kompromiss fand. Ratana sah müde aus, als hätte sie die ganze Nacht nicht geschlafen. »Ich muss dir etwas sagen.«

Sie kündigt, dachte Calvino.

»Ich war in letzter Zeit etwas durcheinander. Wusste nicht mehr genau, wer khon dee und wer khon phan ist. Ich habe einen Fehler gemacht. Ich konnte den schwarzen Mann nicht von den guten Jungs unterscheiden. Ich gebe niemandem die Schuld. Ich hätte sehen müssen, was vor meinen Augen lag. Ich habe Khun Weerawat nach seinem Äußeren beurteilt. Er ist reich und mächtig, und davon habe ich mich blenden lassen. Ich fragte mich nicht, wie er reich geworden ist. Einige Leute bei den Demonstrationen sprachen diese Frage an. Aber ich war blind. Ich weiß nicht, wie ich einen so schlimmen Fehler machen konnte. Ich komme mir so dumm vor. Es tut mir sehr leid, Vinny.«

Calvino trat einen Schritt über die Unordnung hinweg, nahm sie in den Arm und sagte: »Und ich dachte, ich könnte Weerawat vorspiegeln, dass ich für ihn arbeiten würde. Das war erst eine Dummheit! Damit habe ich mir den Titel Obertrottel verdient.«

Sie nickte, und ihr Kinn bebte, während sie mit den Tränen kämpfte.

»Räumen wir das Büro auf«, sagte er. »Wir haben ein Geschäft zu führen.«

Ratana zog ihn an sich. »Sie wollen dich einschüchtern. Darum haben sie das Büro verwüstet.«

Calvino entdeckte sein Telefon unter ein paar Papieren und schob sie mit dem Fuß weg. Das Telefon war zerschmettert. »Sie wollten meine Dateien. Jetzt wissen sie, was Lovell mir gegeben hat.« Das war hundertprozentig dieselbe Bande, die Lovell und mich verprügelt hat, dachte Calvino.

Sie hatten die gröbste Unordnung gerade beseitigt, als ein Thailänder mittleren Alters mit Hemd, Krawatte und Stethoskop um den Hals das Büro betrat. Ein rundes chinesisches Gesicht wie der Mond, nur ohne dessen Krater.

Calvino schätzte ihn auf Anfang vierzig. Der Mann tippte sich mit einer Ecke seiner Brille gegen den Mund und sah auf die Uhr.

»Das ist Dr. Somchai. Ich habe ihn gebeten, dich zu untersuchen.«

»Mich untersuchen? Mir fehlt nichts.« Er hasste den Gedanken an Ärzte und an das, was sie finden konnten, welches Urteil sie fällen würden. Falls nicht Knochen durch die Haut drangen, würde alles, was darunterlag, irgendwann heilen. Oder eben nicht.

Der Doktor sah sich das Durcheinander an, zeigte aber keine Reaktion. »Ziehen Sie Ihr Hemd aus.« Er redete nicht drum herum – keine Spur von Höflichkeit am Krankenbett.

Als Calvino über die Schulter sah, war Ratana bereits auf ihre Seite der Trennwand verschwunden. Er drapierte sein Hemd über den Tisch. »Und jetzt?«

Der Arzt untersuchte die Prellungen und Verfärbungen der Haut über den Rippen und an seiner Brust und runzelte die Stirn.

»Setzen Sie sich bitte auf den Tisch.«

»Entschuldigen Sie die Unordnung. Ich musste die Haushälterin entlassen«, meinte Calvino.

»Nicht sprechen«, sagte der Arzt. »Tief einatmen und Luft anhalten. Anhalten, bis ich Ihnen sage, Sie sollen wieder ausatmen.«

Dr. Somchai drückte sein Stethoskop auf Calvinos Brust, versetzte es ein Stück, um wieder zu lauschen, bevor er sich aufrichtete. »Ausatmen. Sie haben Wasser in den Lungen.«

»Ach? Ist das gut?«

»Nein, das ist im Allgemeinen schlecht.«

»Lungen sind selbstentwässernd, habe ich recht?«

»Das wäre mir neu«, erwiderte der Arzt.

Er presste zwei Finger auf eine von Calvinos Rippen. Calvino riss die Augen weit auf, und ein scharfes Keuchen entrang sich seiner Kehle. Der Arzt drückte noch einmal, diesmal sanfter. »Und hier, tut das …?«

Calvino schrie auf, als der Doktor eine weitere Rippe abdrückte. »Ich glaube, sie könnte gebrochen sein. Sie müssen unbedingt zum Röntgen. Ihr Zustand könnte sehr ernst sein.«

»Kann ich mein Hemd wieder anziehen?« Sein Gesicht verzerrte sich vor Schmerz, als er danach griff.

Der Arzt gestikulierte mit dem Stethoskop. »Sie haben mit Sicherheit zwei zumindest angebrochene Rippen. Es könnte noch eine weitere gebrochen sein, das kann ich aber nicht mit Sicherheit feststellen.« Er nahm Calvinos Unterkiefer zwischen beide Hände und bewegte ihn auf und ab.

Calvino wich zurück. »Ist das auch etwas, das mir mehr wehtun wird als Ihnen?«

Der Arzt packte sein Stethoskop weg und setzte sich neben Calvino auf den Schreibtisch.

»Sagen Sie Ratana nichts davon«, bat Calvino. »Ärzte unterliegen der Schweigepflicht, genau wie Anwälte. Tun Sie das für mich?«

Der Arzt blinzelte, die Lippen leicht geöffnet, und ein missbilligender Ausdruck lag in seinen Augen.

»Kein Problem. Aber Sie gehören ins Krankenhaus.«

»Ich sollte tot sein.«

Dr. Somchai teilte diese Ansicht, jedenfalls zum großen Teil. Wenn dieser Privatdetektiv sich nicht behandeln lässt, bringt er sich noch um, dachte er.

Als Calvino in sein Hemd schlüpfen wollte, erstarrte er vor Schmerz. Er ließ den Arm sinken, holte tief Luft und versuchte es noch einmal, diesmal mit Erfolg. Seine Leistung erfüllte ihn mit Stolz. »Sie haben nicht zufällig etwas gegen die Schmerzen?«

Der Arzt lächelte zum ersten Mal und öffnete seine schwarze Tasche. Er zog eine Spritze und ein kleines Fläschchen heraus. Er riss die Hülle von der Spritze, stach sie in die Flasche und zog die Flüssigkeit auf. »Ziehen Sie die Hose herunter, und drehen Sie sich um.«

Calvino verdrehte die Augen und tat, was der Doktor sagte. Dr. Somchai stach ihm die Nadel in die Hüfte und injizierte langsam die Spritze. »Das sollte reichen. Sie können die Hose wieder anziehen.«

Calvino schnitt eine Grimasse, als er den Gürtel schloss. »Ich könnte für später ein paar Schmerztabletten brauchen. Die Spritze hält nur für ein paar Stunden vor. Ich wüsste das sehr zu schätzen.«

Dr. Somchai wühlte in seiner Tasche, bis er die Schmerztabletten fand.

»Haben Sie irgendwelche Arzneimittelallergien?«

Calvino schüttelte den Kopf. »Aber gut, dass Sie davon sprechen.

Ich wollte Sie etwas fragen. Was wissen Sie über Wespen- oder Bienenstiche? Hatten Sie je einen Patienten, der nach einem Stich gestorben ist?«

»Es ist nicht der Stich selbst. Es ist die Reaktion auf das Gift, die die Leute umbringt. Es kommt immer wieder vor. Wir sind in vieler Hinsicht sehr widerstandsfähig, aber in mancher auch anfällig. Es bedarf nur einer winzigen genetischen Abweichung, um einen einfachen Bienenstich tödlich zu machen.«

Er reichte Calvino zwei Schachteln Tabletten.

»Danke, Dr. Somchai. Kann ich Ihnen noch eine letzte Frage stellen?«

Der Doktor sah auf die Uhr und nickte.

»Ist es möglich, Bienengift auf andere Art zu verabreichen als durch einen Stich?«

Der Arzt runzelte die Stirn. »Anders als durch einen Stich?« Die Frage schien ihn zu verwirren.

Der Wirkung der Spritze setzte ein, und Calvino fühlte sich leicht benebelt und zum ersten Mal seit dem Aufstehen schmerzfrei. Er war wieder zurück in jener sorglosen Zone, wo man Schmerzlosigkeit für selbstverständlich hielt. »Folgende Hypothese: Jemand hat die entsprechende allergische Reaktion, wurde aber nicht von einer Biene gestochen. Das Bienengift gelangte auf andere Art in den Körper. In einer tödlichen Dosis.«

Der Arzt musterte Calvino über den Brillenrand hinweg.

»Wenn das Gift nicht von einem Stich kommt, wovon dann?«

»Ich weiß nicht. Vielleicht ist es im Kaffee?«

»Nein. Kaffee würde nicht funktionieren. Zu heiß.«

»Dann im Trinkwasser.«

»Zu verdünnt.«

Calvino setzte sich an den Schreibtisch. »Es muss einen Weg geben. Erfindungsreichtum und Mord sind alte Bettgenossen. Ich bin sicher, wenn Sie darüber nachdenken, fällt Ihnen eine Methode ein.«

»Wenn ich die Zeit dazu hätte. Aber die habe ich nicht, Mr Calvino.«

»Wie würden Sie es anstellen?«

Der Arzt warf Nadel und Spritze in den Papierkorb. »Wissen Sie, wie die Leute auf dem Land Hunde umbringen, die zu viel bellen? Sie vergiften sie, indem sie Arsen in ein Stück Fleisch tun. Sie lassen es an einer Stelle liegen, wo der Hund es finden muss. Ob er es frisst oder nicht, ist seine Sache. Der Giftmischer macht ein Angebot, aber der Hund trifft die Wahl. Diese Wahl ist sein Karma.«

»Ich lasse mich morgen röntgen, Herr Doktor.«

Der Arzt griff nach seiner Tasche. »Das liegt wirklich ganz bei Ihnen, Khun Vincent.«

»Wo haben Sie so gut Englisch gelernt?«

Dr. Somchai zog eine Augenbraue hoch. »Meine Generation hat kein Problem mit dem Englischen. Verwechseln Sie uns nicht mit der älteren Generation, wie der Ihren.«

Das schmerzte ähnlich wie zwei angebrochene Rippen. »Welche Generation hat sich gleich wieder Ihren Namensvetter geschnappt, Khun Somchai, den Moslemanwalt im Süden? Die alten Knacker, die glauben, selbst gebildete Thais müssten gebrochen Englisch sprechen, oder die jüngere Generation, die es fließend spricht und hungrig darauf ist, alles sofort zu bekommen, was sie will?«

Dr. Somchai wandte den Blick ab und schwieg. »Das weiß niemand.«

»Niemand, der es weiß, macht den Mund auf. Das ist ein Unterschied.«

Nachdem der Arzt verschwunden war, kam Ratana herein und setzte sich.

»Dr. Somchai wollte mir nicht sagen, was los ist«, sagte sie.

»Er hat an mir herumgestochert. Nichts Ernsthaftes. Ich sagte ihm, dass ich morgen zum Röntgen gehe.« Er stieg vorsichtig um die Überreste seines Computers herum und lüpfte mit dem Fuß ein großes Bruchstück der Hauptplatine. Der Einbruch musste stattgefunden haben, nachdem sie alle zum Polizeirevier aufgebrochen waren. Perfektes Timing. Weerawat hatte an alles gedacht, sogar daran, zur Sicherheit ein zweites Team zu schicken, das das Büro durchsuchte und verwüstete. Ratana sah die Trauer auf seinem Gesicht. Er schloss die Augen und neigte den Kopf.

»Er hat die Festplatte mit allen Akten von Lovell.«

Sie begann zu weinen. »Es ist alles meine Schuld. Nichts von alldem wäre passiert, hätte ich dich nicht gedrängt, für Weerawat zu arbeiten.«

»Wenigstens sind die Dateien verschlüsselt. Es wird dauern, bis er den Code geknackt hat«, sagte Calvino. Nur sein Rechnungsordner und der mit der WHO-Bewerbung waren nicht verschlüsselt gewesen. Bis jetzt hatten sie also lediglich zwei Festplatten und keinen direkten Zugang zu den Informationen, die sie suchten.

Er hielt Ratana eine Handvoll Papiertaschentücher hin. »Auf Weerawats Lohnliste stehen Leute, denen es irgendwann gelingen wird, die verschlüsselten Dateien zu öffnen. Wir haben nicht viel Zeit.«

Ratana schnäuzte sich und schüttelte den Kopf. Sie war dem alten Fluch Thailands erlegen – sich von Geld, Status und Macht blenden zu lassen und Weerawat automatisch für einen »guten Mann« zu halten. Er hatte seine Macht missbraucht, um der Anklage zu entgehen, und es beinahe geschafft, Calvino eine Anzahl von Verbrechen anzuhängen. Was ihr an ihrer Fehleinschätzung am meisten Kopfzerbrechen machte, war, dass sie Weerawat körperlich attraktiv gefunden hatte. Die Anziehungskraft von Reichtum, Ruhm und jugendlicher Erscheinung war unwiderstehlich. Sie hätte alles getan, worum er sie bat, und schämte sich jetzt.

»Es gibt nicht nur schlechte Neuigkeiten. *One Hand Clapping* hat dichtgemacht. Als ich letzte Nacht zurückkam, waren die Lichter aus. Heute habe ich auch niemanden gesehen, und an der Tür hängt ein Vorhängeschloss. Sieht aus, als wären sie am Ende. Deine Gebete wurden erhört.«

»Das ist jetzt nicht mehr wichtig.«

Sie wusste bereits von Manee, dass die Polizei Weerawats Darstellung der Ereignisse glaubte. Dass Calvino im ersten Stock ertappt worden und es zu einem Kampf gekommen war. Es war zu Calvinos Ungunsten ausgelegt worden, dass er zugegeben hatte, die Tür im

Massagesalon aufgebrochen zu haben, hinter der das tote Mädchen lag. Und dann hatte er sich sogar geweigert, die Tür zu ersetzen, die er ruiniert hatte. Es stand alles in den Akten.

Ein totes Massagemädchen war kein großes Problem für die Polizei. Niemand auf dem Revier interessierte sich dafür, *warum* Calvino die Tür aufgebrochen hatte. Nur ein Gedanke blieb hängen: Er hatte sie brutal aus den Angeln gebrochen. Sich mit voller Kraft mit der Schulter dagegen geworfen. Die Polizei wusste, dass die Mamasan den Massagesalon geschlossen hatte und nach Hua Hin gegangen war, wo sie einen Schönheitssalon eröffnen wollte. Weerawat – dem, wie sich herausstellte, das Haus gehörte – hatte in Begleitung von Quadratschädel und Bierbauch im Massagesalon nach dem Rechten sehen wollen, bevor er ihn wieder vermietete. Da hörten sie in dem leer stehenden Büro darüber Geräusche. Laut Weerawat und Konsorten hatte Calvino wieder auf seine bereits bekannte Art zugeschlagen und war diesmal in das Büro über dem Massagesalon eingebrochen. Colonel Pratt gab an, eine geheime Falltür in diesem Büro entdeckt zu haben. Calvino skizzierte die Falltür auf einem Blatt Papier. Die Polizei ließ es herumgehen, und jeder betrachtete es eingehend, bis jeder Beamte die Zeichnung kannte.

»Dann waren Sie also schon früher in dem Raum«, meinten die Cops.

»Niemals. Ich kniete auf dem Fußboden, so habe ich sie entdeckt.«

»Was wollten Sie da auf dem Fußboden?«

»Man hatte mich zusammengeschlagen.«

»Aber Sie hatten trotzdem Zeit, nach der Falltür zu suchen?«

»Mein Gesicht hat sie entdeckt.« Calvino deutete auf die Seite seines zerschlagenen Gesichts. »Ich fand die Falltür ungefähr zur selben Zeit wie sein Stiefel.« Er nickte zu Quadratschädel hin.

»Vor heute Nacht wussten Sie nichts von der Falltür?«

»Es ist nicht mein Büro. Sie sollten den Besitzer des Gebäudes fragen. Da drüben steht er.«

Keiner der Polizisten glaubte dem Farang.

Nach seiner Vernehmung begleitete Colonel Pratt ihn aus dem Revier. Um Calvinos Entlassung zu erreichen, hatte er an Fäden ziehen müssen, die so dick waren, dass man damit einen Elefanten an einem Baum hätte festmachen können. Weerawats Wort stand gegen das von Calvino, und normalerweise wäre Calvino in einer Gefängniszelle gelandet. Weerawat hätte seine Macht demonstriert. Die Harmonie des Universums wäre wiederhergestellt gewesen. Aber es war anders gekommen.

Der wütende Blick, mit dem Weerawat Colonel Pratt und Calvino angestarrt hatte, besagte, dass er jetzt noch eine Rechnung mit ihnen offen hatte. Hütet euch, sagte dieser Blick, hütet euch sehr. Die Vernehmungsbeamten waren nicht glücklich, den Farang zur Tür hinausspazieren zu sehen. Ohne Frage, die Polizei glaubte, dass Vincent Calvino sich des Einbruchs schuldig gemacht hatte, und sie hassten es, ihn freizulassen.

Es war das Fehlen jeglichen Anzeichens für ein gewaltsames Eindringen, das Calvino rettete. Das Büro war mit einem Schlüssel aufgesperrt worden. Bei Calvinos Habseligkeiten fand sich kein derartiger Schlüssel. Aber unabhängig davon, dass es keinerlei Anzeichen gab, dass er – oder sonst jemand – gewaltsam im ersten Stock eingedrungen war: Weerawat und seine zwei Begleiter (wenn man ihren Aussagen glauben durfte) hatten ihn in den leeren Büroräumen überrascht. »Was hatten Sie dort zu suchen?«, fragte der Superintendent Calvino.

»Was hatte Weerawat dort verloren?«, gab Calvino zurück.

»Ihm gehört das Haus. Er hörte oben Geräusche. Er sah nach und entdeckte Sie.«

Nachdem die Polizei die Besitzverhältnisse des Gebäudes kannte, ging es nur noch bergab.

Calvino war überrascht gewesen, als er in Lovells Datenbank auch auf das Gebäude stieß, in dem sein Büro lag. Er hatte das Büro seit Jahren, und die Miete ging auf das Konto einer anonymen Gesellschaft. Er hatte keine Ahnung gehabt, wem es gehörte, außer dass eine thailändische Firma mit Adresse in Bang-Na es verwaltete.

Weerawats schlüssige, rational vorgetragene Geschichte überzeugte die Polizei, insbesondere, da sie durch zwei außer Dienst befindliche Polizisten bestätigt wurde. Der Vorzug der Story lag in ihrer Kürze und Einfachheit. Keine komplizierten Erklärungen. Hausbesitzer entdeckt Farang, der zugibt, bereits zuvor einen Stock tiefer eine Tür aufgebrochen zu haben. Der Farang ist ein Hitzkopf und leistet Widerstand. Und zu allem Überfluss hatten die beiden Polizisten ihn schon wegen eines Mordes in Pattaya vernommen. Er war also doppelt verdächtig.

Sie waren wirklich gut. Ihre Geschichten passten so nahtlos zusammen, dass Calvino selbst sie beinahe geglaubt hätte. Privatdetektive waren ja eigentlich bekannt dafür, verschlossene Türen ohne Gewaltanwendung öffnen zu können, doch Calvinos Vergangenheit schien darauf hinzuweisen, dass ihm diese Fähigkeit irgendwie abhandengekommen war. Während er sich Weerawats Darstellung anhörte, sah er die Szene gleichzeitig mit dem distanzierten Auge des Beobachters und wusste, dass die Polizei Weerawat jedes Wort abkaufte. Der Quadratschädel und Bierbauch bestätigten seine Aussagen an den richtigen Stellen mit einem Grunzen oder Nicken.

Calvinos Gesetz für Polizeiverhöre lautete: Halt die Geschichte knapp und einfach, du Trottel! Sobald man anfängt zu erklären, wie oder warum etwas sich genau so und nicht anders ereignet hat, wird die Sache schnell kompliziert, und die Cops stehen im Wald. Weerawat erzählte seine Geschichte meisterhaft.

»Ruf Millie Danielson an. Die Nummer steht in der Akte.«

Ratana fuhr sich übers Gesicht, nickte und kehrte an ihren Schreibtisch zurück, um in dem Chaos verstreuter Papiere die Telefonnummer zu suchen. Einen Augenblick später war sie zurück. »Ich verstehe nicht, warum du mir nicht sagen willst, was der Arzt meint«, beklagte sie sich. »Er wirkte nicht gerade glücklich.«

»Er sagte, das Büro sei in schlimmerem Zustand als ich.«

»Das hat er bestimmt nicht gesagt.«

Nickend bückte sich Calvino und probierte, ob sein Bürotelefon ein Freizeichen hatte. Nichts, also tippte er Millie Danielsons Nummer in sein Handy ein. In der Ferne hörte er ein Tenorsaxofon spielen. Der sanft wie Honig tönende Klang von Andy Spitzers *Only with You.* Die Musik kam von unten, von der Stereoanlage des *One Hand Clapping.* Er steckte das Handy wieder weg, ging nach unten und spähte durch die Türscheibe des Massagesalons. Er klopfte laut und kräftig. Nach ein paar Sekunden kam Metta an die Tür.

»Gehen Sie weg. Geschlossen.«

»Schließen Sie auf, Metta.«

Sie zierte sich eine Weile, ließ Calvino aber schließlich hinein. Sie trug eine frische Blüte im Haar. Ihr Lippenstift, rot und glatt, ließ ihre Lippen größer erscheinen, als er sie in Erinnerung hatte. »Wo ist die Mamasan?«

Metta hielt einen kleinen, weißen Hasen im Arm, der sich zu einem Ball zusammengerollt hatte. Sie zuckte die Achseln. »Weg.«

»Wann kommt sie wieder?«

Wieder ein Achselzucken. »Weiß nicht. Vielleicht kommt nicht zurück. Sie hat Angst.«

»Und du nicht?«

Metta streichelte den Hasen. Er vermittelte ihr ein Gefühl von Geborgenheit. Sie wiegte ihn sanft im Arm, im Rhythmus der Musik. »Jazz mochte dieses Lied sehr gern. Ich wollte es noch einmal hören. Ich hatte einen Traum, in dem sie mich bat, das Lied zu spielen. Ihr Freund Andy mochte es auch. Er bat sie oft, es aufzulegen. Ich kann es nicht vergessen.« Tränen stiegen ihr in die Augen.

So einfach war das. Metta war zurückgekehrt, um ein letztes Mal das Lied für ihre Freundin zu spielen. Weil sie sie im Traum darum gebeten hatte. Calvino strich ihr sanft mit dem Finger die Tränen aus dem Gesicht. Sie betrachtete seine zerschlagene Visage. »Jemand hat dich schlimm geschlagen?«

»Ja, sie haben mich verprügelt.«

Sie sog die Luft durch die Zähne. »Muss sehr wehtun.«

Calvino faltete ihr einen Tausend-Baht-Schein in die Hand. »Lass es mich wissen, wenn du etwas von der Mamasan hörst. Ich würde mich gern mit ihr unterhalten.«

Sie sah auf das Geld, dann beugte sie sich vor und drückte Calvino einen Kuss auf die Wange.

»Als ich dich erstes Mal sehe, denke ich, du bist guter Mann.«

Er legte zwei Finger auf die Stelle, wo sie ihn geküsst hatte. »Wie hast du die Tür aufbekommen?«

Metta zögerte einen Augenblick, dann zog sie einen Schlüssel aus der Tasche ihrer Jeans und hielt ihn ihm hin.

»Kann ich den haben?«

Ihre Blicke tanzten über sein blauschwarz verfärbtes Gesicht. Augen wie ein Hase, neugierig, unschuldig und ängstlich zugleich.

»Ich weiß, was geschehen ist«, sagte Calvino. »Jazz hat sich nicht selbst getötet. Mach dir keine Sorgen. Ich finde heraus, wer es getan hat. Gib mir den Schlüssel. Er wird mir dabei helfen, den Mörder zu finden.«

Sie ließ den Schlüssel in seine ausgestreckte Hand fallen.

»Du hilfst Jazz. Ich weiß, du kannst«, sagte sie.

Barfuß stand sie in der Tür, ihren kleinen Hasen im Arm, und flüsterte ihm, den Kopf auf die Seite gelegt, auf Thai etwas ins Ohr. Eine weitere Variante der Kokosschale; ein aus dem Hut gezauberter Hase.

# 35

McPhail saß im Lonesome Hawk und nuckelte an seinem Jameson on the Rocks, einen Arm um die Hüfte einer Serviererin gelegt, mit der anderen Hand die Asche von seiner Zigarette schnippend. Calvino trat mit Hut und Sonnenbrille durch die Tür. Die Verkleidung konnte den alten George keine Sekunde lang täuschen. »Von was für einem verflixten Milchlaster sind Sie denn überrollt worden, Calvino? Sie sehen echt Scheiße aus.«

»Das war ein Zwerg«, sagte Calvino. »Klein, aber oho.«

»Halten Sie die Ohren steif, Junge.« Der alte George grinste.

Calvino glitt in McPhails Nische. »Was zum Henker ist denn mit Ihnen passiert? Doch wohl nicht einer der Ehemänner der Fabelhaften Vier?«, fragte McPhail.

Eine Kellnerin kam mit zwei Tellern Tacos mit Bohnen aus der Küche und stellte sie zwei Stammgästen an der Bar hin. Einer von ihnen sagte: »Ich erinnere mich noch an die Zeit, als das Tagesgericht sechzig Baht kostete.«

Der andere meinte: »Und ich weiß noch, wie es vierzig kostete, und zwar mit Suppe und Salat.«

Sie sprachen so laut, dass der alte George es nicht überhören konnte. Er erwiderte: »Und ich erinnere mich noch, wie ich in Berlin 1945 ein Haus für zweihundert Stangen Zigaretten gekauft habe. Was glaubt ihr, was das jetzt wert ist? Dafür könnte ich mir eine ganze Zigarettenfabrik kaufen. Was lernen wir daraus – seid ihr Hornochsen bereit? Genau, die Preise steigen. Auf welche Klippschule seid ihr denn gegangen?«

Die beiden Männer grinsten. Die Tacos zerbröselten ihnen zwischen den Fingern, während Sauce, Fleisch, Salat und Käse ihre Hände bekleckerten. Einer zwinkerte George zu. »Aber warum den Preis für das Tagesgericht anheben? Sie sind doch schon ein reicher Jude.«

Calvino legte den Kopf in den Nacken. Seine Hände krampften sich um sein Glas. »Tun Sie's nicht«, sagte McPhail.

Die Adern an Calvinos Hals traten hervor, während er den Kopf einzog und vom Tisch aufstand. Er ging zur Bar.

»Jetzt reicht's«, flüsterte er, griff nach dem Taco auf dem Teller des Gastes und drückte ihn ihm fest ins Gesicht.

»Putput«, meinte der alte George besänftigend. »Setzen Sie sich wieder hin, Calvino.«

Calvino stand dicht neben dem Gast. Die Hände an seinen Seiten öffneten und schlossen sich. »Mir gefällt nicht, was ich da gerade gehört habe.«

»Wenn Sie jedem, der etwas sagt, was Ihnen nicht passt, einen Taco ins Gesicht schmieren wollen, dann zeichne ich ein Termingeschäft auf mexikanische Tacos. Und jetzt setzen Sie sich hin, Scheiße noch mal.« George deutete auf den Gast, der sich Salat und Sauce aus dem Gesicht klaubte. »Gebt dem Mann ein Singha aufs Haus«, röhrte er. Doch zu spät. Der Mann hatte bereits seine Brieftasche gezückt und stopfte Geld in den Quittungsbecher. Er ging im selben Moment hinaus, als sein Bier kam.

»Hau doch ab«, sagte George, als der Gast auf dem Weg zur Tür an ihm vorbeikam. Dann wandte er sich zum DJ um und brüllte: »Wie oft willst du noch *A Boy named Sue* spielen? Leg gottverdammt noch mal was anderes auf!«

Calvino strich sich langsam über den Unterkiefer. Ein einziger zusätzlicher Schlag hätte den Haarriss ganz brechen können. »Calvino ist doch gar kein jüdischer Name. Was haben Sie für ein Problem?«, fragte einer der Stammkunden am anderen Ende der Bar.

»He, es ist nicht der Name, der einen zum Juden macht«, sagte der alte George. »Wenn deine Mutter Jüdin ist, bist du Jude. Egal, ob du Vincent Calvino heißt oder nicht. Seine Mutter ist Jüdin.« Er erwähnte nicht, dass sie in einem Altersheim in New York lebte und Calvino das Geld fehlte, die Rechnung zu begleichen. Es war nicht sein einziges Problem. Er hatte eine ganze Schiffsladung voller Probleme. Es knisterte nicht nur im Gebälk, der ganze Dachstuhl war morsch und voller Holzwürmer.

Lovell kam zur Tür herein und sah sich in der schäbigen, düsteren Bar um. Alles wirkte abgenutzt, kaputt, verbraucht. Er erblickte Calvino, der gerade eine Schmerzpille einwarf und sie mit Mekong und Coke schluckte. Er hatte das Handy am Ohr, aber als er Lovell eintreten sah, verstummte er. Lovell trug ein Polohemd, Jeans und Tennisschuhe und sah plötzlich viel jünger aus. Sein Gesicht war noch verschwollen von den Schlägen von Weerawats Leuten.

»Seid ihr zwei Hübschen im selben Boxclub?«, wollte McPhail wissen.

»Wir hatten nur die gleichen Sparringspartner«, erwiderte Calvino.

Die Barmädchen schwänzelten um Lovell herum und rissen sich darum, seine Bestellung aufzunehmen. Er orderte einen Eiskaffee ohne Zucker.

»Ich dachte, Sie wären in Amerika«, sagte Calvino.

»Ich dachte, Sie wären vielleicht schon tot«, gab Lovell zurück und ließ sich auf einen Barhocker sinken.

»So weit hatten wir beide unrecht«, meinte Calvino.

»Ihre Sekretärin sagte, dass ich Sie hier finde. Sie hat mir von dem Einbruch erzählt. Die haben Ihre Festplatten geklaut.«

»Sie waren verschlüsselt. Das gibt uns einen kleinen Vorsprung«, sagte Calvino.

Lovell nippte an seinem Eiskaffee und ließ den Blick über die Wände gleiten, die mit Brandeisen geschmückt waren, einer Lonesome-Hawk-Fahne, einem holzgeschnitzten Gürteltier, einer Sammlung verblichener Cowboyposter und Collagen staubiger Fotos von längst verstorbenen Stammkunden. Ein riesiger ausgestopfter Wasserbüffelkopf hing an der holzgetäfelten Wand direkt über dem Kopf des alten George. Sowohl der Wasserbüffel als auch der alte George hielten den Kopf der Tür zugewandt und warteten auf Neuankömmlinge. Lovell senkte sein Glas, kam herüber und ließ sich neben Calvino in die Nische gleiten. Das Überraschungsmoment nützend, öffnete er Calvinos Krawattenknoten und band ihn neu. »Tut mir leid, aber der machte mich einfach wahnsinnig.«

McPhail verdrehte die Augen. Das Barmädchen, das er mit

einem professionellen halben Nelson festhielt, ließ die Fingernägel über den Tisch wandern und berührte Lovells Hand. Er zuckte zusammen und hätte beinahe Calvinos Drink umgeworfen. »Willst du einen Taco?«, fragte das Mädchen.

»Das ist keine Fangfrage«, meinte McPhail. »Es ist das Tagesgericht.«

»Kam mir vor der Tür nicht gerade jemand mit einem Taco im Gesicht entgegen?«, fragte Lovell.

»Sie sind besser, wenn man sie isst. Aber Calvino hier ist Ihnen gern dabei behilflich, sie in ein Accessoire zu verwandeln.«

Lovell griff unter sein Polohemd und zog eine Goldkette heraus. McPhails Kellnerin schmachtete ihn an. Lovell sah nicht nur gut aus, er trug auch Gold. Das verwandelte ihn für jede Ying in einer Bar in einen Grund zu bleiben. An der Goldkette baumelte ein USB-Stick. Calvino erkannte ihn sofort und nickte lächelnd.

»Ich bin froh, dass Sie sich entschlossen haben zu bleiben«, sagte er. Dann sah er McPhail an. »Lovell ist Rhodes-Absolvent.«

»Scheiße, das heißt, er hat wirklich Grips. Erinnern Sie sich an Arnold, den Typen, der auf den Bohrinseln arbeitete und dann immer dreißig Tage hier Urlaub machte? Er sagte, wenn man seinen IQ nicht erhöhen kann, dann muss man in eines dieser afrikanischen Länder auswandern, wo sie einen Durchschnitts-IQ von 70 haben. Da gilt man dann als Genie.«

Der alte George hieb mit der flachen Hand auf den Tisch. »McPhail, Sie könnte man nicht mal auf einer einsamen Insel für ein Genie halten.«

»Ach, verpiss dich, George, du alter Jude.« McPhail lehnte sich zurück. »War nur ein Witz, Calvino.« Aber Calvino war zu sehr damit beschäftigt, den USB-Stick anzustarren, um auf McPhail zu achten.

Lovell löste den Stick von der Goldkette und drückte ihn Calvino in die Hand. »Ratana sagte, Sie hätte Sicherheitskopien der Dateien, die ich Ihnen gab. Aber hier ist für alle Fälle noch ein Backup. Bringen Sie ihn an einem sicheren Ort unter.«

Er bezahlte seinen Eiskaffee und erhob sich zum Gehen.

»Wo wollen Sie hin?«, fragte Calvino. Im selben Moment klingelte sein Handy. Colonel Pratt war am Apparat. Es war wichtig – sogar mehr als wichtig. Dringend.

»Ich rufe Sie später noch an«, sagte Lovell und wandte sich zur Tür.

Vor dem Wasserbüffelschädel blieb er stehen und starrte ihn eine ganze Minute lang an.

»Na?«, fragte der alte George. »Noch nie einen Wasserbüffel gesehen?«

»Er sieht so friedlich aus«, sagte Lovell.

George verdrehte den Kopf und sah zu seinem Wasserbüffel hoch.

»Ja, nicht wahr?«

# 36

Calvino hatte Chef Elmo noch nie am Abend in seinem Restaurant erlebt. Jede Person hatte ihre Zeit und ihren Ort, und wenn man sie in einem anderen Kontext sah, geschah etwas Seltsames, als besäße die Person plötzlich ein neues Ich. Der Mann, der den Kochkurs veranstaltete, und der, den Calvino an diesem Abend sah, waren verschiedene Leute. Der abendliche Chef Elmo wanderte von Tisch zu Tisch, plauderte und scherzte weltgewandt mit den Gästen, sprach höfliche Empfehlungen aus, hörte sich ihre Geschichten und Wünsche und Beschwerden mit grenzenloser Geduld und Gelassenheit an. Er wirkte älter und weiser bei Nacht.

Als Calvino an jenem Abend über den Parkplatz des Restaurants schritt, hörte er ein Rasseln in seiner Brust. Seine Rippen schmerzten bei jedem Atemzug. Er betrachtete die teuren Autos, die vor Chef Elmos kleinem Reich parkten. Im Spiel von Licht und Schatten erschienen sie seltsam exotisch, nicht von dieser Welt, aus einer anderen Zeit. Es lag sicher an der Beleuchtung – von den Bäumen zerstreute Lichtkegel, ein tanzender Scheinwerfer, der den mondlosen Himmel durchfurchte, und vereinzelte Lichtinseln an der Grenze zwischen Fahrweg und Garten. In der Mitte des Gartens schossen in einem erleuchteten Springbrunnen Wasserstrahlen aus Maul und Rüssel eines auf die Hinterbeine aufgerichteten Elefanten.

Tagsüber war Calvino der Springbrunnen nie aufgefallen, oder wenn doch, zumindest nicht der Elefant. Die Gebäude auf dem Gelände waren alle eingeschossig. Am Nachmittag wirkten sie wie eine ungeschminkte Ying in ausgebeulten Shorts, das Haar zu einem Knoten hochgesteckt. Und dann plötzlich, eines Abends, in einem rauchgeschwängerten Kabarett, kommt dieselbe Frau auf die Bühne, mit dem richtigen Make-up, frisch lackierten Fingernägeln, in einem eng anliegenden Kleid und singt eine Ballade, die die ersten Zuschauerreihen glatt zum Dahinschmelzen bringt und Tisch für Tisch erobert, bis ihr Zauber den ganzen Raum erfüllt hat.

Calvino ging den Gartenpfad entlang. Das Gelände war von einer drei Meter hohen Steinmauer umgeben, wie er es in den abgelegeneren Straßen der grünen Zone schon Hunderte von Malen gesehen hatte. Der Zauber zerstob so schnell, wie er einen in seinen Bann zog. Das Restaurant hätte in jeder Umgebung in jeder Großstadt liegen können. Es sah aus wie Lovells Appartementhaus mit seinen Skulpturen und Farbkompositionen vom Fließband, Ornamente, die von Geschmack und Pracht zeugen sollten, aber keinerlei Individualität besaßen.

Das Restaurant ging über Calvinos Verhältnisse. Der Preis eines Menüs hätte einen Monat lang seine Unkosten gedeckt oder sechs Monate lang für das Tagesgericht im Lonesome Hawk gereicht. Dass er die Ergebnisse der Kochübungen der Fabelhaften Drei oder Vier verspeist hatte, zählte natürlich nicht als Restaurantbesuch. Schließlich hatten die Frauen gekocht. Chef Elmo beaufsichtigte bloß. Leitete an. Er tat sein Bestes. Aber die Frauen waren keine Italienerinnen. Die Kocherei lag ihnen nicht im Blut. Die Frauen glaubten zwar, italienisch zu kochen, aber sie hätten einen Gebetsteppich auch mit Religion verwechselt. Nur Italiener kochten italienisch. Das wusste jeder.

Millie Danielson hatte vorgeschlagen, sich zum Abendessen bei Chef Elmo zu treffen. Calvino hatte zugestimmt, weil es die einzige Möglichkeit zu sein schien, ihre Version der Geschichte zu erfahren. Sie saß bereits am Tisch, als Calvino hereinkam. Der Oberkellner wies in ihre Richtung und geleitete Calvino an den Tisch. Millie Danielson sah demonstrativ auf die Uhr und wollte schon etwas sagen, als sie sein malträtiertes Gesicht bemerkte.

»Ich weiß, ich komme zu spät. Bitte verzeihen Sie.« Calvino wirkte wackelig, als er sich setzte.

Eine offene Flasche französischer Rotwein stand auf dem Tisch. Ungefähr ein Drittel fehlte. Nach den Bröseln zu schließen, war sie vermutlich auch schon beim zweiten Korb Brot angelangt. Sie wirkte erhitzt. Und auch ein wenig betrunken.

»Der einzige Grund, warum ich mich bereit erklärt habe, Sie zu treffen, ist, weil Sie Ruth geholfen haben«, sagte sie.

»Ruth ist ein Schatz. Noah ist ein Schatz. Denver wird ein besserer Ort sein, wenn sie erst einmal dort sind«, meinte Calvino, während ein Kellner eine Stoffserviette über seinem Schoß drapierte. »Könnten Sie noch etwas Brot bringen?«, bat er.

Millie Danielson schenkte sich nach, dann beugte sie sich vor, um Calvinos Glas zu füllen. Sie wirkte nicht wie eine trauernde Witwe. Ein wenig betrunken, irritiert und gelangweilt, aber weit entfernt von Trauer. Ihr weit ausgeschnittenes Kleid schien hinauszuschreien: »Ich bin verfügbar. Gehen Sie weiter zum Empfang, und füllen Sie Ihre Bewerbung aus. Und schön hinten anstellen, Baby.« Es war das ideale Kleid für eine Frau, die vom Verlust ihres Ehemanns nicht im Geringsten erschüttert war.

»Und bringen Sie noch eine Flasche von dem Zeug da«, sagte sie zum Kellner.

Sie trank, ohne Calvino zuzuprosten, der sein Glas umsonst zum Anstoßen hochhielt. Er lächelte und leerte seinen Wein zur Hälfte. Als seine Nase wieder aus dem Glas auftauchte, starrte Millie ihn an.

»Sie haben Durst«, sagte sie. »Möchten Sie etwas Wasser?«

»Ich halte mich an den Wein. Aber danke der Nachfrage.«

Dass der Wein teuer war, kümmerte ihn nicht. Er wollte ihr zeigen, dass er seine eigene Art hatte, mit dem Schmerz umzugehen. Er ließ sich Zeit, sie zu betrachten. Ganz offensichtlich hatte sie sich mit beachtlichem Aufwand zurechtgemacht, frisch vom Friseur, polierte Nägel, Designerkleid. Besagte Fingernägel trommelten gegen das Glas, wie man es tut, wenn man die Aufmerksamkeit der Anwesenden für eine Ansprache auf sich ziehen will. Es funktionierte immer. Calvino war ganz Ohr.

»Noah – Sie wissen schon, Ruths Mann – ist kein schlechter Kerl, nur schwach. Wie die meisten Männer. Sie wollen das Richtige tun. Aber dann läuft ein kurzes Röckchen vorbei, und sie werden schwach. Und im nächsten Augenblick geht der ganze gute Wille durch den Schornstein.«

»Eine Schwäche, die Frauen auszunutzen verstehen«, meinte Calvino.

»Männer brauchen keine große Ermunterung.«

Calvino war klar, dass er die bitteren Worte einer betrogenen Frau hörte. Noah war vor der Dead Artists Bar mit zwei Yings zusammen gewesen, und die Stimme in seinem Kopf sagte ihm: Zwei gute *Gründe zu bleiben.* Und weil er diese Stimme nicht ausblenden konnte, war Ruths Mann schwach; und wenn das stimmte, waren alle Männer schwach. Calvino lächelte, trank aus und füllte sein Glas erneut.

»Ist Ihr Mann auch schwach geworden?«

Es war besser, es offen auszusprechen. Der Kellner brachte eine zweite Flasche vom gleichen guten Wein, zog den Korken und schenkte Millie nach. Er schien zu spüren, dass keiner von ihnen beiden etwas zu essen bestellen wollte, und verschwand zu einem anderen Tisch.

Millie nippte an ihrem Wein, ohne zu antworten. »Sind Sie je einem Farang-Ehemann begegnet«, fragte sie schließlich, »der einer Versuchung widerstehen konnte? Oder wollen Sie mir erzählen, dass Sie die große Ausnahme sind, Mr Calvino?«

»Ich höre immer wieder, dass Bangkok ein schwieriges Pflaster für Ehen ist«, erwiderte er. Millie hatte den *Index* gelesen. Sie kannte die Wahrscheinlichkeiten, wusste, dass die Kurve nach oben ging. Der Börsenkurs für außereheliche Affären in Bangkok explodierte.

»Sie meinen, ein hartes Pflaster für westliche Ehen. Meinem Eindruck nach verfügen die Frauen hier nicht über ausreichende Möglichkeiten, ihre Männer innerhalb des Gartenzauns zu halten. Ich hatte einmal einen Collie, der gelernt hatte, das Hoftor zu öffnen. Ich konnte es ihm nie wieder austreiben. Ein Mann ist wie ein Hund, der nie den Trick verlernt, wie er auf die andere Seite des Zauns gelangt.«

»Wussten Sie von dem Massagemädchen im *One Hand Clapping?«*

Sie nickte. »Jazz«, flüsterte sie. »Gefallen Ihnen musikalische Namen bei Frauen, Mr Calvino?«

»Ich habe ihren Körper gesehen«, sagte er.

»Hat er Ihnen gefallen?«

»Sie war tot. Ihre Handgelenke waren aufgeschlitzt, überall Blut auf Laken, Bett und Fußboden. Blutspritzer an den Wänden und am Vorhang. Es war kein schöner Anblick. Sehr viel Blut.«

Das Bild glitt an Millie ab. Wenn sie sich vorstellen konnte, wie Jazz tot in dem Zimmer gelegen hatte, ließ sie es sich nicht anmerken. »Soweit ich weiß, begehen viele dieser Mädchen Selbstmord. Wer könnte ihnen daraus einen Vorwurf machen?«

Calvino warf ihr einen langen, stummen Blick zu, unterbrochen von einem keuchenden Husten. Er wandte den Kopf ab und spuckte Blut in eine Serviette. Das Gemurmel der anderen Gäste überbrückte den bleiernen Moment. Keine Spur von Sympathie oder Mitleid in ihrer Stimme, dachte er. Auf dem Schachbrett hätte sie die Königin spielen können, wenn der Quadratschädel der König war.

»Manchmal begehen sie keinen Selbstmord. Manchmal hilft jemand nach.«

»Was meinen Sie damit?«

»Ich spreche von Wahrscheinlichkeiten. Die Polizei sagt, dass die wahrscheinliche Todesursache bei Jazz Selbstmord ist. Aber es besteht auch die Möglichkeit, dass sie ermordet wurde. Sie starb nur wenige Stunden vor dem Tod Ihres Mannes. Zufall? Vielleicht nicht.«

»Und Sie glauben, mein Mann wurde auch ermordet?«

»Ja, das glaube ich. Es gibt da nur ein kleines Problem.«

Sie zog eine Augenbraue hoch. »Und das wäre?«

»Ich habe keine konkreten Beweise.«

»Dann liegt Ihr Glaube daran eher im religiösen Bereich, meinen Sie nicht? Und wo genau, glauben Sie, wird Sie das hinführen?«

Calvino zuckte die Achseln und beschloss, sich etwas zu essen zu bestellen. Er sagte dem Kellner, dass er das Tagesgericht wollte. Der Kellner fragte zurück, *wie* er es haben wolle? Da Calvino keine Ahnung hatte, was das Tagesgericht war, wusste er keine Antwort darauf. »Sagen Sie Chef Elmo, es ist für Calvino.«

»Angeber«, sagte Millie Danielson. Der Wein tat seine Wirkung. Ihr Gesicht war gerötet, und ihr Mund formte eine Schnute, als würde sie ihm einen Kuss zuwerfen. Aber es war kein Kuss. Ihre Nägel kratzten an ihrem Glas entlang.

»Wie lange wussten Sie schon von Jazz?«

»Sie haben getrocknetes Blut am Mund«, sagte sie. Er wischte sich mit der Serviette über die Lippen. »Ja, so ist es besser«, meinte sie.

Wenn Lovell mit am Tisch gesessen hätte, der würde es ihm höchstpersönlich abgewischt haben. Als er sie wieder ansah, musste er daran denken, dass es Frauen gab, für die sich ein Mann erschießen lassen würde. Und es gab Frauen, die würde er gern erschießen.

»Danke. Und jetzt erzählen Sie mir von Jazz.«

»Seine aktuelle Freundin?« Sie grinste hässlich. »Das wusste ich seit ein paar Monaten. Normalerweise finde ich es heraus, wenn er ihnen ein Appartement mietet.«

»Wie oft geschah das?«

Millie Danielson verdrehte die Augen und schnalzte mit der Zunge. »Es ist die ewige Wiederkehr.«

Calvino sah verwirrt drein.

»Nietzsche, Mr Calvino. Sicherlich haben Sie schon von ihm gehört?«

»Jenseits von Gut und Böse.«

»Sehr gut.« Ihre Miene erhellte sich. »Nietzsche sagte auch, dass es eine Herrenmoral und eine Sklavenmoral gibt. Er hätte direkt Thai sein können, finden Sie nicht?«

»Nietzsche erinnert mich stets daran, dass die Herren nicht immer moralisch handeln.«

»Ruth sagte schon, dass Sie ein intelligenter Mensch sind.«

Er lehnte sich über den Tisch. »Haben Sie Ihren Mann geliebt?«

Millie hatte mit dieser Frage gerechnet. Ihr Lächeln erlosch, und sie schürzte die Lippen. »Ja, das habe ich. Ich habe ihn sehr geliebt.« Sie sagte es mit einer Mischung aus Enttäuschung und Bedauern, gesäumt mit einer Portion Zorn. Sie fummelte in ihrer Handtasche nach einer Zigarette. »Stört es Sie?«

Verstieß es nicht gegen das Gesetz, im Restaurant zu rauchen? Es gab eine Menge Gesetze, die an der Mauer des Mai pen rai einfach abprallten. Calvino schüttelte den Kopf.

»Ich rauche sonst nicht.«

Deshalb hat sie auch eine Schachtel Zigaretten in der Handtasche, dachte Calvino.

»Also hatten Sie und Ihr Mann sich auseinandergelebt«, meinte er.

Sie blies eine Rauchwolke in die Luft. »Andrew hat mich mit HIV infiziert.«

Calvino streckte die Hand aus und bediente sich an ihren Zigaretten. Wahrscheinlich sahen sie aus wie zwei Weißrussen, die den Sturz der Kommunisten planten. »Seit wann sind Sie positiv?«

»Erst seit ein paar Monaten. Man glaubt immer, es trifft nur die anderen. Und wenn es doch passiert, zerbricht eine Welt für einen.«

»Wissen Sie, woher er es hatte?«

»Jazz. Oder Jazz für alle Welt, wie ich sie nannte.«

»War er sicher, dass es Jazz war?«

Sie nickte. »Ich könnte herumsitzen und mich bemitleiden. Aber warum sollte ich? Mit den richtigen Medikamenten kann man mit HIV leben.«

»Manche Leute sind allergisch gegen die Arzneien.« Sie reagierte nicht gleich. »War Andrew Allergiker?«, fragte Calvino.

Sie drückte ihre Zigarette aus und zündete sich eine neue an. »Ja.«

Sie bemerkte seine überraschte Miene. Er hatte etwas Rührendes, dieser ausgewachsene Mann mit dem zerschlagenen Gesicht, der so aussah, als wäre er traurig wegen ihr und ihres toten Mannes.

»Auf HIV-Medikamente?«

Eine lange graue Rauchsäule kringelte sich aus ihrer Nase. »Gegen alles Mögliche. Andrew meinte, das sei so ziemlich das Einzige, was ihm seine Eltern vererbt hätten. Sie waren beide Allergiker. Sein Bruder starb als Kind an einem Insektenstich. Andrew reagierte ziemlich heftig auf einige der Arzneien, die er nehmen musste. Die

Herren Doktoren kratzten sich am Kopf und fanden schließlich eine Kombination, die zu funktionieren schien. Die Ironie ist, dass er weder an AIDS noch an einer Arzneimittelallergie gestorben ist, sondern an einem Herzinfarkt. Ich weiß wirklich nicht, wie Sie darauf kommen, dass Andrew ermordet wurde. Ich weiß jedenfalls nichts, was dafürsprechen würde.«

Danielson war HIV-positiv gewesen, ein Geschenk, das ihm Jazz gemacht hatte. Das hatte er an Millie weitergegeben. Außerdem hatte er an Allergien gelitten. Sein Bruder war an Wespengift gestorben. Das war nicht alltäglich. Sogar Danielsons HIV-Medikation hatte wegen der Allergien umgestellt werden müssen. Calvino schenkte sich nach.

»Wollen Sie auch noch eins?«, fragte er.

»Für einen Mann, der Blut spuckt, langen Sie ganz schön zu.«

»Sie haben recht. Ich werde das Trinken einschränken. Ab morgen.«

Sie sah, dass die zweite Flasche schon halb leer war. Calvino hatte einen Teil des Etiketts abgelöst und umgeknickt, während sie ihm die medizinische Geschichte ihres Mannes erzählte.

»Noch eine Flasche wäre nicht schlecht.« Sie griff in die Handtasche. Diesmal zog sie eine Plastikbox heraus, öffnete den Deckel und ließ ein paar Pillen in die hohle Hand fallen. Sie steckte sie in den Mund, trank etwas Wasser, legte den Kopf in den Nacken und schluckte.

»Wer wusste von der Krankheit Ihres Mannes?«

»Ich hab's Janet erzählt, die sagte es dann Ruth und die wiederum Debra. Egal. Für sie schrillten die Alarmglocken. Darum haben sie Ihren Freund gebeten, Sie zum Kochkurs mitzubringen.«

»McPhail?« Calvino grinste. Sie hatten McPhail benutzt. Niemand hatte die Fabelhaften Vier überzeugen müssen, sie waren selbst auf der Suche nach einem Privatdetektiv gewesen, um festzustellen, ob ihre Ehemänner im selben Teich angelten und denselben dicken Fisch an Land gezogen hatten wie Millies Mann.

»Ich erinnere mich nicht, wie er hieß.«

Er dachte an die anderen Privatdetektive, die sie in ihrem Privatleben hatten herumwühlen lassen, bevor er auf der Bildfläche erschien. Aber das war nicht mehr wichtig. Colonel Pratt hatte an allen Hebeln gezogen, damit er nicht ins Gefängnis wanderte. Diesen Abend mit Millie widmete Calvino Pratt.

»Sagt Ihnen der Name Weerawat etwas? Ein Geschäftsmann.«

»Ich bin ihm mal begegnet«, sagte sie.

Ein fetter Kerl am Nebentisch schüttelte sich vor Lachen. Millie war abgelenkt und wandte sich wieder Zigarette und Wein zu. Auf der emotionalen Skala war sie unvermittelt abgekühlt in Richtung Vorsicht. Calvinos Frage hatte sie angeschlagen und in die Seile geworfen, gerade als sie glaubte, Oberwasser zu haben.

Calvino landete einen weiteren Treffer, während der Kellner die neue Flasche Wein entkorkte. »Wusste Weerawat von der Krankheit Ihres Mannes?«

Die Begleiterin des dicken Mannes am Nebentisch, eine Thailänderin in mittleren Jahren, plapperte lautstark in ihr Handy. Calvino drehte sich zu ihr um. »Lady, wir versuchen hier, ein Gespräch zu führen.«

Sie reagierte unwillig, bis sie Calvinos Gesicht sah. Dann senkte sie die Stimme, und der fette Kerl schaufelte in sich hinein, ohne noch einmal von seinem Teller aufzublicken. Calvino wandte sich wieder zu Millie, während der Kellner ihm Wein in ein frisches Glas goss. Calvino kippte ihn ausdruckslos hinunter. »Genau wie die ersten zwei Flaschen«, sagte er. »Ich fragte Sie gerade nach Weerawat.«

»Und ob er von Andrews Allergie wusste«, meinte sie. »Ich bin Weerawat auf einer dieser High-Society-Modenschauen begegnet. Ich weiß nicht mehr, wo mein Mann war, aber als ich mich umdrehte, stand da plötzlich Weerawat vor mir. Ich hatte sein Foto schon hundertmal in Zeitschriften gesehen, doch ich tat so, als würde ich ihn nicht erkennen. Er erzählte mir, dass eine seiner Firmen Generikapräparate für die Regierung herstellte. Er hatte eine Exklusivlizenz dafür. Als ich fragte, welche Art von Arzneimitteln, meinte er, für Leute mit HIV. Ich glaube, ich lief rot an. Ich wollte in den Boden versinken. Aber ich lächelte, versuchte mich zusammenzureißen und antwortete, ich hätte gehört, dass manche Menschen allergisch auf HIV-Medikamente reagierten. Ich sorgte dafür, dass er mich zum Lunch einlud. Offensichtlich gab es gewisse Spannungen zwischen Andrew und ihm, und als ich meinen Mann später danach fragte, meinte er, Weerawat sei ein dubioser Geschäftemacher.«

»Erwähnte er auch, dass Weerawat eine Firma besitzt, die gefälschte Medikamente herstellt?«

Millie starrte auf ihren Teller. »Das hat er.«

Ihre Aufrichtigkeit überraschte Calvino. »Als Sie mit Weerawat Mittag essen waren, sprachen Sie da über Andrews Allergien?«

Sie nickte. »Weerawat erzählte von einer Nichte, die Allergikerin war. Je länger wir uns unterhielten, umso entspannter wirkte er. Am Ende war ich sogar ziemlich sicher, dass ich ihn herumkriegen konnte.«

»Wurde Jazz' Name erwähnt?«

Röte überzog ihre Wangen, und Calvino konnte sich vorstellen, wie verlegen sie bei der Modenschau ausgesehen hatte. Sie seufzte kopfschüttelnd und biss sich auf die Oberlippe. »Ihr Name ist gefallen.«

»Und was sagte Weerawat dazu?«

»Ich war halb betrunken. Es rutschte mir einfach so heraus. Und er sagte eigentlich gar nichts dazu. Er setzte eines dieser Thai-Lächeln auf, in die man alles hineinlesen kann. Wie ein Betrüger, der einem die Tarotkarten legt.«

»Erwähnten Sie auch den Namen von Jazz' Massagesalon?«

»Um die Wahrheit zu sagen, so kamen wir überhaupt darauf. Weerawat hatte einen lahmen Scherz gemacht, und als er sah, dass ich nicht amüsiert war, wollte er wissen, warum. Ich sagte, dass mich nur ungewöhnliche Bilder zum Lachen bringen, wie diese Zen-Geschichte mit der einzelnen Hand, die klatscht. Und er meinte, so etwas sei unmöglich. Da erklärte ich ihm, es sei der Name eines Massagesalons, und dass mein Mann eine Schwäche für ein Mädchen namens Jazz hätte, das dort arbeitete.«

Während eines einzigen Mittagessens hatte Weerawat von Jazz'

Existenz erfahren, wo sie arbeitete, und dass Danielson Allergiker war. Diese Informationen machten Weerawat glücklich, und das zauberte dieses Standardlächeln hervor. Für ihn setzten sich die Teilchen eines Puzzles zusammen, über das er sich bis dahin vergeblich den Kopf zerbrochen hatte. Millie Danielson hatte ihm das allerschönste Geschenk gemacht: ihm Macht über das Leben eines Feindes gegeben. Hätte sie derart persönliche Einzelheiten preisgegeben, wenn sie geahnt hätte, welche Konsequenzen das haben würde? Calvino kannte die Frau nicht gut genug. Aber er hatte das Gefühl, dass sie ziemlich genau wusste, was sie getan hatte.

»Warum erzählen Sie mir das?«, fragte Calvino.

»Ich glaube, Sie haben keine Ahnung, wie mächtig Weerawat ist.«

Dasselbe hatte er gerade von ihr gedacht. Jetzt fragte er sich, ob sie der Wahrheit gerade den Henkel abgeschraubt hatte, damit eine Tasse wie eine Schale aussah. »Er könnte einer betrogenen Frau in vieler Hinsicht helfen«, sagte er.

»Der Tod meines Mannes war mir keine Hilfe«, erwiderte sie.

»Keine Lebensversicherung?«

Sie lachte bei dem Gedanken. Aber an der Art, wie sie den Blick senkte, erkannte er, dass sie einer Antwort auswich. Der Kellner brachte Calvinos Tagesgericht, einen Teller voll tintenschwarzer Trüffel. Sie sahen aus wie abgetrennte schwarze Hoden. Dann trug er Millie Danielsons Entenleberpastete auf. Als Calvino von seinen Trüffeln aufblickte, sah er, dass Millie ihn musterte, als wäre er ein zum Tode Verurteilter auf dem Weg zum Schafott.

»Ich hätte nicht gedacht, dass Sie der Trüffel-Typ sind«, meinte sie.

»Für was für einen Typ halten Sie mich?«

»Einen, der immer mit dem Kopf durch die Wand will, weil er denkt, er wäre im Recht, und deshalb würde alles sich zum Guten wenden. Soll ich Ihnen etwas sagen? Das kommt in der Wirklichkeit selten vor.«

»Sagen Sie mir, was in Ihrer Version der Realität passiert«, meinte Calvino.

Sie zündete sich noch eine Zigarette an und blies den Rauch durch den Mundwinkel zur Seite.

»Sie können ihn bekämpfen. Aber Sie werden Weerawat nicht besiegen. Nicht mit allen Freunden der Welt. Ich sage Ihnen das, weil Sie sich bemüht haben, meinen Freundinnen zu helfen. Ich weiß, dass sie Ihnen mit ihrer Wankelmütigkeit schwer zugesetzt haben. Aber Sie haben ihnen trotzdem geholfen. Damit haben Sie bei mir einen Stein im Brett. Und ich sehe, dass man Sie übel zusammengeschlagen hat.« Sie drückte die Zigarette aus, traf aber keine Anstalten, ihr Essen anzurühren.

»Es lag nicht an Ruth, Janet oder Debra.«

Sie lächelte nicht. »Ich wollte ihnen nur einen Gefallen erwidern und Ihnen einen Rat geben.«

»Und der wäre?«

Sie zog die Augenbrauen hoch. »Sie sind ein intelligenter Mensch. Muss ich es Ihnen wirklich vorbuchstabieren?« Sie erkannte an seiner Miene, dass es genau darauf hinauslief. »Es wäre ein kluger Schachzug, zum Flughafen zu fahren und dorthin zurückzukehren, wo immer Sie hergekommen sind.«

»Das sagte ich Ihnen bereits. Ich stamme aus New York.«

»Dann gehen Sie dahin zurück. Und ich würde es nicht zu lange aufschieben.«

»Sie wollen sagen, dass mir nicht mehr viel Zeit bleibt?«

Ihr Lächeln kehrte zurück. »Sie schalten schnell.«

»Und Sie sind die Überbringerin der Botschaft?«

Er sagte nicht, dass New York sich in den Jahren, während er in Thailand lebte, von Grund auf verändert hatte. Oder vielleicht war er es, der sich verändert hatte. Er wusste nur, es würde sich für ihn nicht mehr so anfühlen wie das New York, das er kannte. Nicht mehr dasselbe Land. Es war ein seltsamer, fremdartiger Ort auf der Landkarte. Die Stadt, in der seine Mutter in einem zweitklassigen Altersheim auf den Tod wartete.

»Es wäre keine schlechte Idee, zurückzugehen«, wiederholte sie. Sie steckte sich eine neue Zigarette an. Ihre Hände zitterten ein wenig. Calvino beugte sich vor und betrachtete sie, während sie die

Flamme ihres Feuerzeugs ans Ende der Zigarette führte. Sie inhalierte tief. Der Rauch beruhigte sie.

»Warum bleiben Sie dann hier? Politisch geht alles drunter und drüber.«

»Wenn man HIV-positiv ist, bleibt man da, wo die medizinische Versorgung billig ist und Diener sich ums Putzen und Einkaufen kümmern. Man macht sich keine Gedanken über Politik. Politik war schon immer ein schmutziges Geschäft. Überall. All die Demonstrationen für Freiheit und Demokratie, was bedeuten die schon, wenn man HIV-positiv ist? Nichts.«

# 37

Chef Elmo kam aus der Küche in den Speisesaal geschwenkt. Er trug seine weiße Kochmontur mit Mütze, die ihn dicklich, geschlechtslos und mondgesichtig aussehen ließ. Er setzte ein verlegenes Grinsen auf, während er Calvinos Blick suchte. Mit einem höflichen Winken grüßte er Millie Danielson. Dann kam er an ihren Tisch und betrachtete mit einem Zungenschnalzen die unberührten Teller.

»Sie essen gar nicht? Schmeckt es Ihnen nicht?«

»Wir waren so ins Gespräch vertieft, dass wir ganz vergessen haben zu essen, Chef Elmo.« Millie reichte ihm die Hand zum Kuss.

Nachdem er sich über ihren Handrücken gebeugt hatte, steckte er Calvino einen Zettel zu. »Bitte sagen Sie Ihren Klienten, dass ich nicht ihr Briefträger bin.«

Sie wechselten einen Blick. Hätte Calvino Chef Elmo besser gekannt, wären ihm die Anzeichen von Stress nicht entgangen. Das öffentliche Bild eines gefeierten Chefs beruhte auf seinen Eigenheiten und Ticks. In Chef Elmos Fall empfanden die Gäste ein hohes Maß an Nervosität als passend für seine Rolle.

Während Elmo mit Millie über den Kochkurs plauderte, las Calvino den Zettel, auf dem er McPhails Handschrift erkannte. Er lautete: »Folgen Sie Chef Elmo durch die Küche hinaus. Ich warte am Hinterausgang. Lächeln Sie, und tun Sie so, als wäre alles in bester Ordnung.« Calvino faltete die Nachricht zusammen und steckte sie ein. Er hob sein Weinglas und erhob es auf Chef Elmo. Millie folgte seinem Beispiel.

»Auf den Chef«, sagte Calvino. Nach einem Schluck stellte er das Glas ab. »Ein Problem mit einer Freundin. Entschuldigen Sie mich einen Augenblick. Ich muss kurz mit Chef Elmo reden.«

Millie sah mit wissendem Lächeln zu Elmo hoch. »Immer dasselbe, nicht wahr?«

Calvino schob seinen Stuhl zurück und folgte Chef Elmo durch die Küche. Der Chef sah nicht zurück. Er ging schnell vorbei an den Herden und Schneidetischen, den riesigen Kühlschränken und Spülen, bis sie einen Gang voller großer Plastikmülleimer erreichten. Calvino sah ein verschwommenes Spiegelbild von sich selbst in einer verchromten Kühlschranktür. Kein schöner Anblick, dachte er. McPhail kauerte zwischen zweien der Mülleimer und streichelte eine Katze. Er gab ihr einen freundschaftlichen Klaps und sah hoch zu Chef Elmo und Calvino.

»Sie müssen hier weg«, sagte er.

»Ich sage Millie Bescheid.«

McPhail stand auf, eine Machete in der Hand, und die Katze entkam geschickt zwischen Chef Elmos Beinen hindurch Richtung Küche.

»Keine gute Idee«, meinte McPhail. Er legte Chef Elmo die Hand auf die Schulter. »Danke, Elmo. Das haben Sie gut gemacht.«

»Was geht hier vor, McPhail?«

McPhail legte Calvino den Arm um die Schulter. »Sie stecken echt in der Scheiße.«

Chef Elmo zog einen Schlüsselbund hervor und schloss die Hintertür auf, die in einen Garten führte. Er schaltete die Lampe über der Tür aus. Im Licht der umliegenden Häuser zeichneten sich schemenhaft die Umrisse von Palmen, Bananenstauden und gelb gestreiftem Bambus ab, die die drei Meter hohe Steinmauer überragten, welche den Garten umschloss. Ohne Metallspitzen, um Eindringlinge aufzuspießen; keine Glasscherben, um ihnen Hände und Knie aufzuschlitzen. Aber es war schwierig genug, die Mauer überhaupt zu erreichen. Zwischen ihr und dem Garten erstreckte sich ein dichtes Gestrüpp aus Büschen, Bambus und Bäumen. McPhail setzte die Machete ein, um einen schmalen Pfad frei zu hauen.

Sein Gesicht war schweißüberströmt. »Nur noch ein kleines Stück, dann können wir über die Mauer.«

»McPhail, was soll das Ganze?«

McPhail hörte auf, auf den Bambus einzuhacken. Er deutete mit der Machete zum Restaurant und sagte: »Weil am Vordereingang ein paar Arschlöcher auf Sie warten.«

Calvino spürte sein Herz schneller schlagen. Das Codein wirkte nicht mehr, und seine Rippen und sein Kopf hämmerten zusammen im Conga-Rhythmus. »Wie viele?«

»Zwei oder drei. Und ein paar Bullen.«

»Dann über die Mauer«, sagte Calvino. Er stellte sich den Quadratschädel und Bierbauch vor, wie sie draußen auf ihre zweite Chance warteten. Anscheinend hatten sie große Sehnsucht nach ihm.

Der Geruch nach frisch geschnittenem Bambus durchzog die Luft, als McPhail wieder loszuhacken begann und einen schmalen Streifen im fast undurchdringlichen Unterholz freilegte. »Mann, hat man je so dichten Bambus gesehen? Uns bleiben nur ein paar Minuten, bevor die merken, dass Sie die Fliege gemacht haben.«

»Wie sollten sie das merken?«

McPhail ließ die Machete fallen und legte Calvino den Arm um die Schulter.

»Viel Glück, mein Freund«, sagte er. »Pratt wartet auf der anderen Seite.«

Er faltete die Hände zu einem Steigbügel. Calvino stellte den Fuß hinein und hievte sich hoch. Eine kurze, schier übermenschliche Anstrengung, dann war er oben. Mühsam atmend sah er zurück.

»Danke, McPhail.«

Auf der anderen Seite der Mauer begann ein Rudel Straßenköter zu bellen, als sie ihn oben auf der Mauerkrone bemerkten. Sie knurrten und schnappten in die Luft. Sie nahmen sein Eindringen persönlich. Calvino ließ sich zu Boden fallen, tat so, als würde er einen Stein hochheben, und holte aus. Die Drohgebärde reichte. Die Hunde nahmen kläffend Reißaus. Calvino sah sich um, versuchte sich zu orientieren. Es gelang ihm nicht. Er war auf der kleinen Soi ins Nirgendwo gelandet. Von Colonel Pratt war nichts zu sehen. Die Straße war ruhig und abgelegen, genau die Art Soi, in der die reichen Leute wohnten. Links endete sie in einer Sackgasse. Rechts, etwa hundert Meter weiter, mündete sie in eine größere Soi. Er lief darauf zu. Ein Motorrad fuhr an der Einmündung vorbei. Der Fahrer stieg in die Bremsen, hielt an und sah über die Schulter zu Calvino. Dann hob er das Motorrad auf den Ständer.

Colonel Pratt nahm den Helm ab und winkte. Calvino begann zu rennen. Als er Pratt erreicht hatte, krümmte er sich und hielt sich die Rippen. Schließlich richtete er sich langsam wieder auf. Er war noch nie so glücklich über Colonel Pratts Anblick gewesen.

»McPhail sagte, dass ich dich hier finde«, keuchte Calvino. »Ich habe gerade eine Dreihundert-Dollar-Zeche geprellt.«

»Die Dame kann sich's leisten«, meinte Pratt und hielt ihm einen zweiten Helm hin. »Setz den auf.«

Colonel Pratt trug Jeans, Sandalen und eine orangefarbene Weste über dem Hemd wie ein Motorradtaxifahrer. Calvino konnte sich nicht erinnern, je zuvor den Ausdruck von Furcht auf seinem Gesicht gesehen zu haben. Nur ein einziges Mal, und damals lag es an den Gangstern der New Yorker Triade, die ihm eine Todesangst einjagten.

»Du wirst mir sicher gleich etwas sagen, das ich nicht hören möchte.«

Colonel Pratts Miene wurde ausdruckslos und beinahe gelassen. »Lovell ist tot.«

Ein scharfer Schmerz schoss durch Calvinos Brustkasten, während sich ein dumpfes Grollen in seinen Lungen ausbreitete und durch die Kehle einen Weg ins Freie bahnte. Er schüttelte den Kopf und sah weg. Tonlos fragte er: »Wann?«

»Vincent, wir müssen weg. Wir sprechen später darüber.«

Calvino wandte sich halb ab. »Ich will nach Hause.«

»Du weißt, dass du nicht zurückkannst. Sie werden das Büro und dein Appartement beobachten. Du musst untertauchen.«

Ein einziges Wort. Erst da begriff Calvino die ganze Tragweite der Situation. Untertauchen bedeutete ohne jedes Wenn und Aber, dass die Dinge so weit gegangen waren, dass Colonel Pratt sie nicht mehr kontrollieren konnte. Untertauchen beschrieb ein taubes Gefühl der Sinnlosigkeit. Der alte George hatte ihm einmal von einer der wichtigsten Lektionen seines Lebens erzählt, die er während des Krieges gelernt hatte. Wenn man einen Notausgang braucht, ist es zu spät, sich einen zu bauen.

»Sie müssen klug sein, Calvino«, hatte der alte George gesagt.

»Ich bin überrascht, dass Sie sich so lange gehalten haben. Aber die Chancen stehen gut, dass Ihnen früher oder später einer so richtig auf die Pelle rückt, und was dann?«

»Was würden Sie denn tun?«, fragte Calvino.

Der alte George sah wachsam nach links und rechts, dann beugte er sich vor und flüsterte: »Ich habe da ein Versteck. Wenn Sie's mal brauchen sollten.«

Jetzt war es so weit.

Calvino nahm den Sturzhelm und streifte ihn sich langsam über den verschwollenen Kopf. Der Schmerz fuhr ihm bis in die Zehenspitzen. Er spähte durch den schmalen Sehschlitz des Helms. Das Atmen fiel ihm schwer. Er schwang sich hinten auf das Motorrad. Colonel Pratt manövrierte es herum; dann nahm er die Nebenstraße und bog am Ende links ab, durch einen schmalen Durchgang, der in einer anderen Soi mündete. Er raste durch ein Gewirr kleiner Straßen, bis er in der Nähe der Asoke herauskam.

Das Restaurant lag inzwischen weit hinter ihnen. Pratt verschmolz mit einem Strom von Dutzenden anderer Motorräder. Er konnte als einer von den zahllosen Motorradtaxifahrern durchgehen, die einen Farang-Passagier herumkutschierten. Das war ein ganz alltäglicher Anblick. Es dauerte nur ein paar Minuten, bis sie die Einmündung der Sukhumvit auf den Washington Square erreichten.

Der Parkplatz vor dem alten Kino mit dem Namen Mambo auf dem Vordach war ein einziges Chaos. Voller Menschen, die sich mit ausgefahrenen Ellbogen durchs Gedränge rempelten. Die Vorstellungen im Mambo, die um 20:30 Uhr begonnen hatten, waren zu Ende, und Hunderte von Touristen aus China, Hongkong und Taiwan strömten ins Freie. Im Moment waren es hauptsächlich Festlandchinesen. Sie trugen ausgebeulte, billige Kleider und Sandalen, und ihre ledrigen Gesichter sahen aus, als wären sie zu lange in der Sonne gewesen. Hunderte von Menschen reckten die Hälse und wimmelten herum, als hätte jemand mit einem Schwert in ein gewaltiges Wespennest gestochen. Sie blockierten den Verkehr und grinsten mit gefletschten Zähnen. Colonel Pratt fand keinen Weg hindurch und hielt das Motorrad an. Er nahm den Helm vom Kopf und stieg ab, wurde von der Menge mitgerissen. Calvino hatte Mühe, ihn im Blick zu behalten, während er erst einen, dann zwei und drei Schritte weit zurückfiel, unfähig, gegen die Menge anzukommen.

Mehrere Reiseleiter kamen die Treppen vom Mambo herunter und brüllten in ihre Megafone. Es dauerte einige Minuten, bis Ordnung in das Ganze kam. Die Touristen folgten ihren Führern zu riesigen Bussen, leicht desorientiert davon, sich plötzlich bei Nacht auf diesem freien Platz wiederzufinden, der von einer Reihe heruntergekommener Geschäftshäuser gesäumt wurde. Es hätte eine Massenszene aus einem Film über die Kulturrevolution sein können. Die Chinesen rauchten Zigaretten, während sie abwarteten, bis die Reihe zum Einsteigen an sie kam. Ein paar trugen breitkrempige Bambushüte. Andere hatten Mondgesichter und schienen sich die Haare mit einem Tapeziermesser vor dem Spiegel geschnitten zu haben. Calvino schnitt sich auch selbst die Haare. Er war hier wie ein Fisch im Wasser. Zwei ältere, säbelbeinige Frauen stiegen mit ausladenden, von einer Seite auf die andere schwingenden Bewegungen in ihren Bus. Er sah, wie sie ihn mit großen runden Augen aus dem Fenster anstarrten. Er musste an seinen Großvater denken, der die Vorfahren dieser Menschen vor hundert Jahren gemalt hatte. Sie hatten damals nicht gelächelt; und sie lächelten heute nicht. Die Thais lächelten immer.

Lächeln sollte eigentlich etwas Gutes bedeuten, dachte er. Aber selbst der Quadratschädel und Bierbauch hatten gelächelt, als sie die Scheiße aus ihm herausprügelten. Calvino glaubte, dass sie auch gelächelt hatten, als sie Lovell töteten. Er kannte dieses Grinsen, das aus dem Vergnügen herrührte, anderen Schmerzen zuzufügen.

Endlich bekam er Pratt in der Menge wieder zu Gesicht. Er bedeutete Calvino, ihm zu folgen. Sie schlängelten sich zwischen den Chinesen hindurch, die nach ihrer Katoey-Show gut gelaunt waren; sie lachten und scherzten und spuckten in der Gegend herum. Als die Busse losfuhren und sich eine Gasse durch die Menge zu bahnen begann, mussten Calvino und Pratt die Fahrbahn verlassen. Nach dem Eingang zum Lonesome Hawk ging Pratt noch zehn Schritte weiter, blieb dann stehen, sah sich vorsichtig in beide Richtungen um und öffnete eine Tür. Sie führte zu einer Art dreistöckigem Stundenhotel. Tagsüber wurden die Zimmer für schnelle Nummern vermietet. Als sie den zweiten Stock erreichten, erwartete sie der alte George schon auf dem Treppenabsatz, gestützt auf seinen Stock. Mit seinem aschgrauen Gesicht, den runden Schultern, den dicken Brillengläsern, die seine Augen verschwimmen ließen, sah er sogar auf die Entfernung so aus, als wäre er aus Körperteilen zusammengenäht, die ein Alligatorwilderer in den Sümpfen von Florida weggeworfen hatte.

»Ihr habt ja saulang gebraucht«, sagte er.

»Ich musste mit zwei angebrochenen Rippen über eine verfluchte Mauer klettern«, sagte Calvino.

»Man muss ständig über irgendwelche Mauern klettern. Das ist der Sinn des Lebens. Zu lernen, wie man drüberklettert und trotzdem pünktlich ist.« Während er sprach, nestelte der Alte einen Schlüssel von einer Kette und öffnete die Tür zu einem der Zimmer. Er schaltete das Licht ein, wartete, bis Colonel Pratt und Calvino eingetreten waren, dann zog er die Tür hinter ihnen zu.

»Nichts Besonderes, wie man sieht. Aber es ist ein Dach über dem Kopf«, meinte der alte George. Er zeigte auf die Toilette am anderen Ende und fügte hinzu: »Spülen Sie kein Toilettenpapier mit runter, sonst verstopft alles. Das bedeutet den Klempner. Und der bedeutet Probleme. Ich weiß, es ist nicht das Hotel Oriental. Aber niemand wird wissen, dass Sie hier sind.« Der alte George sah zwischen Calvino und Colonel Pratt hin und her. »Ich sorge dafür, dass man Ihnen etwas zu essen raufbringt. In der Zwischenzeit könnt ihr beide alles besprechen. Ich schlafe heute Nacht in einem Zimmer gegenüber. Es ist zu spät für mich, um noch heimzugehen.« Er stützte sich auf seinen Stock und blickte sich im Zimmer um.

So tauchte man in Bangkok unter.

Nachdem die Tür sich hinter dem alten George geschlossen hatte, setzte Calvino sich aufs Sofa. »Erzähl mir von Lovell.«

»Es sieht schlimm aus, Vincent.« Colonel Pratt hatte die Tatortfotos dabei und gab sie Vincent, der sie schnell durchblätterte. Er versuchte, die Bilder von Lovells Blut und Gehirnmasse zu ignorieren, die über die pinkfarbenen Tapeten und Möbel seines Appartements verspritzt waren. Die Skulpturen von der Stange, das Glas, das Chrom, alles voller Blut. Lovell war auf die Seite gesackt. Sein Kopf lag am Rand des Sofas, als würde er in die Kamera schauen. Wenn sie ihn geschlagen hatten, sah man es zumindest seinem Gesicht nicht an. Abgesehen von dem gezackten schwarzen Loch in seiner Stirn, hätte er schlafen können.

»Wann ist es passiert?«

»Vor ein paar Stunden hörte jemand Schüsse und rief die Polizei. Als die Beamten ankamen, fanden sie Lovells Leiche vor. Niemand hat etwas gesehen«, sagte Colonel Pratt. »Einer meiner Freunde war am Tatort. Er hat mich angerufen. Er hat die Fotos gemacht und zu mir nach Hause geschickt.« Er schwieg lange Zeit. Das düstere, stickige Versteck deprimierte ihn. »Weerawats Leute suchen nach dir, Vincent. Und die Polizei auch.«

»Sie denken, ich hätte Lovell umgebracht? Sind die verrückt? Ich war beim Abendessen.«

Calvino setzte sich probeweise aufs Bett, und die Matratze sackte durch. Er starrte sein Gesicht im Spiegel über der Kommode an. Der Spiegel hatte schon tausend Gesichter kommen und gehen sehen. Seines war nur eine weitere Monstermaske des Schmerzes und des Leids.

»Lovell wurde getötet, bevor du ins Restaurant kamst«, sagte Pratt. »Sie werden behaupten, dass du das Essen mit Millie Danielson als Alibi benutzt. Und dass du Lovell ermordet hast, weil er das Geld nicht zahlen wollte, das Danielson dir schuldete. Es kommt nicht darauf an, was die Polizei denkt. Sondern auf das, was man ihr zu denken befiehlt.«

»Man, man, man. Wer immer *man* ist, wen kümmert es schon, was die sagen?«

»Vincent, es kommt noch schlimmer«, sagte Pratt.

»Wie viel schlimmer?«

»Die Polizei hat deinen .38 Police Special neben Lovell gefunden. Die Kugel, die ihn getötet hat, stammt aus deiner Waffe.«

»Der Quadratschädel hatte meine verdammte Knarre genommen«, meinte Calvino. »Aber du hast sie mir auf dem Polizeirevier zurückgegeben.«

»Ich habe dir den .38 gegeben, den man mir auf der Wache aushändigte. Du hättest es nicht bemerkt, wenn es nicht deine war«, erwiderte Colonel Pratt. Es war lange her, dass Calvino ihn in Schweiß hatte ausbrechen sehen. Er wischte sich über die Stirn. »Hast du sie überprüft, Vincent?«

»Man hatte mich gerade zusammengeschlagen, Pratt. Ein Auge ganz zugeschwollen, das andere halb. Was hättest du erwartet, dass ich die Seriennummer überprüfe?« Calvino zog den .38 Special aus seinem Halfter. »Ich habe ihn hier.«

»Prüf die Seriennummer.«

Calvino runzelte verwirrt die Stirn.

»Die Seriennummer der Waffe am Tatort ist auf deinen Namen registriert«, sagte Pratt.

Calvino starrte die Waffe in seiner Hand an, als wäre sie ein außerirdisches Artefakt. »Sie haben die Revolver vertauscht?«

Colonel Pratt nickte. »Ja. Ich weiß das. Und Weerawat weiß es. Aber das zählt nicht. Er wird behaupten, dass seine Männer deine Waffe nie gesehen haben. Er hat Freunde in höchsten Regierungskreisen. Er ist unantastbar.«

Calvino überprüfte den Lauf, ließ den Zeigefinger darübergleiten. »Ein Unantastbarer, der anderen Waffen unterschiebt.«

»Jede Waffe fühlt sich anders an. Hast du den Unterschied nicht bemerkt?«, fragte Pratt, nahm Calvino den .38 Polizeirevolver aus der Hand, drehte ihn um und sah sich die Seriennummer an.

»Alles, was ich fühlte, waren ein paar gebrochene Rippen, eine kaputte Schulter und mein Gesicht, das wie eine Wassermelone anschwoll. Der Revolver? Dafür war kein Raum mehr. Und wem werden sie glauben?«, fragte Calvino mit einem Blick auf sein Spiegelbild über der Kommode. Das Gesicht, das ihm entgegenstarrte, war das eines wandelnden Toten. Er wusste, dass Glaube genauso wie das Licht von der Schwerkraft gekrümmt wird, und Weerawat war eine massive Gravitationsquelle.

Colonel Pratt nickte. »Verstehst du immer noch nicht, Vincent?«

»Was denn, Pratt?«

»Gestern wurde ich bis auf Weiteres vom Dienst suspendiert.«

»Du bist kein Cop mehr?«

»Ein Cop auf Eis.«

»Mir ist kalt«, murmelte Calvino.

Weerawat hat bewiesen, dass er mehr als gut ist. Er spielt in einer eigenen Liga, dachte Calvino. Weerawat hatte ihn nach Strich und Faden hereingelegt wie einer der Hütchenspieler mit ihren Pappkartons auf der Canal Street in New York.

Er war nicht clever genug, um sein Spiel zu durchschauen. Ihn scheinbar als Sicherheitschef zu engagieren, war ein brillanter Schachzug gewesen, um Calvino den Mord an dem Vorarbeiter in Pattaya anhängen zu können. Das allein hätte schon gereicht, selbst wenn er Calvino nicht noch seine Kanone abgenommen hätte, um ihn dann zusammenzuschlagen, die Waffe auszutauschen und den auf Calvino zugelassenen Revolver zum Mord an Lovell zu verwenden.

Weerawat hatte noch einen zusätzlichen Bonus: Der Mord an Jazz passte zu Calvinos »Vorgehensweise«. Weerawat hatte der Polizei jeden dieser Morde genau skizziert. Vincent Calvino war einfach ein sehr gefährlicher Killer. Und nach Weerawats Version genoss er den Schutz eines korrupten Polizisten – Colonel Pratt. Genau der, der sich eingemischt und Weerawat und Konsorten auf ihrem eigenen Grund und Boden festgenommen hatte, derselbe, der Calvino aus der Arrestzelle geholt hatte, obwohl dieser in zwei Morde verwickelt war. Jetzt konnte Weerawat behaupten: »Sehen Sie, Sie haben ihn laufen lassen, und jetzt hat er wieder gemordet.«

»Was ist mit Ratana?«, fragte Calvino.

»Sie ist in Sicherheit«, antwortete Pratt.

Calvino hatte sich schon Gedanken um sie gemacht und sich gefragt, wie er ihr das Vorgefallene beibringen sollte. »Ja, sie ist in Sicherheit«, murmelte er.

»Sie ist mit Manee aufs Land gefahren. Du brauchst nicht zu wissen, wohin. Aber sie sind dort sicher.« Natürlich kannte Colonel Pratt Plätze, wo niemand sie finden würde. Calvino sah noch ihr

Gesicht vor sich, als sie sich für ihren Irrtum bezüglich Weerawats Charakter entschuldigte.

»Weerawats Berufung auf einen hohen Regierungsposten wird morgen in der Zeitung bekannt gegeben«, sagte Pratt.

Calvino seufzte und schüttelte den Kopf. »Hast du das alles kommen sehen?«

»Das war noch nicht alles«, sagte der Colonel. »Etwas liegt in der Luft, Vincent. Die Dinge sind zu weit gegangen.«

»Es heißt, es wird in Thailand nie wieder zu einem Staatsstreich kommen. Die Zeiten sind vorbei.«

»Die Regierung wird nicht von einem Prospero geleitet, der Einsicht in seine eigenen Fehler zeigt«, sagte Pratt.

»Prospero änderte sich am Ende vom *Sturm*«, sagte Calvino mit schwachem Grinsen. »Glaubst du, Typen wie Weerawat würden sich jemals ändern? Im nächsten Leben am Spätnachmittag vielleicht.«

Pratt wollte etwas einwerfen, überlegte es sich aber anders, blickte einen Moment beiseite und holte tief Luft. »Ich kann dir nur sagen, dass Weerawats Foto und die Geschichte seiner Ernennung zum Sonderberater der Regierung morgen in allen Zeitungen stehen wird.«

Weerawat hatte beschlossen, sich auf die Seite der Regierung zu schlagen. Seine Ernennung würde ihn noch gefürchteter machen. Das Gerücht kursierte schon länger, aber niemand hatte sicher sein können, dass es Realität würde. Colonel Pratt und sein Vorgesetzter waren unter den Ersten gewesen, die das Ausmaß von Weerawats Ambitionen erkannten. Beide waren inzwischen vom Dienst suspendiert. Gegen Calvino war Haftbefehl wegen der Morde an Jazz und Daeng, dem Vorarbeiter aus Pattaya, ergangen, und jetzt kam noch John Lovell hinzu. Es gab Zeugen, die Calvino beobachtet hatten, wie er dem toten Mann in Pattaya Geld übergab. *Er* hatte die Tür zu Jazz' Zimmer aufgebrochen. Man hatte ihn bei einer Falltür ein Stockwerk höher ertappt, die in das Zimmer der toten Ying im Massagesalon führte. Und der Mord an Lovell war durch die Tatwaffe eindeutig Calvino zuzuordnen.

»Wenn ich erst einmal im Gulag verschwunden bin, dann war's das. Ich komme nie wieder heraus«, sagte Calvino.

»Bleib eine Weile außer Sichtweite. Weerawat hat Angst vor dir, darum hat er vorbeugend zugeschlagen.«

Pratt zog einen Beutel billiger Telefonkarten unter seiner Taxifahrerweste hervor und gab sie Calvino. »Jede Karte hat eine eigene Nummer. Verwende sie nur einmal, dann wirf sie weg und nimm die nächste. Ruf mich rechtzeitig an, bevor sie dir ausgehen, dann besorge ich neue. Verwende auf keinen Fall zweimal dieselbe Nummer. Wenn du anrufst, nenne ich dir eine neue Nummer für den nächsten Anruf. Auf die Weise können sie unsere Telefonate nicht verfolgen.«

Colonel Pratt ging hinaus und schloss die Tür hinter sich.

Calvino setzte sich aufs Bett und sah sich in dem kahlen Raum um.

Schließlich schaltete er den Fernseher an. Alle Kanäle waren auf Thailändisch. Er sah eine kurze Aufnahme von Weerawat, der mit gefalteten Händen auf einem Polsterstuhl saß und lächelnd in die Kamera blickte. Der Interviewer fragte ihn nach seinen Plänen für die grüne Zone, womit er die begehrtesten Teile der Sukhumvit Road meinte.

»Es wäre das Beste, dafür zu sorgen, dass in der grünen Zone erschwinglicher Wohnraum für Thailänder entsteht«, sprach Weerawat lächelnd in die Kamera. »Wenn Ausländer in der Zone leben und arbeiten wollen, sollten sie zuerst eine Arbeitserlaubnis nachweisen. Es gibt zu viele unerwünschte Ausländer in unserem Land. Wir müssen für schärfere Visabeschränkungen sorgen. Jeder denkt, die Farangs wären reich. Aber das stimmt nicht. Es gibt arme Farangs, die jedermann nur Kopfzerbrechen bereiten. Deshalb ist es mein Plan, die grüne Zone Thailändern und Geschäftsleuten vorzubehalten.«

Calvino dachte an Cameron und fragte sich, wie er wohl dieses Gesicht auf dem Bildschirm lesen würde. Lügner. Calvino schaltete das Gerät ab. Er hatte Lovells Abreise durch eine nette Ansprache darüber verhindert, dass man für das Recht eintreten müsse. Lovell hatte ihm geglaubt und war nicht zum Flugplatz gefahren. Und jetzt jagte die Polizei Calvino als Lovells Mörder.

Weerawat zog im Hintergrund alle Fäden. Zusammen mit seinem Onkel Suvit hatte er hart dafür gearbeitet, sich der Unterstützung und Hilfe der ranghöchsten Beamten zu versichern. Seit Galileo Chini ihre Urgroßväter gemalt hatte, die mit fliegenden Zöpfen vor dem riesigen Kopf des Drachen ausschwärmten, war viel Zeit vergangen.

Regierung und Medien überschlugen sich in dem Bestreben, Weerawat gefällig zu sein. Er sah aus wie ein sicherer Sieger.

Weerawat muss mich erst aufspüren. Er muss es zu Ende bringen, dachte Calvino. Er legte sich zurück, schloss die Augen und fischte in seinen Taschen nach den Schmerztabletten. Er schüttelte das Fläschchen und kippte sich den Inhalt in die Hand. Noch zwei übrig. Blinzelnd warf er sich beide in den Mund und schluckte. Nur um die Nacht zu überstehen, redete er sich ein.

Während er in den Schlaf glitt, sah er das Bild von Lovells Leiche auf dem Sofa vor sich. Er sah Weerawats Gesicht auf dem Bildschirm, wie er grimmig direkt in die Kamera starrte und über die Notwendigkeit schwadronierte, die grüne Zone von unerwünschten Ausländern zu säubern. Ohne Arbeitserlaubnis, raus aus der grünen Zone. Dann sah er Touristenbusse auf dem Washington Square. Aber diesmal beförderten sie keine chinesischen Touristen, sondern Farangs. Sie wurden scharf bewacht und lagen in Ketten. Er hörte sie miteinander flüstern; er hörte ihre verzweifelten Schreie. Sie wurden fortgebracht. Es war Teil des Programms, das Land von unerwünschten Ausländern und Dissidenten, Perversen, Widerspenstigen und Armen zu befreien. Er erkannte ein vertrautes Gesicht auf dem Fahrersitz. Es war der alte George, der an einem Singha-Bier sog und ein altes Lied aus dem Zweiten Weltkrieg sang. Er ließ den Motor an und fuhr davon in die Nacht.

# 38

Ein greller Lichtblitz durchzuckte den Raum, gefolgt von einem rollenden Donnerschlag. Schweißgebadet fuhr Calvino im Bett hoch. Er hatte immer noch die Schuhe an. Ein weiterer Blitz flackerte durch den Raum. Er hatte geträumt, und als er die Silhouette des alten George, gestützt auf seinen Stock, in der Tür lehnen sah, war er nicht sicher, ob er wachte oder schlief.

»Sie schreien noch das ganze Haus zusammen.«

»George? Wie spät ist es?«

»Drei Uhr morgens. Sie haben mich geweckt. Hier wohnen noch andere Leute. Sie müssen still sein.«

»Was soll ich denn machen?«, fragte Calvino. »Ich habe geträumt.«

Der alte George schloss die Tür hinter sich und lehnte sich an die Kommode. Calvino schwang die Beine aus dem Bett. Er hielt den USB-Stick mit den Sicherungskopien in der Hand, den Lovell ihm gegeben hatte.

»Was zum Henker ist los mit Ihnen?«

»Ich stand gerade vor einem thailändischen Gericht.«

»Und was haben Sie da gemacht?«

Calvino schüttelte den Kopf. »Es war ein Traum, George. Der Staatsanwalt verlas eine ellenlange Anklageschrift, dass ich einen thailändischen Arbeiter namens Daeng und ein Massagemädchen namens Jazz getötet hätte. Nachdem er damit fertig war, setzte er sich hin. Alle starrten mich an. Zwei Wärter führten mich in Fußketten in den Zeugenstand. Ich war barfuß, und die Ketten schnitten mir ins Fleisch. Ich sah mich um, aber es war niemand da, den ich kannte. Der Thai-Richter sah von seinem Tisch auf mich herunter und sagte, dass ich einen Eid ablegen muss, bevor ich aussage. Ich fragte: ›Was für einen Eid?‹ Aber der Richter langweilte sich. Er hielt sich einfach an die Vorschriften. Er sagte: ›Sie schwören auf den Koran, wenn Sie Moslem sind. Als Christ auf die Bibel, und als Buddhist auf Buddhas Schriften.‹ Der Staatsanwalt und der ganze Gerichtssaal warteten nur darauf.«

»Und was haben Sie geantwortet?«, fragte der alte George.

»Ich sagte: ›Ich bin Jude.‹ Der Richter war nicht erfreut. Ich konnte es ihm ansehen, dass er die Nase voll hatte und die Sitzung zu einem schnellen Ende bringen wollte. Am Tisch des Staatsanwalts saß ein Scharfrichter, und er wetzte ein riesiges Schwert. Der Richter sagte: ›Sie müssen einen Eid als Moslem, Christ oder Buddhist ablegen.‹ Und ich sagte: ›Auch wenn das keinerlei Bedeutung hätte?‹ Der Richter lief rot an vor Wut. ›Sie glauben nicht an Jesus?‹ Ich schüttelte den Kopf. ›Oder Mohammed?‹ Langsam schüttelte ich wieder den Kopf und sah, wie Funken von der Schwertklinge flogen. ›Oder den großen Buddha?‹ ›Tut mir leid‹, sagte ich. ›Nein. Ich glaube an keine dieser Religionen.‹ Der Richter warf sich in den Stuhl zurück, mit finsterer Miene, schockiert und frustriert. ›Dann schwören Sie auf Englisch‹, sagte er. Ich musste ein paarmal schlucken. ›Angeklagter Calvino, hören Sie nicht, was ich sage? Schwören Sie, was Sie wollen, auf Englisch. Schwören Sie einfach. Wir müssen endlich weiterkommen.‹ Ich sah den Staatsanwalt an, dann den Scharfrichter und schließlich wieder den Richter. Ich zuckte die Achseln, erhob mich, legte die Hände um den Mund und brüllte: ›Scheiß drauf!‹ Dann wachte ich auf, und Sie standen in der Tür«, meinte Calvino, während er mit Lovells USB-Stick spielte.

»An Ihrer Stelle würde ich lieber von einem Gefängnisausbruch träumen«, polterte der alte George. Seine Augen verengten sich. »Sind Sie an einem Containerfrachter interessiert, der von Klong Toey ausläuft? Er legt übermorgen nach Hongkong ab. Da wären Sie sicher.«

Calvino wischte sich mit einem dünnen weißen Handtuch den Schweiß von Gesicht und Hals und stand auf. Das Handtuch um den Hals gelegt, die Enden mit den Händen umfasst, tigerte er im Zimmer auf und ab. »Es wäre schlecht für Sie, wenn man mich hier findet.«

»Machen Sie sich darüber keine Sorgen. Kümmern Sie sich um

sich selbst. Ich sag dasselbe wie Sie im Traum: Scheiß drauf! Ich habe einen Krieg mitgemacht. Ich bin vierundachtzig. Was könnten die mir antun, das die Natur nicht schon besorgt hätte?«

Calvino schmiss das Handtuch auf den Boden. »George, diesen Kerlen ist es scheißegal, wie alt Sie sind. Die würden Ihnen wehtun.«

»Sollen sie doch kommen. Ein bisschen Abwechslung in meinem Leben könnte nicht schaden. Ich will Ihnen mal was sagen, junger Mann. Wenn Sie erst mal die achtzig überschreiten, dann fängt Ihr Sexualtrieb an zu stottern und setzt irgendwann ganz aus. Dann geht's abwärts. Ihnen wird klar, dass Sie den größten Teil Ihres Erwachsenenlebens damit verbracht haben, auf der Suche nach weiß Gott was herumzuficken. Und was haben Sie dabei gefunden? Sex und Ficken, sonst nichts. Wenn man jung ist, kann man damit leben. Es ist nicht leicht. Es ist so, als ob man mit einem Jack Russell Terrier auf Speed den ganzen Tag Gassi geht.«

Er hob seinen Stock und deutete auf eine Karte von Florida an der Wand. »In einer Woche bin ich auf dem Weg nach Florida. Aber Sie können so lange hier bleiben, wie Sie wollen.« Er blickte sich um, entdeckte sich selbst im Spiegel und seufzte wehmütig. »Es ist eine paar Jährchen her, seit ich in diesem Zimmer war. Ich werde Ihnen nicht sagen, wie viele. Also fragen Sie erst gar nicht.«

Seit seinem Sturz im vergangenen Winter bewegte sich George schwerfälliger. Nach dem Mittagessen verdrückte er sich aus der Bar. Er besaß einen zwanzig Jahre alten Toyota, der immer vor dem Lonesome Hawk parkte. Sein Fahrer, der gleichzeitig der Teilzeit-DJ war, hing so lange herum, bis es Zeit war, den alten George nach Hause zu fahren. Dann half er ihm ins Auto und wieder heraus. Heute Abend war er allein mit dem Taxi gekommen und hatte sich mühsam heraushieven müssen. Lang stand er auf seinen Stock gestützt da. Dann suchte er den Schlüssel für Calvinos Zimmer an seinem Bund heraus. Der Raum war Georges Privatzimmer gewesen. Das Zimmer, das er benutzte, wenn er den Jack Russell Terrier in sich spürte und ein Mädchen mit heraufschleppen musste. Lange Jahre war es in ständigem Gebrauch gewesen. Das Zimmer, in dem all seine Erinnerungen verschlossen lagen. Ein paar Mal war er hochgestapft und hatte sich aufs Bett gesetzt, um ihnen nachzuhängen. Aber mit dem Stock war es schwer, die schmale alte Holztreppe zu erklimmen.

»Sie müssen wissen, was auf dem Spiel steht, George. Es ist ernst. Die Polizei glaubt, ich hätte heute Abend einen Mann getötet.«

»Haben Sie?«

Calvino schüttelte den Kopf.

»Ich glaube Ihnen. Warum ist es immer ein Jude, wenn sie einen Sündenbock brauchen?«

Darauf wusste Calvino keine Antwort. Er goss sich ein Glas Wasser ein und trank es in einem Zug leer. Er hatte nie verstanden, was es hieß, gejagt zu werden. Er wusste, wenn die Jäger ein Beutetier erlegen wollten, dann hatten sie normalerweise auch Erfolg damit, sofern sie über die nötige Intelligenz und die Mittel verfügten. Er fühlte sich müde und ausgelaugt. Die Hoffnungslosigkeit lähmte ihn. Weerawat hatte die ganze Macht des Staates gegen ihn mobilisiert. Kein einzelner Mann konnte dem standhalten.

»Wissen Sie, was das Traurigste daran ist, George?«

»Die Welt ist ein trauriger Ort.«

»Ich bin sehenden Auges in die Falle getappt. Mit offenen Augen, und trotzdem habe ich es nicht kommen sehen. Man lebt jahrelang hier und glaubt, endlich hat man den Dreh raus. Als gäbe es nichts, was man nicht schon gesehen und begriffen hätte. Und dann wacht man eines Tages auf und erkennt, dass man absolut nichts weiß. Und was man zu wissen glaubte, ist nicht einmal eine einzige Seite in einem dicken Buch. Und dieses Buch werfen sie dir an den Kopf. Du siehst es kommen. Du versuchst noch, dich zu ducken, aber es gibt keinen Ausweg.« Er spürte, wie Weerawats Schlinge sich um ihn zuzog, ihm jeden weiteren Zug abschnitt.

»Ich hasse diesen Regen«, sagte der alte George. »Die Gelenke tun mir weh.«

Calvino rutschte an die Bettkante. »Kein Geschrei mehr, versprochen.«

Der alte George lächelte. »Wenn Sie mit einer Ying zusammen

wären, wär's ja verständlich. Aber im Traum zu schreien, das ist schlechtes Karma. Und es stört die anderen Gäste.«

Als der alte George über den Gang verschwunden war, zog Calvino sich bereits an und streifte sein Schulterhalfter über. Die Antwort hatte in seinem Traum gelegen. Die Thais hassten öffentliches Aufsehen. Es machte sie nervös, verrückt vor Zorn, gewalttätig, rachsüchtig. Aber je öffentlicher ein Ausbruch, desto schwieriger war es, zurückzuschlagen. Solange das Rampenlicht brannte, blieben die Hintermänner lieber im Schatten, leckten sich ihre Wunden und warteten darauf, dass die Lichter erloschen.

Er war ein Narr gewesen zu glauben, er könnte sich verstecken. Früher oder später würden Weerawats Männer ihn finden, in die Enge treiben und zu Ende bringen, was sie begonnen hatten. Er benutzte eine der SIM-Karten, um Pratt anzurufen. Er teilte ihm mit, dass er einen Weg gefunden habe, ein sehr grelles Scheinwerferlicht auf Weerawat zu lenken.

»Was brauchst du dazu?«

»Ich hätte gern das Überwachungsvideo von Lovells Appartementhaus.«

Colonel Pratt sagte: »Mal sehen, was ich tun kann.«

»Gibt's eine Chance, mir die Kassette aus dem Danielson-Fall zu besorgen?« Ein langes Schweigen folgte. »Dann eben nur das Überwachungsvideo von Lovell. Das muss reichen.«

# 39

Colonel Pratt stellte den Wagen am Straßenrand ab und ging dreißig Meter weiter zu Lovells Appartementhaus. Es war acht Uhr morgens, und der Verkehr staute sich beinahe einen Kilometer weit vor einer Privatschule. Mütter hinter den Steuern von Luxuskarossen hielten vor dem Eingangstor und luden ihre Kinder aus, bevor sie weiterfuhren. Colonel Pratt fühlte sich an die Warteschleife über dem Flughafen von Don Muang erinnert, in die sich ein Flugzeug nach dem anderen einreihte, bis es Landeerlaubnis erhielt. Er war froh, dass seine Kinder die Schule bereits hinter sich hatten. Sie hatten sich gut gemacht, dachte er. Es fühlte sich seltsam an zu wissen, dass seine Karriere als Polizeibeamter de facto beendet war. Der Vorgesetzte, der ihn suspendierte, hatte nur kurz von einer Akte aufgeblickt und gesagt, dass es nicht nur unprofessionell gewesen sei, Vincent Calvino zu helfen, sondern sogar als Strafvereitelung im Amt ausgelegt werden könnte. Wenn er so weitermache, würde das disziplinarische Folgen haben. Drohungen innerhalb von Drohungen versteckt, wie eine russische Matrioschka-Puppe. Je weiter man nach innen vordrang, in den kleiner werdenden Raum, desto größer wirkten die versteckten Drohungen. Als er den Appartementkomplex erreichte, musste er an seinen ehemaligen Chef denken. Er war in ein Kloster eingetreten. Das galt immer als akzeptables Ende.

Ein uniformierter Wachposten stand vor dem Pförtnerhaus. Er salutierte dem Fahrer eines Mercedes und drückte den Knopf, der den Schlagbaum hob. Der Benz fuhr durch. Auf dem Rücksitz saß ein kleiner Junge auf dem Weg zur Schule. Colonel Pratt sah sich um und hielt Ausschau nach Polizeibeamten, die vielleicht von einer erneuten Untersuchung des Lovell-Tatorts zurückkamen. Doch es war keiner zu sehen. Das Fehlen jeglicher Polizeipräsenz am Schauplatz des Mordes überraschte ihn. Aber es war noch sehr früh, vielleicht würden sie später am Morgen oder am Nachmittag noch einmal ein Team vorbeischicken.

Lovell war in der Nacht zuvor ermordet worden, und das hieß, dass die Ermittlungen erst ein paar Stunden alt waren. Hätte er die Ermittlungen geleitet, wären seine Leute überall gewesen, hätten die Wächter, Nachbarn, Handwerker und wen sie sonst in der Anlage antrafen, befragt. Aber statt von Beamten zu wimmeln, war der Parkplatz verwaist, bis auf einen roten BMW und einen grauen Camry. Pratt zeigte dem Wächter seinen Dienstausweis und fragte nach den Überwachungskameras. Der Posten verglich Colonel Pratt mit dem Bild auf dem Ausweis und gab ihn dann zurück. Er deutete auf eine Kamera, die am Dach des Pförtnerhäuschens montiert war. Außerdem gebe es Kameras im Aufzug und auf jedem Stockwerk.

»Ich möchte die Überwachungsvideos von letzter Nacht ab 18:30 Uhr sehen.«

Der Wächter scharrte ein wenig mit den Füßen und wandte lächelnd den Blick ab. »Geht nicht.«

Pratt zog einen Tausend-Baht-Schein aus der Brieftasche. »Ich will sie sehen. Ich bin Polizeibeamter.«

Der Posten starrte das Geld ein paar Sekunden lang an, bevor er es nahm, in der Mitte faltete und in eine Tasche seiner Uniform schob. Er bat Colonel Pratt in das kleine Büro. Die Überwachungsbänder lagen in einer Schachtel auf dem Tisch. Der Wächter ging sie durch und nahm schließlich eines heraus, das er dem Colonel reichte. »Von letzter Nacht, 18:00 bis etwa 20:00 Uhr.«

»Ich bringe es in ein paar Stunden zurück«, sagte Colonel Pratt, wandte sich ab und marschierte davon. Der Wächter erhob keine Einwände, sah ihm lediglich hinterher. Auf dem Parkplatz blieb Pratt stehen und musterte die beiden Autos. Der BMW hatte Nummernschilder aus Chiang Mai. Wem immer er gehörte, er war weit weg von zu Hause, oder er hatte seine Gründe dafür, den Wagen außerhalb von Bangkok zuzulassen. Während Pratt zu seinem Wagen ging, dachte er, dass Lovells Mörder auf dem Videoband sein musste. Eine Welle von Abscheu angesichts der schlampigen Ermittlungsarbeit stieg in ihm auf. Die Überwachungsvideos nicht zu beschlagnahmen, war grob fahrlässig gewesen. Aber es hatte auch sein Gutes. Wären die Polizisten am Tatort kompetent gewesen, hätten sie sich an die Vorschriften gehalten und alle Beweismittel konfisziert, wäre Pratt zu spät gekommen.

Der Colonel fuhr nach Hause und setzte sich an den Computer in seinem Arbeitszimmer. Er hatte einen Videorekorder an den Rechner angeschlossen, in den er das Band einlegte. Rechts unten im Bild erschien eine digitale Anzeige: 18:06:37. Die Bilder bewegten sich schnell und ruckhaft, waren in größeren Abständen aufgenommen. So konnte man viele Stunden auf einem Band unterbringen, das sonst alle neunzig Minuten hätte ausgetauscht werden müssen.

Die Aufnahmen der Außenseite von Lovells Wohnhaus liefen im Zeitraffer über den Bildschirm. Die Kamera beschrieb einen 180°-Winkel von der Straße über die Einfahrt und den Parkplatz bis zur Lobby, bevor sie wieder zurückschwenkte. Es war nicht viel zu sehen. Eine Thailänderin Mitte dreißig, gekleidet wie eine höhere Angestellte, eine Aktentasche in der Hand, öffnete mit einer Magnetkarte die Eingangstür. Ein Wagen fuhr auf den Besucherparkplatz. Es war der BMW aus Chiang Mai, und ein junger Thai in Freizeitkleidung stieg aus, das Handy ans Ohr gedrückt. Ein Wachposten kam ins Bild, salutierte und war wieder verschwunden. Der BMW-Fahrer sperrte den Wagen ab und ging zum Hauseingang. Jemand betätigte den Türöffner für ihn. Um 18:48:42 kam das Motorrad eines Pizzalieferservice ins Bild. Man sah den Wachposten mit dem Fahrer sprechen. Er trug Helm und Uniform des Pizzadienstes und hatte einen großen roten Thermobehälter bei sich. Der Wächter begleitete den Pizzaboten zur Tür und öffnete ihm mit seiner Magnetkarte.

Um 18:52:19 erfasste die Kamera Vincent Calvino, wie er das Gelände betrat. Der Wachposten salutierte ihm, und sie wechselten ein paar Worte. Colonel Pratt schaltete auf Standbild und betrachtete die Aufnahme genauer. Es gab keinen Zweifel, dass sie Vincent zeigte. Er drückte wieder auf Play, und um 19:06:44 erschien der Pizzabote wieder, stieg auf sein Motorrad und fuhr davon. Ein paar Minuten später tauchte auch Vincent Calvino wieder auf. Die Digitaluhr zeigte 19:11:28. Calvino war weniger als zwanzig Minuten im

Gebäude gewesen. Zeit genug, um Lovell zu erschießen und noch rechtzeitig zum Abendessen mit Millie Danielson zu kommen.

Während der nächsten zwei Stunden spielte Colonel Pratt das Band wieder und wieder ab.

Die Frau mit der Aktentasche ging durchs Bild. Sie verschwand in der Lobby.

Der BMW kam an, der Besitzer sprach in sein Handy.

Der Pizzabote stieg mit der roten Thermobox von seinem Motorrad.

Der Wachposten streckte sich gähnend vor dem Eingang.

Er benutzte seine Trillerpfeife und winkte einen Wagen vom Gelände auf die Straße.

Vincent Calvino tauchte auf.

Colonel Pratt untersuchte Calvinos Auftritt und Abgang Bild für Bild. Calvinos .38 Police Special war am Tatort gefunden worden. Mit der auf ihn registrierten Waffe war Lovell getötet worden. Und hier war Calvino und ging zu dem Zeitpunkt an der Überwachungskamera vorbei, als der Mord geschah.

Die Autos standen auf dem Besucherparkplatz.

Er hielt das Band an, um sie sich genauer anzusehen. Es war 18:52:19, Calvino hatte gerade das Gelände betreten, und die Kamera schwenkte zurück über die Autos auf dem Parkplatz. Der rote BMW aus Chiang Mai stand nicht mehr in der dritten Parkbucht von vorne. Es war überhaupt kein roter BMW zu sehen. Pratt spulte im schnellen Vorlauf auf 19:13:12, ein paar Minuten, nachdem Calvino gegangen war. Die Kameralinse schwenkte wieder über die Autos. Der rote BMW und der graue Camry standen wieder da. Sie tauchten auf und verschwanden wie Kaninchen im Hut eines Zauberers.

Er rief Calvino auf einer der sicheren Nummern an.

»Eine Stunde«, sagte er.

»Hast du etwas für mich?«

Pratt betrachtete sein ausgelaugtes und graues Spiegelbild. Er wusste, er hatte nicht viel Zeit. Man würde ihm folgen.

»Das zeige ich dir in einer Stunde.«

»Ich habe das Zimmer verlassen. Aber nicht die Gegend.«

»Sag mir nicht, wo du bist«, meinte Colonel Pratt.

Höchstwahrscheinlich behielt die Polizei den Washington Square im Auge. Sobald Calvino sich blicken ließ, würde man es über Polizeifunk durchgeben.

»Wir treffen uns auf dem Dach«, sagte Pratt. »Vom vierten Stock führt eine Leiter hinauf. Schau nach dem kleinen Unterstand. Drinnen ist eine Holzbank.«

»Woher weißt du das?«

»Ich weiß es eben.«

»Pratt, bring deinen Laptop mit. Ich muss ihn mir ausborgen.«

Calvino fand den Unterstand auf dem Dach und benutzte eine andere Telefonkarte, um McPhail anzurufen.

»Ich brauche mehr Telefonkarten«, sagte er. »Kein Problem«, erwiderte McPhail.

»Loggen Sie sich immer noch über die Wi-Fi-Verbindung nebenan ein?«

McPhail lachte. »Kostenloses Internet. Schöne Sache. Aber sind Sie nicht bei George untergekommen?«

»Nicht mehr.«

Der Unterstand lag über einer Reihe von Läden auf der Parkseite des Platzes. Es war ein Plan-B-Unterschlupf, den Pratt ausgeknobelt hatte, ein Unterschlupf für alle Fälle, uneinsehbar von der Straße und mit mehr als einem Fluchtweg. Von seinem Aussichtspunkt aus sah Calvino das Verkehrsgewühl auf der Sukhumvit Road. Er hatte Polizeieinheiten eintreffen sehen. Mehr als normal, und sie sahen sich um, befragten Farangs und Thais.

Colonel Pratt hörte Sirenen vor seinem Haus. Sein offizielles Mobiltelefon klingelte. Sein neuer Chef war dran und befahl ihm, herauszukommen und sich zu ergeben. Pratt packte seinen Laptop und das Videoband in eine Tragetasche. Der hohe Beamte am anderen Ende sagte, sie hätten Hinweise darauf, dass er ein Überwachungsband von einem Mordschauplatz entwendet hätte, und das stelle eine Behinderung der Ermittlungen dar.

»Der Wachposten wurde erschossen.«

Colonel Pratt hörte ein Singen in den Ohren, als hätte ihm jemand einen schweren Schlag versetzt. »Was?«

»Der Wachmann, dem Sie das Video abgenommen haben, wurde erschossen.«

Der Posten war ein loses Ende gewesen. Und sie hatten es geschafft, es in die Geschichte einzuweben, die Weerawat schrieb. Lovell war von Calvino ermordet worden, und Pratt, sein Kumpel bei der Polizei, hatte versucht, ihn zu decken, dabei den Wachmann erschossen und das belastende Beweismaterial verschwinden lassen. Der Kreis schloss sich.

»Kommen Sie heraus.«

Ein direkter, unmissverständlicher Befehl von seinem unmittelbaren Vorgesetzten.

Colonel Pratt war in seine Motorradtaxikluft mit der orangefarbenen Weste geschlüpft. Er spähte zur Hintertür hinaus. Falls er umzingelt war, konnte er nichts davon entdecken. Hastig sperrte er das Vorhängeschloss am Tor auf und schlüpfte hinaus. Ein paar Schritte weiter betrat er einen Metallschuppen, öffnete auch hier ein Vorhängeschloss und schob das Rolltor hoch. Drinnen stand eine 200-ccm-Honda. Auf dem Weg nach draußen verschloss er den Schuppen wieder, dann schob er das Motorrad fünfzig Meter weit, bevor er den Motor anwarf und zur Hauptstraße fuhr. Eine Karawane von städtischen Bussen donnerte vorbei, gefolgt von einem riesigen Betonmischer. Pratt setzte den Helm auf, fädelte sich in den Verkehr ein und überholte den Betonmischer. Er fragte sich, wer die Gelegenheit, das Motiv und die Fachkenntnis gehabt hatte, das Überwachungsvideo zu fälschen. Wer immer sich daran zu schaffen gemacht hatte, er hatte es versäumt, die Fahrzeuge auf dem Besucherparkplatz zu beachten. In anderen Worten, sie hatten gepfuscht – muk ngai – und damit überhebliche Siegesgewissheit demonstriert. Pratts Chef hatte ihm den direkten Befehl erteilt, sein Haus durch die Vordertür zu verlassen und sich zu ergeben. Und jetzt, die Tragetasche mit dem Laptop über die Schulter gehängt, war er auf der Flucht.

# 40

Der Eingang zum Mambo lag verlassen da, bis auf ein paar Motorradtaxifahrer, die auf den Stufen herumlungerten, schliefen, sich unterhielten oder mit Chang-Kronkorken Dame spielten. Sie waren außerdem Augen und Ohren der Behörden, die wissen wollten, wann ein gewisser Farang den Platz verließ oder betrat. Ein inoffizielles Frühwarnsystem, sie hielten Wache und erstatteten Bericht.

Als Colonel Pratt am Mambo vorbeifuhr, hoben die Fahrer neugierig den Kopf, wer dieser Neue war. Er parkte in der Passage zwischen dem Mambo und dem Bourbon-Street-Restaurant, wo er nach einigem Suchen eine freie, nicht vermüllte Ecke fand. Ratten huschten durch die Rinnsteine, wo Dampf aus kaputten Leitungen aufstieg. Die Passage stank nach Urin und fauligem Gemüse.

Colonel Pratt blickte über die Schulter. Niemand war ihm gefolgt. Er überquerte den rückwärtigen Teil des Platzes und ging weiter, bis er das Ende der Häuserzeile erreichte. Ohne innezuhalten, bog er hinter dem letzten Haus in einen schmalen Durchgang ein und sah nach oben, wo die Feuerleiter hing, die er letzte Nacht entdeckt hatte. Er zog sie herunter und kletterte hinauf. Er dachte an sein eigenes Zuhause und ob er es wohl je wiedersehen würde.

Ein paar Minuten später erreichte er das Dach und lief gebückt an dem der Straße abgewandten Rand entlang, wo man ihn nicht sehen konnte. Calvino wartete auf der kleinen Holzbank in dem Unterstand, von der aus man den Park und die Stadt überblicken konnte. Es wirkte beinahe friedlich. Das Grün der grünen Zone war ein Luxus, Verschwendung, ein verrückter Zufall, weil ein paar Bauunternehmer sich so in die Haare geraten waren, dass die Gründung des Parks das einzige Mittel gewesen war, um Blutvergießen zu verhindern.

»Das wird wohl zur Gewohnheit, die Taxiweste«, grüßte Calvino.

»Warst du gestern in Lovells Appartementhaus?« Der ernste und eindringliche Ton des Colonels zeigte, dass jetzt nicht der Zeitpunkt für lockeres Geplauder war.

»Ich war nicht einmal in der Nähe.«

»Ich habe ein Überwachungsvideo, das dich zeigt, wie du zum Zeitpunkt des Mordes hineingehst und wieder herauskommst. Und der Wachmann …« Colonel Pratt holte tief Luft.

»Was ist mit ihm?«

»Man hat ihn erschossen.«

»Wann?«

»Kurz nachdem ich bei ihm war.«

Pratt klappte seinen Laptop auf und schaltete ihn ein. Nachdem er hochgefahren war, spielte er das Videoband von Lovells Appartementhaus ab.

Calvino sah es sich schweigend an. Dann bat er Pratt, es zu wiederholen. »Da, stopp.«

Das Bild blieb auf dem Pizzaboten stehen.

»Kannst du da näher heranfahren?«

Colonel Pratt zoomte auf den Pizzaboten ein. Das Bild wirkte grobkörnig in der Vergrößerung. Die Kopfform von Quadratschädel wäre unverkennbar gewesen. Aber er trug einen Helm. Er konnte es sein, vielleicht aber auch nicht.

»Sieh ihn dir genau an. Erinnerst du dich?« Plötzlich war Calvino sicher, dass es Quadratschädel war.

Colonel Pratt sah genauer hin, fuhr ein paar Einzelbilder weiter.

Die Sicherheitskamera bei Lovells Appartementhaus hatte tatsächlich Weerawats Kumpan eingefangen, den, der Calvino die Rippen gebrochen hatte. Seine Augen starrten aus dem Helm. Calvino hatte sie aus nächster Nähe erlebt. Er würde nie das wilde Vergnügen darin vergessen, als der Mistkerl auf ihn eingetreten hatte.

Er trug eine blaue Khmer-Tätowierung am Hals. In alter Khmer-Schrift, gedacht als Amulett gegen Kugeln und Messerklingen. Stattdessen identifizierte es ihn.

»Die Tätowierung«, sagte Calvino. »An die erinnere ich mich genau.« Der Quadratschädel, als Pizzabote verkleidet, mit seiner großen Warmhaltebox. Er ging an der Kamera vorbei und nickte dem Wächter zu. Ein paar Minuten später kam er wieder zurück.

»Lovell wurde mit deiner Waffe ermordet. Du bist zum richtigen Zeitpunkt auf dem Überwachungsvideo zu sehen. Ein Gericht würde sich nicht um eine Tätowierung scheren oder darum, dass die Autos auf dem Parkplatz nicht zusammenpassen.«

»Wäre es möglich, dass das die einzige Kopie ist?«, fragte Calvino.

»Ich weiß nicht. Weerawat wird tun, was immer nötig ist.«

»Wie bist du an das Band gekommen?« Calvino starrte den Thai auf dem Video an, der ihm die Rippen eingetreten hatte, während er schon am Boden lag.

»Vom Wachmann der Anlage.«

»Welcher tot ist«, sagte Calvino und wandte den Blick vom Bildschirm ab. »Sie haben damit gerechnet, dass du das Band holen wirst.«

Colonel Pratt warf Calvino einen kurzen Seitenblick zu. Unten am See im Park drehten ein paar Jogger ihre Runden. Sie wirkten so unbeschwert, so ahnungslos, was ihnen jede Minute zustoßen konnte.

»Weerawat ist clever«, sagte Calvino. »Er hat beinahe perfekte Arbeit geleistet.«

»Es kam alles aufs Timing an, Vincent. Sonst hätte die Falle nicht funktioniert.«

»Millie Danielson«, murmelte Calvino. Sie hatte sich zum richtigen Zeitpunkt mit ihm verabredet, teuren Wein geschlürft und Weerawat einen Gefallen getan.

Colonel Pratt starrte ins Leere. »Ich habe schon über ihre Verbindung zu Weerawat nachgedacht.«

»Sie ist aalglatt, Pratt. Sie hat Weerawat einzuwickeln versucht, aber er spielt in einer anderen Liga.«

Calvino dachte an den Containerfrachter, der im Hafen von Klong Toey angedockt lag, und an das Angebot des alten George, ihn auf das Schiff zu bringen. In einer Hinsicht hatte Colonel Pratt absolut recht: Es war entscheidend, das Timing richtig hinzubekommen.

Wie hatte Weerawat es geschafft, Lovell genau in dem Zeitfenster umbringen zu lassen, in dem Calvino kein Alibi besaß? Die meisten Antworten fallen einem in Bildern ein. Calvino sah Millie Danielson vor sich, wie sie ihren Wein trank und ihm Rede und Antwort stand. Die Witwe, die sich geweigert hatte, mit Colonel Pratt zu sprechen, ließ sich ausgerechnet von *ihm* zu einem Abendessen überreden. Diese Verabredung zwang Calvino dazu, in der Nähe zu bleiben, höchstwahrscheinlich in seinem Büro, wo er allein arbeiten würde. Bierbauch hatte bestimmt das Haus überwacht.

Und zum richtigen Zeitpunkt hatte Weerawat dem Quadratschädel das Okay gegeben. Sie waren bestens organisiert. Sie wussten genau, wo Calvino war. Der Rest des Gebäudes stand inzwischen leer, keine Zeugen. Calvino hatte tatsächlich bis zum Abendessen allein in seinem Büro gesessen, wo er Dateien durchforstete und sich ein Bild des Ganzen zu machen versuchte, damit er Millie beim Essen die richtigen Fragen stellen konnte.

Millie hatte Zeit und Ort mit Weerawats Hilfe geplant.

»Ich habe ihre Freundin Ruth angerufen«, sagte Calvino. »Das ist die, die Millie angeblich dazu überredet hat, mit mir zu reden. Ich fand heraus, dass die Geschichte gelogen war. Ruth hatte seit einer Woche nicht mehr mit Millie gesprochen.«

Schweigend saßen sie da und sahen den Joggern zu, die wie Strichmännchen durch den Park kurvten. »Wie kommen wir aus der Sache wieder raus?«, fragte Calvino. »Der alte George kann mich auf einen Containerfrachter nach Hongkong bringen.«

Colonel Pratt schüttelte den Kopf. »Das ist keine schlechte Idee, Vincent.«

»Fand ich auch.«

Pratt legte Calvino die Hand auf die Schulter, zog sie aber schnell wieder weg. »Wir sind auf dem Rückzug. Es sind schlimme Zeiten. Alle spielen auf Nummer sicher.«

»Das klingt nicht nach Shakespeare.«

»Shakespeare sagte: ›So macht Bewusstsein Feige aus uns allen.‹ Und er schrieb: ›Was Menschen Übles tun, das überlebt sie, das Gute wird mit ihnen oft begraben‹«, sagte Pratt.

»Es ist feige, sich im Bauch eines Schiffs davonzustehlen«, sagte Calvino. »Ich habe Lovell beschuldigt, ein Feigling zu sein, weil er wegwollte. Er hat leider auf mich gehört.«

»Lovell hatte seine Wahl getroffen, und das wirst du auch tun.«

Colonel Pratt konnte nirgendwohin fliehen. Seine Frau und seine Kinder waren in dieser Stadt verwurzelt, und er hatte den direkten Befehl eines vorgesetzten Offiziers missachtet. Die Maschinerie hatte sich in Bewegung gesetzt – wie die Ketten eines Panzers, der unbeirrbar auf ihn zurollte. Nicht wie in dem ikonischen Foto des Mannes auf dem Platz des himmlischen Friedens, der sich allein einer ganzen Panzerkolonne entgegenstellte. So lief das nicht in Thailand. Der Fahrer des vordersten Panzers würde einfach Gas geben und den Mann niederwalzen, der es gewagt hatte, der Autorität zu trotzen. Das war die eine Tat, die unverzeihlich war. Pratt stand auf.

»Wo gehst du hin?«

»Ich will das beenden. Es gibt gute Leute in den Institutionen, an die ich mich wenden kann. Sie werden helfen.«

»Pratt«, sagte Calvino.

Der Colonel sah sich zu ihm um.

»Danke.«

»Pass auf dich auf, Vincent.«

Pratt verschwand über die Leiter nach unten. Calvino fühlte den kalten Hauch der Angst, während er allein zurückblieb und in den Himmel starrte. Galileo Galilei hatte eine Welt beschrieben, in der die Erde sich um die Sonne drehte, und sich damit den Zorn der Inquisition zugezogen. Galileo Chini hatte eine höllische Vision der Menschheit gemalt, eine Welt, die sich um die Sinnlichkeit drehte. Calvinos Welt drehte sich immer langsamer und würde bald stehen bleiben. Keine tanzenden Drachen, keine klingelnden Glöckchen, keine Gongs oder Trommeln. Er hatte sich verloren, genau wie Chini sich in seinen nächtelangen Aktmalereien verloren hatte. Nachdem er tagsüber an den Fresken im Palast gearbeitet hatte, entfloh er in der Nacht, um seine Ölfarben zu mischen und das nackte Modell anzusehen, das ausgestreckt auf dem Bett in seinem kleinen, heißen Zimmer lag. Ihr Körper war glitschig von Schweiß, während um ihn die Moskitos summten und in der Ferne Hunde entlang der Kanäle bellten. Nacht für Nacht malte er, bis ihm alles vor den Augen verschwamm, Leinwand für Leinwand, sich den Schweiß von der Stirn wischend, die Pinsel säubernd, bis Tagesanbruch arbeitend, bevor er ein paar Stunden schlief, um dann mit den Fresken weiterzumachen.

Chini war achtunddreißig gewesen, als er die Einladung des Königs von Siam in sein Reich annahm. Damals kannte er niemanden dort. »Nach zwei Jahren spürte ich, wie mächtige Kräfte mich sanft an Bangkok zu fesseln begannen«, hatte er zu seinem Sohn Vito gesagt. »Ich wusste, wenn ich nicht bald entkam, würde ich nie mehr weggehen. Ich begriff, dass ein junger Mann, den es nach Siam zieht, sein Leben lang nicht mehr davon loskommen wird. Siam nimmt ihn gefangen mit seinem opulenten, sinnlichen Luxus, den samtigen Nächten, dem Duft der Orchideen, dem Mondlicht auf den Kanälen, den Verlockungen der Opiumpfeifen und der siamesischen Frauen, die sich lautlos bewegen, immer aufmerksam, immer fürsorglich, zu jeder Zeit gefällig. Mein Rat ist: Geh nach Siam, bevor du dich etabliert hast oder wenn du dich nie etablieren willst oder nachdem du den Pinsel weggelegt hast. Aber wenn du festsitzt, nicht mehr weiterkommst, dann flieh wie Corrado Feroci.«

Die Last des Ruhms hatte Galileo Chini nach Florenz zurückgetrieben, wo er Vitos Mutter kennenlernte, ein Kind mit ihr zeugte und sein Aktmodell an Corrado Feroci verlor, der sie wiederum sitzen ließ. Mit Galileo Chinis Keramiken als Ballast hatte sie sich in den Arno geworfen, ihr Körper unauffindbar, weggespült. Corrado Feroci war ebenfalls nach Siam gegangen, auf der Suche nach Ruhm und Glück, und er kehrte nie nach Florenz zurück. Vincent Calvino sah sich eher als Corrado, der dem Bann Siams erlegen war. Galileo hatte kurz vor dem Punkt kehrtgemacht, an dem es kein Zurück mehr gab. Doch Corrado war einfach weitergegangen, überschritt eine bestimmte Linie und blickte nie zurück. Vincent Calvino hatte das Gefühl, dass diese Linie schon lang hinter ihm lag. Es gab kein Zurück. Die Kälte in seinen Adern sagte ihm, dass er nur auf Weerawats nächsten Zug warten und hoffen konnte, er würde ihn nicht so bald aufspüren.

Als Klempner nach New York zu gehen, das war die perfekte Rache des Sohnes eines berühmten Florentiner Künstlers an seinem Vater gewesen.

Und der Sohn eines berühmten New Yorkers hatte seine perfekte Rache genommen, indem er Privatschnüffler in Bangkok wurde.

# 41

Das Tagesgericht wurde auf alten, leicht angeschlagenen Tellern serviert. Lockere Pasteten, gefüllt mit Mais, Karotten, grünen Bohnen und Shrimps, aufgeblähte runde Formen, stumpfe Stupas, wellig und windschief.

McPhail starrte einen vorbeischwebenden Teller an. »Ufos«, sagte er. Undefinierbare Frittierte Objekte. Die Serviererin setzte den Teller an der Bar vor einem Gast ab, während zwei uniformierte Polizisten zur Tür hereinkamen. Der alte George saß an seinem üblichen Platz unter dem ausgestopften Wasserbüffelschädel, von wo aus er alles überblicken konnte, die Hände über seinem Stock gefaltet. Einer der Cops hatte entschiedenes Übergewicht, seine Uniform spannte über dem Bauch. Zu dem fetten Mann gehörte ein zweiter Cop, der eines dieser Schnellziehhalfter trug wie ein Revolverheld aus dem Wilden Westen. Schnellzieher hatte dichtes schwarzes Haar und raue, harte Hände. Sie sahen aus, als hätte er damit schon jede Menge Knochen gebrochen.

»Haben Sie Vincent Calvino gesehen?«, fragte der Fette.

»Nie von ihm gehört.«

Der Cop fand das nicht komisch. »Warum sagt dann jedermann, dass Sie sein Freund sind?«

»Da müssen Sie jedermann fragen.«

Er war ein alter Mann, und die Cops überlegten, was sie in einer Bar voller Farangs als Zeugen alles tun konnten und was sie besser sein ließen. Die Gespräche der Gäste verstummten, sie starrten dumpf in ihre Teller. Der Schnellzieher trat neben einen Gast und tippte ihm mit einer seiner Pranken auf die Schulter. »Sie da, kennen Sie Khun Vincent?«

Es war der Farang, in dessen Gesicht Calvino ein Taco zermanscht hatte. Er blickte von seinen Ufos auf und schüttelte den Kopf. »Nie von ihm gehört.«

Der Schnellzieher starrte ihn drohend an, und sein linkes Augenlid zuckte. Er stand jetzt ganz dicht bei ihm, zwischen zwei Barhocker gequetscht. »Ich mag Farangs nicht, die in mein Land kommen und nichts als Schwierigkeiten machen. Und wer einen solchen Farang deckt, taugt genauso wenig wie er.«

Der Farang ließ den Blick wieder auf den Teller sinken. »Ich sage Ihnen doch, ich kenne den Kerl nicht.«

Der Schnellzieher trat widerwillig zurück. Die beiden Cops machten eine Runde durch die Bar und blieben dann wieder vor dem alten George stehen. Trotz der Klimaanlage schwitzte der fette Mann weiter. Halbkreisförmige Flecken breiteten sich unter seinen Achseln aus.

Der Fette hielt dem alten George seine Visitenkarte hin. »Wenn Sie Khun Vincent sehen, rufen Sie mich an, okay?«

Der alte George sah die Karte an, dann legte er sie auf den Tisch und schob sie unter einen Teller Ufos. »Was hat er angestellt? Einen Ihrer Potentaten ausgeraubt?«

Keiner der Cops hatte die geringste Ahnung, was das Wort »Potentaten« bedeutete. Sie nickten und versuchten, aus dem alten George schlau zu werden, mit seinem Stock, seiner Flasche Bier und dem Bargirl, das ihm den Pferdeschwanz kämmte. Als die Bullen sich schließlich abwandten, fing sie an, den Pferdeschwanz zu einem Zopf zu flechten. »Nicht so verdammt fest. Ich krieg ja Kopfschmerzen«, bellte der alte George. »Und würde bitte mal jemand andere Musik auflegen? Die da erinnert mich an den fetten Cop und seinen Kumpan.«

»George, Sie sind viel dicker als der Cop«, meinte McPhail.

»Ach, verpissen Sie sich!«

»Die werden Sie im Auge behalten, George«, meinte McPhail.

»Scheiß drauf. Sollen sie doch.«

Einer der Stammgäste von der Bar rief: »Die kommen wieder!«

»Ich bin vierundachtzig. Über ein paar korrupte Mietbullen mache ich mir keine Sorgen.«

»Woher wollen Sie wissen, dass die bestechlich sind?«, kam die Frage von der Bar.

»Die lungern ständig vor meiner Bar herum. Sollten sie nicht eigentlich Verbrecher jagen? Was glauben Sie, wann die beiden das letzte Mal mehr erjagt haben als einen dicken Umschlag für ihren Boss?«

Es war jetzt fünf Tage her, seit Calvino untergetaucht war, erst im Stundenhotel des alten George, dann in einem verlassenen Zimmer und schließlich in McPhails Absteige. McPhail hatte ihn um drei Uhr morgens hineingeschmuggelt. Zwei Tage, nachdem das Containerschiff nach Hongkong ausgelaufen war, lag Calvino fernsehschauend auf dem Bett, als ein Klopfen an der Tür ertönte. Pratts Laptop mit einer geöffneten Wi-Fi-Verbindung stand auf dem Tisch. Lovells USB-Stick steckte in einer entsprechenden Buchse. Seit drei langen Tagen arbeitete Calvino am Computer.

Er erwartete niemanden. Aber wer immer vor der Tür stand, war hartnäckig. Knöchel schlugen gegen das Holz, hielten inne, klopften wieder. Es waren Dreierfolgen mit einer Pause dazwischen. Die Tür hatte keinen Spion. Calvino stand vom Bett auf.

»Vinny, ich bin's. Mach bitte die Tür auf. Ich muss mit dir reden.«

Ratanas Stimme hätte er überall erkannt. Er sperrte auf, öffnete einen Spalt weit, sah sie allein auf dem Gang stehen und zog sie schnell herein.

»Ich hab dir doch gesagt, du sollst nicht herkommen. Es ist zu gefährlich.« Er musste ein paarmal blinzeln. Verärgert und gleichzeitig froh, sie zu sehen. Calvino hatte sie vor zwei Tagen angerufen, um sie wissen zu lassen, dass es ihm gut ging. Der Mund blieb ihr offen stehen, als sie McPhails Zimmer zum ersten Mal sah. Die Decke war mit einer Schicht zerknitterter Aluminiumfolie und Ketten von Weihnachtsbaumlichtern bedeckt. Ausgeschnittene Nacktfotos aus Magazinen klebten am Kühlschrank. Holzgeschnitzte burmesische Statuen standen überall herum, und Dutzende erotischer Ölbilder bedeckten fast jeden Zentimeter der Wände.

Calvino war unendlich glücklich, sie zu sehen. Er schloss die Tür, und dann überraschte er sich selbst, indem er sie fest umarmte und durch die Luft wirbelte, während ihr die Tränen über die Wangen liefen. »Ich bin so froh, dass es dir gut geht.«

»Es ist vorbei«, sagte sie, ihm auf den Rücken klopfend. »Lass mich runter, Vinny. Du verstehst nicht. Lass mich erklären.«

»Du siehst großartig aus.«

»Und du siehst schrecklich aus«, sagte sie und berührte sein Gesicht. »Und das Zimmer hier, da läuft es mir kalt über den Rücken.«

»McPhails kleines Paradies.«

Ihre Füße bekamen wieder Bodenkontakt, und er trat zurück, lehnte sich an die Kommode. Calvino hatte gerade die thailändischen Nachrichten gesehen. Nichts Ungewöhnliches darin. Die beste Nachricht war, dass Ratana gesund und munter an seine Tür geklopft hatte. Sie sprach in Rätseln. Es war eine thailändische Eigenart, sich immer alle Möglichkeiten offenzuhalten, eine Gelegenheit zum Rückzug. Seine Freude wich wieder der Sorge, während sie ihn voll Sympathie und Mitleid betrachtete, als läge er von Kopf bis Fuß eingegipst im Krankenhaus. Vielleicht wollte sie Lebewohl sagen? Er hätte es ihr kaum vorwerfen können. Mit einem Chef, der unter Mordverdacht stand, wäre es direkt ein Wunder, wenn sie nicht Reißaus nahm.

»Ich verstehe«, sagte er. »Du bist gekommen, um Lebewohl zu sagen.«

Sie schüttelte erstaunt den Kopf. »Nein, ich gehe nicht weg.«

Er zeigte mit dem Finger auf sie. »Warum bist du dann hier?«

»Setz dich hin und hör zu.«

Er stieß sich von der Kommode ab und nahm sich einen Stuhl. Ratana ließ den Blick durch das spärlich möblierte Zimmer schweifen. An der Wand spielte ein Löwe die Flöte, während eine nackte Frau dazu tanzte. Eine Kommode mit Spiegel darüber, ein Stuhl, das Badezimmer und ein Fenster aus mattiertem Glas wie in einer öffentlichen Toilette. Zeitungen und Kleider lagen auf dem Fußboden verstreut. Auf der Kommode standen eine halb leere Flasche Mekong, Whiskygläser und ein Eisbehälter mit einer Handbreit Wasser darin. Pratts Laptop war aufgeklappt und eingeschaltet.

»Ich dachte, du wärst mit Manee auf dem Land.«

»Ich bin wieder zurück.«

»Ich muss arbeiten. Du solltest gehen. Es ist hier nicht sicher.« Er dachte an Pratt und das Überwachungsvideo. Sicher hatte er Manee davon erzählt, und die würde es Ratana weitergesagt haben. »Das Überwachungsvideo ist manipuliert worden. Jemand hat Aufnahmen von der Nacht, als ich Lovell besuchte, in das Band vom Tag seiner Ermordung hineinmontiert.«

»Es geht nicht um das Band. Es geht um Lovells Dateien.«

Er seufzte, beugte den Kopf und fuhr sich durchs Haar. »Ich fühle mich verantwortlich für das, was ihm zugestoßen ist. Er war auf dem Weg nach Hause. Und da platze ich in sein Appartement und überrede ihn zum Bleiben. Ich hab ihm all diese großen Sprüche an den Kopf geworfen über Ehre, Würde und Integrität. Und wohin hat es ihn gebracht? Unter die Erde.«

Sie kam auf ihn zu und blieb unmittelbar vor ihm stehen. »John wusste genau, was er tat, Vinny. Er ist meinetwegen geblieben.«

»Was soll das heißen, deinetwegen?«

»Wir hatten angefangen, uns zu treffen.«

Calvino legte den Kopf schief. »Du mit ihm?«

»Ob du es glaubst oder nicht, ich habe tatsächlich ein Privatleben.«

»Du und Lovell?« Er versuchte, sie sich zusammen im Bett vorzustellen. Ein Ausdruck der Verwirrung trat in sein Gesicht, und er wandte den Blick ab und setzte sich wieder an den Computer. In drei Tagen hatte er fünfhundertsechsunddreißig E-Mails verschickt. Er rechnete damit, in zwei Tagen die Tausendermarke zu durchbrechen.

Sie stellte sich hinter ihn und sah ihm beim Tippen zu. »Ich habe einen Schwangerschaftstest machen lassen. Ich bekomme ein Kind.« In ihrer Stimme lag ein Singen, wie ein Lied, eine Melodie, die sie nur in ihrem Kopf hörte.

»Du wolltest mir sagen, dass du schwanger bist?« Er erhob sich vom Stuhl, ging zum Fenster und schlug mit der Faust gegen die Wand. Ein Stück Putz fiel aufs Bett herunter. Er griff nach einer

Mekong-Flasche, aber sie war leer. Er ließ sie zu Boden fallen und setzte sich aufs Bett, den Kopf in die Hände gelegt.

Ratana setzte sich behutsam neben ihn und ergriff seine Hand. »Hör zu. Du hast es geschafft, Vinny.«

»Was geschafft?«

»Jeder, auf den es ankommt, weiß jetzt über Weerawat Bescheid. John war klar, dass Khun Weerawat gefährlich ist. Er wusste nur nicht, wie er ihm beikommen sollte. Aber er sagte immer, dass der ›Herr Detektiv‹ einen Weg finden würde.«

Calvino machte sich keine Illusionen darüber, dass die Polizei etwas gegen Weerawat unternehmen würde. Er hatte zu viel Einfluss. Ein Feudalherr, der über dem Gesetz stand. Calvino kannte die ganze Organisation. Auf Lovells USB-Stick befanden sich alle nötigen Dateien, vertrauliche Memos, Diagramme, E-Mails, Firmenstrukturen, multipel auftretende Direktoren und Aktionäre, sich überschneidende Besitzverhältnisse, Verbindungen, Daten, Orte. Er hatte das gesamte Material mit Querverweisen geordnet, bis es die Schönheit und Eleganz der Doppelhelix einer DNA annahm. Es war der Code des Lebenssaftes von Weerawats Imperium.

Calvino hatte alle Dateien auf ein Yahoo-Konto hochgeladen und zur Sicherheit noch einmal auf ein Gmail-Konto. Unter den Blicken der Nackten auf McPhails Kühlschrank hatte Calvino das Internet nach den Hausanwälten der größeren Arzneimittelproduzenten, der Autohersteller und Filmgesellschaften durchsurft. Er hatte eine Datenbank mit Hunderten von Namen angelegt. Er durchstöberte die Verzeichnisse der Anwaltskammern, Industrieverbände und der Mitarbeiterstäbe von Untersuchungsausschüssen des Kongresses. Er hatte eine Website von Camerons ehemaliger Anwaltsfirma in New York entdeckt und jeden einzelnen Partner angeschrieben. Eine weitere Website des Ethikausschusses der New Yorker Anwaltskammer hatte weitere Namen und Adressen hergegeben.

An einige der Namen erinnerte sich Calvino noch vom Jurastudium her, von Konferenzen und Seminaren, bevor er New York verließ. Seine alten Studienkollegen waren in Firmen und Anwaltskanzleien untergekommen. Manche waren Richter und Politiker geworden; sie hatten Karriere gemacht. Aber er hatte keine Ahnung, inwieweit sie in das System Weerawat eingebunden waren. Deshalb hatte er eine weitere Liste von Leuten zusammengestellt, die für Regierungsbehörden und Botschaften arbeiteten, und darum gebeten, dass der Empfänger, falls Calvino je etwas zustoßen sollte, alle anderen auf der Liste davon benachrichtigen sollte. Er legte ihnen dar, wie John Lovell ermordet worden war und wie die Verantwortlichen hießen. Er lieferte Login-Informationen für die Dateien, die auf seinen Yahoo- und Gmail-Konten lagen. Innerhalb von vierundzwanzig Stunden liefen in Washington D. C. die Telefondrähte heiß.

In den E-Mails erzählte er seine Geschichte. Er richtete den unbarmherzigen Scheinwerferstrahl der Wahrheit auf Weerawat und sein Imperium, legte Beweise dafür vor, wie seine Firmen im ganzen Land gefälschte Produkte herstellten und sie in alle Welt vertrieben. Seine Geschäftsinteressen ließen sich bis auf die Isle of Man, die britischen Jungferninseln und nach Hongkong verfolgen. Die Gewinne waren enorm und machten Weerawat mächtig genug, um über dem Gesetz zu stehen. Niemand wagte es, etwas gegen ihn zu unternehmen.

Mit Calvinos Daten hatte ein Anwalt alles, was er brauchte, um ein Verfahren einzuleiten. Das Neue an Calvinos Ansatz war, sich direkt an die Betroffenen zu wenden. Dies waren auch einflussreiche Leute. Lass sie die Arbeit machen, an den Hebeln der Macht ziehen, lass sie ihre Beziehungen spielen, hatte Calvino gedacht. Sie kannten die richtigen Journalisten und die entscheidenden Leute auf jeder Regierungsebene. Sie würden die Wahrheit mit vereinter, unüberhörbarer Stimme von den Dächern schreien. Niemand konnte *sie* zum Schweigen bringen.

Ratana schlug auf dem Bett ein Exemplar von *The Nation* auf. Auf der Titelseite war ein Foto von Weerawat. Eine dieser lächelnden, nichtssagenden Standardaufnahmen. Die Geschichte zu dem Foto war kurz und unzweideutig. Weerawat hatte Thailand mit unbekanntem Ziel verlassen, um sich in medizinische Behandlung zu begeben. Es hieß, dass er auf absehbare Zeit nicht zurückkommen werde und die Regierung informiert habe, dass er den angebotenen Kabinettsposten nicht übernehmen könne.

Ratana blätterte weiter auf Seite vier. Da stand ein Bericht über einen Expolizisten, der gestanden hatte, mehrere Morde begangen zu haben, unter anderem an einem Arbeiter in Pattaya, einem Massagemädchen und einem Farang namens John Lovell. Das zugehörige Foto zeigte Quadratschädel. Er sah nicht gut aus. Calvino fragte sich, wie viele Stunden die Polizei ihn bearbeitet hatte, um ein Geständnis aus ihm herauszuprügeln. Vielleicht hatte Weerawats Familie auch einen Deal mit ihm gemacht und seiner Familie Geld dafür gegeben, dass er die Alleinschuld auf sich nahm. Der Reporter spekulierte darüber, dass der Exbulle im Auftrag von mächtigen Hintermännern gehandelt habe. Aber Weerawats Name fiel nicht.

Calvino blickte endlich auf.

»Die Polizei sucht nicht mehr nach mir?«

»Nicht mehr.«

»Weiß Pratt es schon?«

Sie nickte. »Er bat mich, es dir zu sagen.«

Dann musste der Colonel die Lage wieder unter Kontrolle haben, dachte Calvino, sonst hätte er nicht Ratana geschickt. Er wäre selbst gekommen. Calvino musste lächeln. Wie würde es weitergehen? Die Regierung hatte ihre Methoden, schlechte Nachrichten zu unterdrücken.

Alles nur ein Missverständnis, mangelnde Kommunikation, ein bedauerlicher Irrtum, dachte Calvino. Das furzten die aufgeblähten Eingeweide des Systems üblicherweise heraus, wenn sie an Verdauungsstörungen litten. Nichtssagende Floskeln der Macht, um peinlichen Vorwürfen zu begegnen. Wenn Lüge und Vertuschung nicht mehr ausreichten, hieß es nie: »Es tut uns leid.« Es hieß immer: »Niemand ist dafür verantwortlich. Ein bedauerlicher Fehler, das kommt eben vor, aber schließlich wurde er richtiggestellt.«

»Colonel Pratt hat mich gebeten, dir das hier zu geben«, sagte Ratana, während sie eine 9-mm-Beretta aus der Handtasche zog.

»Und was hat er noch gesagt?«

»Dass es eine Weile dauern könnte, bis du deinen .38 Police Special von der Polizei zurückbekommst.«

»Sonst nichts?« Calvino wog die Beretta in der Hand.

»Er sagte, es wäre eine Ablegewaffe. Was immer das heißen mag. Und dass es klüger wäre, heute Nacht nach zehn nicht mehr auf die Straße zu gehen.«

Waffen, ebenso wie Frauen, hatten ihre eigene Geschichte.

»Du musst sie nicht zurückgeben.« Sie griff in ihre Handtasche und überreichte ihm einen gefütterten Umschlag. »Und das hier ist auch für dich.« Colonel Pratt hatte nicht gesagt, was sich in dem Umschlag befand, und Ratana hatte nicht danach gefragt.

Calvino betrachtete ihn. In großen Buchstaben stand auf der Vorderseite: »Das Spiel ist aus.« William Shakespeare, *Cymbeline,* dritter Akt, dritte Szene. Calvino nickte und stopfte den gefütterten Umschlag in seine Jacketttasche.

Die Beretta lag schwer in seiner Hand. *Eine Ablegewaffe war wie eine Frau ohne Gedächtnis*. Die erste Berührung war sanft und leidenschaftlich. *Sie hatte Liebhaber gehabt, aber sie erinnerte sich nicht an sie und konnte niemandem von ihnen erzählen.* Es war eine gute Waffe. *Wenn ein Liebhaber sie verließ, dann war es, als hätte es ihn nie gegeben.* Der Munitionsclip war voll. *Und niemand konnte den ehemaligen Liebhaber ausfindig machen, keine Spur führte zu ihm.* Calvino steckte seine Ablegewaffe ins Halfter.

»Wenn du Pratt siehst – sag ihm Danke von Vinny.«

Nachdem Ratana gegangen war, öffnete Calvino den Umschlag. Er nahm den Schalldämpfer heraus und schraubte ihn auf den Lauf der Beretta. Perfekt. Er überprüfte das Magazin; Pratt hatte es mit Unterschallmunition geladen. Mit einer Mündungsgeschwindigkeit von knapp unter 340 m/s, also knapp unter Schallgeschwindigkeit, war sie immer noch mehr als schnell genug, um zu töten. Aber in Kombination mit dem Schalldämpfer funktionierte sie praktisch lautlos.

Calvino setzte sich wieder an den Laptop, legte die Beretta neben die Tastatur und öffnete einen von Lovells Unterordnern mit dem Namen Schlupfwinkel. *Schlupfwinkel* war jenes Softwareprogramm, das Lovell als Gedankenspielerei entwickelt hatte, von einem brillanten Kopf so nebenbei im Leerlauf ausgetüftelt.

Man fragte: »Wo ist Weerawat?« Dann tauchten ein paar Gegenfragen auf: »Sucht Weerawat nach einer Frau? Schließt Weerawat gerade ein Geschäft ab? Ist Weerawat auf einer gesellschaftlichen Veranstaltung?« Calvino fragte sich, wo Weerawat sich wohl versteckte, wenn er Angst hatte. In anderen Worten: Wo war sein verborgenster Schlupfwinkel? In der Zeitung stand zwar, Weerawat sei ins Ausland geflohen, aber nur, weil der Schreiber nichts Genaues wusste.

Lovells Schlupfwinkel-Programm zeigte dafür nur einen möglichen Ort an: die New Road, nahe dem Chao-Phraya-Fluss. Genau da, wo Calvino die Fabrik zur Herstellung der gefälschten Medikamente gefilmt hatte. Wenn das Weerawats letzter Schlupfwinkel war, dann hatte Danielson wirklich einen Riesenfehler begangen, als er seinem Kumpel Noah Gould zu helfen versuchte.

Calvino wartete bis zum Abend, steckte dann die Beretta ins Halfter und den Schalldämpfer in die Jacke und fuhr mit dem Skytrain bis zur Station Saphan Thaksin, wo er inmitten einer Menge von Touristen, Studenten und Pendlern ausstieg. Er nahm den Ausgang New Road und ging dort die Treppe hinunter auf die Straßenebene. Dann kletterte er durch ein Loch in einem Zaun und folgte einem gepflasterten Weg bis zu einem Spielplatz. Am anderen Ende waren ein paar Thais, die Hemdzipfel um die Taille zusammengebunden, gerade mit schweißüberströmten Gesichtern bei einer Partie Boule und ignorierten den beginnenden Nieselregen. Es war eines dieser uralten Spiele, mit denen sich schon die römischen Soldaten zwischen den Schlachten amüsierten. Calvino sah ihnen ein paar Minuten lang zu. Der Werfer fixierte die Kugeln am Boden, verlagerte das Gewicht auf die Fußballen, nahm Maß und warf dann mit einer schwingenden Bewegung aus der Unterhand. Er landete einen direkten Treffer auf einer bereits liegenden Kugel und schlug sie aus dem Kreis. Das Spiel ist aus, dachte Calvino, während er weiterging.

Lovell hatte eine Liste von Weerawats privaten, versteckten Rückzugsgebieten angelegt. Den Weg zu diesem hier kannte Calvino; er war ja nicht zum ersten Mal hier. Er ging zügig, den Kopf gesenkt. Eine Gestalt unter vielen, die die Straße entlangeilten, unsichtbar.

Als er die richtige Soi erreichte, hatte sich das Nieseln zu einem schweren Regen ausgewachsen. Er holte eine schwarze Regenhaut aus einer Einkaufstasche und zog sie sich über den Kopf; das Cape fiel ihm über Schultern und Arme. Er zog die Kapuze dicht zu. Nachdem er ein paar Schritte in die Soi hineingegangen war, merkte er, dass sich seit seinem letzten Besuch etwas verändert hatte. Überwachungskameras waren auf die Straße gerichtet und filmten jeden, der die Zufahrt zur Fabrik benutzen wollte. Ein paar uniformierte Wachposten saßen am Kontrollpunkt an einem Tisch, von dem zwei Beine auf die Straße hinausragten. Sie sahen fern.

Calvino machte kehrt und ging zurück zur Hauptstraße. Wenig später erreichte er die nächste Soi. Sie führte Richtung Fluss. Er bog ab und folgte ihr bis zum Ende, wo eine Passage zu dem Kai führte, den die Fischhändler mit ihren Pick-ups benützten. So gelangte er durch die Hintertür an sein Ziel. An der Flussseite gab es keine Wächter, nur glänzenden nassen Asphalt und grauen Zement, gebadet in Neonlicht, Ratten in den Rinnsteinen und stapelweise Kisten, die darauf warteten, dass die Fischer andockten. Der Gestank nach totem Fisch, frischen Innereien und Blut hing schwer in der Luft. Am anderen Ende des Kais sortierten Männer und Frauen in Watstiefeln Fische und schmissen sie in große Plastikbehälter. Sie waren weit entfernt und konnten ihn nicht sehen. Eng an die Häuserwände gedrückt, schlich Calvino weiter. Sein schwarzer Regenumhang ließ ihn mit der Dunkelheit verschmelzen. Ein paar Schulmädchen in ihren weißen Blusen und blauen Röcken radelten lachend vorbei. Unter der Regenhaut fühlte Calvino, wie ihm der Schweiß den Rücken hinunterlief; diese Dinger waren nicht für die Tropen gemacht.

Schließlich sah er die Einfahrt zur Fabrik etwa einen halben Block weit vor sich liegen. Beim letzten Mal waren Lastwagen hier ein- und ausgefahren, beladen von emsigen Arbeitern. Jetzt regte sich gar nichts auf der Straße, bis auf eine magere, wilde Katze, die über die Fahrbahn sprang und durch einen Spalt in dem Zaun verschwand, der sich entlang des Flussufers erstreckte. Die Produktion der gefälschten Medikamente war eingestellt. Die Gebäude wirkten verlassen; kein Licht, keine Bewegung. Ein Windstoß peitschte den Regen vom Fluss heran. Die nasse Luft roch plötzlich nicht mehr nach Fisch, sondern nach Teer und Öl. In der Ferne tuckerte ein Long-Tail-Boot flussaufwärts. Weißer Dampf stieg in Spiralen aus einem Kanalschacht, rollte über die Straße und löste sich im Regen auf. Ein Nebelhorn tönte lang gezogen vom Fluss herüber, gefolgt von zwei kurzen Stößen, dann lag die Soi wieder schweigend und menschenleer da. Calvino schlich vorsichtig weiter. Ein, zwei Meter vor dem Eingang eines großen, dreigeschossigen Gebäudes aus Stein und Holz blieb er stehen.

Calvino zog die Arme durch die Seitenschlitze seiner Regenhaut ein und schraubte den Schalldämpfer auf die Beretta. Zentimeterweise schob er sich weiter vor. Er überlegte, ein Steinchen ans Fenster zu werfen. Aber so etwas funktionierte nur im Film. Es kam ihm vor, als hätte er schon eine Ewigkeit gewartet, als die Tür aufschwang. Henkelohr stand darin und ging in die Knie, um zwei Koffer hochzuheben. Er starrte Calvino direkt ins Gesicht. Es dauerte ein oder zwei Sekunden, bis er begriff, wen er vor sich hatte. Mann in Schwarz. Gesicht irgendwie bekannt. Farang namens Calvino, dem ich mal die Rippen gebrochen habe. Er ließ die Koffer fallen, und seine rechte Hand zuckte nach der Waffe in seinem Schulterhalfter.

Die Koffer hatten den Boden gerade berührt, als Calvino schoss. Die Kugel erwischte Henkelohr direkt über dem rechten Auge. Weder er noch seine Kanone konnten einen Ton von sich geben. Knochensplitter und Hirngewebe regneten auf Calvinos Cape, während Henkelohr zusammensackte. Er war tot, bevor er auf dem Boden aufschlug.

Calvino zerrte die Leiche ins Innere des Gebäudes und fort vom Eingang. Dann stieg er über sie hinweg und duckte sich. Er hörte laute Musik. Blut tropfte von seiner Regenhaut. Es ist keine saubere Sache, wenn man jemanden aus nächster Nähe erschießt. Man bekommt eine Menge Blut ab, verteilt als feiner Sprühnebel.

Irgendwo im Obergeschoss rührte sich etwas. Der Bierbauch versuchte, die Hintergrundmusik aus dröhnenden Trommeln und Gongs zu übertönen, und brüllte: »Mee arai rue plao wa?«

Calvino hörte, wie die Musik noch lauter gedreht wurde. Sie kam aus einer offenen Tür. Bierbauch und Henkelohr waren gerade dabei gewesen, Koffer zu schleppen. Anscheinend planten sie eine Reise. Calvino sah Bierbauchs Schatten an der Wand im Obergeschoss und die Silhouette einer Waffe in seiner Hand. Auf halbem Weg die Treppe herunter blieb er stehen. Calvino vernahm seinen stockenden Atem, den eines von Angst erfüllten Mannes. Wieder rief er nach Henkelohr. Calvino wartete, bis Bierbauch die letzte Treppenstufe erreicht hatte, dann trat er aus den Schatten und erschoss ihn. Die erste 9-mm-Kugel riss Bierbauch die Kehle auf; die zweite traf ihn voll in die Stirn und trat am Hinterkopf wieder aus. Blut spritzte in hohem Bogen über das Geländer und lief an der Wand herunter. Bierbauch sank zu Boden, seine Waffe schlitterte über den Marmorboden. Gegen das Klappern eines zu Boden fallenden Schießeisens half auch Calvinos Schalldämpfer nichts, aber die Hintergrundmusik des Drachentanzes übertönte es.

Calvino stieg über den Toten hinweg und ging die Treppe hinauf, möglichst ohne in die Blutlachen zu treten. Der erste Stock war dunkel und verlassen. Calvino kletterte weiter hinauf zum zweiten. Am Ende des Gangs fiel Licht aus einer halb offen stehenden Tür. Die Beretta in der Rechten, stieß Calvino sie mit der Linken ganz auf. Tief geduckt huschte er blitzschnell in den Raum und richtete die Pistole auf Weerawat, der ihm den Rücken zukehrte. An einer Seite des Zimmers standen zwei Dutzend große Koffer auf vier Gepäckkarren gestapelt. Weerawat hatte vor zu verschwinden, und er reiste nicht mit leichtem Gepäck.

Der Klang der Trommeln und Gongs hallte von den Wänden wider. Weerawat, in einem schwarzen Jogginganzug, kniete auf einem Kissen vor einem Schrein und hielt Räucherstäbchen zwischen die Finger beider Hände geklemmt. Es war ein großer chinesischer Schrein, zur Ahnenverehrung gedacht. Darüber hing eine Reihe grobkörniger Porträtfotografien von älteren Chinesen. Die

Wand war bedeckt mit Kopien von Galileo-Chini-Gemälden. Das Erstaunlichste davon war eine originalgroße Leinwandkopie von *Der letzte Tag des chinesischen Jahres in Bangkok.* An den anderen Wänden verteilt hingen Dutzende von gerahmten Akten, die Calvino ebenfalls als Arbeiten von Chini erkannte. Die allerdings waren Originale. Calvino trat näher heran und sah, dass Weerawats Lippen sich in Rezitation bewegten. Seine Calvino zugewandten Fußsohlen zeichneten sich im rötlichen Licht ab.

Calvino richtete die Beretta auf Weerawats Hinterkopf, beugte sich vor und schaltete die Musik ab. Weerawat erstarrte und drehte langsam den Kopf. Er zeigte keinerlei Überraschung, sein Ausdruck war ruhig, fast heiter, als ob er gerade aus tiefer Trance auftauchte. Von Calvinos schwarzem Regencape trieften Blut und Wasser und formten kleine Pfützen zu seinen Füßen. Weerawats Blick glitt von den Pfützen zur Tür. »Sie sind unten«, sagte Calvino. »Die Musik war ihnen zu laut.«

Das herrische Kräuseln von Weerawats Lippen zeigte, dass er aus seinem tranceartigen Zustand erwacht war. »Ihr Urgroßvater war ein großartiger Maler«, meinte er. »Eines Tages muss ich Ihnen die Geschichte erzählen, wie er und mein Urgroßvater Freunde wurden.«

»Sie haben Lovell ermorden lassen.«

Weerawat legte den Kopf in den Nacken, um ein Gemälde über dem Altar zu betrachten.

»Sehen Sie die Gestalt im Vordergrund von *Der letzte Tag des chinesischen Jahres in Bangkok?* Das ist mein Vorfahre. Er kannte den Maler. Es war mehr als nur eine Bekanntschaft. Mein Urgroßvater belieferte Galileo Chini mit Opium. Er war süchtig. Das gab es früher oft. Die Farangs fingen mit einer Opiumpfeife an, eine führte zur nächsten, und bald brauchten sie viele Pfeifen voller Rauch. Galileo und mein Urgroßvater entdeckten aber auch andere gemeinsame Interessen. Es war mehr als das Opium. Mein Urgroßvater besorgte Galileo die Frauen, die ihm Modell standen. Er sorgte dafür, dass er einige der schönsten und begehrenswertesten Frauen des damaligen Bangkok malen konnte. Manche würden sie als Prostituierte bezeichnen. Aber ich halte das für unfair. Sehen Sie sich die Gemälde genau an. Wirklich inspiriert, meinen Sie nicht? Opiumträume in Öl. Jedes Bild ein Original. Keines hat diesen Raum je verlassen. Mein Urgroßvater akzeptierte sie als Bezahlung für die Dienste, die er Ihrem Urgroßvater erwies. Wie Sie sehen, reicht die Verbindung unserer beiden Familien sehr weit zurück. Wenn unsere Urgroßväter miteinander Geschäfte machen und Freunde werden konnten, warum sollten wir das nicht auch versuchen?«

»An jenem ersten Tag in meinem Büro sahen Sie Galileos Bild an der Wand. Sie sagten nichts dazu. Aber Sie wirkten verärgert. Warum?«, fragte Calvino, ohne Weerawats Hände aus den Augen zu lassen, während dieser die Räucherstäbchen säuberlich in einen Topf mit reinweißem Sand steckte.

»Es war eine Kopie.«

»Ich weiß, dass es kein Original war.«

»Der Kopist hatte die chinesischen Schriftzeichen für Untreue und Verrat auf den Kopf des Drachen gemalt. Geschickt getarnt als Teile der Augen und des Mauls, direkt über dem Kopf meines Urgroßvaters. Es verletzte meine Ehre, das zu sehen. Die Verletzung des Andenkens und der Würde meines Urgroßvaters zwang mich zum Handeln. Sie sind ein Fremder. Sie verstehen nicht, was die Würde einer chinesischen Familie bedeutet.«

»Hatte Lovell auch die Ehre Ihrer Familie verletzt? Haben Sie ihn deshalb töten lassen?«

Weerawats Gesicht blieb völlig ausdruckslos, während er ein weiteres Räucherstäbchen aufstellte. »Sympathie, Mr Calvino, ist eine gute Sache. Sie sollten sie mal im Wörterbuch nachschlagen.«

Der Lauf von Calvinos Beretta schwankte nicht. »Ich habe es nachgeschlagen. ›Sympathie‹ steht irgendwo zwischen ›Scheiße‹ und ›Syphilis‹.« Er schlug die Kapuze seiner Regenhaut zurück. Sein Gesicht war schweißüberströmt, das Haar nass und verfilzt. Die Augen blutunterlaufen, wild vor Zorn und Schmerz.

Weerawat erkannte, dass er einen Mann vor sich hatte, der schwer zu besänftigen und vielleicht noch schwerer zu töten war.

»Sehen Sie das Gemälde da links?« Er wartete, bis Calvino einen Seitenblick auf den Akt geworfen hatte, dann fuhr er fort: »Wenn ein Mann eine Frau mit so viel Gefühl malt, dann weiß man, dass sie ihn für sich gewonnen, sein Herz berührt hat. Sie war siebzehn und Chinesin.«

Sie blickte seitlich aus dem Bilderrahmen hinaus, die Beine untergeschlagen, auf die Hände gestützt, die Finger geschlossen, die schlanken Arme und Schultern einladend. Man sah kein Schamhaar. Die Knie waren nach außen gedreht. Die Augen geschlossen, die Haare aus dem Gesicht gestrichen, die Lippen voll, aber ausdruckslos, traumverloren. Keine Frau würde so dasitzen. Jedes Detail ihres Körpers war sorgfältig inszeniert. Es war ein Gemälde, das die Aufmerksamkeit auf sich zog, einen Fokus bildete.

Calvinos Lippen verzogen sich zu einem breiten, humorlosen Lächeln. Aus dem Augenwinkel sah er, wie Weerawats rechte Hand unter das Kissen glitt. Sie verharrte dort, bis er sicher war, dass Calvino das Gemälde betrachtete, dann kam sie hoch, mit einem kaum zu erkennenden kleinen dunklen Metallobjekt darin. Es war eine subkompakte 9-mm-»Baby-Glock«, schwarz wie sein Jogginganzug. Er drehte sich halb auf seinem Kissen um und versuchte, die Glock in Schussposition zu bringen. Sein Fuß knallte gegen den Schrein. Calvino warf sich zur Seite. Weerawats Augen blitzten wild, sein Mund zuckte. Sein erster Schuss ging weit daneben. Calvino brachte die eigene Waffe wieder in Anschlag, während ein zweiter Schuss ihn nur um Zentimeter verfehlte, und feuerte die Beretta zweimal ab. Beide Kugeln trafen Weerawat direkt unter dem Herz in die Brust. Der Einschlag warf ihn zurück. Calvinos dritte Kugel stanzte fünf Zentimeter unterhalb der Haarlinie ein Loch in Weerawats Schädel.

Er klappte zusammen. Schon der erste Schuss hatte ihn gegen den Schrein geworfen, und dessen Christbaumbeleuchtung zersplitterte in einer Lichterkaskade am Boden. Calvino trat ihm die Glock aus der Hand. Dann kniete er sich hin und untersuchte die Waffe, die klein genug war, um sie in einer Hand zu verbergen; sie enthielt ein zehnschüssiges Magazin. Es war das Modell Nummer 26, eine Waffe wie ein zickiges Supermodel, das seinen Namen in Großbuchstaben schrieb.

Calvino griff unter sein Regencape, holte das Handy mit einer der Einweg-SIM-Karten heraus und rief Colonel Pratt an. »Komm mit einem Van. Es gibt eine Menge Gepäck abzuholen.« Pratt antwortete nicht. Es gab nichts zu sagen.

Wenn Pratts Leute eintrafen, würden sie die Waffe untersuchen, sich die Modellnummer notieren und nach der Arbeit ein Lotterielos kaufen, das auf 26 endete. Calvino musste grinsen. Während er noch über den weitverbreiteten Aberglauben nachdachte, machte er sich im Geiste eine Notiz, selbst ein Los zu kaufen, nur für alle Fälle. Er ließ sich neben der Leiche auf die Fersen sinken, die Beretta noch in der Hand, und betrachtete eins nach dem anderen die Gemälde.

Der Geruch nach Kordit hing stechend in dem feuchten, stickigen Raum. Die Schüsse hatten die Luft damit gesättigt, auch wenn die meisten stumm und lautlos gewesen waren. Aber den Klang der beiden Schüsse aus der Glock musste man bis nach draußen gehört haben. Calvino sog den Korditgeruch tief in die Lungen. Er war viel mehr der Sohn seines Vaters als der Urenkel von Galileo Chini. Trotzdem war Blut immer dicker als Wasser. Er sah auf die Uhr. Es konnte nicht mehr lang dauern, bis die Polizei eintraf.

Calvino dachte an seinen Vater Vito, und wie er als Vierzehnjähriger das erste Mal nach Florenz gereist war, um mit Calvinos Großvater Galileo Chinis Meisterwerke im Palazzo Pitti zu bewundern. Was hätte Vito wohl zu diesem Raum hier gesagt? Was hätte er von Weerawats Geschichten über das Opium und die Prostituierten im Dienste der Kunst gehalten?

Calvino wusste keine Antwort. Er holte tief Luft, während er die Aktgemälde betrachtete – hatte Weerawats Urgroßvater sie tatsächlich als Bezahlung für Opium akzeptiert? Was für ein Mensch war Galileo Chini gewesen? Einmal, nach einem langen Gespräch über Calvinos Familie, hatte Pratt aus Shakespeares *Zwei Herren aus Verona* zitiert: »Die innere Verletzung ist die tiefste«. Calvino schraubte den Schalldämpfer ab und steckte ihn ein. Anscheinend hatte doch niemand die Schüsse bemerkt, denn in den umliegenden Gebäuden gingen keine Lichter an, alles blieb still. Calvino stand auf und warf einen letzten Blick zurück auf die siamesischen Akte, die Galileo Chini vor so vielen Jahren gemalt hatte. Er hatte seinen Grund zu bleiben gefunden und auch seinen Grund zu gehen.

Er dachte an seine Urgroßmutter, die die in Stein gebrannten Abbilder dieser Akte in den Manteltaschen getragen hatte, als sie sich in den Arno stürzte. Das alles war lange her; und doch gerade eben erst geschehen.

Calvino brach einen der Koffer auf, und Aktenordner, Verträge und Urkunden ergossen sich über den Fußboden. Er hob eines der Dokumente auf. Es bezog sich auf ein öffentliches Wohnbauprojekt. Die meisten Papiere waren in Thailändisch abgefasst. Er blätterte sie durch, bis er ein englischsprachiges fand. Es ging um den Verkauf von dreiundsiebzig Rai an eine Regierungsbehörde. Die Summen waren atemberaubend – Milliarden von thailändischen Baht, ausbezahlt an eine Privatfirma. Calvino schaufelte die Papiere wieder in den Koffer.

Im Gepäck befanden sich die Abertausende von Dokumenten, die Lovell größtenteils in seinem Hirn abgespeichert hatte. Calvino blickte sich ein letztes Mal um, dann ging er die Treppen hinunter zur Rückseite des Ladenhauses. Er öffnete ein Fenster und kletterte hinaus in den Hinterhof. Anschließend ging er durch eine endlose Gasse, während die Stöße eines Nebelhorns abwechselnd lang und kurz vom Fluss her ertönten. Er wartete auf die Sirenen der Polizeiautos. Sie kamen nicht. Es war seltsam still, während er sich durch ein leer stehendes Lagerhaus schlängelte, bis er den Kai erreichte. Boote hatten inzwischen angelegt. Einige Männer saßen Zigaretten rauchend herum und beäugten ihn im Vorbeigehen. Er nahm an, dass eines der Boote Weerawat abholen sollte. Aber es würde nicht ewig warten.

Er ging zum Ende des Piers, und es dauerte nicht lang, bis ein Wassertaxi anlegte. Der thailändische Bootsmann fragte ihn, wo er hinwollte. »Klong Saen Saep, Italian Thai Tower«, sagte er. Der

Schiffer wollte dreihundert Baht, gab sich aber mit dem Gegenangebot von zweihundert zufrieden.

Calvino stieg ins Boot und ging nach vorn durch zum Bug. Der Motor spuckte eine lange graue Rauchwolke aus, als der Bootsführer ablegte. Die Linienboote hatten schon vor ein paar Stunden den Betrieb eingestellt. Als das Long-Tail-Boot in den Kanal einbog, kam nur noch schwaches Licht von den Häusern und Läden am Ufer. Calvino sah sich um. Im schwarzen Nebel des Spritzwassers konnte er den Bootsführer kaum noch erkennen. Er ließ die Regenhaut ins Wasser gleiten. Dann nahm er die Beretta aus dem Halfter und warf sie über Bord; hundert Meter weiter im Klong folgte der Schalldämpfer. Das Dröhnen des Motors, das Sprühwasser und die Dunkelheit hüllten ihn ein, während er sich der Beweisstücke entledigte. Früher hatten schwimmende Bordelle auf dem Klong gelegen. Jetzt gab es nachts kaum noch Verkehr; aus einem Haus drang undeutlich der Ton eines Fernsehgeräts, kaum zu vernehmen über dem Bootsmotor.

Dann verstummte das Motorengeräusch, und der Bootsführer ließ das »Long-Tail« zu einem Pier unter einer Brücke treiben. Das Schwanken des Boots ausbalancierend, trat Calvino an Land. Er bezahlte den Bootsmann und ging davon, die Hände in den Taschen, das Gesicht vom Regen überströmt, bis er die Mitte der Brücke erreichte.

Es gab kaum Verkehr. Ein Taxi, ein Motorrad, ein paar Autos, und dann, ein seltenes Ereignis in Bangkok – eine leere Straße. Calvino sah nach links zur Petchaburi Road und wischte sich den Regen aus dem Gesicht. Heftig zwinkernd blickte er hoch zu dem riesigen, grauen Bürohochhaus, ein Schrund voller spitzer Winkel, geschnitten aus Stahl und Glas. Leuchtstoffröhren in einem der oberen Büros zeichneten ein horizontales Muster um das Gebäude, wie einen Mund, und zwei Stockwerke darüber kamen die Augenschlitze hinzu. Calvino trat auf die Fahrbahn und starrte hinauf. Modelliert aus Licht und Schatten, sah er das Gesicht eines Monsters, abstoßend, bedrohlich, überwältigend. Es war das einzige Gesicht auf der Straße, das nicht menschlich war.

Das Spiel ist aus, wie Colonel Pratt gesagt hatte. Als Calvino wieder die Sukhumvit Road erreichte, sah er die ersten Soldaten in Kampfuniformen mit M16-Gewehren. Radio und Fernsehen brachten martialische Musik. Der Staatsstreich, der angeblich nie wieder passieren konnte, war in vollem Gange. Calvino sah auf die Uhr; es war nach 22:45 Uhr. Weerawat war tot; die Regierung war gestürzt, die Welt hatte sich verändert. Mehrere Soldaten standen an der Einmündung seiner Soi, als Calvino abbog und an ihnen vorbeiging.

In seinem Appartement stellte er den Fernseher an. Alle Sender brachten patriotische Musik. Er zog sich aus, warf Hemd und Hose in die Badewanne, füllte sie mit Wasser und ließ die Klamotten ziehen. Dann ging er ins Schlafzimmer, legte sich aufs Bett und schlief. Und in seinen Träumen sah er eine junge Frau, die Manteltaschen schwer von Kacheln mit den Bildern siamesischer Aktmodelle, wie sie auf einer Brücke über dem Arno stand. Er sah, wie Livia die Arme zum Himmel emporstreckte und nach oben schaute. Dann sprang sie, den Kopf hoch erhoben, die Arme ausgestreckt, einen Augenblick lang wie ein Engel in der Luft schwebend, während die ersten Strahlen der Morgenröte den Himmel durchzogen und sie von der Strömung des schnell fließenden Flusses davongetragen wurde.

Das Telefon weckte ihn. Er erinnerte sich nicht an den Traum, wohl aber daran, dass er letzte Nacht drei Menschen getötet hatte. Wer behauptet, das Töten mache ihm nichts aus oder er habe am Morgen danach irgendeine intellektuelle Erkenntnis gehabt, der hat nie jemanden getötet – und kennt nicht den haifischartigen Biss des Zorns, den Stachel des Hasses oder die bittere Galle, die einem in der Kehle hochsteigt.

»Mann, wo waren Sie letzte Nacht?« McPhail war am Apparat. »Die Armee hat geputscht.«

»Hab ich verpasst.«

»Auf der Sukhumvit sind die Panzer gerollt.«

Calvino legte auf. Er lächelte, als er daran dachte, wie der alte

George ihn einen Idioten genannt hatte, weil er den Containerfrachter nach Hongkong nicht genommen hatte. Der wäre wohl eher etwas für Weerawat gewesen. Schließlich war er mit seinen Dutzenden von Gepäckstücken bereits reisefertig gewesen. Aber er hatte ja noch ein letztes Lebewohl am Familienaltar entrichten müssen, bevor er floh. Lovell war geblieben, obwohl er hätte fliehen können. Das musste man Lovell lassen; davongelaufen war er nicht.

Das Büro war leer, als er ankam. Er hatte auch nicht damit gerechnet, Ratana anzutreffen, während es auf den Straßen von Soldaten wimmelte. Aber sie kam kurz nach ihm herein und setzte sich ihm gegenüber an den Schreibtisch.

»Du hättest daheimbleiben sollen«, sagte er.

»Ich bin froh, dass die Armee eingegriffen hat«, erwiderte sie. »Und ich bin froh, dass es dir gut geht. Ich habe mir Sorgen gemacht.«

Anstelle von Lovell hätte es genauso gut er sein können, dessen Rauch aus dem Schornstein des Wat quoll. In einer gerechteren Welt wäre es auch so gewesen: Calvino nur noch eine graue Rauchwolke, die sich am Himmel von Bangkok auflöste. Aber die Welt war weder fair noch gerecht, auch nicht rational oder vorhersehbar. Manche wurden als Götter geboren; andere mussten sterben, weil sie den Göttern die Stirn boten.

»Ich muss dir etwas sagen«, meinte er.

Sie nahm den gelben Schal ab, den sie um den Hals trug, und trocknete sich die Augen.

»Als ich in jener Nacht in sein Appartement ging, da war er gerade beim Packen. Ich sagte ihm, er solle bleiben. Jetzt ist er tot, weil er an das glaubte, was ich sagte. Dabei weiß ich nicht einmal, ob ich selbst daran glaube.«

Ein Lächeln stahl sich auf ihr Gesicht. Sie schüttelte den Kopf. »Er ist nicht geblieben, weil du ihn darum gebeten hast. John ist meinetwegen geblieben. Ich habe ihm gesagt, dass ich schwanger bin. Das war der Grund. Ich wusste, dass es falsch von mir war, weil er in Schwierigkeiten steckte. Warum musste er so idealistisch sein? Warum konnte er es nicht kommen sehen?«

Ratanas Augen forschten in Calvinos Gesicht nach einer Antwort, die er nicht hatte. Er hätte denselben Fehler nicht gemacht. Er hatte ihn nicht gemacht. Ihr Boss wusste, wann man untertauchen musste.

Sie unterdrückte ein Schluchzen. »Ich hatte dieses schreckliche Gefühl, dass etwas passieren würde. Ich habe ihn angefleht zu gehen. Aber er wollte nicht. Er hörte nicht auf mich. Ich konnte nicht einmal weinen, als man ihn erschossen hat. Ich war wie betäubt. Im Geiste hatte ich seinen Tod schon hundert Mal durchlebt.« Sie hatte Lovell den ultimativen Grund zu bleiben gegeben.

Ratana ließ ihn allein. Kurz darauf rief Colonel Pratt an. »Weerawat hat das Land verlassen. Und zwar nicht allein.«

Calvino vermutete, dass jemand das Gespräch mithörte. »Ich habe den Staatsstreich verschlafen.«

Am anderen Ende räusperte sich Pratt. »Dir ging es in letzter Zeit nicht besonders gut. Erhol dich erst einmal richtig. Geh zum Arzt.«

»Das mache ich, Colonel.«

»Der da stirbt, zahlt alle Schuld«, sagte Colonel Pratt.

»Shakespeare«, meinte Calvino.

Er sah Pratt vor sich, wie er lächelnd am Telefon saß. Die Schuld war beglichen.

Als Calvino die Soi 22 zum Washington Square überquerte, dachte er immer noch über das Geschick nach, mit dem Pratt seine Antwort gewählt hatte. Die Sonne brannte herunter. Ein paar vereinzelte Wattewölkchen konnten die sengende Hitze nicht dämpfen. Der Toyota des alten George löste sich gerade vom Straßenrand. Der Fahrer hielt an, und der alte George rollte das Fenster herunter. »Was zum Teufel haben Sie hier verloren?«

»Heute ist der Tag der Befreiung, George.«

»Gestern erst hatte ich ein paar Cops hier, die nach Ihnen fragten.«

»Danke für alles, was Sie getan haben.«

»Sie sind total verrückt. Schnappen Sie sich einen Tanker nach Singapur. Hauen Sie ab, solange Sie noch können. Sie wissen doch, dass es nie aufhört. Es gibt höchstens eine Atempause, dann geht alles wieder von vorn los. Damit wollen Sie doch nichts zu schaffen haben. Oder doch?« Der alte George schmatzte mit den Lippen und begann, sein Fenster hochzukurbeln.

»Es hat einen Staatsstreich gegeben, George. Es ist ein neuer Anfang«, sagte Calvino.

»Neuer Anfang, Bockmist. Man weiß nie, was als Nächstes kommt. Fragen Sie Ihren Shakespeare zitierenden Kumpel. Er wird Ihnen sagen, dass es nie einen neuen Anfang gibt. Immer nur dasselbe alte Stück mit neuen Schauspielern in den gleichen Rollen.«

Calvino sah dem klapprigen alten Toyota nach, bis er an der Ecke des Platzes rechts abbog und verschwand.

# 42

Colonel Pratt saß in Calvinos Büro und rührte Zucker in eine Tasse Kaffee. Noch ein zweites Stück, dann fügte er Milch hinzu und rührte noch einmal langsam um. Calvino lümmelte in seinem Stuhl, die Hände hinter dem Kopf verschränkt. Während des Staatsstreichs waren nur wenige Schüsse gefallen. Nämlich die, die Calvino abgefeuert hatte, und jene zwei Fehlschüsse von Weerawat. Colonel Pratt und drei Kollegen hatten zwei Stunden gebraucht, um die Leichen und das Gepäck wegzuschaffen, und weitere zwei Stunden, um danach sauber zu machen, Berichte zu schreiben und die Entsorgung von Weerawats Leiche zu veranlassen. Sie hatten nur ein paar Minuten vom Schauplatz entfernt auf Calvinos Anruf gewartet.

»Ich habe ihm Fotos seiner toten Freunde gezeigt«, sagte Pratt.

»Aber ich dachte, er hätte bereits gestanden. So stand es in der Zeitung.«

Colonel Pratt schwieg kurz. »Seine Anwälte behaupteten, das Geständnis sei erzwungen worden.«

Nach dem Foto des Quadratschädels zu schließen, das die Zeitung gebracht hatte, dürfte sich dieser Vorwurf relativ leicht erhärten lassen. »Er wollte sein Geständnis widerrufen. Er dachte, er hätte nicht mehr viel dabei zu verlieren, nachdem Weerawat aus dem Spiel war.«

Colonel Pratt erzählte von der nächsten Runde von Quadratschädels Verhör. »Ich legte die Fotos auf den Tisch. Er sah sich die Toten an. Ein paar Minuten später gab er zu, dass das Überwachungsvideo ihn zeigte, und dass er als Pizzabote verkleidet in Lovells Appartement eingedrungen war und ihn erschossen hatte.« Er ließ das Detail aus, dass Quadratschädel auch noch eine weitere Tracht Prügel bezogen hatte.

»Sollte diese Tätowierung ihn nicht eigentlich schützen?«, fragte

Calvino. »Sieht so aus, als könne man sich auf Amulette nicht immer verlassen. Außer, wenn's funktioniert.«

»Morgen wird das Verbrechen nachgestellt.« Colonel Pratt pustete auf seinen Kaffee, bevor er einen Schluck trank. »Wir sagten ihm, wenn er gesteht, kommt er um die Todesstrafe herum. Er wird ohnehin Strafnachlass bekommen. Vor seinem ersten Geständnis hatte er Besuch von Weerawats Familie, und danach wollte er gar nicht mehr aufhören zu singen. Er gestand, einen Arbeiter namens Daeng in Pattaya umgebracht und die Leiche in einen Tümpel geworfen zu haben. Und auch Jazz' Ermordung. Zwei Teams versuchten pausenlos, die Namen der Hintermänner aus ihm herauszubekommen. Wir wussten ja alle, wer das war. Aber Weerawats Namen hat er nie genannt. Ich dachte, ich hätte da etwas in seinen Augen gesehen. Vielleicht Angst. Oder Loyalität, Respekt, ich weiß nicht. Was immer es war, wir haben ihn immer noch nicht da, wo wir ihn haben wollen. Aber es ist noch nicht aller Tage Abend. Irgendwann wird er uns sagen, was wir bereits wissen.« Die absolute Sicherheit in Pratts Stimme deutete darauf hin, dass Quadratschädel sein letztes Liedchen noch nicht gesungen hatte.

»Was werden die Mitglieder der alten Regierung tun, wenn sie glauben, Weerawat sei noch am Leben?«

Colonel Pratt kratzte sich den juckenden Nacken – er litt unter Hitzebläschen. »Eine Menge Leute sind auf der Flucht. Aber Weerawat gab uns eine Möglichkeit in die Hand. Und alle Beweise, die wir brauchen. Im Fall seines Todes haben alle anderen, die in seine Geschäfte verstrickt waren, ganz bestimmte Optionen. Aber wenn er einfach verschwunden bleibt und sie nicht wissen, ist er tot, oder versteckt er sich nur, wird die Sache kompliziert. Was seine Komplizen auch tun, es könnte sich als genau das Falsche erweisen. Wir könnten sie unter Druck setzen, indem wir durchsickern lassen, dass wir einen Deal mit Weerawat aushandeln. Damit hetzen wir sie gegenseitig aufeinander.«

»Nach dem, was ich in den Koffern gesehen habe, sind eine Menge einflussreiche Personen in die Sache verwickelt. Werden sie davonkommen?«

Colonel Pratt wippte mit seinem Stuhl. »Die Beweislast ist erdrückend.«

Calvino lächelte. »Erdrückend genug?« Sie wussten beide, dass Dokumente verschwinden konnten. Manchmal wurden sie auch umgeschrieben, verändert oder gefälscht. Was war schon ein belastendes Dokument gegen Zeugenaussagen und einen guten Namen?

Pratts Unterkiefer arbeitete, und er zuckte die Achseln. »Vielleicht finden sie einen Weg, sich durchzuschlängeln und wieder aus dem Sumpf herauszukriechen, vielleicht auch nicht. Indem wir Weerawats Schicksal ungeklärt lassen, können wir sie in Schach halten.«

Unter der Hand vergebene Bauaufträge, halbseidene Immobilientransfers, Beschaffungsbetrügereien, Produktfälschungen und ein Netz von Briefkastenfirmen und Offshore-Gesellschaften mit Weerawats Familie als Dreh- und Angelpunkt des Ganzen. Untersuchungsausschüsse würden geschaffen werden; es würde Ermittlungen geben, Berichte, Empfehlungen; und Kompromisse.

»Und du?«

»Meine Versetzung in den vorläufigen Ruhestand wurde widerrufen.« Der Anflug eines Lächelns glitt über die Lippen des Colonels. »Es ist ein Initiationsritus, Vincent.«

Soweit es Calvino betraf, gab es zwei Initiationsriten, die einen Mann das Wesen der Welt verstehen ließen – wenn das erste Mal jemand auf ihn schoss und wenn er das erste Mal das Geld auftreiben musste, um jemandem ein Gehalt zu zahlen.

»Und wie nennen sie das, was sie mit dir angestellt haben? Einen Tippfehler?«

»Es gibt Wege, Probleme zu bereinigen, die du nicht verstehen würdest. Wir müssen Konflikte vermeiden. Die Harmonie ist wiederhergestellt. Wenn es eines Staatsstreichs bedurfte, um das zu erreichen, dann musste es eben sein. Nachdem Weerawat und die Regierung aus dem Weg sind, wird niemand in der Abteilung sich auch nur an seinen Namen erinnern. Es wird niemanden mehr geben, der sein Freund war, der sich von ihm zum Essen einladen oder zusammen mit ihm für ein Titelblatt fotografieren hat lassen.

Von Geschäften mit ihm ganz zu schweigen. Er ist eine Unperson. Seine Macht wurde in der Nacht des Coups gebrochen. In ein paar Wochen wird sich niemand mehr an ihn erinnern oder von ihm sprechen. Sein Verschwinden wird Schnee von gestern sein.«

»Ich habe Hunderte von E-Mails an Anwälte, Arzneimittelhersteller und Filmgesellschaften geschickt. Und Autofirmen. Weerawat hat auch Airbags und Bremsenteile gefälscht.«

»Seine Fabriken sind bereits geschlossen. Wenn wir handeln, handeln wir schnell. Das wollten die Farangs so haben. Wir haben es getan. Sie möchten keine Publicity. Sie wollen, dass die Markenpiraterie beendet wird. Dafür haben wir gesorgt.«

»Journalisten könnten anfangen, Fragen zu stellen.«

»Ihre Fragen werden nur den Staatsstreich betreffen. Weerawat ist schon kalter Kaffee. Die neue Regierung weiß nichts von den Vorgängen. Von der alten Regierung wird keiner den Mund aufmachen. Niemand wird etwas sagen.«

Wenn man zu einer Party eingeladen wurde, war immer die Frage, was man dazu beitrug. Die Frage wurde nie gestellt, aber sie stand immer im Raum. Was man von Calvino wollte, war sein Schweigen. Das sollte seine Gabe an den Gott der sozialen Harmonie und des Gesichtwahrens sein. Wenn er diesen Preis bezahlte, durfte er bleiben.

»Was ist mit Danielson?«, fragte er.

Colonel Pratt hob die Schultern. »Herzanfall.«

»Ja und nein.« Calvino bat Ratana, ihm eine Akte zu bringen.

Sie kam herein und legte sie auf seinen Tisch. »Erklär bitte Colonel Pratt, was Lovell dir über die Ereignisse beim Oxford-Cambridge-Dinner erzählt hat.«

Ratana berichtete. »Er war im Waschraum und band gerade seine Fliege neu, als Apisak hereinkam. Ein paar Minuten später folgte ihm Khun Andrew. Sein Gesicht war grau, und er schwitzte stark. Erst tat er so, als wäre alles in Ordnung. Aber ein Blick auf ihn genügte, um zu wissen, dass er log. Er sagte, er habe gerade eine sehr schlechte Nachricht erhalten. Er zitterte und schwankte.

Khun Andrew hatte einen ausgewachsenen Anfall von Panik.

Apisak bemerkte es zuerst. Er fragte ihn rundheraus, ob er eine Angstattacke habe. Das Wort ›Panik‹ vermied er. Apisak meinte, er kenne die Symptome – weil er selbst unter dem Problem litt –, und zog ein Medikamentenfläschchen heraus. Er schüttelte eine rote Pille in seine Hand und schluckte sie. Dann bot er die Pillen auch Lovell an, der ablehnte, und schließlich Khun Andrew. Zu diesem Zeitpunkt bekam er bereits nicht mehr richtig Luft. Er nahm zwei der Pillen.«

Der ursprüngliche Autopsiebericht war nach dem Coup wieder aufgetaucht. Er erwähnte einen ungewöhnlichen Medikamentencocktail, der große Mengen synthetischen Wespengifts enthielt. Danielson war Allergiker gewesen. Apisaks Pille hatte ihn getötet.

»John wusste nichts davon.«

Colonel Pratt hörte ausdruckslos zu, die Fingerspitzen aneinandergelegt. Als Ratana geendet hatte, sah sie dem Colonel fest in die Augen. »Er hätte es Ihnen gesagt. Da bin ich ganz sicher.«

»Danielson wurde eingeäschert. Lovell ist tot. Es gibt keine direkten Beweise gegen Weerawat oder Apisak.«

»Das heißt, man kann nichts tun«, sagte sie leise.

»Es ist eine schmutzige Angelegenheit. Es ist weder fair noch gerecht. Aber Weerawats Welt ist zusammengebrochen. Und diejenigen, die glauben, er könnte noch am Leben sein, werden bald merken, dass sein Onkel ihnen nicht mehr helfen kann. Camerons Firma hat die Geschäftsbeziehungen abgebrochen. Die neue Regierung will sich um Weerawats ›Auslieferung‹ bemühen. Offiziell ist er auf der Flucht. Und was Apisak betrifft, so wird er feststellen, dass es Leute gibt, die nicht so leicht vergessen. Es wird nicht heute oder morgen geschehen, aber irgendwann macht er einen Fehler, und dann werde ich bereitstehen.«

»Früher oder später wird man herausfinden, dass Weerawat in der Nacht des Coups getötet wurde«, warf Calvino ein.

»Nein, dazu wird es nicht kommen.«

Nicht der Schatten eines Zweifels lag in Colonel Pratts Stimme. Was immer aus den Korruptionsaffären wurde, Weerawats Leiche würde man nie finden. Calvino hatte volles Vertrauen in die Fähigkeiten des Colonels, Spuren zu verwischen. Wie oder wo sie Weerawats Leiche hatten verschwinden lassen, das fragte er nicht; er wollte es gar nicht wissen.

Das Bürotelefon klingelte. Ratana ging zurück an ihren Schreibtisch und nahm ab. Dann stellte sie zu Calvino durch. Er dachte: Dies ist der erste Tag meines neuen Lebens. Er hätte nach Hongkong fliehen können, oder nach Singapur. Aber er war noch in Bangkok und saß wieder fest im Sattel, lebte sich langsam neu ein, machte sich sogar Gedanken über Wochenendunternehmungen. Pratt hatte seinen Job wieder, und sobald sein ehemaliger Vorgesetzter aus dem Kloster zurückkam, würde auch er wieder eingesetzt werden. Die vorübergehende Suspendierung wurde als Kommunikationsfehler erklärt, eine Verwechslung, wie die offizielle Version lautete. Jeder durfte sein Gesicht wahren.

Calvino nahm den Hörer ans Ohr. »Ich dachte, Sie und Noah wären in Denver.«

»Die Versetzung ist vom Tisch. Noah hat eine Stelle bei einer Bank in Bangkok angenommen.«

Ruths Stimme hätte er auch noch auf dem Grund eines Heringsfasses erkannt.

»Und Sie bleiben auch hier?«, fragte er und zwinkerte Colonel Pratt zu.

»Natürlich bleibe ich. Und ich möchte Sie wieder engagieren.«

»Vielleicht kann ich Sie noch irgendwo dazwischenschieben, aber ich brauche eine Anzahlung.«

»Das ist kein Problem, Mr Calvino.«

»Und zwar alles. Im Voraus.«

Sie verstand völlig. Ein paar Riesen waren eine unbedeutende Investition in einem langwierigen Ehekrieg. Ihr Mann war wieder zurück an der Untreuefront, und sie würde Calvino dafür bezahlen, jeden seiner Schritte zu überwachen. Noah Gould hatte beschlossen, es darauf ankommen zu lassen. Er zündelte weiter und warf ein Streichholz nach dem anderen in eine Schüssel Benzin. Weerawat war aus dem Rennen. Also hatte Noah nichts mehr zu befürchten.

Vor der Mittagspause legte Ratana ein Schreiben auf Calvinos

Schreibtisch. Ansonsten gab es nur Werbepost oder Rechnungen. Aber das hier war ein echter Brief mit dem Absender des New Yorker Büros der Weltgesundheitsorganisation. Er riss den Umschlag auf und las. »Wir freuen uns, Sie darüber in Kenntnis setzen zu können, dass Sie in die engere Wahl für die Stelle unseres Chefermittlers gekommen sind. Bitte rufen Sie uns an, damit wir einen Termin für ein persönliches Gespräch in New York vereinbaren können.«

Er hatte das Bewerbungsschreiben zerrissen, aber Ratana musste eine Kopie weggeschickt haben. Sie hätte alles für ihn getan. Er ließ den Brief sinken und fragte sich wieder einmal, warum sie sich mit so unerschütterlicher Loyalität um ihn kümmerte. Er spürte, wie sie auf ihrer Seite der Abtrennung darauf wartete, dass er etwas sagte.

»Ich bin nicht der richtige Typ für die WHO«, meinte er laut und zerknüllte den Brief.

Nach einem Augenblick der Stille: »Tut mir leid, Vinny.« In ihrer Stimme lag nicht der leiseste Anflug von Bedauern.

Er konnte ihr Gesicht nicht sehen. Lächelte sie? »Zeit, sich wieder an die Arbeit zu machen. Nur keine Traurigkeit vorschützen.«

Sie schob den Kopf um die Ecke. »Du bist nicht wütend, dass ich die Bewerbung abgeschickt habe?«

»Das hast du gut gemacht.«

Jetzt lächelte sie.

# 43

Die Mittagessenszeit im Lonesome Hawk begann etwa um 10:30 Uhr, wenn die ersten Berufstrinker hereinschlurften und Bier oder billigen Hauswhisky bestellten. Die Serviererinnen saßen gelangweilt in der Ecknische beim Fenster und richteten ihr Make-up. Diese Kunden waren eher durstig als hungrig. An ihnen nagte die Gier nach den ersten paar Schnäpsen, die schnell und heiß durch die Kehle rannen. Die Serviererinnen, deren Verfallsdatum längst abgelaufen war, würdigten sie keines Blicks. Einer der Gäste lehnte sich über die Bar und fragte die Barkeeperin: »Süße, welcher Kerl hat dir gleich wieder deine Zähne gekauft?«

»Khun Dan«, antwortete sie, ohne zu zögern.

Er wandte sich wieder zu seinem Gesprächspartner. »Dan, genau, so heißt der Typ. Er hat ein gutes Herz. Na, jedenfalls sagt er gestern zu mir, dass er während des Staatsstreichs gesehen hat, wie die Tänzerinnen auf der Nana Plaza den Soldaten Blumen schenkten. Alle lächelten und waren glücklich, eine große Familie.«

Die wohlige Wärme des ersten Biers stellte sich ein, die Gäste blickten um sich und sahen, dass auch die anderen Besucher dieser frühmorgendlichen Tränke sich gut fühlten. Die Bar verwandelte sich in eine Zeitblase aus der Vergangenheit, ein Ort gegenseitigen Vertrauens, gemeinsamer Erfahrungen und alkoholgetränkter Geschichten, ein Flecken, wo Männer noch so tun konnten, als hätten sie alles unter Kontrolle. Ein Ort, an dem sie wussten, wer sie waren und was es bedeutete, am frühen Vormittag Bier zu trinken.

Der alte George fuchtelte in der Luft herum wie ein Verrückter und brüllte über die Bar hinweg seinen Fahrer-DJ an, er solle endlich mal was anderes auflegen als *I Left My Heart in San Francisco,* das bereits sechsmal gelaufen war.

»Ich hasse diesen Mistkerl Tony Bennett. Legst du jetzt endlich mal was anderes auf? Oder muss ich es selbst tun?« Er stampfte mit seinem Stock auf den Boden.

Calvino kam zur Tür herein.

»Sieh mal an, wen haben wir denn da? Vincent Calvino. Na, Sie sind ja gerade mal von der Schippe gehüpft, was? Aber wo werden Sie landen? Zwischen allen Stühlen? Werden Sie ja nicht übermütig. Wenn die Kerle erst mal rausgefunden haben, dass man Sie verarschen kann, geben sie vielleicht mal kurz Ruhe, aber die kommen wieder.«

»Danke, George.« Calvino drückte ihn und verpasste ihm einen Kuss auf die Stirn.

»Runter von mir! Sonst behaupten sie noch, wir Juden wären verdammte Schwulis.«

»Vinny hat den Staatsstreich verschlafen«, informierte McPhail.

Calvino drehte den Kopf von einer Seite auf die andere und ließ die Halswirbelsäule knacken. »Ich war eben müde.«

Von der Bar her grüßte einer der Stammgäste mit erhobener Bierflasche. »Das war kein Honigschlecken. Da sind überall Panzer, und man kann ganz schön was abkriegen.«

»Sie enttäuschen mich, Mann«, sagte McPhail zu Calvino. »Ich dachte, Sie würden mittendrin stecken, die Sukhumvit Road langrennen und auf einen Panzer aufspringen.«

»Ich war völlig weggetreten. Hab nicht das Geringste mitgekriegt«, sagte Calvino.

McPhail, der mit einem Jameson vor sich in seiner Nische saß, hob den Blick wieder zum Fernseher oben an der Wand. Die BBC-Nachrichten brachten einen Bericht über die Transplantation eines noch schlagenden Herzens in die Brust eines anderen Mannes.

»He, Vinny. Haben Sie das gesehen. Der Mann kriegt ein lebendes Herz eingebaut. Das ist, als ob man den alten Motor ausbaut und den neuen schon laufend reinklatscht. Ich hab gerade die Kleine hier gefragt, was sie davon hält.«

McPhail drückte das Barmädchen neben ihm an sich. »Sie war echt entsetzt. Ich fragte: He, Baby, was regst du dich eigentlich so auf? Und sie sagt: Sein Herz war nicht stehen geblieben. Mann, da wird mir klar, die thailändische Definition von Tod ist ›Herz stehen geblieben‹. Wenn das Herz noch schlug, müssen sie es dem Typen bei lebendigem Leib rausgerissen haben. Es gibt kein Thai-Wort für hirntot – Herz schlägt noch, aber Hirn schon auf andere Seite.«

Keiner fragte, wie es kam, dass Calvino einfach so in die Bar hereinspazierte und sich nicht mehr verstecken musste.

Er bestellte einen Mekong mit Coke und das Tagesgericht. Hackbraten. Er hasste Hackbraten beinahe so sehr wie der alte George sechs Durchläufe von *I Left My Heart in San Francisco.*

»Ohne Sauce«, fügte er hinzu.

»Ich hoffe, die neue Regierung wird nicht wieder jemanden wie Weerawat berufen. Der Kerl war ein echter Kotzbrocken mit seinem Gerede über Ausländerquoten und zu viele Farangs in der grünen Zone.«

»Als Nächstes führen sie wieder den Judenstern ein«, rief der alte George von seinem Thron.

»Es ändert sich eigentlich nie was«, sagte einer der Gäste an der Bar. »Die sind bloß scharf auf unser Geld.«

»Die Generäle versuchen, mit den Leuten im Hinterland zu reden«, sagte ein anderer an der Bar. »Wollen sie beruhigen.«

»Die sollen ihnen Geld schicken. Bargeld wirkt ungemein beruhigend«, meinte McPhail. »Schick Geld. Das sind die ersten englischen Worte, die sie lernen.«

Eine der Zeitungen hatte ein Feature über die grüne Zone gebracht und verschiedene Theorien über die Bedeutung des Namens angeführt. Erstens war Grün (dank dem amerikanischen Dollar) die universelle Farbe für Geld. Zweitens lagen in dem Gebiet zwischen Soi 4 und Soi 55 ungewöhnlich viele Parks und Bäume. Und drittens, wie überall auf der Welt, war eine »grüne Zone« ein Ort der Sicherheit für die Reichen, eine Enklave, wo jene schrecklichen Akte der Gewalttätigkeit sich weniger oft ereigneten.

Da Soldaten an allen Kreuzungen standen und Panzer durch die Straßen rollten, erschien die letztere Erklärung überholt, unpassend, aus einer anderen Zeit, von einem anderen Ort. Niemand konnte sicher sein, welche Politik und welche Politiker überleben würden, aber es gab berechtigten Anlass zu der Hoffnung, dass die Idee mit der grünen Zone in der Versenkung verschwinden würde.

»Die Jungs hatten sich verrannt. Aber ich hab echt nicht erwartet, dass die Armee eingreift. Ein Flankenangriff aus dem Hinterhalt. Unvorhersehbar. Stimmt's, oder hab ich recht, George?«

»Stimmt genau. Was glauben Sie, wie wir damals Berlin eingenommen haben!«

»Die russische Armee hat Berlin eingenommen, George. Das ist Tatsache«, rief jemand von der Bar.

»Was zum Geier wissen Sie denn schon? Waren Sie vielleicht 1945 in Berlin? Scheiß auf die Russen.«

Calvino schlüpfte aus der Nische und ging an die Bar. Er beugte sich vor und flüsterte der Barkeeperin etwas zu, deutete auf einen Gast. Er bat sie, dem Mann einen Drink auf seine Rechnung zu bringen. Sie nickte. Calvino sah zu, wie sie eine Flasche Singha öffnete und vor den Mann hinstellte. Er blickte überrascht auf. Sie wisperte ihm etwas zu und wies auf Calvino. Es war derselbe Typ, in dessen Gesicht er einen Taco zermanscht hatte. Derselbe Gast, der den Cops erzählt hatte, er habe nie von Calvino gehört. Der Mann hob grüßend die Flasche und formte mit den Lippen das Wort »Danke«.

Wieder an seinem Platz, beäugte Calvino misstrauisch den Hackbraten auf seinem Teller.

»Was sollte denn das? Dem Knaben da ein Bier zu spendieren«, wollte McPhail wissen.

»Colonel Pratt hat mich gefragt, ob ich irgendwelche Feinde hätte. Und ich sagte ihm, dass es der Beruf von uns Privatschnüfflern ist, uns Feinde zu machen, mit Feinden umzugehen und ihnen die Stirn zu bieten; aber unsere Feinde bringen uns selten um. Und er meinte, dass in Thailand andere Regeln gelten. Feinde vergessen und verzeihen niemals. Sie jagen einen bis in den Tod.«

Calvino versuchte, sich den Rat des Colonels zu Herzen zu nehmen. Aus der Küche drang der süße Duft nach Apfelkuchen. Die Köchin schwang die Türen auf und brachte den dampfenden Kuchen. Eine Serviererin trug rasch Calvinos Hackbraten ab. Die Köchin stellte mit Topfhandschuhen und einem zahnlosen Lächeln den Kuchen vor Calvino hin. Sie wollte gar nicht mehr aufhören zu grinsen. Vielleicht träumte sie davon, dass Dan eines Tages zurückkommen und auch ihr einen Satz neue Zähne spendieren würde.

»Was soll das denn?«, fragte Calvino.

Sie zwinkerte ihm zu. »Für Ihre Sekretärin. Bitte bringen Sie ihr.« Der Buschtelegraf musste Überstunden gemacht haben.

Es gab Feinde in Thailand, und es gab Freunde. Wenn Calvino nachrechnete, lagen die Freunde im Ergebnis eigentlich immer vorn. Das war ein guter Grund zu bleiben.

»Sie sind der Mann des Tages«, sagte McPhail.

»Da liegen Sie falsch, McPhail. Lovell war *der* Mann des Tages.«

Lovell, der Junge mit dem Tick, was Fliegen und Krawatten anging, und der Calvino »Herr Detektiv« genannt hatte. Der Vater von Ratanas Kind. Er hatte sich als aufrechter Mann erwiesen.

Lovell, ein fremder Fisch in Gewässern voller Raubfische, der unbeirrbar stromaufwärts schwamm, um sich zu paaren und zu sterben.

Aber er hatte seine Spuren hinterlassen. Er hatte eine Linie in den Sand gezogen. Die Art von Grenze, die gute Männer setzten. Und gute Männer wussten, auf welcher Seite sie kämpfen mussten. Lovell hatte das getan. Vito ebenso. Wie viele Menschen konnten das schon von sich behaupten, wenn sie ihren letzten Atemzug taten, ihren letzten Blick zum Himmel richteten? Nicht viele, dachte Calvino. Gar nicht viele.

# Worterklärungen

*Dok Jan* vierblättriges Blumenmotiv
*Farang* Ausländer, Fremder (m)
*Hia* schlimmes thailändisches Schimpfwort
*Katoey* Transsexueller, Ladyboy
*Khon dee* guter Mensch
*Khon phan* Playboy
*Khun* häufig verwendete Anredeform, die auch als Titel dem Eigennamen vorangestellt wird
*Klong* Kanal
*Lexus* Automarke der Luxusklasse
*Luk nong* Cousin
*Mai pen rai* wörtlich: »Das macht nichts.« Ein Schlüsselbegriff für die thailändische Lebensart. Jedes Missgeschick wird so kommentiert, damit alle Beteiligten das Gesicht wahren können.
*Mamasan* (häufig ältere) Frau mit kontrollierender Funktion im Sexgewerbe
*Mee arai rue plao wa?* »Ist was?«
*Mem-Farang* Mem ist das weibliche Pendant zu Farang
*Muk ngai* schlampig gemacht
*Pali-Gesang* Mantras, gesungen in Pali, der Sprache Buddhas
*Pee* wörtlich: »älterer Bruder, ältere Schwester«, Anredeform für Personen, die älter sind als der/die Sprecher/in
*Rai* thailändisches Flächenmaß; 1 Rai entspricht 1600 $m^2$
*Saabai dee* Grußformel, etwa »mir geht's gut«
*Sala* offener Pavillon in einem Wat
*Sanuk* Spaß, Vergnügen
*Soi* Straße
*Tuk-tuk* dreirädriges Motorradtaxi
*Wai* Gruß- und Ehrbezeugung mit aneinandergelegten Handflächen und leichter Verbeugung
*Wat* religiöser Gebäudekomplex, buddhistische Tempelanlage
*Ying* Frau

# Christopher G. Moore

Christopher G. Moore, der sein Alter mit 83,5 Reisejahren angibt, war in seinem früheren Leben Juraprofessor, dann Theaterautor. Später wurde er, was er bis heute geblieben ist, Romancier. In Bangkok etablierte sich der gebürtige Kanadier, der in Oxford studiert hat, als »Kultautor«. Zunächst in Bangkok selbst, dann mit Hilfe des Internets im Global Village. Es war nur eine Frage der Zeit, bis Hollywood aufmerksam wurde und Calvino-Stoffe einkaufte. Wenn Christopher G. Moore gerade mal nicht in Bangkok ist, dann ist er sicher in Manila, Oxford, Berlin oder Los Angeles anzutreffen.

## Bibliografie

Die Calvino-Romane: *Spirit House* (1992, dt. *Haus der Geister,* 2000), *Asia Hand* (1993), *Zero Hour in Phnom Penh/Cut Out* (1994; dt. *Stunde null in Phnom Penh,* 2003), *Comfort Zone* (1995), *The Big Weird* (1996), *Cold Hit* (1999, dt. *Nana Plaza,* 2001); *Minor Wife* (2002); *Pattaya 24/7* (2004); *The Risk of Infidelity Index* (2007; dt. *Der Untreue-Index,* 2011); *Paying Back Jack* (2008); *The Corruptionist* (2009); *9 Gold Bullets* (2010)
Die Land-of-Smile-Serie: *A Killing Smile* (1991), *A Bewitching Smile* (1992), *A Haunting Smile* (1993)
Weitere Werke: *His Lordship's Arsenal* (1985), *Enemies of Money* (1990; erneut 2003 unter dem *Titel Tokyo Joe*), *Saint Anne* (1994), *God of Darkness* (1998), *Heart Talk* (1998), *Chairs* (2000), *Waiting for the Lady* (2002), *Red Sky Falling* (2004), *Gambling on Magic* (2005).
Non-Fiction: *Heart Talk* (2006), *The Vincent Calvino Reader's Guide* (2009), *The Cultural Detective* (2011)

# Der Übersetzer

Peter Friedrich, Jahrgang 1956, geboren und aufgewachsen in Caracas / Venezuela, studierte in Deutschland Theaterwissenschaft, Ethno-Geografie, Kunstgeschichte und Sinologie/Japanologie. Jobs als Oldtimer-Restaurator, Filmkritiker, Reporter, Skilehrer. Seit 1987 lebt er in Süddeutschland als selbstständiger Filmemacher, Autor, Designer von multimedialen Museumsausstellungen und als Übersetzer aus dem Englischen.

### *Haus der Geister*

Vincent Calvino stammt eigentlich aus Brooklyn. Er war ein Anwalt auf dem steilen Weg nach oben, bis er sich mit den falschen Leuten anlegte. Deswegen ist er jetzt Privatdetektiv in Bangkok. Zusammen mit seinem thailändischen Freund Pratt, einem hohen Polizeibeamten, mischt er Bangkoks Unter-, Ober- und Halbwelten auf. Nicht immer zur Freude derjenigen, die in Südostasien die ganz großen Räder zwischen Hongkong, Tokio und Phnom Penh drehen. *Haus der Geister* ist Calvinos erster Auftritt und zeigt schon alle Vorzüge der Serie. Diese Thriller um Geld, Gier, Liebe und Big Business basieren auf prächtigen, präzisen Schilderungen des gesamten südostasiatischen Raums. Calvino und Pratt sind ein smartes literarisches Duo, das von lakonischen Dialogen lebt.

### *Nana Plaza*

In Bangkok sterben zu viele amerikanische Touristen mit der Nadel im Arm: Drogentote oder Opfer eines Verbrechens? Ein amerikanischer Anwalt braucht für seine Bangkokvisite einen Bodyguard. Vincent Calvino nimmt den Job für viel Geld an, zusammen mit Jessada Santisak, einem beurlaubten Thai-Polizisten aus Los Angeles. Die beiden werden von einem Strudel von Ereignissen mitgerissen und müssen ganz schön rudern, um sich und den Anwalt über Wasser zu halten.
»Moore schildert die Stadt von unten, er zeigt ihren Dreck, ihre Zerrissenheit, ihre Grausamkeit, ihre Gläubigkeit. Hart, grausam, komisch, gut.« *Readme.de*

### *Stunde null in Phnom Penh*

In Phnom Penh hält die UNTAC nach dem Bürgerkrieg einen labilen Frieden aufrecht. Waffenhandel, Schmuggel und Raubüberfälle sind an der Tagesordnung, überall ist Korruption, ein Menschenleben ist nichts wert. Jede Nacht hört man Schüsse an illegalen Checkpoints. Hier soll Vincent Calvino einen Mann namens Hatch ausfindig machen, den Geschäftspartner eines Ganoven in Bangkok. Calvino verfolgt die Spur durch den Russischen Markt, die Spitäler, die Bars, das Hauptquartier der UNTAC und das berüchtigte T-3-Gefängnis. Doch er ist nicht der Einzige, der Hatch sucht.
»Der Roman ist mehr als ein Krimi, er ist der glaubwürdige Versuch, eine Gesellschaft im Übergang zu beschreiben.« *Dresdner Neueste Nachrichten*

**Roberto Alajmo** Mammaherz
**Rob Alef** Das magische Jahr
**Raúl Argemí** Chamäleon Cacho; Und der Engel spielt dein Lied
**Bernardo Atxaga** Ein Mann allein
**Lena Blaudez** Spiegelreflex
**Patrick Boman** Peabody geht fischen; Peabody geht in die Knie
**Hannelore Cayre** Der Lumpenadvokat; Das Meisterstück
**Driss Chraïbi** Inspektor Ali im Trinity College
**José Luis Correa** Drei Wochen im November; Tod im April
**Pablo De Santis** Die Fakultät; Voltaires Kalligraph; Die sechste Laterne; Die Übersetzung; Das Rätsel von Paris
**Mitra Devi** Filmriss
**Garry Disher** Drachenmann; Flugrausch; Schnappschuss; Beweiskette; Rostmond
**Friedrich Glauser** Die Wachtmeister-Studer-Romane
**Joe Gores** Hammett
**Chester Himes** Harlem-Romane
**Petra Ivanov** Tatverdacht; Fremde Hände; Kalte Schüsse; Tote Träume; Stille Lügen; Tiefe Narben
**Jean-Claude Izzo** Die Marseille-Trilogie: Total Cheops; Chourmo; Solea
**Stan Jones** Weißer Himmel, schwarzes Eis; Gefrorene Sonne; Schamanenpass
**Jörg Juretzka** Freakshow; Der Willy ist weg; Rotzig & Rotzig; Alles total groovy hier; Sense; Fallera
**H. R. F. Keating** Inspector Ghote zerbricht ein Ei; Inspector Ghote hört auf sein Herz; Inspector Ghote geht nach Bollywood; Inspector Ghote reist 1. Klasse
**Yasmina Khadra** Die Algier-Trilogie: Morituri; Doppelweiß; Herbst der Chimären
**Thomas King** Dreadful Water kreuzt auf
**Bill Moody** Solo Hand; Moulin Rouge, Las Vegas; Auf der Suche nach Chet Baker; Bird lives!
**Christopher G. Moore** Haus der Geister; Nana Plaza; Stunde null in Phnom Penh; Der Untreue-Index
**Bruno Morchio** Kalter Wind in Genua; Wölfe in Genua
**Peter O'Donnell** Modesty Blaise – Die Klaue des Drachen; Die Goldfalle; Operation Säbelzahn; Ein Hauch von Tod
**Celil Oker** Schnee am Bosporus; Foul am Bosporus; Letzter Akt am Bosporus; Dunkle Geschäfte am Bosporus
**Leonardo Padura** Adiós Hemingway; Der Nebel von gestern; Der Schwanz der Schlange; Das Havanna-Quartett: Ein perfektes Leben; Handel der Gefühle; Labyrinth der Masken; Das Meer der Illusionen
**Nii Parkes** Die Spur des Bienenfressers
**Pepetela** Jaime Bunda, Geheimagent
**Claudia Piñeiro** Betibú; Elena weiß Bescheid; Ganz die Deine; Die Donnerstagswitwen; Der Riss
**Paco Taibo II** Vier Hände
**Masako Togawa** Schwestern der Nacht; Der Hauptschlüssel; Trübe Wasser in Tokio
**Tran-Nhut** Das schwarze Pulver von Meister Hou
**Gabriel Trujillo Muñoz** Tijuana Blues; Erinnerung an die Toten
**Ahmet Ümit** Patasana – Mord am Euphrat
**Óscar Urra** Poker mit Pandora; Harlekin sticht
**Domingo Villar** Wasserblaue Augen; Strand der Ertrunkenen
**Nury Vittachi** Der Fengshui-Detektiv; Der Fengshui-Detektiv und der Geistheiler; Der Fengshui-Detektiv und der Computertiger; Shanghai Dinner; Der Fengshui-Detektiv im Auftrag Ihrer Majestät

**Driss Chraïbi**
Inspektor Ali im Trinity College (UT 584)
**Nathacha Appanah**
Der letzte Bruder (UT 583)
**Halid Ziya Uşakligil**
Verbotene Lieben (UT 582)
**Rob Alef** Das magische Jahr (UT 581)
**Mitra Devi** Filmriss (UT 580)
**Leonardo Padura**
Der Mann, der Hunde liebte (UT 579)
**Jörg Juretzka** Fallera (UT 578)
**Patricia Grace** Potiki (UT 577)
**Jean-Claude Izzo**
Die Marseille-Trilogie (UT 572)
**Rafael Sabatini** Der Seefalke (UT 571)
**Cecil Scott Forester**
African Queen (UT 570)
**Louis Bromfield**
Der große Regen (UT 569)
**Claudia Piñeiro**
Die Donnerstagswitwen (UT 568)
**Nikos Kavvadias**
Die Schiffswache (UT 567)
**Baby Halder**
Vom Dunkel ins Licht (UT 566)
**Luigi Bartolini** Fahrraddiebe (UT 565)
**Nii Parkes**
Die Spur des Bienenfressers (UT 564)
**Mo Yan** Die Schnapsstadt (UT 563)
**Nagib Machfus**
Der Dieb und die Hunde (UT 562)
**Fergus Fleming**
Nach oben – Die ersten Eroberungen der Alpengipfel (UT 561)
**Garry Disher** Drachenmann (UT 560)
**Juri Rytchëu**
Alphabet meines Lebens (UT 559)
**Petra Ivanov** Tiefe Narben (UT 558)
**Bill Moody** Auf der Suche nach Chet Baker (UT 557)
**Jean-Claude Izzo** Sonne der Sterbenden (UT 556)
**Jörg Juretzka** Sense (UT 555)
**Christopher G. Moore** Stunde null in Phnom Penh (UT 546)
**Salim Alafenisch** Die Nacht der Wünsche (UT 545)
**Jørn Riel** Nicht alle Eisbären halten Winterschlaf (UT 544)
**Mano Dayak** Geboren mit Sand in den Augen (UT 543)
**Jörg Juretzka** Rotzig & Rotzig (UT 542)
**Domingo Villar**
Strand der Ertrunkenen (UT 541)
**Pablo De Santis**
Das Rätsel von Paris (UT 540)
**Daphne du Maurier**
Der Apfelbaum (UT 539)
**Nagib Machfus** Der Rausch (UT 538)
**Pearl S. Buck**
Das Mädchen Orchidee (UT 537)
**Richard Mason** Suzie Wong (UT 536)
**Kathleen Winsor** Amber (UT 535)
**Fergus Fleming** Barrow's Boys (UT 534)
**Shahriar Mandanipur** Eine iranische Liebesgeschichte zensieren (UT 533)
**Samson Kambalu** Jive Talker (UT 532)
**Fernando Contreras Castro**
Der Mönch, das Kind und die Stadt (UT 531)
**Nagib Machfus** Echnaton (UT 530)
**Rafael Sabatini**
Der Schwarze Schwan (UT 529)
**Emilio Salgari** Sandokan (UT 528)
**Jörg Juretzka**
Alles total groovy hier (UT 527)
**Petra Ivanov** Stille Lügen (UT 526)
**Jørn Riel** Arluks große Reise (UT 525)
**Salim Alafenisch**
Amira. Im Brautzelt (UT 524)
**Alai** Ferne Quellen (UT 523)
**Yaşar Kemal**
Der Granatapfelbaum (UT 522)
**Raja Shehadeh**
Wanderungen durch Palästina (UT 521)
**Tschingis Aitmatow**
Frühe Kraniche (UT 520)
**Galsan Tschinag**
Der Wolf und die Hündin (UT 519)
**Nury Vittachi** Der Fengshui-Detektiv im Auftrag Ihrer Majestät (UT 518)
**Jean-Claude Izzo** Aldebaran (UT 517)
**Hannelore Cayre**
Das Meisterstück (UT 516)